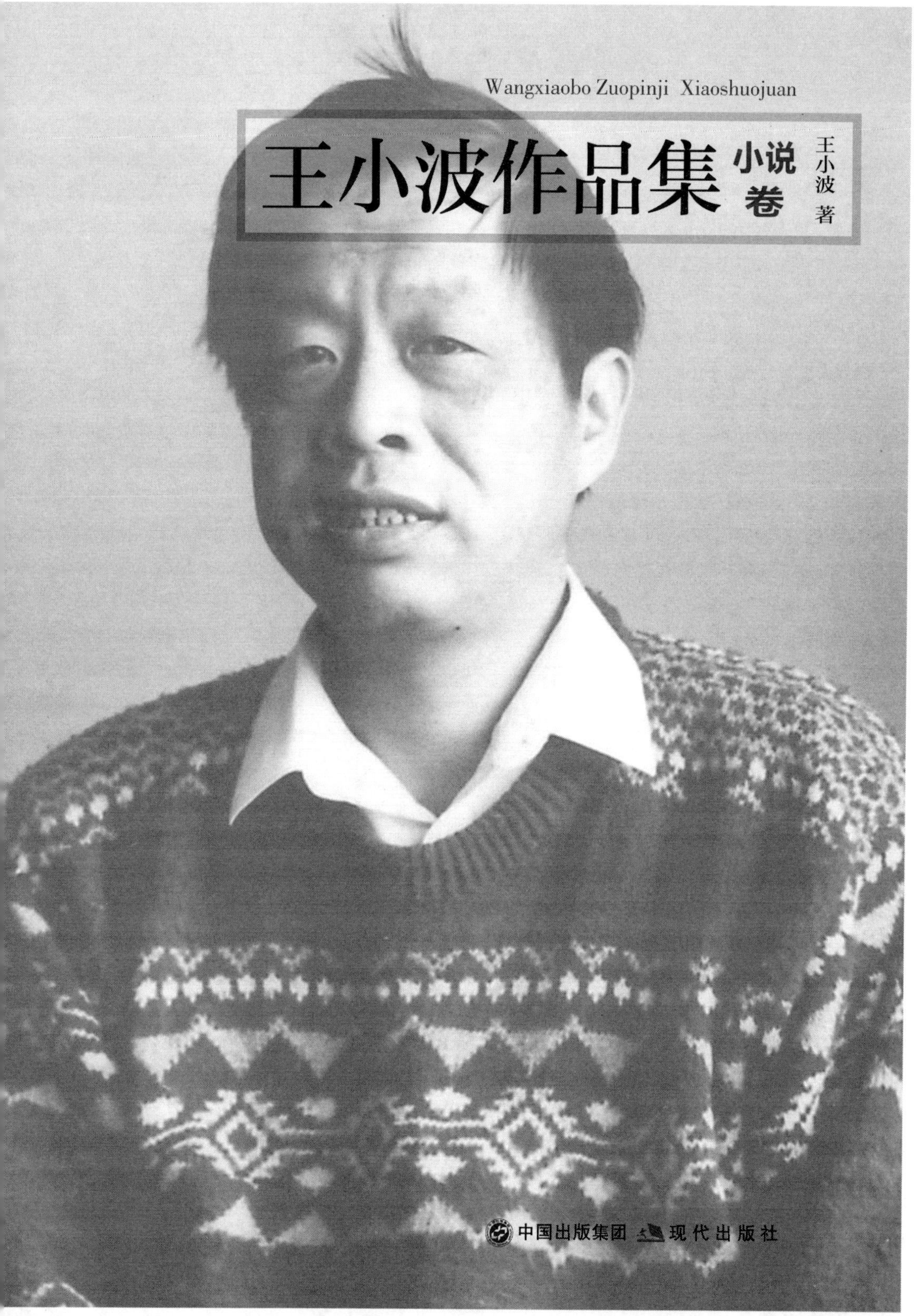

Wangxiaobo Zuopinji Xiaoshuojuan

王小波作品集 小说卷

王小波 著

中国出版集团 现代出版社

图书在版编目(CIP)数据

王小波作品集. 小说卷 / 王小波著. —北京：现代出版社，2016.1
ISBN 978-7-5143-2707-6

Ⅰ. ①王… Ⅱ. ①王… Ⅲ. ①中国文学－当代文学－作品综合集
②小说集－中国－当代 Ⅳ. ①I217.2②I247

中国版本图书馆CIP数据核字(2016)第007069号

王小波作品集. 小说卷

作　　者 王小波
策划编辑 庞俭克
责任编辑 申　晶
出版发行 现代出版社
地　　址 北京市安定门外安华里504号
邮政编码 100011
电　　话 010-64267325　010-64245264（兼传真）
网　　址 www.1980xd.com
电子邮箱 xiandai@cnpitc.com.cn
印　　刷 三河市宏盛印务有限公司
开　　本 710mm×1000 mm　1/16
印　　张 23
版　　次 2016年3月第1版　2016年3月第1次印刷
书　　号 ISBN 978-7-5143-2707-6
定　　价 39.80元

写在前面

《黄金时代》《白银时代》和《青铜时代》是王小波作品的精华。

记得他曾经说过:“《黄金时代》(他指的是中篇小说《黄金时代》)是我的宠儿。”

“时代三部曲”表面上是王小波作品的合集,每部之间似乎没有什么联系,但其实是有一个逻辑顺序的。这个逻辑顺序就是:《黄金时代》中的小说写现实世界;《白银时代》中的小说写未来世界;《青铜时代》写的故事都发生在过去。

1997年王小波离去时,他的文学骤然显现在读者面前。

对于当时的阅读热潮,有人颇有微辞,他们认为这是“炒作”的效果,或是因为他的猝然离世。总之,一些人以为“王小波热”是偶然的。

但是在我内心深处,我知道它不是的。

王小波的文学修养、才能和成就在中国文学史上是极其珍贵的,他的文本的价值将随着时间的推移而显现。年轻一代仍然在读他的作品,“王小波热”并没有过去。后人还将阅读他的作品。

也许这就是“不朽”吧。

朽与不朽是最严酷的评价标准。没有人,能做任何事,去影响它一丝一毫。

朽与不朽也不会因任何人的情感、愿望、“炒作”,而改变一丝一毫。

从内心深处,我隐秘地希望王小波是不朽的。

李银河

2003年9月2日于曼谷

目　　录

我为什么要写作

王小波

有人问一位登山家为什么要去登山——谁都知道登山这件事既危险，又没什么实际的好处，他回答道:“因为那座山峰在那里。”我喜欢这个答案，因为里面包含着幽默感——明明是自己想要登山，偏说是山在那里使他心里痒痒。除此之外，我还喜欢这位登山家干的事，没来由地往悬崖上爬。它会导致肌肉疼痛，还要冒摔出脑子的危险，所以一般人尽量避免爬山。从热力学的角度来看，这是个减熵现象，极为少见。这是因为人总是趋利避害，热力学上把自发现象叫做熵增现象，所以趋害避利肯定减熵。

现在把登山和写作相提并论，势必要招致反对。这是因为最近十年来中国有过小说热、诗歌热、文化热，无论哪一种热都会导致大量的人投身写作，别人常把我看成此类人士中的一个，并且告诫我说，现在都是什么年月了，你还写小说（言下之意是眼下是经商热，我该下海去经商了）？但是我的情形不一样。前三种热发生时，我正在美国念书，丝毫没有受到感染。我们家的家训是不准孩子学文科，一律去学理工。因为这些缘故，立志写作在我身上是个不折不扣的减熵过程。我到现在也弄不明白自己为什么要干这件事，除了它是个减熵过程这一点。

有关我立志写作是个减熵过程，还有进一步解释的必要。写作是个笼统的字眼，还要看写什么东西。写畅销小说、爱情小诗等等热门东西，应该列入熵增过程之列。我写的东西一点不热门，不但挣不了钱，有时还要倒贴一些。严肃作家的“严肃”二字，就该做如此理解。据我所知，这世界上有名的严肃作家，大多是凑合过日子，没名的大概连凑合也算不上。这样说明了以后，大家都能明白我确实在一个减熵过程中。

我父亲不让我们学文科，理由显而易见。在我们成长的时代里，老舍跳了太平湖，胡风关了监狱，王实味被枪毙了。以前还有金圣叹砍脑壳等等实例。当然，他老人家也是屋内饮酒，门外劝水的人，自己也是个文科的教授，但是他坦白地承认自己择术不正，不足为训。我们兄弟姐妹五个就此全学了理工科，只有我哥哥例外。考虑到我父亲脾气暴躁、吼声如雷，你得说这种选择是个熵增过程。而我哥哥那个例外是这么发生的：七八年考大学时，我哥哥是北京木城涧煤矿最强壮的青年矿工，吼起来比我爸爸音量还要大。无论是动手揍他，还是朝他吼叫，我爸爸自己都挺不好意思，所以就任凭他去学了哲学，在逻辑学界的泰斗沈有鼎先生的门下当了研究生。考虑到符号逻辑是个极专门的学科（这是从外行人看不懂逻辑文章来说），它和理工科差不太多的。从以上的叙述，你可以弄明白我父亲的意思。他希望我们每个人都学一种外行人弄不懂而又是有功世道的专业，平平安安地度过一生。我父亲一生坎坷，他又最爱我们，这样的安排在他看来最自然不过。

我自己的情形是这样的：从小到大，身体不算强壮，吼起来音量也不够大，所以一直本分为人。尽管如此，我身上总有一股要写小说的危险情绪。插队的时候，我遇上一个很坏的家伙（他还是我们的领导，属于在我们这个社会里少数坏干部之列），我就编了一个故事，描写他从尾骨开始一寸寸变成了一条驴，并且把它写了出来，以泄心头之愤。后来读了一些书，发现卡夫卡也写了个类似的故事，搞得我很不好意思。还有一个故事，女主人公长了蝙蝠的翅膀，并且头发是绿色的，生活在水下。这些二十岁前的作品我都烧掉了。在此一提是要说明这种危险倾向的由来。后来我一直抑制着这种倾向，念完了本科，到美国去留学。我哥哥也念完了硕士，也到美国去留学。我在那边又开始写小说，这种危险的倾向再也不能抑制了。

在美国时，我父亲去世了。回想他让我们读理科的事，觉得和美国发生的事不是一个逻辑。这让我想起了前苏联元帅图哈切夫斯基对大音乐家萧斯塔科维奇说的话来："我小的时候，很有音乐天才。只可惜我父亲没钱给我买把小提琴！假如有了那把小提琴，我现在就坐在你的乐池里。"这段话乍看不明其意，需要我提示一句：这次对话发生在苏联的三十年代，说完了没多久，图元帅就一命呜呼了。那年头专毙元帅将军，不大毙小提琴手。"文化革命"里跳楼上吊的却是文人居多。我父亲在世时，一心一意地要给我们每人都弄把小提琴。这把小提琴就是理工农医任一门，只有文科不在其内，这和美国发生的事不一样，但是结论还是同一个——我该去干点别的，不该写小说。

有关美国的一切，可以用一句话来描述：American's business is business，这句话的意思就是说，那个国家永远是在经商热中，而且永远是1000度的白热。所以你要是看了前文之后以为那里有某种气氛会有助于人立志写作就错了。连我哥哥到了那里都后悔了，觉得不该学逻辑，应当学商科或者计算机。虽然他依旧无限仰慕罗素先生的为人，并且竭其心力证明了一项几十年未证出的逻辑定理，但是看到有钱人豪华的住房，也免不了唠叨几句他对妻儿的责任。

在美国有很强大的力量促使人去挣钱，比方说洋房，有些只有一片小草坪，有的有几百亩草坪，有的有几千亩草坪，所以仅就住房一项，就能产生无穷无尽的挣钱的动力。再比方说汽车，有无穷的档次和价格。你要是真有钱，可以考虑把肯尼迪遇刺时坐的汽车买来坐。还有人买下了前苏联的战斗机，驾着飞上天。在那个社会里，没有人受得了自己的孩子对同伴说：我爸爸穷。我要是有孩子，现在也准在那里挣钱。而写书在那里也不是个挣钱的行当，不信你到美国书店里看看，各种各样的书胀了架子，和超级市场里陈列的卫生纸一样多——假如有人出售苦心积虑一页页写出的卫生纸，肯定不是好行当。除此之外，还有好多人的书没有上架，窝在他自己的家里。我没有孩子，也不准备要。作为中国人，我是个极少见的现象。但是人有一张脸，树有一张皮，别人都去挣钱，自己却在干可疑的勾当，脸面上也过不去。

在美国时，有一次和一位华人教授聊天，他说他的女儿很有出息，放着哈佛大学人类学系奖学金不要，自费去念一般大学的 law school，如此反潮流，真不愧是书香门第。其实这是舍小利而趋大利，受小害而避大害。不信你去问问律师挣多少钱，人类学家又挣多少钱。和我聊天的这位教授是个大学问家，特立独行之辈，一谈到了儿女，好像也不大特立独行了。

说完了美国、苏联，就该谈谈我自己。到现在为止，我写了八年小说，也出了几本书，但是大家没怎么看到。除此之外，我还常收到谩骂性的退稿信，这时我总善意地想：写信的人准是在领导那里挨了骂，找我撒气。提起王小波，大家准会想到宋朝在四川拉杆子的那一位，想不到我身上。我还在减熵过程中。顺便说一句，人类的存在，文明的发展就是个减熵过程，但是这是说人类。具体说到自己，我的行为依旧无法解释。再顺便说一句，处于减熵过程中的，绝不只是我一个人。在美国，我遇上过支起摊来卖托洛茨基、格瓦拉、毛主席等人的书的家伙，我要和他说话，他先问我怕不怕联邦调查局——别的例子还很多。在这些人身上，你就看不到水往低处流、苹果掉下地、狼把兔子吃掉这一宏大的过程，看到的现象相当于水往山上流、苹果飞上天、兔子吃掉狼。我还可以说，光有熵增现象不成。举例言之，大家都顺着一个自然的方向往下溜，最后准会在个低洼的地方会齐，挤在一起像粪缸里的蛆。但是这也不能解释我的行为。我的行为是不能解释的，假如你把熵增现象看成金科玉律的话。

当然，如果硬要我用一句话直截了当地回答这个问题，那就是：我相信我自己有文学才能，我应该做这件事。但是这句话正如一个嫌疑犯说自己没杀人一样不可信。所以信不信由你吧。

* 原载第 11 期《香港文学》，1994 年 3 月出版。

长篇小说 >>>>>>

红拂夜奔

序

这本书里将要谈到的是有趣。其实每一本书都应该有趣，对于一些书来说，有趣是它存在的理由；对于另一些书来说，有趣是它应达到的标准。我能记住自己读过的每一本有趣的书，而无趣的书则连书名都不会记得。但是不仅是我，大家都快要忘记有趣是什么了。

我以为有趣像一个历史阶段，正在被超越。照我的理解，马尔库塞（Herbert Marcuse）在他卓越的著作《单向度的人》里，也表达过相同的看法。当然，中国人的遭遇和他们是不同的故事。在我们这里，智慧被超越，变成了“暧昧不清”；性爱被超越，变成了“思无邪”；有趣被超越之后，就会变成庄严滞重。我们的灵魂将被净化，被提升，而不是如马尔库塞所说的那样，淹没在物欲里。我正等待着有一天，自己能够打开一本书不再期待它有趣，只期待自己能受到教育。与此同时，我也想起了《浮士德》里主人公感到生命离去时所说的话：你真美呀，请等一等！我哀惋正在失去的东西。

一本小说里总该有些纯属虚构的地方。熟悉数学方面典故的读者一定知道有关费尔马定理的那个有趣的故事，这方面毋庸作者赘言。最近，哈佛大学的一位教授证明了费尔马大定理。需要说明的是，书中王二证明费尔马定理，是在此事之前。

作　者

关于这本书：

王二一九九三年四十一岁，在北京一所大学里做研究工作。研究方向是中国古代数学史。他是作者的又一位同名兄弟。年轻时他插过队，后来在大学里学过数学。从未结过婚，现在和一个姓孙的女人住在一套公寓房子里。在冥思苦想以求证明费尔马定理的同时，写出了这本有关李靖和红拂的书。这本书和他这个人一样不可信，但是包含了最大的真实性。熟悉历史的读者会发现，本书叙事风格受到法国史学大师费尔南·布罗代尔的杰出著作《15至18世纪的物质文明、经济和资本主义》的影响，更像一本历史书而不太像一本小说。这正是作者的本意。假如本书有怪诞的地方，则非作者有意为之，而是历史的本来面貌。

第一章

在本章里一再提到一个名称“领导上”。在一本历史小说里出现这种称呼，多少有些古怪。作者的本意是要说明，“领导”这种身份是古而有之。

一

李靖、红拂、虬髯公世称风尘三侠，隋朝末年，他们三人都在洛阳城里住过。大隋朝的人说，洛阳城是古往今来最伟大的城市；但唐朝的人又说，长安是古往今来最伟大的城市；宋朝的人说，汴梁是古往今来最伟大的城市；所以很难搞清到底哪里是古往今来最伟大的城市。洛阳城是泥土筑成的，土是用远处运来的最纯净的黄土，放到笼屉里蒸软后，掺上小孩子屙的屎（这些孩子除了豆面什么都不吃，除了屙屎什么都不干，所以能够屙出最纯净的屎），放进模板筑成城墙，过上一百年，那城就会变成豆青色，可以历千年而不倒。过上一千年，那城墙就会呈古铜色，可以历万年而不倒。过上一万年，那城就会变成黑色，永远不倒。这都是陈年老屎的作用。李靖、红拂、虬髯公住在城里时，城墙还呈豆青色。这说明城还年轻。可惜不等那城墙变成古铜色，它就倒了，城里的人也荡然无存。所以很难搞清城墙会不会变成黑色，也搞不清它会不会永远不倒。洛阳城墙筑好之后，渐渐长满了常春藤。有一些好事的家伙派人把藤子从墙上扯下去，墙上就剩下了细小的藤蔓，好像四脚蛇断掉的尾巴。与此同时，被扯下墙的常春藤在地上继续生长，只是团成了团。有些叶子枯萎凋落，有些叶子却蓬勃向荣。这些藤子在地上，就像一堆堆的垃圾。而立着的城墙却被断裂的藤蔓染上了花纹，好像一匹晾在空中的蜡染布。然后又有些人觉得有花纹的城墙不好看，又派了一些人出来，举着绑了刀片的竹竿，把花纹都刮掉了。久而久之，城墙上就被刮出了好多白斑，好像脸上长了癣。我不明白既然一堵墙已经修了出来，为什么不能让它好好待着——人活着受罪，干吗让墙也受罪呢？

李靖他们住在洛阳城里时，这里到处是泥水。人们从城外运来黄土，掺上麻絮，放在模板里筑，就盖成了房子。等到房子不够住时，就盖起楼房，把小巷投进深深的阴影里。洛阳的大街都是泥的河流。那时候的雨水多，包铁的木车轮子碾起地来又厉害，所以街上就没有干的时候。泥巴在大街上被碾得东倒西歪，形成一道又一道的小山脊，顶上在阳光下干裂了，底下还是一堆烂泥，足以陷到你的膝盖。那些泥巴就这样在大街上陈列着，好像鳄鱼的脊梁。当时的人们要过街，就要借助一种叫拐的东西。那是一对带有歪杈的树棍，出门时扛在肩上，走到街边上，就站到杈上，踩起高跷来。当时的老百姓都有这一手，就像现在的老百姓都会骑自行车一样。谁也不知道将来的老百姓还会练出什么本事来——假如有需要，也许像昆虫一样长出六条腿。当然，各人的道行有深有浅。有人踩在三尺短拐上蹒跚而行，也有人踩在丈八长拐上，凌空而过。比较窄的街段上，有些人借助撑杆一跃而过。在泥水中间，又有无数猪崽子在游荡。老百姓和猪就这样在街上构成了立体画面。除此之外，还有给老弱病残乘坐的牛车，有两个实心的木头轮子，由一头老水牛拉着，吱吱扭扭，东歪西倒。从城东到城西，要走整整半天。假如它在路中间散了架，乘车的都要成泥猪疥狗。不是老百姓的人坐在八匹马拉的轿车里呼啸而过时，泥水能溅到路边的店铺里面。正如今日有些豪华轿车跟在你自行车后猛按喇叭，嫌你聋得还不够快。老百姓总是恨非老百姓，这是原因之一。

那些在洛阳大街上横行的马车就像鱼雷艇，这种高速船只宜在空旷处行驶，不该开上大街。但是谁也没有对马车提出意见，因为谁都不敢。人们只是上街时除了带着拐，还带一把油纸伞，见到马车过来，就缩在路边，张开伞接泥巴。还有一些人不带雨伞，而是穿着油布的雨披。不管你怎么小心，总有弄一头一脸一身的时候。所以又要带上一个防水的油布口袋，里面带着换洗衣服。但是要洗手洗脸，总要用水。井倒是好找，洛阳每个街口都有一间白色的小房子，里面就是水井。但是房子里有人看着，用水要钱。所以图省钱的人就在脖子上拴两个牛尿脬，里面放上水。但是你虽有换洗衣服，总要有地方换，总不能当街赤身裸体，找更衣处（现代话叫收费厕所）也要钱；所以图省钱的人就不是带一把伞，而是两把伞。更衣时把两把伞前后张开遮住。这样一个图省钱的人出门时，脚下踩着一对拐，脖子上挂了两袋水，背后插了两把伞，腰里还挂着鼓鼓囊囊的口袋，实在是很累赘。其实你只要用一点钱，就可以清清爽爽地到任何地方，这个办法和现在是一样的：坐 taxi。所以那些人是自愿活得那么累赘，因为他们想省钱。他们想省钱的原因是他们没有钱。

大隋朝的 taxi 没有轮子，那是一些黑人，脑袋后面留着小辫子，赤身裸体，只穿一条兜裆布，手里拿着一条帆布大口袋。问好了去处，他就张开口袋把你盛进去。一个大钱一公里，他可以把你驮到任何地方，身上也不会沾一点泥。但是在坐 taxi

前，必须在他脸上摸一把，看看是真黑人，还是鞋油染的。有些无赖专门冒充 taxi，把人扛到臭水坑前面，脑袋朝下地往下一栽。这些无赖以为这样干是有幽默感，其实一点也不幽默，因为这样一栽常常把别人的颈椎栽断。别人的颈椎断了，他们就把钱袋摸走。这也如你今天乘出租车时，也必须研究一下司机和车子，万一乘错了车，就会被人把脸打扁。众所周知，taxi 只对外国人和阔佬是安全的。

坐 taxi 出门太贵，又有折断颈骨的危险，所以在洛阳城里，大多数人平常出门时都是全副武装，十分累赘。只有那些走街串巷的妓女最潇洒。那种人身穿皮子的短上衣和超短裙，溅上了泥后，等干了一刮就掉，顶多剩下一点白色的痕迹。过街时只要招招手，就有老黑来把她扛过去，连钱都不要。当然，走在路上时 taxi 的手不老实，要占点小便宜。她们什么都不带，因为什么都用不着，只带一个小手提包，包里有刮泥点子的竹片子、手纸、小镜子等等，但是没有很多钱，钱多了流氓会搜走。但也不能一点钱都没有。那些流氓穿着黑绸子的长袍，头发用榆皮水梳得贼亮，嘴里嚼着蜜泡过的老牛皮（当时已经有了阿拉伯树胶做的口香糖，但是太贵，一般人买不起）。妓女的包里要是没钱，流氓发起火来什么事都干得出来。好多年以前，洛阳城就是这样。好多年以前，李靖就是这么个流氓。

二

我在讲李靖的事时，他就像一座时钟一样走着。但是这座时钟走得并不总一样快。讲到别的人时也是这样。举例而言，现在是故事的开头，时钟就相当缓慢。也不知讲到什么时候它就会突然快起来，后来又忽然慢下去，最后完全不走了。这是我完全不能控制的。因为不但李靖，连我自己也是一座时钟，指不定什么时候快，什么时候慢，什么时候会停摆。

我们现在知道，李卫公是个大科学家，大军事家；其实他还是个大诗人，大哲学家。因为他有这么多的本事，年轻时就找不到事做，住在洛阳的祖宅里（那座祖宅是个土墙草顶的房子，草顶露了天，早该换草了），有时跑到街上来当流氓聊以为生。在这种时候他只好尽量装得流里流气，其实他很有上进心。年轻时李靖住在洛阳一条铺石板的小巷里，有时一天只吃一顿饭，晚上点着蓖麻油的灯熬夜。那种油是泻药，油烟闻多了都要屙肚子。当时他可没有当大唐卫公的野心，只想考上个数学博士，在工部混个事就算了。但是这样的事他都没找到。

我知道李卫公精通波斯文，从波斯文转译过《几何原本》，我现在案头就有一本，但是我看不懂，转译的书就是这样的。比方说，李卫公的译文“区子曰：直者近也”，你想破了脑袋才能想出这是欧几里得著名的第五公设：两点间距离以直线为最近。因为稿费按字数计算，他又在里面加了一些自己的话，什么不直不近，不近者远，远者非直也等等，简直不知所云。除此之外，还有一些段落具有维多利亚时代地下小说风格，还有些春宫插图。这都是出版商让加的。出版商说，假如不这样搞，他就要赔本了。出版商还说，你尽翻这样的冷门书，一辈子也发不了财。因此李靖只好把几何和性结合起来。这是因为这位出版商是个朋友，他有义务不让朋友破财。每次他这么干的时候，都会感到心烦意乱，怪叫上一两声。但是他天性豁达，叫过就好了。

李卫公多才多艺，不但会波斯文，而且会写淫秽小说，会作画，他的书里的插图都是自己画的。有时候他也用烧红了的铁笔给自己在木板上画名片，用大篆写上“布衣李靖”，写完了又觉得不过瘾，于是擅自用隶字加上了一行小字：“老子第十六世孙”。这么写也不纯是唬人，因为姓李的都可能是老子的后裔，但是第十六世可一点依据也没有。他每天早上用冷水洗澡，不论春夏秋冬；上街时拄两丈长的拐，那拐是白蜡杆制的，颇有弹性，所以他走起来比马车还快。现在有些年轻人骑十速赛车，走起来也比汽车快。当年李靖遇到红拂时，他很年轻。

后世的人们说，李卫公之巧，天下无双，这当然是有所指的。从年轻时开始，他就发明了各种器具。比方说，他发明过开平方的机器，那东西是一个木头盒子，上面立了好几排木杆，密密麻麻，这一点像个烤羊肉串的机器。一侧上又有一根木头摇把，这一点又像个老式的留声机。把右起第二根木杆按下去，就表示要开 2 的平方；转一下摇把，跷起一根木杆，表示 2 的平方根是 1；摇两下，立起四根木杆，表示 2 的平方根是 1.4；再摇一下，又立起一根木杆，表示 2 的平方根是 1.41。千万不能摇第四下，否则那机器就会哗啦一下碎成碎片。这是因为这机器是糟朽的木片做的，假如是硬木做的，起码要到求出六位有效数字后才会垮。他曾经扛着这台机器到处跑，寻求资助，但是有钱的人说，我要知道平方根干什么？一些木匠、泥水匠倒有兴趣，因为不知道平方根盖房子的时候有困难，但是他们没有钱。直到老了之后，卫公才有机会把这发明做好了，把木杆换成了铁连枷，把摇把做到一丈长，由五六条大汉摇动，并且把机器做到小房子那么大，这回再怎么摇也不会垮掉，因为它结实无比。这个发明做好之后，立刻就被太宗皇帝买去了。这是因为在开平方的过程中，铁连枷发挥得十分有力，不但打麦子绰绰有余，人挨一下子也受不了。而且摇出的全是无理数，谁也不知怎么躲。太宗皇帝管这机器叫卫公神机车，装备了部队，打死了好多人，有些死在根号 2 下，有些死在根号 3 下。不管被根号几打死，都是脑浆迸裂。卫公还发明过救火的唧筒，打算卖给消防队，但是消防队长说，猴年马月也不失次火，用水桶也能对付；这个发明就此没卖出去，直到二十多年以后，才卖给了大唐皇帝。当然，卖了的唧筒是铁铸的，不喷水，而是喷出滚烫的大粪。这东西既不能救火，也不能浇花，只能浇人。浇上以后就算侥幸没有死掉，也要一辈子臭不可闻。皇帝把它投入了成批生产，命名为卫公神机筒。假如老百姓上街闹事，就用屎来浇他们。卫公有过无数的发明，都是一辈子卖不出去，最后卖给了太宗。太宗把它们投入生产，冠以“神机”之名。现在我们一听到神机两个字，就把它和虐待狂画了等号，怎么也想不到消防和开平方。卫公年轻时，做梦都想卖发明来救穷，但是一样也卖不出去。等到他老了以后，这些发明倒全卖出了大价钱，但是这会儿他已经不缺钱了。

据我所知，李卫公年轻时只卖掉了一件发明，那是一架用手摇动的鼓风机，他把它卖给了邻居的饭馆，卖了二十块钱。做成了这个买卖之后，他高兴得要了命，以为从此自己有了正当的生计，不用再当流氓了。——在此之前，饭馆里都用人来吹火。每个灶眼都要雇五个人，手持吹火筒轮番上前。有些人干了一辈子，就再也用不着吹火筒。他们的嘴唇长了出来，好像鸭子，稍一用力就能形成个肉管子——谁知过了不到三天，人家就把被火烧糊了的鼓风机送了回来，不但让他把钱退回去，还要他包赔几乎造成火灾的损失。其实卫公做的鼓风机再好使不过，只是不能倒过来摇。假如倒过来摇就不仅不能鼓风，反而要把灶膛里的火抽到鼓风机里，把木制的叶轮烧着。这个例子告诉我们的是，再好的发明到了蠢货手里也不能起作用。可惜的是这世界上的蠢货总是那么多。但是人没法子和蠢货争论。人家要他退钱，他就老老实实地说道：花完了，退不出了。然后就伸出额头来说道：打几下吧。他老拿额头来付账，以致上面老是有三道以上的紫印子。不认识他的人总以为他像一些老婆子那样，喜欢把脑门子刮紫，并且以为这样做了以后百病不生，其实不是的。有关这件事我们还可以补充说，这架鼓风机后来也卖了出去，还是卖给了大唐皇帝。而大唐皇帝还是用它来打仗——在风向有利时，用它吹起石灰粉和研碎的稻糠，可以迷住敌人的眼睛。但皇帝的御厨房里依旧用人来吹火，而且那些吹火的人的嘴唇像溶化了挂在半空的麦芽糖。

我们还可以说说古时候的人怎么开平方——工匠需要知道平方根，不管在哪朝哪代——干那件事首先是需要小棍子。古时候用筹算法，除了职业数学家谁也不把算筹带在身上，以免别人怀疑你是个卖筷子的。所以你走在隋朝的大街上，吃着烤羊肉串，发现有人鬼鬼祟祟地跟着你，千万不要诧异。那都是些木匠的小徒弟，在给师傅找算筹，图的是你手里的那根竹签子。有些人图简便，就把平方根表刺在身上，但是中国字占地方，数表又长，脸上手上的皮远远不够。所以刺得浑身都是，干着活就会突然脱到光屁股。因为这个原故，所以大隋朝的法律规定泥水匠当街干活必须戴斗笠。这东西不光是为了遮风挡雨，还可以在查平方根时把前面挡上。

李卫公老年时是大唐的名臣，所以不知他还能不能记得年轻时驾两丈高双拐走在洛阳大街上的事。当时每个走在他下面的人都恨他恨得要死。这是因为他总从别人头顶上跨过去，使别人蒙受胯下之辱，还因为他在那件黑绸长袍底下什么都不穿。

这一点在平地上不是个问题，悬在半空中就十分让人讨厌。当时洛阳城里的女人在巷口看到一对白蜡长杆从面前走过，感到一个影子从天顶飘落，遮住了阳光时，大多马上尖叫一声，闭上眼睛蹲在地上，表示她什么都不想看。也有些泼辣的娘们见到这种景象就怒吼一声，从家里拿出顶门杠，踏泥涉水地猛扑过去，追打那对白蜡杆，要把李靖从天上打下来。这也很难得逞，因为李靖的速度快着哪。他飞快地跑掉了，留在街上一串奸笑。只有在街边上徘徊拉客的妓女，才会嚼着嘴里的老牛皮，扬起脸来看半空中的李靖——他长袍下襟下露出的两条毛茸茸的腿和别的东西。但是她们对这些东西早就司空见惯了。为了引起她们的注意，李靖在腿上和别的地方都刺了骇人听闻的图案。这件事就是这么古怪：李靖在地面上时，她们服从他，千方百计地讨好他；而等他到了天上后，事情就反了过来。假如一个流氓在街上走过时，没有妓女的喝彩，那他就很难在洛阳城里混了。所以流氓要在天上表演各种花样，就像演员在台上表演一样。

李靖在天上行走时，就像一只大鸟。这是因为他站在拐上时撅起屁股，把上身朝前俯去。这种乘拐姿势在洛阳城里得到最高的评价——被认为是最帅的，但是现在看起来却像个淘气的女孩子尝试站着撒尿一样，说不上有什么好看。他在街上走时，两腿叉得很开，一条腿踩在街的左边，另一条踩在街的右边，这样重心稳定不容易摔倒；而且假如有一辆横冲直撞的马车迎头撞过来，也只会从他两腿之间冲过去，不会碰着他。李靖在洛阳城里走动时，就像一只在小河沟里觅食的鹭鸶，脚下是一条污浊的水道。用这种姿势行走时，他的阴茎朝前伸着，阴囊缩紧，从下面一看就如天上的一只飞鸟一样。假如仔细看的话，还能看见他的龟头上刺了一只飞翔的燕子，这是那时的时尚。其实这样的行走方式一点都不好，万一失去了平衡，会从天上摔下来，而且根本不知道会掉到什么地方——这就像飞机失掉了控制，掉到哪里都可能，甚至会掉到粪坑里。除此之外，他还能感到一股污浊的水汽从他两腿之间升上来。在他两边是深褐色的屋顶，有些铺着长满了苔藓的瓦，有的铺的是树皮——上面长了叫做狗尿苔的菌类。他耳畔响着一座城市熙熙攘攘的声音，鼻端充满了这座城市恶臭的气味。这种时候他总是在为生计奔走。直到他从那两根长杆上爬下来时，才不是在奔走。但那些时候他又在为生计老着脸皮求人，或者厚颜无耻地敲诈别人，卫公年轻时的生活就是这样的。后来他成了大唐的卫公，这就是说，后世的人再也不好意思，也不敢说起他在洛阳街上行走时，因为不穿内裤，又因为受到污浊水汽的熏蒸，经常患上阴囊瘙痒症，那东西肿得像火鸡的脸一样，这种情形被在他身下面的妓女看到了，就会受到耻笑，所以他只好用姜汁把患处再染成黄色。这样不但受到瘙痒的煎熬，还要忍受姜的刺激，感觉实在很不好。

李靖在洛阳城里当流氓，却是流氓中最要不得的一种。这就是说，他想向市场上的小贩要保护费，却不好意思开口，也不好意思伸手，这就使问题复杂化了。假设你是洛阳市场上一个小贩，见到一个穿黑衣服梳油头的家伙从你摊前过来过去，满脸堆笑地和你打招呼，你也想不到他是要讹诈你吧。然而他来的次数多了，摊面上就会发生一些可怕的事：不是雪白的布面上被用狗屎打了叉子，就是汤锅里煮上了死蛇。假如你对这些事情还能熟视无睹，就会有活生生的大蝎子跳到你摊上来。以上过程一直要重复到你在摊面上放了一叠铜钱，这叠铜钱无声地滑到他的袖口里为止。反正都是要钱，不明说的就更讨厌。向妓女要钱的时候他也板不起脸来，只是嬉皮笑脸地上前纠缠，和人家讨论音乐和几何学，直到对方头疼得要死，掏出钱来为止。所以无论小贩还是妓女，都对他切齿痛恨，希望他早患时疫瘟死。这种敌意表现在人们看到他时一点笑容都没有，而且谁也不答理他。他的笑脸就像一个个肥皂泡，掉到水里不见了。他这样做的原因，是因为他自以为是知识分子，要面子，不能对别人恶语相向。晚上回了家以后，他脱掉黑绸的长袍，换上白麻布的短装，用灶灰水把头发洗得蓬蓬松松披在肩上，就跑到小酒馆或者土耳其浴室一类的地方，和波斯人、土耳其人，还有其他一些可疑人物讨论星相学、炼丹术等等，有时还要抽一支大麻烟。那种地方聚集着一些自以为是知识分子的人，而且他们中间每个人都自以为是世界上最后一个知识分子。那些人都抽大麻，用希腊语交谈，搞同性恋；除此之外，每个人都像李靖一样招人恨。他们就像我一样，活着总为一些事不好意思，结果是别人看着我们倒觉得不好意思了。

据我所知，自从创世之初，知识分子就被人看不起。直到他们造出了原子弹，使全世界惶惶不可终日，这种情形才有所改变。李卫公年轻时被人说成大烟鬼、屁精、假洋鬼子，也没有卑鄙到想造原子弹来威胁人类。他在土耳其浴室里吸了一根大麻烟，迷迷糊糊地想出了毕达哥拉斯定理的证明，就像阿基米德一样，大叫一声“欧力卡”！光着屁股奔出澡堂跑回家去，连夜把定理写了出来，把门板锯了刻版，印刷了一千份，除了广为散发，还往六部衙门投寄。其结果是后来被衙门里捉进去打了一顿板子，罪名是妖言惑众，再加上那天晚上裸体奔跑，有伤风化。其实他无非是想让当官的注意他的数学才能，破格提拔他当数学博士。挨板子的时候，他又证明了费尔马定理，但是他这回学乖了，一声也没吭。

李卫公年轻时在洛阳城里，总想考数学博士，然后就可以领一份官俸，不必到街上当流氓。这是知识分子的正经出路。但是他总是考不取。这倒不是因为他数学不够精通，而是因为考博士不光是考数学，还要考《周易》，这门学问太过深奥，而且根本就不属于数学的范畴（我看属于巫术的范畴），所以不管他锥股悬梁，还是抽大麻，总是弄不懂。所以每次考试他只能在《周易》的考卷上写上“大隋皇帝万岁万岁万万岁”，再署上自己的名字交上去。这样的卷子谁也不敢给他零分——实际上他得的是满分——但是考官觉得他在取巧，就给他数学打零分。这种结果把李靖完全搞糊涂了，他怎么也不敢相信自己把那些小学的四则运算题全算错了，痛苦得要自杀。假如他知道内情，就该在数学答卷上也写皇帝万岁，这样就能考取。但是这些事不说明李靖笨，事实上他聪明得很。那次因为投寄毕达哥拉斯定理被捉去打板子时，他很机巧地在衣服底下垫了一块铁板，打起来当当的响，以致那位坐堂的官老爷老问“谁在外面打锣”。但是像这样的小聪明只能使他免去一些皮肉之苦，却当不了饭吃。当然他的聪明还不止此，打完了板子之后，他还要被拉到签事房里去在屁股上涂上烧酒——表面上这是为了防止伤口化脓，并且表示一下领导上对被责者的关心；其实是要看看是否打得够重，是不是需要补打几下。这时李靖把铁板藏起来了，他的屁股上早就涂了烟灰水，看上去乌青的一大片，涂酒时，公差的手也变成了乌青一片，好像也挨了打，故而大家都说打得够厉害。挨了这顿板子以后，李靖翻然悔悟，决定不再装神弄鬼，要做个好流氓。出了衙门，见到第一个妓女，他就把眼睛瞪到铜铃那么大，走上前去，不谈几何，也不谈音乐，伸手就要钱。而那个女人则瞪大了眼睛说道：钱？什么钱？这个女人就是红拂。李靖这样讲话时，已经不像个知识分子了。知识分子有话从来不明说，嫌这样不够委婉。

三

在本节里作者首次用到了“想入非非”这个词。对此也不能做字面上的理解。作者是指一种人类与生俱来的性质。意思和弗洛伊德所说的“性欲”差不了太多。

李靖在天上行走时，不光可以看到脚下污浊的街道，还可以看到远处的景物，一直到地平线。地平线上一层灰蒙蒙的雾气，雾气下面是柳树的树冠，遮住了城墙。树冠里面是高高低低的房顶，还有洛阳城中高处的石头墙。那堵墙有两丈多高，遮断了一切从外面来的视线。住在墙外的人只知道里面住了一些有身份的人，却不知道他们是谁，怎样生活。李靖想过，假如再从城外运来纯净的黄土，掺上小孩子屙的屎，再多加些麻絮纸筋，就能筑起一座五丈多高的土楼——你不可能把土楼修得再高，再高就会倒掉——然后在土楼上再造一座五丈高的木头楼（木头楼顶多也只能造到五丈高，再高也会垮），然后再在木楼顶上用毛竹和席子搭起一座竹楼，这样三座楼合起来就有十好几丈高了。事实上没有人肯在那么高的地方造竹楼，因为来一场大风就会把竹楼吹走，连毛竹带席子你一样也拣不回来，而且这两样东西都还值一点钱，别人拣了也不会还回来。但这在李靖看来并不要紧，他只想在那座竹楼被风吹走前爬到上面去，看看里面到底是什么。自从有了城市以来，所有的城市都分成了两个部分，一座 uptown，一座 downtown。李卫公住在 downtown，想到 uptown 去看看，这也叫想入非非。我现在得闲时，总要到学校的教授区里转几圈，过过干瘾。那是一片两层的小楼，大面积的铝制门窗，只可惜里面住的全是糟老头，阳台上堆满了纸箱子。我喜欢从窗口往里看，但我没有窥春癖，只有窥房子癖。李靖在天上行走时，还看见红拂在下面街边上木板铺成的人行道走着，穿着妓女的装束。于是他把双拐插在道边上的烂泥里，从空而降，截住了她的路。

李卫公从拐顶滑下来时姿势潇洒，就如一只大鸟从天上落下来，收束翅膀，两脚认准地面。好几个过路人都准备要喝他一句彩，只可惜他落得匆忙，不小心把怀里那些东西摔了出来——其中有一条死蛇，好几只活蝎子——这都是给小贩们准备的——所以那些人就把喝彩收了回去，给他一阵哄堂大笑。这种在妓女面前出彩的事叫人很难忍受，假如是被别的流氓碰到，一定会把红拂杀死来藏羞。但是李靖只是羞红了脸皮，伸出一根手指摸了一下鼻子，根本就没起杀人的念头。这说明李靖虽然下了决心要当个好流氓，但他还是当不了。他狠了狠心，决心管她要双倍的保护费，但她却一个子儿也不给。然后他又狠了狠心，把这要赖的娘们吃饭的家伙没收掉。那东西就是羊尿泡做的避孕套。没有这东西，做起生意来就会赔本——所挣到的钱正好够付打胎的费用，而且付了钱还不一定能打下来。

我以为应该给发明避孕套的人发一枚奖章，因为他避免了私生子的出生，把一件很要命的事变成了游戏。但是奖章一般只发给把游戏变得很要命的人。李靖要是早明白这一点，年轻时也不会这么穷。

在李靖看来，红拂是很古怪的娼妓，她的身材太苗条，个子太高；远看起来，有点头重脚轻的样子，因为她梳了个极大的发髻，简直有大号铁锅那么大。她的皮肤太白，被太阳稍稍一晒，就泛起了红色。她就这个样子站在街边上东张西望。李靖走过去，伸手把她的皮包抢下来，翻来翻去，她就瞪着眼睛看他，一副忍不住要说话的样子，但是终于没有说。最后李靖把包还给她，瞪着眼吼了一声：你把钱藏在哪里了？红拂说：我没有钱。李靖又说：你把那东西藏哪里了？红拂就问：什么东西？李靖说：岂有此理。搜了哇！红拂就伸直了胳臂闻自己的胳肢窝。把两边都闻遍了以后，说：我每天都洗澡，怎么会馊。李靖瞪了一会眼，后来笑了笑，挥挥手让她走了。李靖后来说，他在红拂的兜兜里发现了好多进口货，像西域来的小镜子、南洋的香粉等等。她穿的皮衣皮裙都是真正摩洛哥皮的，又轻又软；不像别的妓女，穿着土硝硝的假摩洛哥皮，不但咯咯作响，而且发出臭气。她身上还散发着一种撩人的麝香气，麝从来就不好捉。像这样的妓女没有钱，叫人实在没法相信。要是真正的流氓遇上了这种要钱没有的情形，一定要当街闹起来，会把她推倒在泥水里，会把她的包包扔到房顶上去。但是他没有做这样的事，只是在她走过以后留下的香气里停留了一会儿，就爬上拐顶去，在那里东摇西晃地找了一阵平衡，然后朝前走了。这件事说明了李卫公这次翻然悔悟已经结束了，很快他就开始想入非非：想象这个女人从哪里来，到哪里去，并且和她开始一场爱情。无须乎说，像他这样的人不堪重用。

假如红拂真被看成了妓女，就会有好多麻烦。所幸她那个装束只是似是而非，不但嫖客见了不敢嫖，连胆大妄为的流氓都不敢贸然过来收保护费。只有李靖这个愣头青上来就抢她的包。等到他走开以后，红拂听见一边有人说：好嘛，两个便衣碰到一起了。这话说得其实不对，就是女便衣也穿不起摩洛哥皮。但是洛阳街头的流氓有几个认得摩洛哥皮，更不要说知道它的价值了。非得像李卫公这样博古通今的人才知道，而李卫公的脑子里整天都在想几何题，所以发现了是摩洛哥皮，当时也没觉得奇怪。直到上了拐，走到大街上，才高叫一声妈的，不对头！当时他想要转回去再看看红拂，但是跟在他后面的一个赶驴车的却说：我操你妈！这是走路呢，还是拉磨？他就没回去。只是到东城去，见到那位出书的朋友后，告诉他今天撞到了一个穿摩洛哥皮的妓女。那位朋友说：好悬，准是便衣。她要是告你非礼，够你蹲半年大狱了。李靖说：别逗了，摩洛哥皮每平方寸卖二十块。那朋友说：高级便衣。李靖就说：算了，不管她什么便衣。告诉你，我证出了费尔马大定理。这个定理费尔马自吹证出来过，但是又不把证明写出来，证了和没证一样，而且也不知他真的证出来没有。李靖想让朋友给他出一本书，发表他这项了不起的发现，那位朋友却说：得了吧你，板子还没挨够哇。他让李靖给他画春宫，每幅给十块钱，因为刚刚挨了一阵板子，李靖就答应了。这是因为画了小人书就可以拿到钱，毕竟是看得见摸得着，比之虚无缥缈的数学定理好得多。但是过了一会，就想到画一幅画只值半平方寸摩洛哥皮，这样的生活有什么意思。最后他终于把费尔马定理写到春宫小人书的文字里了，这说明他还是贼心不死，继续想入非非。像这样的事并不少见，比方说吧，中国古书里有这样两句顺口溜：

> 三人同行古来稀，
> 老树开花廿一枝。

这竟是一种不定方程的解法，叫做韩信暗点兵——我不知道韩信和老树有什么关系。但是我知道这说明古时候有不少人像李靖一样淘气。如果我们仔细地研究唐诗宋词，就会发现里面有全部已知和未知的现代数学和物理学定理。现在我确知李卫公所写的春宫说明词里包含了费尔马定理的证明，但我没法把它读出来——这是因为费尔马定理的证明应该是怎样的，现在没有人知道，或者说，现在还没有人能够证出费尔马定理。它就如隋时发明的避孕套，到唐代就失传了，因此给了洋鬼子机会，让他们可以再发现一次。因为它已经失传，所以我也不知该怎样解释这些说明词。最简单的解释是：那是一些性交的诀窍。但是不应该是这样子的。不应该的原因是有我们存在。我们的任务就是把性交的诀窍解释成数学定理，在宋词里找出相对论，在唐诗里找牛顿力学，做这种工作的报酬是每月二百块钱工资。所以我也常像李卫公那样想：这样的生活有啥意思。

我和卫公的心灵在一部分可以完全相通，另一部分则完全不通，其他部分则是半通不通。相通的部分就是我们都在鬼鬼祟祟地编造各种术语，滥用语言，这些念头和那些半夜三更溜进女宿舍偷人家晾着的乳罩裤衩的变态分子的心境一样的叵测。不通的部分是我证不出费尔马定理，李卫公是天才，而我不是。半通不通的就是他不够天才或者我不够鲁钝的地方。但是这些区别只有我才能够体会，在外人看起来我们俩都是一样的神秘兮兮。我能够想象李卫公晚上在家里画春宫的样子：他手里拿了一根竹签子做的笔，用唾液润湿墨锭，弄得满嘴漆黑，两眼发直地看着冒黑烟的油灯，与此同时，煞费苦心地把费尔马定理的证明编成隐语，写进春宫的解说词。他就这样给人世留下了一份费猜的东西。我有一个朋友在翻译书，煞费苦心地把totalitarianism（极权）译成全体主义。我还有一个女朋友在搞妇女研究，也是煞费苦心地造出一个字——“女性主义”（女权）。现在这个“权”字简直就不能用，而自己造些怪词，本身就是一种暗示。我现在写着这个古代大科学家李靖的故事，也在煞费苦心地把各种隐喻、暗示、影射加进去。现在的人或者能够读懂，后世的人也会觉得我留下了一些费猜的东西。鬼才知道他们能不能读懂，但是不给后世留下一份费解的东西，简直就是白活了。

人们说知识分子有两重性，我同意。在我看来这种性质是这样的：一方面我们能证明费尔马定理，这就是说，我们毕竟有些本领。另一方面，谁也看不透我们有无本领。在卫公身上，前一个方面是主要的，在我身上后一个方面是主要的。好在这种差异外人看不大出来。在他们看来，我们都是一样的古怪。

根据史籍记载，李卫公身材高大，约有一米九十五到两米的样子，长了一个鹰钩鼻子，眼睛有点黄；身上毛发很重，有一点体臭。这说明他不是纯粹的东亚黄种。经过了五胡乱华，这原是常有的事。当时洛阳城里也有各方的人物。有大鼻子小眼睛的犹太人，兜售劣质的绿玻璃珠子，却一口咬定是绿玉做的；有戴斗笠穿肥腿裤子的高丽人，在路边生起冒黄烟的炉子烤咸鱼干卖，发出又甜又腥的味道；还有面色黝黑的印度人，按照相似疗法的原理出售各种药材：比方说，象牙是固齿的药材，斑马尾巴是通大便的药材，驴蹄子治脚垫等等，其实都是没影的事。最不该的是说犀牛角壮阳——连想一想都不应该，角对犀牛来说不是性器官，抵架也不是性交，这里有黑色幽默的成分，需要想一想才能知道。这些人和李靖一样住在downtown。这个地方李靖早已住腻了，他连做梦都想搬进石头墙里面去。但是等到他当了大唐卫公，尝到了这种滋味之后，却觉得它并不是太好。他真恨不得穿上黑绸子衣服再到市场上去。假如他这样做了，那他就是长安最老的流氓。

我对卫公的这一点倒是深有体会——他年轻时觉得眼前到处是机会，比方说，这世界上没有开平方的机器、鼓风机等等，这些机器都很有用，而且是别人发明不了的，而他不费吹灰之力就发明出来了。我相信爱迪生年轻时也是这么想的，但是爱迪生遇到的事可没落到卫公身上。假如他有爱迪生的机遇，中国就会有一个有千年历史的大国际公司：Weigong Lee，international。最起码要比什么贝尔实验室有名得多。满眼的机会抓不着，就有一种不得其门而入的感觉。

四

在李靖看来，红拂是很古怪的娼妓，不是 downtown 里所有的。但是在红拂看来，李靖也是很古怪的流氓。其实她并不知道真流氓是什么样子的，只是觉得他和街头巷尾扎堆聊天的那些穿黑衣服的家伙有区别罢了。李卫公身材高大，长一把山羊胡子，眼珠子是黄的，而洛阳的流氓全是蒙古人的脸相，五短身材。李卫公说话抑扬顿挫的很好听，而洛阳的流氓说话含混不清，好像没鼻子一样。因为这些原因，那些人都说李靖是个“雷子”，换言之，说他是上面派来的便衣侦探，或者是领某种津贴的线人。当年洛阳城里这种人可多了，比前东德所有的雷子加起来还多。在饭馆里吃着饭，就会有个人站起来，从腰里拿出个牌牌来，往桌上一拍说：刚才你说什么来着？再说一遍！听见这话的人就只恨自己为什么要长这根舌头。胡说乱道就像今天闯了红灯一样，要罚五块钱。洛阳街头也有红绿灯，那是两块牌子，上面写着“下拐”，“回避”，遇到有要人的马车通过时就亮出来。闯了那种红灯会被关起来，就像今天胡说乱道了一样。

人家说李靖是个雷子的事，红拂也不知道。她只知道当她站在大街上时，李靖没有像别的穿黑衣服的人那样，过一会就走过来，假装无意拍拍她的屁股，碰碰她的乳房。这是因为那些人怀疑她不是真正的娼妓，也是个雷子。假如是真的娼妓，在这种情况下就会叫出来：犯贱！找死！或者是：想干？掏钱！别占小便宜！这些话红拂都不会说，她只会瞪大了眼睛看着那些人。这是因为她也不是真正的娼妓。其实她是个歌伎。这一字之差，就有好多区别。所以别人碰了她以后，她还会追上去解释说：是真的——我没装假乳房。在洛阳大街上讲这些话，就像个疯子一样。

红拂后来一直记着她在洛阳大街上看到的景象——车轮下翻滚的泥巴，铅灰色的水洼子，还有匆匆来去的人群。这些景象和她所住的石头花园只是一墙之隔。假如你不走到墙外面来，就永远不会知道有这样一些景象。假如你不走出这道墙，就会以为整个世界是一个石头花园，而且一生都在石头花园里度过。当然，我也说不出这样有什么不妥。但是这样的一生对红拂很不适合。

红拂当年站在路边上看着泥水飞溅的大街时，她并不住在这里。泥水飞溅的洛阳城并不是全部的洛阳城，还有一个石头铺成的洛阳城。这两者的区别很大，泥水洛阳里只有娼妓而没有歌伎，石头洛阳只有歌伎没有娼妓。当时红拂是到了她不该去的地方，看人家在大街上乘拐来去，觉得很新鲜。石头洛阳里没有泥，也就没有拐。李靖和她分了手，就上了他的拐，好像乘风驾雾，转眼就不见了。泥水里还有好多人来来去去，高高矮矮的好像参差不齐的小树林。除了人，泥水里还有各种各样的车。实心轮子的牛车走起来向两边移动；平板小驴车只能坐一个人，拉车的假如是叫驴，看见了草驴就会站下来叫唤。还有自行车，好像装了两个轮子的长条板凳。乘车的人把两腿跷在前面扶着把，手里拿了两条棍子撑地前进。除了人和车，泥水里还有死猫死狗。在这些东西中间，有数不尽的苍蝇。而在石头洛阳里，苍蝇很少，领导上就觉得苍蝇应该是可以灭绝的，发给每个歌伎、门客、厨子和奶妈各一个苍蝇拍，以为靠这些人就能把苍蝇打绝了。而在石头墙里，苍蝇是一种极可怕的动物，当你走在回廊上，苍蝇就“轰”的一声飞了出来，眼睛像两个车轮，嘴像一把剑，腿上还长着狰狞的毛，恶狠狠向你逼近，这一瞬间如果你不掩面痛哭，就不是一个淑女。但是在石头墙外就不是这样。这里有这么多的苍蝇。苍蝇一多，连个头都显得小了。

我已经两次用到了这个字眼——“领导上”，但我还搞不清它是动词还是名词。它的意思就像俚语“爷们”，简单地说，是指一个或一些男人。复杂地说，它指按辈分排列。比方说，我要是论“爷们”，可能是某人的二大爷，也可能是某人的大侄子——这个大字还是给我脸上贴金。这只不过是讨论字义，实际情况和这不一样。领导上这个字眼能叫我想起一张准备打官腔的脸，这张脸又能让我想起一个水牛的臀部。这张脸到了会场上，呷上一口茶水，清清嗓子，我就看到那只水牛扬起了尾巴，露出了屁眼，马上就要屙出老大的一摊牛屎——这个比方里没什么坏意思，只是因为我听说美国人管废话叫做“牛屎”。坐在我身边的人把手里的烟捻灭，在手指之间仔仔细细捻烟蒂，直到烟纸消失，烟丝成粉，再点上另一支烟。这就是领导上出现时的景象。一般情况下它不出现，但总在我们身边。

红拂到了四十多岁还是很漂亮。她的头发依旧像二十岁时一样，又黑又长。但是她说自己已经老了。这是因为她的发梢都分了叉，就像扫帚苗一样。因为这个缘故，静夜里可以听见她身上发出沙沙声，好像一盘小蚕在吃桑叶一样。这是因为她的头发梢正在爆裂。在夜里还能看见她头发上爆出细小的火花，好像水流里的金沙。她的头发好像是一团黑雾一样捉摸不定，这是因为头发的末梢像一团蒲公英。而年轻时不是这样的。红拂的皮肤依然白皙平滑，但是已经失去了光泽，这是因为她已经有了无数肉眼看不到的细小皱纹，一滴水落上去，就会被不留痕迹地吸收掉，洗过澡之后，身体就会重两斤。她的眼睛已经现出古象牙似的光泽，而年轻时红拂的眼睛却没有光泽，黑色而且透明。她的身体现在很柔软，而年轻时她的身体像新鲜的苹果一样有弹性。所以红拂说自己已经老了。老了和漂亮没有关系。

到了四十岁时，红拂是卫公夫人，是大唐的一品贵妇。但是年轻时她当过歌伎，这一点后来很为人所诟病。其实歌伎不是妓女，不过是对她美貌的一种肯定。但是这一点却很难向大唐朝其他贵妇们解释清楚。当时她是在大隋朝的太尉杨素家里当歌伎，因此人们就说，她和杨素有不正当的关系。其实她根本就没见过杨素。当时她的头发比现在长得多，足有三丈多长。洗头时把头发泡在大桶里面，好像一桶海带发起来的样子。那是因为在太尉府里闲着没事干，只好留头发。这也是领导上的安排，领导上说，既然你闲着没事干，那就养头发吧。别的歌伎也闲着没事干，有人也养头发，还有人养指甲，养到了一尺多长，两手合在一起像一只豪猪。还有一些人用些布条缠在身上，把腰缠细，把脚缠小，等等。这和现在的人闲着没事干时养花是一样的，唯一不同的是养这些东西比养花付出的代价要大。养指甲的人要给自己戴上手枷，好像犯人一样，否则指甲难保。缠细腰的人吃过饭后，等到食物消化了一些就要喝肥皂水来催吐，这是因为到下面的通道已经堵塞了，饮食和排泄只能用上面的通道。缠小脚的坏处我们都知道的。说起来留长发害处是最少的，但是洗起头来麻烦甚大，只要你涮过墩布就知道了。

当年红拂当歌伎时，只有十七岁。当时她就很漂亮，而且是处女。本来可以去当电影明星，或者当时装模特，但是当年没有这些行当，只好去当歌伎，住进了那座石头花园。这就是说，本来可以当展览品，但是只好当了收藏品。不管是哪一种品，反正是艺术品，观赏价值是主要的。比“实用价值是主要的那些女人”强。

离开太尉府以后，红拂再也没有留过三丈长的头发。现在她的头发只有三尺多长，但是显得非常之多，满头都是，因为她的每一根头发刚长出来时是一根，到了末梢就起码是十四五根了。她就披着这些头发走来走去，告诉别人说，她的头发束不得。因为这些头发在自行膨胀，会把束发的缎带胀断。但是这一点没人相信。相反，人们却说，红拂每天晚上都用爆米花的机器来崩自己的头发，使它显得蓬松。她这样披头散发，显得很潇洒。有些小姐看了很羡慕，也把自己的头发弄成这样。她们的母亲就说：你怎么不学好呢？专跟当歌伎的人学！

我们知道，大唐朝的风气和大隋很不一样，官宦人家不但不养歌伎，而且伺候老爷太太的女用人都是些年过五旬、丑陋如鬼的老婆子。这说明大唐的女权高涨，也说明了唐朝的老头子们为什么经常和儿媳妇扒灰。大唐朝的小姐们从来没见过歌伎，听到了这个词就心里痒痒。她们全都无限仰慕这位当过歌伎的红拂阿姨。而大唐的贵妇们也没有一个见过歌伎，这是因为从隋到唐经过了改朝换代，所以贵妇过去都是在泥水里打滚的人；这也说明了大唐的老头子们为什么专门和儿媳妇扒灰。

大唐的老头子们过去都是穷光蛋，也没有见过歌伎，这说明了大家见了红拂为什么要发呆。但是在大隋，哪个官宦人家不养歌伎，就像今天的官儿没有汽车，不像个真正的官宦人家了。但是说歌伎就是汽车，也有点不对。她们不像汽车，倒像些名人字画。大隋朝的官儿张三到李四家里做客，李四说，张兄，看看兄弟养的歌伎。打个榧子，那些姑娘跑出来给张三看，就像后来的官儿请人看自己的郑板桥张大千；其中的区别就在于字画不会跑，歌伎不能挂到墙上。看完后打个榧子，那些姑娘又跑回去。红拂见到李靖时，在太尉家当歌伎。那里歌伎很多，分成了三班，轮流跑出去给人看。不当班时，红拂就跑出去玩。这件事假如有人打小报告就坏了。像这样的生活问题，就怕同宿舍的家伙和你不对付。当时和她同宿舍的是虬髯公，是个男的。——这种居住方式叫做合居。我现在也在和别人合居，但是合居的确是古而有之——一般来说，男人不打女人的小报告。我就没有打过。

五

红拂初见李靖时很年轻，但是很不快活。这是因为没事可干，也没有人可以聊天。唯一一个经常见面的人是虬髯公，而虬髯公一辈子都在打麻鞋。红拂觉得他很讨厌。

我们知道，虬髯公是古往今来最伟大的剑客，他开始练剑的时候，以古树、巨石为靶。后来他对这些目标失去了兴趣，就开始刺击暗夜里的流萤、花间的蝴蝶、水面上的蜉蝣。再后来他对这些目标也失去了兴趣，就开始刺明月，劈清风。等到对一切目标都没了兴趣，他就跑到洛阳城里，坐下来打麻鞋。先打出像小孩子的摇篮一样大的鞋坯子，然后放到嘴里嚼，麻绳做成的鞋子就逐渐变小了。刚开始嚼时，新麻苦得要命，绿色的口水从虬髯公嘴角流出来，使他看上去像一只吐绿水的槐蚕。硕大的鞋坯子把他的腮撑到透明，透过去可以看见鞋底，整个脸都变了形，好像一个吹胀了的牛尿泡。嚼到后来，鞋子渐渐小了，他的脸相也就不那么难看。但是当他把鞋从嘴里吐出来时，模样还是非常的恶心。虽然打麻鞋的模样难看，他打出的鞋子质量却是非常好的，拿到手里冷飕飕、沉甸甸的，一点也看不出是麻做的。他打的麻鞋永远也穿不坏，放到火里也烧不坏，还有好多其他好处。但是鞋子也把他的腮撑坏了。到老时，腮就像两个空袋子一样垂在他肩上，把胡子都压到下面，使他的脸像个海蜇的模样。他一辈子打了二十来双麻鞋，其中一双就是给红拂打的。他们俩是老相识，在太尉府里就相识。那时候虬髯公是个门客，红拂是个歌伎。他们住在同一个院子里。除了给红拂打麻鞋，虬髯公还教过红拂用长剑去斩飞蝇的脑袋，太尉府里没有苍蝇，需要到外面捉回来。

虬髯公在杨素家里当门客时，当时他还没打过几双麻鞋，也就是说，他的腮帮子还没有后来那么宽大，他只不过是个面颊松弛的人罢了。杨素家里有个石头花园，里面的一切都是石头的，比方说，水池里的水是青石砌出来的，花坛是五色的碎石拼的；除此之外的一切都是白色花岗石砌成的。那些石头里包含的白色的云母片在太阳下闪着白光。正午时分，虬髯公总是盘腿坐在花园里，顶着阳光，嘴里费力地嚼着鞋子，这时候他满脸都是油汗。透过青色的半透明的腮帮，可以看见他的舌头像怪蛇一样在麻鞋中间拌来拌去，这个景象真是十个毕加索也画不出来。这时候红拂从外面回来，他总是费力地想站起来，想把嘴里的鞋子拿出来。而看到这种样子，红拂总是皱紧了眉头，加快脚步跑开了。

石头花园旁边有一座石头房子，是两层楼。虬髯公和红拂就住在里面，那座房子也是白色的花岗岩做的，石头门扇，石头的窗棂，窗格子上镶着白色的云母，在阳光下，那些云母也在闪着光。红拂急匆匆跑过去时，身上穿着闪亮的皮衣服。这就是说，她到外面去了。有时候她也会穿着蓝底白花的蜡染布和服走出来，这就是说，她要向虬髯公学剑了。她从来没有和虬髯公说过话。如果这不可信的话，那么可以说她从来没有用自己的声音和虬髯公说过话。在太尉府里，姑娘们都用一种训练出来的嗓音说话，那种声音就像小鸟“啾啾”的叫声一样，或者说像鸡脖子被踩住了一样，假如不注意就听不见。这是因为那种声音的频率太高，几乎属于超声波。看到了这种情形，或者听到了这种声音，虬髯公就把鞋坯子吐到地上（那东西湿淋淋软绵绵，就像刚生出的死羊羔），跑到屋里去把剑拿出来，教给红拂至高无上的剑法。这件事我以为是好的。我是过来人，年轻时过过艰苦的生活，受过严格的训练，所以我说这些事是好的。当然，我的艰苦不是每顿只准吃半个鸡蛋，头上蓄着三丈长的头发，刚洗过头时，头顶有二百斤重。我说的艰苦是指去插队，接受思想改造，等等。我所受的训练也不是用长剑斩苍蝇脑袋，而是要把整本的毛主席语录背下来。不管这些艰苦和训练是哪一种，总之是好的。未曾经历这样的训练，我们既没有观赏性，也没有实用性。经训练以后，两种性质就会都有了。

虬髯公说，红拂是他的红颜知己。可怜他连这位红颜知己的嗓音都没听见过。他只听见一阵阵“啾啾”的声音，虬髯公不知道在太尉府里谁说话都是这样的，他还以为红拂说话就是那种声音呢。他教红拂剑术倒是尽心尽力的，为此每天都要到外面臭烘烘的公共厕所里去抓苍蝇。除了气味难闻一点，苍蝇倒不难捉。最难的是要把剑磨到对苍蝇的脖子来说锋利的程度，干这种工作最好是有显微镜，但是虬髯公没有这东西。随着剑术的精进，还要练习斩蚊子，斩蠓虫，磨剑的任务越来越重。而红拂一点也不想分担磨剑的任务。幸亏红拂总是停留在斩苍蝇的地步，否则虬髯公一定要变成个瞎子。就是这样，虬髯公教了半年剑后，就变成了三百度的近视眼。幸亏他斩苍蝇用不着看，听声音也能斩到。

后来虬髯公也承认，红拂根本学不会用剑，她充其量也就能学到把苍蝇砍成乱七八糟的两块。这是因为女人不可能以用剑为主业，她们的主业是保持漂亮、生孩子等等。但是他还是尽心尽力地教，因为除了打麻鞋和用剑，他再不会别的了；而打麻鞋根本讨不到女人的欢心。教剑的时候，虬髯公又禁不住要一本正经。这是因为剑术是他的事业，他不可能不一本正经。他把每一只被斩落的苍蝇都拣起来，盛进一个小纸盒，把头和身子拼好，埋葬后，还要在地上插上一个写有“苍蝇之冢”的竹签。葬完了苍蝇，虬髯公要对红拂解释尊重对手（哪怕它是一只苍蝇）是剑客应有的道德，但是红拂早跑得没影了。

红拂永远成不了剑客，这是因为她不能从剑术的精进里得到乐趣。偶尔她砍中了苍蝇，就“啾啾”地尖叫着“砍中了”，扔下剑跑了。她不可能像虬髯公那样，剑尖垂地，认真地察看苍蝇的轨迹。假如那一剑正确地砍掉了苍蝇的脑袋，没头苍蝇就会呈螺旋状升上天去，落下来时，虬髯公正好拿出纸棺材来接住它。虬髯公不知斩过了多少苍蝇的脑袋，但是再斩时，他还是那么认真，不管它是绿豆蝇、灰麻蝇，还是大肚子母苍蝇。虬髯公还给红拂表演过斩蚊子，但是她打着呵欠说，这不好看。虬髯公还给她表演了斩蠓虫的绝技。红拂却说：你装神弄鬼的干什么？原来她根本没看见斩了什么。其实只要仔细看，是可以看到的。但是红拂不想仔细看，她只想换衣服去逛大街。女人就是有这种毛病。

六

李靖初见红拂时，她就是跑出去逛大街了。当时她穿那套衣服是杨府发的，上身是皮子的三角背心，下身是皮制的超短裙，脚下是六寸跟的高跟鞋。领导上还交代说，穿这套衣服时，要画紫色的眼影，装假睫毛，走路时要一扭一扭，这些要求像对今天的时装模特儿的要求一样。她们穿这套衣服给一个什么官儿表演过一次，那个官儿几乎当场笑死了，说道：杨兄，真亏你想得出来！和大街上的——一模一样！红拂记住了大街上那几个字，跑出去时，就是这副装扮。她不知这是妓女的装束。而妓女这个字眼她从来没有听说过，就算是听说了也不知道是什么意思。

那一天红拂是初次到大街上去。后来她又去了好几次——她很想再看见那个紫眼睛、说话好听的男人。但是李靖在家里忙着画春宫小人书，没有出来，所以她没见到。她只见到了很多黑眼珠、说话难听的家伙，那些人管她叫雷子。后来她从虬髯公那儿打听出来雷子是什么，就对那些人说：我不是雷子。人家就问她：你不是雷子，是什么？她又答不上来，只好转过身去，扭着腰走了。她不论到哪里都很方便，过街时一招手，taxi！就过来了。那些黑人还争先恐后，说道：小姐，到哪儿我驮你去。咱们从来不欠税。等到乘上去就说：您认识管路考的那个胖子大叔吧？咱其实是扛得动他，可要跑那么快就费劲了。要不就是：我有个兄弟从索马里来，您能和管居留证的大叔过句话吗？原来这么巴结是想走后门。相比之下咱们中国的妓女都更有骨气，见了她，就瞪着眼，哑着嗓子说：甭过来，你丫挺的！这就使红拂觉得寂寞得很。

洛阳大街上的妓女对红拂是最不客气的了，动不动就转过身去，撩起裙子来，给她看光溜溜的屁股，见到了这些屁股后，红拂才知道这些人原来不穿内裤。不穿内裤仿佛是要突出屁股，然而那些屁股本身并不好看。然后她们又转过身来说：想逮人吗？回去打听打听，老娘是几进宫！见到这种场面，红拂只好隔得远远地站着，看人家嚼嘴里的老牛皮，自己也拿出阿拉伯树胶制的口香糖来嚼。嚼烂的牛皮也能吹出泡来，但是没有口香糖吹得大。有时会有位木匠师傅走过来，提着小桶，手里拿着新的泡蜜牛皮，对每位妓女鞠躬，说道：姑奶奶，行行好。那些妓女就把牛皮胶吐到桶里去，拿一块新牛皮。原来嚼出的胶比熬出来的好，粘起东西来比焊的都结实。但是人家也不来找红拂。谁都知道口香糖不能粘椅子。假如硬要粘的话，就会粘出一件虚无之物，看着是有的，坐下去就没了。这说明红拂毫无实用性，连她嘴里的口香糖在内。红拂在这里也无事可干，只能逛大街。别人逛街是为了买东西，但是她不能买，因为她没有钱。本来她可以向虬髯公借，但是虬髯公也没有钱。杨府里别人也没有钱。石头洛阳里每个人都没有钱。有吃，有喝，要什么有什么，但是没有钱。钱这个字眼，她也没听说过。

红拂没有事干，又找不到李靖，就回去了。她想自己既不认识管路考的大胖子，也不认识管居留证的人，不该坐不花钱的taxi。因此她就想穿小胡同回去。但是小胡同也不好走，因为到处都在盖房子，搭着高高的脚手架。有一些牛车从城外运来了黄土，又有些人在黄土里掺上麻絮，送上了高架，放到模板里筑。有人把自行车骑到了小胡同里，这里没了泥水，就把脚从车把上拿下来，有些人为争路而争吵，另一些人息事宁人地说：路窄人挤，最好大家都去坐地铁。在拥挤的人群尽头是一片开阔地，地上有一对华表。华表是一道国界。在华表里面是一片石头地面，连一点土都看不见。石头中间长了一些松树，全都向地面匍匐，越老的树长得越矮。假如有一棵树长到了五百年，它的树干就会紧贴在地面上。假如一棵树长到了一千年，地面上就只剩了树冠。根据这个道理，石头缝里的一簇松针就是更老的树。当然，最老的树只有把石头掀翻过来，才能在石块背面看见。但是没有人敢在这里翻动石块。一棵树不见了，就会有人到深山里去找一棵相当老的松树来补种上，直到它在石头花园里长到不见了为止。除了这些一览无余的空旷地方，就是一些石头墙围成的府邸，每个府邸的门口都有一对石头华表，没有门，也没有人把守。其中只有一个红拂能够进去。她除了那个地方无处可去。

李卫公在洛阳城里有一座祖宅，是用掺了沙子的土筑的。经过了很多年以后，四堵墙逐渐分开，出现了很大的缝，阴面长满了青苔，房顶上的草也逐渐稀疏。很显然，这房子逐渐趋向于塌倒。李靖很想为它干点什么，但是又不知从何下手。要知道李卫公虽然多才多艺，却不会做泥水匠，虽然掘土和泥的活计人从出世就会，但是他早把那些先天的良知良能忘掉了。现在他能干的事，除了装流氓唬人，画春宫，做出各种荒唐发明，就剩下一脑子的数学和几何学。首先，他证出了毕达哥拉斯定理，为此他挨了一顿板子；然后他又证出了费尔马定理，为此他又在洛阳城里待不住，不得不逃了出去。要说明后一件事，我感到头绪繁多，不知从何说起。首先应该说说费尔马定理应该是什么——用费尔马本人的话来说，是这样的:假设有x，y，z，各代表一个未知数，另有一个已知的实数N，设z的N次方等于x，y之N次方之和，当N大于2时,x,y,z不得均为整数。但是李卫公绝不会这样表达——首先，说有x，y，z就太简单了，古人绝不会这样讲，最直截了当的说法也是“二友对弈，一人观局”。但这不是说真有张三李四在下棋，另有个王二麻子在看；而是以两个下棋者加一个观棋者代表x，y，z。稍复杂的说法就要扯上紫微太乙之类天文学术语，或者黄帝素女东方朔一类的历史人物。考虑到李卫公的证明写在春宫里，后一种可能性相当大。再说说那个N，古人绝不会老老实实说它大于2、3、4；肯定要用两仪、三才、四象一类的说法代替；更可能说它是太极之象、河洛之象等等。根据这些原理，李卫公画的一幅春宫，上面有黄帝和素女在床上干好事，床下有个小矮子在看，半空中又画了个太极图，就是费尔马定理的表述，但是证明在哪里，我还没找到。因为整数、有理数、无理数这些概念，古人说成什么的都有，所以假如李卫公证出了费尔马定理，把它写成个什么样子实在是很难猜的事。到现在我也没把它猜出来。

我说李卫公把费尔马定理写在了一本春宫小人书里，有些同行说，这是不可能的事，春宫里不可能包括一个数学定理。但是你又怎么能相信“老树开花廿一枝”是在解不定方程？任何事都可以举一反三，由不定方程的解法是一支顺口溜，可以推断出有一个时期领导上不准大家解不定方程，但是有一个人解了出来，就把它编到了歌谣里。既然如此，李卫公年轻时，领导上也不准大家证费尔马定理，他证出来后，不把它写进春宫，又往哪里写？

李卫公证出了费尔马定理之后不久就从洛阳城里逃了出去，这是一件极不寻常的事。这是因为从来就只有人想方设法往洛阳城里混，没有住在城里的人往城外跑。隋炀帝在位时，常在洛阳城外招募菜人，应募者可以从城外搬到城里住些日子，有吃有喝有房子住。等到他养得肥胖，皇帝大宴各国使节时，就给他脑后一棒，把他打晕，然后剥去衣服，洗得干干净净，在身上抹上番茄酱，端上桌去招待食人生番。端上桌时是活人，端下来就只剩一副骨架。有时候碰上那些酋长的胃口不好，只把内脏吃掉了，剩下空梆子却活过来，那就是最可怕的事。那个菜人从盘子里醒来，抬起头来一看，原来鼓鼓的肚皮只剩了个大窟窿，总要惨叫一声："怕的就是这个！"据我所知，每次皇帝招募菜人，应募者都极多，这都是为了在被吃掉之前能在洛阳城里住几天。这一点在我看来很难理解，因为洛阳不过是个烂泥塘罢了，而且相当招蚊子，但是有好多人并不这样看。对于他们来说，洛阳是宇宙的中心，是太阳升起的地方。洛阳是古往今来最伟大的大城。除此之外，李卫公在洛阳城里还有一间房子，它对他不仅是财产而已。它是他唯一的财产，这种财产最不容易下决心放弃。

第二章

因为本章里提到红拂申请自杀指标的事，作者想起了一件相似的事：本年度北京城里交通事故死亡指标是一百九十二人，本区只有十七人。

一

李卫公老年时生活在长安城里，这是他逃出洛阳城的后果。我这样说时，他那座钟就往后拨了好几十圈。人家说长安城藏风避气，有帝王之相，这就是说，长安城在地理上有异常的地方，城外八两重的东西进了城就有一斤重，而城里一斤重的出了城就只有八两了。这也是说，在城里做官领到的俸银，拿到城外去花就不值那么多钱了，而在城里买到的柴米油盐都好像没有应有的那么多。除此之外，在城里烧火，烟永远不往天上冒，而是刚冒出烟囱就沉到地上来。到了做饭的时候，长安城里总是烟雾弥漫，伸手不见五指，而且假如你有哮喘，就会被熏得透不过气来。因此就有一条法律，从日出到日落，长安城里严禁动烟火。而天黑以后或者天亮之前，人是待在房子里的，可以少受烟尘之害。长安城里的人从来都是天不亮就吃早饭，吃完了再去睡觉，天黑以后再吃晚饭。至于中午饭只好吃冷的了。久而久之，长安城里得胃病的人特别多。但是李卫公可以不受这种罪，因为他发明了一种特殊的设备，用人力踏动一个飞轮带动一条特制的毛巾去摩擦锅底，所产生的热量不但能把水烧开，而且可以炒菜。但是这种设备不是一般的人能用得起的，因为它庞大无比，而且要把一锅水烧开起码要把十条大汉累到筋疲力尽。长安城还有一桩古怪的地方，就是只长槐树，别的树十有八九种不活。因此到了春夏之交，城里到处是一片虫啮树叶的沙沙声，白绿相间的槐蚕就如一场场倾盆大雨从空而降。长安城里的鸡鸭必须锁起来，不能由它们乱跑，否则必被胀死无疑。但是卫公家里的树从来就不长虫子，因为是蜡做的。偶尔有虫到他家里的树上吃几口，觉得味道不对就离去了。长安城里的水是咸的，喝久了这种水，长安的女人的嗓子都变成了粗哑的男低音，但是这也影响不到卫公，因为他家里喝城外运来的矿泉水，所以女人还是女人声。尽管他在这里住得很舒服，卫公还是讨厌长安城。他觉得这座城市了无生气，城里的人也呆头呆脑。

长安城里的大道是黄土铺成的。从早晨到夜晚，总有些穿着黄褂子的人站在路边上，用铲子往路面上撒黄土，再用长把勺子洒上水，然后用碾子碾平。过了好多年，长安城被废弃了以后，那些大道还在那里，只不过变得像用旧了的皮带一样处处龟裂，土块也像瓦块一样坚硬。不但路面，长安城的每一寸地面都像镜子一样平，从这个城门到那个城门，每个角落都碾得平平整整，寸草不生。卫公每天早上骑马去上班，一骑到马背上他就睡着了，打着鼾。因为他在马背上东歪西倒，那匹马也东歪西倒，卫公往东歪马也往东歪，卫公往西倒马也往西倒，这样他才不会从马上掉下来；但是这也有一个坏处，就是他们并不总是往班上走。有些时候卫公从家里出来走了两三个钟头，不仅没走到班上，而且离上班的地方更远了。好在像他这样的官员并不需要按点上班，而且像他这样的官员有权力在街上横着走路。到了班上以后他又接着睡觉，像他这样的官员当然有权力在班上睡觉。久而久之，卫公就成了一个嘲笑的对象。人们提到他时，脸上不由自主地带上了昏睡的表情，并且不由自主地伸手去挖眼角，仿佛那里有眼屎。但是卫公对此视而不见，或者是真的没看见，佯做不知，或者真的不知道。因为这种种缘故，虽然大唐皇帝对卫公恩宠有加，但是谁也不敬畏卫公。大家只不过把他当做是一个睡不醒的老头罢了。

李靖住在长安城里时已经老了，而且已经交出了兵权，担任了闲职，但这并不是说他可以没事了。有时候皇帝会把打天下的老将全召进宫去，组织一个将军合唱团，自任指挥，为全城的贵妇演唱，卫公担任领唱。这一帮老弟兄全都老得牙关不住风，而且个个五音不全，所以演唱的效果就如一位刻薄命妇形容的：像一塘青蛙一样！后来又改为由小太监伴唱，大家站在那里摆个样子，效果又是令人毛骨悚然，因为一大群白胡子老头站在那里发出清脆的男童声，非常怪诞。除此之外，还组织过将军舞蹈团，大家穿上高统马靴，手舞马刀跳骑兵舞。结果是程咬金当场发了心脏病，差一点死了。这不过是卫公老年要参加的各种社会活动中的两种。他还要写各种回忆录，到现在已经完成了军事回忆录、政治回忆录、科学回忆录。但是这些还不够，还要有他自童年写起的自传。这件事的起因是大唐皇帝要修凌霄阁，这是一座古代意义上的摩天楼，在楼里陈列各位功臣的肖像和生平事迹。既然是生平事迹，当然要由本人提供。所以他每天上班以后就要写自传，因为他总是打瞌睡，所以老也写不完。皇上派人帮助他写，进度依然很慢，这还是因为他随时随地都会睡着。后来皇帝又把最漂亮、最有献身精神的女史派了去，进度依然很慢。这位女史还报告说，李卫公除了打瞌睡，就是发牢骚——“不让人安生”，再不然就是问:“几点了？该下班了吧？”

李卫公老了以后，眼睛下面长出了两个泡，满脸都是皱纹，因为总是在伏案打瞌睡，所以眉毛平贴在了脸上，除此之外，别的地方没有什么大改变。尤其让人不敢相信的是他那么能打瞌睡，却一点没发胖。有关后一点，给他写传的女史认为有疑问，因为他睡得太死了，故而就不像真的睡着。为了刺激他的嗅觉神经，叫他保持醒着，她在身上洒了大量的麝香香水，以致在她走过的地方，公猫都要“喵”的一声怪叫，人立起来，然后就不按节气地叫起春来，而和卫公待在一个屋子里，他竟闻不见，照样伏案打瞌睡。对于这件事，只能有一个解释，就是卫公在装睡。为了制止卫公装睡，她又穿了极短的室内服，但卫公又视而不见，只是在瞌睡的间隙里提醒她道:“裹着点斗篷，别着了凉。”后来她又给卫公做 head job，要把他弄醒，但是卫公还是打着鼾，而且他那个地方苦得叫人无法下嘴。原来卫公在小命根上涂了黄连水。卫公就是这样的刀枪不入，这使那个女史很痛苦。她丧失了自信心，以为自己长得不好看，哭了好几天。

二

李卫公在他过了六十岁生日后不久就死掉了。他的死因按现代的看法是心肌梗死和年老、营养过度有一定的关系；但是这种病在古代叫做马上风，并且说它和性交有直接的关系。这是因为古人善于养生，除了在干那件事时，简直没有什么得心肌梗死的机会。其实假如红拂不讲的话，谁也不会知道李靖是死于马上风，但是红拂越活嘴越大，十七岁时是一张樱桃小口，活到四十岁，就长出一张性感的大嘴来。她什么事都往外讲。李卫公死后面色不变，而且金枪不倒。这件事的可怕之处在于，那天晚上红拂和卫公做爱，也不知是和活人干还是和死人干。红拂一讲起这件事瞳孔就要放大，手背上还要起鸡皮疙瘩（别的地方别人看不见，也不知起了没有）。说完了这件事，红拂就说：卫公死了，我活着也没有意思。别人以为她是说说而已，谁知她真的递上了申请，要求殉夫自杀。别人就劝她说，卫公死了，我们早晚也要死，你又何必着急呢。但是她不听。

我们说道：卫公死了，这就意味着从此可以不把他当做一个人，而把他当做一件事。一件事发生了以后，就再没有变化的余地。现在我们谈到卫公骑在马上东歪西倒，再不是谈那个人，而是谈那件事。换言之，李卫公这座时钟就停在了这个地方，但是我们还可以把时钟倒拨回来。傍晚时分，他就这样摇摇晃晃地走过家门口那条大街。那条街上一个人都没有，只有满满当当的绿荫。这就是说，当时已是盛夏，被槐蚕吃掉的叶子又长了起来；而住在那条街上的人远远听到卫公的鼾声就躲了起来，只有那匹马横着身子，跨着踢踏舞的步伐走过来，走到卫公的家门口就猛地立住，卫公从马上栽了下去，但是他家里的人手里拿着绳床在门口等着，一兜，把他接住，抬进家里去。与此同时，新碾过的地面非常之平，新抹过的墙面非常之直，到处平整得像镜面一样；卫公的鼾声一直不断。一切都像精心安排过一样。一件事发生过以后就是这样的，正如一个人死后所有柔软的地方都会消失，只剩下一具干巴巴的骨头架。

卫公活着的时候，说过他很讨厌长安城，这是因为这座城市方方正正，缺少生气。所有的房子都坐北朝南，房顶由陶土预制板铺成，所以完全是些方盒子。正午时分，所有房屋的阳面全都闪耀着阳光，所有房子的阴面全都有些闪亮的白方块，好像一些晾着的白床单——这是对面墙壁的反光。假如有人走过，还会把人影投到反光里。所有的人都在阴影里走路，因为不必要地走在阳光里是被禁止的，但是像卫公这样的人走在哪里都可以。不论大街小巷都是那么干净，除了槐树看不到一点绿色，因为长安城里没有一棵草。最使卫公不舒服的是这种景象是他造成的，因为长安城是他建造的。李卫公不仅建造了长安城，而且建立了长安城里的一切制度。这都是因为当年皇帝这样要求：“李爱卿，你去为朕造一座都城。”自己去造一座城，然后自己住在里面，再没有什么比这更糟的了。自己屙一些屎，尿一些尿，然后自己在里面沐浴，只有猪才会这样干；而且假如我有一点了解猪的话，还可以说，它们对此并不喜欢。

用现在的标准来衡量长安城，我们要说它是个很安静的城市，因为城里禁止喧哗。连小贩都不准吆喝，所以他们总是举着招牌去拦阻行人。草驴可以进城，叫驴不准进城，所以对于驴来说，长安是个同性恋的场所。城里可以养公猫，但不准养母猫，这样它们总是跑到城外去叫春。长安城里女人多，男人少，这对于我很有诱惑力。无须乎说，李卫公这样设计长安城，是为他自己着想。但是后来他又后悔了，因为女人一多，女权就高涨。长安城里还有一种特别的景致，就像近代城市一样，到处立了电线杆子，空中架有通信线路，上面有些小小的老鼠拉着小车，车里是信件。要让老鼠送信并不难，只要在它前面用竹竿挑上一小块腊肉，它就会爬到该去的地方。在晚上那些小车上都点了一支香，所以长安的夜空中蠕动着一些火光。这又是卫公的发明。这种设施用起来很方便，但是他从来不用。而且他连看一眼都烦。

李卫公死后，他就保存在别人的记忆里。这时候他变得支离破碎，好像一个打碎了的盘子。比方说，那个女史想起卫公，就是这个样子：盛夏时节，满屋绿荫的时候，卫公坐在椅子上打瞌睡，他那张松弛的脸就像降下来的风帆，下巴上叠了四重肉皮。但是卫公并不胖，人在坐着睡觉时，不会有什么好模样。他那间办公室用桐油泡过的砖铺地，然后又磨光，就像经过抛光的黄铜一样。有一线阳光透过了树叶，透过了半扇开着的窗子照在地面上，在那里留下了一片光洁的地方，连多年前抛光时留下的划痕都能看见。然后阳光又反射到天花板上，好像那里点了一簇蜡烛。后来有一只绿色的小蝉，我们管它叫“伏天”的，从窗口飞了进来，一路“伏天伏天”地叫着，落到了柱子上。长安城里蝉非常稀少，而且只有小蝉，没有大蝉。那个女史本来正在给卫公做 blow job，但她禁不住回头去看。等到她再回过头来时，正好看到卫公睁着一只眼睛看她——那模样好像是他天生只长了一只眼睛一样。后来他做了一个鬼脸，又闭上眼睛接着打鼾。这个场景正如一支英文歌里唱的：You do your way，I do mine. 这件事被她写进了《李卫公二三事》里。事实上卫公对她来说，就只是这二三事。他什么都没有告诉她。除此之外，她还知道李卫公要命的地方刺了一只飞燕。她对这件事是这样看的：卫公年轻时的 sex symbol 是赵飞燕，但这又是个错误的解释。卫公年轻时是个流氓，流氓像小偷一样，必须有一双快腿，在那地方刺一只燕子是希望能跑得快的意思。我们大家都知道，燕子是飞得最快的鸟，但那个女史不知道。她生在长安城里，长安城里除了鸡鸭，没有别的鸟。

三

我是做科技史研究的。我的同事首先证明了中国人在周朝就证出了毕达哥拉斯定理，证据是什么算书里有那么一句：勾三股四弦五。所以这个定理就被称做勾股定理，纳入中国人名下。然后又有人证明了唐诗里有牛顿力学，宋词里有相对论，发表在各种学报上。现在我要证明是李卫公首先证出了费尔马定理，遇到的困难比他们大得多。首先是我必须先把费尔马定理证出来，其次我还要把这个定理解释到李卫公身上。当然，我也可以把它解释到我自己身上，叫做王二定理，但是这样一来就缺少了浪漫情调。最主要的困难是这个费尔马定理我根本就证不出来——最近三四百年来，所有的人都在证它，但是谁也没证出来。还有不少的人在证明费尔马定理不存在，也没有证出来。既然如此难证，那么李卫公把它证出来是为了什么？难道是吃饱了撑的吗？

要说明李卫公为什么要证明费尔马定理，就要说到当年在洛阳城的土耳其浴室的休息室里，李靖和大家坐在地板上聊天的情形。当时在座的有一个日本人，头剃得像卓别林的小胡子，身上穿着短短的蓝印花布和服，跪在地板上，他管李靖叫李样（桑）；还有一个巴尔干半岛来的人，长一张又宽又蠢的脸，鼻子上挂了一个金环，身上穿了一件浴袍，坐在一个软垫上；还有一个黄胡子的希腊人，拦腰束一条浴巾。

李卫公自己什么都没有穿，盘腿坐在地上。他的身材相当健美，所以黑地里有好多贪婪的目光投到他身上——这个浴室是同性恋活动的场所。但是李卫公本人不是同性恋者，他到这里来，是因为浴室里有免费招待的大麻烟。那种烟盛在他们中间的一根铸铁烟管里，因为烟管十分沉重，所以下面有一个可以转动的支架，看上去就像一门火炮。人们转动烟管，轮流抽烟，看上去好像是轮流地饮弹自杀——但是这不重要。重要的是在吸烟的间隙里，那个希腊人用一支蜡笔，就着烟管上一支蜡烛的光，在地板上写下了费尔马定理，而且用打着嘟噜的汉语说，谁要是把它证了出来，谁就是世界上第一聪明的人。这些话就像一道流萤，飞进了李卫公黑暗的内心。证明了费尔马定理，就证明了自己是最聪明的人，这件事值得一干。后来他就证明了自己是世界上最聪明的人。我还可以指出，当他被按在地上，第十一下板子打在他臀部的铁板上，发出金属响声那一瞬间，他最聪明，等到第十二下板子落下，不仅他，而且全世界都没有刚才聪明。但是对他没有什么好处。作为一个中国人，不但必须有证明自己聪明的智慧，还得有证明自己傻的智慧，否则后患无穷。我把这件事写了出来，很可能证明了自己在后一个方面有所欠缺，给自己种下了祸根。

要说明我们干吗要到唐诗里去找牛顿力学，到宋词里去找相对论，就需提到我们在领导面前有所交代，要么证明我们有实用性，要么证明有观赏性，总之要有存在的价值。证明了相对论和牛顿力学都是中国人先发现的，弘扬了民族文化，就算有了观赏性。证明了别的，领导上也不爱看。

我现在还没有证出费尔马定理，但我已经把怎么发表它的办法想出来了，这个办法就是把它叫做李靖定理。有好多人有做出证明、发明理论的聪明，却没有发表它们的聪明。这件事的困难程度没有做过研究的人是难以想象的。假如一个定理有两三个世纪没有得证，你把它证出来时，三四十页肯定打不住，准会写成一本书。你还要找权威来肯定，然后才有发表的机会。但是权威起码也是七八十岁，活着都困难，哪来的精神看你这艰涩无比的论文？因此你只好怀才不遇，郁郁而终。假如把它叫“李靖定理”，说是李卫公的证明，发表就一定不成问题。实际上到底是谁证的，根本无关紧要。因为我在这方面表现得一点都不傻，所以我觉得没必要妄自菲薄。

对于我和卫公这样的人，有一种最大的误会。大家以为我们是自己选择了这样的生活方式——终日想入非非，五迷三道——所以我们是一群讨厌鬼。这种看法是错误的。我们这样，完全是天性使然。以我为例，假如我不想费尔马定理，就会去想别的东西，没准要去写小说，没准要去写诗，写出来的小说和诗准又是招人讨厌的东西，这种事连我们自己都无法控制。这也许是因为脑袋里长了瘤子。假如世界上充满了我们这样的人，就会充满一种叵测的气氛。这件事没有办法，只好就让它这样了。

李卫公是全世界最聪明的人，这一点在大唐人人都承认。大唐皇帝这样说：朕圣明，李爱卿聪明。故而假如有一个大唐的子民胆敢以为自己比卫公还聪明，人们就不仅要说他是个自大狂、神经病，还要把他送官府严办。皇上对李卫公优宠有加，常把红拂召进宫去叮嘱说：你要经常做鱼给李卿吃！鱼补脑。吃鱼吃得李卫公满身的腥味，饭后散步时常有大队的猫跟在身后。除此之外，还有很多让人头疼的事。因为大家都知道谁是世上最聪明的人，就把一切动脑子的事都推给李卫公去干。举例来说吧，连长安城里公共厕所都让李靖去设计。李卫公把厕所设计成了多角亭的样子，每个角里是一个隔间，有八角和六角两种，画好了图，交手下人督造。但是手下人没有他聪明，就把八角的做成了男厕所，六角的做成了女厕所。我们知道，长安城里女多男少，因此女厕所马上就不够用了。李卫公只好又设计了一种牌子，挂在每个隔间的门上，一面写着“乾”，一面写着“坤”，只要翻过来，就能把男厕所变成女厕所。这就叫做颠倒乾坤。为了区区的厕所，就要他操两次心，因此李卫公活得非常的累。为了逃避这些乱糟糟的事，他就开始装睡，做出一个得了老年痴呆症的假象。在家里和班上，他就是走路时也不睁眼。只是到了不熟悉的地方才睁开一只右眼，以防撞到树上。在这种情形下，他看上去好像一个准备开火的狙击手。假如有人看见了，他就可以解释说自己不但有老年痴呆症，而且患了早期的偏瘫，连左眼都睁不开了。只有在和红拂做爱时，他才把两只眼睛全睁开。他只相信红拂，相信她不会跑到皇上面前报告自己装病不忠。李卫公就是这样装傻，装了好几年，也没有被人揭穿。这件事的离奇处就在于，李卫公年轻时玩了命地证明自己是聪明人，老了又要装傻，前后矛盾。但这也是做一个中国人最有趣的地方。

四

李卫公装傻装病，最后终于穿了帮。出卖他的人，不是别人，就是他自己。最后他死掉时，不但是直撅撅的，而且两只眼睛都睁着。他应该先软掉再死，或者闭上眼睛再死，最好是又软又闭眼地死掉，但是当时已经来不及了，他死得非常之快。皇帝到卫公府上瞻仰他的遗容，看了就皱眉头，对身边上的人说：卫公不是患病，左眼睁不开吗？！这说明皇上说自己圣明，可不是瞎吹的。他常派小太监到坊间去买些高丽纸印的日本推理小说，只看一页，就能把全部案情推断明白。就算没人报告卫公是死于马上风，他看到棺材里卫公腰上鼓鼓囊囊，也能够猜出他死于什么病。死于这种病的人旁边必然还有一个人。这就是说，李卫公不但出卖了自己，还出卖了红拂——红拂明知李靖装病也不奏报，也是对皇上不忠。从卫公府上出来，看了长安的街景，皇上说：李靖这小子，设计的城市真难看！这说明皇上已经不喜欢李靖了。所幸的是他已经死了，皇上没法给他使坏。但是红拂还活着，这种情形对她很是不利。李卫公装傻不成功，虽然没有害到自己，却害到了自己的老婆。这说明作为一个中国人，在装傻方面一刻也不可以放松，一直要装到自己已经死掉了，还不能掉以轻心。最好是在死后还能继续装傻。卫公的情形就是个极好的例子。

假如李卫公想在装傻方面完全成功，就不仅要在外面装傻，在家里装傻，而且在和红拂做爱时也要装傻，闭着眼流着涎水往她身上爬。这样从外部来看，谁也不知道他是真傻假傻；而且得了马上风死掉后，也是个傻样子。皇上来了一看，抚棺大恸：李卿李卿，勤劳王事，累得自己的脑子变成了豆腐渣！然后含泪下一道旨意，禁止天下人吃豆腐，只他自己例外。这样干的不好之处在于和闭着眼睛流着哈喇子的糟老头子做爱，红拂会觉得很不舒服。但她也不能拒绝，因为她是一品夫人。一品夫人就是必须和一品大员做爱的人，这是她的本职工作。一品大员就该是闭眼流涎水的人，否则就该有口臭。假如不闭眼，不流涎水，又不口臭，一品夫人这份薪水就太好拿了。这说明一品夫人应该有一点实用性。在这种情况下她能做到的一切只是用自己画眉的笔在卫公的眼皮上画一双眼睛，再给他戴上口罩。

因为我是做科技史研究的，所以我必须能够理解古人。根据我的理解，李卫公年轻的时候想要证明自己是聪明的，那种心境一定就如率领着一支军队面对一座富庶的城池，急于攻进去。而到他已经证明了自己很聪明，又想装傻时，就如孤身一人受到千军万马的围困，哪怕钻狗洞，装猪装狗也要逃出去。我也能够理解大唐皇帝，他的心境就如一个善变的美人——喜欢李靖时，就肉麻兮兮地说：李爱卿佳人也！也不管别人听了起不起鸡皮疙瘩。要是不喜欢李靖，就说：李靖这个杀千刀的！和女人撒娇不一样的是，他说谁杀千刀，谁就得被杀一千刀，杀完了的这个人就变成薄薄的肉片，放到火锅里一涮就熟。

李卫公年轻时逃出了洛阳城，到老年时又建立了长安城。除了外表不一样之外，这两座城市很相像——比方说，都在严厉的控制之下，想入非非都属非法。这样卫公就像住在大洋里的珊瑚虫一样——这种低级动物住在坚固的石灰外壳里，假如你把它的外壳剥去了，它就会口吐石灰，再建造一个。假设有一种动物比我们高级很多，我们和它们的差异正如人和珊瑚虫的一样大，它们就会得出这样的结论：人这种动物就像是珊瑚虫，剥了他的外壳，他又会重造出来，最起码有一个叫做李靖的人已经这样干了。有一些珊瑚虫住在海洋生物学家的试管里，我想这些珊瑚虫对这件事并不理解。它们会以为试管也是很广阔的世界。而我们叫做“地球”的地方很可能就是一个试管。而我们自豪无比的五千年的文明很可能就是别人实验记录上的一页纸而已。那些该死的拿我们做实验的东西根本就不会相信我们也有智慧，正如我们不能理解珊瑚虫的智慧。这说明只要不是一个物种，就不能理解别人的智慧，所看到的只是一些古怪的行为。

现在可以谈谈李卫公年轻时证出费尔马定理的情形。假设是我证出了费尔马定理，而且是在乘轮船旅行时证了出来。然后轮船沉了，只剩我一个人逃到了小岛上。在这种情况下，我当然不忍心让我的心血埋没，就在一个短波发报机上把它胡乱发出去，根本就没想过会不会有人收到，更没想到会有什么回应。李卫公也是这样的。他被人打怕了，所以是用最隐讳的语言写出，并且写到了最不引人注目的地方，只求能把它印发出去，根本不想让人读懂（这就是我到现在仍不能读懂的原因）。但是这件事马上就有了回应，每个月的初五，他准会收到一张汇票。大隋朝的汇票和现在的大不一样，现在不论是 West Union 的 Money Order，或者是中国人民邮政的绿字汇款单，都能看出是谁寄来的。而隋朝的汇票是用烙铁烙在一张皮革上的一些花纹，不仅看不出是谁寄来，也看不出汇了多少钱。我们知道的只是：假如那汇票是牛皮的，那就是五十两纹银，假如是马皮的，那就是一百两纹银。但这两种皮制成革以后很难分辨，所以唯一的办法是找一头牛和一匹马，根据这两个动物谁闻了汇票流眼泪来确定其价值。李靖收到的汇票是牛闻了就哭的那种，所以是五十两纹银，正好是他一个月的生活费。这种汇票上可以有四个字的附言，假如你是给新婚夫妇汇贺仪，就在兑汇处要求工作人员烙上百年好合的字样。假如人家死了人，你汇奠仪，就要求烙上节哀顺变，等等。李靖拿到的汇票上却是免开尊口四个大字，叫人十分摸不着头脑。而且自从他收到了第一张汇票，他身后就出现了两个公差，不管他到哪里，那两个人都跟在他背后，并且手执一半红一半黑的棒子。这种棒子人称水火棒，有人说红代表火，黑代表水，合在一起是阴阳调和，风调雨顺之意，但我怀疑是否有那么吉利。红是流血的颜色，黑是淤伤的颜色。水火在古代是大小便之意，水火棒就是打你个屎尿齐出之意。李靖和别人说话，只要超过了五句，公差就给对方当头一棒，当场把人家打开了瓢。这样就不再有人和李靖说话，这使他很寂寞。他去问那两个公差，这是为什么，人家也不回答。问急了就用脚尖在地上写几个字：奉上级指示。这件事发生在李卫公年轻的时候，是他证出并印发了费尔马定理的结果。这样他就证明了自己是盖世的聪明，并且以这种聪明换来了每月五十两银子的收入。照我看这些钱相当不少。只可惜领导上看上了你可不是光给你钱而已。李卫公对此缺少思想准备，所以后来捅了大娄子也就不足为奇。

李卫公背后跟上了两个公差之后，就不再愤世嫉俗，而是感到很憋闷，很不自在。他开始挖空心思地摆脱那两个盯梢的家伙，在这方面他还有一些办法。方法之一是他上了高拐，在街上猛跑，让那两个家伙驾着短拐在后面气喘吁吁地跟着，跑上一段，就把他们甩下了。但是后来那两个家伙找来了一辆轻便的驴车，这一招就不灵了。两条腿怎么也跑不过四条腿呀。另一个办法是带助跑地跳过一座房子，然后就到了另一条街上。考虑到他踩着两丈的拐，这样的做法并不像表面上那样惊世骇俗，但是在另一条街上降落时，有可能把拐脚插进人家的天灵盖。你在马路上行进时，也不喜欢看到有些体重很大的人从空而降，所以卫公一干这种事，就变成了老鼠过街，人人喊打。后来他又发现了新的反盯梢方法，那就是手挽包袱去乘地铁，在一团漆黑中描眉画目，换上女人的服饰，装上假乳房，使那两个公差认不出。但是在黑地里做这些事很不容易，描斜了眉，画歪了嘴是常有的事，有时还会把假乳房装到背上，看起来像只骆驼。李卫公就是这样用尽心机，其目的只是想一个人清清静静地去喝一会酒。

五

李卫公死了以后，红拂也不想活了，她想自杀死掉，但是大唐朝制度严明，一切都要纳入计划，所以她每天都要往各种衙门跑，给自己办理殉夫的手续。官员们对她很客气，对她的打算也很赞成，但是还是要她等指标。她需要各种指标，首先，需要一个非正常死亡指标。这是因为长安城里每年只能有三百人非正常地死掉，死于车、兵、水、火的都在内，毒药也在内，只有病死老死不在内。这件事要由刑部衙门办理。管这件事的官儿查来查去，发现各种死法的人都已大大超过了指标，只有下月上吊死的人还有空额，所以就批准她上吊死掉。红拂对这种死法很反感，又皱眉毛又翻白眼。吓得那位官员连忙给她跪下来，说道：夫人，这件事一定要求你多多关照。假如你随随便便抹脖子死了，我们全科的俸银都要罚掉，大人孩子都要喝西北风了！拿到了准许上吊的批件后，又要到礼部去办手续，这是因为寡妇殉夫属于意识形态的范畴。礼部风气司的官员却说，这个季度殉夫的人太多了，使整个社会空气趋向悲观。所以起码要等到下一季度。为这件事又得和刑部扯皮。除此之外，还要在死掉之前注销各种注册、户籍、会员等等。这些事情多得简直办不完。而且不能托别人办。不管怎么说，她有车子，有身份，已经占了好大的便宜。最起码到了礼部可以在贵宾室喝着香片等候接待，用不着像那些小寡妇那样，在办公室门外站队，战战兢兢地听到里面怒吼连声：光想自己立贞节牌坊，就不想想给我们的工作带来多少麻烦！

红拂是个极富想象力的人，偶尔听到人家在呵斥别的寡妇，就要联想到自己身上去。虽然每个人都对她说，大唐朝的命妇申请殉节她是第一人，光这一点就很值得尊重，但是她还是觉得这些话是在说她。在礼部填写有关表格时，在“殉节动机”这栏里，她填上了“觉得活着太麻烦”。后来在别人的一再启发下，才填上了思念卫公。这样填了以后，她觉得活着更麻烦了。后来她又发现表格上有“殉节方式”一栏，就填上了“割腕”两个字。后来礼部官员看那张表时，就说刑部批您上吊，您怎能割腕呢？这份表只好重填，想要贴上张白纸条改过是不成的，因为这是命妇殉节，有关材料恐怕要呈皇上御览，有贴补的地方不行。可是那些表格少的也有三四十页，全都要用工楷填写，重填真是麻烦死了。

后来红拂才发现，想死掉也不容易，这些手续老也办不完，正是因为这些手续老也办不完，所以长安城里每个寡妇都在办殉节手续。这样可以寄托她们的哀思，同时也表示死了一个丈夫她不是无动于衷。有了这样的名声，将来再醮起来也方便。所有殉节的寡妇要去的衙门，墙上都贴满了征婚启事，而且有无数纨绔子弟在那里和排队的女人歪缠。有好多女人排了几次队，就和别的男人结婚了，真正坚持到底死掉了的，十个里也没有一个。而且就是那个死了的，别人还要说她是找不到对象绝望而死的。幸亏红拂有大唐第一美女之名，所以还没人说她是因为再嫁不出去才要寻死的，但是所有外面的人见到了她，总要说她有志气。家里的对她则有另外一种说法，比方说，她女儿就老说：妈，你都那么大年纪了，还出这种风头干吗？就和现在一个人报名去西藏时人家说他的一样。红拂被这种境遇逼得要发疯，但是手续还是办不完。有时候人家说，还要再研究一下。有时候人家说，已经报上去了。但是到上面去一问，却说没见到来文嘛——大概是送公文的老鼠碰上猫了。直到她忍无可忍，宣布说不办这些手续了，自己要去找根绳子吊死算了。这一下大家都着了慌，忙着给她四下催办。这样在李卫公死了六个月之后，红拂的殉节手续总算是办妥了。

有关红拂想要自杀的事，还有必要补充几句。作为大唐朝的一品夫人，她很少出门去为指标奔忙。这一点和别人很不一样——假如你是个小贩，对指标就不会这么陌生，月初月尾你都在各种衙门里，为自己的摊位指标而奔波，故而长安城里的市场在月初月尾总是空空荡荡，连瓶酱油都买不到。假如你是个泥水匠，对指标这件事也不会太陌生，因为不管谁来请你盖房子，你都忘不了问一句：搞到盖房的指标了没有？但是她也有需要指标的时候，最起码在自杀时是要的。虽然她说过要不办手续径直吊死，但是并未准备实行。这是因为她不是没有责任感的人。这就是说，她也怕人家骂她。假如我生在唐朝，是个做小买卖的，就因为邻居吊死了个李卫公夫人就要把我捉起来打一顿，我也要破口大骂。作为一个贵妇人责任十分重大，最起码街坊邻居屁股的安危全系于她一身。等到手续办妥，尽到了对邻居的责任，红拂以为可以洗洗脸梳梳头就上吊了，家里却来了一大群人，其中为首的是个魏老婆子。这位老太太在宫里面工作，专门负责嫔妃上吊事宜。她来传达皇后娘娘的慈旨说，红拂这个小蹄子，干什么都是乱七八糟。魏大娘，你去替我指导指导。从那时起，红拂上吊的准备事项就在专家的领导下进行，和她自己没了关系。这件事已经列入了计划，拿到了指标，此后的事情虽然还很复杂，比方说，工部要行文到岭南，要当地砍一棵上等的楠木，来给红拂做棺材；国子监要把红拂写入明年魏徵丞相的国情咨文内本年度社会风气继续好转一节；国史馆要把她修入正史；中书省要给她拟定谥号等等，这些都和她没有了关系。她只管等到一个良辰吉日死掉就可。而且这一点也和她没有什么关系：不到那个日子，她想死都死不了，到了那个日子，她想活也活不成了。这就是说，虽然红拂暂时还是活着的，但是我们已经可以把她当做一件事了。

六

有关红拂殉夫自杀的事，还有些可以补充的地方。她初萌死志时，觉得自己在如何死掉这方面缺少想象力，就跑去逛自杀用品商店。据我所知，现代所有的自杀方式，在大唐都有了。比方说，现代有用手枪自杀的，唐代也有，只不过是用单手操作的短弩，对准自己的太阳穴发射一支七寸长的弩箭。现代有用管道煤气自杀的，而在唐代是用铜皮制作的烧炭的炉子烧出煤气来，再经过水洗冷却，用管道导到口鼻里，保证你吸到纯净的一氧化碳。只有触电自杀很麻烦，必须在雷雨天放出铁线风筝去招引天上的雷电。不管怎么说，在大唐朝的长安城里，想要死掉的人可以得到一流的服务。自杀用品商店甚至拥有一支打井队伍，供那些决心投井而死，但又不想污染水源的人服务。但是在出动那支队伍之前，店里的自杀顾问总要劝你淹死在一个水晶槽子里。那个槽子里养了各种金鱼热带鱼，还有几只绿毛乌龟，在那里你可以与家人挥手告别，一面就近欣赏美丽的水族，一面从容步入阴曹地府，这种死法实在很高尚——当然，也花费不菲。红拂虽然当时正在丧偶的哀痛中，见了这样琳琅满目的商品，也不免精神为之一振。你知道吧，女人就是喜欢这种景象。众多的式样，众多的质地，众多的选择。这就叫消费。当时她说：我恨不得把各种死法全都来过。等到和店里的经理谈过之后，才知道此地众多诱人的死法里没有一种是属于她的。她是朝廷命妇，死法要由领导上安排。当时她一气之下就大放厥词，丧心病狂地攻击大唐朝的制度，顺便也把已死的卫公骂了一顿，因为这些制度都是卫公制定的。像这样的话当然不能让她白说了，早上十点钟她乱说了一顿，吃午饭时现场记录就装订成册，冠以《李卫公未亡人反动言论》的题目，呈到了皇上手里。皇上看了勃然大怒，几乎要下一道旨意，宣布李靖是前朝反动头子杨素的走狗，是埋进大唐心脏的一颗定时炸弹；这样就可以“办”李靖，顺理成章地宣布红拂是他的同谋，把她抓起来收拾一顿。幸亏皇后及时劝说道：急什么呢？红拂没死，还在我们手里。皇帝以为此言有理，就没有下那道旨意。否则的话，我们就不会知道世界上有过一个李卫公，更不会知道他证出了费尔马定理。中国历史上有好多人都被“办”过，然后就消失了，好像从来就没存在过一样。

现在可以说说红拂为什么对大唐的制度不满意。李卫公在大唐位极人臣，红拂的地位也极高，两口子的薪水加在一起什么都买得起，但是什么都不能买。举例言之，假如红拂需要一件内衣，她本可以去买一件纯棉的，或是真丝的，或是开司米，或是毛麻混纺的；虽然最终只能买一件，但是当她在纯棉、真丝、开司米、毛麻混纺中选择一件时，就等于把上述织物一齐占有。作为女人，生命的很大一部分是为了纯棉或真丝或开司米或毛麻混纺，但是她只能拥有一件粉红色的厚法兰绒睡袍，穿上好像卡通片里的粉红豹。这就不是买不买得起的问题。说实在的，假如不嫌金子太沉、太冰人，她完全可以买件金片内衣穿上。主要的问题是她不能买。按照大唐的制度，一品命妇只能够穿法兰绒的粉红睡袍。而这种睡袍也只能够有一种式样，这种式样又是卫公做的设计——谁让他是大唐第一聪明的人呢，所以他除了设计城市，设计制度，还要设计女人的内衣。这种睡袍长及足踵，有一个风帽，还有六个盛东西的口袋，正面有二十四个袢扣，既不好穿，更不好脱，总体上像个结构复杂的布口袋。套在这种口袋里，红拂一尺七的腰围和肥婆三尺三的腰围就没了区别。李卫公还活着的时候，每天晚上红拂都要穿着这种袍子把他臭骂一顿。而在那种时候，李靖总是只睁一只右眼躺在床上，为她解那些扣子，等到扣子解完，红拂骂完，他才把两只眼睛全睁开。李靖一死，红拂没有了可骂的人，觉得活着没有意思，就想寻死了。这个故事说明，想证明自己是聪明人是一件很要不得的事，不但会给自己招来麻烦，还会连累老婆。但是李卫公当年急于证明自己很聪明时，根本就没有想到这些。等到已经证明了自己聪明，就没有了后悔的余地。

七

李卫公住在洛阳城里，背后跟着两个公差时，感到很大的压力。这件事的起因是领导上已经知道了他是个聪明人，对聪明人领导上总是要严加防范。然后他就把全部聪明放在了摆脱那两个公差上，取得了很大成功。有一天中午，他一个人跑到酒楼上喝闷酒，喝醉了之后和酒保打了起来。李卫公是一个流氓，身上藏有凶器，具体地说，是一根带有倒钩的铁链子，人称蜈蚣鞭那一种，一下打在对方的脸上，把整张脸全扯掉了。后来这个酒保伤好了，每天出门前都要用蜂蜡在脸上塑出五官。看起来还是蛮漂亮的，只是不能喝热汤。只要他把脸对着一盆热汤，整张脸都要软化，下坠，甚至流淌，坐在他对面的人则有可能被吓死。卫公干了这件坏事，大家都觉得不能原谅他。全体酒保、大厨，甚至老板娘都拥到楼上来打他，手里拿着菜刀、火叉、顶门杠；别的客人则向他投掷酱油壶。李卫公不能抵挡，就从窗户跳了出去，落到了邻居的房顶上。这一下更糟了，隋朝的房顶是一层单批瓦放在椽子上，被他一踩稀里哗啦。房主在下面看得清清楚楚，一脚一个天窗。这种情形谁都不能忍受，所以那些人也跑了出去，拣起碎砖烂瓦就打他。有关这件事有需要补充的地方：不管哪朝哪代，总是砖比土坯值钱，瓦又比砖值钱。我们花了钱买了瓦铺在房顶上，可不是为了叫人踩碎的呀。

我年轻时在云南插队，有一阵子在副业队里，制过瓦。这种工作的烦难之处是要制出上等的泥巴。这种泥要能够在地上垛成矮墙而不倒塌，然后从泥垛上用弓割下一片泥，制成筒形，等它干了破成三片，就是瓦坯。这种坚韧的泥则是要用土和水经反复践踏来制成。这一步可以用老水牛来完成，但是必须制止它往泥里屙屎，不管多大的一摊泥，进了一泡牛屎就全完了。好在牛屙屎前要扬起尾巴，在这种时刻你必须猛扑过去，按住牛尾巴，把它拖出和泥的现场。而牛在大便时被人打断，脾气则会变得非常之坏，完全不肯合作。我常在干这种事时被它们甩出老远，甚至被甩到草房顶上。另一种办法是在干活之前找一块橡皮膏把它们的肛门贴住。但是干完了活非常累，往往会忘记把橡皮膏再揭下来。牛感到肚胀时（这往往是夜里十二点），它就来找我，撞开宿舍门，挑开蚊帐，来舔我的脸。我从睡梦中醒来，看到眼前一个硕大的牛头，就会想到自己平生所做的亏心事——它们准是我下到地狱，面对牛头马面的原因。我讲这些事是要说明瓦片来得不容易，应当珍惜。因而我要是生在大隋朝，一定也在追打卫公的行列里。卫公已经醉了，又被打得晕头转向，就在房顶上飞奔起来，所以追打他的人越来越多，后来还引起了一场骚乱。这件事表面上是因为李靖自暴自弃，酗酒过度造成的，其实却不是这样。这主要是因为一朝一代，一时一地容不下很多聪明人。举例言之，杨素是大隋朝的聪明人，他建立了隋朝的制度，建造了洛阳城，李卫公活在其中就觉得格格不入，早晚要在这里招灾惹祸。而杨素早就知道他要招灾惹祸。这是因为杨素也爱好几何学，发现了几种作图法，但是没有证明毕达哥拉斯定理。他也爱好数学，发明了以他的名字命名的“杨素级数”，但没有证出费尔马定理。因此李靖活着就有危险了。古代就是这么糟糕，总共就这几门学问，大家老撞车。相比之下，生活在近代是多么幸福。近代的领袖人物都喜欢哲学，那咱们就去搞别的学好了。偶尔有个把斯大林喜欢语言学，喜欢语言学的聪明人可以改行研究化学。现在杨素、李卫公、马克思都死了，我来研究数学并无妨碍。但我绝对不会去碰经济学、政治学，还有社会学，而把它们留给有身份的人。

以下的例子可以说明李卫公比杨素要聪明，但这种聪明是老年以后的事：杨素是个相当不错的数学家，自己编了以他的名字命名的《杨代数》、《杨几何》，结果招致大隋皇帝的嫉妒，说他的数学书有政治问题，全部禁掉了，到现在一本也找不到。李卫公却把他的数学成就写进了大唐朝的历书，当然，用了一套极复杂的术语。比方说，说有一个变量 x 时就说是皇上、圣上，再有一个变量 y，就说母后、皇后；万岁是平方，万万岁是立方，万寿无疆是常数。故而一个 x 的多项式——二倍的 x 平方加 x 立方加一个常数项就可以表达为“皇上万岁万岁万万岁万寿无疆”。假如这个多项式等于另一个变量 y，就写作：“皇后，皇上万岁万岁万万岁万寿无疆”。当然这还要看上下文，否则连林彪也成了数学家。这样写成的数学书观赏性实用性齐备，当然没有政治问题，唯一的不便之处就是非常的难懂。我懂得他的一切把戏，又知道他的全部数学知识（费尔马定理除外），看他的书还是十分费劲。

李卫公年轻时是这样在洛阳城里招灾惹祸的——他喝醉了酒，在房顶上奔跑，引来了一大群人跟在他背后抛砖打瓦。这在看街的公差看来很像是聚众闹事的样子。当然，造成这件事的罪魁祸首是卫公，但是公差们不肯往房上看，所以把他漏过去了；他们只看到地上有成群的人在跑，就挥舞着棍子朝他们冲来。洛阳城里的百姓很是本分，见到官差冲过来也不跑，反而站在原地不动；见到棒子打过来也不躲，反而用脑门子去迎，然后就一人挨了一棍倒在地上。在这方面我可以举出一个例子来：假如我骑车闯了红灯，警察只要伸出一根手指一勾，我就老老实实地过去；他朝我大喝一声：你瞎呀！我就说：我瞎我瞎。他又说：瞎怎么骑车？我就说：刚才瞎了。就这样一问一答，直到他让我滚蛋为止。这件事到此本可告一段落——我们都已犯过错误，受过了惩罚，可以老老实实回家了，谁知又出了岔子。有人发现李靖这小子一下都没挨地跑掉了。于是大家就去和公差讲，然而公差绝不承认有什么李靖在房上跑。如果承认了这一点，就是承认了大隋朝的官差办事不力，刑名不公正，进而动摇国基。但是当时有上百人看见了李靖喝得烂醉，在房上奔跑。两边争吵了起来，吵到了最后，有成千的人聚了起来，围着公差起哄。官府里派出了更多的官差去镇压，起哄的人很快就多到了上万人。没上街起哄的人在家里也不肯闲着，找出个破铁罐乱敲乱打，很快整个洛阳城就变得像个黑白铁作坊。这种声音红拂在石头墙后面也听见了，很想跑出去看看，但是当时她刚洗了头发。我们说过她的头发有三丈长，刚洗过之后，有四百多斤，故而她只能躺着不动，一动就会扭断脖子。这种声音李靖也听见了，当时他在酒坊街自己一个旧相好李二娘家里，两个人已经上了床，所以不便出去看。他的判断是外面月食了，在这种情况下大家总要使劲敲盆，直到月亮亮了为止。其实不敲盆月亮也会亮，实在这是白费力气，还在铜盆上凿了好多坑。他们俩找了几块棉花把耳朵塞住了。幸亏他们没有出去看，假如出去了，未必能活着回来。当时街头的骚乱非常的厉害，官差镇压不了，当局已经出动了军队，千军万马正从洛阳的四个城门开进来。

八

我说过，大隋朝的人非常安分守己，但是也有起哄的时候，那时候大家围着官差乱嚷嚷。这种情形说明大家的头上都有点痒，需要挨上一棒。在大多数情况下，官差可以满足他们的愿望。但是那天晚上起哄的人太多了，官差打不过来，这就使起哄的人觉得嚷嚷不够过瘾，进而投掷砖头。这种情况说明需要有更多的官差和打人的棒子。一个壮年男子，假如棒子称手，可以一口气打破十个人的头。这说明在洛阳城里，差民之比不应低于一比十。在骚乱时，洛阳城里没有达到这个比例。

那一天傍晚时分，大隋的军队开进洛阳城来镇压骚乱，队伍整齐，军威雄壮。来的有装甲步兵、轻步兵、铁甲骑兵、工程兵、炮兵等兵种，太尉杨素骑在一匹大象上指挥。我们知道，那支军队是杨素亲手设计的，那一次是首次上阵。他先派炮兵上前，用弩炮轰击暴民。那种炮也是杨素设计的，别人的炮发射梭镖、炮石之类，弹道是直线，他以为不好，容易闪躲，所以他的炮发射的是一种铁制的飞去来。这种炮弹飞旋而出，不但威力惊人，而且会自动飞回炮位上，所以永远不缺乏弹药。几次齐射以后，大路两边的树全被砍倒了，飞去来全钻进路两边的房子里去了。弩炮没了炮弹，只好退回来。然后他派装甲步兵上前消灭敌人。大隋的装甲步兵也有与众不同处，本人并不穿盔甲，由两名助手举着盾牌挡护，看上去像个贝类。这样做的好处是他不受盔甲之累，不好处是当两名助手被飞来的砖头击中倒地时，他就失去了防护，好像正在蜕壳的爬虫，既可怜，又无害。杨素只好命令铁甲骑兵前去冲击，这种骑兵披着重铠，头顶钢盔，暴民投掷的砖头对他们不构成危害；而且三十四马连成一排，冲起来威力强大。可惜的是城里的街道太窄，只要两边的马撞上了房子，中间的马就停住，马上的骑士全都摔到马前面去了。后来工兵又冲上去拆毁房子，平出了空场，但是暴民谁也不上空场上来，而是往后面的窄街里退。幸亏轻步兵抄了他们的后路，把他们撵到空场上来。铁甲骑兵就对准他们来了一次长矛冲锋。但是几经折腾，铁甲骑兵都累了，端不平手里的重矛枪，在全队飞奔的时候，那些矛尖往往扎到了地上，于是骑士就被矛柄的弹性弹得满天乱飞，砸死了一些暴民，也砸死了一些在家里睡觉的老百姓，还砸死了不少自己人。睡觉者的死亡实属冤枉，他们在家里睡得好好的，忽然轰的一声响，房顶被铁甲骑士砸穿，骑士头顶上的盔枪直扎心脏。那些活着的暴民见了这种场面，一面哈哈大笑，一面夺路而逃。杨素率千军万马折腾了半夜，没杀死几个暴民，反倒折损不少军马。这种重大的损失，完全是李靖导致的。但他自己还一点都不知道。第二天早上他从酒坊街回家，看到了很古怪的景象：路边上净是烧毁了的房子，大街上净是杀死了的人，整座洛阳城净是焦糊味、血腥味，还有满街的马粪味，真是可怕极了。举例而言，每棵大树上都有一根梭镖，上面穿了五六个人，好像一根穿好了还没下油锅的羊肉串一样，这种景象绝不能说是正常。有些人还没有死得太透，正在打哆嗦。卫公找到了一个看上去较有活力的家伙，朝他脸上连吹了好几口气，那人就醒了过来，说道：怎么这么臭（这一点倒不足怪，你要是大醉了一场，第二天早上嘴也会臭得像个粪坑）？然后看清了是李靖，就朝他脸上猛啐一口，啐得他掩面而逃。再往前走，就出现了赶着牛车的人，他们把死人往车上抬（要是像这样成串的人搬起来就较方便），遇上了死得不透的人就在他脑袋上敲一下。再往前走，有好多人手持蘸了石灰水的刷子，把烧得乌黑的废墟都刷白了。再往前走，就是一片白银世界，回头看也见不到一个死人，一点火烧的痕迹，一滴血。卫公眨了几下眼，以为见到了幻象，喝了很多酒之后，看见一些幻象也属正常（没喝酒有幻象也属正常），所以我们还是把它忘了吧。

那一天洛阳城里发生的事我们已经讲了一些，但从这些情形还不能解释第二天早上的景象，因为那只是前半夜的景象。杨素率军镇压暴民，前半夜很不顺利，到了午夜十二点，他又累又烦，就下一道命令：就地解散，明早上集合。然后骑着大象回家睡觉去了。那些兵听到这些命令欢呼一声，扔下手里的长枪，脱下盔甲，只穿内衣，拿短刀，三个一群五个一伙，朝小胡同里散去了。然后整个洛阳就变得死寂一片，到底发生了什么我也说不清了。我只知道从午夜到天明的四五个小时里，洛阳城里的男人死掉了六分之一。又过了整整十个月，全城的婴儿出生率猛增，而且那些孩子都叫“大军”、“小兵”（以上男名）、“丽军”、“芳兵”（以上女名）一类的名字，以致后来重名的人极多。这说明这些孩子的出世和当兵的有一定关系。其中还有一些孩子皮肤总是冰凉的，不管天多么热，总是不出汗，就是那些铁甲骑兵的作品。除此之外，当夜还发生了无数起火灾。但是洛阳城极大，也有些大兵没到的地方，酒坊街就是其中之一。正是因为这一点，李卫公后来就懵懵懂懂，根本不知道昨晚上发生了什么。大家恶狠狠地瞪着他，他还敢瞪回去。回到了自己门口，发现不是只有两个公差，而是四个公差在等着他，而且都是生面孔。昨天盯他的那两位已经因为玩忽职守被拉出去砍掉了。以后他再逃掉一次，背后盯梢的公差就要多一倍，根据这个道理，只要他逃掉十六次，身后就会有六万名以上的公差，像一支浩浩荡荡的大军，无比壮观。这是这件事光明的一面。不光明的一面是他将会连累死掉几乎是同样数量的公差，砍下的脑袋十辆卡车也拉不完。不幸的是李卫公只看到了事情的光明的一面，看不到事情不光明的那面。

李卫公年轻时在洛阳城里酗酒闹事，连累了半城的人，我却归咎于他心情不好，是领导上的问题。这种思想方法连我自己都觉得古怪，但我并不觉得它有什么不对。这是因为我和他一样是个中国的数学家。我现在证不出费尔马定理，也归因于领导上对我照顾得不够——工资不高，没有个漂亮的老婆，没有像样的住房，影响了我的情绪。你想想吧，李卫公证出了毕达哥拉斯定理，马上就往哪里寄？官府里。假如不是挨了一顿板子，证出了费尔马定理也会往官府里寄。我现在要是证出了这个定理，除了向学报投寄，恐怕也要复印几份，寄到上级机关。这件事好有一比：我们俩就像是浮士德，把灵魂卖给了魔鬼。做出了好东西给你，活得不顺心也怪你。当然，我也是有一点自知之明的，知道自己和卫公有一定差距。故此我可以想象那个魔鬼就坐在我的对面，狞笑着对我说：你连个费尔马定理都证不出，谁要你那糟兮兮的灵魂！你给我拿回去！（但是我不知道魔鬼为什么也爱好数学，这对我是个不解之谜。）这就是我不敢酗酒闹事的原因。我和我的同事都是这样的，工资很低，没有住房，但也只敢腹诽，不敢闹事，因为我们毕竟没有证出什么东西。但是卫公就不一样了，酗酒、闹事都是他有理。

九

我觉得我在很多方面可以理解李卫公。比方说，有一天，忽然所有的人都不和我讲话了，这是一个坏现象；每个月我可以收到相当多的汇款，这又是个好现象；还有好多警察跟在我屁股后面，这个现象的好坏难以判断。要从这些现象中推出我已经害死了半城的人，我就做不到。但是每次我摆脱了盯梢，背后盯梢的人就要加一倍，而且以前的熟面孔都不见了。在这种情况下，我还是想逃跑，因为酒坊街有我的老相好，漂亮的李二娘，我要跑去会她。但是这些新来的公差气色越来越不好，甚至显出了忍不住要打我的样子（实际上不止是要打，简直是恨不得吃我的肉，寝我的皮，但我还看不大出），我也会觉得有点不对头了。在这种情况下我要采取一点应变措施——因为盯梢者按几何级数增长，所以要谋而后动，更何况我还舍不得每月五十两银子——首先要做的事是锻炼身体。因为是在古代，干什么都要有把力气才行，跑得快相当于有一辆好汽车，手劲大相当于有把好手枪，能抡动一柄大铁锤相当于手里有了一支火箭筒，余类推。这就是每天早上卫公都到城边上去跑步的原因，他跑步时，那三十二位盯梢的公差一字排开站在跑道边上，像一支仪仗队。跑完了步，卫公还要练练单杠，那班公差就用环形的队伍把他围起来。除了锻炼，还要注意营养，这一点卫公也想到了，除了多吃牛肉，他还买了好多山羊奶酪吃。那种东西难吃无比，但却是高蛋白，吃下去长肌肉。锻炼完了，应该洗桑拿浴来消除疲劳，这一点卫公也想到了，每天练完了他都去土耳其浴室。那班公差也跟着去，穿得衣帽整齐地坐在蒸汽浴室里，常常热得晕死过去。我能想到的卫公全想到了，只差这一点：我在那种情形下会找些类固醇来吃吃，这种药可以增强肌肉，虽是违禁药物，但我也不想参加奥运会。卫公没想到这一点，是当时买不到这类药。但是当时他比我现在年轻，身体底子也好，终于达到了极高的水平，完全可以竞选洛阳城的健美先生。做好了这一切，还是想去找李二娘，在此之前还是要把盯梢的甩掉。假如不能甩掉，和李二娘做爱时，这三十二个混账家伙就会拥进那间卧室，第一排卧倒，第二排跪倒，第三排站立，第四排找凳子，以这样的队形来充当观淫癖。这可不是杞人忧天，每次李卫公上厕所，这班家伙都跟进去，把所有的坑全蹲满了。李卫公这样锻炼身体和摆脱盯梢并不能说明他已经和领导上不是一条心，他只不过是多个心眼——我们马上就要知道，他的心眼天生就是特别的多。

等到洛阳城里闹过骚乱之后，红拂又跑到外面去玩，又看到了李卫公。但是没有机会和他说话，因为这时李靖已经不是一个人，而是一支浩浩荡荡的队伍了。他身后的公差已经多到了六十四个，说明了二进制的无穷魅力。当时洛阳城里正展开如何处治骚乱的罪魁李靖的全民大讨论，大家都必须提个方案来证明自己的善良——有人主张把李靖千刀万剐，有人主张把李靖五马分尸，有人主张把李靖烧成灰，和上泥做成砖头，砌到粪坑里；有人主张把他和五六口肥猪一道扔进绞肉机，做成包子馅，蒸出的包子全城一人分一个。领导上已经宣布，将来谁的方案被采用了，就可得一大笔奖金。所有的人都被要求提出方案，只有不可靠分子例外。这些不可靠分子是李卫公和他的狐朋狗友，其中还包括了酒坊街的李二娘。对这些不可靠分子，领导上也派人去打过招呼，所以他一点风声都没听到。走在街上时，他只觉得别人看他的眼色古怪，一点也没想到自己已经被看成了茅坑里的砖头和包子馅。说来可怜，当时他正在想一些微分学问题，这是因为他觉得证出了费尔马定理就得了每月五十两银子，这个买卖并不坏。假如开创了整个微积分，还不知能得些什么好处。假如拿我来打比方的话，就是这样：我在学报上写点小文章，从学校邮局取出稿费来，觉得这种生活还不坏——虽然没有自由，但还有点小刺激，所以走在路上原地起跳转体三百六十度，接着又往前走；丝毫也没看到系里的支书在朝我皱眉头，更丝毫想不到再过几天一大帮警察会拥到我住的地方把我拉到万人体育场批斗，然后再拉到卢沟桥一枪毙掉——像这样的事根本就不可能发生，这说明我生活的时代比隋炀帝时好多了——我们想不到这些，不是因为缺少想象力，而是因为我们不是托马斯·哈代。我们是数学家，故而我认为，卫公的价值不在砌厕所和做包子方面，但是这一点很难向别人解释。红拂看到这个未来的砖头面上毫无悲怆之意，不禁偷洒几点同情之泪。李靖看到了，心里就起了警惕之心。大天白日的，有人在朝我哭，这无论如何不是个好兆头。

第三章

在本章里作者首次使用了“人瑞”这个名词，用它来指一类人。比较流行的说法把这类人叫做“人才”，“人瑞”和“人才”虽然只是一字之差，却代表了不同的价值取向。

进入本章以后，“上面”这个词出现的几率明显增多了。需要提醒读者的是：它并不完全是几何学概念。

二

现在该谈谈我的研究工作了。我最近的一项成果是发现墨子发明了微积分，一下子把微积分发现的年代从十七世纪提早到了先秦。我的主要依据如下：墨子说，他兼爱无等差，爱着举世每一个人。这就是说，就总体而言，他的爱是一个无穷大。有人问他，举世有无数人，无法列举，你如何爱之？这就是问他，怎么来定义无穷大。他说，凡你能列举之人，我皆爱之；而你不能列举之人，我亦爱之。这就是说，无穷大大于一切已知常数。他既能定义无穷大，也就能定义无穷小。两者都能定义，也就发明了微积分。我在《墨经》里发现了不少处缺文和错简，一一补上和修正之后，整本《墨经》就是一本完善的微积分教程，可以用来教大学生，只少一本习题集。我又发现用同样的方法可以把《论语》解释成一本习题集，只是这样一来，我国的两位伟大的思想家孔子和墨子与前苏联的两位数学教科书作者斯米尔诺夫和基米诺维奇的著述就是一模一样的了，也不知是谁抄袭了谁。这种情形说明绝不要轻易地相信我。我又把这个结果写成论文寄了出去，马上就登了出来，并且各报纷纷转载，说青年数学工作者王二的研究工作大有成效云云，吓得我好几天不敢出门，生怕遇上一个人啐我一口，说一声从来没见过像你这样无耻的人，所幸这样的事没有发生。其实我那篇稿子是三月下旬寄出去的，打算赶四月一号出版的四月号，谁知道阴差阳错，在五月号上登了出来。顺便说一句，我有个朋友是四月一号出生的，所以我总记着四月一日是愚人节。这件事告诉我说，对别人的幽默感切不可做过高的估计。

后来我把学报寄来的稿费取出来了，一共是二百三十元，说到这个数目的时候，我的心情比较好。这是因为假如有人真的发现了先秦有人懂微积分，绝不会只给这么点钱。但是到系里去了一趟，心情又坏透了，因为听说我那篇狗屁论文评上了校级先进成果，还要破格评我一个副教授。这种情形使我疑神见鬼，怀疑有人在和我开一个大玩笑，或者是成心要出我的彩。

卫公去邮局兑汇，那邮局是个大房子，像所有的机构一样。但是它又不是什么要害部门，所以是土坯墙草顶，这房子非常大，草顶非常高，但是房上的草却不是太厚，以致阳光漏了下来，里面没有什么人（假如不是不可避免，谁乐意去看工作人员的面孔），只有鸡在觅食，狗在乘凉。因为这个缘故，卫公率领大队人马走进去时，是真正的鸡飞狗跳。但是在柜台后面打盹的人并没有抬起头来——俗话说得好，谁怕谁呀。这柜台十分高，像卫公这样高大的人也看不到柜面。柜台顶上立着铁栅栏，还有几条铁链子拴在栅栏上，垂到外面。有些链子一端上还拴了些人的骸骨，看上去挺吓人的。卫公找到一根空的链子，搬来三块土坯垒起来，站在上面，才看到了柜台后面的人。他把汇票递进去，说道：劳驾，兑汇。那人看看汇票，又闻了闻，说道：是真的吗？使假汇票可是死罪！每次卫公都爹着胆子才敢说出“是真的”来。假如声音小了，那人还要瞪起眼来，喝道：你说什么？大声点！直到卫公拼着老命叫道：真的！！那人才从里面抛出一条铁链子来，说道：拴上。我去找别人看看。这才是真正惊心动魄的时刻，等卫公把链子围在脖子上，那人拿出一把大铜锁，把他像锁狗一样锁在了铁栅栏上，自己到后面鉴定汇票去了。

据我所知，大隋朝每一个兑汇的人都要像狗一样被锁在栅栏上，这是预防伪造票据的有力措施。假如你没使假票，人家自然会给你打开。但是李卫公站在那里心惊胆战，第一害怕身后的公差和他有仇，在这种情况下，那人只要把他脚下的土坯一脚踢开，卫公就会吊在空中乱踢腿；第二害怕那个兑汇的一会从后面奔出来，举着那片皮子大喝一声：你好大的胆，敢来蒙事——这是骡子皮！你要知道，卫公是个画家，可以分辨烙花的真假。但他没有做过皮鞋生意，不会分辨皮革。骡子有一半是马，另一半是驴，牛闻了不哭，马闻了只有一只眼掉眼泪，一下就看出是假的来。而牛皮和马皮都是专卖品，老百姓只能弄到驴皮和骡子皮，要伪造汇票只能用这两种皮。这下可把他坑惨了。马上派人到他家里去搜，从床下搜出了伪造汇票的工具，还有半张骡子皮。这是可以想象的，因为假如有人用这种办法来害他，当然会在这时溜进他家里去，往床底下塞骡子皮。这种把戏卫公完全能想象得出来：先给他寄几张真的汇票，然后再寄假的；与此同时，写匿名信揭发李靖这小子伪造汇票，这可以说明为什么现在李靖背后跟了不少公差。但是假如卫公被这么害死了的话，他一点也不佩服那个设计了骗局的人。因为他落入了这个骗局里，不是因为他缺少计谋，而是因为五十两纹银的魅力他无法抗拒。

最近有人证出了几百年没有证出的“地图四色问题”，但我一点不佩服，因为他们用了一架每秒钟运算上亿次的巨型机。我要是有上亿美元，也会买台巨型机。还有人验证了对于小于100的N和小于10的6次方之x,y,z，费尔马定理均成立，但我也不佩服，因为也是用计算机做的。这算什么？显摆你有计算机。我佩服卫公，他只用了手指头、木头棍（筹算法）就证出了费尔马定理；要知道在隋朝末年纸可不便宜，所以用了笔算也算是仗着财大欺人。根据这个道理，我们随时准备受人欺骗而死，因为我们都会骗人；只要你骗得公平，不要仗着财势欺人。但是这回卫公没有受骗，那个兑汇的人从后面出来，满脸的不高兴，恶声恶气地说：汇票是真的。算你小子走运。拿家伙吧。卫公递进去一个包袱皮，那人胡乱包了五十两银子扔出来，喝道：滚吧。你怎么还不滚？卫公伸着脖子说：劳驾，给我开开锁。卫公兑汇票的事就是这样。这件事的意义是说明了卫公原来很本分，最起码他乐意被别人锁上。

二

卫公兑完了汇票从邮局里出来时，脖子上还有冷冰冰、沉甸甸的感觉。无论谁被人像狗一样拴了一次都会有一种屈辱的感觉，但是走到阳光里心情就好了。李靖当时还年轻，不会长久地为这些事而不痛快，只有到了中年才会觉得自己一辈子都像狗一样被人拴着，这样的生活有什么意思，不如早死——就此犯了精神崩溃。卫公有了钱，就想到酒糟铺路的酒坊街去见他的情妇，但是他一走动起来，响起一大片杂沓纷乱的脚步声，好像自己是一只硕大的蜈蚣，这种感觉实在是很不舒服。除了有一百三十条腿，还有一百三十只手，枝枝杈杈得很吓人，除此之外，他还像一条绦虫一样分了好多节，头已经跑进了小胡同，尾上的一节还在街上劈手抢了小贩的一串羊肉串。假如他骤然站住，回过头去，就有整整一支黑衣队伍冲到他身上来，拥着他朝前滑动，显示了列车一样的惯性；而当他骤然起步飞跑时，就好像被拉长了一样；而且不管他到了哪里都是鸡飞狗跳。李卫公讨厌这种感觉，就回家了。进了他那间小草房，把门关上，但是依然割不断对身后那支队伍的感觉，它就像一条大蛇一样把小草房围了起来，再过了一会，四面墙外都响起了洒水声。这是因为那些公差对李靖十分仇恨，就在他墙脚下撒尿。不消说，这对他的房子是有损害的。这是因为它在一个死胡同的尽头，赶牛车进城的乡巴佬卖了柴草之后，就把牛圈在这里，自己去逛大街。而那些牛缺少盐分，就把尿湿了的墙土啃去。久而久之，四面墙的墙脚都被掏空了，假如不是卫公在里面用绳子捆住，那四堵墙早就朝外倒掉了。就是这样，四堵墙的接缝处也有一尺多宽了，不但鸟能飞进来，猫狗能溜进来，连人都可以挤进来了。这就是别人在他墙下尿尿的害处，但是也有一点好处，就是自从有人尿尿了以后，土墙的里面就会结出一层白霜来，这种东西就是土硝，有多种用处：首先，可以当盐用，但是吃这种盐就和喝尿没什么区别了；其次，和草木灰混合，溶解后再结晶，就可以得到硝石，用这种东西可以造爆竹。假如不是每个月已经有了五十两银子的收入，从人家尿在他墙外的尿里倒能得到一些收入。卫公躺在床上，看着小胡同里的景色，闻着透过了墙土渗进来的尿骚味（这种味道使他在房子里简直不能睁眼），自言自语道：这算个人住的地方吗？这种感觉就像我对我自己住处的感慨一样。

我和一个姓孙的女人住在一套房子里，她既不是我老婆，也不是我的情妇，而是我邻居。这种居住方式不叫同居，而叫合居。她在黑暗的过厅里放满了高跟鞋，每次我回家都要踢在鞋上，这时候她就在自己房里尖叫一声：我的鞋和你有什么仇？

她还在卫生间里晾满了内衣，使我不敢把朋友带回家来，因为他们都知道我是个光棍汉。一旦她点少了一件，就敲我的门说是我给拿走了，好像我是个淫物狂一样。照我看她的内衣根本就没什么收藏价值，因为她趣味很低。除此之外，她还不定时、不定点地叫嚣说自己要洗澡，让我有尿先尿。自从我满了三岁，还没有人命令我撒尿。这时候我正在想费尔马定理怎么证，听了这种声音简直要发疯。根据史籍记载，李卫公可以一面和李二娘做爱，一面想数学题。这种能力实在非我所能及。他有一心二用，乃至三用四用七用八用之能。因此我认为他在一颗大脑袋里盛了好多个小脑子，如果把他的脑壳切开，所见就如把一个石榴切开一样。他可以用一颗脑子和李二娘做爱，用其他的脑子想数学题。不过这个脑子是哪一个却不是他自己能够控制的，所以干着干着脸就朝右歪去，右眼角朝下垂，右边的嘴角也流出涎水，这就是说，右边的脑子在起作用。过了一会，同样的情形又出现在左面，这是左边的脑子在起作用——这都不要紧。可怕的是他想着想着就想到后脑勺上去，这时候他怒发冲冠，双目翻白，手脚都朝后伸，好像是发了羊角风。这时候李二娘就伸手在他前额上敲一下，让他前面的脑子起作用。当然，这么一敲李卫公马上就要变成个对眼，但对眼也比翻白眼好看。在这方面我完全赞成李二娘的意见。李二娘的皮肤很白，所以她就用黑色的床单。除此之外，她还把房间漆成黑色的，挂上了白窗帘，这间卧室就此变成了一张黑白图片。李卫公也在这间房子里——这种情形说明他又害死了六十四个人。

李卫公是从下水道里溜出自己的房子的，由此我们知道了大隋朝的洛阳城里有下水道，并且相当的宽敞，可钻得过人。后来卫公设计长安城时，就没给它做下水道，改用渗井——这种设备的做法是在地上打一眼井，再用砖头瓦块把它填上，供往其中倒脏水之用。可以想象这种井会污染井水，后来长安城里就经常流行痢疾、霍乱等肠胃道传染病。还有一次他往自己的脸上缠了布条，假装一个麻风病患者，谁也没认出他，就从胡同里溜了出来，故而后来长安城里禁止麻风病患者往脸上缠布，大家都把烂得一塌糊涂的脸露出来，在晚上常常发生吓死小孩子的事。李卫公也多次利用地下铁道逃跑，因此长安城后来就不修地下铁道，在交通繁忙的街段采用空中索道。那些索道悬在一些旗杆上，乘索道的人先爬上三丈高的杆子，把自己捆在一个套在缆绳上的竹筒上，手攀缆绳开始滑动，看上去好像在耍杂技，但是万一缆绳断了从空中掉下来就会摔得像压扁了的臭虫，而缆绳断掉的事时有发生。据我所知那种索道只有小伙子敢乘，而且那是一种表现勇气的把戏，而不是一种方便的交通工具。总而言之，假如李卫公是在长安城里犯了事，背后跟上了公差，他就再也逃不掉了。这样也就不会害死很多人。

监视李靖的公差们发现李卫公又跑了——这是很容易发现的，只要从墙缝往里看一眼就能看见——就一哄而散，各自回家和妻儿道别，安排后事等等，然后就到衙门里去，等着被砍头。因为他们和刽子手是同事，所以挨刀子时还不忘记在自己的脖子上抹点润滑油，让他砍起来方便一点。与此同时，新一班一百二十八名公差出现在酒坊街，坐在各家的屋檐下黑压压的一大片。与此同时，李卫公一直在和李二娘做爱，一点也没有想到自己又害死了六十四个人。这些人被杀掉以后，脑袋都被送到各个城口悬挂，就在那里烂掉，每个进城的人一走到那里就打起伞来，以防自己头上掉落吃腐肉的蛆，像这样的事李卫公自己一点都不知道，他不知道这些事的原因是他一天到晚老在想数学题。假如他知道了，马上就会精神崩溃。

三

李卫公在酒坊街和李二娘在一起，这条街上铺了厚厚的一层酒糟，故而空气里有一股极浓的酱油味，浓到了人在行进时感到阻力的程度。这条街的两面有一些两层的土楼，李二娘就在其中一座二层的卧室的床上。她长得相当漂亮，只不过眼角已经起了鱼尾纹。和李靖做爱时，她用腿围着李靖的腰，脚在卫公身后绕在一起，看上去像个金属线头；双手按在他肩胛骨上，虽然在下面，却显出一种气势汹汹的样子。李靖问她听到什么有关他的消息没有，她说没有。这就是说，领导上派人来打过招呼了。但是李靖觉得她有点不可信，这不光是因为前一天在街上看到了红拂朝他哭，还因为他一到了李二娘家里，李二娘就拉他上床，一本正经地干起这件事来。要是在以前，起码要聊几句天。据我所知，这件事还是让它自自然然地发生比较好，要是一本正经地去干，反而不对头。领导上让她以后照样和卫公上床，在床上听到什么要汇报，她就是这么做的。这说明她片面地理解了为上面服务。当然，上面也不会让她白干，每月初五她会收到一张汇票，然后前往邮局，被人像只狗一样拴在栅栏上。顺便说一句，每月初五是国家雇员发薪的日子。这一天大家领了钱，然后就各自按安排行事。比方说，李卫公领了五十两银子，就该老老实实地研究他的微积分，直到领导上研究好了拿他怎么办，就把他做成包子或者砖头。李二娘领了她的二十五两银子，就该老老实实地和李靖做爱，直到李靖做成了包子或砖头，领导上再来研究拿她怎么办。据我的估计，大概是要把她竖着用两辆牛车扯成两半，或者横着腰斩，因为她毕竟是大逆分子李靖的姘头。不到了真正办起来的时候，谁也不会去想领导上要拿我们怎么办。研究过这些事以后，我觉得当领导实在有趣，假如有可能的话，我也想当当领导。

我的邻居小孙眼角上也起了鱼尾纹，她有三十五岁了，已经离了婚。照我看她还算漂亮，对我也算和蔼。有时我有些非非之想：领导上安排她和我住一套房子，没准已经有了安排。然后我又想，假设他们有了这种安排，下一步又是什么？这么一想就毛骨悚然，宁愿相信没有这些领导，把我的非非之想全部打消——我还是去想我的费尔马定理较好。因为我上过大学的数学系，现在又在大学里工作，所以领导上更可能是这样安排的。

现在可以说说李二娘是怎么片面地理解为上面服务的——她拿腿圈住了李靖，半闭着眼睛，嘴里胡七乱八地嚷嚷。其实她并没有得意到非这么嚷嚷不可，但是她觉得还是嚷出来好。这是因为她觉得上面给了她每月二十五两银子，就是让她和李靖做爱，所以应该多卖点力气，刚刚参加工作的人总是这样的。假如上面给到每月一百两银子，她就能把李靖耳膜吵破；假如上面给到一千两银子，她就能把李靖的每根骨头都拆碎。假如是这样的话，就不用拿李靖来做包子了。因为如果是拿死人来做包子，吃下去就会屙肚子，甚至会一命呜呼，这样李靖就又能害死半城的人了。其实上面给她钱是让她汇报李靖说了些什么，但她把这一条放在很不重要的地方了。她没听李靖说了些什么，只顾自己乱嚷嚷。直到干完了以后才问道：你有什么要说的吗？李卫公说道：你今天吃错药了吧？李二娘听了勃然大怒，劈脸就抓，两人就在床上打起来了。李卫公翻白眼时说的话对李二娘原本就深奥，不大容易记住的，这一打记得的就更少了。好在杨素本人是个数学家，看了报告之后还能明白这是一种微分方程的解法。但是李二娘为了表示自己没有白拿上面的钱，就在报告上写道：三次达到了性高潮。杨素以为是方程右边有一个三次方项，这样就越搅越糊涂了。

我现在能够想象李二娘是什么样子的——她梳个马尾辫，穿一身白连衣裙，外罩黑色围裙，看上去不仅像一张黑白照片，而且洋溢着青春活力。像这样一个女人居然会当奸细，实在出乎我的意料。当然，李二娘不会这样想。她觉得自己在为上面工作，是很光荣的事。不管什么时候，上面总是上面，所以我对这一点也没有什么不同意见。顺便说一句，她和李靖做爱时那么卖力，不是因为得了二十五两银子，而是因为受到领导重视，觉得生命有了价值。打完了架，她又和李靖重归于好，并且冲了一碗藕粉给他喝，并且把他送到了门外，叫他以后常来。李靖出了门，马上就置身于一百二十八名公差之中。那些人把他从四面八方围了起来，形成一个方阵，他往东就一齐往东，他往西就一齐往西，所到之处烟尘滚滚。李卫公在其中就如一位指挥官，指挥着自己的连队，不时地发出口令——向左转，向右转之类，假如不喊的话，哪里都去不了。不管是谁，遇到了这种情形，都不会想到这是自己变成包子的前兆。与此相反，他只会把自己往好处想，觉得自己现在就当了官。他就这样到处转悠了一阵，显示他的威风，直到天黑了才回家，进了门才发现红拂在家里等着他。发现这个词是相当恰如其分的，因为那一晚上他始终没有看到红拂，只是闻见了她，用指尖触及了她，并且猜到了她就是那个在路上见过的样子古怪的妓女。红拂来告诉他领导上正在考虑拿他做包子、做砖头的事，以及这件事的前因后果。

按说李靖当时自我感觉良好，应当不相信。不过作为一个优秀的数学家，分辨真伪是他的长处，所以他还是信了。

李卫公在洛阳城里惹了事时，不仅李二娘，所有和他有关的人都当了上面的线人，这些人里包括邻居的小孩子，隔壁长胡子的胖老太太，还有市场上的小贩；有些人领津贴，有些人不领津贴。这种情形使我想起了迪伦马特的一个剧本《老妇还乡》。在那个剧里，有一位老太太发了大财，就回故乡小镇去报复那个对她始乱终弃的家伙——她把全镇连地皮带人都买下来了，非要那个欠下孽账的家伙死掉不可。在那个镇子上，每个人都是她的线人，后来终于如愿以偿。李卫公在洛阳城里的情形和那个故事大不一样：首先，他直到最后一刻都蒙在鼓里。当然，他也看出了大家的阴沉脸色，以及目光相接时勉强的笑脸。但是对这种现象有好多种可行的解释——大伙一下子都得了痔疮，皇上驾崩了我还不知道等等，最后一个解释才是我大事不好了。作为一个数学家，天性就是要穷尽一切可能性，所以最后一个解释卫公也想到了，甚至做了应急准备。但是穷尽了一切可能性就等于失去了一切可能性，因为实际上只有一种可能会发生，不能都发生。其次，洛阳城和迪伦马特的小镇不一样，这里的人火了以后虽然会上街闹事，但是心平气和时和领导上是一条心的。领导上叫我们当奸细，杀人，盗墓，抹上番茄酱爬上国宴的菜盘，叫干什么都会去干的。所以用不着收买，我们就是奸细、凶手、盗墓贼、菜人等等，只等领导上一声令下了。

四

每个人对自己是什么样子的都有一点好奇心。举例言之，我长得又瘦又高，面色憔悴，头发开始花白了，经常不按时令地在春秋天穿一双皮凉鞋，袜子上满是尘土，这些情形我完全知道。但是我不知别人背后是怎样看我，在其中尤其重要的是女人怎样看我，是否以为我还有魅力。李卫公大概也是这样的吧，虽然他是数学天才，擅长推理，但是自己背后的事情总是推论不出来。据我所知，李卫公年轻时虽然是个流氓，但却是个好流氓，虽然有在市场上收保护费、酗酒闹事等不良行为，也有足够的善行来补过。比方说，冬天官府要每条街出徭役去挖护城河，他总是第一个去，邻居的小孩子不见了，他又第一个下水井去捞（大隋朝没有拐卖儿童的事，小孩子不见了准是掉进井里了）。而且这条街上有了一个流氓，小偷也不大敢来。除此之外，他还是这条街上的业余消防队员、民防队员等等，为公益事业出力不少。所以我想，当他知道了自己是人民公敌之后，准会觉得这些事干得有点亏。这是从我的切身经历里推论出来的。要知道我也是个工会小组长，负责收会费和发电影票。所以一听说今年涨工资的名单里没有我，就觉得这些事都白干了。

这样的经历我体验过多次，想必也能使你想起些什么：我到系里去，听到一个办公室的门后某些三姑六婆在议论一些什么，当你推门进去时，她们都不说了。但是从那种意味深长的眼神里可以看出她们说的是我。我马上就想到了愚人节的论文——别的事我是不大在意的。对这种事，我的反应是晚上做噩梦，手提机枪闯进办公室把这些女同事通通杀死。干完了这件邪恶的事以后，心里又后悔，因为这些女同事没有一个未曾给我介绍过对象。唯一能安慰我的是这里是中国，机枪之类的东西不容易搞到。根据这些体验，我以为李卫公听说自己害死了半城（夸大的说法，正确的说法是六分之一）的男人，感觉就是噩梦成真。因为他是个流氓，社会地位低下，常常感到自己在受歧视，做梦时肯定也屠过城。但这只是做梦，并不是真的在干。假如我的噩梦成了真，我也以为不是我的责任。更何况在梦里我只杀掉了比较老、比较多嘴和比较难看的女同事，把年轻漂亮的全留下了。

我已经说过，卫公原本是个本分人，天性乐观，他从来也没想到全城的人都在策划拿他做包子，而且一点都不露口风。这件事让他很生气，觉得应该重新估价眼前的世界和做人的态度。至于他害死了好多人，应该给他们抵命之类的事，他一点没想。不管怎么说，卫公不过是喝醉了在房顶上跑了跑，并不是有意要害死那些人。当时屋子里黑咕隆咚，红拂也看不清卫公的表情，只觉得他的手直往自己怀里伸，她就使劲推他，心里还有点后悔，觉得自己到这个地方来有点欠考虑。就在这个时候，忽然房子四面响起了很猛烈的水声，好像这间房子的四邻全是淋浴室一样。虽然她早就嗅出了这里有很浓厚的气味，还是问了一句：下雨了吗？这当然不是下雨，而是那一百二十八个公差在房子四周尿尿。李卫公觉得全身的血都往脸上冒，大吼了一声“你妈逼”！在黑地里摸到一根绳子头往下一拽，四堵土墙就朝外倒下去了。这个把戏使红拂很惊奇，觉得李卫公简直是要风得风，要雨得雨。但是不容她说些什么，头顶上的房顶就掉下来，把他们都罩住了，而且轰的一声巨响，尘土飞扬。李卫公一跃而起，破房顶而出。不过在这时候他还干了他这辈子最后一件善良的事——抓住了红拂的手腕，拉着她一道跑了。

我现在知道，李卫公三十岁以前在洛阳城里本分为人，这段时期里他很善良，但不够伟大。后来他逃出了洛阳城，就再也不善良，但是很伟大了。但是在他善良时，身上有伟大的成分。比方说，上面来的人员在他墙下尿尿，把墙都要尿倒了，他也没有说什么，只是很本分地用绳子把墙拴住，让它倒不下来——这是他善良的地方，是主流大方向。不善良的地方是他把绳子打了活结，抓着绳头一拽就开，好像随时准备砸死谁。后来他真的用土墙埋住了好多人，而且趁着尘土飞扬时拉着红拂逃跑，在灰土里见到人影就照他两腿之间猛踢一脚，让他把双手夹在腿中间满地打滚——李卫公原来是流氓，最善于干这一手，但以前没踢过公差。他就这样跑掉了，至于土墙砸没砸死人，他又踢没踢死人，都一点也不重要，因为他跑了以后那一批公差反正都活不了。除此之外，街坊四邻也都遭了杀头之祸，他害死的人数目就此有了大批的进账。

五

在我们生活的地方，因为有了“连坐”这种事，一切都复杂了。举例言之，我们系里有个女人生了第二胎（这是不许可的），因此就要罚全系的奖金，一直罚到了我身上；而我是个单身汉，却要为别人生孩子而掏钱——我怎么也想不起我干了什么与此有关的事。李卫公从他家里逃走，犯下了杀差造反的重罪，按照一人造反十户连坐的原理，就要把相邻的十户人家满门抄斩，这又给刽子手造成了很大的麻烦，因为他只有杀男人的鬼头大刀、杀女人的坤刀，却没有杀吃奶婴儿的刀。而挥起杀大人的鬼头大刀去杀婴儿是不行的，会被人讥为小题大做，还会有人说他太残忍，所以他只好自己掏钱打了一把小刀子，后来不是总用得着，只好廉价卖给了杀羊的屠夫，到下次杀小孩子时再找他借。这些脑袋都杀好以后，就送到四门去悬挂，但是这一回人头多得没地方挂，只好用绳子串起来，远远看去，好像城门上在晾蒜。而李卫公本人却很卑鄙地逃跑了。当时正是半夜，所以没有逃出城去，而是找地方躲起来了。

“连坐”这种想法本来是这么考虑的：每个人都是在别人中间生活，所以他们天生小心翼翼，生怕招致别人的仇恨。假如一个人惹祸会连累到一大批人，那他一定会更加小心。这种想法是好的，但是对卫公这样已经害死了上千人的家伙却是不起作用的。假如我是他，到了这种地步也只好豁出去了。

那天夜里李卫公逃走的时候拽着红拂，而她老想转回去看看刚才为什么会轰隆一声房倒屋塌，故而他们是用两只蚂蚁争夺一个饼干渣的方式逃离现场的。因为李卫公长得牛高马大，又锻炼过身体，力气比红拂大很多，所以逃得相当之快，但是逃到城墙边上一片菜园子里时，他还是觉得腰酸腿疼，而且背上的肌肉也扭伤了。这里有个荒了的土地庙，他就把她拉到庙里去。红拂说，她实在想知道一下为什么李卫公的房子会忽然塌倒。他就告诉她说，那是因为四堵墙都朝外边倒下去了，坐在墙上的房顶没了支撑，就掉了下来。而那四堵墙早就想往外倒，他用绳子把它们系住。在房塌前，他把绳子解开，那些墙就如愿以偿。红拂说她还是不明白墙为什么非要往外倒不可。李靖说，那是因为外面有人老往它们身上尿尿，这就使得它们很想倒下去压死那些人。墙倒时那些家伙正在尿……红拂说：你说那沙沙的响声就是尿尿？我不信。李靖说，男人尿尿就是这样的，你没见过男人尿尿吧。她就说：你尿给我看看。李靖就到外面去，解开裤带，亮出他那杆大枪尿了一回。红拂咬着手指看完了说：真奇怪。下回你再尿尿叫我一声。李靖不禁轻蔑地想：她真是什么都不懂。李靖和红拂私奔的事就是这样。他们俩奔出来以后，他还傻头傻脑地问红拂道：你为什么和我私奔？她老老实实地答道：我也不知为什么。因此李卫公就觉得非常的莫名其妙。这一点后世的人也感到非常的莫名其妙，仿佛她应该继续在杨府待下去，让头发接着长。

据说头发长到了一定程度，就变得非常之硬，发带束不住，会向四面伸展开，然后像伞盖一样垂下来，红拂就变成了一棵观赏植物。指甲长到了一定程度，就会变成麻花状，这时候长指甲的人就会变成一架多工位的组合钻床。奶妈子喂奶久了，乳房也会长到像大棉花包那样大，里面盛满了流体，这时候她只好用一辆手推车来搬运自己；而且还要小心，万一有什么在她胸口刺了一下，她就会整个儿流光，在地上摊开一张皮。这些奇形怪状者加上九十岁还能穿针引线的老婆婆，一百二十岁还能使女人坐胎的老公公，都被称为“人瑞”，会被盛到一个大笼子里，放到洛阳街头去展览。他们坐在笼子里，背诵着领导上教的傻话。这被视为一种莫大的光荣，但按我的观点应该叫做折腾人。

从某种意义上讲，我也在变成一个“人瑞”的中途。假如我证出了费尔马定理，就会当上各种委员，到各种场合去表演端庄，一开大会就该坐到主席台上背诵傻话。这是因为我有人所不能的本领，但是这种本领比较抽象。很少有人知道什么叫费尔马定理，更没有人知道它有什么用处，领导上所知道的只是没人能够证得出它来。这完全不像一个女人长了两个各重一百公斤的乳房，每天能出两桶奶那样直观。虽然如此，我也不能拒绝领导上的关怀。正如地里有一根麦子长了两个穗子，它就不能拒绝自己被人连根拔起，被称为“嘉禾”，裹上缎子，用快马送进京城呈给皇上御览。虽然假如你是那棵麦子就会知道，它不过是生而不幸为双头怪胎罢了。但是它能让领导上感到满足：你看，我们这里什么都有，包括各种怪物。我现在夜以继日地努力，正是要证明自己是个怪物。因为不能证明我是个怪物，我就什么也不是了。

第四章

本章首次提到了一个古国扶桑，有人说它是古代的日本。作者也乐意相信，但就怕日本人不肯承认有一个中国人做过他们的王，正如我们不承认成吉思汗是蒙古人，而非要说他是中国人一样。

一

人家说，虬髯公和红拂也有不正当的关系，这是因为虬髯公送给了红拂一双自己打的麻鞋。当然，这不是一般的麻鞋，甚至你拿到手里也看不出它是麻制的。红拂起初并不想接受这件礼物，因为这双鞋里含有太多的唾液，想起来有一点恶心。但她后来还是收下了，因为这东西有奇异之处，只要穿在脚上，就会觉得冷冰冰麻酥酥，好像赤足踩着了眼镜蛇，马上就想拔足狂奔，而且跑上几十里还是惊魂未定，一点也不觉得累。除此之外，虬髯公还送了她一对轻剑，用含混不清的声音告诉她说，这是他珍藏多年的宝物，送给红拂做纪念品——虬髯公的声音不清楚，是因为他总在嚼鞋子，不知不觉把舌头的一部分也嚼掉了——因为这些原因，红拂觉得他对自己很好，甚至到了最后被吊在空中时还在想念他。假如她知道在杨府时虬髯公总在打她的小报告，就不会这么想了。每天虬髯公都要向杨素交一份例行报告，说说红拂今天干了些什么。每次她跑到外面去他都报告了，这种报告一次两次对红拂没有什么害处，积累到一定的数量——比方说，一百次，就会产生效果，领导上会派人把红拂用一床大被子裹起来，乱棍打死，然后埋在后花园里。——到了大唐朝，人们把杨素的花园挖开来，发现那里就像红色高棉搞的那种万人坑。到了宋朝，又有人到长安去发掘，发现那里到处都是万人坑。所以像这样的事我们还是不要乱打听，知道多了以后就会觉得活着没有意思。——除此之外，他送给红拂的那对剑也不是什么宝物，而是铁片做的，一点钢火也没有，只能拿来斩苍蝇。这对剑是这么来的：他给领导上打个报告说，需要一对剑，以便送给红拂作为感情投资，领导上就发下一对剑来。在这种情况下领导上自然不会给什么斩金断玉的神兵宝器，而要给一对切豆腐也费力的铁片。这样比较省钱，也比较安全。简言之，虬髯公住在她的楼下就是监视她的，但是这一点他从来没有告诉过她。这是领导上交办的任务，不能告诉别人。

根据史籍记载，虬髯公很爱红拂，但是红拂不爱他。失恋以后他就出国去，当了扶桑的国王。这件事说明想出国就得赶早，早了可以当国王或者发大财，迟了只能当数学或物理学博士。现在再去，就只能在餐馆里打工了。不过当扶桑国王对虬髯公可不是件好事，因为他最不喜欢吃鱼，而扶桑的御厨天天给他做生鱼片吃。假如有一顿他对生鱼的胃口不好，那些御厨马上就很冲动地跑到大殿上来切腹自杀，所以血淋淋的场面总是不能避免，不是眼前血淋淋，就是嘴里血淋淋。这时候他已经老了，长出了一个鲇鱼嘴，这和他松宽的两颊倒是很相配。我们说过吧，他是脸上毛孔很粗的黑胖子，很容易出汗。在杨素家里住着时，除了要打小报告之外，他对红拂倒是很好，很喜欢和她聊天，告诉她有关李靖的事——虬髯公的消息相当灵通，知道李靖闹事的始末，知道他是个数学天才，甚至知道李靖在酒坊街有一个相好，这说明领导上很信任虬髯公，虬髯公前途无量。本来红拂逃跑了他应该受到连累，但是领导上很信任他，就不一样了。红拂逃跑以后，杨府只是宣布注销她的乐籍，以后回来永不接纳，仿佛现在红拂已经后悔了，跪在杨府门前似的。而李靖跑掉以后，衙门里却派了二百五十六个公差到处去抓他，并且悬赏缉拿。结果总是拿不到，因为洛阳城大着哪。

假如杨素雇我当顾问的话，肯定很快就能找到李靖。这办法就是出一通告示，贴到一切地方，宣布赦免他的一切罪过，假如有可能的话，再任命他做一个小官，用官费给他出版数学书。他就会马上兴高采烈地跑出来。等他出来以后，想拿他怎么办都可以了。当然，我也会建议不拿李靖去做包子或者砖头，但是我说了人家听不听就不一定了。这种方法是从我自己的切身经历里推出来的。二十多年前我从这所大学毕业，当时我面色红润，嗓音洪亮，百米能跑到十二秒六；现在头有点白，眼有点花，二十秒内能不能跑出一百米都是大问题，脱了衣服照镜子发现自己有点驼背，还是漏斗胸，肋骨像是些螃蟹腿。在这二十多年里我始终在这个学校里服务，头十年住在单身宿舍，一个房间里住四个人，睡上下铺。睡我上铺的是个大胖子，他经常很不自觉地放响屁，其声势穿透褥子和铺板直抵下层。后来又住了十年筒子楼，那里有些人很不自觉，上公共厕所屙了屎不冲。现在上厕所时则面对着一些乳罩和吊袜带，而这些东西和我没有一点关系。不管怎么说吧，我从来没有想过调到别的地方去，尽管在这二十多年的时间里有的是机会。假如这个例子不典型，那么我还到过一些贫困地方，那里的人男的穷到连睾丸都吊不住，女的像是一批大怪物，人家也没想到要背井离乡。事实上一种生活越是不像样子，就越是让人依恋，因为这是领导上的安排，自己受苦受难就是替领导分忧解难。根据这个原理，我认为李卫公在年轻时无限热爱那座泥水浸泡、雾气蒸腾的洛阳城，只要有一分可能就不会逃跑。虽然他在其中常常吃了上顿没下顿。这件事一点都不深奥。稍有一点深奥的是李靖生在洛阳城，不管该城市多么的糟糕，但是它在李靖出世前就存在了，其结果是李靖有几分洛阳城，而不是洛阳城有几分李靖。而后来的长安的情形则恰恰相反。李靖从没想过要从洛阳城里逃出去。他只是被逼无奈。

二

我出生在北京城，故而我有几分北京城，虽然现在北京城和我出世时大不一样了。后来我考上了某个大学，故而我又有几分某大学。当然现在这大学和我初考进去时也是大不一样，当时校园里还有些地方有几分像草坪或是花园，现在则全然不像。现在到处都在盖房子，故而到处都像是堆料场。这也是没有法子的事，因为人多了，需要房子住。根据我的观察，北京城和某大学里的人都是一副人头攒动的景象，所以我不像一个人，而是像一大群的人。比方说，我在证费尔马定理，心里却老在想假如证了出来，一定能让同事大吃一惊。其实费尔马定理就是费尔马定理，跟同事又有什么关系？我为什么要惊吓他们？再比方说，我在学报上登了篇论文，心里就老在想不知小孙看到了没有。其实人家小孙是图书馆的文史部的，看数学学报干什么。我的脑子老像有一大群人在朝四面八方乱扯。李卫公和红拂跑到洛阳城的废土地庙里靠偷人家的菜过活时，他的脑子里也是这样。除此之外，他还老要自怨自艾，说：我干吗要去喝那些黄汤子呢？不喝也死不了的。我干吗要上别人房顶上去跑呢？人家打我两下就打两下吧——全是些不知所云的昏话。总而言之，他心绪纷乱，情绪低沉。

但是卫公毕竟是卫公，在这样的心情之下，干起缺德事来，分寸丝毫不乱。偷了人家的土豆、芋头，还知道把秧子栽回坑里去；人家来刨土豆，一看底下没结土豆，就以为是没长好。如果是偷南瓜，就用刀子把南瓜肉挖走，把瓜瓤装回去，再把外皮重新拼起来；人家收南瓜时，看到瓜大空心，就记在种子商账上，下回再也不买他的种子。如果他偷黄瓜、茄子，总是把大的偷走，在原来的地方移上中个的，中个的地方移上小个的；园主一看，以为自己见了鬼：满园的瓜果越长越小，最后都长没了。如果他偷别人一棵白菜，准把剩下的全拔起来，栽到相邻的园里去，让两位园主相互厮打。这说明缺德也有天才，卫公就是这样的天才。这片菜园子总是没有人，偶尔有人来收拾一下，也不久待。除了大家都有别的事之外，还有一个原因，因为这里有股气味十分厚重。红拂问李靖这是什么味时，卫公说是菜园子味，后来又说是蔬菜味。其实那是大粪味，只不过是经过发酵长了蛆的大粪，味道很特别——臭味虽然不够猛烈，但是十分滞重并且令人恶心。人们拿这种物质来浇菜。但是他不想这样告诉红拂，恐怕她知道了这些，就再也不肯吃这些蔬菜了。

在洛阳城的那个废土地庙后面有一口浅水井，井水绿油油的不大干净，里面还有无数的青蛙，当你走近时，那些青蛙纷纷跳下水去，井里就扑通扑通地乱响。李卫公拿了一个棉花团浸了自己的尿，拴在一根线上放到井里捉青蛙，然后又从井里打水烧来喝。后来他又把这种水盛在一个大碗里叫红拂来喝。开头红拂想要提醒他一句：这水里有他的尿。但是又想到自己已经把头发铰了跑出来，这件事已经没有挽回的余地，就把水接过来，恶狠狠地盯了它半天，然后猛地喝了一大口。出乎意料地发现这种水倒没有很厉害的骚味——这件事叫我想起我在农村时淘井的事来，我们吃水的井底下其实臭得很厉害，谁都不愿意淘井，因为它可以使你对生活失去信心——除此之外，红拂还下定了决心，不为和李靖私奔的事而后悔，所以在任何时候都要往好处想。比方说，虽然现在要喝这种不干净的水，但是起码不用拖着三丈长的头发走来走去，实在轻松多了。三丈长的头发虽然好看，但是它要从头皮上吸收营养，所以就会使人头脑昏昏沉沉，并且落下耳鸣的毛病。人家还说，蓄了一辈子长发的人死掉以后，你把她的脑壳破开，一下子找不到脑子——脑子已经缩到花生米那么大，附在后脑壳的某个地方，其他地方是空的。这种情形在那人活着的时候敲她的脑壳就能听出来，所以红拂在杨府里经常敲自己的脑壳，只是因留长发留得耳鸣，故而听不出空了没有。但是公平地讲，头发也有很多好处。因为它是活的东西，所以冬暖夏凉，比任何卧具都要好，在蓄长发的时候，红拂既不需要睡衣，也不要鸭绒被或者凉席，只要裹在头发里就可以睡着了。现在没有了头发，迫切需要睡衣、被子、席子，但又没有，只有泥地上的一堆茅草。

我们还没有说到李靖和红拂做爱的情形，李卫公以为红拂既然和他私奔，这件事就属自然。但是他首次向红拂提出时，她瞪了他好半天，然后才用喝水时那种毅然决然的神情说：好吧。然后就把衣服都脱掉，说：这件事我可是一点都不懂。等干完了以后，她坐起来说：这件事一点都不好玩。假如虬髯公知道她是这样草率的行了苟且之事，一定会气坏了。

有关这件事，红拂后来是这么说的：我从杨府里跑出来找卫公，本来是想找点有意思的事干干，谁知一见了面他就用那个肉棍子扎我——这件事有什么意思呀！这段话说明红拂对性生活的态度始终不积极，她私奔的理由只是追求有趣。在此之前她已经知道了卫公是个怪人，证明了费尔马定理，并且害死了半城的人，因此她就认定了卫公一定是个很有趣的人，跑来找他。这件事叫我想起了十五年前发生的事，那一年是一九七七年，我在一个小工厂里当工人。有一位数学界的前辈陈景润在哥德巴赫猜想的证明方面取得了进展，而且陈前辈当时是光棍一条。我的女同事们知道了这个消息，就纷纷写信追求他。她们的理由是陈景润证出了数学定理，他是多么有趣呀。其实纯数学，尤其是数论，乃是世界上最无趣的事。一个人如果不是悲观绝望到了极点——比方说，像我现在一样，就绝不会去碰那种东西。这个例子是要说明，要分辨一个人是否有趣，绝不能拿他的数学造诣做判据。事实上卫公、我、陈前辈都不是最无趣的人，但是这纯属偶然。我知道很多数学家都无趣之极，但是我本人也是数学家，不能吃里扒外地把他们的名字举出来。

我们知道虬髯公在杨素府里很受领导上信任，这只是一部分情况。其实他本人也是个小领导，而且有责任心。因为这个原因，他只好整天坐在地上，除了嚼草鞋之外什么都不能干；这和今天的领导只好坐在那里，除了公文什么也不能看是一样的。这件事就叫做上班。一早一晚不上班的时候，他就干点以身作则的事：打扫卫生，修整花园等等，扫地时一直扫到红拂的房间里去。这件事的动机是不言而喻的：他是个老光棍；而红拂在自己房间里总是穿得很少，甚至什么都不穿。但是他一走进红拂的房间，就有一种强大的力量把他的脸扭到门口方向，不管怎么转身，脸部的方向总是不改，好像他的鼻子是指北针，门口就是北一样。不要以为像他这样的大剑客会轻易扭断了脖子，也不要以为任何人的脖子可以长久地扭下去。事实上，只要一出了红拂的房门，他的头就会一连转上好几圈，直到转回原位。还有一点要补充的地方，不是他自己要扭脖子，而是脖子自己扭了过去。对于这件事，红拂是这么评价的：假如虬髯公不是假正经的话，那他就是造大粪的机器。后来这种脾气使他在扶桑大吃苦头，因为他的后妃到他寝室里过夜时，为了郑重，总是把所有的好衣服全穿上。从傍晚到午夜，他像剥洋葱一样一层层往下剥和服，因为要做到郑重其事，所以半夜都剥不光。从午夜到天明他把脱下来的又重新套上，好像在包装瓷器，准备出口欧洲；而扶桑女人为了矜持，一点忙都不肯帮。像他这样后妃成群的人还要用手淫来救急，真叫人不敢相信。假如我是他的话，就在床头放一把大剪刀。当然，像我这样的人也只能做工会小组长，当不了扶桑国王。如果不扯那么远，就该说到，红拂不穿衣服是什么模样，他一点都没看见。假如我写道：当时红拂的乳头是鲜红色的，好像两个血管痣，或者说，像两小粒刚摘下来的鲜草莓，看上去很好吃；红拂的阴毛乌黑油亮，仿佛经过梳理。虬髯公就会对我的书闭上眼睛，大叫一声：淫秽！

虬髯公后来说他是爱红拂的，不过不是用眼睛来爱，是用鼻子爱。他喜欢闻红拂的气味。但我不知他到底是爱红拂还是爱香水。他还说他爱红拂的声音，也就是说，用耳朵去爱，这也很高尚，不过那是假嗓子。我用手捏住脖子也能发出这种音响，不知他会不会爱上我。每回扫过地以后，他把红拂脱落的头发都拣起来，洗干净，收藏起来，就像个拣钢镚的老财迷一样。等到红拂剪掉自己的头发逃出了杨府，那些头发堆在地上逐渐失去了光泽，他看了又觉得可惜，就把它们都缠到身上，让它得到人体的滋润，却把自己缠得像个乱线团。他还拣到了红拂扔掉的两双旧袜子，洗干净之后揣在怀里。我觉得他是个不折不扣的变态分子。除此之外，他在红拂面前嚼鞋子也是故意的，他觉得这样显得勤劳朴实，能给红拂一个好印象，但是红拂却觉得他很贪吃，还觉得他能把整个的猪头放进嘴里去。根据我的经验，只要你在女朋友面前吃一次猪头肉，恋爱一定会失败。类似的食品还有鸡屁股，猪肠子，有点臭了的炸带鱼，整根拍扁的黄瓜等等。很不幸的是这些食品我都爱得要命。这就是我总在打光棍的原因。但是这些事扯得太远了。红拂逃走以后，虬髯公终于能够不扭脖子地走进她房间里。那时这间房子里好像炸了一颗炸弹一样，因为红拂临走时收拾了一下，但不是收拾房子，而是收拾行装。虬髯公看了这个景象很伤心，不仅是伤心以后再也见不到红拂，而且也伤心红拂居然逃出了杨府。在他看来，杨府非常好。假如不是得了精神病，就不该离开这里。

三

李卫公不见了以后，满城的公差都在找李靖，尤其是那二百五十六个即将被砍头的公差——其余的也很急，因为按这种速度很快就要轮到他们——有人想到了李二娘这条线索，于是就闯到李二娘家里去，逼问她李靖上哪儿了。李二娘说不知道，那些公差就动手逼供，就地取材地找了四根筷子夹在她左手的指缝里，用力一捏。李二娘的那只手马上变得像只在地上被人踩了一脚的小鸡，在这种情况下她当然是晕过去了。醒过来一看，自己的右手也在那些人的挟持之下，就说：能让我拿手绢擦擦眼泪吗？擦完了泪，她又要求去小便一下。等这件事做好了之后，她回来坐在椅子上，把手指伸到筷子中间，深吸口气，做好了惨叫的准备，就说：捏吧。那些公差看她这个模样，以为她不知道李靖在哪里，就不再问她，全都离去了，临走还给她带上了门。其实李二娘完全知道李靖在哪里，但是一开始她觉得李靖是她的老相好，假如未经拷打就说出去未免是不够意思。等到经过拷打了以后，她又觉得很疼，因此仇恨这些公差，更不肯说出来。这就是说，虽然她愿意出卖李靖，却没法子出卖他。正确的做法是先打她一顿，然后去道歉，然后再打。就如先把一个人打成右派，然后给他平反；然后再打成他个什么东西，再平反；不管什么东西都经不住这样折腾。李二娘知道准是李靖藏在菜地里，因为过去他们常到那地方去玩。那地方原来是片沼泽地，后来虽然把积水排干了，蚊子还是特别的多，虽然不是每只蚊子都咬人，但是扑到脸上也很讨厌。他们俩在菜园子中间的小路上遛弯时，李靖常常纵身跃过篱笆，到里面采一朵黄澄澄的南瓜花出来，一本正经地献给她。那种花像破纸片一样，很难看，有好多讨厌的花粉，而且是偷来的。但是假如豆角不开花，在菜园子里就不可能有更好的花了，所以李二娘把它戴到头上，然后它就在那里变成了烂糟糟的一团，好像一团屎。她还能准确地知道李靖是藏在那个破庙里，因为有时候李靖把她带到那座破庙里过夜。这种想法和有饭不在家里吃跑出去野餐是一样的。她对烂纸头一样的南瓜花，对破庙里那些扎人的茅草都恨得要命，就像她痛恨李靖一样。李二娘是个二十六岁的寡妇，到了这个岁数，人就该理所应当地痛恨一切。李二娘只是不痛恨上面，因为大家都应该尊敬领导。但是上面来的人闯到她家里来，把她的手捏坏，所以她连上面都恨起来了。那些公差走了以后，她跑到后面的作坊里去，把手插进酒糟里止痛。对于没有见过酒糟的人我要解释说，这种东西的样子就像是牛粪，因为正在发酵中，它的气味臭不可闻，但总是热烘烘的，可以起到热敷止疼的作用，但是与此同时，酒糟的气味也染到她身上，藏在衣服里面和头发里。现在我们提到一位造酒的风流寡妇，总要想到她满身酒香。其实不然，她们全都是满身糟臭，好像从酱油缸里钻出来的一样。李二娘在街上走动时，身后留下一道气味的长廊，走到她身后的人闻了总要失口嚷道：酒坊街的！李二娘听了以后气得发疯，大叫起来：我是酒坊街的，干你什么事？

洛阳城里破土地庙边上的菜地有老大的一片，简直有半个洛阳城大。除非到了家里没有菜或者该收拾园子的那几天，谁都想不到有这么个地方。那里沟渠纵横，渠边上长着柳树，有半数以上死掉了，树皮绽开，掉下来成堆锯末似的虫子屎，日暮时分，不管是活柳树还是死柳树，都在天上留下黑色的剪影。除此之外，水边上还长满了茅草，那种草是三棱的，异常坚硬，把它割下来苫房顶是再好也没有了。李靖看到这种草，就想到应该割上几担去补补自己的房子——但是已经晚了，他的房子已经不存在了。因为这个原因，李靖就挑了几担胶泥，把破土地庙抹得平平整整。这件事说明，修整自己的家是人们的天性。我住的房子里，厨房是黑油油的，过厅里鞋子纵横，而且有一股馊臭的气味。这叫我感觉心情郁结。于是我就努力收拾了一次，从灶台上刮下了半斤多油泥。这种东西实在弃之可惜，因为里面含有大量的食用油，但是留着也没有什么用。然后我又把自己的房门打开（这是给过厅照明的唯一方法，因为它没有自己的窗户，而灯泡又坏了），收拾过厅，先是清洁了地面，然后去对付那些鞋。我想把它们配好对整齐地放起来，但是遇到了很大的困难，因为左脚的鞋很明显是比右脚的多。这种情形只有在小孙长了两只左脚时才有可能，但这和我平时的观察又不一致。就在这时候，门打开了。小孙睡眼惺忪地走了出来，找了张椅子坐下来说：“你折腾什么呀，真讨厌！”我也很想对她说她那个样子很难看，但是没有讲出口来。因为我知道这样说得罪人。后来她发现我在拣她的鞋子，又显示出一点惭愧的样子，不过还是说：这房子还不知道能住几天呢，瞎折腾些什么？这种话我一听就头疼。不过最后她还是受到了我的带动，把厕所里的便器刷出来了——未刷时，那东西呈旧茶缸子的色泽，刷了以后就有五六成新。

李卫公在菜地里又发明了把地面抹得像镜面一样平的方法，他把白膏泥调稀了灌到屋里去，让它慢慢沉淀，地面就变得异常平整，人走到上面都有倒影。然后他又把四壁抹好，用河沟里拣来的卵石抛光。这间房子就此变得像正午时分的沙漠一样亮堂，散发着水和石灰的气味。后来他在这间房子里以红拂为模特画了好多裸体画，这些画里不包含数学定理，也没有政治寓意，画的也不是领袖人物。所以每一张都是伟大的杰作。这些画都没有流传下来，因为画上的人物既美丽又性感。而根据我们国家的美术理论，画上的人物绝不能美丽，更不能性感。这件事实在可惜，因为这是卫公一生艺术成就的精华，而且他作这些画的态度是非常认真的。举例言之，假如他觉得在一幅画上红拂的眼睛不够黑，就往她眼睛里滴眼药水，使她瞳孔放大；如果觉得太黑了，就用另一种眼药水使她瞳孔缩小，以致她经常什么都看不见。假如在一幅画里红拂乳头的位置稍低，他就用一根翎毛去挑逗，使它翘起来，假如位置太高，就往上面哈气使它松弛。这种调整是如此的频繁，以致她说：要长茧子了。

四

洛阳城里有一片低洼地，里面全是菜园子，李卫公犯了事的时候躲在里面。后来他建造的长安城里就没有低洼地，城墙里面的地面是黄土铺成夯实的一个平面，公差在半寸之内，夏天下起了猛雨，积水都不知自己往哪边流才对，经常平地积起一尺多深，但是等雨停了之后，整个长安城里没有一个水洼，而且城里也没有杂草，故而夏天城里一只蚊子都没有。据说生在长安城里的人身上不长汗毛，也没有阴毛和腋毛，这一点一定让欧美女人羡慕不已。长安城里没有一只狗，一只青蛙，天黑以后连鸟也不来，故而是寂静无声，十分瘆人。李卫公怕皇帝不喜欢，就设计了一种机器青蛙和一种机器蝉，命令每家都要各买十只，天黑以后上足了发条放出去。因为上面写有自己的名字，所以别人拣了以后一定会送回来（留在手里没有用处，只是累得自己多上几个发条罢了）。那种青蛙就呱呱地怪叫着到处乱跳，假如在你家的后墙下别住了跳不动，就会吵得你一夜睡不成觉，因为它的全部发条动力都用来叫，可以把你耳朵吵聋。在这种情形下，唯一的办法是出门去把它找到，这时它的行走部分往往已经发生故障，再也跳不动了，但你可以用三重棉被把它裹起来，放到箱子里，等天亮再做处理；或者是扔到邻居的院子里，让他去解决这个问题。机器蝉放出去以后会一面吱吱叫，一面沿一条极不规则的轨道飞行，因为怕它撞坏，所以机器蝉的外壳是铁铸的，所以对走夜路的人相当危险，撞一下就会头破血流。防止这种危险的方法是天黑以后不出门。李卫公还设计过一种机器萤火虫，在试用阶段就造成了几起火灾；设计了一种机器看家狗，但是在试用时发现它谁都咬，尤其是喜欢咬主人。所以这两种发明就没有投入生产，虽然不是没有改进的余地。他还发明了一种机器母猫，会叫春，会搔首弄姿，但体内有个夹子，一旦公猫受到诱惑去和它做爱，就咔嗒一声把它阉掉。这件发明做成功以后，他就把它放出去，自己躲在屋里，用望远镜远远地监视，一旦有公猫上了当，就拍手大笑。做这些发明时，卫公只有五十多岁，精力旺盛，经常干对不起红拂的事，身上常有各种香水味，脖子后面和耳根子后面常有唇膏印子。红拂指出来的时候，他就觍笑着去洗脖子。后来他忽然就蔫了，只睁一只眼。这就叫老年吧。

李卫公老了以后装傻，是因为他对一切都失去了兴趣。这时候他觉得拼命去解决数学问题实属无聊，因为就算你不去解那些问题，后世的人也会把它们解出来；做那些古怪发明也实属无聊，因为你不去做那些发明，别人也会把它们做出来。唯一有趣的事就是睡觉。这种想法和我某些时候的想法很相像。我说的这些时候就是我想费尔马定理想累了的时候。——我已经证明了四十八个引理，每个引理都有二十页厚，而且都证得非常漂亮。这说明我的证明能力非常强。可惜的是这四十八个引理都和费尔马定理没有一点关系。——在这种时候我就躺倒睡觉，一睡就是四十八小时。无须说明，我睡觉和李卫公睡觉是不同的，他是在证明了一切以后睡觉，我是在证明一切以前睡觉。但我不是利用一切机会睡觉，他却总在睡。年轻人和老人的区别就在这里吧。人在年轻时充满了做事的冲动，无休无止地变革一切，等到这些冲动骤然消失，他就老了。

根据红拂的回忆，李卫公一生活力最旺的时刻是他躲在菜地里的时候。从傍晚到午夜，他都在用各种姿势和红拂做爱。而红拂的精力没有他充沛，所以经常干着干着就睡着了。午夜时分他跑出去挖河，表面上的理由是河道里有积水滋生蚊子，实际上是剩余精力无处发泄。天还不亮他又跑回来继续干那件事。这种情形使红拂从青年到中年一做爱就要睡觉。假如条件许可的话，她总要在背后垫上五六个鸭绒枕，然后就是黑甜一梦。醒来以后如果发现卫公对她进行了肛交，就打他一嘴巴。事实上自打她逃出了杨素的府邸，就觉得自己已经进入了梦乡。和精力充沛的人在一起就会是这样。在这方面我有切身体会，我们的系主任就是这么个精力充沛的人。他是个黑胖子，每天系里系外狂奔乱跑，假如在办公楼门口遇上我，就在我背上猛击一掌（那力道简直是要打死我），说道：小王，看了你的论文，写得好哇。再写几篇。然后就扬长而去，把我剩在楼道里，目瞪口呆，脸从上到下，一直红到了肚脐眼。这时候我总想，等他发了论文，我也如法炮制：“领导，看了你的论文，写得好！”然后一掌打得他鲜血狂喷。当然，我得事先练练铁砂掌，现在无此功力。他开了四门大课，又带了二十多个研究生，这还嫌不够，星期二、五还要召开全系会，从学生考试作弊到厕所跑水说个不停，全是他一个人说。我到了会场上就伏案打瞌睡，睡着睡着，觉得有人在掐我。睁眼一看，是位四五十岁的女同事。她带着怜悯嫌恶的神情说，看来你该戴个围嘴。原来我的涎水把裤子都打湿了，好像尿了裤子。假如脸朝天就无此情况，但是领导就会看见在会场上有人头仰在椅背上，四肢摊开，大张着嘴，两眼翻白。不管怎么说，现在我还是尊重领导的，不想这么干。红拂是在背后垫上枕头，两腿跷得高高的，然后就睡着了，我则是头往前一趴就睡着了。这两种情形在表面上有很大的区别，实际上却是一样的。等我睡着了，随便你干什么。

因为红拂的缘故，我对爱睡觉的人很有好感。我本人就是个爱睡觉的人，假如不是要证费尔马定理，我恨不得整天都睡。而小孙就是个爱睡觉的人，我经常听见她高叫一声：好困哪！然后她就蓬头垢面，把身子裹在一件睡袍里，跑出来去厕所。我痛恨合居这种生活方式，它使人连睡都不好意思；我还很想回答一句：你睡吧，怕什么。但是没有说出来，因为那话不一定是对我说的。转瞬之间水箱轰鸣，她从厕所里出来奔回去接着睡了。我很同情小孙，作为一位女士，她肯定没有在哪儿都睡的勇气。我不但在全校、全系、教研室的会上酣睡，而且在歌咏比赛上也睡着了。那一天是五一节，校工会组织歌咏比赛，要求教职工全体参加。我和大家一样，换上了白衬衫蓝裤子。就在后台等上场的当儿，我倚着墙睡着了，结果就没有上去唱歌。这对我是一件好事，我的位置是在最后一排中央，站在三级木台上。万一在那里睡着了，从上面一头撞下来，不但我自己性命难保，还要危及校长。因为我准会撞到第一排中央，他就在那里坐着。根据这种切身体会，我认为杨素家里也老开会，有一位老虔婆老在那里做报告，从节约眉笔到晚上别忘了洗屁股，什么都要讲到。红拂就在那里睡着了。但是睡觉也不敢闭眼睛，因为在杨府里犯了错误，就会被乱棍打死葬进万人坑。因此与其说是在睡，不如说是愣怔。相比之下，能够生活在今天是多么幸福啊，我们可以相当安全地睡了。在这方面我的觉悟很高，就是在熟睡中被领导上提溜起来训上一顿也不回嘴，因为我深知我们的处境已经大大改善了。“文化革命”里我插队时，遇到了一位军代表，他专在半夜一两点吹哨紧急集合，让大家敬祝毛主席万寿无疆。谁要是敞着扣子，就会受批判。所以我们都是穿戴整齐，头上戴帽子，脚下穿球鞋地睡觉，看上去像是等待告别的遗体。这位军代表是包茎，结婚以前动手术切开，感染了，龟头肿得像拳头那么大。有同学在厕所看见了，我们就酌酒相庆。我喝了一斤多白酒，几乎醉死了，以后什么酒都不敢沾了。

五

我自觉得是精力不够充沛的人，和红拂是一样的。对于我们这样的人来说，能够睡觉是一种幸福。一方面，伴随着睡眠到来的是漫长真实的梦，根据我的统计，一个小时的睡眠可以做出二十个小时的梦，所以睡觉可以大大地延长生命。另外一方面，醒着也没什么有意思的事可干，除了胡扯淡，就是开会。所以后来红拂说，躲在菜园子里的时候是她一生最幸福的时期，那个时期真实和梦境都混为一体——死柳树的黑色剪影，篱笆上蓝色的喇叭花，洼地里的积水，表面上蒙满了飞虫，偶尔飞进房里来的大如车轮的白蝴蝶，等等。她还在三十多度的纬度上看到了北极光，这是地理学家无法想象的。她拿出一个皮面大本子给别人看——那些别人都是些达官贵人的小姐、不良少女之类——里面是卫公在土地庙里给她画的裸体像，因为画的是她，她就以为是自己画的了，这是个不小的疏忽。她还告诉她们说，大幅的都丢了，真是可惜呀。那些女孩传阅那本画册，画册里有一幅红拂的身体全是些棱面。有人就说：这是立体主义吧。红拂大笑着说：什么立体主义！这是睡茅草硌的！还有人神秘兮兮地问道：红拂阿姨，当时性生活一定很和谐吧？她马上就警觉起来，说道：不能告诉你们，你们是未成年人。别人劝了她一阵，她才说：卫公家伙很大。再过了一会，她就什么都说了，而且还格格地笑了一阵。既然如此，还不如当初不警觉。警觉了以后再讲这些，腐蚀青少年的罪名就更加铁板钉钉。

和我们相比，虬髯公是精力充沛的人，所以他就当了大领导——扶桑国王，把腰板挺得笔直，一天到晚主持会议：臣子们的御前会，后妃会，王子会，公主会，每周还要接见乡下来的老人，忙得不可开交。不管家里家外，事无巨细，他都要过问。所有的人都说他是好国王，只有后妃们对他不满意，因为他身上缠着红拂的头发，像个大蚕茧，而且睡觉也不肯解下来。那些女人给他起了个外号，叫大粽包。有时有人气不愤，想要切腹自杀，他又一本正经地召见，劝解。劝解无效又一本正经地安排一切：自杀穿的衣服，切腹用的刀，等等。等到一切都安排好了，那个女孩子走进指定的房间，在四角点上蜡烛，就在人家找准了肚脐眼要下刀子的时候，他又一头撞进去说：务请铺好席子，拜托了！血水流到了地板上要招蚂蚁。假如不是扶桑少女，准会一刀捅到他喉咙里去。但她只是鞠上一躬，说道：哈依！有一点我们都要承认：扶桑人比我们抗折腾。

红拂从杨府里逃走之后，虽然领导上并没有责备虬髯公，但他觉得自己有责任。这件事其实是合情合理的，你想想看，假如杨府逃了一个歌伎领导上出赏格缉拿，岂不显得领导贪恋女色，很没有水平？另外，悬赏缉拿又会使歌伎们觉得自己很稀罕。而另一方面，假如红拂逃了就让她逃了那也是不行的，这样所有的人都会逃光。解决这个矛盾的方法就是要有不需要领导上讲话就会出来做事的人，而虬髯公就是这样的人。他还知道红拂是和李靖跑了，因为跑以前红拂老是打听李靖。因此他就请了长假，到酒坊街，土耳其浴室一类李靖过去常去的地方打听。而打听消息这种活儿虬髯公干起来最为熟练，他像一切剑客大侠一样，总是天一黑就换上夜行衣，到所有的人窗下偷听，一听见里面性交的人属通奸性质，就闯进去把他们砍成四半。而官府来验尸时，一看是四半，马上就知道是剑客所为，不再追究了。

有关虬髯公的所作所为，有一点需要补充的地方。虽然他口口声声说红拂是他的红颜知己，他永远爱她，其实这是个神话。而要解释这个神话，起码要提到以下三个方面：第一，他和红拂之间既没有肌肤相亲，又没有海誓山盟，假如他真的终身不渝地爱上了她，那就是柏拉图式的爱情，很高尚。第二，他说自己只爱红拂，这样可以吊吊后妃们的胃口；至于害死了多少女孩子他倒是不在乎。第三，他当扶桑国王虽然是合法的，工作也是无可挑剔，但毕竟是外国人。扶桑的爱国志士们喝醉了酒，总要大吼大叫：咱们堂堂扶桑，难道没人了吗，让外国人当国王？然后就去刺杀他。虬髯公虽然多次遇险，但总是毫发无损。他几乎是刀枪不入，因为身上缠了一寸多厚的人头发。身为扶桑王，满身缠这些拣来的东西，弄得又馊又臭，又长痱子又长虱子，总要有点高尚的理由吧。红拂就是这个理由，因为头发就是她的，虽然她后来不要了。解释了这些，就该说到有一阵子虬髯公想把红拂抓回杨府，以便乱棍打死葬入万人坑，并为此到处奔忙。当然，虬髯公又是一个善良的人。他确实决定了在红拂被逮回去行将乱棍打死时给她讲讲情。但是我们都知道，像这种讲情连狗屁都不顶。像这类狗屁一样的讲情话我听得多了。比方说，在分房会上有人这样讲：分房首先考虑某主任——然后是某教授——当然了，像王二那种和人合居的情形我们也该适当考虑一下。别人都考虑过了，拿什么来给我适当考虑？我听了这种话，总是说道：不要考虑不要考虑，我住得挺好的，邻居是女的，还很漂亮。他们听说我这样的男光棍和一个漂亮单身女人住一套房子，当然很是痛心，但是房子紧张，也无法可想。我讲这些话其实一点用没有的，但是对狗屁就是要顶它一下，最起码要让狗肛门出气不畅。

我说小孙很漂亮，这也是一种神话，最起码不能够一概而论。有时候漂亮，有时候不漂亮。她刚刚睡醒时，坐在过厅里的椅子上，失魂落魄，脸上的光泽就如死人一样灰暗，披头散发，看上去就如一棵正在落叶的榆树。她伸直了脖子两眼发直，又有点故作深沉的模样。但是你要是问她怎么了，她就说：睡觉睡累了。这种说法也有一点道理：比之坐在会场上不动脑子的信口雌黄，睡觉是比较累。但是要与证数学定理相比就太轻松。这个女人坐在过厅里时，身上穿一件人造丝的睡袍——那种料子假装不起皱，其实皱起来一塌糊涂——露出很大一片胸膛。她乳房上面有好几道皱纹，这种现象说明她趴着睡觉，压到了那里。作为一个女人，连自己的乳房都不认真对待，肯定是不可信任。我想她们领导上也是这么想的，所以在图书馆里她虽然也算是个老资格，但始终不受重用。

六

我们从书上可以知道中国历史上有很多名人，还能知道他们之间的交情如何，谁是谁的人等等，就是不知道他们吃什么东西，那些东西是怎么做出来的。据我所知，红拂和李靖躲在菜地里时，吃的是熬芋头和煮茄子。芋头不是北方产的小芋头，蒸熟了绵软那种；而是南方的独头大芋头，二三十斤一个，越熬越硬，最后就变成一锅白汤加上几块碎砖头的模样。而茄子不是北方的大圆茄子，嫩时紫得发黑；而是南方的长条茄子，有黄有绿，只是顶上带一点紫色，煮了以后软绵绵糟兮兮，吃到了嘴里也不知是什么东西。这两种东西在烹调时有很大的简便性，既不需要油，也不需要盐，只需要若干柴火。我们插队时没东西吃，领导上就让我们吃这些东西，还说这都是现在才能吃到的美食。但是我越吃越觉得难吃，吃芋头觉得它太硬，噎得透不过气来；而吃茄子感觉相反，只觉得嘴里有一堆软软的东西往下钻，好像嗓子里进了爬虫，毛骨悚然。我绝不是个胆小鬼，所以当时吃下了很多煮茄子，但是后来绝不去碰这种草本的果实。但是红拂的情形和我有很大不同，她以前吃过的一切和这两种物质有本质的不同，所以也就不知如何来评价。她一边吃一边看李靖的脸色，心里想：只要他一皱眉，我就说难吃；只要他一咂嘴，我就说好吃。但是卫公始终毫无表情，所以她也不知道如何发表意见。后来她就想：发表什么意见干啥，我就跟着瞎吃算了。这说明她对这些事一无所知，这样的好处是不存偏见，坏处是显得呆板。吃完了饭，李靖又拿吃剩的芋头汤刷墙，红拂也跟着刷。她觉得这件事比较有意思，就说：你别管，我都刷了。根据这种叙述，红拂说她躲在菜地里时最为幸福，也是一种神话。那里不过是一大片洼地，里面充满了"菜园子"味，闻惯了的人一定会说很难闻。但是红拂没有闻惯——杨府里到处都是麝香味、檀香味，浓烈得能熏死苍蝇；人吸多了那种气味，也会觉得头晕眼花，鼻塞气重——她闻到了这种气味，倒觉得鼻子通畅，神清气爽。那里还有好多蚊子，但是不大叮她。据那些蚊子反映，红拂的血味道古怪，和以前吸到过的血大不一样，再说她的皮肤太紧凑，叮起来有困难。早上她醒来时，一团冷冰冰的白色雾气闯到房子里面来，还有一个几乎是陌生的男子用扑过来的姿势睡在她怀里，头发粗糙得像马鬃一样。他浑身冰凉，肌肉坚实，用手指轻轻一捏，感觉捏了一匹马。他身上还有一股种马的气味。这种感觉莫可名状，所以她想：这就是幸福吧。这种将信将疑，捉摸不定的情绪持续了很久，直到李靖当了卫公，建好了长安城，还是没有改变。而卫公每天早上醒来时，看到自己躺在一个如花似玉的女人怀里，也要想上半天才能记起来发生了什么事情。他终日劳作，但并不太知道自己都干了些什么。这是因为他脑子太多，一个脑子干的事，另一个一点都不知道。与此同时，那二百五十六个公差像发了疯一样满城找李靖，却总找不到。过了十天的期限，他们的脑袋也被砍掉，然后送到四门去悬挂。因为这一回人数较多，领导上派了四个刽子手，还派来了四辆牛车，供运输人头之用。为了把头分得平均，在砍头以前先把他们分成了四队，脸上分别写上了"东"、"西"、"南"、"北"，好像一些麻将牌。砍完了以后把他们堆在牛车上运走，这时候那些人头诧异怎么会有如此多的人挤在自己脸上，就彼此瞠目而视。李卫公从自己家里逃走以后的事情就是这样的。

第五章

一

李卫公躲在菜园子里，好几百个公差也找不到他，洛阳城因此出了毛病，虽然还不能说是病入膏肓。公差们找不到李靖，是因为他们用不着菜园子，想吃菜尽管到小摊上拿。而且公差这行业是世袭的，故而他们不但用不着菜园，对这个概念也很陌生。怎么也想不到洛阳城里还有一大片用竹篱笆隔成方块的地方，里面飘着菜园子味。而别的人就算想到了李靖在菜地里也不会告诉他们，巴不得他们都死光。这种情形不但在公差中引起了悲观情绪，而且在刽子手中间引起了大恐慌，因为假如找不到李靖，到了秋天他们每人一次要砍掉好几千个人头，这是无论如何改进刀具也做不到的。所以他们就自动集合起来改进工艺，自己出资造了一台木头的砍头机。这台机器的目的是加快砍头的效率，不是提高砍头的质量，所以无论从外观到原理和法国人后来发明的都不一样。它有三层楼高，立在城中心衙门门口的广场上。假如计入顶上的风车，就有六层楼高；用风力的原因是要节省人力。这机器设计严谨，构造复杂。因为太复杂了，所以可靠性有一些问题。拿肥猪做试验时，有时候砍下的猪头大家争到打破头，因为那不仅是猪头，而是猪的前半身；有时候砍完了的猪还能一溜烟地跑回家去，从此以后瓮声瓮气地讲话，因为鼻子被削去了；有时正在砍头，风却停了，做试验的猪发出一百多分贝的叫啸，过路的公差听了以后两脚发软走不动路。而拿死囚做试验时，平时最乖的死囚见了这台机器都要拼死挣扎，并且都表现出了惊人的力量，非有二十个人不足以把他按进机器里，在机器上写上了“快捷，舒适，新潮”的标语也不管什么用。当然，这台机器还在改进之中。除此之外，还有人建议在市中心到四门之间挖掘运河，以便浮运人头，领导上正在考虑之中。那一年对洛阳城里的猪和公差可不是个好年头，就像一九五七年对聪明的中国人不是什么好年头一样。

那一年李卫公正在离开洛阳自己的家前去建立长安城的途中，这是一个重大事件，在咱们这里，每件重大事件将要发生，总要伴着一些鸡飞狗跳的现象。比方说，本系就要有一位同仁到美国去参加一个年会，或者又要多出一位正教授。这是最重大的事件，肯定会使每个人都互相仇恨。比较重大的事件有：自从年初以来，我们的副主任就脸红脖子粗地找人干仗，真是可怕极了；最近她总算是退休了，我们可以有一位没到更年期的副主任了。这类事件在别的地方可能算是比较小，可以没有预兆地发生，但在我们这里就是大事，因为没有再大的事了。现在我身边也有一些鸡飞狗跳的现象，都是因为我开会打呼噜引起的。这是否说明我就要证出费尔马定理了呢？

后来这伙公差总算是找到李靖了，但这不能说明这一批公差比他们已被砍头的同事高明，因为不是他们自己找到的。他们只是跟踪了李二娘，这个小娘们身上穿了一件深色的印花绸衫，左手包了一块白布，右手提了一个大漆的食盒（那种东西有好多屉，看上去像个有把手的档案柜），迎着风走在前面，风姿绰约，假如不是顺风飘过来的酒糟味，简直可以说是绝代佳人了。他们跟在她身后，很容易就找到了菜地里的土地庙。按说李二娘也实在太笨，因为她只要回回头，就能看到背后跟了张牙舞爪的一大群人。但是她没有回头，这是因为有一个黑胖子早上跑到她家里来说，李靖和一个叫红拂的漂亮女孩一路跑了，这个女孩是他的女朋友。李二娘听了心里乱翻翻的，赶紧收拾了点吃的，拿着就往土地庙里跑。这一点和我是一样的。假如有人来告诉我说，城里有个人证出了费尔马定理，我也会马上骑上我的破自行车往城里跑，路上还要买条烟做礼物，根本顾不上回头看。我必须马上看他一眼，以便证实此定理是否真被人证出来了。假如我看见一个软绵绵的人待在一间黑屋子里，说起话来低声下气，但是逻辑清楚，就会觉得大难临头，天旋地转，简直回不了家。要是见到一个怪诞的家伙，狂得不知东西南北，就可以定下神来骑车回家，一路上可惜我那条烟。这是因为我就算证不出费尔马定理，也能看出谁能把它证出来。李二娘对李靖还有旧情未断，故而她急于看看红拂长的什么模样，就把公差们引到了土地庙里。而那些公差去跟踪李二娘，也是因为有个黑胖子跑来告诉他们说，李二娘今天准要去找李靖。这个黑胖子就是虬髯公。虽然他这样帮忙，也没有救了那些公差的命。因为他们虽然找到了他，但却没有逮住他。李卫公不但跑了，而且跑出了洛阳城。因此这批公差就成了洛阳城中心那座砍头磨坊的第一批正式牺牲品。

据我所知，那座砍头磨坊后来一直立在洛阳城中央，在不用或者想用而没有风的时候四面用帆布和竹席遮挡，看起来像一部冬季开工的钻机。这是洛阳城出了毛病的象征。假如它不出毛病，用几个刽子手就够了。而这个毛病的起因，仅仅是其中有个叫李靖的家伙在想入非非。后世的人很充分地吸取了这个教训——以后列朝列代，想入非非都是严格禁止的。

二

现在可以谈谈李靖是怎么从公差手里逃掉的了。那天下午大伙跟踪李二娘到了土地庙里，就把那座庙围了个水泄不通。这时候公差们对李靖丝毫也不敢掉以轻心，所以每人都带了一件可以发射的兵器：会用弓的带了弓，会用弩的带了弩，什么都不会用的也用包袱皮包了一大堆鹅卵石，扛在背上压弯了腰。他们就这样包围了土地庙，好像一大群猫张牙舞爪地围住一只小耗子。有一件事可以证明李靖相当警觉，李二娘一进了那座土地庙，他马上就在门口探头探脑。公差弟兄们一见到李靖的头，就禁不住猛烈开火，但他又把头缩回去了。矢石如雨，都打在破门板上，转眼之间把两扇门都打散了架，好像一个栅栏。然后大伙就喊：里面的人出来投降，手抱在脑袋后面！也有人喊投降出来里面的人，脑袋抱在手后面的，那都是紧张之故。虽然是一堆乌七八糟的乱嚷嚷，但还听得出是什么意思。当时李靖除了出来投降别无出路，因为那五百人一拥而上足可以把土地庙推倒，还能把筑成土地庙的每一块土坏踩碎，把修建土地庙的每一根木料都拣回家当柴火，只在地上剩一堆干土，到了那个时候，李靖自然也不会还是一个问题。所以他长叹了一声，抱住了后脑勺，回过头去看了看吓白了脸蹲坐在地上的李二娘，还有直挺挺站着面无血色的红拂——红拂虽然面无血色，但是挑着眉毛，双目炯炯有光，咬着下嘴唇，整个脸表示出一定程度的倔强。——然后他就走出了土地庙去投降。这时候他心里什么都没有想。他只知道待在庙里没有出路，所以他就出去了。

李卫公抱着脑袋出来投降时，红拂跟在他后面，也抱着脑袋。公差们不知道庙里原有二女一男，所以看到出来了两个人就心满意足。至于进庙的李二娘身材小巧玲珑，长一个娃娃脸；出来的红拂亭亭玉立，秀发披肩，身上没有酒糟味却有香水味等不同之处，其实有不少人看出来了，只可惜没人想到不是一个人。大家都以为这座庙有点灵异之处，应该把老婆带来，让她也走进去。李卫公出来投降时，一副万念俱灰的样子，大家看了也很放心，全站了出来，围过去要给他套链子，这一来四周的人就少了。正在这当儿，庙里忽然有声音，大家又一分神。李靖趁此机会一膝盖撞倒了一个人，就往草棵里钻。钻进去他自己都大感意外，原来这些日子他日夜操劳，在草棵、墙根等等不显眼的地方都挖了沟，仿佛准备好了要钻沟逃跑的样子。公差弟兄们见到他逃跑当然就追，却又纷纷陷进了坑里。原来他又在附近一带挖了好多的坑，坑里灌上了散发着菜园子味的物质，表面上撒了浮土。这又仿佛是存心布置了一些陷人坑。他做了这么多布置，却一点都没告诉红拂。这当然不是有意的，他长了一大把脑子，这个脑子干的事，那个脑子都不知道，事情一忙，行事就乱七八糟。他拔腿逃走时，这么多脑子又没有一个想到要拉红拂一把。好在红拂和他在一起过了这些日子，对他的品行也有点了解。李卫公一启动，她就跟上，像跑接力时交棒一样，把手腕往他手里一塞，娇叱一声：给！在这种情况下，他当然不好意思不拉住。红拂还用另一只手往后一揽，想把李二娘也拽上，但是没想到李二娘根本就没跟出来。李卫公逃走时的冲力非常大，根本就不容她回头看，就把她拉跑了。好在李二娘也用不到她操心，人家在破庙里自杀了。

那一年夏天，有一天刮着很好的风。全洛阳的人都到城中间来看那架风车砍人头。当然这件事不是说开始就能开始得了的，有好多准备工作要做：首先必须给机器上足了油，否则它就会嘎嘎乱响，正在撒尿的男人听见这种声音就会连打寒噤尿不出来——女人的情形不了解，推想也是一样的。其次要把风车上的六面大帆升起来。我们国家的风车都是卧式的，和欧洲的不一样，一个大圆盘上立了几根桅杆，架在离地好几丈的地方，看起来像地上的帆船。卧式风车的好处是省材料，坏处是效率不高。一起了帆就猛转起来，把升帆的人从上面甩了下来，赢得了观众的一阵喝彩，至于那六个升帆的人当然是摔死了。这台机器的不足之处是缺少开关或者刹车制动一类的设备，只能靠升帆启动，降帆停车；故而每次开动都要牺牲六个升帆的人，停车时往往也要死人，因为你看着风停了，上去降帆，没准就会来一下阵风，故而杀人的批量一定要大，否则得不偿失。除了这一点不足，转得还是蛮好的，木齿轮在做圆周运动，滑块做直线运动，于是就把第一个公差推了进去，结果砍出来一堆烂咸鱼似的东西，连脑袋都找不着了——当然，该脑袋并未消失，而是搅进了齿轮，后来在远处一棵树上找到了——只好随便拣一块挂在城门口示众，让过路的看着就纳闷，猜不出是什么东西。后来那机器出了毛病，齿轮做椭圆运动，滑块的轨迹做波浪形，把人轧成内燃机曲轴的样子。总而言之，那天的情况惨烈无比，以致过了好长时间，洛阳城里的公差一听见刮风就打寒战。有人建议上面出点钱，在该磨坊周围加一圈绳网，免得砍下来的人头总找不着，再把机器做好一点，以免它分不清什么是砍，什么是碾，但是领导上说用不着，这样可以激励公差们尽心于公事。出了这样的事，大家都怪虬髯公。他能够找到李靖，却不帮着捉拿。他觉得百口莫辩，也逃出洛阳城了。后来在扶桑，假如有人问起这件事，假如你是同情公差的，他就说：我爱红拂呀！我不能出手捉她。假如你是同情红拂的，他就说：那么多公差无辜丧命，你不痛心吗？总要给他们一个机会吧。假如你两边都同情，他就说：我又爱红拂，又同情公差，只好这样办了。做人难呀。不管你怎么提出问题，他都有办法解释。当领导的人就是这样的。

三

有关洛阳城里的事，我们可以这样地解释：这座城市出了毛病，起初有毛病的只是李靖。本来他还不足以构成大害，后来又遇到了红拂，这种毛病就变得不可收拾。本来安分守己的李二娘居然会跑到菜地里给他们送饭，足见受到了传染。任何毛病都会给领导上制造麻烦，故而当领导的就讨厌任何有毛病的人。我还有点自知之明，知道自己也是有毛病的人，从来不怪领导上讨厌我。除此之外，我还是挺自觉的，除了证证定理，一点出格的事都不敢干；当了四十多年光棍，从来没犯色戒。

红拂第一眼看到李二娘，发现她是一副不尴不尬的表情。与此同时，她自己也有点不尴不尬的感觉。但是只过了不到一秒钟，那表情就变成了一副瞠目结舌的样子。这时候无数弩箭和石头正在撞击门板，李靖退回庙里来，说道：糟糕，被围上了。红拂就慌慌张张地问：他们怎么找到这儿的？李靖就说：废话，当然是跟着她来的。这时候李二娘瞳孔马上大起来，两只眼睛都变得像黑玻璃球，皮肤变得像蜡做的，汗全没了。红拂结巴着说：怎么办？李靖说：出去，看咱俩的造化。他就出去了。红拂也跟着出去了。后来他们逃掉，而李二娘却死了。后来红拂想起这件事，就觉得很痛苦。直到她被吊在半空中时，眼前出现了李二娘那双黑洞洞的眼睛，心里还有点慌乱。她心里想：我真不想见到她！假如两个女的追一个男的，见了面就是这样的。

我是个光棍，这就是说，我在女人眼里没有魅力。但这不是说我永远没有机会。现在这年头，不管是学历史，学哲学，还是学人类学、社会学，假如一点数学知识都没有，就会遇到困难。假如连计算机也玩不动的话，麻烦就更大了。假如此人是男的，还可以从头去学。女孩子就非求人不可了。我虽然尚未证出费尔马定理，应付一般的问题还绰绰有余。而且我也求得动。这就是说，我也算有了一点实用性，为此应当感谢冯·诺依曼和图林。这些女孩子一开始并不觉得像我这样一个头发白了一半而且瘦干干的男人有什么危险，可很快就会感到我的果断坚毅。举例言之，前一段我帮历史系一个研究生干活，在计算机房一坐就是一下午。到了晚饭时分，那女孩就说：王老师，我请你吃饭！而我斩钉截铁地答道：不用！同时眼睛盯着荧光屏。她又说：那我给你打点饭？我又简短地答道：包子。这使她很快就觉得叫我王老师不合适，改称一个亲热的“哎”字。后来她又提出到我家里去看看。我想这和我有房子住有一定关系，并不是每个单身男人都有一间房子住的，还有不少人在下铺上睡，闻上铺的屁。那女孩不错，夏天的晚上在校园穿一条白色的运动短裤，露出的腿相当美好。我现在把她的脸都忘了，腿还记得。我已经想好了，当她进到我的小屋里，就用米兰·昆德拉小说里人物的口吻对她说话。那人说的是：“Take off your clothes.”我说起来就简短得多：“脱！”当然，这样讲了以后也许会挨一耳光。但是挨嘴巴这种事就怕没准备，有了准备就不怕。冷不防挨一下，会出脑震荡，有了准备顶多就是脸上肿肿罢了。但是我没有挨嘴巴，我甚至没有机会说这样的话。我们回家时小孙在家，她把我的事搅黄了。这个娘们从自己房间里衣冠不整地冲了出来，倒茶倒水，简直像个有窥春癖的老头子一样，但是她出来得太早，因为在这个阶段还没什么可看的，弄得人家不尴不尬，最后几乎是逃走了。后来我告诉这个女孩子，那姓孙的不过是我的邻居，她就不尴不尬地笑着说：其实你和她挺般配。这是怎么一回事，我始终不大明白。

像这样的不尴不尬我也体会过。我们有个校内刊物《数理化》，一听这名字你就知道是好几个系合办的，每季度出一期，印上几百份，除了在校内散发，还和外校交换。最后还要剩一大批，分到各系卖废纸，算是一小笔收入吧。我负责数学栏的编辑，无非是每三个月花半天看看稿，丝毫也不觉得麻烦。但是领导上又派了一个人来，让我们俩共同负责。现在我一见到那人就感到难堪，甚至觉得自己活着实属多余。到底是像红拂一样上吊，还是跑到别的地方去，我还没有想好。

那位酒坊街的李二娘活了二十六岁，然后就用一片小镜子割了脖子。那个镜子是铜铸的，已经用旧了，为了保持光亮经常要磨，所以磨得非常的薄，边上比刀子还要快。当时老娘们打起架来总是右手持镜，左手前伸，做要割别人鼻子之势；然而终其一世，很少有人真的割掉了别人的鼻子。李二娘也没有割下过别人的鼻子，割破的只是自己的大动脉，然后血就喷得土地庙里到处都是。血喷出来时，李二娘非常害怕，叫了一声。就是这声惨叫分了大家的神，被李靖逃走了。说来也很奇怪，对于在场的人来说，这声惨叫最该分掉李靖的神，因为只有他能听出是谁的声音并且知道发生了什么事，但是他却没有。后来别人发现，听说或看到别人死掉时，李靖总是格外镇定，不管死掉的是谁。这就是将帅的胸襟，因为不管是在战场上或者别的地方，死掉一个人就是发生了一些变化，需要集中精力来对付。像这种有将帅胸襟的人一般的公差当然是逮不着的，所以他就逃得无影无踪，追的人倒有一大半掉进了粪坑。满身粪稀地回来，到土地庙里搜索时，看到李二娘蜷在墙角，已经死硬邦了。大伙在气愤之下，就用棍子揍了她几下，踢了她几脚，然后到外面征了一辆牛车，把她装上，就往回走。走到半路上，这些人渐渐想起自己的脑袋也将不保，就陆续散去了。最后只剩了那头牛记着要把李二娘拉到酒坊街。但是到了以后，酒坊街的人又要把它打出来。这是因为谁也想不到车厢里那个衣衫破碎满脸污垢的死人就是李二娘。那头牛就拉着那辆车在城里漫游，不知道拉到哪里去了，后来想找都找不回来，李二娘的尸身就此不见了。这件事后来让领导上很是气恼，因为李二娘犯了知情不举之罪，虽然死了也该枭首示众的。后来只好找了个饿死的叫花子，把他脑袋切了下来，把耳朵上扎了两个窟窿挂上耳环，挂到了城头上。

这位李二娘就这样死掉了。就是她活着的时候，也不大引人注目。她最喜欢干的一件事就是在井台上贩卖小道消息，凡是她知道的事都卖出去，一分钱也不要。就是因为她那张碎嘴，酒坊街的每个女人都知道了李卫公在干那件事时不透气，干完了才呼吸。李卫公像河马一样气长，可以憋半个多钟头也不会把自己憋死，所以这件事红拂一辈子都不知道。这说明她有很强的观察力。有一阵子领导上想利用她这个特长，把她列入了领取上面津贴的线人名单，那时候她受到了领导的重视，受命进入了新阶段，但不久又觉得她太笨，把她撤了下来，所以又退回了老阶段。这也算不了什么大事，因为在我们每个人的一生中，都会有那么一两次领导上想提拔我们，后来一看烂泥扶不上墙，就把咱们放下了。最后一次领导上想到她，是想要她的脑袋。后来找不到，也拿个别人的凑数，也就算了。只有李靖会想起她来。他到她家里去时，她会把大门关上，脱得光光的，赤脚在家里走来走去，别人不一定是这样。这孩子虽然身材矮小，但是精力充沛，最喜欢采用女上位来干那件事，张牙舞爪地往李靖身上爬。她的乳房不大，但是很结实，是她身体的组成部分。不像有的女人，那部分美则美矣，但好像要从身上游离出去。她的卧室里的窗户下面放了一排长椅子，下午时分她把木头窗扇推开，躺在底下晒太阳。有时候她胆子很大，有时候胆子很小。胆子大的时候人家把她左手的指骨都捏碎了也不知道怕，胆子小的时候就把自己的动脉割断了。其实活在这个时代，最好把自己的胆子忘掉。后来李卫公想到她时，总能够看到她在眼前走来走去，那对小乳房跳动不已，他就叹一口气，摇摇头，赶紧把这事也忘掉。但红拂就不是这样。她老记得那位李二娘提着些吃的东西，在太阳底下走了一头汗，到破庙里看她，看见了以后就把小嘴瘪了起来，仿佛马上就要说出一句刻薄话，但是庙外面的人没容她说出来，因此红拂连李二娘的声音是什么样都没有听到。李二娘这座时钟到此就弦尽摆停了。在庙外开始逃跑之前，红拂的确是听见庙里“噢”的一声，不过她当时以为是猫叫。后来知道了那是李二娘在惨叫。从这声叫唤里可想象不出李二娘讲话是怎样的。

四

虬髯公看不上李靖，我们系的副主任也看不上我。那孩子只有二十八九岁，细皮嫩肉，留个小平头，圆圆的脸蛋，屁股甚为丰满。他所以能当上副系主任，是因为他是留美博士，而且出身于名牌学校。因为有了这些本钱，所以他比正主任还要猖狂。但是我也看不上他，除了懂些洋文，他比我强不到哪儿去。比方说费尔马，他也证不出。而且他的古文底子甚差，典籍也不通，这方面比我差得远。有一天我到系里去，听见他和别人说：咱们系怎么净是些怪物——比方说王二。扯到这里，猛一眼看见了我，就满脸通红地住了嘴。我请他接着讲，给出几个人来和我做伴，他却抵死不肯说，把我一个人晾在那里。这话我当然不能让他随便讲了，所以马上散布小道消息说他只有一个睾丸，而且那个睾丸也只有鹌鹑蛋大小。其实我根本不知道他睾丸是一个两个还是三个，每个有多大，只是信嘴胡说。但是很快就传得连女学生都知道他只有一个蛋，这正是我的目的。我想他看不上我的原因是我形容枯槁，失魂落魄，这和虬髯公看不上李靖的原因不一样。虬髯公是大剑客，可以斩掉蠓虫的脑袋，李卫公简直什么都不是，就会踢别人睾丸。虽然在致人死命方面这两者难分高下，但毕竟不在一个层面上。红拂跟李靖跑掉了，虬髯公觉得受不了。这就叫嫉妒吧。其实他可以找到李靖，把他砍成一百块，但是他不好意思。于是他只能想方设法地给李靖捣鬼。我们的副系主任也可以打发我去卖咸鱼，但他也不好意思，尤其是我说了他只有一个蛋之后。其实我们的安危就取决于领导上不好意思，还有他实际上有两个睾丸。如果他真的派我去卖咸鱼，就坐实了他只有一个睾丸，谅他也不敢。假如他只有一个睾丸，那么不管他毕业于加州伯克利，还是其他的学校，都要被人看不起。我编造这个谣言之前，早把这些都考虑在内了。

我和副系主任的纠纷已经闹过有一个多月了，现在想起来，觉得这件事不能怪他，更不能怪我，主要是有一种思维定式在害人。思维定式这个字眼是从时文中学来的，传统的说法就叫成见——我也有点喜欢用新名词。他以为大学的数学系里所有的教学科研人员都该像他那样面颊丰满（我说的面颊包括脖子上面的和腰部以下的），五短身材，毕业于加州伯克利，所以看到像我这样两腮尖尖，又瘦又高，毕业留校的家伙就感到古怪。这也怪不得他，吃惯了米饭的人让他吃一顿馒头都要叫苦不迭。现在的问题是我就是这个馒头，对准了那个厌恶面食的南方人暴跳如雷——我怎么啦？我哪点不好吃？养得白白胖胖的来喂你，你还推三阻四！这显然不是个馒头应有的态度。好的馒头应该给人家一段适应的时间。与此同时，我自己的脑子里也有一些思维定式。比方说，我很想结婚，但又以为我老婆应当是青春佳丽，在新婚之夜必须是处女。为什么就不能考虑年龄大一点，结过婚的女士呢？新婚之夜是处女，以后也不会总是处女。刚结婚时是青春佳丽，以后也不会总是青春佳丽。这种定式把人的思路限死了。

我说过红拂和卫公出奔之初，卫公对她不大热情，这就是因为卫公脑子里有定式或者成见在作怪。红拂的身材像个时装模特儿，三丈长的头发剪掉后还剩了三尺多长，与李二娘的短头发相比，仍然长得不可思议；而且红拂对性生活很陌生，干这件事总需要别人来摆姿势。而卫公和李二娘搞惯了，总觉得女人应该是短头发，矮矮的身材，在这件事上应该很热情；等到李二娘死了之后，这种成见才消失了。在这方面，红拂倒是没有太多的成见。首先，她是个女人；其次，她当过歌伎。所以假如她有成见的话，就是一个馒头的成见。一个馒头只要自己正在被吃掉，就没有什么怨言可发。当然，和良家妇女相比，她的成见就太多了。小时候我们家里是姥姥做饭，一旦家里没了面起子，她就蒸些半透明的死面疙瘩——那时候还没有袋装的酵母粉。那东西吃下去倒是顶饿的，只是很不好吃。我以为古代的良家妇女就像些死面疙瘩。假如发面馒头还能有些想法的话，死面疙瘩准是没有的。

五

我讲这个故事虽然和中国大陆、大唐朝等等有密切的关系，但并不是全部只能在这里发生。这就像数学上所说的：有一些算术法则在整数域上成立，推广到其他数域也不见得完全不行，就算不能够百分之百成立，起码也能成立个百分之一多些。数学方面的例子太过专门，我就不举了。我们可以设想这个故事发生在法国巴黎，我还是一个数学教师，这没什么不可以的。据我所知，他们的数学和咱们这里是一样的。我年轻时插过队，可以改成我年轻时当兵服过役。后来我回城当了工人，也可以说成我在餐馆端过盘子。年轻人的遭遇在世界各地都是一样的。至于我仪容不够英俊，领导上嫌我不是加州伯克利，可以说成我是前苏联跑出来的犹太难民，只有张喀山大学的文凭，鹰钩鼻子大舌头，头顶秃秃的，剩下的头发分成三小绺，两撮长在太阳穴上，一撮在后脑勺上。为了抵偿数量的稀少，我把它留得极长，一遇上风就要像飘带一样飞扬。具有这样的形象，再加上没有证出费尔马，不肯给别人代课，那些高傲的高卢人怎能看得上我？一定是想方设法炒我的鱿鱼。至于大唐皇上，我们可以说他是路易某某。李卫公，咱们可以说是某个红衣主教。虬髯公后来到一个古怪地方当了国王，当然是去了英吉利。这个人物他们不喜欢，巴不得栽给英国人。只有关于红拂的故事必须全部删掉。因为他们会抗议道：我们对待妇女的态度不是这样，少拿你们东方的事来给我们栽赃！但是这也不要紧，因为到现在为止这故事已经成立了百分之五十五强。

这个故事要是放在中华文化圈里，成立的就更多了。李靖、红拂、虬髯公是我们共有的，不成问题。港澳台也都有数学系，那里也有人混得不得意。唯一不成立的就是我和这姓孙的住一套公寓。孤男寡女住一套房子，成什么话？邻里间必定议论纷纷，还会有三姑六婆之辈在电梯里问小孙什么时候抱娃娃。她不堪羞辱，就搬走了。只剩我一个人住一套宽敞的房子，多好哇！

李靖和红拂逃出洛阳城时，正是傍晚时分。头顶上是整整的一大片云，像个大锅盖。这种锅盖是木头制的，盖在铁锅里，上面满是泥垢，乌黑乌黑。而云下又被夕阳涂上了一些红色，故而从头顶到天际，都是漫长完整的黑红两色。他们俩站在洛阳城外的土坡上，背后是豆青色的城墙，眼前是洛阳城外的大道，路上车辙里的积水现在宁静了，带有一份闲暇地反射着晚霞。那条路实在是糟糕，在平原上毫无拘束地伸展着，有些地方宽，有些地方窄，无论到了哪里，都有无数条车辙纠缠着。它对步行的人是一个考验，所以所有人的足迹都出现在离大路尽可能远的草地上或者田里。天就要黑了，走夜路不是件愉快的事，但是必须走。李卫公叹了一口气，朝前走了。走了一会，他伸出手来，拉住红拂的手。他们把洛阳扔到身后了。他们走了以后，洛阳城里还在继续捉拿李靖，又杀掉好多公差。最后洛阳城里剩下的公差走投无路，起来造反作乱，占领了整个洛阳城，而大隋朝的军队又把洛阳城包围起来，经过好几年的围攻才冲进城里去，把所有的人全杀掉了。虽然大隋还有别的城市，但是洛阳一毁，它的气运就完了。

李卫公离开了洛阳城，在黑地里走路时，感到自己非常的孤单。要不是身边有一个几乎是陌生的女人，他就要倒在草地上大哭一场。假设有一个贝类离开了自己生长的壳，在海水里游了起来，感觉就会是这样子的。他心里放不下洛阳城，放不下那些泥泞的街道，泥和屎筑成的城墙，更放不下他那间散发着陈尿骚味的老房子，虽然这些东西乍看起来简直是一文不值。这就像一个破破烂烂的家，堆满了乱七八糟的家具，充满了油腻的气味，长满了蟑螂一类的昆虫，但是你已经住惯了，闭着眼睛走进去也不会撞到腿。从小到大我有过几个家，每一个都是低矮的平房，茅坑式的厕所，好唠叨而且凶恶的邻居，但是每个家都在我的心上。住在老家里，人就不会孤单，也不会老，只是会与草木同腐，和老房子一起倒塌。这样的事不能像学数学一样去学习、理解、推导，只能去感受。只要你见到了我，稍一感受，就能发现我生在北京城，在几条小胡同里住过。

红拂离开了洛阳城，走在黑地里，闻到了草地上的牛屎味，草上的露珠味，精神为之一振。菜地里的土地庙她已经住腻了，正想到别的地方去。那座土坯筑成、墙皮剥落的小庙正在她心里变成杨府的后花园，那地方我们已经说过，是石头筑成的，反射着阳光，惨白一片，在她看来是死气沉沉的。她时刻准备从一个死气沉沉的地方逃出去，就如植物的种子随风飘走，换个地方开始生长。我也想变成头顶秃光光的犹太教授，忍受一下法国人的傲慢；或者到香港什么大学里去当个长了啤酒肚的教授，不尴不尬地讲几句带粤语味的英文。我甚至很想变成红拂，穿着被露水打湿了的百褶裙在草地上走路，透过自己的发香闻到李卫公身上浓烈的汗臭味。不管是什么人，都会感到时光在身上流动，受到这种启迪之后，自己也想象风中的芦花，水里的浮萍一样流动。但是我把这种流动深藏在心底，不让它表现出来。在表面上，我像虬髯公一样木讷、可以信任。我也不想当什么领导。作为一个普通数学教师，这样就足够了吧。

第六章①

本章内作者提到了他年轻时当司务长的事。正如“司务长”这个名称所提示的那样，那时候他常常拉着一匹老马，在乡间的小路上行走，给大家采办伙食。假如不是满脸苦相，骨瘦如柴，那个时候他有点像好兵帅克的模样。他和帅克还有一点重要的区别，就是假如没有了啤酒，帅克会干渴而死，而只要河沟里还有水，王二就不会渴死。

① 本书这一部分受到了乔治·奥威尔的经典之作《1984》的影响。有人说，《1984》受到了摩尔爵士《乌托邦》的间接影响，假设如此，本书作者就是从这两本书内获得了益处。虽然本书是如此的粗陋，得到的有益影响又是如此令人遗憾的微不足道（这是因为本人的鲁钝），但是作者仍要在此表达对两位前辈大师的感激之忱。

一

本书的这个部分是关于我自己的，可以拿它和李靖、红拂的事做个比较。我住在一座高层建筑里，这座楼是绿色的，楼前面有一小片枯黄的草坪，草坪边上还有些怪头怪脑的器具。假如你乐意相信的话，那是给小孩子玩耍的滑梯和木马，但是小孩子切不可坐上去，否则就会弄上一屁股土，假如他的屁股还完整的话——我这么说，是因为滑梯上有好多翘着的竹片，那些竹片都很锋利。这座楼还有黑暗的楼道和亮着荧光灯的电梯，这个电梯常常把我提升到第十七层，然后我就在破自行车和包装纸箱里夺路而行。这种经历常常使我自以为是毕加索或者是别的什么画家，在画廊里展出我画面杂沓的画。在楼道里我经常闻到炸辣椒或者是烧黄花鱼的味道，但是和我住的那套房子没有什么关系。我们的厨房里灶台上积了厚厚的土，因为已经是夏天，用不着烧开水。我喝自来水，和我同住的小孙也喝这种水，虽然听说北京的水很硬，喝生水要得结石症。有时候她裹在一件睡袍里，两眼发直地坐在过厅里，有时候则穿着西服裙子和白衬衣，脚上穿着高跟鞋。这取决于她是不是要出门。我就住在这么个地方，晚上点一盏八瓦的日光灯，想着怎么证明费尔马定理，不知不觉就活到了四十一岁。这个地方和泥水满街的洛阳城，和黄土碾成的长安城没什么两样，都是合情合理的一个地方。

我说过，我在和小孙合居。合居仿佛是一种暗示，指出我们俩之间要发生性关系。凭良心说，我对这种卑鄙的暗示不能安之若素。它使我想入非非，夜不能寐。虬髯公和红拂合居时就比我强，虽然是五十步与百步之分，但是毕竟是强。小孙是个高个女人，有时候梳马尾辫，有时候梳披肩发，这些都无关紧要，反正是那些头发。假如她要出门去，就穿上白衬衫，西服裙子，这样腰就显得比较细。虽然她个子已经很高了，但还穿着高跟鞋，这样姿势比较好看一点。现在她留了刘海，这样脸显得短一点。对于这些事我知之甚详，因为我就是她的穿衣镜，她经常打扮完了跑到我房里叫我看怎么样，但是从来不听我的意见。照我看她怎么打扮还能看出是原来那个人，就建议她把头发染红，眉毛染蓝。这样保证她亲妈也认不出来。但是领导上不会同意她这个样子来上班，他们会叫她把头发和眉毛全刮掉，活像一颗大鸡蛋。总而言之，她要出门时总是一种合情合理的打扮。假如什么都不穿，也不知是什么样。

我最近和小孙搞到一起了，这个女人除了眼角有些鱼尾纹之外，长得很漂亮。锁骨上方长了一颗痣，是肉色的，和她的乳头是同一种质地。这件事没有什么出人意料的地方，在我看来甚至是顺理成章。别人看这件事，可能觉得不够合情合理，这是因为我不是个合情合理的人。在这个方面，我也是有自知之明的。夏天到来的时候，我经常隔着她半透明的衬衣研究她的乳罩，看到出了神，就会把昆德拉教的话喊出嘴来。头一回听见我喊这个，她又哭又闹，还说要找我们领导；后来就不哭了，只是罚我去刷厕所。其实我没有什么坏意思，只是魂不守舍，什么都能讲出嘴来罢了。

我刷马桶时用硫酸配上重铬酸钾，这是洗试管的配方，然后又用洗衣粉刷，每回都把它洗成全屋最光彩夺目的东西。别人到我们家里来，看到了乌黑油亮的厨房以后再进了厕所，总是要大吃一惊。来了客人我总要引他们到卫生间去看看。最近她再听见我这样叫，就不再叫我刷厕所，也不说要找我们领导，只是笑着说道："下回吧。"我已经说过，昆德拉教的那句话是一个"脱"字。她说下回吧，就是说，下回脱给我看。但下回还有下回，如此循环递归，永无止境。我也没想让她把这个字当真，因为我也不知道这话是从脑子的哪一部分里冒出来的。不过自从她不让我刷厕所，我们俩是越来越友好了。每回她那边来了客人，都引到我这里来看看，介绍道：王二，数学家。他在证费尔马定理，还会写小说。我这边来了客人，她也来探头探脑，尤其来了女客。有一回有个同学到家里来找我，他嗓音高亢优美，属于男童声的范畴。小孙来窥探了几次，还是不满意。等客人走了跑到我房里来往床底下看。我问她犯了什么毛病，她说，听着你房里有个女人，怎么没看见？你们把她藏在哪里了？

我平常不锁门，小孙可以随便进我房间。假如她的客人是抽烟的，就上这边来拿烟和烟灰缸。我桌子上总放一盒烟和烟灰缸，虽然我自己不怎么抽。除此之外，还放着两份手稿，一份是费尔马定理的证明，另一份就是你现在看到的《红拂夜奔》。第一份谅她也看不懂，第二份她大概全都看了。经过了这件事，她就常常闯进我屋里来，在这份手稿上乱写乱画。她用一种紫墨水，是用红蓝墨水各百分之五十兑出来的。假如你能够看见这份稿子，就会发现它像脂砚斋版的《红楼梦》，夹满了眉批。举例来说，有关她使人不尴不尬的那一节被她批了三十五个"狗屁"，本节的"四十一岁"前，又被她批了"你埋怨谁"。在后面说她有两个乳房那一段，被她批上了"难道长三个吗"，我没有这个意思，但是假如长出了三个，我也不反对。质量虽然重要，数量也是很重要的。

我们搞在一起这件事是这么发生的：有一天下午，她把我叫到她房里，着三不着两地说了好多话。你要知道我们在一起住的时间太久了，不管说什么都引不起我的注意。我只是注意到她衣帽整齐，还穿上了高跟鞋。除此之外，我还看到她脸上有薄施脂粉的痕迹。这似乎说明她就要出门。也许她要我替她浇花，或者叫我替她照顾些别的事情。在这种情况下，我常常是听都不听就答应下来——之所以不听，是因为我马上就会忘掉，所以听了也没用——我只是透过半透明的衬衫看她的内衣，那是一件白底的乳罩，上面还有一些花，就像某种搪瓷器皿一样。当时是下午，她那间房子有点西晒，阳光晃我眼睛。而且她额头上有些刘海，那些头发略微有一点发黄。她的脸红扑扑的，下巴和脖子上有些汗点。这也不足为怪，假如你找到一个温度表看看，就会发现有三十五度，光这个温度就能使一些人晕倒，其实没这么热，要把阳光直射考虑在内。我就这么直盯盯看着她，就信口把昆德拉教我的话嚷了出来——讲完了心里当然很害怕。说实在的，我根本就不知她说了些什么，这么不知上下文的乱插话简直是在找死。所以现在我就等她伸手一指，马上就奔出去找硫酸。说实在的，马桶也该刷了。但是这回她没有指，安安静静地站在那里，神态威严，好像一个雇佣兵队长。后来那间房子就暗了下来，原来是她把窗帘拉上了。后来她就把衣服全脱掉——她胸口长了两个乳房，样子还不坏，好像树上结了两个果子；小腹上有些阴毛，乌黑油亮，仿佛染过似的。整个情形就是这样的。这是我一生遇见的唯一一件不合情理的事。

有关我自己，还有好多可以补充的地方。我这个人生来十分老相，现在拿出十七岁时的照片来比较，除了头发白了些，脸上变化不大。换言之，十七岁时我就一脸的褶子，又瘦又高。插队的时候大家嫌伙食不好，领导就派我去做司务长，大概是觉得我老成吧。这个工作困难的地方是大伙都是北方人，一定要吃馒头。拿大米换白面不困难，找蒸笼和蒸锅也不难，难就难在发面。假如面团没发时是多大，发了以后还是多大，蒸出来一定是死面疙瘩。有人把这种馒头打回去切了做刀削面来吃，切起来都有困难。我想象一等贵妇就是这个样子，白天板着脸，晚上躺在床上像具棺材板。领导上一般也是这个模样。面要是发好了，按起来有弹性，蒸出来白白的很好吃。红拂虽然戎马半生，但是评了贵妇以后却既活跃又守本分，李卫公对她也很满意，二等贵妇大抵都是这样。最糟的面团发得胀出了面缸口，表面上炸开了好多气泡，软塌塌地一碰就粘手。这种面团蒸出的馒头又馊又臭，同学们见了就拿它当手榴弹，朝我猛扔。后来我有了经验，每次把面发大了就在开饭之前躲到树林里去，等他们吃完了饭再出来。三等贵妇和这种馒头相像的地方在于她们都有非常怪的脾气，来自更年期综合征、神经官能症和妄想狂，就像馊馒头味儿。她们的丈夫总是在外面躲着不回家。作为女人，她们的终身事业都已失败，就如我被从科研岗位精简下来卖了咸鱼。这不意味着我丧失了科研能力，只意味着我在领导上那里丧失了好吃的味道。后来领导上发现我不可靠，就把我撤掉换了别人，但是别人干得比我还糟糕。

我年轻时当司务长，伙房里养了一匹驮马，是云南产的小个子驮马。那马和我的交情甚好，见了面就舔我的手。拉交情的诀窍很简单，就是人能吃到些什么就给它吃什么，不管是白菜还是黄瓜，它都很爱吃，只是不肯吃茄子。我牵它去买菜时，总是骑在它身上，它也不反对。只是见了路边有沟就下去走。因为它的个子矮，下了沟我的腿就拖在沟沿上，我们俩合并使用六条腿奋力行进，看上去像一种奇异的昆虫。走到有树荫的地方我就躺倒睡觉，让它自己去吃草。这是一匹马帮上淘汰的老马，当然年龄比我还是要小一点。我把它当兄弟看待，并且常拿我们的命运做些比较。它的情形比较特别，有个人做哥们儿，所以没有代表性。就以一般马帮里的驮马和我们来做比较，结果对我们也不是太有利。那种马早上吃草，其他时候喂料。对于它来说青草不是什么难吃的东西，相当于新鲜芦笋或者脆炒豆芽。至于料豆，相当于我们的馒头和面包。这种伙食本身没有什么可抱怨的，主要问题是能不能吃饱。我所见过的马多数不是太肥胖，但也过得去。可是你见过年轻时我们什么样吗？假如你给十八岁的男子每月十七公斤大米，不给任何别的东西，再让他们去干农活，就休想见到一个胖子。驮马总是在运东西，这相当于让我们背上五十公斤的重物在北京和天津间奔走。这对于年轻时插过队或者服过役的人来说，也不算什么骇人听闻的事。在生活的一个最重要的方面，我们绝对不如它们，就是春天到来的时候，我们那里的马不论公母都不圈，全部放到野地里去，它们在那里想干什么就干什么，用不着送玫瑰花，也用不着到单位开证明，改户口本。而我呢，在四十一岁前没有过性生活。圣人云，人有异于禽兽。这就是提醒我们，对生活不要提出过多的要求。我在年轻时见过不少自杀了的人，就从来没见过一匹马走着走着路一头跳进山涧里，这就是原因之所在吧。这些话的意思是说，我和我的马在草地上休息，假如一觉醒来发现我匍匐在地变成了一匹马，而它变成了司务长，我绝不会感到悲伤，而感到悲伤的恐怕会是它。

我想到这匹马的事是觉得女人对我的态度没有母马对它的态度好。当然，我也不是期望她们像母马那样慷慨大方，因为我也没有公马那样善良，谁要骑在我背上，我准把他扔下去。所以要看一眼就必须大费周章，这也算合情合理。何况人家小孙也不是让我光看看，还有下文。我这个人一贯会漏掉上文，用她的话来说，就是“你这家伙总是恍恍惚惚的，怎么没个拍花子的把你拍走”，但是我对自己很有信心，就像一辆旧自行车，放到哪里都不会丢。简而言之，在这件事发生之前我对她大喝了一声：“脱！”说了那句话之后我很怕会挨一嘴巴。所幸她愣了一会，红着脸说了这么一句：现在天太早吧？有了这种头绪，我就能发挥我言语简洁的魅力了——不早——口气像是一种命令，看来她很喜欢听。后来她去把窗帘拉上了。但是事后这些话从我的脑子里马上溜掉，不留一点痕迹。像我这么一个四十来岁的老光棍初次干起这种事来，表现当然是乏善可陈，虽然我也尽了最大的努力。干那件事时，我听见一种“托托”的声音，回头一看，是她在拿脚指头打榧子。

我和小孙合居的结果就是这样的，这件事说明了我们都经不起诱惑。事实上我没有诱惑她，她也没有诱惑我，我们俩都受了合居的诱惑。但是这也说明了我们俩都欲望高涨，到了一触即发的程度。不知为什么，领导上总以为让大家处于这种状态下比较好。当然，我也能替领导上想出些道理来：假如人饿得要死，渴得要死，

“色”得要死，就会觉得馊窝头好吃，马尿好喝，老母猪看上去比较顺眼。因为大家都这样想，我们水平较低的现状就能一片光明。“文化革命”里有个笑话，说相声大师侯宝林给华罗庚前辈出了一道题：如何用三根火柴摆出两个三角形？解法大概你已经知道了——先摆出一个三角形，然后把你的右眼按得歪离眼眶去看这个三角形。假如领导上真是这样考虑的，那就和侯大师想到一块去了。

后来小孙对我解释罚我刷厕所的事，是这样说的：要看可以，不准鬼鬼祟祟，把人都看歪了。后来她只要不穿衣服，就要用正面对着我，好像我是一台照相的座机一样。这使我想起了座机只有一个镜头，所以左眼越睁越大，右眼越来越小，脖子也歪了起来。与此同时，正襟危坐，好像已经上了底片的样子。我说怎么有些现代画家画的女人体是歪歪斜斜的，原来他们已经染上了窥春癖的恶习。

小孙对我写的我们俩干事的一段不满意，她说，人家卫公还给红拂画了一本画册，你就这么简单几笔，实在是不对头。所以我重新来过。那天非常的热，她那间房子又有点西晒。我坐到她房间里时，阳光刚刚照到窗子上，玻璃外面有好多金黄色的尘土，这叫我想到好久没下雨了。她坐在床上，太阳穴上有一片凉席印子，眼睛还有点红。这说明她刚睡醒。但是不能说她衣帽不整，上身穿了一件白色的衬衣，下面穿了一件西服裙子，脸上还有施过脂粉的痕迹。以前她要和我说话时可不是这个样子，所以我影影绰绰觉得有件什么事要发生，就恍恍惚惚的。虽然没听见她说些什么话，但也想到自己要出大毛病了。后来才知道，这个毛病就是我从司务长变成了一匹马。这种变化假如是在我二十岁前发生，我一定极为欢欣鼓舞，但是我已到了四十多岁，在欢欣的程度上就有很大不同。

小孙告诉说，她找我谈这事之前考虑了很久，觉得我们这样住着，彼此却不理睬，实属矫情。她和我说的就是这些话，假如我听见了一定会表示同意，但是我没有听见。要是别的女人见到我这个样子，一定打我一个嘴巴就算了。但是她和我住了这么久，了解我，明白想和数学家做爱就得有这种精神准备，所以就没有打我，只是带着三分绝望，三分无奈，还有四分不理解看着我。但是事实证明只要是对一个活人说话就不会白说，不管他是在睡觉还是在发呆。她说话时，我想到的事和她讲的话就不是一点关系都没有。我把这些材料推荐给心理学家使用。总而言之，迷糊劲一过去，我就说：“脱！”这话单听是不大对头，但是考虑到她说的话，也算合榫。然后我的左面颊就开始抽搐，显然是那一部分以为要挨打。不过它只是虚惊了一场，我的建议她接受了。

晚上我和小孙享受非法的性生活之前，她躺在我的膝盖上，而我平坐在床上。这是我们俩当时姿势的要点，其他的情况还有：我背倚在墙上，她的头和腿放在床上，整个身子向上形成一个弓形，我一低头就正好看到她的肚脐眼。可以想象李卫公和红拂逃到洛阳郊外，在没人的地方也是以这种姿势开始非法的性生活。过不了很长时间（在梦里是一年，现实中二三十年），红拂就要变成一个瘪嘴老婆子，卫公就要变成一个驼背老头子，那时我们现在做的事就做不成了，以后能干的事就是吃饭和屙屎，了此残生。现在的问题是除了这件事还要干点什么，或者什么都不干。我告诉小孙，我一定要把费尔马定理证出来，否则死不瞑目。她问我这东西有什么用处，我告诉她毫无用处，只是能使后来的人可以不再死不瞑目。这种说法也靠不大住，因为可以让人死不瞑目的东西可不只是费尔马，而是多着哪。其实我只是中了魔道，非把这件事干成不可。她说她喜欢，和中了魔的人性交格外地有快感。李卫公对红拂讲的可不是费尔马，因为他已经把这个定理证出来了。他说的是自己将来要建造一座城市，和洛阳城怎么怎么不一样——整个一个乌托邦。红拂听了他的鬼话，觉得他疯得厉害，所以兴高采烈，快感如潮。但是连卫公自己都不知道过了仅仅十几年，这座乌托邦就建成了。他和红拂住在里面，感觉无比的糟糕。李卫公脑子里是整个的长安城，包括大街小巷，每一棵树，每一口井，还有砖头砌的马路牙子。他要下令让多少人上街扫地，多少人出来除草，还要关心今天有多少粮车进城，多少粮车在路上。简单地说，他成了一台大型计算机，存放了很多数据，并且依据这些数据作出判断。真是个倒霉鬼。

小孙躺在我的膝盖上，身体的正面拉得很长，乳房变成了竖的椭圆形，甚至菱形，连肚皮也变得细长。我很怕她的腰椎会出毛病造成偏瘫，她让我少操心。她还说她练过艺术体操，教练说，她的脊椎是全身最好的部分。后来她转过身来让我看，她的脊椎果然不凡，我好像看见了一条鲟鱼的背。把性这件事考虑在内的话，人几乎是任何机器不能取代的，不管它是IBM还是HP公司的产品。当然，不把这件事考虑在内，取代人就容易了。李卫公设计的长安城里，下流客栈里放了些木制的女人供脚夫们使用，但是鲜有人问津，因为外形虽然是无可挑剔，却总是出故障，一坏就把人卡在里面，疼得鼻涕眼泪直流。急忙找老板娘要钥匙，打开一看已经像进了夹子的耗子一样，血肉模糊。除此之外，那些脚夫还敲着木头人问：能生孩子吗？一听说不能生孩子，兴趣就小了。后来这个发明还是卖给了皇上。皇上制造了一大批，发给了远征军，让他们在撤退的路上抛撒，这种东西用现代的军事术语叫做“饵雷”，夹坏了大量的突厥人、鲜卑人、高丽人，并且让他们断子绝孙。这件事说明了卫公虽然机巧无双，但离开了大唐皇帝就将一事无成。

但这些都是晚上的事，白天还有一次呢。白天是第一次：她把窗帘拉上以后，屋里就变得暗起来。她把裙子解开，裙子掉到地上，形成了一个暗色的圆圈，而她是白色的，好像正从圆圈里钻出来。后来她把衬衣脱掉，脸朝墙，跪到床上去。这些时间非常之慢，我又在恍惚之中。后来她朝我嚷道：你也不能一点忙都不帮！我就过去帮她把乳罩挂钩摘下来，然后眯起一只眼到前面去看。你要知道，我从来没有近视过，故而老花得非常之早，现在已经有三百度了，离近了一点都看不清楚。但是看不清就往前凑是我一生的积习，绝不会因为现在老花了就有所改变。其结果是我什么都没看见，从始至终都是稀里糊涂。看来我是得配副老花镜了。但这件事看得见看不见都是无所谓的。除了某些特别的感觉，总的来说，干那件事和爬一棵特别光滑的树没什么两样。

爬树这种事以前我经常干，比方说，当司务长时，和我的马兄弟在一棵大青树下睡觉，醒来我就爬树，而且把全身的衣服脱得光光的，只穿一双袜子。然后站在一根很暴露的大枝杈上狂呼万岁，这时候我那个东西直挺挺的，仿佛在行纳粹礼，周围几里地都能看见。但是那个地方很荒凉，周围几里之内都没人。一直吼到它礼毕，我才下树回家。我就是这样勤劳公务——上十里地外买趟酱油能去两天两夜。再加上给大家吃酸馒头，所以后来不让我当司务长，我也没话可说。当然，小孙这棵树绝非任何大青树、野梨树、白皮松等等可比，爬起来是极为过瘾的。后来我就这样告诉她。她说：谢谢你把我看成一棵树，你自己当时的样子也很好，睁大了眼睛上上下下地看，乳头插到你眼睛里还没看见。我觉得自己简直是在给你治眼病。——这些话叫我想起了在工厂里当工人的时候，假如烧电焊时忘了戴眼镜得了电光性结膜炎，就会痛痒难当。这时唯一的办法就是认一位哺乳中的少妇当干妈，让她挤点奶到眼睛里去。我就有过一位干妈，年龄比我小好多，但是奶头却大很多——后来我站起身来，就什么都能看见了。她的腰很细，乳房很完整，脸上红扑扑的，等等。和隔着衣服时猜的差不多。到此为止，我一生所见的第一件不合情理的事就算发生了。

二

后来我和小孙干那件事时，总是在她的房间里。她的房间比较大，还有一张双人床。点上十五瓦的台灯，屋里虽然暗，但是比白天看得还清楚一点。在干事之前她总要用手捏捏我的那东西，然后就若有所思。我想这个毛病是买菜时挑黄瓜练出来的，她们用手指代替硬度计。我那个东西在这种时候还是蛮像样子的：又粗又长，而且相当硬邦，在各方面都像根哈瓦那雪茄，但也耐不住指甲掐。由这种体验可以知道黄瓜们对长指甲的女人的看法。我问她在想什么，开头她不肯告诉我，后来又说：讲了以后你不要介意——从你的外表来看，这东西不该是这样子的。我说我外表怎么了？她说你外表相当委靡。这件事我还是不明白，但是她不想再继续下去，就说：别扯这个了。饭烧熟了就吃，别等它凉了。这是个优雅的比方，说明她还有点淑女风度。等到事情干完之后，我才想到已经中了她一暗箭。她是说我外表是一副阳痿相。既然我是一副阳痿相，她还要和我干这件事，就是一件怪事了。对于这个问题，她笑了一下说：我看你整天愣愣怔怔，觉得挺逗的（但是后来她又觉得我这样不逗了）。她还说，我看你呆头呆脑，不知在想什么，想知道一下。一个女人想要知道男人的秘密，只能用色相来引诱，甚至要把两腿分得开开的，把他的脑袋往乳房中间按（小孙在此批道：谁按你了？由此我才知道她没按过我）。这个说法听起来荒唐，其实是相当可信。《圣经》上说：得人如得鱼。得人就是知道一个人吧，这事是很有趣。有的人只要看看就能知道了，这就是条臭带鱼。有的人只有和他性交才能知道，这就是条金枪鱼。我就是后一种人。后来她就管我叫金枪鱼，看来我对这些事的感觉是对的。与此有关的是我这辈子遇到的第二件不合情理的事——我把那件硬邦邦的、像黄瓜一样的东西插到她体内去。

李卫公和红拂逃出了长安城，当晚宿在一个土坡上，一棵大树下面，因为天已经黑了，看不出是什么树。他们就在那棵树下做爱。红拂躺在李靖怀里，在一团漆黑之中，她雪白的身体越伸越长，好像一条正在流淌的牛奶河。她开始用亲热一点的口气和李靖说话，比方说，李郎，谈谈你的长安城。这声音逐渐远去了。这是否说明他们中间有了一点爱情呢？虬髯公一直在跟踪他们，躲在不远处的草丛里，听了这样的话，嫉妒得要发疯。但是听见这些话又感到一星半点的满足，好像在看有床上镜头的电影一样。我和小孙也在干这件事，在干之前，她对我说，这回你别发愣了，好吗？但是这件事也不是我能做得了主的，后来她就捏我的鼻子。我对她假惺惺地说道：我爱你。她回答道：少废话！等到干完了她又问我：刚才你说的话是真的吗？这时我早就忘了讲过哪些话。她勃然大怒，转过身去拿屁股对着我。这也不坏，她有非常好看的臀部，这个部分有点像馒头。也不知为什么，一说到女人，我就要想到馒头。如果我用手触触她那里，就会得到一句恶狠狠的呵斥：没事别乱按！这说明她正没好气，也说明她的脾气非常之坏。后来她给我买了一副三百度的老花镜，恶狠狠地摔给我说：戴上，看清楚一点！真是奇怪的逻辑——我看不见于她又有何损。

我和小孙做过爱以后，有时也考虑一下是否要结婚的问题。这件事以前是不用考虑的，我的意思是说，一定要登记结婚，因为过去干这件事很有油水。六十年代可以得些布票，七十年代可以得张买大衣柜的票，八十年代可以得几天婚假。而且登记不要钱。现在则没有什么油水，只能够得到些免费的避孕套，登记还要好多钱。小孙去要避孕套，还要详细地告诉别人我的尺寸，这等于把我暴露在光天化日之下，因此不如去买。对别人来说，可以在分房上得个有利地位，对我们就不是这样。我们要是两口子住这套房子已经超标准了。本来还可以得到生一个孩子的指标，但是小孙已经和前夫生了一个孩子，所以未必能得到。更何况我对生孩子也没有什么兴趣，虽然看到自己的精液盛在花钱买来的避孕套里冲进了抽水马桶也觉得怪可惜的。作为一个中国人，我天生的会可惜东西。但是这样东西可惜不得。我知道一份精液里有十亿个孩子，假如都生了出来，并且都管我要饽饽，我还活不活？除了可惜我自己，我还可惜这个世界，假如有十亿我的孩子来到了这个世界上，哪怕他们像蚯蚓一样掘土为食，也会把到处都扒得不成样子。因此我一想到要生孩子，就浑身起疹子。对我来说，只有满足了两个条件的事我才干：首先是无害，其次是有趣。所以我只能去证明数学定理。而卫公建立的长安城在两个方面都恰得其反，既有害又无趣。在此还有必要引用一下小孙对这一段的评点，她在我有关结婚的论述底下批道："别不要脸了，谁要和你结婚？"她的所有评点中，就是这句最让我高兴。因为我也很害怕结婚。

现在应该解释的是我为什么老是愣愣怔怔，这是因为我老觉得自己遇见的事不合情理，故而对它充满了怀疑。比方说，我上班时遇上了开会，想道：开这些屁会干什么？难道有人乐意开会？事实上谁也不想开会，但是非开不可。不知道你怎么想，反正我觉得这不可理解，就发起愣来。但是哪天我去班上碰上没开会，又会发愣：怎么搞的，回回开会，今天却不开了。结果是为了开会的事要发两回愣。至于我自己直撅撅的事也是这样的。以前是诧异它没事直起来干吗，现在是诧异它直起来以后居然有了事情。总而言之，对我此生遇到的一切事，只能用一句话来概括，叫做"学无止境"。

白天我给小孙解乳罩，那东西"嘭"的一声弹起来，像两个风帆一样飘在前面，就像要远航一样。这件事使我联想起揭高压锅的盖子，假如里面有压力的话，也是"嘭"的一声，搞不好还会撞到鼻子。后来她像个青蛙一样趴在紫色的床罩上。紫色池塘里的白色青蛙。我也像青蛙一样爬到她身上，然后那个硬邦邦的东西就把我们连起来了。这东西很重要。

我和小孙在漆黑的房子里做爱时，感觉到自己就像热带雨林里一根大树枝，她是一只白色的树懒，在漆黑的夜里，她在我身下爬动，大概是要横渡一道小河吧。或者我是一只大猴子，正在树枝上爬动，她是一只小猴子，挂在我的肚子上，有一根特殊的脐带把我们连起来。这根脐带就是她像掐黄瓜一样掐过的那东西。这种景象就如一张黑白底版一样。在我们周围有无数的叶子在响。在黑暗里看不见叶子，大概都有锅盖那么大吧。还有些雨点落下来，打在叶子上发出些金属的声响。这种时候小孙就说：老这样，不要停。可惜好景不长，一会我就想到费尔马那里去，雨林和猴子全不见了。后来她就敲我的脑袋，说道：你真讨厌！费尔马不是早证出来了吗？我说证出来不等于写了出来，想要写成像样的论文，还要费些脑筋。再说这也不碍你什么事。她说她宁要大马猴，也不要数学公式。这样身上像是堆了一大堆的数学符号，好像碎玻璃，站起来一抖，稀里哗啦。这真是怪诞的想象，费尔马可以使我变成硅酸盐。要是在白天干这种事，我就能看见红土山丘，自己也咴咴地叫唤，好像是变成了我的马兄弟。人这种动物干这种事时实在呆板，躺在那里一动都不能动；而马则是在跑动中完成，难怪小马一生下来就会跑。时隔二十多年，我的马兄弟大概也死了，顶多剩下几块皮，也被制成了革，做成了皮鞋。不管在这种时候我看到的是什么，闻到的气味总是一样的，是含有酵母的生面味道，甜甜酸酸的很好闻。这大概就是她的味道吧。闻到这种气味，我就觉得那个地方热辣辣的，一些黏黏的东西流了出来。这件难以置信的事就算发生过了。

三

等到我证明了费尔马定理（这件事马上就要讲到，它是我这辈子遇到的第三件不合情理的事）后，在和小孙干事时，就把老花镜戴上。其实这是故作郑重状，因为老花眼隔得远时是能看见的。这时候我心里正在得意，想到我已经成为了人瑞，还有因此我生活将要发生的变化。这时她把两手平伸开握住床栏，全身构成一个白色的 Y 字形。我还想吻她一下，但是她把头躲开了，说道：你小心眼镜！我把眼镜摘了她还是不让吻，还说，你不要装神弄鬼。这种说法十足是不讲道理，活在这个世界上不装神弄鬼怎么成。我的问题不是装神弄鬼，而是装不像。据我所知，别人和女人做爱前，总要说些“我爱你”之类的鬼话，然后再亲吻她几下。这种事想必她是喜欢的，要是不喜欢，何必要和我好呢。她说：放屁，谁和你好。我说要是不和我好，何必要干这种事。她说这是因为没有别的事可干。我说那好，咱们就干吧。她说混账，你现在在干的是什么？我们俩当时精赤条条，正在性交，但我把这件事给忘了。我总是这样的，所以不足为奇。奇怪的是这个女人总是和我拌嘴，却不妨碍达到性高潮。当然我也有贡献，我虽然愣愣怔怔，五迷三道，干得却是相当生猛。事后我对她说：你不要怪我。心不在焉，胡思乱想，这是我的生活方式。这时候我倒是相当正经。她说：谁怪你了？口气也相当温婉，我们俩就搂在一起。过了一会，她说：你有什么话就说吧。我说没什么话。她说：回你房里去，我要睡了。我站起来就走，走了一半，忽然想了起来，说道：对了，我爱你。她说：滚蛋！拿上你的衣服！从这天晚上的事，你就知道我为什么当了四十一年的光棍。小孙老说我有病，让我去安定医院（这是北京最大的精神病院，用做一切精神病院的代称）看看。但我坚信我没有病。我只是保持了年轻时的光荣传统。

我年轻时在生产队里干农活，烈日如火，肚子也没吃饱，就难免要两眼发直。那时候不光是我一个人这样，人人都是两眼发直。还有后来上了大学，听政治课时系里要求双肘在桌面上，双眼直视老师。这个时候大家也都是心不在焉，有以下事实为证——下课铃一响，我后心上就挨了狠狠的一拳，打我的小子说：王二，昨天那道题我做出来了！然后他就讲给我听，用的纯是数学用语，不带一点政治课的内容。事实证明，在我们年轻时，只有心不在焉、三心二意才能够生活。我只是把这种品行保持到了中年罢了。我把这些事讲给她听，她却不肯相信，说道：我比你小不了几岁，你经过的事我差不多也经过。我怎么没有你这些毛病？因此我又解释道，这毛病是在数学系里养成的。我们班有个女同学结婚后给她丈夫下挂面，把拖鞋下到锅里面。她漂亮极了，像天仙一样，但是后来找了个糟老头子。我们班上也有些英俊的小伙子，但是谁都不找本系同学结婚，因为两个糊涂蛋生活在一起，就有生命危险。

我们提到卫公建立的长安城时，给它一个负面评价，其实它也不是一点优美之处都没有的。尤其是在早上阳光斜射的时候，这座黄土碾成的大城被露水滋润，呈现出浓烟的黄色，房屋墙壁棱线分明。这也是槐花香味最浓的时候。偶尔会有几个姑娘曲线毕露，婀娜多姿地到井边去取水。但这只是昙花一现的景象。等到太阳刚升起来，大街又充满了嚣张的人群和粗粝的嗓音；还有踢踢踏踏的脚步声，尘土飞扬。幸而这时小巷还有一些安静和清凉。但是过一会儿小贩就要侵入小巷，挨家挨户地敲门，卖咸鱼，卖柴火，卖招苍蝇的臭黄酱，卖豆面饽饽，到处是吵人的讨价还价声。现在只好退回家里去。但只清静了一会，一个小孩子又嚷了起来，絮絮叨叨，没完没了，要吃饽饽。很快就有五六个童稚的嗓子加入了这个大合唱。然后一个粗哑的女声就骂道：操你妈！（该孩子的妈就是她，难道要和自己搞同性恋吗？）才吃了早饭又要吃饽饽！再过一会又说：我没钱，找你爸爸要钱！没有钱，这伙小崽子就会把当爹的耳膜吵破，衣襟扯碎，而住在小胡同里的人钱可不能够这样花。好吧，就让他去和那些缠人的小崽子纠缠吧。但此时你不胜诧异地发现，该爸爸就是你呀！我说过，我一个小时能做二十个小时的梦，所以一睡着了就在时空里漫游，一不留神就可能跑到大唐朝去，在那里变成一大窝小崽子的爸爸。我以为这比做梦变成了一只猫被车轮子轧了尾巴还要糟，所以在梦里和女人做爱，我都忘不了戴避孕套，甚至有幸梦成了大唐皇帝本人时也是这样。皇后对我说：圣上，你这是干啥？咱们又不是养不起。我就答道：梓童，咱们还是防着点好。万一过一会你变成个蓬头垢面的老婆子（这在梦里是常有的事，与此同时我往往也要变成一个穷兮兮的糟老头），咱们就养不起了。因为这种事，常挨皇后的大嘴巴。人活在世界上会做各种各样的梦，梦里一切事都有可能发生。但是对我而言，最常做的一个梦就是我是王二，坐在家里冥思苦想，要把费尔马定理证出来。我把这个梦叫做真实。我想，这样说是正确的吧。这说明我生活在长安城里也要发愣，或者是人活在世上不发愣根本就不成。不管是长安城还是洛阳城，哪里都有合情合理的地方。但是正如我们都知道的，最为合情合理的就是我们眼前的世界。

有关豆面饽饽，我有一点要补充的地方。小的时候，姥姥常给我做这种东西吃。其实把它叫做豆面饽饽是一种夸大其词的说法，它是用玉米粉掺入少许黄豆粉，贴在底部有水的铁锅里烤成，另一个名称叫做贴饼子。虽然不难吃，但也不是什么山珍海味。唐朝没有玉米，所以是用小米粉，这一来就不好吃，尤其是用连壳碾的小米粉来做，相当拉嗓子。但是比之高粱粉制成的各种食物，就算是相当好吃。大唐朝种植的是矮秆的杂交高粱，这是穷人的标准食物。过了一千多年，又在华北平原上大量种植供农民食用，那种物质在煮好以后是灰白色毫无光泽的一堆，质地及气味都属怪诞，如果拿去喂猪，猪也是一边掉泪一边把它吃下去。考虑到这种情况，假如有小孩子向我要求豆面饽饽，我就给他。当然，给不起的情形例外。在这种情形下就只能给孩子一嘴巴，虽然简便易行，但是惨无人道——这从一个侧面说明了戴避孕套的必要性。我们的四大发明里居然没有避孕套一项，李卫公也没把它发明出来，我们只是发明了打死人的火药，擦屁股的纸，印刷红头文件的印刷术，还有指南针——没有它咱们也能找着路。咱们这叫发明了些啥。

我和小孙干这种事从来都戴套——越是非法性交，这种东西就越不可少。它可以把这件事的意义变成只是玩玩而已。就在玩着的时候我忽然想到了费尔马定理的证明——这纯属偶然。数学和性没有一点关系。绝不能由此得出一个结论道：当你想数学题想不出来时，就该和女人发生性关系。

小孙对我说，我最讨厌的就是你那个费尔马定理。你居然在这种时候把它证了出来，真叫人恶心。我想一个数学定理没有任何令人恶心之处，她讨厌的是我那种一心二用的方式。我想这个定理都想了半辈子了，随时随地都要想，简直就像感冒了就要打喷嚏一样。你总不能要求一个感冒了的男人在性交之前用胶纸条把鼻子粘上吧。而且只有现代才有胶纸条，古代只有贴膏药。膏药贴上就揭不掉，揭下了纸背，剩下的是乌黑的一团，好像得了恶性黑瘤。这就未免得不偿失了。

四

我把费尔马定理写成了论文，亲自送到了学报，送到一位大学同学手里。在此之前我还送给几位教授看过，他们笑呵呵地说：证出了费尔马？好哇好哇，放下吧——好像我在行贿，要放下的是钱一样。这些老家伙谁要是看了一页，太阳肯定要从西面出来。我同学告诉我说，这论文他一定要看，因为我证得也不容易。然后又告诉我说，他在这里待不了多长时间了。这是因为他很快就要到一家计算机公司里去干事，以便多挣些钱。我一听，就知道他纯粹是在扯淡，他根本不会看这论文。这定理我证了十年，他要想看懂，起码要全心全意看一两个星期。三心二意永远也看不懂。所以我告诉他说，这论文我还要改，就把它拿回来了。我走的时候已经和他搞得相当的不愉快。那位同学说：你搞这些东西有什么用处？他的意思是说，我证明费尔马定理，这件事不够有害。因为有用就是有害。举例而言，我的那个东西，假如戴了避孕套，那就什么用也没有，但是也无害。假如不戴套子，就十分有用，但也十足有害。像这样的例子比比皆是。我在大太阳底下走了半天回家，几乎中了暑，而且想到我十年的心血，得到的居然是这种对待，一怒之下点火要把论文烧掉。小孙看见了猛扑过来，把火熄掉。这件事叫我感到一丝快慰——毕竟还有人珍视我的劳动。后来她翻开那份从火里强抢出来的稿子看了看，又递给我说：接着烧吧——我还以为你在烧小说哪。这件事使我愤怒异常，我把所有的数学书都扔了，发誓以后把数学全忘掉。但这件事又有不合情理的地方——我在数学系供职，把数学全忘了怎么混饭吃？

晚上小孙对我说，你以后就写写小说吧，别弄数学了。数学又费脑子，又没意思，而且派不上什么用场。我告诉她说，她的意见有偏颇之处。她不懂数学，又识中国字。假如反过来，必定要说，别写小说了，就搞数学好了。要学会繁难的中国字，绝不比学数学用力少。更何况读小说还需要文学鉴赏力，不仅仅是识字。事实上任何事都得费费脑子才能有意思。只有最后一句话还有些道理，就是无论纯数学还是小说，都没有什么用处。一泡屎屙出来还可以肥田，而数学定理和小说在这个方面简直连一泡屎都顶不上。当年在卫公的长安城里就有这样的规定：有敢证数学定理和写小说的，一律杖三十。其实杖三十的不光是数学和小说，还包括一切无用的想法。所以每个十字路口都有人在监督，见到有两眼发直的人走过来就把他拦住问道：你想什么来着？如果你是死了妈，或者是对眼，天生两眼发直，就要街坊开出的证明。没证明一律要打。犯这种错误的净是男人，所以衙门里打男人的衙役算重体力劳动，每月供应五十斤带皮的谷子，比打女人的多了十斤。

至于李卫公夫妇吃多少斤定量倒是不难考证，他们两口子的定量都在五千石以上，每人一个月的粮食，一百口大肥猪吃一年都吃不完。每个月初用一百辆粮车拉到卫公家里来，他睁着一只眼出去点收之后，就全卖到粮店里去了。他配给自己这么多粮食不是因为他是个大饭桶，而是他是全城最有用的人。直到不久之前，我还吃三十二斤粮食定量。这说明我很不受重视，比打女人屁股的人还没有用处。但是我对这一点并不在乎。我只在乎自己是不是很有趣。小孙说，对对，有趣，有趣！哇！她用腿死命地夹我，并且乱撕我的头发。我当然知道这是怎么回事，但我认为她是乱打岔。我有趣可不是只在那个地方。也许我该找个女数学家做老婆，她一听说我证出了费尔马定理，就性欲勃发，跑到卫生间换上性感内衣。不过女数学家可不大多，偶尔有几个长得也不好看。现在我搜索枯肠，只想起了一个女数学家，叫做某某某某娅，不是波兰人就是俄国人，贡献在概率论方面。她要是还活着，没有一百也有九十了，所以不能指望她。假如不是这姓孙的勾引我，我可以谁都不指望。现在已经不能后悔了。女人这东西就如海洛因，染上了就放不开。

我因为投递费尔马定理的证明和小孙闹翻了，她一见到我就说：你和你那个一百多岁的俄国老太太做爱去，我不勾引你！然后就在我面前把自己的房门摔上了。你知道，我是个勤勤恳恳、任劳任怨的人，虽然自己心情很坏，又受了她的刺激，但还是恍恍惚惚地把厕所刷了。过了一会，忽然想到厨房也很脏，就去刷了锅台。这些事证明了我心地善良，但是姓孙的却在门后笑。后来她打开房门，说：混账！还不快滚进来。有一件事我很满意，就是无论厕所还是锅台，后来我都没再刷。而且我还发现她的腰很细，在一片昏暗的灯光下就像一座白白的小窄桥，我从上面从容地走了过去。她的腿又细又长，非常好看，跷起来时绷直了脚尖，好像芭蕾舞女，非常的优美。这跟她练过艺术体操有一定关系。我这样说，是因为我很坏，从小就没守过规矩，长大了又没有干好过任何事。我死了以后肯定要进地狱，但是还没有死。根据一切标准，都该把我的屁股打烂，它也没有烂。不但如此，我还在和一个相当美丽的女人做爱，她因为我喜欢数学而仇恨我，但我还是骑在了她身上。我对世界都充满了恶意，但我未受惩罚。我占了很大的便宜。小孙说，你正在满足我的需要，占便宜的是我。但她是装神弄鬼。事毕她哭了起来。本来我应该想到：我把她气哭了，我又占了便宜。但是我又想：不能够这样心肝全无。我在黑暗里陪她坐了一会，然后说：好吧，别哭了。我再去刷厕所。但是她一把揪住我说：难道你非要把我气死吗？我说：不把你气死该怎样呢？她说：搂着我躺一会。这件事我会做，于是就这样躺下了。躺下以后她又哭了一会，然后不哭了，问我说：从什么时候开始你就是个二百五？我说：十岁。想了一会又说：三岁。她猛地翻过身来骑住我，抄起一条长筒袜子勒住我的脖子，喝道：说你爱我，不然勒死你。我说：我是个二百五。她说：不管你是不是二百五。我就说了。与此同时，有个毛扎扎的东西顶在我后心上。这也没有什么，反正现在是阴盛阳衰。有一件事我必须说明白，我说自己是个坏蛋是往我脸上贴金——我坏起来没心没肺，根本是个操蛋鬼。我成天失魂落魄，做坏事也做得很糟。我在床上抱住她——双人床很大，就是让两个人躺的，她身上很光滑，就是让人抱的——心满意足，进入了梦乡。

我说的这整件事都有不合常理的地方，所谓的不合常理，就是它不合现实世界的常规。在现实世界里有个数学家王二在证费尔马定理，证了十年没证出来，这是合乎常规的。假如他证了出来，无法发表也合乎常规。气得昏头涨脑地回家，把论文手稿烧了，这也合乎常规。最后有个漂亮女邻居和他做爱，安慰了他，这就是不合常情。合乎常情的说法是他在绝望中手淫甚至自杀。还有一件不合常情之处，就是那论文的手稿我有两份，烧了的是复写稿。从小孙那面来说，像她那样的单身女人，所到之处都有常理在，但那是她的事，我不大清楚。回到家里，邻居住了一个操蛋鬼，这是她不合常理的最后机会。用她自己的话来说，就是：“我没什么可挑的了。”好在我们俩又吵又闹，已经使这件事尽量地合情合理了。

有关情理，还有一点补充。假设我们俩两情相悦，欲望如火，但是始终克制，不逾矩，直到某位领导或者某位长者注意到了这一点，站出来给我们撮合——这样就像一台合情合理的电视剧。但是也可能没有这样的领导和长者出来撮合，这样的剧情不合情理，却能让我们倒一辈子的霉。对于情理这样的东西，我们不可以太天真。

五

最近我出了好几次差，比方说，去开学刊会。我兼着《数理化》的数学编辑，这种事是推不掉的。走到火车站里，闻见一股尿臊气，大家横七竖八地躺了一片，这股气味就是从人身上冒出来的。古怪的是厕所里没有这样的味，只是觉得杀眼睛。车厢里热得厉害，简直是蒸笼，所有的人都在不停地吃东西，把蛋皮、果皮扔下车去。所以我想到应该把肥育中的猪牵上车来喂，因为坐火车是这样地刺激食欲。到了这种时候就想到自己应该成为人瑞——售票处挂着牌子，凭十四级介绍信售给软卧包厢票，据我所知，人瑞相当于行政十三级。所以我又把费尔马定理的证法尽量简化，期望别人一看就能承认。人只要做过了行人，就会发生一些改变，不论古今。

我当了人瑞后（这事的详情见后），也行万里路出了一次国，去美国参加一个数学年会，是和加州伯克利一块去的。提着大箱小箱，穿过了海关机场，既晕机又晕时差。然后穿上了不合身的西服，到会场上坐得笔直，十句话里倒有九句听不懂，感觉实在是很不好。影影绰绰听见加州伯克利说，费尔马定理是他和我一道证出来的。很想驳他几句，却只有干瞪眼的份儿，因为舌头落家里了。开完了会我跑到三个 X 的电影院里躲了一夜（这是因为不想看见加州伯克利），决心以后再也不出来。等到回到了家里小孙说我的模样变了。原来是一副浑浑噩噩、天真未凿的样子，现在风尘仆仆、眼露凶光，很是成熟。这说明人都是在路上成熟的。

现在可以说说我怎么成了人瑞，以及费尔马定理是怎么发表的。我们系里那个加州伯克利的副系主任找到我说：听说你证出了费尔马？我回答说：对。他说：拿给我看看。我说：不。他又说：你不要保守，也有自己证错了还不知道的情况。我心里说：小子，论爷们你还得叫我大叔！但是也不能不给他看。据说他看完以后说：不管怎么说，他也没去加州伯克利留过学——这就是说我证对了。假如我证错了的话，准是这么说：先去伯克利留了学，再来证费尔马——仿佛费尔马定理和加州伯克利是拴在一起的。后来系里出了证明，论文在校刊上登出来。以后我总算成了一个校级的人瑞，每月可以多得一百块钱，这比我以前指望的要少，纯数学没有以前值钱了。不管怎么说，对别人总算有了交代。但是我心里非常不高兴，不知自己这辈子干了些什么；在我当过的扒土的人，变态分子，头发灰白形容枯槁的人，和我现在当着的人瑞之间有什么关系。我只做到了人瑞，还没有当上领导。假如当上了领导，还不知该会怎样的晕头涨脑。

等到我也成为了人瑞，才知道自己过去的浅薄。原来我以为是领导的人，也只不过是些人瑞。我现在作为“有突出贡献的中青年学者”，也能够出席一些头面人物的会，会场上不光有过去常在我后心上击一猛掌的黑胖子（我后心现在天阴时还有点麻痒），有险些把我送去卖咸鱼的加州伯克利，还有书记，有校长，还有些更有头有脸的人物。我们系里那两个领导到了这种地方就掏出了笔记本，听见一句没咸淡的话就马上记下来。领导——他们哪里配。我自己到了这种地方也不敢睡觉了，甚至连想入非非都不敢，只敢瞪大了双眼，等着校长的目光扫到我脸上就装出个会心的微笑。与此同时，我生理上也发生了重大的变化：原来一上午要尿三次尿，现在长到了六次。原来每周要和小孙做三到四次爱，现在减到了一次，而且在这唯一的一次里也不够硬，这使我暗暗心惊：原来仰之弥高，钻之弥坚的东西，当了人瑞就如此的不行，要是当了领导，岂不是要缩回去？

最近加州伯克利又升了一级，当上了理学院的副院长。他找到了我，管我叫老王（这是当了人瑞的好处，否则就是王二），说要和我合写文章。他还解释说，我的文字很好，总能把乱糟糟的理论说得很清楚，他自己的文字原本也很好，但是现在英文太好，中文就退化了。我听了以后也没有什么话说，我们俩合写了一本教科书，那本书里百分之百的段落全是我写的。现在正在写第二本，伯克利还答应在学术委员会里施加影响，让我早日评上教授。对此我没有什么可说的，只有一句话：生活就是这样的。假如我不遇上一位懂数学的副主任，费尔马证出来也是白证。以中国人总数之大，智商之高，谁都觉得应该做出恒河沙数的成绩。但是掰指头一算，也算不出什么，这就是原因之所在吧。

我现在正在写一本数学史专著，名叫《中国无算式》，这个名字是从雷马克《西线无战事》里变出来的。所谓算式，就是英文 algorithm，也可以叫做程式。这本书的内容是说中国的数学有问题，有答案，但是没有算法算式。凡是研究过《九章算术》、《周髀算经》的人，都会同意这个结论——比方说，勾三股四弦五，勾三股四是问题，弦五是答案，算式不见了。这里面涉及了一个带本质的问题，就是中国人认为算式就是人本身，所以没法把它写出来。举例言之，一个人会开平方，他不是以为自己学会了开平方的程式，却以为自己身体（准确地说，是在心脏部位）有某种构造，以致能够开平方，因此就没有开平方的程式，如果你硬要这个程式，就只好开膛破腹，把心脏血糊淋拉地掏出来给你看。同理，假如要在勾三股四和弦五之间写出个算式，就只能把个大活人捆在那里。这是个带有根本性的发现，可以解释很多数学之外的问题。加州伯克利没做过数学史方面的研究，甚至不知道雷马克是谁，却硬要把名字署在我前面。而且我不让他署也不行了，因为所有的人都知道我是他的研究伙伴和助手，所以就算我在稿子上没写他的名字，也会有人不容分说地添上。

再次写到这一段时，距我证出费尔马定理已有一年了。一切都是去年夏天发生的事：我和小孙从合居到同居，写完了《红拂夜奔》，发表了数学论文，当了人瑞。这一切已经经过了一个烟雾腾腾的冬季和一个忽冷忽热的夏季。这本小说原来就到这里为止。在我看来，一切线索都已完备。有李靖，他才智超群，性格天真，探索人生，等待机会；有红拂，姿容绝代，在石头花园里终日徘徊，偶尔也出去看看；有虬髯公，和红拂合居，并把这看做领导上对他的考验。还有我和小孙。只有一点没有明确地写出来，但它是不言而喻的——我们大家都有所期待，就如出席一个没滋没味的 party，之所以不肯离去，是在等待一个意外惊喜。后来我证出了费尔马定理，他们从城里逃走，这 party 就结束了。再写什么纯属多余。

在我看来，大千世界芸芸众生，无不在做白日梦。乞丐在做黄金梦，光棍在做美女梦，连狗都会梦到吃肉而不吃屎。一个数学家梦想证出个大定理，也是合情合理。在这个世界上总有一点可能好梦成真，但也可能不成真就到了梦醒时分。我们需要这些梦，是因为现实世界太无趣。我现在已经没有了梦想，但还活在人世上；因此风尘三侠逃出了洛阳城，故事还远没有结束。

第七章

本章主要是谈李卫公的事迹，他和作者一样，都受到了欧几里得《几何原本》的影响。作为一个数学家，作者认为欧几里得的上述著作是他智慧的启蒙书，正如别人曾受到《圣经》、《可兰经》、《论语》、《毛主席语录》和《资本论》的启迪一样。

一

李卫公和红拂逃出了洛阳城，往北方逃去，而虬髯公紧追在他们后面。李靖说他在太原城里有些朋友，可以落脚安身。因此他们就走在被车轮子碾得稀烂的大路上，过往的车辆又不断地往他们身上泼泥水，所以走了没多久，他们就变得和雕塑家做的黏土模型一样，走累了休息一会，就满身裂缝。这是因为不久之前下过雨，假如不下雨就是另一种景象：到处尘土飞扬，过往车辆又在播土扬尘，以致每个行人都像未下班的面粉工人。假如我生在大隋朝，肯定拣雨天上路，因为脏点没什么，可不要得了矽肺。不管下雨不下雨，有一点都是一样的，就是只要在逃的犯人逃到了路上，你就再也别想把他逮回来。所以卫公和红拂就很放心，丝毫没想到还有人在跟踪他们。走在路上，天下就乱了。他们俩跑到太原去投了军。而虬髯公跟到了太原，也没得到亲近红拂的机会，觉得很无聊，就到扶桑去了。他们三个人离开洛阳的事就是这样。

离开洛阳城对于风尘三侠来说，意味着以前的生活结束了，这一点对谁都没什么两样。但是他们每个人以前的生活都有不同的内容。李靖离开了洛阳，就再也看不见那些泥泞的街道，看不见大街上高高矮矮的行人，再也不能到铺满了酒糟的酒坊街去找那位小巧玲珑的李二娘。他再也没有一间属于自己的土房子，再也闻不见房子里的尿骚味。这些都结束了。旧的游戏结束了，正好开始新游戏。但是李卫公对洛阳城始终恋恋不舍，这是因为在洛阳城这一局里，他还没有赢。不管是在什么游戏里，先赢了一局，再开下一局才有意思。而只有赌输了的人才会依恋旧的赌法。假如他在这里考上了博士，主管了工程，贪污了工程费（考博士就是为了主管工程，主管工程就是为了贪污工程费），再讨一个小家碧玉为妻，逃走的时候可能心里会更得意一些。李卫公不得不离开洛阳城，这时候他心里充满了被淘汰出局的感觉。所以他是怀着懊恼的心情开始新的游戏。他早就忘掉了自己是从什么样的一局里逃了出去——在这里他差点被碾碎了做成包子。假如他记着这一点，后来就不会那么卖力地建造长安城了。

虬髯公在泥水里艰苦跋涉，浑身冰凉，心里想着杨府里的面片汤。在杨素门下做门客时，假如天气潮湿，晚上就吃面片汤。那种汤里有小孩子皮带那么宽的面片，里面不但含有白面，还有荞面。汤里有细丝状的紫菜、虾皮、芫荽等等，加上胡椒，非常的好吃。后来他在扶桑想吃这种东西就吃不上，因为他不大会说扶桑话，而且扶桑厨子脾气又很坏，听他说了两句，就把厨刀往他手里一塞，说：你自己做！然后就奔出去切腹自杀。所以以后他再也吃不到这种食物，在杨府吃面片的时候，他手里拿了个橡木桶——瓷器是贵人用的东西，漆器是女人用的东西，所以门客们用木器，像他这样习武的人饭量大，所以用个小号的桶，因此就被人讥为饭桶，但这无关紧要，桶的容量大，盛来的东西能够吃饱。在杨府上吃饭又有规矩，女人们吃饭不准有声响，因为她们可能会和贵人同桌吃饭，而门客吃饭必须咂嘴，因为他们并不是贵人。所以他们又被讥为是一群猪。但是这些都无关紧要，反正他可以吃到想吃的东西。他在盯红拂的梢时，就是这么三心二意，又想往前走，又想回洛阳去。但是他在泥水里继续前进，盯住了同样在泥水里的红拂和李靖。不管怎样，他不想再回到杨府的花园里，坐在地上嚼着麻鞋，鬼鬼祟祟地偷看女人了。当时他想的是要把红拂抢到手里，但是不知为了什么，他后来又把这事忘掉了。虬髯公离开洛阳的理由可能是嫉妒，也可能是绝望的爱情，不管是为了什么吧，这种强烈的感情出现在近乎木讷的虬髯公身上，可真是够怪的了。

而离开洛阳城对于红拂来说，就意味着再也看不见杨府里那些石头道路，那些青翠的没有树干的松树，再也回不到她那间石头楼上的卧室，也再不会泡进屋角那个洗头的大橡木桶里。对于这些她丝毫没有懊恼之情。这件事使我想起了十六岁时离开家到云南插队。插队这件事对于十五六岁的孩子来说是足够糟糕的，因为它意味着从此吃不饱，得不到医疗上的照顾，不适应的气候条件等等。去了以后不久，就死了一些人。不管怎么说，一种条件能让实验动物中一部分死去，对于活着的动物来说就是足够恶劣的了。但是我们这些人离开家前去插队时全无悲戚之情。我们以为自己离开了北方，到了热带地方，以后就该遇上一些有趣的事情了。这说明我们都太年轻。红拂离开洛阳时，比我去插队时也大不了多少。对于她这个年龄的人来说，离开一座居住已久的城市，还不像中止了旧的一局开始新的一局。因为对她来说，旧的一局也没有开始。

二

本书的这个部分是关于李卫公的。我早就说过，我和卫公不是一样的人，他比我精力充沛得多——虽然我们俩都是数学家。他逃出洛阳城后在唐军里作战，就以精力充沛闻名。那个时候红拂和他在一起并肩作战，却没有他有名，虽然红拂杀掉的敌人一点都不比他杀的少。打仗时，红拂穿一身皮甲，骑一匹小马，坐在侧鞍上——像一般战士那样骑马是不行的，女人分开两腿跨在马上会被敌人笑话——手里拿着小弓细箭。这样骑马不能和敌人正面作战，很容易把脖子扭歪，所以那马侧着身子用舞步前进，红拂是端坐着正面接敌。这样的骑术敌人见了也要喝彩的，不知不觉就到了弓箭的射程内。红拂弯弓，发射，姿势美妙，然后挥手和自己的目标们告别，回到自己阵上去。对方在鼓掌喝彩之中不知不觉倒下了好多人，因为她射得非常之准。这种作战方式非常女性，虽然非常有效，但敌人并不害怕。而卫公作战的方式则是男性的，他身披铁甲，站在八匹马拉的战车上，有如天神，手舞铁制的狼牙棒，吼声如雷，冲锋陷阵。特别要指出的是此时卫公的男根直撅撅地露在外面，非常的显眼，也非常的放肆。不管谁看见了都禁不住想往上砍一刀。需要说明的是往上砍的不光是敌人，还有战友，因为并不是每个人都佩服他的。一刀砍中以后总是火星乱冒，虎口迸裂，假如那把刀没有弯掉，就算它打得好。至于刀刃，自然是锛得一塌糊涂。但是说穿了就不是那么伟大，因为那其实不是卫公的男根，而是一根实心的铁棍，外形和男根一模一样，外面拿颜色画过。只要不动电气焊，谁也莫奈它何。他脸上戴了铁制的彩绘的面具，也十分像他的脸，但没有下面那个东西有威慑力。在战场上人家一箭射在他脸上被弹了回来，不过是惊叫一声：好厚的脸皮！要是一刀砍在那个地方，崩坏了刀口，就会惊恐万分，落荒而逃。因为这个缘故，他有军中第一奇男子的美称。老有人问：李将军，成天挺着不累吗？卫公就答道：一打仗它就是这样，我也不知为什么。所以李靖被尊为军神（还不如说李卫公的阳具被尊为军神），青云直上。因此他觉得很得意，晚上睡觉也不摘下护裆。但是晚上宿营时，红拂常和他在帐篷里打架，大吼大叫：李药师，你这捣鬼的家伙！捣到我这里来了！这件事不但说明了当时的人有男性生殖器崇拜，而且说明了李卫公最善装神弄鬼。所谓装神弄鬼是指这个方面：别人打仗时，心惊胆战，大汗淋漓，他却能够直挺挺，似乎是个人瑞——但却是个假人瑞。相比之下我是个诚实的人，软就是真软，硬就是真硬。假如能证明我是个人瑞固然好，不是我也不装。小孙看到了这个地方就和我吵起来：我嫌你软了吗？我嫌你软了吗？说呀！

毛主席教导我们说，世界上怕就怕认真二字。这话着实有几分道理。小孙为了一个硬字和我争起来，叫我无言以对。李卫公脸上挂着面具，一点表情也没有，这叫人觉得他毫无幽默感，为了一句玩笑话就能打你的小报告；腰间挺着个铁阳具，这叫人觉得他没完没了，坚持到底，为一点屁大的事能够和你纠缠三天三夜。这两种样子合在一起，就让领导上觉得他是个可以信任的人。后来他就当了官，并在大唐建国以后被委以建造都城的重任。而这恰恰是他梦寐以求的事。而这些事被虬髯公知道了后就说：装神弄鬼不是真本领。这话可不是白说的，虬髯公的脸就像死了一样，别说没有笑容，连哭容都没有。至于坚持到底，根本就是他的本性。

李卫公开始装神弄鬼之后，告诉红拂说：我可算是找到了做人的门道了。这话可不是白说的，自从发现了这个门道之后，李靖就一帆风顺，一直做到了卫公，出将入相，只在一人之下，却在万人之上。这个门道就是作假。战场上金鼓齐鸣，刀枪并举，血肉横飞；男人见了这种景象，无不是阳缩如蚕，他却装得勃起如坚铁。会场上气氛凝重，人人昏昏欲睡，他却眼如铜铃。无怪他能得到领导上的重用。这样干了以后，他还能得到一种把大家都骗了的快感，因为这种缘故，他才能够几十年如一日地坚持下来。后来才发现，除了装得精神抖擞，他装病装死也是一把好手。

李卫公设计长安城时，还保留了他想象力丰富、爱好发明的本性。这种本性就是红拂爱他的原因。最早他想把长安建在海边上莱州一带，理由是海边上风大，有取之不尽的能源。假如这个方案被批准了，长安城就会是一片重重叠叠的石头高塔，塔顶上是无数的风车。住在里面的人靠风力来提水，磨粉，就连出门也要坐在带帆的小车里，在石头铺砌的道路上前进。李卫公还设计了风力灯，那是一对风力带动的火石轮，靠磨擦打出火星来照明。有风的时候大家出来工作，没风时躺倒了睡觉。这一点和我们这里是一样的：来电时工作，没电时睡觉。除了能源方面的考虑之外，李卫公还特别喜欢海，想要夏天和红拂一道到海里去游泳，把身上晒得黑油油。但是这个方案被皇帝否定了，理由是“朕的都城当与风磨有异”，除此之外，皇帝也不喜欢海，身为一国之君，在海滩上赤身裸体，不像个样子，晒黑了也有碍观瞻。后来李靖又把长安设计在峨眉山腰上，这样长安城就由各种水道组成，这些水道通过水闸，带动数不清的水轮，水轮又带动登山的缆车，碾米的碾子，还有水力灯。整个城市都用木头建造，到处是木头掏成的水槽，木制的水轮，这样的长安城就像个半山上的威尼斯，在不停的旋转之中。李靖还喜欢登山，尤其是草木葱茏的山。他想和红拂一道去打猎。但是它又被否定了。理由是“朕的都城当不同于水碾”，而且皇帝也不喜欢山，尤其是草木葱茏的山。最后李卫公才提出了用泥土建造一座长安城，像古往今来中国的一切城池一样，用人力来驱动。为了防止人力想入非非，采用了一切必要的措施。皇帝这回满意了，没有说“朕的都城当不同于猪圈”，而是说：“李爱卿有一颗聪明的脑袋，但他不知道怎么用。”这就是说，经过了他的提醒，李卫公总算知道了怎么使用自己的脑袋，也就是说，李卫公尽管聪明盖世，却不知自己是个什么人。

我说过，卫公和我一样，是个数学家。真正的数学家不相信自己就是程式，认为自己是个学习、推导程式的人。这样比较经济。如其不然，一个简单的常微分方程，里面包括乘方开方等等运算，就要一个排的人来表示，一个复杂定理的证明就要一个团的人，而一本数学教科书就要把一个集团军都拉来才够。这样中国人再多也有不够的时候。但这不妨碍他在设计长安城时，把每个人都做成一种程式，比方说，“吃饭—干活—听话”。但他自己却不肯成为一个程式，领导上想看到他是哪一种程式，他就装成哪一种。真是缺德死了。

三

李卫公设计了风力长安，是因为他喜欢风，尤其是海风。他到了海边上，就坐在石头上，闻着海风的腥味。那种风简直能把人的耳朵刮掉，但是很可爱。海风是蓝的，带一点云彩的白色。他对红拂说，我将来一定要在海上建一座城市！但是这个决心因为不合皇上的心意，所以落空了。他也喜欢水，尤其是山上流下来的水。那种水冰冷刺骨，虽然透明无色，但是总带点绿荫的黄绿色。只是没听说过他喜欢人。虽然红拂说，李靖一直很讨人喜欢，就连在装神弄鬼的时候也有些可爱之处。但是一开始搅到人力长安的事里就不再讨人喜欢了。

李卫公设计了长安，采用了永久性原则。这就是说，要让这个城永远不出毛病。在这方面他倒是驾轻就熟，因为他毁掉过洛阳城，知道保住一座城市的关键所在，就是让里面的人永远不要想入非非，所以他就把这座城造得四四方方，土头土脑。这一点其实非常重要，有先贤的论述为证——罗素大师说过：古埃及人呆头呆脑的，怎么能知道地球是圆的？希腊人聪明无比，怎么就不知道地球是圆的？这其中的原因是这样的，埃及那地方光秃秃的，举目四望，除了周围圆形的地平线什么也看不见，所以他们呆头呆脑；希腊人抬头一看，四周有海有山，风景如画，所以满脑子古怪。但是在希腊很难看到地平线，故而不知地球圆，反而以为它是个大沙盘，驮在鲸鱼背上，鲸鱼一蹭痒就闹地震。幸亏扶桑人不知道这件事，否则准要把这条鲸鱼打了去熬油，他们才不管咱们大伙会沉到什么地方。李卫公学贯中西，设计出的长安城让大家住进去之后，既呆头呆脑，又不知道地球是圆的。这样就把长安城建在了极坚实的基础上。我们大家看着四周方方的城池，只知道天圆地方，像个茅坑的模样。因此就很不自觉，到了哪里都随地大小便。

我们说长安城土头土脑当然不是无的放矢，因为这座城除了土坯泥巴，就是砖瓦陶器，不是黄就是灰。除此之外，大多数的人都穿土黄色的衣服，以致近视眼都看不到对面有人，非要撞到怀里才知道。城里的房子也都一模一样，有一个土坯墙的院子，一个高高的门楼，走进去是一条砖铺的甬道，左手是一个水井，从里面打水来用，右手是一个渗井，把用过的水再倒回去，如此循环往复，以至无穷。站在井台中间往前看去，在一片屎黄之中立着一个灰色的瓦顶，这就是大堂的所在。没有事的时候，主人和主妇就并肩坐在这里，男左女右，这座院子的主轴线从男人的右肩和女人的左肩之间通过。长安城里每一所房子都是这样，只是宅基地有大有小。长安建好了之后，城里就再也没有过一丝风，连飞鸟都不来。有一种下流的说法，说是在长安城里住久了，屁眼都会变成方的，会屙出四方形截面的屎橛来。假如真是这样，也没什么可怕的。大家都惊异于这座城市的严整，说卫公真是天纵之才，仿佛他天生就是个人瑞一样。但是据我所知不是这样的。卫公从来就不是真正的人瑞。他和我一样是假装的。后来他被人砍了一刀就蔫掉了，真正的人瑞绝不会挨了一刀就蔫掉。大清朝的雍正皇帝养了一帮血滴子，看谁不顺眼就派他们去砍该人一刀。只要没砍死，那人后来必然会努力工作，每夜加班到凌晨四点。这些人才是真正的人瑞呢。

李卫公建好了长安城的城墙、房舍之后，就给它制定各种制度。如前所述，这些制度是为了防止大家想入非非，但是他不以为防止的对象应该把自己也包括在内。除了制定各种制度，他还在发明各种器具，想起一出干一出，而且完全不分轻重缓急。皇上看一份官制方面的奏章，发现有墨迹从背面透了过来。翻过来一看，竟是一份放在小客栈里那种木头女人的设计图，图边还有一个箭头指向她的阴部，有一行小字注着“里面用绒布”。皇上正在摸不着头脑，李卫公从外面闯了进来，嘴里大叫着：臣忙昏了头，把奏章和图纸写到一块了。待臣回去誊清了再奏吧。说完劈手把奏章抢过来，拔腿就跑掉了。他还借口工作忙，做了一双木头旱冰鞋，在皇宫大内的砖地上滑行，发出可怕的噪声，连小太监见到他过来都要双手掩耳。但是皇上容忍了他，说道：李卿性情活泼，很可爱！但这不是说他对李靖完全放心了。据皇上的贴身太监说，皇上确实说过：李靖这小子造木头女人，用的是谁的钱？是我的钱呀！

皇帝对李靖不放心是有理由的。这个人除了举止张皇颠三倒四之外，还有想入非非的毛病。他的风力长安、水力长安都被否定了，但他依然不死心，还在做实验。他家里大堂上有三个大沙盘，左面一个上贴了个标签"风力长安"，上面有纸浆做成的高塔、风车、街道等等，有一个人拿着扇子，不停地对它扇风。右面的一个贴了"水力长安"的标签，有水轮水道等等，顶上有个蓄水池，有个人用水桶往里灌水。中间一个是土黄色的沙盘，似乎上面什么都没有，仔细地看才能看到房屋和街道，这就是人力长安的模型。这三个模型的居民都是蚂蚁，而且每只蚂蚁身上都糊了一张纸，写明了它的身份。不但有庶民蚁、公卿蚁，还有三只蚂蚁大逆不道地当了皇帝。所幸当时是大唐开国之初，各种制度尚未完成，否则连李靖带他的三只蚂蚁，都该受千刀万剐之刑。李靖完全知道这一点，他嬉皮笑脸地说：我就是钻这个空子。实验的结果是风力长安里的蚂蚁比较聪明，水力长安里的蚂蚁比较强壮，人力长安里的蚂蚁最为安分守己。这个结果证明了皇帝的圣明。皇上始终知道李靖在干什么，还知道他得到的结论，但只说了一句：朕之圣明何须他来证！

四

长安城刚建好的时候，李卫公只有五十来岁。长安城黄澄澄的，四四方方，好像一块用玉米面蒸好的新鲜切糕，而李卫公精神抖擞，就像糕上面一粒蒸熟了的小枣儿。有一伙法国人远涉重洋而来，在长安城中间的十字路口上修起了一座大磨坊，出售法国式的面包和面点。这座磨坊是靠风力推动的，但是长安城里没有风，所以只好修了一座高入云霄的高塔到天上去找风。那些法国人每天早上三点就要起身往塔上爬，五点钟可以爬到工作岗位。李卫公每天起绝早到这里来，买一根新鲜的长棒面包，撅下一大截装在裤裆里，把剩下的吃掉做早点，这样在上班的时候他就显得雄赳赳气昂昂。人家问他为什么这样，他就说：给公家干活，为主上分忧时它总是这样。我们还要补充说，刚一打完仗，红拂就把他的铁棍扔掉了，所以他要用面包来壮大自己。除此之外，他还描眉画目涂红嘴唇，使用镜子的频率比红拂还要高，假如被红拂看见了，就用手指刮脸来羞他。当时正是大唐开国之初，无论君臣，都在拼命地抖擞精神，就像我们这里评定职称之前一样。假如人人都像卫公一样，就是比谁裤子里藏的面包大。幸亏不是人人都装神弄鬼，否则就太浪费粮食了。

我觉得我的毛病就是不会装神弄鬼，所以现在是这么一副失魂落魄的模样。好不容易证出了费尔马定理，却不知怎么把它发表。当然，我可以把它叫做"李卫公定理”，发出去没什么问题，但是我已经不乐意这样干了，因为它是我证出来的，和卫公没什么关系。其次，我可以说是我证出来的，但我需要一个故事：我为什么要证它。要给自己编个故事，就必须不那么肉麻。假如说我是为国争光，在数学事业上拼搏，那就太过装神弄鬼了。满脑子崇高的思想，拿什么去想数学题？这就像卫公在战场上直挺挺一样不可能。这一条暂且不论。最后我还得说自己是怎么把它证出来的。这在早两年倒不成一个问题，因为必须说是读了某一条毛主席语录后，心胸豁然开朗，等等。实际上我证这个定理的动机是想自己露一手，并且是在小孙的肚皮上证出来的。但是这些情形都不能讲。最后只能求助于加州伯克利。相比之下，费尔马根本就没有证明这个定理，却名震四海。这完全是因为他会装神弄鬼。

现在该说说装神弄鬼是什么意思了。在我看来（再说一遍，是在我看来），这世界上最重要的定理是这样的：凡以两足直立行走，会使用一种语言的，都是人类，不管他是黄白黑；反正饿了就想吃，困了就想睡，性交以前硬，性交以后软。还有一系列重要特征，比方说听报告就犯困，贫困时就会想入非非等等。这些都是不能改变的，谁要说他不是这样的，就是装神弄鬼。由此派生出第二个重要定理：就是自打有了人类，就有人装神弄鬼。当然了，一开始是想占点便宜，但是后来没便宜也要装，这就叫人百思不得其解。但是我这个定理不能把虬髯公包括在内，因为他是有史以来最难猜的东西。

李卫公实际上设计了三个长安，但是人们看到的只有一个。他不但设计了城市，还有和城市有关的一切东西。在第一个长安（风力长安）里没有城墙，因为城墙挡风。为了防御，每一座高塔都修得十分坚固，可以住上千的人。那里的人都穿白色的紧袖衣，白色的灯笼裤，头上的无檐帽有黑色的飘带，时时刻刻提醒每个人风从哪里吹来。这些人驾驶着风帆，从所有的地方运来必需的物资，修理索具和风车，使用六分仪和航海时计，必要的聪明实在是必不可少。为了头脑的需要，就得多吃鱼，而且必须吃好鱼，比方说金枪鱼、马林鱼之类。这些鱼可不像我们现在吃的带鱼、橡皮鱼那样好捞，只有驾了大船到远海才能钓到。这样我们就要变成一个航海民族了，每个人都是黑黝黝的，我们的都城也会沉浸在大海的腥味里。一个航海民族的兴衰取决于头脑聪明，技艺高超，所以不会有这么多的人。在我国首都的石头墙上，一年四季都渗入了大海的蓝光。我对此毫无意见，因为我精通球面三角，在那里不当船长也得当大副。

在第二个长安里也没有城墙，因为要让水流通过，所以用巨木为栅栏，整个城市淹没在一片绿荫中——到处都是参天巨树或者是连片的绿竹，因为没有木头竹子简直就不能活，除此之外，还特别潮湿，连皮大树旋的水槽下面，木板墙上，到处长满了青苔，林下也长满了草。那里的人都穿黑皮衣服，衣襟到衣襟还有半尺宽，中间用皮条系住，以便露出黪黪黑毛。不管是砍树，还是扛木头，都得有把子力气才好。所以人都是一米九高矮，百公斤左右的大汉。像这样的人必须吃肉，所以我们就变成一个吃肉民族了。一个吃肉民族不会有很多的人，因为必须留有放牧畜群的地方，藏有野味的树林，不能哪儿都是人。这样我们的首都就会是一些崎岖之地，在树荫的狭缝里有一些零星的天空，而且不分晴雨，头顶上老落水滴——树林子里总是这样的。我对此也是毫无意见，虽然我身体瘦弱，人家准叫我去牧牛或牧猪，但是我喜欢动物，不管是哪一种。甚至见了眼镜蛇和老鼠，都不愿把它们打死。只有人力长安对我不合适：像我这样失魂落魄，想入非非，一定常被捉到衙门里去，这样我既不是船长大副，又不是牧人，而成了个挨打的屁股。但是像到哪个长安去这样的事必须由领导上拿主意，我们说了都不算。

李卫公在世的时候，长安城气派非常。这不是说长安城里都是石头砌成的高楼大厦，门前有青翠的草坪和喷泉，而是恰恰相反——长安城里见不到一片石头，一棵活着的草，一股流动的水。所有的房子都用砖瓦木料，并且全是一层的。那时在长安路上骑马的人都带一包土，假如自己的马在大街上撒了尿，就要马上下来，把流动的尿用土盖住。更没人敢当街倒脏水。长安的房子很矮，但是街道很宽。地上没有草，但是每一寸地面无不印着笤帚的痕迹。在街上走的人自动追上前面的人，或者放慢了脚步等待后面的人，以便结成队伍，迈开齐步走的步伐。但是一旦跟上了队就不好意思从队伍里离开，所以原准备到隔壁看看邻居，就可能被裹着走遍了九城，直到晚上才筋疲力尽地回家，把看邻居的事也忘了。那时候的外国人到了长安，看到大街上尘土飞扬大队人马在行进，常常惊讶得张大了嘴巴再也闭不上。不过长安刚刚建好时，里面的居民有三分之二是退伍老兵，擅长队列科目，对于齐步、正步、向左向右转等等，都是无比熟练。而别的人想要迁到城里来住，也要经过三个月的队列训练。这一点外国人并不知道，只以为是水土的关系。他们对自己的懒散很惭愧，故而拼命喝长安城里又咸又涩、带有轻微尿味的井水，不喝优待外国人的矿泉水；并且到了饭馆里就说：把你们吃的东西给我来一份！这样做的效果不显著，就去买来嫩核桃把自己染黄，动手术把双眼皮缝上，装出单眼皮的模样。虬髯公派来的大批的遣唐使，还未来得及学习大唐的制度，看了这种景象，就跑回去赞不绝口，说咱们永远赶不上——除非从现在开始不吃鱼，光吃小米饭。但是扶桑这个地方不吃鱼就要闹粮荒，而且谷子不耐涝，那个地方雨水又特别多，所以就没有完全照卫公的法子办，只是采用了他发明的礼节。光这一条就够他们受的了。

我们知道长安城里有一座钟楼一座鼓楼，钟楼里有一个老兵在绕钟走动，每走一圈是一分钟，走满六十圈就击钟一次。长安建城之初，这座钟非常之准，简直不下于英国的大笨钟。过了一些年，这个兵脚上长了鸡眼，这座钟就慢了下来，逐渐慢到了每天慢两个小时的程度，长安城里开始日月颠倒。又过了些年，这个兵又得了痛风病，这座钟就达到了每天慢二十四小时的程度，于是长安城里就出现了两种时间，公家时间和太阳时间。按公家时间一小时行人可以走二十里，按太阳时则减半。按公家时间每天太阳升起两次，按太阳时也减半。你在长安城里问一个半老徐娘年纪，她说二十岁，实际是二十多岁。你去问一位老人家高寿，他说七十岁，那就是太阳岁了。这样就增加了计时的复杂性。等到那座钟楼一天慢七十二个小时，公家时间就被废掉了。那时候该老兵已经中风患了半身不遂，还在挣扎着绕钟行走。好在他已经没有击钟的力量，敲出的声音只在钟楼里才能听见了。

而那座鼓楼的故事是这样：楼里有个大鼓，由鼓手在上面击出鼓点来，让全城的人踩着它行进。这种工作十分累，要用一大群健壮的人以便轮换；而且它又非常枯燥，所以有些鼓手后来就精神崩溃了，不顾一切地在鼓上击出些花点，让全城的人不走正步，而是扭秧歌或者跳迪斯科。干完了这样的坏事，他就说：要杀要剐随便吧。因为这个缘故，后来击鼓的制度就被废除了。好在那些老兵也都到了风烛残年，也觉得走正步太累，也没有提出意见。

长安建城之初，假如有人在路上拣到了铜钱，就把它交给领导，领导上再设法交还给丢钱的人。令人遗憾的是虽然人人拾金不昧，但是铜钱的总数也不会增多，大伙还是那么穷。既然是那么的穷，所以丢钱的事也很少发生。后来领导上又规定，一枚铜钱经过了一次拾金不昧，就在上面打一个钢印，可以当两枚花。这使大伙在路上故意抛撒铜钱，长安市上的钱很快都打满了钢印，造成了严重的通货膨胀。不管打不打钢印，铜钱是一文不值了。长安城里拾金不昧的好事总数却直线上升。但是后来大家发现没有了铜钱很不方便，就把这项制度也废掉了。

五

上节所说人力长安的故事只是故事的一半。这座城里既不靠山又不靠海，城里倒有好多人要吃饭，所以就有一大批脚夫专门到黄河边上背粮食。这些人五十人为一队，左臂上有嵌进肉里的铁环，铁环上有皮条把他们穿成一串，肩上扛了一条大口袋，有十丈长，能盛几万斤粮。他们就像大蜈蚣一样，成年累月在黄河码头到城里粮仓间往返不停。久而久之，成了一个奇特的人种，浑身上下都没有肉，只是在小腿上端有一块小足球大小的肌肉，还有一双两尺多长的大脚丫子；而手却因为老不用退化了，就如一对鸡翅膀。据说脚夫们的脚极为灵活，就用脚拿碗吃饭。粮食到了城里又要有人把它摊晒扬净才能入库，就有一批手持木锨的库丁，不分昼夜地扬场，最后也变成了大手小脚的奇特人种，出门就拿大顶。至于城市近郊的菜农，他们四肢并用，公家就发一条大皮带，让他们把腰牢牢束住，多干活少吃饭。后来长安的菜农的体形就变得无比性感，让人看了怦然心动，有些不争气的家伙就把菜地撂荒，跑到城里当男妓。

卫公把长安城建好了以后，心里非常高兴，当时长安城崭新崭新，一点毛病都没有。他觉得这是自己一生最伟大的发明，远胜过证明费尔马定理、造出了开平方的机器，因此他就向皇上建议说要把长安城更名为“新洛阳”。皇上一听，马上不尴不尬地笑了一下说：李卿，朕的都城叫这么个古怪名字，恐怕不大好。但是李卫公正在兴头上，还是继续讲他的理由——多年之前，他和红拂从洛阳城逃了出来，当时他就下了决心要建一座大城等等，所以叫这个名字有纪念意义等等，讲着讲着皇上就不见了。于是他就回自己的衙门去，丝毫也没看到皇上当时的模样，好像正在发疟子。皇上觉得这是两个可怜虫的古怪游戏，把它讲出嘴来实属肉麻。不管怎么说，他是皇上呀，倒霉的李卫公居然把这一点给忘了。晚上下班时，刚一出门，路边跳出一个黑衣人来，砍了他一刀，正砍在钢盔上，火花乱冒，把他都砍愣了。幸亏当时正是大唐建国之初，不论文臣武将，出门都穿礼服。卫公的礼服不仅头上有钢盔，身上有铠甲，还佩有腰刀。他一面想：我设计长安时，可没把刺客这个行当设计进来呀！一面就去拔刀。但是他的卫士长站在他身后，一把按住他的手。李卫公急忙嚷了起来：有人刺杀我，快去逮他！那人却笑着说：没有哇！李卫公回头一看，那黑衣人正在前面飞跑，就急赤白脸地嚷嚷：还在那里！快去逮他！嚷了半天不见有人动弹。连忙回头一看，只见他的卫士长正在甩着手走开。这一惊实在非同小可，自己一想，白天和皇上胡扯了一阵，犯了错误。原来长安是皇上的都城，不是他的新洛阳。所以他回了家赶紧写辞职报告，皇上不准。再过了几天，卫公就病了。不管怎么说，这是个重大的损失，因为要找卫公那么聪明的人，一时还找不到。而虬髯公在扶桑得到了这个消息却说：像这样一个只有点小聪明的不可靠分子居然钻进了国家的庙堂，只能说明大唐朝无人了。这种话别人讲出来就该打嘴巴，他讲就不同了。虬髯公后来活到了二百岁，在一百五十岁上还能御女成胎，统治扶桑一百余年，何止是百岁人瑞而已。但是当过他太子太孙的人就倒霉了。这些中日混血儿读过中华的典籍，一句都记不住，只记下了《论语》上的一句话：老而不死是为贼。

长安建城之初，李卫公就这样一时兴之所至，在皇上面前胡扯八道，结果是挨了一刀，然后就薨掉了。这个故事远比在这里讲到过的复杂，并且涉及了生活的一些基本的方面，暂时不能完整地叙述出来。现在我们可以对事件做最简单的理解：李卫公造长安城，就如瓦特先生造他的蒸汽机。经过很多日夜的努力，蒸汽机终于造好了，运转自如，而且既不爆炸，也不大漏气。瓦特先生很高兴，跑到大街上唱歌跳舞，抱住过路人亲吻，结果被警察打了一棒。这一棒对于不列颠是无关紧要的，因为烧煤的机器已经造了出来，烧汽油的机器一直要到得克萨斯的油田开发出来才有需要，所以打了也就打了，没什么损失。但是对卫公的一刀砍得却是太早了。当时他正在编小学一年级的课本，已经编了四课——一、皇上万岁；二、皇后万岁；三、王爷千岁；四、王妃千岁。假以时日，让他完成这项工作，就能从根本上防止大家想入非非。除此之外，他还有好多工作在朝气蓬勃地进行。假如全部完成，大家就不再需要想了。不想就不会非非。

想要防止想入非非，必须由最擅长想入非非的人来制定措施。李卫公正是合适的人选，有一段他正在兴致勃勃地办这件事，谁知后来事情起了变化，卫公开始整天迷迷瞪瞪的，裤裆里那直撅撅的东西也不见了。他再也不管长安城的事情。这座城市就如没人照管的院子一样，马上就长满了荒草。大家都把院子向大街上伸展，街道很快就变窄了，路边上的水沟里也有了积水。后来长安城里的地皮也不够了，开始出现了楼房。甚至在一些小巷里，人们不待批准，就用石板来铺地。照我的观点，这种事态和好多因素有关系，比方说，人口增多，商业发展等等。但是大家都把注意力放在了卫公身上。好多人以为只要卫公能重振雄威，所有的事都能变好。前面提到有一位勇敢的女士给卫公做过 blow job。当时她的确是想从卫公嘴里套出话来，但也有部分原因是要挽救长安城——只要卫公能直起来，长安城就有救了。后来她发现卫公那地方苦极了，其实那是黄连水的味道，但是她一点也没想到卫公有幽默感，只是摇头晃脑地背诵起孟夫子的名言：天将降大任于斯人也，必先劳其筋骨，苦其心智。卫公的那个地方要是不苦，倒是怪了。她想使自己聪明起来，就每天吃一副猪苦胆。吃到后来，一吃糖就觉得苦，吃饭也觉得苦，只好永远以胆汁佐餐。到了最后整个人都变成了绿的，所到之处，丈余方圆，全部笼罩在一片苦雨腥风之内。但是据我所知，卫公那地方的苦是假装的，所以她吃了那么多苦也没使自己聪明起来，相反，因为胆酸中毒，倒变得有点傻，换言之，白白变成绿色的了。不过她倒是因此成为了人瑞，被公认为大唐最伟大的史家，因为像这样怪模怪样的人再也找不到了。

想要挽救长安城的还有大唐皇帝本人，他异想天开地研究了几本医药书，给李靖开起药方来。有时候他派太监给卫公送去自己研制的“至宝三鞭酒”，但是这种酒他自己从来就不喝，那种药酒里除了像海马、鹿茸那样的壮阳药物之外，还泡进了各种动物的鞭，包括鹿鞭、虎鞭、大象鞭等等。为了保证疗效，他还让宣旨的太监当场倒出一碗，眼看着卫公喝下再回宫去。倒酒时卫公看到酒坛子里泡了整整一具猩猩鞭——那东西和男人的生殖器一模一样，酒是淡红色的，看上去好像是稀薄的血，味道就像洗咸肉的水，还有点陈腐的尿骚味。勉强喝下一碗，肠翻胃倒，脸色苍白，撑到太监离去，就狂呕起来。要不了十分钟，就变得面如死灰，双手冰凉。人都到了这个样子，还得不到红拂的同情。她说：该！谁让你装神弄鬼！至于卫公的同僚下属，对卫公的情况更是关心，从天南海北给他找来各种补药，但是他都不吃。可怜大唐的君臣都没发现症结所在。卫公直不起来，是因为那几个法国人做生意赔了本，关掉磨坊回乡去了，长安城里再没有长棒面包供应。所以解决问题的办法是应该把那些法国人找回来，并且禁止在长安城里蒸馒头，这样他们就不会再赔本，可以源源不断地供应长棒面包。但是这样做了之后也未必能解决问题，因为卫公早就觉得活得太累，不想再干了。人要是动了这种念头，不管是至宝三鞭酒，blow job，还是长棒面包都不能让他重振雄威。

李卫公精神不振，大家把这笔账记到了红拂账上，最起码是她没把卫公的伙食管理好。除此之外，皇上也说过："这小子（指李卫公）还有用，不该拿刀去砍他。"但是这话大家没有听到。因为这个缘故，皇帝就派御厨接管了卫公的伙房。从那一天开始，卫公吃的每一口肉里都有骨头，蔬菜也大多是竹笋一类看起来挺然翘然的东西。他餐桌上最常见的是炸鸡腿，整根烧的猪肘子，而且端上桌时还是竖直的立在盘子里。给他吃的饭也都硬得厉害，几乎是生米。偶尔卫公提出要吃顿面条，那些面条像钢丝一样硬。御厨一滴滴往面粉里加水，和成了世界上最硬的面团，又用斧子砍成面条，卫公吃了几口，险些噎死。以后他再也不敢说要吃面条。但是给他吃的烙饼也像鞋底子一样硬，他一有机会就从餐桌上偷走几张，让红拂给他揣在怀里，捂软了再吃。

六

现在可以说说丧失了卫公的管理之后，长安城是什么样子。这时候大街小巷都铺上了石板，好像一些乌龟壳。大街两面都是铺面房，那种房子正面都是木头门板，年代一久，被油泥完全糊住。屋檐几乎要在街面上空汇合，所以街上非常之暗，只有铺街的石板上反射着一点点天光。万一失了火，就要烧掉半个长安城，而卫公管事时，失了火只能烧掉一条街，这就是区别所在。偶尔有一个妓女，穿着短得不像话的裙子，露出了洁白无疵的两条腿，踏着钉了铁掌的木屐从街上快速地跑过，留下一街的火星，让大家看了都很过瘾。在卫公管事的时候绝不准女人露着大腿在街上跑，这也是区别之所在。卫公管事的时候规定了良家妇女上街必须穿三条裙子，衬裙和围裙可以比较短，但是主要的裙子必须长及地面。而妓女上街必须穿六条裙子，每一条都得长及地面，所以脱起来甚为麻烦。谁穿的裙子不足此数或者超过了此数，就要抓到衙门里去打板子。打以前先要用磁石吸她一下，看看裙子里是否夹带了铁板。这些规定让卫公绞尽了脑汁，因为就连女人穿裙子数都要有典籍依据，或者是从数学上证明。但是老百姓偏不体谅他的苦心，专门来找麻烦。有一个服装商生产了一种裙子，下面有三层滚边，看上去是三条裙子，其实只是一条——不就是想省几尺布吗。还有个商人生产了一种护臀板，是木头做的，磁石吸不出来，但是打上去梆梆响——不就是怕打吗。卫公也怪不容易的了，你让他打两下子怕啥。

出了这种事，卫公又规定遇到屁股上有木板的女人，掌杖的衙役必须用三倍的力气来打，连木板带屁股一起打烂。但是那些衙役又抱怨说粮食不够吃。由此你就知道大唐朝的长安城里，各种人都有粮食定量，和后来的北京城一样。在后来的北京城里，牙医吃钳工的定量，乐团吹大号的吃翻砂工的定量，规定得十分合理。而在长安城里打女人屁股的衙役原来吃中等体力劳动的定量，因为女人往屁股上垫木板长到了重体力劳动，那些人还不知足，说是抡棍子打木板，撞得手上起了血泡，肩膀也疼，这两种毛病应当算是职业病。按大唐的劳保条例，职业病应当全薪疗养。手上打了泡就可以吃干薪，实在太便宜。卫公想了半天，决定发衙役几双线手套，而那些衙役领了回家，交给老婆拆了织袜子。这说明那些衙役根本就不怕手上打泡，而是以血泡为说辞，向公家要更好的待遇。像这样的事太多了，吵得卫公脑子疼。最后他装病躺倒不干了。长安城没有了他，就变成这个鬼样子——想穿什么裙子就穿什么裙子，想多长就多长。又有一些老百姓说，这简直是在毒害青少年。群众来信成麻袋地寄往卫公府上，但是他只睁一只眼，所以连看都不看，就把信送到厨房烧火了。

卫公病了乃至死了以后，他制定的各种制度依然在乱七八糟地起作用。比方说，红拂要自杀，经过了各级机构的批准，皇上已经派了魏老婆子来办这件事，为了让她死后更好看些，正在把她倒吊在房梁上，这时老有人到门口找她。这时候只好把她从梁上放下来，把她搀到门口一看，是几个糟老头子，是从市政司或者其他鬼衙门来的，一本正经地对她说道：卫公遗制，皇上恩准，寡妇殉节本司有一份福利。李张氏签字收领，谢恩！这就是制度的作用。小孙在图书馆工作，每月领两副套袖，回来当抹布擦桌子。福利就是不管你用着用不着都要发下去。再看那些福利，或者是陈仓老米，本身是大米，却黄澄澄的像玉米；或者是干的咸鲐鲅鱼，不知有多少年头了，绿的地方是霉，不绿的地方一片金黄。咸鱼发了黄，就是哈喇了，带有一股桐油味。再不然就是一口柳木棺材，板子薄得透明。红拂一面签字一面骂道：这个老鳖头子，他死了倒干净（这是骂卫公）。魏大娘，给我拿个垫子来。魏老婆子问：要垫子干什么？她说：我操他妈的，跪下谢恩呀！后来回到屋里去，一面被倒挂上房梁，一面说：魏大娘，看来咱们得用个滑车了。后来她又在房梁上大头朝下地说道：姓李的这家伙是自己作死，把我也连累了。照她看来，李卫公既然是个想入非非的家伙，就不该去装神弄鬼。而皇上知道了这些话，就为自己辩护道：我早就知道李靖是个想入非非的家伙，但是我现在正用得着他！这话的意思就是说，在领导面前，装神弄鬼是没有用的。李卫公的种种小聪明，早就被领导上识破了，他应该为不诚实付出代价，但还没到时候。但是作为一个群众，我不相信领导的话。我觉得这是他们编出来吓唬我们的。

我把卫公的故事都写完了，但还是不知道怎样来评价卫公，正如我活到了四十岁，还是不知道怎样评价自己一样。我十五岁时开始学习平面几何，以《几何原本》为课本，以日本人长泽龟之助的《几何学辞典》作为习题集——独自坐在一间房子里，面对着一本打开的书，咬着铅笔杆——像这样的经历卫公也有过，不过是读波斯文的《几何原本》，用波斯人写的习题书。这和就着《朱子集注》读《论语》可不是一回事。前者是一种极为愉快的经历，后者则令人痛苦。虽然有这样的共同经历，我还是不能完全了解他。他是这样地喜欢演戏，像个演员一样活在世界上。这一点我永远都学不会。在这个世界上，再没有什么比像个演员活着利益更大，也没有比这危险更大的事了。

第八章

本章的内容受到了卡夫卡《变形记》的影响。这位前辈大师的人格和作者极为近似。

一

本书的这个部分是有关虬髯公的，他是个方头方脑的人，十分粗壮，长了一双圆柱形的眼睛，这就是说，他的眼珠子往外凸，好像得了甲亢。他出生在中国，后来住在扶桑，人家也看不出他不是本地生人，因为这种相貌很平常。扶桑是一些傍海的地方，石头岸上长了好多小松树，看上去好像才长出来，其实已经有好几百岁了。虬髯公住在木板钉成的宫殿里，吃着生鱼片，无限怀念洛阳城，怀念杨素府里的伙食，还怀念红拂。杨素府上所有的房子都是石头砌的，窗户上镶着透明的云母片，从里面看很明亮，从外面看却像白内障病人的眼珠子。虬髯公再也住不上这样的房子了，因为在扶桑要盖这种房子，就得把所有的人全赶到山上打石头采云母。扶桑的女孩子也没有红拂好看，她们还特别不会打扮，总是在脸上扑极厚的粉，每次亲热过后，都要掸半天衣服。这一点后来特别叫他伤心。他对扶桑女人用的粉过敏，后来得了哮喘病。而他越是喘，那些人就越要扑粉。

虬髯公初到扶桑时方头方脑，后来就变了模样。他的眼睛后来也不凸了，哮喘病也好了，不再怀念红拂和杨府的伙食，但这是个漫长的过程。人从生到死是个漫长的过程。虬髯公先是没有甲亢和哮喘病，后来同时患上了这两种病。再后来这两种病都好了。这就是本章将要讲到的故事。

我自己的一生是这样的：二十多岁时响应毛主席的号召去扒土，但没有扒出个名堂；三十多岁时像个变态分子一样，见到漂亮女孩子就盯住了猛看，但也没看出个名堂；四十多岁证出了费尔马，按常规就该一辈子没法发表，像个老处女到了这般年纪嫁不出去了一样，但侥幸成了人瑞。当然，这种经历毫无代表性。有代表性的是扒一辈子土，当一辈子的变态分子。我的这种经历颇像虬髯公，他本来该在洛阳城里当一辈子的变态分子，后来却跑到了洛阳城外（当时他也是四十多岁）。于是一代名侠，就此堕落了。

虬髯公没有堕落时，总是坐在地上嚼鞋子，从新麻的苦味里体会人生。这时候他的眼睛和正常人是一样的，既不凸也不凹，而且从来也不喘。太阳晒在他的脸上，汗流到他眼睛里，像红拂这样的绝代佳人从他眼前经过，都不能使他有所动摇，只有在半夜里性欲难熬的时候，才拔剑出去，仗义行侠，发泄心中的欲念。被他杀掉的奸夫淫妇，总是七零八落，需要仔细分拣才能分开，盛进两个箩筐。这种分拣的工作谁都不想干，但又不得不干，因为男女有别，死了以后也不能混在一起。对虬髯公来说，只要偶尔感到红拂从身边走过时的森森凉意，嗅到她身上的气味就够了。像这样长发委地，肌肤如雪的女人只是用来欣赏的。等到他将来老了，领导上会给他一个奶水流尽了的奶妈做老婆，那种女人脸上皱纹特别多，牙齿虽未脱落，但是齿缝特别的宽，以至牙床好像一把用旧了的梳子；她的奶袋平坦而广阔，好像鳐鱼（这种东西俗称老扁鱼），或者大象的耳朵一样，假如能够扑动，可以试着飞上天去。领导上还会给他分配一间住房，是谷仓里隔出的小间，就如我过去住过的筒子楼，这个女人就会在黑洞洞的地方做针线。他们俩在这间小房子里交配，生孩子。用不着领导上提醒他，虬髯公就知道这是所说的幸福生活。但是在住到谷仓里之前，还要在阳光下住很多年，嘴里嚼着鞋子，看着红拂苗条的背影。我不知你在这种情况下会怎么看，反正虬髯公把这看做领导上对他的考验。

虬髯公尚未堕落时，红拂对他来说不过是一棵特别美丽的植物，比方说，一棵大柳树，她头上的万缕青丝就像是柳条；或者她是一条幽静的小溪，那万缕青丝就是水流里飘荡的水草。虽然他也起过等红拂走过时往地上一躺，从裙子底下看看她的腿，或者趁教授剑术时从她领口进去偷看几眼等念头，但他不是总那样的。偌大一个洛阳城都会出毛病，何况一个虬髯公。总的来说，他一直知道自己是什么人——是一个系红色的丁字布，被海边上的阳光晒得黝黑的人，这个人是一个扶桑的渔夫，清洗大海里捞出的鳐鱼，撒上盐，再把它晒干；或者是一个围草裙的人，在暗无天日的森林里被沤得黑不黑白不白，这个人是个马来西亚的象奴，每天都要给大象洗耳朵；或者像我这样的人，每天晚上用双手揉着小孙皱皱巴巴的乳房，眯着老花眼看她趴着睡觉压出的纹路，她还说假如她得了乳腺癌不能早期诊断就要唯我是问。总而言之，假如这样的话，我们就都是一样的人，没有什么非分之想，丝毫也不想把红拂这样的女人环抱在怀里。这就是说，那时他是经得起考验的。但是堕落了之后，一切都会发生改变。

现在可以说说虬髯公在路上盯李靖、红拂梢的事。那是一条什么样的路呀，简直可以说是蜿蜒于田野和草地之间的泥沟。假如你抱怨路不好的话，就可以回答你说：谁让你出门？假如你说：我有急事非出门不可。回答就是：这我管不着。假如一位官员或者有身份的人出门，就有整整一支筑路大军在他前面修路，而他没经过的地方，路还是很糟。他走过之后，路马上又坏了。所以抱怨路不好，还不如抱怨自己是个老百姓更实在些。假如你不是老百姓，就会想到：我要什么就有什么，何必要有路。而假如你是个老百姓的话，就会想到：我要什么都没有，岂止是路？

李卫公、卫公夫人，还有后来当了扶桑国王的虬髯公，在年轻时候都这样行过路——遇上什么吃什么，比方说路边上有绿色的麦子，就顺手捋下一把，搓去外壳放到嘴里；遇到什么地方就睡在什么地方，比方说草垛、树林子、牛圈、驴棚；遇到什么水就喝什么水，走着走着，路就向田野里岔去，那准是通向一眼泉水。当然说它是泉眼，未免太好听。它是麦田里一个水坑，周围的麦子都被行人踩得精光，好像一片打麦场。路就是这样的，总是通向有吃有喝有住的地方。但这对于住在路边上的人就不是什么好消息了。因此路上到处都是断头沟，成团的酸枣刺，牛圈驴棚里都屙满了人屎，泉水里有牛屎，甚至人粪。行人经过村子时，别人都是怒目而视，时而还会成为小孩子弹弓的靶子。尽管如此，人在这一辈子里，总有几回要成为行人，否则就不能算成年人。因为不行万里路不知天下之大，契诃夫就去过库页岛，苏东坡也去过海南岛。

虬髯公和李靖、红拂走在路上，实际上路不止一条。除了那条泥水飞溅的车道，还有无数条人走的路，好像一束没有绞紧的毛线，走到了崎岖的地方束紧成一条，到了空旷的地方就散开成一片，践踏着青苗，走到了河边，人路就和车道分道扬镳，车子走到渡口或者桥上去，而人却朝僻静无人的地方走去，在河边上散开不见了。这样可以省掉摆渡或者过桥的钱，也可能会在河里淹死，但是对于没有钱的人来说，这后一条没有什么可怕的。这是些绿油油的河，河边上长满了绿油油的芦苇。那是一条处处淤塞水流迟缓的河，所以里面的水不是清而是绿，但是红拂下去以后，河水好像是清了一点。那条河边上芦苇有海带那么宽，可以采下来包粽子。水边上还长了不少的马兰草，所以连捆粽子的带子也有了，只是不知到哪里去找糯米。李靖和红拂找到了没人的地方，脱光了衣服下水，虬髯公在岸上的芦苇丛里看见了，觉得他们好得意，就禁不住妒火中烧。后来他不管何时何地，想起了这件事都要妒火中烧，尽管红拂和李靖不是一生总得意。没有人能够一生总得意。

好多年前我插队的地方也有这样一条河，长满了这样的苇叶；到了河边我就想到了粽子的问题。按照我的意见，只要有了糯米，不吃粽子就吃粘米饭也可以。但是在这方面我说了总是不算的。想要说了就能算数可不容易。假设有一条天然的河流到了开阔的地方，并且没有人管它——换言之，不在岸边上打桩护岸，植柳筑堤等等——它就会在田野之间拿起弯来。久而久之，在某些地方宽得好像跑马场，河水流到了那里就散开，变成几十条细流在沙滩上流过去，在另一些地方形成绿油油的河湾，两边都是绿油油的芦苇——那种芦苇叶的样子好像芭蕉叶。现在我回想起当时的路和河流，就要联想到拓扑学。我学的一切功课里，就是这一门最让我头晕。

后来虬髯公越活越老，他的后妃都死掉了，就和孙媳扒灰。这时他的眼又凸，气管又喘。这个时候他还常常想起李靖和红拂，但是到了这时，不但李靖已经死了，红拂也死了。他老是想起那条绿油油的河，红拂就在这样一条河里，她的头发剪短了，到了水里好像又长了起来，并且和水流合为一体。从后面看去，水里不但有红拂的头发，还有她的臀部，圆滚滚的像个海豚的脑袋。后来她翻了个身，在齐腰深的水里站了起来，露出了雪白的身体，还有两个乳头，是浅红色的。照我看来，这种景象不过是好看而已，但是在虬髯公看来就大不相同了。据我所知，他从洛阳城里跑了出来，原本就打了个杀掉卫公取而代之的主意。所以到了这时，他腰间的宝剑在鞘里“咔咔”作响。作为一个做科技史研究的人，我知道宝剑不遇到变化的磁场是不会响的，不过这是个象征的说法。不象征的说法是他勃起了。假如他跳了出去，谁也救不了卫公。这家伙横着和竖着简直是一样的尺寸，体重在二百公斤以上，卫公虽是个健美的男子，也绝对敌不过。卫公在水里光着屁股，想装神弄鬼也装不出来。更何况他毫无防备，从水里爬出来，从后面去抱红拂。而红拂嘴里含了一口水，一转身喷了他一脸。后来红拂找了一片向阳的沙滩，躺在那里，揩去了阴毛上的水珠，把两腿分开，而李靖趴上去了。看到这种景象，虬髯公浑身发抖，好像发了疟疾症，照我看来实属不值当。事实上他就是在那一回得了甲亢和气管炎。我不能想象自己也会这样。这就是我当不上领导的原因吧。

虬髯公在河边上看到了红拂和李靖做爱。那个时候他浑身战抖，简直马上就要散架子了。这种抖动是有很多原因的，比方说，回想起自己在杨府想要偷看红拂一眼又不敢，以及偷偷把她遗落的头发绕在身上等等。到了这个时候，每个男人都会得出个结论，就是自己的前半生是个变态分子。比方说，我和小孙初次做爱后就得出了这样的结论，因为当时自觉得发泄出去的不是正常性欲，而是变态性欲。但是与之而来的还有另一个结论，就是这一切都已经结束了，从此之后我是个正常的男人。像这样的结论虬髯公就没得出来，自从那一天在河边开了眼界后，他的变态就变本加厉。本来他可以跳出去杀死李靖，强奸红拂，但是他没有这种勇气。他敢干的事只是跑到扶桑来，强奸他合法的大老婆小老婆。那些人的乳房虽然还不是鳐鱼和象耳朵，毕竟也差不很多。这种事干多了以后，假如遇上一个乳房圆圆的女孩子，他倒会阳痿了。对这件事要是给一个结论的话，那就是虬髯公出毛病了。

二

虬髯公到扶桑去，找当地的每一位有名的剑客决斗。在这方面他是有真实本领的。这不光是因为他剑术高明，还因为他做任何事都很认真，像个当领导的模样。每回斗剑前，他都要眯着眼（他眯眼时像个守宫，那种动物的眼睛是个球形的庞大器官，但是眼珠子甚小，像个天文台），把对方打量半天，然后说道：您的身材短粗，躯干短粗。我要把您横着砍为三截。那扶桑剑客说道：我们长得都这样！你敢侮辱大和民族！八格！舞着剑猛冲过来，转眼间就被砍成了三截。这就像今天我们听见外国人说我们人权状况不好时的感觉一样。假如对方下盘功夫好，还能砍出奇迹来。比方说在小山上决斗吧，上半身倒在了山上，腰以下的部位能够冲到山下的路上。假如虬髯公见到了身材好的人，就说：您身材颀长，姿势优美。我要把您竖着砍开。那人听了很高兴，说道：谢谢！请关照！这就像听见外国人说我们经济发展快一样。结果就是竖着被砍开。有人说虬髯公竖着砍人时，发出“咔”的一声锐响，非常动听，横着砍就是“垮”的一声，不好听。要是碰见了身材一般的人，就把他们斜砍成两截，声音一般。总而言之，每砍一个人他都要大动脑筋，每一回都取得了胜利，后来就当上了扶桑国王。有了这种国王，扶桑人也就变得特别的认真。他当了国王，理所当然地把自己造成的寡妇全召进宫里当了后妃。那些女人和他有仇，就成心整他，他召谁谁就穿上二十层衣服，衣带也打了些死疙瘩；当然这样干自己也难免要长些痱子。她们还在身上贴满了膏药，假装有皮肤病，揭下了纸背后，身上一片一片的乌黑，看上去好像荷兰奶牛一样，散发着刺鼻的药味。但是人家早就豁出来了。在这种时候他格外地怀念红拂，因为他觉得红拂应该是他的，是被李靖这家伙抢走了。他这样想的理由是红拂非常漂亮，而且她认识他。只有这两条牵强的理由，他就觉得足够了。想要阻止这种人的非分之想，就必须长得不漂亮，或者不认识他。

虬髯公长了一双大眼睛，眼白多，黑眼球小，充分地体现了三度空间。这样的眼睛在现代画家的自画像上常能看见，他们和他一样都有窥春癖。在扶桑他最爱干的事就是洗温泉，这是因为扶桑是男女混浴。他总是很卑鄙地往人家女孩子的胸前看，这时候眼珠子几乎要努到人家乳房上去——另一个比喻是他把两只眼睛都变成了牙膏，要往人家胸口挤——看到漂亮的女孩子还要给人家擦澡。后来扶桑女人洗澡时都带了呼吸管，见到像虬髯公这种卑鄙的家伙就潜下水去。他的卑鄙之处就在于他宫里有温泉，还要跑出来洗，并且说，我这是与民同乐——但我不知道乐在哪里。我们校长也是这样，他有自备的轿车，偏往校车上挤，弄得大家在车上谁也不敢说话，因为在领导面前讲话可得小心点。而且他那么胖，谁也不好意思让他站着。他在车上假惺惺地问食堂伙食好不好，大家对评职称有何意见，大家都没心思理他。坐上了校车，大伙的心都回了家了。要征求意见，怎么不占点工作时间？

现在可以说说虬髯公是怎么当国王的了。当国王最重要的事是和后妃做爱，而那些后妃和他都有杀夫之恨，要是别的地方的人，早就把他杀掉，阉掉，最起码要咬他一口，怎么也不肯让他使用身体。但是扶桑人特别的守规矩，谁都不能拒绝国王，所以只敢穿好几重衣服，再在身上贴满膏药。等到这些衣服都被脱掉，膏药露了出来，那些女人只好循规蹈矩地把两腿跷了起来，与此同时，咬牙切齿，把眼睛瞪到四面露白。这种情形如果发生在小孙身上，我绝对不敢把事继续下去，只敢客客气气地问：我怎么了？但是虬髯公就不这么想，因为他是国王。所以他就只管干自己的，只是在事情弄完之后才拍拍人家的屁股，假惺惺地问道：你怎么贴了一身的膏药？有病可要保重身体。至于人家掩面痛哭，骂他是衣冠禽兽，让他去死等等，他就假装没有听到。实际上他也可能是没有听懂，因为他不懂日文。但是中日同文，在古代就更接近，要是斯文起来就是同一种语言。所以有时他也能听懂。简而言之，人家说他好，他就能听懂，骂他就听不懂。今天当领导的人也是这样子的。当领导的要诀就是自我感觉永远良好，不当领导的要点却是自我感觉永远不良好。

虬髯公在扶桑的宫殿非常的宽敞。头顶上是树皮做的瓦铺成的，这部分就像个成熟后干裂了的松果一样。下面从屋檐到地板伸展着一些木头板，这部分就像个特大号的包装箱。整个墙壁是扶桑纸糊成的，这种纸十分的坚韧，所以这部分就像我小时候糊的模型飞机翅膀。我做这些模型飞机时，大概是十三岁吧。以后我就开始变态了。——偷看同龄女孩正在隆起的胸膛，暗恋漂亮的女老师，直到看到橱窗里陈列的乳罩和女用内裤都要想入非非。我这一辈子没有写过一封情书，也没有和谁情话过，虽然我熟练地掌握了一门语言，能听懂这门语言的女人在世界上又是最多的。根据这些情形我觉得自己过去是个变态分子，但只是恒河沙数的变态分子中的一个。虬髯公也是这样的，他躲在这样的纸墙后面，亲近那些松松垮垮的女人。不管怎么说吧，他总是一国之君，只要下定了决心，要找一个像红拂那样的女人，总能够找到。然后再和她一道赤身裸体地投入大海，或者在午夜时分到星光下去，假如他这样干了的话，那么虬髯公这一辈子也就算得意过一回了。但是他没有，这说明他不是得意不了，而是他不想得意。

我们知道虬髯公在中年时曾有过短期的堕落，他对这一点坦然承认，并且说，这是他的“圣德之玷”。到了老年他翻然悔悟，向相反的方向发展。举例来说，过去他在红拂面前总是屏住呼吸，以免自己的气息吹散了红拂的气味，而后来他就肆无忌惮地在女人面前放响屁，终于在后妃中得了个“号手”的外号。过去他喜欢偷看红拂的长发如云，后来他就要求所有的女人都剪短发或者梳小辫。过去他喜欢偷看红拂隆起的酥胸，后来他要求所有的后妃都把自己勒扁。他用这种方式来忘掉在红拂那里受到的挫折，终于把自己变得很古怪了。

三

虬髯公说，像红拂那样苗条性感的女人虽然好看，但是看她是堕落。这样说了以后，他就忘掉了什么是好看，把不好看叫做好看。他还说，杨府里的面条汤虽然好吃，但是吃它也是堕落。这样说了以后，他就忘掉了什么叫好吃，把不好吃叫做好吃，原来吃生鱼片甚为勉强，现在吃起来没有够，而且不需要切成片，拎起一条鱼的尾巴，就把它放到嘴里去，然后再把鳞片、鱼头、鱼尾吐出来。他可以一口气吞下十几条新鲜鱼，这时看起来就如一台收拾鱼的机器在表演。扶桑人见到了这种景象，感叹道：真吾王也！假如他从开始就可以吞吃生鱼，就不需要把人砍成两段，就能当上扶桑王——这种说法的实质是虬髯公经过深刻反省，懂得了当领导的美德，终于赢得了扶桑人拥戴。另一种说法是他当国王，别人不服他，故而他装做不喜欢漂亮女人，喜欢吃生鱼等等，简言之，他是在装神弄鬼，吓唬别人，但是装到了后来，连自己本来的样子都忘掉了。不管哪种说法对，结果都是一样的——虬髯公后来既不喜欢漂亮女人，也不想吃面片汤了。想通了这一点，他的眼睛就缩回了眼眶，喘病也霍然痊愈。

现在可以说说虬髯公为什么要弄些仇人的老婆来做后妃了。当领导的总是这样的，什么东西越不该有，就越要什么。我做科技史研究时发现有位皇帝专喜欢喝鸟的奶，闻鱼放的屁，只可惜把他的名字和出处忘掉了（我当了人瑞之后记性变坏了）。这条资料不详不实，可以不要。现在的领导一吃饭就要吃国家一二类保护动物，可以算一条吧。我们现在上大街，就要冒被高级轿车轧死的危险。而按我国的经济状况来看，领导用车应该是德国大众的甲壳虫车，其实跑的却是德国奔驰、法国标致。虬髯公说，什么样的女人都可以要，所以先把仇人的老婆要了再说。这种事后来的人也干过，比方说朱洪武，打下了天下，就把陈友谅的原配抓去当老婆。那位老太太早就过了绝经期，不仅不想过性生活，而且很不想活。首先她不肯吃饭，想把自己饿死，所以洪武爷从北平请来了填鸭师傅，每礼拜填她两次。其次她不肯屙屎，想把自己憋死，所以隔三差五要给她灌肠。再其次，她坐着不肯动，想要坐出痔疮流血而死，所以只好派了宫女拎住她的耳朵，使她走动。最后她不肯让洪武爷近身，所以每次要用二十个人把她按住。好在我们中国有的是人力，不怕她要赖皮，要是在虬髯公那个人力稀少的国家，就只好给她后脑勺上，一擀面杖。要是打死了，就是奸尸犯了。虬髯公的后妃虽然还没有赖皮到这个程度，但是也很糟糕。但是他只管稀少不稀少，不管糟糕不糟糕。在女人方面和其他方面一样，虬髯公后来完全是黑白颠倒。所以等仇人的老婆都被他折腾死了以后，他娶的后妃一个比一个难看，一个比一个低智，简直要把扶桑的漂亮女人都气死。那些漂亮女人都很想进后宫来，被他折腾死，并且她们一直有这种资格，现在忽然就没有了，心里就很难受。因为得不到这样的机会，她们只好去嫁贵族，但是贵族也在向国王看齐，竞相娶低智的丑女为妻。最后她们只好去当艺妓，被别人折腾死。

虬髯公后来说道：人是世界上最好的东西，他有两条腿可以负重，有两只手可以干活，还有一个脑袋，多少也有点用处。力气很大，假如加以鞭策，还可以更大；吃得很少，假如你不怕他饿死，他还可以吃得更少。死了以后埋起来也不占什么地方。像这样的好东西完全应该大量生产、大量制造。假如遍地都是人，那就什么都好办了。你看到什么地方没有路，顺手一指说道：要有路！马上那边就有一条路。他说这话的时候已经是扶桑国王了。后来他就在扶桑鼓励生育，搞得遍地都是人。我的看法和他不一样，有时候内急去上公共厕所，进去一看，满地都是屎，真不知为什么要修这座房子，挖这些坑。人这种东西实在脏，假如遍地都是，还不知要变成什么样。但是不管他怎么努力鞭策，扶桑也没有中国人多。好容易人多了起来，一场伤寒病发过，他又得重新来过，并且下一道严令道：有男人敢行体外射精者，杀无赦！但他自己却是个例外，因为他的小王子已经太多，而且都不得伤寒病，或者说因为吃得好，得了伤寒病也不死，为了争权夺利天天打架，搞得他头疼无比，所以他总是体外射精。如果公允地说，就是无论王子还是平民，多了都不好。但是谁能做到公允？就拿我来说，虽然对人多很反感，但是假如满街都是漂亮女人，我也不会反对，反正她们不会把男厕所弄脏。

四

红拂在杨府里是许多美丽的处女之一，提到杨府里许多美丽的处女，就会使人想到植物园里热带花卉的花房。这里有闷热的气候，还有许多美得诡异的花。她在其中，有时候裹在头发里从花园里走过，从头发里露出一张漂亮的小脸和别人说话，一边说，一边吹着脸上的发丝。说完以后又匆匆走开，留下一路模糊不清的处女香气。或者她坐在长凳上，好像一颗黑色的蚕茧，从发丝下露出一只小脚来。这只脚像婴儿的脚一样稚嫩，足以让拜脚狂者崇拜一辈子，而虬髯公就曾经是这样的拜脚狂。假如她把腿跷了起来，就会露出光洁的小腿。这提醒人们，她什么都没有穿，身上除了头发一无所有。虬髯公看到了这个景象，想到她竟是这样的赤身裸体，就心跳不已。等到她后来铰短了头发，露出了模特儿的身材，在河滩上和李卫公做爱，情况就发生了很大的变化。其中最大的一个变化，就是她不再是处女了。假如红拂知道了虬髯公在这样想，就会去质问他：我是不是处女，和你有什么关系？这说明她不是明白事理的人。她是不是处女，和所有的人都有关系，尤其是和虬髯公有关系。虬髯公是伟大的剑客，假如现在还有这样的人，我们大家的命都悬在他的手里。他知道了我和小孙干的事，就会闯到我们家里来，把我们俩连床一挥六段，让我们都找不到下半截。虽然我和她的屁股长得不一样，被砍了一剑后未必还能记得住到底有什么不一样。这个例子是说明我们活在世上必须要循规蹈矩，以免刺激了别人。而像虬髯公那样的人则必须小心翼翼，以免受了刺激。这样说是假设虬髯公和我们一样，都是群众，只是分工不同。等到红拂和李卫公在河滩上不自重地做爱，刺激了虬髯公之后，他就再也不能当群众，非当领导不可了。这是因为在此之前，虬髯公的全部心灵都在红拂身上，嗅着她模糊不清的异香，抚摸着她飘忽不定的发丝，跟踪着她轻灵的脚步，最后却发现她在光天化日下跷起腿来和别人……对于一个群众来说，这是无法可想的。你可以把她杀掉，却不能要求她什么。而领导就不同了。从古至今，领导这个词用一句话便可概括，就是对别人的权力。真正的领导不得喘病，眼睛也不会凸出来。

虬髯公后来当了很大的领导，但还是管不到红拂，所以还是不能冲消红拂对他的刺激。因此他就对自己进行思想改造。思想改造这个词在西方被叫做洗脑，这是一种曲解。脑子这种东西在人活着的时候是洗不着的，只能由自己进行改造。而且正如我们过去听说的，越是当了领导，就越需要思想改造。以虬髯公为例，未当领导之前被一个漂亮女人刺激着了，所以后来就觉得女人还是不漂亮为好。

我想，我是把加州伯克利刺激着了。他现在每天都来找我，谈教科书稿的事，让我给他带研究生的事，以及合写论文的事，总之没好事。我觉得这个刺激和性没有什么关系，因为他闯到我屋里来时，桌子上有时还有一盒避孕套未及收拾，床上还放着小孙的性感内衣，但他都视而不见。这一定是因为我在他眼皮底下证出了费尔马。我也把小孙刺激着了，她不但买了性感内衣，还买了一管药膏，抓在手里伸到我鼻子底下让我看，但是这个距离对于老花眼来说实在是太近了。我问她这是什么东西，她说是丰乳霜，“你不是嫌我不丰满吗”？这纯属误会。但是她说：你给我抹上！后来那管药膏就放在卫生间里，我看不清楚拿它刷了一回牙，虽然觉得味道不对就吐了，但是整整一天感觉都很坏，自觉得满嘴要长出乳房来。这个刺激和性大有关系。不管是哪一种的刺激，都能够激发别人来做我的领导，还能激发我服从别人的领导。这就是我和别人不一样的地方。

我和加州伯克利一道出去，他总对别人说，这是我的助手、合作伙伴（在正式场合，后半句他常常忘掉）王二。我想到自己的满头白发和老花眼，总害怕风大了把他舌头吹走。而小孙现在只用女上位一种姿势，还要象征性地掐住我的脖子。这使我感到不像性生活，倒像是受到了严刑逼供，只是不知她想叫我招些什么。虬髯公受到的刺激也是来自性的方面，所以他必须要当领导。而在东方，领导的最重要的方面就是在性的方面。既要改造自己，也改造别人。有关这一点，我有个实例，就是上礼拜在系里，遇上已婚女职工在发洗衣粉。工会的老太太扯着粗粝的嗓门吼道：没上环的不准领！环者，节育环也。有人问道：我们使套，不行吗？回答是：不行！我不知道有多少人受了这种刺激后改为上环，但是——你管人家使什么干吗？

这件事使我联想到虬髯公在扶桑发肥皂。你知道，扶桑人最喜欢干净，而扶桑又不长皂荚树，鲸油肥皂就是生活的必需品。那种东西是草木灰和鲸油一起熬出来的，虽然像牛粪一样，但就如中国的盐一样，严禁私人制造。每月他都派人到村里去发这种东西，那个人还高叫着：没怀孕的不准领！有人说道：我们刚结婚，每天都干，快怀上了。先领不行吗？回答是：不行！这说明他喜欢看到每个女人的肚子都圆滚滚的，好像蝈蝈一样，这说明她们在为扶桑王国的兴旺出力；或者看到她们乳房扁平，阴毛稀疏地躺在那里，好像挨了饿的虱子，这说明她们已经出过力了。现在需要的是让她们再次出力。在这种时刻假如他脑子里出现了红拂在河里的样子，就给脑袋狠狠的一巴掌，把她拍出去。这是因为当领导的人看见一个如花似玉的女人在沙滩上和男人性交就会受不了。这两个狗男女正在臭美，而这种臭美居然和领导没有一点关系！但是一个扁平的女人在家里干这件事就不同了。这里面没有臭美的成分，而且不管是和谁干，都是给我造孩子哪。这说明了什么叫领导素质——它就是某个人全力地营造一个新世界，不管这个世界实质上是多么糟糕。而我就没有一点领导素质。加州伯克利提拔我当教研室主任，主要工作是在每周五下午两点半组织全室同仁开会。我总是提前到达会场，刷出五把茶缸子（这是全室的人数），仔细烫过，以防肝炎传染；等大家都来了以后，我给大家沏上茶，就坐到屋角去抽烟——小心翼翼地不要舔破烟纸，不要把烟丝吃进嘴去。不知为什么，大家一提到我当了室主任这件事就要捧腹大笑，甚至在地上打滚。我有三个男同事，两个女同事，女同事之中有一个长得像狒狒。这样讲，不知道漏掉了谁没有。

五

我想，在性的方面和别的方面一样，存在着两个世界。前一个世界里有飞扬的长发，发丝下半露的酥胸，扬在半空又白又长的腿等等，后一个世界里有宽宽的齿缝，扁平的乳房，蓬头垢面等等。当然，这两个世界对于马也存在，只不过前一个世界变成了美丽的栗色母马，皮毛如缎；后一个世界变成了一匹老母马，一边走一边尿。前一个世界里有茵茵的草坪，参天的古树，潺潺流动的小溪等等，后一个世界则是黄沙蔽日，在光秃秃的黄土地上偶尔有一汪污泥浊水——简言之，是泥巴和大粪的世界。这两个世界对于猪来说也存在，而且和我们所见到的没什么不同。假如把可能性的问题放在一边，选择哪一个世界，这在动物来说根本不是一个问题。

我的马兄弟对小母马有兴趣，对老母马没有兴趣。当司务长失败了以后，我又放了一阵子猪，开圈时它们很乐意出来，但是想让它们回圈，就得用棍子打。这就是说，它们都乐意去前一个世界。但是对人来说就是个很大的问题。前一个世界里有所谓优美，但它是想入非非的产物；后一个世界里只有是领导和不是领导的人。虬髯公从洛阳城里出来盯红拂的梢，那时他是想进入前一个世界的。后来觉得自己不属于那里，又退回来了。另外，中国人，尤其是汉族人，喜欢泥巴和屎，勾践就吃过屎，别人则吃用屎种出来的东西。这就是我们有异于禽兽的地方吧。尽管虬髯公后来当了扶桑王，但他还是个中国人。后来他在扶桑造出了几百个孩子，并且终日和乳房扁平的女人鬼混。久而久之，自己也变得扁平，手脚之间长了厚厚的肉，好像一只鼯鼠。再后来他又变得像一条比目鱼，既不能直立，又不能翻身，只能够在地面上爬动，好像乌云飘动一样贴地而行。等到他老死的时候，只有一寸厚，嘴脸都长在背上，但是有半个排球场那么大，完全没有办法把他从房子里弄出去，只好用锯子来锯，然后一层层地放进了棺材。假如不放进棺材，而是撒上盐的话，完全可以当腌鳐鱼来卖。唉！真是糟踏了东西！

虬髯公到了老年，四肢都长成了平摊的形状，好像螃蟹腿的上半截一样，固定在水平方向上了。好在他的手指和脚趾都变得十分发达，每一个都长到了一尺多长，可以用于行走，所以他就有二十条腿了。这样他能够比年轻时跑得更快，更不知疲倦，更像飞行，只不过是在离地面一尺的平面上。他的全部骨骼也变成了平板状，长到了身体的正面——或者说是下面，而且变得柔软而有弹性，这样任何一堵墙都挡不住他，因为假如有门的话，他就可以从门缝底下滑进来；没有门的话，他可以从墙头上飘过去，就像风吹动的一幅床单飘过墙头一样。他的面容就如一幅画像，绘在了他本人的背上，不管怎么说，大家还能认出这是古往今来最伟大的剑客虬髯公，扶桑人也能够认出这是他们杰出的国王。这个时候他可以入水而不沉，起大风时还能在天上飞行；但是他已经很难被看到了，这是因为他可以随着环境改变颜色，到了草地上就是绿色，到了沙滩上就是黄色；所以只有一些小孩子在草地上玩耍时误踩了国王一脚，遭到了呵斥；或者是渔夫在海滩上收网时犯下了大不敬罪，被砍掉了双脚。这时候他们可以看见国王。这个时候他早就把朝政交给了首相，自己去云游四海，而云游这个词对他来说才是真正适用的，他可以早上从京都出发，中午时分就到达北海道，傍晚时候回来。这个时候他有时还要扒灰，但已经是和曾孙媳。我国古代的哲人说，他到了七十岁就能够随心所欲不逾矩。假如能活到一百五十岁，肯定就会长成虬髯公的模样。扶桑人深为自己有这位了不起的国王而自豪，到处都悬挂了他的巨幅画像，但是因为他本人行止不定，所以大家都以见不到他本人而遗憾。其实这种遗憾是多余的，事实上每个扶桑人都见过他。据我所知，虬髯公平常栖身的地方就是他自己的画像。他最喜欢爬进画框，用本人把画像取而代之。这样干除了舒服之外，还可看出谁敢对他不敬，以便爬下去咬他的后脚跟。但是扶桑人是杰出的民族，谁都不会对国王不敬。所以他就没有咬过几个人的后脚跟。

变扁了以后，虬髯公眼睛里的世界就变得像两个碟子，每个碟子都像一个鱼眼镜头拍摄的画面。鱼眼睛看东西扁，是因为它们的眼睛是扁的，而虬髯公的眼睛比任何鱼的眼睛都要扁，而且他的脑子也是扁的，扁到了不能把两眼的画面合一的程度。到了这时，虬髯公才体会到了鱼的美德。众所周知，鱼类没有阴茎阴道这类的玩艺儿，更不用肉麻兮兮地求爱、做爱，大家只是十分本分地把卵子精子都屙出来，然后就可以诞生出无数的小鱼。这样就可以彻底灭绝想入非非。后来他就用这种美德来教诲他的人民，只可惜大家过于愚钝，一时不能体会。他只好退而求其次，每到夜晚就在各地游动，看看谁在偷懒。假如看到了男人和女人各自躺着，就怒吼一声："干什么呢！"他的臣民听见了，就赶紧趴到老婆身上去。假如谁不听国王的督促，他就飘进来，从女人的身上飘过去。只这一飘，女人就受孕了，而且不是七胞胎就是八胞胎，生出来不是呆傻就是豁嘴。因为他的缘故，当时所有的扶桑女人都把丈夫抱在身上睡觉，丈夫不在家就抱着公公。这种行为，加上安分守己，逆来顺受的态度，合起来叫做"鱼德"，在当时的扶桑被奉为金科玉律。因为这是对领导最为恭敬的态度。而这种美德正是我们所缺少的。除了提倡鱼德，他还要和自己的后妃做爱。这对那些女人来说，是一种极为可怖的体验，一件冷冰冰黏糊糊好像一摊鼻涕的东西，也不打招呼，冷不防就涌到你身上来；然后也不知他干了些什么，就飘走了，只在你下半身上留了些绿油油滑溜溜的东西。这件事实在叫那些女人感到莫名其妙。而虬髯公自己也是莫名其妙，因为他的眼睛长在了后脑勺上，身体的下面也没有知觉，所以对身下的事一无所知。我对这件事也是莫名其妙，正如我不知道加州伯克利为什么要我也当个领导一样，我只知道虬髯公用这种方式造出了不少小王子，还知道人要是不装假就要变成一条鱼。

第九章

这一章是红拂的故事。作者对女人所知甚少，所以在很多时候是以一种推己及人的态度写女人。

一

李卫公年轻时住在洛阳城，害死了全城六分之一的男人加上六十二名公差，还使全城大多数妇女遭到了强奸，这对她们是一种可怕的经历，尤其是被铁甲骑兵强奸的女人——那些兵刚把护裆的铁片解了下来，那地方还冷冰冰的，使人觉得格外的不舒服——故而国人皆曰可杀。只有红拂同情李卫公，这是因为她天生很多情，还因为李卫公长得高高大大像一匹种马，很有男性魅力，比那个整天嚼鞋子的虬髯公可强多了。后来她就成了李卫公夫人，并且在此事发生二十六年之后，为殉夫而自杀。不知你怎么看这件事，但我以为这是伟大的爱情。假如现在我干出了这样的事，全中国的女孩子都不会嫁我，包括跛一足、眇一目者在内，更不要说在我死后殉我了。

在这伟大的爱情产生之前，红拂住在杨素家里，除了梳头和洗头外没事可干。当时她的头发有三丈长，洗起来是相当的困难，要用十担温水和三斤鹅油肥皂。但是洗头时总有十来个人帮忙，还不算太难。只不过杨府里的人是吃公家饭的，工作态度自然不会太好，洗时总是连人带头发一道掷入大桶，乱搅一通；洗完了用大笊篱捞出来扔在竹板床上，别人就走了。这时候红拂就如一个大蚕茧，看起来很悲惨。她还要一点点把自己从头发里择出来，如果择不出，就永远是个乱线团，到哪儿都只能滚着去。这还不算可怕，可怕的是梳头。梳着梳着起了静电，全部头发会在屋里奓开，什么衣带啦，纸张啦，全都起了感应，飞到空中，电火花乱打。万一起了火，连头发带房子一块烧。这些工作虽然困难、危险，但总有干完的时候。这时候红拂觉得百无聊赖，就到处乱跑。她经常跑到厨房里要求帮厨，这在我看来没有必要。因为她已经洗了和梳了自己的头发，这些工作已经够繁重的了。

红拂跑了以后，杨府里的人回忆起来，觉得这个娘们很古怪。比方说，晚上到了掌灯时分，她已经洗过了澡，洗过了头，还不肯睡觉，裹着一件白毛巾的浴衣，跑到厨房里来。她总想帮厨子们干点活，但总被拒绝掉，因为把头发切到菜里，大师傅的脑袋就要被砍掉，却不会砍她的脑袋。那时候厨房里正忙着哪。第二天杨素老爷要吃禾花雀，那东西只有小指甲盖大，一盘子要有三千多只，光杀都杀不过来，更不要说煺毛，掏内脏了。最艰巨的工作是要把骨头都剔出来。当时这些小东西都活着，叽叽喳喳地叫着，而且都会飞。所以盛在冷布口袋里，要用手捏住嘴尖把它逮出来，用小片刀杀好，沥干净血，再放到杯里煺毛。那些小鸟唠唠叨叨，说自己死得太冤了，要是它们是些大肥猪，那倒没的说。有二十个大师傅在忙这个，剩下的把已经杀死的小鸟放到冷布口袋里，放进油锅里炸。掌勺的大师傅提心吊胆，因为火候稍大，小鸟就炸成焦炭了。这还是好的，假如上面要吃烤象鼻，大师傅就要拿着鬼头大刀去杀大象，也不知能不能活着回来。看到这个场面，红拂也很自觉，就退出去了。这时一位奶妈拉着孩子，到厨房来要面口袋。大师傅说，口袋有的是，你随便拿。于是那位奶妈就拿了两条面口袋，坐在厨房外间的条凳上，就着昏暗的灯光，拿两条面袋给自己做一副乳罩。这时候孩子又哭又闹，奶妈就用两条腿夹住孩子的脑袋，给他喂奶。那奶妈的奶无比之大，奶头子就像大号象棋子，塞进了孩子的嘴，噎得他目瞪口呆。这时候红拂也不知转错了哪根筋，说道：张妈，我帮你带孩子。那位张妈白了她一眼说，算了吧，大姑娘。你有奶吗？

红拂听了这句话，就开始发呆。后来她敞开了浴衣，把她那个小小的乳房拿了出来，和奶妈的那具庞然大物做了比较，发现毫无可比性。奶妈的乳房上布满了红蓝血管，粗壮有如泡发了的牛蹄筋。张妈说：这可不好比。人不是一样的人，东西也不是一样的东西。谁不知道小小的白白的好看，大大的黑黑的难看，可有什么办法，吃的这碗饭嘛。张妈被这两个肉球坠得都驼了背，但是红拂却不能体会。她脸上露出了惭愧的样子，捂着脸逃回去了。又过了几天，她就从这里逃跑了。

红拂离开杨府之前，把头发剪得短短的，把剪下来的头发堆在床上，自己跑掉了。那些头发没有了人体的滋润，很快就失去了光泽，变得像干海藻一样。而红拂失去了拖地的长发，姿色也要大打折扣。最起码是再也不能当歌伎了。当时是太平盛世，到处佳丽如云，没有一头秀发，任凭你三围标准，皓齿明眸，也当不上歌伎，只好去当尼姑。这不是把自己大大贱卖了吗？

红拂跑掉了以后，她的头发就被放到院子里展览，后来这些头发忽然不见了。现在我们知道，头发是被虬髯公偷走了，缠在身上，但是当时人们并不知道，还以为是狐狸精把它偷了。这个展览的目的是告诉大家她是多么地不知好歹，长了这么好看的头发却要把它剪掉，但是却忽略了非常重要的一点，就是她自己并不知道那些头发好看。她甚至以为那是世界上最丑的一堆毛。奶妈告诉她说，她那双小巧的乳房很好看，她却以为人家在讽刺她。她还有平坦的小腹和修长的双腿，但她也以为不好看。总起来她以为自己是世界上能走动的最丑的东西。为了这个缘故，她跑去找李靖之前先把头发铰短了，以为能好看一点。但是李靖正震惊于自己就要成为包子馅，根本没顾上看她。我也有个与此类似的例子。前不久有个漂亮的女研究生对我说：王老师，纯数学真美，是吗？我想回答她：放屁。但是考虑到对方是个女孩子，就答道：何有。她根本没听明白，继续喋喋不休。我简直想扇她个嘴巴，但又怕把她扇坏了，就拍拍屁股走掉了。回家一看，屁股上有两片青印。对我这种被纯数学折磨得只剩了一丝游气的人来说它真美，简直是对自己的面颊和牙齿不负责任。

二

红拂在杨府里当歌伎时，养了一只大青蛙。这是她无数古怪之处中比较大的一桩。那只青蛙起初只有大拇指大，还拖了一条从蝌蚪变来的尾巴，后来就长到了有蒲扇那么大，四条腿都很肥，上半截身子是墨绿色的，肚皮则是白里透蓝。每次她从外面穿着露肩的背带裙子回来，就到洗头的木桶里把那只青蛙拎出来，放到被阳光灼红的皮肤上。青蛙的肚皮对于阳光的灼伤有立竿见影的疗效，但是半夜里它叫起来也是非常的讨厌。平常它就待在那个大木桶里，靠虬髯公捉来的苍蝇为生，每当红拂洗头时它就自动跳出桶来；而当红拂要在院子里散步时，它就跳到她怀里去，好像一只波斯猫。等到红拂逃掉了以后，大家想把它杀掉，不让它夜夜蛙鸣，要知道它叫起来实在吵人，但是那只青蛙也逃掉了——一跳就上了房顶，三跳两跳就不见了。对于这件事，大家的结论是红拂这种捣乱分子，养的青蛙也是捣乱青蛙。等到红拂逃出了洛阳城，就把自己养过青蛙的事忘掉了。但是别人还给她记着，一直记了好久，并且以此为据，说她是个女巫——这是因为青蛙和猫狗不同，它不是一种好东西，就算不养在家里也会成精作祟——蛇、青蛙、黄鼠狼、狐狸，刺猬，是为五仙，一贯成精作祟，是养不得的。

红拂从杨府里跑出去找李靖，然后和他一道逃出了洛阳城，这件事大家都知道了。因为她跑去找男人，所以就被看成是奔女；虽然卫公在世的时候大家不好意思这样说她，但是心里都把她看成是淫奔下流之辈。等到卫公死了，这话也就能讲出口了。当然，就是在大唐朝，女孩子长大了也要嫁人，并且可以有情人，这就是说，女人最终要和男人生活在一起，但是奔向一个男人总是显得太下流。故而大唐朝的正经女孩子刚学会了走路，就用棉绳把双脚拴住，使她们只能走不能跑。久而久之，有唐一代，女人只会走不会跑，哪怕是走在路上下起了暴雨，或者是家里起了火，也只走不跑，除非她是不正经的那一种。有人到驿站去接久别的丈夫，恨不能立即投入他的怀抱，但是又跑不起来，急得蹲在了地上。只有一个贵族妇女敢于在大庭广众之下飞跑，那就是红拂。为此她做了一条裙裤，看上去是裙子，实际上是裤子。穿着裙裤她的一百米能跑进十二秒之内，但也不能参加运动会。大唐朝的妇女运动会径赛项目只有一个，就是竞走。假如有年轻女人问这为什么，就骗她们说：女人和男人结构不一样，只要跑起来，就会从中间裂成两半——红拂那种下流坯当然不在内。就算你不大相信，也不敢轻易去冒这种危险。但这已经是以后的事了。当时的事是卫公死掉了，红拂也想殉夫死掉。大唐朝的贵妇们知道了就说：殉夫？她也配！言外之意是她是个下流坯。而这些话传到了红拂耳朵里，她就说：配也好，不配也罢，反正我是不想活了。当时那座黄土压平的长安城进入了盛夏，这个季节风很多，把陕北高原的黄土全刮上了天空，然后像细罗子罗面粉，黄土面儿连绵不断地从空而降。这不是尘土，而是绵软的湿土。天上落一次土，长安城里的树叶都要不绿好几天。但是不管怎么说，这也不成为寻死的原因。

有关红拂被大家认为是个下流坯的事，以下事实可以证明：当时长安城里有身份的人女儿出嫁时，需要向她传授房闱之事，母亲总是让她去找红拂问。而那个女孩子总是这样来问：红拂阿姨，你和李伯伯当初是怎么弄的？红拂开头说：李伯伯拿出一根擀面杖来扎我。这还是相当正经的。这个女孩子进了新房就板着脸对新郎说：别以为我不知道你的坏心眼！把你的擀面杖拿出来！但是总要回答这类的问题，红拂就烦了，开始胡说八道，甚至教唆新娘在新郎的擀面杖上咬一口——众所周知，就是新郎的擀面杖也经不住咬，因为它毕竟不是木头做的。由这件事可以知道，红拂一点都不乖。这就是她后来没有好结果的原因。

以下是我对乖的定义：那就是听到尽可能多的信息，加上自己的感叹，把它到处炒卖。比方说，那个向红拂请教过房闱之事的女孩子，第二天就会奔遍全城，告诉所有的女伴说：你知道红拂阿姨说的那个擀面杖吗？它是肉做的。还是连在人身上的哎！别人听了纳闷道：什么擀面杖？什么红拂阿姨？什么肉？连在谁身上？这些她都不解释，就这样走开，去找下一家继续散布这个消息。一个女孩子这样奔忙时就显得很可爱。而红拂并不是欢迎一切信息，听到了以后也不感叹，而且不肯炒卖。所以她一点都不奔忙，也不乖。

我也是个不乖的人，什么消息到了我这里就死掉了。有人说，王二是个黑洞，只往里听不往外讲。这使别人都以为我甚傻，懒得管我的事。后来听说我证出了费尔马定理，大家就不再以为我傻，而是以为我不知道，必须来告诉我，从今晚上电视节目是什么到我该结婚了，都有人提醒。这就造成了一些误会。比方说，有人告诉我今晚上要演一个连续剧，我就按点把电视打开，从头看到了尾，没看出什么来。与此同时，我还录了像。那一夜我又看了四遍，除了彩电画面是三种单色像素组成的之外，什么也没看出来。而这一点我也是早就知道，只不过没在屏幕上看出来。我想别人告诉我晚上某点要演某个连续剧，绝不是要我看像素吧。第二天我就去问那个人昨晚上你叫我看什么，他说没什么，那就是个连续剧。不知你会怎么看，反正我对这样的答案不满意。

还有数不清的人告诉我，该结婚了。这当然是件重要的事，提醒得对。不管谁说起这个话题，我总是很认真地回答说：我不想结婚。我想这解释够明白了，但是他们却不满意。有一天，有个同事对我说，你结婚后生不了孩子，可以领一个。我想了半天才答道：不。我宁愿养只猫。这样回答了以后，整整半天我都心神不安。你要知道，我根本就不喜欢猫，我讨厌猫尿的味。快到中午的时候我才想起来，我不必养猫，因为我能弄出孩子来。前不久因为操作失误，使小孙做了一次人流，是我陪着去的。为此她还一再敲打我的脑袋。但是这丝毫没使我放下心来，因为我更怕孩子吵。最后我终于想了起来：我根本不想结婚，所以更谈不上有孩子的问题。至于那位同事为什么要提醒我，据小孙说是这样的：人家以为我是害怕结婚以后不能生孩子，所以不敢结婚。但是我丝毫不记得自己宣布过自己是因为造不出孩子来所以不敢结婚，所以直到现在，我还是弄不明白他为什么要这样说。

李卫公一死，红拂就遇到了麻烦。人家说：瞧她那个妖艳的样子——卫公要是不早死才怪哪。红拂听了这句话大吃一惊，赶紧跑回家去照镜子——都活了半辈子了，忽然知道自己很妖艳，这应该说是个意外的发现。但是她没有因此苟且偷生，不想死掉。尽管大家都说她是不配死掉的。

我现在也遇到了麻烦，当然麻烦的性质和红拂遇到的性质有所不同——现在我还没碰上要死要活的问题。所有的人都问我为什么不结婚。千万不要说什么“结婚不结婚是我的自由”之类的傻话。你的自由就是别人干什么，你就干什么；或者别引人注目。至于后一条，我已经触犯了。我现在是个数学人瑞，大家都认识我了。

对于我来说，证明了费尔马定理就是证明了自己是个傻瓜。每到月底，全楼的水电煤气费都是由我来算的，一直算到我出现了脑缺血的症状。其实我完全顶不了一个计算器，而一个计算器也值不了多少钱，就掏钱去买一个好啦——但是这样说又会得罪人。李卫公造好了长安城，自己就被困在了里面。还有一个小伙计给人家糊顶棚，把脑袋糊在了顶棚上面——这些事全是一样的。我正在考虑今后该怎么办，甚至想到了和小孙一道跑回过去插队的地方去当野人。当野人只是各种考虑之一，其他的考虑有：到洛杉矶去做一段研究工作（有这种机会）；改行当作家；下海经商（卖煎饼）。我不想去洛杉矶，因为我对数学已经不再有兴趣了，而且我肯定学不会开汽车。在我这个年龄，在饱经沧桑、被纯数学折磨得奄奄一息后去当作家，显然是对现存作家智力的藐视。要说到下海经商，我肯定是只会赔本。当野人会踩上猎人的夹子，那种夹子可以一下把脚骨夹碎。所以现在我是走投无路。但是我显然不能再这样下去了。

三

好多年前，在我插队的地方，我叉手于胸，面对着一片亚热带的红土山坡叉开腿站着，用这种姿势表示我永不妥协的决心。这种景象和堂吉诃德有一回逃进深山时的情形很相像。堂吉诃德和他的名马在一起，我带着我的马兄弟，只少一个桑乔·潘萨。堂吉诃德发了一大堆恶狠狠的誓：要在一年之内不和女人做爱，不在桌布上吃面包，不穿内衣睡觉，等等。我一个誓也没有发。但是事实证明，我这个亚热带的堂吉诃德在任何方面都不比他差。永不妥协就是拒绝命运的安排，直到它回心转意，拿出我能接受的东西来。十七岁时我赶着马在山坡上走路，穿着塑料拖鞋，一双白的足球袜，除此之外什么都没有穿，光着屁股；我的衣服在马背上用皮带捆成一卷。那个山坡上的草都匍匐在地上，就像收过的白菜地上的菜叶子——草叶子很硬，叶边卷着，牛和马都不爱吃，这大概是被牛马吃出来的变种吧。我一副老相，面颊紧贴着嘴角，手臂的里面青筋裸露，往前走时，把屁股上的棱角留在后面。当时的情景就是这样，如果有人看到，那就是一个光屁股的男孩子跟着一匹瘦马在山坡上行走。阳光能把人烤熟。我就这么走过了阳光，走进树荫里。这个怪诞的行为表明我决心离开这个只有茄子和芋头可吃的地方，开始我的生活。它也表明我决心背弃我的马兄弟，虽然我爱它爱得要命，但是将任凭它在老年以后被人杀死制成皮革。顺便说一句，直到现在我也没有能力买下一匹老马把它养在家里。这件事说明我们为什么要爱女人——她们在值得一爱的动物中，如果不能说是最便宜，起码也该说是我们唯一负担得起的——但是这两种说法是一样的。我要离开那个地方的主要原因还不是因为伙食，而是渴望有一种智力生活，因为这个原因，后来就选择了数学，竭一生之力证明了一个数学定理。现在我已经后悔了。我不应该干这件事——我应该干点别的。

我十七岁时，满脑子都是怪诞的想象，很想写些抒情诗，但是笔记本不是一个可靠的地方。所以我总是等到夜深人静的时候爬起来，就着月光，用钢笔在一面镜子上写，写了又擦，擦了又写，把整面镜子都写蓝了。第二天有人拿镜子一照，看见一张蓝脸，吓得尖叫一声。但我只是躺着，什么都不解释。人家对我这些行为的评价可以用一句话来概括：王二，你可真豁得出去！这些事注定了不管我到哪里，总是显得很怪诞、很不讨人喜欢。这说明我和别人之间有很深的误会，但是我不准备做任何事去弥合它。相反，我还要扩大这些误会。现在我老在想，面对十七岁时的誓言，我做的是不是已经够了，可以不做了。

我现在正在考虑小孙的一个建议：辞了职到学校门口卖煎饼。这样不但挣钱多，而且省心。最近我总在开会，坐得长了痔疮。假如有外宾，还得穿西服打领带。我根本就不会打领带，只好拿了它在办公楼男厕所里等熟人，简直把德行丧尽。卖煎饼未尝不是好主意，但是我未必吆喝得出来。还有假如因为争摊位打了起来，我打得过谁。数学家的长处是不但要考虑每个主意，而且要考虑周全。

红拂殉夫以前发生的事是这样的：长安城还没有完全建好，李卫公就病了，眼睛再也睁不开。在家里的时候，他总把自己裹在毯子里，把脚放在脚炉上，一年四季总是这样的。脚炉里的炭有时已经熄了，有时却会把卫公的后脚跟烤焦，让他的脚看上去像只烤鸭子。但是你用不着为卫公操心，他脚上的皮早死掉了，用热水泡透以后可以刮下一寸多厚的一层。从这一点看来卫公是老了，虽然他还不到六十岁。

从别的方面来看卫公也是老了。他的胃气很不好，哈气时好像一窖冻坏了的红薯，散发着甜里透苦的怪味，这种气味是有毒的，可以熏死苍蝇和蚊子。当然，这和他的食物不好消化有一定的关系。他的手也抖了起来，拿不住东西。而且他的头发全都白了，面容和嗓音却都童稚化了。这就叫鹤发童颜吧。他总是坐在自己的书房中的一张躺椅上，周围是各种正在发明中的器具——那些东西上面积满了尘土。卫公过去喜欢把一切家具和自制的设备都涂上黑漆，所以这间房子里有点黑。卫公过去习惯把工具和文具全放得乱七八糟，所以这间房子里还是乱七八糟。像一切科学家一样，卫公禁止任何人打扫他的书房，扫房子的事都是自己来干；但是他有好长时间不干这件事了。过去天刚一黑，卫公就要在房间里点满牛油蜡烛。那些蜡还在那里，但已被耗子啃得乱七八糟，剩下的都太陈了，啃起来像肥皂，所以耗子也不肯再把它们吃掉。他的书桌上笔架里有各种毛笔：鹅毛笔、芦苇笔，还有牛皮纸、羊皮纸、绢纸、藤纸，但他已经好久不拿笔了。这间房子散发着腐败墨汁的臭味。他的工作台上有各种手锯、锉刀、量具、铜材、木材，但是他也有好久没有做过东西。这间房子散发着刺鼻的尘土味。与此同时，长安城也被他放到了一旁，好像一件没做好的器具，一堆垃圾。这座城市再也引不起他的兴趣。他只是坐在椅子里，看着被阳光照亮的窗户纸。这种情形就叫老年吧。

在卫公老了的同时，长安城里别的人也老了。他的同僚多数呈现出鹤发童颜的模样，有些人还驼了背，见了面一聊天，总是在说车轱辘话。这种情形使大家都感到惭愧，所以都雇了书记员，让他把说过的话题记下来，每重复该话题一次就在前面画上一画，积满了五次，就是一个“正”字。两位先生见了面聊一会之后，把谈话记录拿过来看，看到上面正字太多了，就握手告别。除此之外，大家撒泡尿都要半个钟头。大家都最爱说的话就是：我们都老了。

卫公有时感到自己已经很老了，有时却觉得自己还没有长大成人。每回他见到一堆沙土，都要极力抑制自己，才能不奔到沙堆上去玩耍。他喜欢拉住红拂的裙角，用清脆的男童声和她说话。他还很想掘土和泥，穿上开裆裤以便可以随地大小便。这种情形经常使红拂头皮发炸，因为她没有和他一起变老和变小；所以当李卫公用极为缠绵、极为可爱的神情和声调对她说“红红，做爱爱”时，她没有性欲勃发，反而要给他一个大嘴巴。这一嘴巴有时候能收到很大效果，卫公马上就长高了，嗓门也变粗了，厉声说道：“你打我干什么？”其实他没有变得那么老（只有后脚跟是真正老了），也没有变得那么小。实际情况是：他好像是被魇住了，必须显得老和显得小。身为成年人，却没有负成年人的责任，就只好往老少两端逃遁。

这种装老情况在女人中也存在，所以红拂每天上班之前都要仔仔细细地化妆，把头发盘到头顶上，在眼角和嘴角上画上鱼尾纹。她还要戴上扇贝做的乳罩，那种东西的作用是把乳房压扁，假如贝背朝下，还能给人以下坠感，并且在乳罩下方挂上两袋水，戴上假肚子、假臀部（这个东西的作用也是使人产生下坠感），然后穿上衣服，洒上香水去上班，这种香水是从发酵的黄豆、淘米水、油烟里提炼出来的，散发着厨房的味道。假如洒得适度，还不是太招苍蝇。

至于上班的情形是这样的：长安城里每个人都得上班，不在衙门里上班，就去各种联合会。红拂得去贵妇联合会上班，这是因为她不在任何衙门里就职。每天早上她都骑着一匹灰色的母驴前往，那驴的样子像只野兔子，主要是脑门和耳朵像。走在路上听见那两袋水晃里晃荡，生怕它洒了，就用双手把它们扶住，显出一副愁眉苦脸的怪模样。据说得了小肠疝气的男人上了路也是这个模样，并且老要用手去扶灌进了肠子的阴囊。到了班上，看见大家都是这样的愁眉苦脸，并且都学没牙老太太那样瘪着嘴说话。不瘪嘴的话都是凑着耳朵说的："我得马上回家去，水袋漏了。替我应个卯！""我告诉过你了，别装水，装沙土。""漏一身土不是更糟吗！晚上到我家来打牌。""好吧。不过我不信你的水袋真漏了！"红拂上班的单位是二等贵妇联合会，简称"贵妇联（乙）"，同事的年龄都不太大，而且都有点赖皮。

长安城里除了贵妇联（乙），还有贵妇联（甲）和贵妇联（丙），全称是一等贵妇联合会和三等贵妇联合会。只是这一字之差，就有很多区别。贵妇联（甲）里面全是些老太太，什么下坠啦，瘪嘴啦，身上的馊味啦，都是自然形成的，用不着假装。而贵妇联（丙）的成员全部蓬头垢面，两眼发直，有些人还要穿着紧身衣由两名健妇押送前来上班。一位贵妇应该成为哪个团体的成员，是由她们婚姻的性质来决定的：假如她是明媒正娶，就是一等贵妇，自然是贵妇联（甲）的会员。假如她是事实婚、乱伦婚、扒灰婚、先奸后娶等等，就是三等贵妇，成为贵妇联（丙）的成员。这种女人本身就有点五迷三道，就算原来达不到疯的程度，等被评上了三等之后，自然也就达到了。红拂的情况当然评不上一等，因为她不是娶来的，和三等也有一定的差距，因为她也不是抢来的。最后折中了一下，评为二等。其实她在这里也不大合适。这个等级如果不算她，就是清一色的军旅婚。

军旅婚的来历是这样的：大唐的军队在平定四海的战争中，很多战士年龄很大了，但还没有结婚。在这种情况下出现了一种做法，每攻下一座城市，未婚的战士们就把贵族女校包围起来，把校长叫出来，用刀柄敲打着她的头说：把你的学生都叫出来，从我们中间挑一个做丈夫——否则血洗了你这个鸟学校！然后那些女孩子就走了出来，穿着白上衣、黑裙子，怯生生地看着脚尖；犹豫了好久之后，走到一个看起来胡子比较少、年龄不太大的大兵面前说：就是你吧。然后就大哭起来了。始终没被挑上的战士免不了怒火中烧，闯进学校，把教师、校长、女校工连同烧火的老婆子全部一扫而光，不过这些人都属于贵妇联（丙）的范畴。第二天早上，那些女孩子全跪在营帐前面给大兵擦军靴，压低了声音交头接耳：你的那个怎么样？罗圈腿。讨厌死了。你的呢？满身的毛，也讨厌。我不怕罗圈腿。我也不怕满身毛。于是就换了过来。那些兵大爷对新讨的老婆都认不的确，所以也不管。因为有这种换来换去、乌七八糟的情形，所以对于军旅婚的评价不能太高。但是军旅婚对于稳定军心乃至取得战争的胜利都起过很大的作用，而且这些女人都曾跟随丈夫行军打仗，还有人流过血负过伤，这种情况也不能不予考虑，所以就有了贵妇联（乙）这个等级。

贵妇联（乙）的成员都曾随丈夫行军，不过都是被皮条捆住了手脚，横担在马背上。战士们一面前进，一面高唱军歌，这些人也在马背上和前后的人聊天：早上起来不该喝水，现在憋了尿。你数数吧，能管点用。我这个老鳖头子捆起人来手真重。你拿他的狗皮褥子做护腕——等他睡着了偷偷地剪。打仗的时候也是横担在马背上冲锋，有人的确负了伤，都是被流矢伤在屁股上。到这时为止，这些女人对军旅生活的参与程度就如一卷铺盖——事实上在冬天她们正是卷在铺盖里。后来战士们找来了小盾牌给她们遮着屁股，她们也用并在一起的双手给战士拿弓拿箭，这就算有了感情吧。这种女人在长安城建好以后还是比较年轻，也比较漂亮；为了表现贵妇的风范，只好在脸上画鱼尾纹，挂水袋。不管怎么说吧，能被分到这个联合会红拂还是比较高兴，在这里可以听到一些小道消息，还可以说点出格的言论——在贵妇联（甲）里，只有大道消息和正面言论，而在贵妇联（丙）里，没有任何消息或言论，只有呓语和咆哮，一不小心还会被人把耳朵咬掉。

现在该说红拂和贵妇联（乙）的其他成员是怎么不合拍的了。在这里每人都有一个很长的故事：开头是原来家里是干什么的——最起码是个县官，有时还要用到枢密节度等等现代很少使用的词。与此相关的是家里有多少老妈子，多少丫环，多少厨房，厨子会烧汽锅鸡、炖熊掌等等。当然，这是前朝的情形，用中国大陆通用的语言，叫“万恶的旧社会”。菜名之类的知识，红拂还是有的，但是不大知道前朝的官名，轮到她讲时只好语焉不详。然后就是新婚之夜的故事，那个“老鳖头子”［这是贵妇联（乙）里对丈夫的标准称呼］怎么把她们扛到营帐里去，扔到狗皮褥子上，伸过一只穿了四十五号大皮靴的脚，让她拽住马刺往下拔。这时她怎样因为恐惧和羞辱，一点力气也没有了。拔掉了马靴，露出了一只被脚汗捂白了的大脚，臭味轰的一下冲上了帐篷顶，连盘旋中的苍蝇都纷纷坠地。由此可以看出前朝贵族女校里学生叙事时那种浮华、夸张的传统——她们用的都是同一种国文课本，而且在作文课上也惯于互相抄袭，故此故事大同小异——然后，那“老鳖头子”亮出了他那件天上没有、地上绝无的丑恶东西，并且撕裂了她的纯棉内裤。红拂没有受过这种教育，也没有这种传统，更没有经历类似的事情，所以说出来也就是寥寥的几句："我是自己跑了去的。我喜欢他。"那些二等贵妇听了，就齐声哄她。

红拂和贵妇联（乙）不合拍的情形，领导上早就注意到了。有一天下班的时候，她被几个穿太监服饰的人截住了。那些人亮出了大内的腰牌，对她说：请跟我们走一趟。红拂想：脚正不怕鞋歪。就跟他们去了。这些人下巴光光的，说话奶声奶气，看来是真太监。红拂跟着这些人七拐八拐，到了一个地方，遇上了一个人，让她给他们做奸细，汇报同事的各种言论。还说，你的情况我们了解，你是参加了兴唐战争的老战士，和那些前朝余孽不一样。我们正准备把你调到贵妇联（甲）去，在此之前，你要为我们做这件事。红拂干干脆脆地拒绝了做奸细，并且说，她一点也不想去贵妇联（甲）。那人就说：好吧，这也由你。今天的事不要告诉别人。咱们将来会再见面的，卫公夫人。红拂觉得此人不怀好意，回来后晚上睡觉时告诉了卫公。照她看，长安城里的一切事卫公都应该谙然于胸。卫公联想到不久前遇刺的事，就连打寒噤，说道：这不是我的设计。你不要去招惹他们。而第二天早上红拂就发现梳妆台上有张纸片，上面画了一个嘴唇，嘴唇上有个叉。这件事把红拂气坏了，走在路上见了穿太监衣服的人就冲他们喊道：我和我丈夫的悄悄话，你们也要偷听吗？那些在内廷服务，抽空出来买草纸的老实巴交的小太监听了，个个都是目瞪口呆。

四

和这些喜欢瞎打听的太监打交道，红拂已经不是第一次了，而且这也不是最后的一次。第一次是在评定贵妇品级的时候，人家把她请到个废库房里，让她说说当年和李靖私奔的情形——尤其是一切与性有关的细节。红拂说：这和你们有什么关系？结果马上就引起了误会，转眼之间就被剥光了衣服，倒吊在房梁上，在那里摇摇晃晃地像只蝙蝠似的说道：看来我是非告诉你们不可了——把我放下来吧。红拂简直是制造误会的天才，这一点和我是一模一样。她说这和你们有什么关系，意思是说：这是我和卫公之间的事，和你们其他人有什么关系？但是别人的理解却是：这是女人和男人之间的事，和你们太监有什么关系？像这样的话公公们当然不爱听，所以就把她倒吊了起来。在把她放下来的同时还给她上了一大课，换言之，狠狠折腾了她一顿，以证明性这件事太监也懂。但是这一课讲的什么，红拂又没有听懂。她对太监们说：你们用的这些代用品比李靖的那个家伙差得远。于是那些太监就面面相觑，搞不清是把她再吊起来好呢，还是放在地面上。不过那一次人家记录了她的交代材料后就放她走了，还给她熨了熨剥皱了的衣服。第二次是请她做奸细，这一次相当客气，既没有剥衣服，也没有倒吊，因为奸细要自觉自愿的人。这两次都算是例行公事吧，你要知道，领导不知道别人的隐私事，又没有奸细，就不成其为领导。但是第三次就不一样了。那些太监见了她就笑嘻嘻地说：卫公夫人，说过我们要见面的，果然见到了吧。而红拂一面和他们寒暄，一面就自己脱下衣服，身手矫健地爬上了房梁，把自己倒吊在那里，然后说道：你们问吧。我准备好了。

说起自杀这件事，我以为有各种各样的情形。有人自杀使人觉得可怕，有人自杀叫人觉得可恨，还有人自杀叫人觉得莫测高深。虽然红拂自杀已经得到了领导上的批准，是为夫殉节，但是谁也不信红拂是因为思念卫公才想死掉——众所周知，早在卫公死前好几年，他就只会闭着眼睛打呼噜了（如前所述，李卫公并不是只会打呼噜，但是这一点别人并不知道），谁要是思念他，就是热爱噪音。更何况红拂现在是一品夫人，人又漂亮（如前所述，这一点她自己并不知道），想找多少情人都能找到，不论是男情人还是女情人。故而红拂的自杀是使人莫测高深那一种。红拂这一辈子尽干叫人莫测高深的事，对于这种人，领导上理所当然地对他们没有好印象。

我虽然岁数不很大，但知道不少自杀的人。根据我的记忆，领导上对死人往往比对活人还要仇恨，给他们一大堆罪名——自绝于上面，自绝于人民，遗臭万年等等。但是这些罪名却吓不着死人。不管怎么说，他们给领导上留下了一个大难题，就是如此美好的今生今世，那些狼心狗肺的家伙怎么忍心弃绝。就以红拂为例，假如她真的因为丧夫而求死，这倒是可以原谅，怕就怕她言不由衷。假如是这种情况，就得趁她尚未死透问个明白。但是这件事要留到后面去讲述。现在要说的是红拂是怎样在长安城里制造误会。这些事由我说来娓娓动听，因为我最大的专长也是制造误会。

如果我说，生活是件很麻烦的事，其中最大的麻烦是避免误会，最起码红拂同意。对我来说，次大的麻烦是我不够聪慧，一个费尔马定理就证了十年，这样我在智力生活里所得的乐趣就抵不过痛苦——假如我是牛顿、笛卡尔，特别假如我是欧几里得，一切会好得多。这个说法对红拂就不适用，她以为自己最大的麻烦是不够漂亮，这大概是因为男女有别吧。男人总觉得自己不够聪明，女人总是觉得自己不够漂亮。因为这最大的麻烦和次大的麻烦，所以生活中快乐少，苦恼多。但我不抱怨，因为抱怨也没有用。

小的时候，老师就对我说过：看你也是两只眼睛一个鼻子，你怎么老和别人不一样呢？我听了甚为得意，正在飘飘然，忽然被老师狠狠掐了一把，她说：你以为我在夸你哪？等我长大了，一听到领导上说这句话（看你也是两只眼睛……）就能够领悟，用不到别人掐了。但是我这一辈子也就到了这个程度，没有什么进境，不知道怎样才能不让别人注意到我这种不幸的缺点（只长了两只眼睛和一个鼻子）。最近一次系主任找我谈话，也对我说了这句话，这是因为我听他说话时不专心。这是我的老毛病，而且为此得罪了很多人。后来我发现听别人说话时用力看着他，别人就不容易发现这一点。最早是看他的眼睛，左眼看他的右眼，右眼看他的左眼，研究他虹膜的颜色和质地，瞳孔的形状，看得久了甚至能看出他眼底的血管是否硬化了。但是这种看人的方法很是招人讨厌，现在改为看鼻子，看久了也能把对方的鼻头看到脸盆那么大。我们系主任的鼻子是蒜头形的，任何人都能看出他将来是个酒渣鼻。酒渣鼻是因为皮肤长了螨虫。我看得清清楚楚，螨虫怎样从他的这个毛孔钻出来，从另一个毛孔钻进去，但我爱莫能助——如果挥拳去打，虽然可以消灭螨虫，但他的鼻子难免就要受到伤害。红拂和我不一样，我们说到过，她向虬髯公学习过剑术，并且久经战阵；假如一名老兵枪打得很准，那也不足为奇。她和领导上谈话时也是盯着对方的鼻子看，看到了螨虫，就以迅雷不及掩耳的速度拔出佩剑把螨虫削去。这种助人为乐的行为在事后是很难解释的，因为螨虫只能在高倍显微镜下或者听了领导上半小时的训话后才能看见。所以她根本就不解释，转身收剑而去。别人看到的就是：一等贵妇和大内出来的太监正在和她说话，她忽然掣剑威胁人家。结论是红拂不仅狂妄，而且危险，后来就把她的佩剑没收了。

我和系主任说话时，不但在看他鼻子上的螨虫，而且嘴里还能讲话，这是了不起的成就。但是一心二用必然出错。他对我说：要想人不知，除非己莫为。我答道：您知道我早上吃了些什么吗？他说：天下没有不透风的墙。我说：这是对建筑行业的污蔑。他说：你这样子怎么为人师表？我说：您的意思是我不够漂亮，这是女生的看法吗？他说：你要知道我国的国情。我说：我怎么不知道？我每月挣30美元（这是按官价算，按黑市价远没有这么多）。后来他看出我在胡说八道，就说到我长了两个眼睛。这句话使我猛醒，原来他一直在劝我结婚。除此之外，他还知道我和小孙的不正当关系。这一点倒不足为奇，因为行房前后小孙老朝我嚷嚷——责怪我嫌她不丰满、皱巴等等，其实是没影的事——左邻右舍全能听见。他们听到了必然到系里汇报我，否则左邻右舍有什么用处？我告诉他，我正在考虑结婚，他才满意了。其实这是一句谎话。我根本就没有考虑这件事。

五

我十七岁时在插队，晚上走到野外去，看到夜空像一片紫水潭，星星是些不动的大亮点，夜风是些浅蓝色的流线，云端传来喧嚣的声音。那一瞬间我很幸福，这说明我可以做个诗人，照我看来凡是能在这个无休无止的烦恼、仇恨、互相监视的尘世之上感到片刻欢欣的人，都可以算是个诗人。然后你替我想想该怎么办吧——在队里开大会之前要求朗诵我的诗？我怎么解释天是紫的，风是蓝的，云端传来喧器？难道我真的活腻了吗？这一切告诉我说，不能拿我所在的这个世界当真，不能拿别人当真，也不能让别人拿我当真。后来我就当了数学家。凭良心说，我当数学家真是不大合适，正如别人当诗人不合适一样。现在小孙老想让我背出一首十七岁时的诗，甚至为此骑上了我的脊梁，用长筒袜勒住了我的脖子——因为她这些轰轰烈烈的行为，我怀疑她是个虐待狂——但我背不出来。我倒能背出几百种艰难的不定积分的解法，但她对这些却不感兴趣。

红拂在长安城里生活，觉得无聊时就把李靖给她画的那些画拿出来看。那些画是画在用芋头汤浆过的纸张上，有些是用颜色画的，还有一些是用水画的。水能在芋头汤上留下永远不褪的痕迹，好像糖在水里溶化，或者阳光下的空气。在这些画上红拂好像空气里的一个精灵。另外一些画是用红蓝两色或者黑红两色画出来的，画中人的相貌除了一双大得惊人的眼睛之外，简直没有任何的近似之处，但还是能够看出画的是她。给她画这些画时，李卫公用了一大把竹笔。他把这些笔叼在嘴里，所以好像一只海豹。卫公给她画这些画时，他们住在土地庙里，四周都是菜园子味。红拂看到的天空是紫色的（这一点可能和吃多了茄子有某种关系），篱笆上开满了大得不得了的喇叭花。李靖告诉她说，喇叭花是女性生殖器的象征。红拂点头称是，显出一副心领神会的样子。其实她心里想：满篱笆这种象征是什么意思呢？人在年轻时都是这样的，有一肚子的问题要问，但又不敢问。等到可以问了，一切又都索然无味。她把这些画拿到贵妇联（乙）去给别人看，并且宣布说：这就是艺术，这就是爱情。而那些贵妇们却说：你们这些土包子懂得什么艺术、爱情！

红拂在贵妇联（乙）里被当做个土包子，因为她没有上过贵族女校，穿过白上衣黑裙子，缎面的布底鞋和白布袜子。那种袜子是五趾分开的，样子很怪。但是她被容许混迹于她们之间，参加每旬一次的 party。据说这是因为红拂长得漂亮，人又不蠢，所以给她一点恩惠。其实这算不上是一种恩惠，因为贵妇联（乙）内敌视大唐的情绪早就引起了领导上的注意，正如毛主席所说的：她们是一个裴多菲俱乐部式的团体，但是还没到处理她们的时候。这就是说，参加这种 party 的人最后肯定要倒霉，但不是现在。其实那些女人聚在一起时，只是穿起女校的校服，朗诵少女时代的纯情诗文，并且集资出版诗集，并且把丈夫叫做老鳖头子。我想女人这样并没有犯什么错误，错误就在于说没有上过贵族女校的人都是土包子，不懂艺术和爱情。贵妇联（甲）的成员知道以后十分气愤，大家分头致力于琴棋书画，还奋力去写爱情诗。但是这些娘们见了一等贵妇的作品就捧腹大笑，有人甚至笑出了盲肠炎。这就使一等贵妇们相信自己真的不懂艺术和爱情，再也不肯致力于琴棋书画，也不再去写爱情诗，而是致力于反对艺术和爱情，终于取得了很大的成功。事实证明人没有艺术和爱情也能活，最起码中国人有这个本领。而世界上没有了艺术和爱情，也就没有人会被叫做土包子了。贵妇联（乙）天天开会学习，改造思想。今天批判张三，明天批判李四。被批判的女人们不堪羞辱，纷纷自杀，而领导上也不加阻拦。红拂在长安城里的情形就是这样的。

长安城里没有风，但是城外经常刮大风，风一起就是天昏地暗。有人说，在城里可以看出这风的干燥程度，因为有时候天是灰黄色，就像干燥的土粉；有时候天是潮湿的黄色，好像风和黄土在天上和了泥。有人说，在城里可以看出风的深度，因为有时候天是浮土的颜色，有时候是地下深处土的颜色。到底是哪一种情况，大家都不知道——因为除了那些来去匆匆的外国人和脚夫、车夫，绝大多数的人只要进了长安城，就没有出过城。有些人下定了决心要到城外去玩玩，走到了城门口，看到了门洞里站着的两排守城兵就丧失了勇气，这种情形也像被魇住了一样——假如天色是深黄色，天上就会掉下土来，是长条形的，好像一种虫子屎。在这种天气里红拂下班回了家，先到书房里去看看李靖（她总怕他会突然无声无息地死掉，这种忧虑当然不是空穴来风，因为卫公就是一声不吭地死了的），然后回到自己房间里去换衣服。她脱掉外衣，解下胸前的水袋，拿掉假肚子、假屁股，然后把扇贝做的乳罩解开，那对乳房就像一对小兔子一样跳了起来（这对兔子上当然没有耳朵）。如前所述，当时外面是昏黄的天气，有一种阴湿的黄色被压到屋子里面来，红拂的身体则是白皙而有光泽的，在这种光线下就闪着蓝黝黝的光，好像她天生就是蓝种人一样。她的乳房上早印上了扇贝的痕迹，看上去好像两个笊篱，而且肚子上也有一大块红印。这使她本来美好的身体变得难看了。此时的感觉和当年在洛阳城里梳头时的感觉一模一样，因为现在面对的还是恼人的生活，了无生趣。就在这时候她忽然想到自己根本就没有逃出洛阳城，一切和以前仍是一样的，只有些表面上的变化。后来她有了一个主意，实际上还是故技重演，到了晚上睡觉时，她就策动卫公从长安城里再次跑掉，就如多年前从洛阳城里跑掉一样。卫公听了皱眉道：瞎扯八道！往哪里跑？红拂说：跑到海边上去——你不是喜欢海吗？卫公听完了就开始不吭声，一连好几天都皱着眉头，在想红拂的主意是不是有道理。据我所知，数学家都是这样的，不会错过任何一个建议，包括最异想天开的建议。我现在正在考虑小孙的一个建议：辞了职到学校门口卖煎饼。这样不但挣钱多，而且省心。最近我总在开会，坐得长了痔疮。假如有外宾，还得穿西服打领带。我根本就不会打领带，只好拿了它在办公楼男厕所里等熟人，简直把德行丧尽。卖煎饼未尝不是好主意，但是我未必吆喝得出来。还有假如因为争摊位打了起来，我打得过谁。数学家的长处是不但要考虑每个主意，而且要考虑周全。李卫公找来了一切地图和地理方面的书，考虑了从东罗马帝国到南美洲的一切地点，研究一切逃走的路线。假如红拂问起来，就说，就算要逃出去，也要策划周全。

每天早上刚起床的时候，红拂总是穿一身白纱的衣服去梳妆。这身衣服和透明的差不多。站在镜子面前，红拂有点不敢相信他们还能逃出长安城。她的下巴现在是浑圆的，脖子上接近下巴处有了一道浅浅的纹路，手背上有五个浅浅的窝。过去不是这样的。过去她是消瘦的。她的乳房现在很丰满，还能用柔软、圆润等字眼来形容。过去是紧凑的，假如那上面有表情的话，就是一种顽强不屈的表情，或者可以说，那是两个紧握着的小拳头。生了孩子以后腰也粗了，虽然只是一寸半寸，但这里讨论的不是形状，而是身体的表情。总而言之，红拂自己都不相信她还能激励一个男人从长安城里逃出去。现在的这个身体没有了挑战性，只能诱使男人和她做爱，却不能使他对生活不满意。

李靖也不相信他们还能逃出长安。他毕竟是快六十岁了，有关节炎，肠胃也不好。但是这些还不是最重要的事。最重要的是他感到疲倦，再也不想在路上奔波。所以他宁愿装得衰老或者童稚，以便能在长安城里平安地生活。但是这不妨碍他研究地图，在心里想象南洋群岛的热带风光，北极的冰山，大漠的荒凉；虽然他哪儿都去不了。而我呢，自己也知道除了现在干的事什么都干不了，虽然有时难免想入非非，但是“随心所欲不逾矩”。我们何必要逃出去？坐在椅子上想象也是一样的。我想领导上也该知道这些事。既然如此，就应该对我放心，让我少开几次会。

我现在经常照镜子，发现有好多硬毛从我脸各处钻出来，并不局限于下巴，简直是刮不胜刮，剪不胜剪。这种情形使我想到自己死时会变成一把板刷。红拂想到自己死时的模样，总要联想到“皮囊”这个词。大家都知道这是佛家对身体的指称。过去红拂从来没有想到过这个词，但到了感觉自己身体开始松弛时，就觉得这个词可悲的形象。由佛家的用语，联想到佛陀离家出走，托钵四方；由离家出走，联想到这个“家”字，它是宝盖之下的一只猪——这只猪又是谁呢。相比之下，别的语言就没有这样自己糟践自己。Home，就是H——O——M——E，没有任何能让人联想到pig的东西。与此同时，长安城还是老模样，而且有趣的事越来越少。红拂每天都要花很多时间来看蝴蝶，但是长安城里没有好看的蝴蝶，只有一种幼虫吃洋白菜的白粉蝶，孤零零地在一片灰黄色上展开翅膀。为了招来白粉蝶，红拂还特意种了一些洋白菜。但是她不会种菜，所以菜后来都死了，粉蝶也不来了。她还想种些花草，但是一样也种不活，甚至连狗尾巴草也死了——这是因为长安的水土除了槐树，什么都不长——这一点和北京不一样，这里下一场大雨，遍地是杂草，然后居委会的老太太再组织人力把它连根拔掉。她还可以怨恨这一切，把怨恨当做消遣。但是这一切都是卫公的安排。她爱卫公，并且不想改变，虽然爱他这件事干得有点欠考虑。只剩下最后一件事可干，就是盖上贝壳乳罩，挂上水袋，穿上衣服，出去上班。穿上这套可怕的服饰，也就是截断了思想。她的倒霉之处在于只有脱光了衣服，对着一面镜子，或者是抱住了卫公才能想象，但是不能一天到晚总这样。我也不能不去上班，走到灰色的人群里去，一路走一路想入非非。活着成为一只猪和死掉，也不知哪个更可怕。

第十章

一

李卫公死掉以后，红拂殉夫而死。这件事大出人们的意料。这件事的原委是这样的：卫公死之前，他还在与红拂做爱。完了事以后，卫公说：胸口闷，头晕！说完就死了。事后红拂对别人说：干那事时，卫公还挺行的，那杆大枪像铁一样硬，直撅撅像旗杆一样，谁知他会死呢。这种话说起来，简直是对死者的大不敬，但是底下一句话却令人不得不敬：他死了，我也不活了！过几天就上吊！她不光是说说而已，还给皇后上了奏章，申请为夫殉节。自从大唐开国以来，国公夫人为夫殉节的事还没有过，所以这件事引起了很大轰动。嫉妒她的人说：这娘们不是好来路，丈夫死了，在长安城里立不住，想靠这个来挣面子；但是朝廷认为卫公夫人殉节，乃是大大的好事，不但证明了大唐妇女深明大义，还证明贵族阶级的道德水准很高。皇后下旨，旌表红拂为节烈夫人，并且派宫内主管刘公公去主持此事。刘公公觉得兹事事体重大，就请了长安城里办理贵妇自杀最有经验的魏老婆子来做顾问。所以红拂殉夫一事，从开始就操纵在专业人士手里了。

红拂知道，李靖一死，别人就把她当成了死人。说人们把她当死人还不全面，实际上是这样的：如果她表示对活下去有兴趣，别人就讨厌她，如果她表示出自己行将死去，别人就会尊敬她。在皇城边上，有一座温泉，那里只招待有诰命的女人。洗过澡后，还可以躺在铺了熊皮的短榻上喝上一杯冰镇果子露。红拂头天就在那里。她听见一个女孩的声音在背后说：妈，这个阿姨是谁？好漂亮！又一个十分熟悉的声音说：甭理她！那是卫公夫人——好没廉耻，死了丈夫还跑出来。红拂一看，是程咬金的夫人，带着女儿，就走过去说：程夫人，好一阵不见。明天我就殉了，抽空出来看看老熟人。程夫人一听，立刻肃然起敬：明天吗？您准备怎么殉？上吊？上吊好。韩国公的小夫人喝毒药，一连三天，上吐下泻，鬼哭狼嚎。最后只好叫了大师傅，拿擀面棍在脑袋上狠敲了几下，脑壳都敲扁了。眼珠子凸出来，像水泡眼的金鱼。还有人吞金针，吞下以后七窍出血，发高烧说胡话，那模样也是十分糟糕。总而言之，上吊是再好不过。但是女人在这种场合说的话都不大可靠，上吊未必真有那么好。站在一个行将上吊的人面前，大家都说上吊好；而站在一个行将投井的人面前，大家又都说投井好。红拂本来是讨厌上吊的，但是自从领导上分配她上吊以后，她也开始喜欢起上吊来了。这是她一生里从未有过的事。过去领导上分配她在洛阳城里当歌伎，她就不喜欢，和卫公一道跑掉了。后来领导上又分配她在长安城里当二等贵妇，她又不喜欢，想要鼓唆卫公再次逃掉。现在分配她上吊而死，她会喜欢，真叫人百思不得其解。

红拂这样想，站在朱漆的高凳上，脖子上挂着三尺白绫，只要两脚一蹬，就会进入虚无的世界。但是站在这凳子上实在不容易，因为人吊死了，会乌珠迸出，舌头会伸出来，脸会憋得乌紫，还会大小便失禁，弄得臭烘烘。要是一般人，也就顾不了那么多。可是作为卫公的妻子，这样死掉有失体面。为了殉夫而死，她已经绝食三天，还请了医生，用原始的办法灌了肠。然后花半天时间化妆，在脸上敷了极厚的粉。然后穿上一身缟素，站到高凳上去，叫人用缎带把眼睛勒住，防止它掉出来。再叫人用带子把手脚都捆住，以防乱抓乱蹬，没了体统。做好了这些事，底下人就离开那间屋子，等待高凳翻倒的声音。只要凳子倒了，自杀者在概念上就是个死人了。其他人就可以哭丧，分遗产。但是她往往还没有死，为了防止颈骨扭断，官宦人家太太上吊，脖子上要垫上钢条，而绫带又很宽，所以起码要吊三四个小时才断气。有人悬在空中，觉得无聊，就叫家里人拿轿子把女友接来聊天，或者在半空荡来荡去，打起秋千来。这说明想要一蹬腿就进入虚无世界乃是一种梦想。红拂这样想，只是要把自己的处境想得好一点。

红拂殉夫一事，并非没有人劝说过她别这么干。比方说，红拂的女儿就说过：妈，殉夫是老太太的勾当。你这么干是假正经！其实红拂当年也有五十一岁，按大唐的标准算是个老太太了。但是她保养得非常好，看起来也就是三十岁的模样，并且美艳绝伦，姿容绝代，所以大家都不觉得她是老太太。这都要归因于她从四十岁起就不吃羊羔肉和水果以外的任何食品，每天做体操，并且从未停止性生活。别人尚未觉得她老，但是她自觉老了。这不但是因为脸上起了鱼尾纹，嘴里有了气味，还因为乳房已经开始下坠。这一点别人看不到，是她自己量出来的：乳头已经偏离了中心位置，并且乳房下面有了很深的纹路。除此之外，她开始忘事，说话颠三倒四，这些她从别人的脸色可以看出来。因此她常说：我老了以后，准是个招人讨厌的老太太。这些小事对于别的女人来说没有什么，有的人还以能招人讨厌为荣。但是我们不要忘了，红拂一直是以美艳著称的，而且她还老觉得自己还不够美艳。她受不了这个。所以她就决定死了。

红拂上吊的场面远比她想象的要壮观。卫公死掉以后，院里搭起了席棚，自从刘公公和魏老婆子来了之后，又把席棚大大地加高，以致好像来了马戏团。红拂想：这也有道理，原来死了一个人，现在马上就是两个了。棚子自然该加高。但是事实证明了她缺乏想象力：棚子里马上就搭起个架子来，有三丈多高，是门形的，用了三根大梁粗细的金丝楠木。红拂见了很诧异，把魏老婆子叫来说：这可是我家的院子，你们要干什么，总要对我说说。这架子是干啥的？那魏老婆子长得像条鲇鱼，穿着紧腿裤子，太阳穴上贴着小膏药，声音刺耳地说：您老人家早该来问了。这是送您归天的架子嘛。红拂说：好家伙！把我吊这么高！有没有搞错？我怎么上去？爬梯子吗？魏老婆子说：底下还要搭台子哪。自动升降，就像攻城的云梯一样。红拂说：这么个架子，底下还搭个台子——那不像是肉铺的柜台了吗？我挂在上面，岂不像一口猪？魏老婆子不高兴了，说道：太太，这事情您不明白，还是忙您的去吧。什么肉铺的柜台？这叫皇上的恩典——一点水平都没有，还当什么节烈夫人。红拂就去忙她的，坐上骡车，到温泉去洗澡，进了澡堂，身后还跟了个小太监。这也是魏老婆子的安排，派人盯住红拂，不让她吃东西，因为她正在殉节前的绝食期间。这可把红拂治得够呛，洗完澡出来，小风一吹，她就休克了。

二

红拂本人的模样，也是非常的壮观。皇上御赐了一道白绫，放到朱漆盘里，如果她出门，就有人手捧着这盘子走在前面。还有御赐的金枷玉锁，随时都要戴着。这是因为皇上知道红拂身手了得，怕她变了主意，突然跑掉了。这道枷真是沉得厉害，要不是红拂有武功，根本扛不动。

有关绝食的事，魏老婆子说：这是绝对重要的，起码要绝食十天，否则肠子里有东西，很快就会烂，更不要说吊起来时大便失禁，糟糕得很。卫公夫人奉旨归天，没准儿吊上去了皇上还要来看，可不能出一点岔子。因此到了最后几天，她叫红拂吃棉花，用棉花把肠子擦干净。除此之外，还让她喝藏红花熬的汤，直到红拂出了红汗。这两种东西无比的难下咽，尤其是没吃饱的时候，这时候吃莫名其妙的东西会犯恶心。红拂感到十分痛苦，就把刘公公找来，提出抗议：难道咱们要殉节的人，就没有一点人权？红花汤里起码可以放点糖嘛。而刘公公说：不可以，这是古代的验方，方子里没有糖。至于人权，那是没有的。这是因为红拂是奉旨归天，只有光荣，没有人权。所以吃饭睡觉全要听专家安排。

红拂上吊那天，皇上赐了一桌酒宴，红拂吃得好不开心。谁知乐极生悲，吃完了还得喝肥皂水，把它完全吐出来。而说到睡觉，红拂苦笑一声，魏老婆子根本就不让她睡觉。回到家里，刚想在炕上歪一歪，魏老婆子就叫来一群小太监，把红拂倒吊起来。这里的道理是：她将来是要吊死的，死时五官、乳房等等，都会下坠。趁着现在有气儿，赶紧倒吊，可以起校正作用。红拂的女儿去看她妈，只见她倒悬在梁上，面红耳赤，眼前是个小太监，捧着一本倒着的书。女儿就说：叫你别殉节你不听，现在难受了吧？告诉你，吊起来的滋味更糟！红拂就说：咳！咱不是没事，想找点事干嘛。你也别闲着，给我揉揉腿，都吊麻了！

魏老婆子说，伺候过多少上吊的，没见过像李夫人这么调皮的。比方说，官宦人家的小姐，被人家始乱终弃，坏了名节，成天哭哭啼啼，乖乖地叫干啥就干啥。或者是七十岁的老太太，躺在床上像个木乃伊，怎么摆布都可以。可这李夫人，好不容易给她弄得里外都干净，可以上吊了，她却还要到外面去兜风。从任何方面来看，她不像个想死的人。但是她也承认，李夫人非常大方，今天一锭金，明天一锭银，都从自己的私房钱里支出；办这档事可没少挣钱。魏老婆子对以下事实印象深刻：最后那天晚上，李夫人躺在帐子里洗蒸汽浴，她端了一大盆水去给她灌肠。这是很痛苦的事。但是卫公夫人毫不抱怨，她像一匹马一样趴着，把臀部高高撅起来。

李夫人的话魏婆子记了不少，后来她出了《节烈夫人殉节语录》一书，可挣了不少钱。兹在此摘录若干：

> 那天晚上，我和卫公干好事，就是这个姿势。——灌肠时的谈话
>
> 过一会就见着李靖了。那天晚上说，歇会再干，他可别忘了。——临终时的自言自语
>
> 将来你嫁人，可得找个岁数小的。干事之前一定要给他号号脉。——对女儿的赠言
>
> 等会我吊起来，要是勒出屁来，你们可别笑话我。——对众人的临终赠言

这本书除了语录，还有不少花絮，其中谈到了李夫人的最后一天晚上，须要举行净身仪式，把身上的汗毛都刮光。干这件事的是一群小太监。面对李夫人如花似玉的肉体，太监都动了心，个个魂不附体。李夫人就屈起中指，一指弹去，登时就是个紫疙瘩。等到净身完成，红拂就说：毛都煺完了？现在是蒸还是烤？

据目击者说，李卫公夫人殉节时，一身缟素，脸上施了淡妆，显得美丽非常。她从卧室出来，身穿白色睡袍，身后跟了两个小太监，捧着她的三丈青丝，走得非常快，径直上了平台。那平台上有不少伺候的人，底下的人摇动绞车，平台升了起来。那时虽是午夜，但是四下里灯火通明。席棚里人山人海，这是因为大唐卫公夫人殉节，各国使节都来观礼。红拂说，这么多人来看，真不好意思。也不知招待得

好不好。刘公公说，这事不劳节烈夫人操心——您老人家的任务，就是死掉。说话之间，他就掏出了御赐的白绫，在红拂脖子上绕了三匝。这时红拂斜眼看了一下铁钩和横梁，说道：我怎么看怎么像吊猪的。说话之间，台子四周搭起了黑纱帐，院子里的人就看不见他们了。然后的事情相当复杂，等到一切停当，刘公公问道：节烈夫人，您老人家有什么遗言？红拂答道：我操你妈，快点吧！

关于这件事，有不少细节要补充。比方说，一上了台子，红拂就找板凳，因为她以为，上吊一定要有板凳，但是那台子上并没有板凳。经过询问才知道，在她的事里不会有板凳出现，这是因为她不必在绳子套在脖上时跳起来，把板凳蹬翻。魏老婆子说，那方法不好，经常把人吊得歪歪倒倒。改进的方法是红拂用手来拉一根绳子，以此发动机械，使脚下的平台降下去。这是一项新发明，当然也就出乎红拂的意料。红拂拿着绳子试了试，觉得很没气氛。于是她说：这么大的事，你们也不问问我。我一直以为是蹬凳子呢，老在想怎么蹬！

说话间，有个小太监走过来说：节烈夫人，请您老人家玉手。红拂问：干什么？那人说：恕无礼，要把您老人家捆起来。红拂说：你们怕我跑了吗？魏老婆子就来打圆场说：不是的。待会儿您老升天时，要是乱抓乱挠，那多不好。何况谁都知道，您是一位功夫家，手上力气大，抓一把不得了。就请您受点委屈吧。好在您是要死的人，也不在乎这了。说话间小太监就把红拂捆了起来，捆成个五花大绑，动作十分熟练。红拂说道：你好像经常捆人。在哪儿学的？太监说：就为您的事儿，到衙门里学了三天。红拂说：可真难为你，赏你十两银子，找魏大娘要吧。魏大娘，咱们的银子还有吧？

魏老婆子苦笑了一下说道：有，有，您老人家尽管用。这事的原委是这样的：红拂的私房钱，除了给女儿的，都放在魏老婆子这里，讲好了红拂一死，就归魏老婆子。这时用得越多，最后剩得越少。所以难怪她有意见，又敢怒不敢言。小太监得了赏赐，非常高兴，说道：我是向徐哥学的。每回衙门里出人，都是徐哥主捆。这里好大的学问！捆男人，捆女人，捆贵人，捆强盗，都有不同。捆您老人家，是捆贵人的捆法。您看，捆得多艺术！她低头一看，果然不同凡响。首先，捆住她的是一条大红缎带，这就和麻绳不一样。其次，这根绑绳上打了很多蝴蝶结，挂在腋前、腹下等地方。胸前是一个大花结，像牡丹花的样子。就是不上吊，也是蛮好看的。红拂笑了起来，说道：你要不说，我绝想不到是从刽子手那里学来的。我准以为皇上是个虐待狂，这是捆皇后的手法哪。

等把红拂捆绑停当，又有人拿来一条黑缎带，说道：请您老人家闭眼。红拂说：这是干什么？要把我眼睛蒙上？难道怕我看见啥？魏老婆子说道：这您就外行了。要是不拿带子把眼睛捆上，吊起来后乌珠迸出，有说不出的难看。红拂说：啊呀，真是麻烦！我是自己要死，又不是死给谁看！魏老婆子大惊道：您是饿晕了吧！寡妇殉节，谁不是死给别人看！

红拂的眼睛蒙上了。一团漆黑之中，有人说道：给您老人家挂绳子了。请您直直腰。再直腰。好了。您老人家晃晃头——怎么样？正不正？

红拂说：正正，快把那根绳子给我吧。魏老婆子说，这可使不得，早着哪。现在把绳子往上紧。您老人家踮脚尖——好，再紧紧。于是把红拂笔直地勒起在半空。红拂说：咱们能不能快点？我非常不舒服。魏老婆子说：这可没办法。想舒服，您老人家别死呀。如此调整了有半个时辰，红拂觉得脚尖都发麻了。搞好以后，魏老婆子说：都好了，可以撤帐子了。于是听见撤掉帐子的声音。外面的风吹进来，十分清新。但是红拂想吸一点进肺，却办不到。红拂听见底下的人声，一片赞美羡慕之声。红拂说：好了，大家都见到了，把那绳子头给我，我可等不及了。

红拂那时头脑十分清醒，虽然被捆得像铺盖卷一样，眼前漆黑一团，但还记着动作要领，那就是临断气时，要猛绷脚尖，千万别死拳拳了。还有绳套勒脖子时，要把脖子伸直。这一点十分重要。有些人稀里糊涂地乱来，结果是挂在半空时也乱七八糟。有人吊得向左或向右，把颈骨扭断了，死得非常快，但是死了以后像棵歪脖树，难看得很。有人吊的位置太靠后，悬在空中像个被提住脖子的鸭子。这些不好的死相，都会被人耻笑。最糟的是套子的正面勒到了后面，人在空中仰着脖子，像个卧在沙滩上的大头鱼。因为没勒到地方，老也不死。别人也不敢把她放下来，因为放下来之后，她再也不肯试第二遭。因此只好十天半月地挂着。红拂想，我一定成功，因为年轻时习过武，身手矫健，这些体操要领拦不住我。她把魏老婆子叫过来说：咱们这是等的什么？魏老婆子说：皇恩浩荡呀，节烈夫人。皇上和皇后都要来看您。趁这工夫我也得吃点东西了。

如前所述，红拂直挺挺地站在那里等死，这一刻非常的长。在一团漆黑中，她等待和死亡会面，死亡似乎是最伟大的情人。这是因为它非常陌生。她的心越跳越厉害，禁不住挪动起屁股来。魏老婆子说：节烈夫人，您的样子不好看了。台下那么多人看着呢。

红拂以为死亡是最伟大的情人，故此心里慌乱起来。不但脸上发红，手也抖了起来。魏老婆子安慰她说：您老人家不要慌，到了这个时候，人人都这样。这时候红拂觉得魏老婆子真讨厌。生命完结的快乐，她一点体验不到。

红拂把绳头拿到了手里，心里怦怦跳起来。她很想拉动绳子，但是手不听指挥。魏老婆子说：您老人家后悔了吧？我伺候过多少太太小姐，到了这会儿都后悔。要不要我替你拉绳子？皇上在底下看着呢。我敢和您打保票，您是不敢拉这根绳。红拂说：扯你的淡吧。

红拂把手里的拉把一拉，脚下的平台望下一垮，登时挂在了脖子上。那一瞬间眼睛往外一鼓，可是被缎带勒住了。绫带勒住了下巴，牙关紧闭。魏老婆子马上走过来，凑在她身上一闻，说道：好极了。您老人家玉体干净，可以直升天界。感觉怎样？

红拂说：扯淡！我脚尖还在地上！魏老婆子说：就是这样的。这样半吊不吊的，死时姿势最潇洒。就是时候长点，您没意见吧？现在有啥感觉？

红拂说，憋气。声音好像猫叫。她又说，我怎么变了声？魏老婆子说，大家都这样。您眼睛里有几颗星？红拂说，一颗。两颗。这意思是一只眼一颗，两只眼两颗。老婆子说，不坏。慢慢会多起来。到了九颗时，就是您老人家升天之时。听见什么？红拂说，没有。静悄悄。老婆子说，那还早。快升天时，耳朵里很吵。您要不要喝点醋？喝了比较快。红拂说，不喝。她觉得醋太难喝。老太婆就说，像您这种情况，不喝醋要七天七夜。红拂叹口气，不知是觉得太长，还是太短。

老婆子叫放李靖的儿子女儿（都是小老婆生的）上来，大家大哭一通。有人说，娘呀娘，你怎么忍心？爹去了，您也撇开我们。红拂听了很感动，几乎不想死。可是魏老婆子说道：你娘还没死，这么哭不好。那儿子立刻说道：都吊起来了，谁说没死？红拂听了，立刻就不感动了。后来老婆子说，你们都出去。他们出去了。进来一批丫环下人，又是哭爹叫娘。红拂听了，十分不耐烦，在半空中扭动起来。老婆子把别人都撵开，然后说道：夫人，恕老身无礼，我可要在台上歪歪了。您老人家要是能睡的话，不妨也睡一会。明天的滋味难受得很。过了一会儿，就听见老婆子的鼾声。这时忽然听见一个女孩子的声音：妈！妈！原来是她自己生的那个女儿来了。这孩子说：不听我的，后悔了吧？要不要我把你解下来？

红拂和女儿说：你上哪儿去了，一晚上都见不到。现在来干什么？女儿说：干什么？我来救您嘛。这几天到处跑，约了一大批有义气的朋友。红拂说：你把我解下来怎么办？女儿说：这我都安排好了。别看您上了几岁年纪，长得比我还好看。弄出去卖到窑子里，保证红。红拂大吃一惊：好女儿，居然要卖妈！那女儿却说：反正您都不想活了，何不废物利用？

根据这种说法，红拂被她女儿称作废物，理由仅仅是自己不想活。当然她就想问问：你想把我卖给谁？女儿说：说出来您又要吃一惊。就卖给我自己。我在外面开了家买卖，生意还不坏。今天把你弄出去，你就归我了。红拂说：好哇，谢谢你了。女儿却说:谢什么？我是您生的嘛。红拂说:好了，不扯淡了。你走吧。以后学点好。女儿大惊道：你不跟我去呀？

后来那位女儿还劝了她半天，说是绝不会亏待红拂，保证只给她好客人（“您放心！生我出来的地方，不是谁想去都去得成！”），保证待遇从优（“我要是对自己的妈都不好，别的姐儿能跟我吗？”），保证不虐待（“您要是犯了规矩，只是饿儿顿，绝不打。我还能打我妈吗？”）。作为一位母亲，红拂理应对自己的女儿的言行感到诧异，但是红拂没有理她，渐渐迷糊过去了。

虽然被吊在半空中，红拂还是睡着了。一觉醒来，她觉得有点眩晕。在她的眼前，出现了四颗星星，耳朵里也吱吱地响。除此之外，她发现自己在旋转。所以她把魏大娘叫了起来。那婆子说，还早得很，到现在才有两颗星，耳朵也响得不厉害，看来七天七夜打不住。红拂说，她不是要说这些事。她想叫魏大娘把她的身体稳住，不要叫她转。她说她最害怕旋转。魏老婆子说，她一点办法也没有，因为在她看来，卫公夫人挂得好好的，一点也没转。红拂说，这样下去恐怕会吐。魏老婆子说，这不要紧，吐不出来。红拂说，她确实觉得恶心。魏老婆子说，每个人在这时都觉得恶心。现在是半夜，太太不妨再打打瞌睡。不要老想自己是个活人，这里不舒服，那里难受，这样没有好处。要把自己想成个挂在梁上的死人，就会好得多。

红拂想，假如我是死人，怎么会想？这魏老婆子真糊涂。可是魏老婆子打了个呵欠，猛地伸手过来，把红拂猥亵了一番。红拂被吊在半空，根本挣扎不得。本来她没有这类毛病（同性恋），但是现在她在亢奋时期，不由自主来了快感。事情过后，红拂说：魏婆子，你好大的胆！你就不怕我告诉别人？那魏婆子说：我一点也不怕。您自己不觉得，吊了一夜，您嗓子全变了，听起来是嘶嘶的，除了我谁也不知您说些什么。小妞，你现在是在我的掌握之中。我现在也用不着对你客气了。红拂说：我也用不着对你客气，就像你说的，反正我是要死的人。魏老婆子说：姑奶奶，我就是能治要死的人。比方说你，我拿点参汤一吊，十天八天死不了。多少嘴硬的大姑娘，最后都管我叫姥姥。红拂说：魏姥姥，我不死，你也回不了家，这对你也不好。魏老婆子说：改口了？叫姥姥我不爱听，你叫小魏吧。红拂说：我的妈，你叫什么不好！

魏老婆子用两腿夹住红拂的身子说：我可要审审你，这么漂亮的人，干什么要寻死？我的妈，你这对奶长得多好。这双腿直苗苗。小肚子好平呀。下边……你这个小蹄子，上吊都不老实！这时候红拂想，吊在空中和人调情，这滋味太不好了。这个故事的结局，是红拂落到了一个坏老婆子手里。

三

吊在空中，百无聊赖时，红拂开始预见自己的未来。等到人家用镜子在鼻孔上试不出气，把她放下来。那时她刚断气，还没僵硬，赶紧割开血管放血。同时，要用个漏斗插到她食道里，灌入大量的水银。一直灌到血管里全是水银，皮肤上出了水银汗才能算完。这样她的尸体可以永不腐烂。红拂活着时，体重是九十斤。灌了水银后就有八百多斤。这时候她会变成银灰色，拿手指一蹭，指尖发灰，仔细一看，指端有好多细小的水银珠，想一想自己会变得如此之重和这样的颜色，红拂心里很不舒服。然后解去缚眼的缎带，把她扶起来坐着，这时的红拂，肤色如雪，目光流盼，比活着时百倍明媚照人。她将这样在灵堂里端坐，以供万众瞻仰。这件事将轰动整个长安城，因为李卫公的夫人殉夫而死，肯定是了不得的大新闻。上至帝王，下至布衣，都要来看。这需要很长的时间，水银会从眼睛里流出来。为了防止这样的事发生，在红拂死去的第三天，要从她食道里灌入熔化的铅。铅和水银会形成合金，水银就不会从眼睛里漏掉。红拂听见这事就说，我的妈，要拿铅来灌我。可是李靖的儿子说，阿姨，您已经是死人了，怕什么？如果你不乐意，可以不喝铅。红拂说，假如必要的话，喝一点不妨。李靖的儿子说，您要喝多少？红拂说，我怎么知道？李靖的儿子说，从铅汞合金的组成来看，喝下两斗水银后，应该喝两斗铅。红拂怎么也不敢相信她能喝下那么多铅，尤其是十几条壮汉把那些铅扛来给她看了以后。她还看见了很多东西，包括裹死尸的白布，睡死尸的棺材，给死尸灌铅的大漏斗，还有粗针大线。人身上的很多口子，死了以后需要缝起来。红拂看见那些针线，觉得很不舒服。但是她必须对这些东西发表意见，如果她不点头，这些东西都不能用，而这些东西又必不可少。

我现在就要结束这本书了，这就像揭开一个谜底一样。李卫公已经死了，红拂则被吊在了上吊绳上，后来的事已经不重要了。这个故事已经被红拂自己画上了句号。由此就得出一个结论道：红拂殉夫正逢太平盛世，领导上碰到每一件事都把它往好里解释。这时候有一个红拂为了某种未知的理由想要死掉，领导上也能够泰然处之，并且把它看成一件吉利的事。我遇到的也是这种情形，现在有一个王二因为一种未知的理由，用一种未知的方法证明了费尔马定理，领导上也把它看成是好现象，把我的证明看成了一种成果，把我本人看成了一位人瑞。活着遇到了太平盛世，我们（我和红拂）是多么地幸福呀。

四

红拂寻死的事，另一些文献是这么叙述的：李靖死了以后，她非常伤心，就上表请求一死。大唐皇帝虽然嘉许她的节烈，但是又不愿一代名媛就此逝去。所以他命令，在红拂未死之时，要尽力劝说。为了防止她自行上吊，特地把她打进了天牢，赐她披枷戴锁。只有当劝说无效时，才准她死去。但是节烈夫人死志弥坚，终于在三尺白绫上西归。

当劝说无效时，皇帝只好赐她一死。他命令给红拂最大的光荣，这就是说，让她享受皇族的死刑。所以在选好的日子里，在她家里搭起了高高的绞刑架，红拂被黑纱蒙面，五花大绑，背后插着金制的亡命牌，骑上毛驴，在九城游街示众，然后由一位亲王监刑，押上了绞首台。

这种说法中最奇妙的是红拂不是自杀的，而是被处死的。这就有些不能自圆其说的地方。至于死前还被插上犯由牌到九城示众，似乎有点过分，但也不是什么不能想象的事。故此有的文献里有这样的细节：卫公夫人上表要求自杀，皇帝览表大怒说：岂有此理，要是别人也罢了，你姓张的本是个婊子嘛！他怀疑红拂是要哗众取宠，就叫人把红拂抓起来问。不但披枷戴锁，还用了几次刑。但是也没问出什么来。这时皇帝想起李卫公曾有大功于国，刚刚去世，就拷问其遗孀，似乎有点鲁莽。据说皇帝颇为懊恼地说：这事也怪红拂！要死自己死了吧，还上什么表文！俗话说，有好抓，无好放，现在怎么办？内臣们就出了这么个主意，说是珍惜命妇生命云云。听上去有点肉麻。

当皇帝的都有一点另外的考虑，他说：咱们这样把她捉了来，又关监又用刑，就让她回家去说吗？内臣们说：这还不好办，您就赐她一死好啦。反正是她自己要死。当皇帝的又都有点幽默感，所以他说：死也不能让她好死，好好修理她，以儆后来。这种说法的实质是皇帝不觉得红拂想自杀是一件吉利的事。大唐皇帝还是非常仁慈，这要是换了大明皇帝，非把红拂打进教坊司当妓女不可。

这种说法里也有红拂在被吊起来之前去洗温泉的事。她是坐在囚车里，由女禁子押去的。但是那座温泉，只有贵妇人可以进去。所以她就被交待给了门口的侍女。但是侍女只能帮她脱衣服，也不能进入洗澡的地方。所以她们把她送到下一道门门前，对里面的贵妇说道：卫公夫人不方便，请大家帮帮她。这时红拂没有戴枷，只戴了一个金制的手铐，由一道金链子挂在脖子上，还戴了一副金脚镣，由另一道金链挂在腰间。她低着头小步挪了进去，马上被里面的贵妇们包围了。她们说：卫公夫人，好性感哪。你这副金链子真好看。呀，这金锁上还镶了银线的花。让我来给你擦背吧。她们谁都没有注意红拂脸色苍白，面颊消瘦，为了表明只求一死的决心，她已经绝食好几天了。胡敬德的老母亲是贵妇的领袖，已经八十多岁了。她说：把小红拂叫过来，我有话说。于是红拂走过去，在老太太面前跪下说：犯妇张氏，见过太夫人。老太太说：快别这么讲。你虽然披枷戴锁，却都是皇上的恩典。只要你改个口，这些马上就可以去掉。红拂说：回太夫人的话，皇上恩准了，明天赐犯妇一死。今天出来，主要是和大家见一见。老太太说：你叫我说什么好。说你好吧，你不听皇上的旨意；说你不好吧，你殉小李子，也是志气高。还有什么要说的吗？好吧，我不耽搁你。去吧。

胡老夫人头发稀疏，胸前垂着两个奶袋，脸上起了很多老人斑，眼睛已经混浊，像不新鲜的鱼。她身上的皱纹比皮都多，阴毛都花白了，纯粹是个丑八怪。而红拂则是那样地鲜嫩，皮肤洁白滑腻，身体的比例也非常好。胡老夫人坐在太师椅上，而红拂却跪在地上，别人看了觉得不公平。她们上前，把红拂扶了起来，把她架到温水里去。首先的话题，是牢里的生活怎样，伙食好不好。红拂说道：皇上的恩典，非常地好。其实根本就没有伙食，只有一些小米粥。红拂不肯吃，就用漏斗灌。灌完了以后，还用铅丝捆住她的脖子，防她呕吐。这些就是伙食。脖子上架着大枷，也不能躺下睡觉，只能坐着。禁子还说，反正你是要死的人，不要紧了。少喝点水，省得老要小便。红拂在牢里的情形就是这样的。

所有人都关心明天红拂死掉的细节。这情形将是这样的，他们将用绞车把她慢慢吊起来，让她死得既缓慢，又痛苦。这些细节已经向红拂宣布，问她有何意见。红拂没有说别的话，只是点了点头。但是这些细节她也不肯说出来。

除了这些话，别人主要是为红拂抱不平，说她年纪轻轻就要死掉，真是亏得很。这些话就用不到红拂来回答。她闭上眼睛，向后一仰，让头发漂在水上，好像一大片浮萍。明确了明天死去，好像了却了一件心事，非常轻松。

在等待头发干掉时，红拂在躺椅上睡了一会，据说她把双手捧在了胸前，腿平伸在地上，就这样睡着了。那时候有一道锁链绕着她的脖子，另一道绕在她的腰间。这些刑具只是使她更好看。虽然是四五十岁的人，她的乳头依然像处女一样又红又嫩，爱巢上的毛发依然又黑又亮。只是脖子上有一道红印，这是因为不肯吃饭，吃了又要呕，所以用铅丝勒出的痕迹。像这样漂亮的女人，明天就要死了。死是对人的唯一威胁。不想死的人怕很快地死，想死的人怕慢慢地死，所以世界上才会有那么多人。

人家说，皇帝有意要红拂死前见到这些贵妇，是怕她们也要干这种为夫尽节的事。他希望红拂告诉那些贵妇牢里的可怕，但是红拂什么也没有说。这是因为红拂决心要再次跑掉，离开这个可怕的世界。

据说皇帝亲审红拂，就问她为什么要干这哗众取宠的事。红拂说道：没有哗众取宠的意思，只是有点想不开，觉得死要死个明白。皇上就说：我也有点想不开。你要死向我请示，叫我怎么办嘛。批准了也不好，不批准也不好。红拂说：就请皇上给犯妇一个恩典，叫犯妇死了吧。皇上说：那是可以的。但是要叫你死时多受些罪，怕你受不了。红拂说：皇上的恩典，有什么受不了？皇上就说：那好，我要治治你这沽名钓誉的家伙。但是明天要放你一天假，让你到处跑跑，让别的女人都看一看。根据这种说法，皇上以为红拂自杀是想沽名钓誉。此时最好顺杆爬，说那就请皇上治臣妾沽名钓誉之罪。这样很容易就能轻松地死掉。但是红拂非常地倔强，她一声也不吭。

后来红拂就出来洗澡，完成皇帝的嘱托。然后回到牢里去，等待被处死。睡了一会儿之后，她站了起来，向大家告别，走了出去。侍女们给她穿上了衣服，她就走了出去。完成了这个任务，她以为可以安心地静待死亡了，但是事情和她想象的大不一样。

红拂认为，第一次从别人眼界里逃掉，是翻墙逃走，第二次她就无墙可翻，只好死去了。这一点别人无法理解，但是她也不想让人理解。她唯一的愿望就是让别人杀了她，而不是由自己杀自己。这是因为，她不是自己把自己生了出来。

五

后一种说法说，红拂在死掉时不能说话。这种说法还说，她在行刑的当天早上，走到了为死囚准备的小房子里，那里有个光秃秃的人在等待，手里玩着一串钥匙。那人大概四十岁的样子。那人的脸是个大平板，几乎毫无特征。他给红拂开了锁，用聊天的口吻说：昨天玩得开心吗？

那时候这间房子里只有红拂和那个男人。红拂抬头看了看，天花板很高，窗户也很高，还有一把椅子和一张高高的桌子。那个人说：把衣服都脱掉。快一点，卫公夫人，我的活多得很！而红拂只是稍稍犹豫，就把衣服都脱光。那个人就说：长得不坏，李夫人。坐下吧。让我试试你。原来这张椅子是个拷问椅，可以把坐上去的人双手铐在扶手上。这时他拿出一沓黄表纸，打湿了水，贴在红拂脸上。经过了反复测量，红拂停止呼吸的厚度是第七张。在此之前，红拂三次停止了呼吸，额头上的静脉凸起，脸色涨红。但是再往她脸上贴纸，她还是不躲不闪。

后来红拂躺在了台子上。她什么话都没说，据说她只是东张西望。那房子里终日不见直射的阳光，但是相当的明亮。四壁都是厚厚的软木板，外面的声音进不来，里面的声音出不去。她躺的台子是厚木板钉成，上面露着硕大的钉子头。在台子的四角上，有四个大铁环。那人说：这是捆你的。只要你乖，我就不捆你。红拂只是点了点头，没说什么。那人提了一大桶肥皂水叫她喝，她就喝了一口，然后往空桶里吐。那人叫她再喝，她又喝了一口，如此循环，直到把胆汁全吐光。后来那人又叫她翻过身去，拿一个大漏斗往她肛门里灌了不少肥皂水。灌的时候问了一声，疼不疼？红拂也是摇头，不说话。那人说，到墙角出清肠子吧。她就点点头去了。然后那人叫她回来躺下，她又回来躺下。那人拿出一把大刷子，刷洗她的身体，好像在洗马一样，并且仔细洗了阴部、肛门、腋下、乳下等等地方，并且解释说，你的尸体皇上要看，可别有什么异味儿。他还用手指探了探肛门，闻闻手指说：灌得挺干净。卫公夫人，您不要不好意思。我是同性恋。红拂点了点头，仍然不说话。

那个人又说，假如我不是同性恋，你今天就糟糕了。这地方除了我，谁也不来。这句话里带有一丝淫秽的暗示。他用刷子把红拂的皮都刷出了血印子，但是她还是一声不吭。

后来那人又拿出了剃刀，把她的体毛全剃光，在此期间红拂还是不说话。只是在那人刮她的阴毛时哼了一声，这是因为当时他用手指撮起她的小阴唇，碰到了敏感的地方。而那人又捻了几下，她就不吭声了。然后那人又拿出很多小绳子，把她仔仔细细地捆起来，使她好像掉进了蜘蛛网，一点动弹不得。这些绳子有粗有细，粗的用来捆手臂、手腕、脚腕、膝盖、大腿、小腿；细的用来把大拇指、大脚趾捆住，并且在绳扣间连结。最后套上罩袍，袍外用丝绦勒了三道。这时他说：皇上吩咐说，叫你多受点罪，你今天可要难过了。你坐起来吧。红拂就坐了起来。据那人说，红拂坐着的样子姿仪万方。

那人拿起一根亡命牌给她看，那上面写着：奉旨殉夫人犯红拂一名。这个犯由古怪得很。名字上打了红叉。那人就把它插在红拂背上。然后他说：你说句话吧。红拂就说：谢谢你了。

刽子手说，我干了一辈子这个买卖，还没人谢过我。今天我送你上路，咱们也算有缘。能不能告诉我，你有什么毛病？但是她一声也不吭，那人就把她推倒在台子上，说道：躺躺吧。好大的毛病！

红拂就这样躺在台子上，而那人却喝起茶来。这段时间非常的长，好像永远过不完。红拂终于抬起头来问了一声，还要等多久？而那人却没有听见。这是因为她的声音太微弱。后来听见远处一声炮响，那人就拿出一截细绳子来，说道：对不住，现在要勒住您的脖子，叫你发不出声音。您有什么要说的，快说吧。但是红拂连张了几下嘴，又摇摇头。那人就把绳子套到她脖子上，慢慢绞紧，直到她呼吸微弱，才在绳子上结扣。这以后就用黑纱蒙住红拂的头，在此之前还说了一句：我就是今天的行刑刽子手。您不想多看我一眼？但是红拂把眼睛闭上了。那人就用黑纱包住了她的头，把她扛到了外面，放在驴子身上。据说红拂在驴身上侧坐，依然是姿仪万方。

据说红拂站在绞刑台时，依然是姿仪万方。然后她感觉到有人从背上拿去了犯由牌，又感到有人把绞索套在了脖子上。这时她尽力站得笔直。但是她始终也不知道什么时候开始吊，吊了有多高。因为在她眼前的始终是一片黑暗。而且她什么也听不见。其实当她被蒙上双眼时就开始死了，但是总也死不完全。据说这就是皇上的意思。他把京城所有的刽子手都找了来，给红拂设计了一种死法，就是一直在死，但是老也死不完全。这就是用绞车把红拂慢慢吊起来，吊到她还能用脚尖坚持住为止。当然，假如吊过了头，她就会开始抽抽，那样马上就会死。故此要用黄表纸测量她的肺部。她就这样站着，浑身笔直，脚尖酸痛，呼吸困难。但是她仍然保持了冷静。我写到这个地方，自己也感到诧异：像这样的事，我怎么能够知道？所以它就是真的吧。根据这种说法，感到死之将近时，红拂曾经长叹一声。刽子手听见了就把头凑过去说：怎么样，卫公夫人？后悔了吧。要不要我把你解下来？但是红拂只是摇了摇头。她心里想的是：不管领导上怎么想，想要死还是办得到。这也就是说，红拂这座时钟走到了这里，眼看就要弦尽摆停了。

红拂最后的时刻，眼前真的出现了九颗金星。那些星星嗡嗡地飞着，好像一些铜做的大黄蜂，所到之处都留下刺痛。这些金星有时候飞进心底，在那里向深处猛钻，有时候飞到心外，几乎消失在视野之外。这个时候她自己也变成了一根飞旋的柱子，在震耳的轰鸣中移动着。这一切都沉浸在墨一样的黑暗中。这样的死亡和一个无性、无智、无趣的人生相比，也不知哪个更可怕。

六

到现在为止，我们还没有说到红拂自杀的直接原因。卫公死了，生活无趣，这些都是理由，但这些还不会导致红拂马上毅然决然地死掉。卫公死掉以后，皇上念及他生前曾有大功于国，就封他的遗孀为长安城里的贵妇领袖。这就是说，红拂被任命为贵妇联（甲）的主任委员，今后从日出到日落都要主持会议，做大报告。当然，她当这个角色年轻了一点，故而要把头发剃光，装上黑白两色的假发，把牙齿拔光，装上假牙；身边还要有一位手拿记录本，准备画正字的女秘书。这样她就成了一个级别极高，但是毫无权力的大官；不做任何官该做的事，只是享受官的生活方式。而这种生活方式实在是可怕极了。像这样的任命是没法拒绝的，除非你就要死掉。红拂接到任命以后，马上就提出了殉节的申请。很显然，像这样的申请在审批中会遇到种种留难；被批准之后也会有种种实行中的困难。我觉得这样说明就够了——只要不装假，我们每个人都不天真。

有人说，红拂被吊到最后，就变得非常的苗条。她皮下的脂肪都变成汗出来了，以致贴身穿的白麻布衣服都变成了浸了油膏的绷带，她自己也成了一盒油浸沙丁鱼罐头。这时候空气里满是异香——我们知道，好多种芳香物质都是脂溶性的，所以红拂一生所用香水的有效成分都在这件麻布袍子里了。她年轻时当歌伎，中年时当卫公夫人，所用的香料当然是车载斗量，而且全都十分名贵，这件衣服简直是价值连城。这时候红拂差不多已经死了，只有一点魏老婆子才能看出的呼吸。当时正是深夜里，她就蹑手蹑脚地行动起来了：解开了捆着红拂的那些带子，把亵袍从红拂身上剥了下来。这时候红拂静静地立在那里，一丝不挂，手脚僵直，但是身材苗条，犹如十七岁的少女，半睁着眼睛，紧闭着嘴巴，双臂在空中僵直着；看上去好像是一具非常美丽的死尸或者一座非常美丽的雕像，但是魏老婆子知道她是活着的。这个老婆子急于把这件亵袍送到外面去卖给香料店的人，也没给红拂披上一件衣服就走了。等她回来时，事情发生了很大的变化。红拂不见了，只剩下一条空空的绫带。于是她就大哭，把别人都叫起来，编造了一个红拂仙去的神话。总而言之，红拂的棺材里是空的。谁都不知她到哪里去了。在绳子上吊了一个星期，她的模样有很大的变化，只有魏老婆子才见过她最后的样子。但是魏老婆子抵死不肯承认红拂是溜走了或者被人劫走了。所以找到她已经是不可能的事了。后来在她女儿开的妓院里就多了一位妓女，脖子上总缠着围巾，说话的声音低沉嘶哑，有人说那就是红拂，但是无法确认。这个故事是说，虽然红拂是兴高采烈，毅然决然地想要死掉，但最后还是事与愿违。

我的书写到这里就要结束了。有人告诉我说，不能这样写书——写书这个行当我还没有入门。他们说，像这种怪诞的故事应该有一个寓意，否则就看不明白。我不能同意这种意见，虽然我一贯很虚心。在我看来，这个故事一点都不怪诞。我不过是写了我的生活——当然这个生活有真实和想象两个部分，但是别人的生活也是这样的吧。生活能有什么寓意？在它里面能有一些指望就好了。对于我来说，这个指望原来是证出费尔马，对于红拂来说，这个指望原来就是逃出洛阳城。这两件事情我们后来都做到了。再后来的情形我也说到了。我们需要的不是要逃出洛阳城或者证出费尔马，而是指望。如果需要寓意，这就是一个，明确说出来就是：根本没有指望。我们的生活是无法改变的。

七

红拂这一辈子干过两件重要的事：一件是在不到二十岁时从洛阳城里逃了出去，另一件是在刚过五十岁时企图自杀。这两件事里有一件成功了，另一件不成功。不管成功不成功，两件事都引起了别人的诧异。因为这两件事她都不该干出来。红拂很少想入非非，她想到了什么就干什么。我现在依旧没有结婚，而且在和小孙同居。别人总问我为什么要这样做。说实在的，我也不知道是为什么。在我周围有一种热乎乎的气氛，像桑拿浴室一样，仿佛每个人都在关心别人。我知道绝不能拿这种气氛当真，他们这样关心别人，是因为无事可干。就是把这种气氛排除在外，大家也不能对别人漠不关心。就是我，也总在猜测别人是什么样的。这不是在猜测女人脱了衣服是什么样的，而是在猜测每个人在心底是什么样的，随时随地都在想些什么。

我现在经常想到一个人，就是那位在“二战”里躲在“边楼”的犹太小姑娘安妮。她在那里写了一本日记，说她相信每个人在心底都是善良的，然后就被纳粹抓走了，死在灭绝营里。这样她就以一种最悲惨的方式证明自己是错了。她生命的价值就是证明了再不要相信别人是善良的。最起码要等到有了证据才能信。

你不能从人群里认出我来的，尽管你知道我头发灰白，一年四季总穿灰色的衣服。现在每天我都到系里去上班，在我的办公桌上放了一个老式的墨水池，那东西看上去像个眼镜，左边的一个墨水瓶里是红墨水，右面一个是蓝墨水，中间的凹槽里放了好多蘸水笔尖。每天早上我来时，都要仔细地把笔尖挑选一遍，把磨秃了的笔尖拣出来，包在一张纸里扔进废纸篓，然后戴上老花镜批阅学生的作业。这些学生是加州伯克利教的。批完之后我把这些作业本拿到对面他的办公桌上，然后看教科书的校样，到十一点钟我到厕所去洗手准备回家——有人在洗手池上放了一撮洗衣粉，用它可以去掉手上的墨水渍。我就是这样一天天老下去了。从这个样子你绝看不出我每天每夜每小时每一分钟都在想入非非，怀念着十七岁时见到的紫色天空，岸边长满绿色芦苇的河流，还有我的马兄弟。我本来不是这样，是装成这样的。你不可能从一个消瘦、憔悴的数学教师身上看到这些。有关人随时在想些什么，我只知道一个例子，就是我自己，别人不可能把一切都告诉我。所以我只好推己及人。在统计学上可以证明，以一个例子的样本来推论无限总体，这种方法十分之坏。安妮·弗兰克就犯了这种错误，从自己是善良的推出了所有的人都是善良的，虽然这份善良被深藏在心里，这个推论简直是黑色幽默。但是在这件事上没有别的方法了。到目前为止，没有一件事能让我相信我是对的，就是人生来有趣，过去有趣，渴望有趣，内心有趣却假装无趣。也没有一件事能证明我是错的，让我相信人生来无趣，过去无趣现在也无趣，不喜欢有趣的事而且表里如一。所以到目前为止，我只能强忍着绝望活在世界上。

中篇小说 >>>>>

革命时期的爱情

序

这是一本关于性爱的书。性爱受到了自身力量的推动，但自发地做一件事在有的时候是不许可的，这就使事情变得非常复杂。举例言之，颐和园在我家北面，假如没有北这个方向的话，我就只好向南走，越过南极和北极，行程四万余公里到达那里。我要说的是：人们的确可以牵强附会地解释一切，包括性爱在内。故而性爱也可以有最不可信的理由。

作　者

1993年7月16日

有关这篇小说：

王二1993年夏天四十二岁，在一个研究所里做研究工作。在作者的作品里，他有很多同名兄弟。作者本人年轻时也常被人叫做“王二”，所以他也是作者的同名兄弟。和其他王二不同的是，他从来没有插过队，是个身材矮小，身体结实，毛发很重的人。

第一章

一

王二年轻时在北京一家豆腐厂里当过工人。那地方是个大杂院，人家说过去是某省的会馆。这就是说，当北京城是一座灰砖围起的城池时，有一批某个省的官商人等凑了一些钱，盖了这个院子，给进京考试的举人们住。这件事太久远了。它是一座细砖细瓦的灰色院子，非常的老旧了；原来大概有过高高的门楼，门前有过下马石拴马桩一类的东西，后来没有了，只有一座水泥门桩的铁栅栏门，门里面有条短短的马路，供运豆腐的汽车出入。马路边上有一溜铁皮搭的车棚子，工人们上班时把自行车放在里面。棚子的尽头有个红砖砌的小房子，不论春夏秋冬里面气味恶劣，不论黑夜白天里面点着长明灯，那里是个厕所。有一段时间有人在里面的墙上画裸体画，人家说是王二画的。

王二在豆腐厂里当工人时，北京冬天的烟雾是紫红色的，这是因为这座城里有上百万个小煤炉，喷出带有二氧化硫的煤烟来，当阳光艰难地透过这种煤烟时，就把别的颜色留在天顶上了。这种颜色和他小时候见过的烟雾很近似。对于颜色，王二有特别好的记忆力。但是不管你信也好，不信也罢，他居然是个色盲。早知道自己是个色盲，他也不去学画，这样可以给自己省去不少的麻烦。

王二在豆腐厂当工人时，大家都不知道他是色盲，将来当不了画家。相反，他们只知道他右手的手指老是黑黑的，而别人不这样。这说明只有他经常拿着炭条画素描，别人则不画。而厕所墙上的裸体画正是炭条画的。除此之外，画在白墙上的裸体女人虽然是一幅白描，只有寥寥可数的几根线条，那几根线条却显得很老练，很显然是经常画才能画得出来。这些事足以证明是他画了这些画。那个女人被画出来以后，一直和上厕所的人相安无事。直到后来有人在上面用细铅笔添了一个毛扎扎的器官和一个名字，问题才变得严重起来。照他看来，原来作画的和后来往上添东西的显然不是一个人。但是这些话没人肯听。人家把厕所的墙重新粉刷了，可是过了没几天，又有人在厕所里画了这样一个女人，并且马上又有人添了同样的东西，这简直就是存心捣蛋了。你要知道，人家在那个女人身边添的名字是“老鲁”，老鲁是厂里头头（革委会主任）的名字。这位老鲁当时四十五六岁，胖乎乎的，两个脸蛋子就像抹了胭脂一样红扑扑的，其实什么都没抹。她说话就像吵架一样，有时头发会像孔雀开屏一样直立起来。她是头头，这就是说，她是上面派来的。有她没她，一样的造豆腐，卖豆腐。但是谁也不想犯到她手上。当时还没有证据说是王二画了那幅画，她就常常朝王二猛扑过来，要撕王二的脸。幸亏这时旁边总是有人，能把她拦住。然后她就朝王二吐吐沫。吐吐沫想要吐准需要一定的练习和肺活量，老鲁不具备这种条件，所以很少吐中王二，都吐到别人身上了。

厕所里的那个女人画在尿池子的上方，跪坐着手扬在脑后，有几分像丹麦那个纪念安徒生的美人鱼，但是手又扬在脑后，呈梳妆的姿势。那个毛扎扎的器官画在肚皮上，完全不是地方。这说明在这画上乱添的人缺少起码的人体解剖知识——假如老鲁的那部分真的长得那么靠上的话，会给她的生活增加极多的困难。进来的人在她下面撒尿，尿完后抬起头来看看她，同时打几个哆嗦，然后就收拾衣服出去了。我猜就在打那几个哆嗦时，那位不知名的画家画出了这个女人——总共也用不了五秒钟，但是这五秒钟几乎能让王二倒一辈子的霉。

王二在豆腐厂里当工人是一九七三年的事，当时北京城显得十分破败，这是因为城里的人衣着破旧。当时无所谓时髦，无所谓风流，大家也都没有什么财产。没有流行音乐，没有电影可看，在百无聊赖之中，每个人都想找别人的麻烦。

一九七三年早已过去了，厕所里的淫画是一件很常见的东西，像老鲁那样的人也无甚新奇之处。所以我们看到以上的论述，就如看一幅过时的新闻图片，不觉得它有什么吸引人的地方。只有一种情况会使这一点发生变化，就是那位王二恰巧是你。把这一点考虑在内，一切就都不一样了。

二

小的时候我想当画家，但是没当成，因为我是色盲。我经常怀疑自己有各种毛病，总是疑得不对，比方说，我怀疑过自己有精神病、梦游症等等，都没疑对。因此正确的怀疑方式是：当你想当画家时，就怀疑自己是色盲；想当音乐家时，就怀疑自己是聋子；想当思想家，就怀疑自己是个大傻瓜。如果没有那种毛病，你就不会想当那种人。当然，我想当画家的原因除了色盲外，还有别的。这些情况我慢慢地就会说到了。

前几年，夏天我们到欧洲去玩。当时我是个学生，趁着放暑假出来玩，和我一道去的还有我老婆，她也是个学生。我还当过工人、教师等等，但当得最久的还是学生。我们逛了各种各样的地方，最后到了比利时，布鲁塞尔有个现代艺术画廊，虽然我们一点也不懂现代画，但是也要去看看，表示我们是有文化的人。那个画廊建在地下，像一个大口井，有一道螺旋走廊从上面通到井底。我顺着走廊走下去，左面是透明的玻璃墙，右面是雪白的墙壁，墙上挂着那些现代画。我走到达利的画前，看他画的那些半空里的塔楼，下肢细长，伸展到云端的人和马。这时我的右手忽然抽起筋来，食指忽左忽右，不知犯了什么毛病。后来我才发现，它是挣扎着要写出个繁体的为字来。这种毛病以前也有过，而且我做梦时，经常梦见红砖墙上有个为字，好像一颗巨大的牛头。后来我在那个画廊里坐了半天，想起一件小时候的事。小时候我住在一所大学里，有一天上午从家里跑出去，看到到处的砖墙上都用白粉写着大字标语，“为了一零七零”，这些字的样子我记得很清楚，连周围的粉点子全记得很清楚，但是我当时一个也不认识。我记得为字像牛头，一字像牛尾巴。如果细想一下牛头牛尾的来路，就会想到家里那些五彩缤纷的小画书。我顺着那些砖墙，走到了学校的东操场，这里有好多巨人来来去去，头上戴着盔帽，手里拿着长枪。我还记得天是紫色的，有一个声音老从天上下来，要把耳膜撕裂，所以我时时站下来，捂住耳朵，把声音堵在外面。我还记得好几次有人对我说，小孩子回家去，这儿危险。一般来说，我的胆子很小，听说危险，就会躲起来，但是也有例外，那就是在梦里。没有一回做梦我不杀几个人的。当时我就认定了眼前是个有趣的梦境，所以我欢笑着前进，走进那个奇妙的世界。说实在的，后来我看见的和达利画的很有近似之处。事实上达利一九五八年没到过中国，没见过大炼钢铁。但是他虽然没见过大炼钢铁，可能也见过别的。由此我对超现实主义产生了一个概念，那就是一些人，他们和童年有一条歪歪扭扭的时间隧道。当然这一点不能说穿，说穿了就索然无味。

一九五八年我走到了操场上，走到一些奇怪的建筑之间，那些建筑顶上有好多奇形怪状的黄烟筒，冒出紫色的烟雾。那些烟雾升入天空，就和天空的紫色混为一体。这给了我一个超现实主义的想法，就是天空是从烟筒里冒出来的。但我不是达利，不能把烟筒里冒出的天空画在画布上。除此之外，周围还有一种神秘的嗡嗡声，仿佛我置身于成千上万飞翔的屎壳螂中间。后来我再到这个广场上去，这些怪诞的景象就不见了，只剩下平坦的广场，这种现象叫我欣喜若狂，觉得这是我的梦境，为我独有，因此除了我，谁也没有听见过那种从天上下来撕裂耳膜的声音。随着那个声音一声怪叫，我和好多人一起拥到一个怪房子前面，别人用长枪在墙上扎了一个窟窿，从里面挑出一团通红的怪东西来，那东西的模样有几分像萨其马，又有几分像牛粪，离它老远，就觉得脸上发烫，所有的人围着它欣喜若狂——这情景很像一种原始的祭典。现在我知道，那是大炼钢铁炼出的钢，是生铁锅的碎片组成的。——我哥哥当时在念小学，他常常和一帮同龄的孩子一起，闯到附近的农民家里，大叫一声“大炼钢铁”，就把人家做饭的铁锅揭走，扔下可怜的一毛钱，而那个铁锅就拿到广场上砸碎了——没炼时，散在地上就像些碎玻璃，炼过以后就粘在一起了。但是我当时以为在做梦，也就欣喜若狂——虽然身边有好多人，但是我觉得只有自己在欣喜若狂，因为既然是做梦，别人都是假的，只有我是真的。这种狂喜，和达利画在画布上的一模一样。等到后来知道别人也经历过大炼钢铁，我就感到无比的失望。

后来在布鲁塞尔的画廊里，我看到达利的画上有个光屁股小人，在左下角欢呼雀跃。那人大概就是他自己吧。我虽然没去西班牙，但是知道那边有好多怪模怪样的塔楼，还有些集体发神经的狂欢节，到了时候大家都打扮得怪模怪样。所以没准他三岁时见到了什么怪景象，就以为自己做了个怪梦，傻高兴一场。狂欢节这个概念不算难，到了四五岁就能理解。大炼钢铁是个什么意思，就是到了十几岁也懂不了。我是一九五二年生人，一九五八年六岁，当时住在一所大学里。所以我怎么也不能理解哇哇叫的是高音喇叭，嗡嗡叫的是鼓风机，“一零七零”是一年要炼出1070万吨钢，那些巨人是一些大学生，手里的长枪是炼钢用的钢钎，至于哇哇叫出的小土群、小洋群是些什么东西，我更不可能懂得；何况那天的事有头没尾，后来的事情在记忆里消失了，就更像个梦。直到我都二十岁了，对着小臂上一个伤疤，才把它完全想了起来。那天我看完了出钢，就往回走，在钢堆边上摔了一跤，钢锭里一块锅茬子把我的小胳膊差一点劈成两半。这件事太惨了，所以在记忆里待不住，用弗洛伊德的说法叫做压抑。压了十几年我又把它想了起来，那天我不但流了很多血，而且我爸爸是拎着耳朵带我上医院的。关于这一点我不怪他。我们家孩子多，假如人人都把胳膊割破，就没钱吃饭了。后来我老想，在炉子里炼了好几个钟头，锅片子还能把我的手割破，从冶金学的角度来看，那些炉子可够凉快的。为此我请教过一位教冶金的教授，用一九五八年的土平炉，到底能不能炼钢。开头他告诉我能，因为只要不鼓冷空气，而是鼓纯氧，不烧煤末子，而是烧优质焦炭，就能达到炼钢的温度；后来他又告诉我不能，因为达到了那种温度，土平炉就要化了。土平炉虽然沾了个土字，但是这个土不是耐火黏土，它是砖砌的。顶上那些怪模怪样的烟筒是一些粗陶的管子，那种东西不炼钢时是用来砌下水道的，一炼钢就上了天了。羞耻之心人皆有之，大炼钢铁一过去，人们就把炉子拆得光光的，地面压得平平的，使得好像什么事也没发生一样。但是还是有一些踪迹可寻，在院子里一些偏僻地方，在杂草中间可以找到一些砖堆，那些砖头上满是凝固了的气泡，黑色的瘤子，就像海边那些长满了藤壶、牡蛎壳的礁石——这说明凉快的炉子也能把砖头烧坏。这些怪诞的砖头给人以极深的印象。像这种东西，我在那个画廊里也找到了。像这样的记忆我们人人都有，只是没有人提也没有人来画，所以我们把它们都淡忘了。我想起这些事，说明了我身上有足够当一位画家的能量。而且像我这样一个有如此怪诞童年的人，除了当个画家，实在也想不出当什么更合适。但我没当成画家，因为我是色盲。这一点在我二十六岁以前没有人知道，连我自己都不知道。这说明我根本算不上色盲，顶多有点色弱罢了。但是医生给检查出来了。因此我没有去搞艺术，转而学数学了。

三

厂里有一座高塔，王二就在塔顶的房子里磨豆浆。后来他不在豆腐厂了，还常梦见那座塔。如果让弗洛伊德来说的话，这意味着什么是不言而喻的，更何况雪白的豆浆老是从塔顶上下来，流到各车间去。豆浆对于豆腐厂就像自来水对一座城市一样重要。其实根本用不着弗洛伊德，大家都知道那个塔像什么，有人说：咱们厂的那个塔像denjiu，这就是说，这座塔上该穿条裤衩了。通到塔上去的梯子是爬烟筒的脚手梯，这是因为在塔上工作的都是男青工。送豆浆的管道都架半空中和房顶上，顺着它们和豆浆一样在厂里四通八达，所以他也很少下地来，这叫人想起已故意大利作家卡尔维诺的小说《在树上攀援的男爵》——这位作家的作品我是百读不厌。老鲁在下面看了这种景象，就扯破了嗓子嚷嚷，让王二下来。但是王二不理她，这是因为冷天管子不是冻就是堵，他正赶去疏通。她看到王二从跨越大院的管道上走过时，总抱着一线希望，指望王二会失足掉下去，被她逮住。但是他在上面已经走了好几年了，从未失足。就是偶尔失掉平衡，顶多也就是走出几步像投保龄球那样的花步，离掉下去还远着呢。假如她能做到，一定会拣煤块来打他。但是在大冬天里，一位穿中式棉袄的胖女人又能把石块扔到多高呢。她所能干成的最有威慑力的事就是拿了掸房顶的长竿鸡毛掸子来捅他的腿，王二只好退回原来的房顶上去。但是过了不一会，就会有人在对面车间里拼命地敲管子，高喊道豆浆怎么还不来。在这种情况之下老鲁只好收起长竿让他过去——不管怎么说，她也是厂里的革委会主任，不敢干得太过分，让厂里造不出豆腐，而豆腐能否造出来，就取决于王二能否走过去，疏通管道，使豆浆流过去。除了对老鲁，王二和厂里每个人都说过，他没画过那些画。本来王二也可以对老鲁说这番话，但是他没有勇气站到她面前去。他想，反正她也逮不住我，就让她在下面嚷嚷吧。

有关这件事，还有一些需要补充的地方。王二这家伙是个小个子，才过了二十岁，就长了连鬓胡子，脸上爬满了皱纹，但一根横的也没有，全是竖着的，自然卷的头发，面色黝黑，脸上疙疙瘩瘩。脸相极凶，想笑都笑不出，还有两片擀了毡的黑眉毛。冬天他穿一套骑摩托送电报的人才穿的黑皮衣服去爬管道，简直是如履平地。别的人四肢伏地时多少会感到有点不自然，他却显得轻松自然，甚至把脚伸到了鼻子前面也觉得自然。飞快地爬了一圈下来，膝盖上一点土都不沾。这就给人一种猫科动物的印象。这些奇形怪状的地方使大家以为他是个坏蛋，而这种观念他自己也多少有点接受了。

人家说，老鲁原来在上级机关工作，因为她在那里闹得人人不得安生，所以放到这里当厂长。她要捉王二时，每天早上总是起绝早到厂门口等着，但是早上又太冷，所以到传达室坐着。王二骑车上班，总是攒着一把劲，等到厂门口才把车骑到飞快，与此同时，摇起铃铛，嘴里也叫起来："让开让开！"等她从屋里跑出来，叫王二站住，叫人截住他时，他已经一溜烟似的消失在厂里的过道里啦。等她追到豆浆塔下，王二早爬上了脚手梯。这座塔只有这么一道很难爬的梯子可以上来，再有就是运豆子的螺旋提升机。假如她乘提升机上来，准会被搅得弯弯扭扭，又细又长，好像圣诞节的蜡烛一样，所以王二在上面很安全。至于她在下面嚷嚷，王二可以装没听见。唯一可虑的事是她在地上逮住王二，这就像野猪逮住猎狗一样，在空旷地方是不大可能的事。但是厂里不空旷，它是一座九宫八卦的阵势。过去盖房子，假如盖成了直门直道，别人就会说盖得不好了。就是最小的院子，门口都有一座影壁墙来增加它的曲折程度。所以早上王二上班时，假如还没有遇到老鲁并把她甩掉，每到一个危险的拐弯前面，都要停下来复习前面的地形地物，想想假如老鲁就藏在墙后的话，该怎么办，想好了以后再往前走。因为有这些思想上的准备，所以当车子后座上一滞，老鲁得意洋洋地说道"我可逮住你了"时，就从来不会惊慌失措。这些时候他往往不是骑在车上，而是站在车上，一只脚站在车座上，另一只脚踩着把，好像在耍杂技。她一抓后座，王二正好一跃而起，抓到半空中横过的管道，很潇洒地翻上去，在空中对过路的人说：徐师傅，劳驾给我看着自行车。老鲁则在下面恨恨地对徐师傅说，有朝一日逮住王二，非咬他一口不可。与此同时，她的头发从项后往前竖立起来，就像个黄包车的篷子打开时一样。每个人都觉得老鲁是个麻烦，这是因为她脾气古怪。但是没有人认为她是个坏蛋，因为她是个四十多岁的老娘们。在这种人里不可能有坏蛋。

四

一九五八年我独自从家里跑出去，在"钢"堆边摔了一跤，把手臂割破了。等我爬了起来，正好看到自己的前臂裂了一个大口子，里面露出一些白花花亮晶晶的东西来，过了好一会才被血淹没。作为一个六岁的孩子，当然不可能明白这是些什么，所以后来我一直以为自己体内长满白花花黏糊糊像湿棉絮似的东西，后来十几岁时遗精也没感到诧异，因为那不过是里面的东西流出来了而已。直到后来学画，看了几本解剖学的书，才知道当时看到的是自己的筋膜。筋膜只长在少数地方，并非全身都是。但是我爸爸揪着我上校医院时，以及大夫用粗针大线把我缝起来时，我都在想自己是一具湿被套的事，呆头呆脑地忘了哭。大夫看了，关心地说：老王，这孩子脑子没有毛病吧？我爸爸说没有，他一贯呆头呆脑，说着在我头上打个栗凿，打得我哇的一声。然后我就看到我爸爸兴奋地搓着手说：看到了吧，会哭——是好的。后来我看到回形针在我的肉里穿进穿出，嚎哭声一声高过一声，他觉得太吵，在我脑袋上又打一栗凿，哭声就一声声低下去，我又开始想自己是个被套的问题。我爸爸在很短的时间里连造了六个孩子，正所谓萝卜快了不洗泥，只要头上打一栗凿能哭出来，他就很满意。这件事说明，外表呆头呆脑，好像十分朴实，而内心多愁善感，悲观厌世——这些就是我的本性。但我当时虽然厌世，也没有想到会有色盲这么一出。

我小时候住过的大学和我后来在布鲁塞尔到过的那个现代艺术馆是很不一样的两个地方。前者是个四四方方的大院子，里面的水泥楼房也是四四方方的，校园里的道路横平竖直，缺少诗意。而比利时那个现代艺术馆是一个深入地下的大口井，画廊就像螺旋楼梯绕着井壁伸下去。井底下有一个喷水池，还有一片极可爱的草坪。虽然这两个地方是如此地不像，但是因为达利和大炼钢铁，它们在我的头脑里密不可分地联系起来了。

一九五八年我还看到过别的一些景象，比方说，在灯光球场上种的实验田，那一片灯光通宵不灭，据说对庄稼生长有好处，但是把全世界的蚊子和蛾子全招来了，形成了十几条旋转光柱，蔚为壮观；还有广播喇叭里传来的吓死人的豪言壮语。但是这些都不重要，重要的是广场上的大炼钢铁和我划破了手臂。我的一切都是从手腕上割了个大口子开始的。后来我开始学画，打算做个画家，因为不如此就不足以表达我心中的怪诞——我不知达利是不是因为同样的原因当了画家。至于我是个色盲，我还没有发现。不但如此，我还自以为辨色力比所有的人都好。以一棵胡萝卜为例，别人告诉我说，看起来是一个橘红色的疙瘩，但是我看就不是这样。它是半透明的，外表罩了一层淡紫色的光，里面有一层淡淡的黄色。再往里，直抵胡萝卜心，全是冷冷的蓝色。照我看这很对头，胡萝卜是冷的嘛。这样画出的胡萝卜，说它是什么的全有。有人说印象派，有人说毕加索的蓝色时期，还有人说是资产阶级的颓废主义，就是没人说它是胡萝卜。一九七七年我去考美院，老师们也是这样议论纷纷。假如我故作高深状，坐在一边一声不吭，大概就考上了。倒霉就倒在我去对他们说，胡萝卜在我眼睛里就是这样的。后来不知哪位天才出主意叫我去医院查眼睛。查完了回来，那些老师就笑得打滚，把我撵了出去。其实不过是眼科的辨色图卡有几张我没认出来。我也能画出一套图卡，叫谁都认不出来。

我的辨色力是这样的：我看到胡萝卜外面那层紫是紫外线，心里的蓝是红外线。只有那层淡淡的黄色是可见光。用无线电的术语来说，我眼睛的频带很宽。正因为我什么都能看见，所以什么都马马虎虎，用无线电的术语来说，在可见光的频带上我眼睛的增益不够大——假如眼睛算是一对天线的话。像我这样的人，的确不适合当画家：紫外线、红外线画家，和超声波音乐家一样，没有前途。但是我的视力也不是没有好处，因为能看见紫外线，所以有些衣料对我来说几乎是透明的，穿了和什么都不穿是一样的。到了夏天我就大饱眼福；而且不用瞪大了眼睛看，眯缝着眼睛看得更清楚。这一点不能让我老婆知道，否则她要强迫我戴墨镜，或者用狗皮膏药把我的眼睛封起来，发我一根白拐棍，让我像瞎子一样走路。我的艺术生涯已经结束了，但不是因为我是色盲。这是因为我自己不想画了。也是因为人们没有给我一个机会，画出所见的景象。假如他们给我这个机会的话，就能够通过我的眼睛看到紫外线和红外线。

五

老鲁总想逮王二，但是总不成功。她最好的成绩是抓到了他的一只鞋。那一回很危险，因为她藏在塔下的角落里等着，等王二看见她已经很近了。逼得王二只好在车座上一跃而起，抓住了上面的梯磴，任凭崭新的自行车哗啦一声摔在地上。就是这样，也差点被她揪住了他的脚脖子，鞋都被她扯掉了。后来她把这只解放鞋挂在了办公室前面的半截旗杆上炫耀她的胜利，并且宣布说，谁来要都不给，非王二自己来拿不可。但是下班时他骑着车，一手扶把，一手持长竹竿，一竿就把鞋挑走了。那一次总算是侥幸毫发无伤，连鞋子都没损失，但是王二怕早晚有一天会在铁梯上把嘴撞豁，还有别的担心，比方说，怕在工厂里骑快车撞倒孕妇（当时有好几个大着肚子来上班的）等等，所以王二就改为把车子骑到隔壁酒厂，从那边爬墙过来。酒厂和豆腐厂中间还隔了一条胡同，但是还有一条送蒸气的管子架在半空中。王二就从上面走过来。不好的是胡同里总有老头子在遛鸟，看到王二就说：这么大的人了，寒碜不寒碜。这时王二只好装没听见。

最后王二被老鲁追得不胜其烦，就决定不跑了，从大门口推着自行车慢步进来，心里想着：她要是敢咬我，我就揍她。但是打定了这种决心以后，老鲁就再也不来追王二，甚至在大门口面对面地碰上，她也不肯扑过来，而是转过脸去和别人说话。这种事真是怪死了。以前王二拼命奔逃时，想过好多“幸亏”：幸亏他在半空中上班，幸亏他从小就喜欢爬树上房，幸亏他是中学时的体操队员，会玩单杠等等，否则早被老鲁逮住了。后来王二又发现一点都不幸亏：假如他不会爬树上房，不会玩单杠，不能往天上逃，那王二就会早早地站在地上，握紧了拳头，想着假如老鲁敢来揪他的领子，就给她脸上一拳，把她那张肥脸打开花。假如是后一种情况的话，问题早就解决了，根本用不到实际去打。这些幸运和不幸，再加上复杂无比的因果关系，简直把他绕晕了。

这个被追逐的故事就发生在我身上。当时是一九七四年，冬天空气污浊。除了像厕所里的淫画和各种政治运动，简直没有什么事情可供陈述。而政治运动就像天上的天气，说多了也没有意思。当时北京的城墙已经被拆掉了，那座古老的城市变得光秃秃的，城里面缺少年轻人，这样的生活乏味得很。当时我二十二岁了，是个满脸长毛的小伙子。也许就是因为这个，老鲁才决定要捉住我。那段时间里，我经常是躲在房上，但是每月总有几次要下地，比方说，签字领工资，到工会去领电影票，等等。只要逃进了会计的办公室，把门插上，也就安全了，危险总是发生在这段路上，因为准会遇上老鲁。每到开支的日子，会计室门口总会有好多人等着看热闹。到了这种日子，老鲁的脸准比平时红上好几倍，头发也像被爆米花的机器爆过——在攻击敌人时，狒狒的脸也要变红，眼镜蛇也要痄腮；这些都不重要，不要为其所动，重要的是看她进攻的路线。假如她死盯着我的胸前，就是要揪我的领子；假如她眼睛往下看，就是要抱我的腿。不管她要攻哪里，她冲过来时，你也要迎上去。正面相逢的一瞬间，假如她举手来抓领子时，我一矮身，从她肋下爬过去；假如她矮身要抱腿，我就一按她肩膀，用个跳马动作从她头顶上一个跟头翻过去。那个时候老鲁抓王二是我们厂的一景，每月固定出现几次。但是这已经是很早以前的事了。

有关我待过的豆腐厂，有好多可补充的地方。它在北京南城的一个小胡同里，虽然那条胡同已经拓宽了，铺上了柏油，但是路边上还有不少破破烂烂的房子，房门开到街面上。窗子上虽然有几块玻璃，但是不要紧的地方窗格子上还糊着窗户纸。那些房子的地基比街面低，给人异常低矮的印象，房顶上干枯的毛毛草好像就在眼前。我们厂门口立了两个水泥柱子，难看无比。里面有个凶恶无比的老鲁等着捉我。这一切给我一种投错胎转错世的感觉。虽然这一切和别人比起来，也许还不算太糟，但是可以说，我对后来发生的这些事情缺少精神准备。我小的时候可没想到会有这么个堆满了碎煤的院子，里面在造豆腐，更没想到这里会有个老鲁要咬我。

六

我现在已经四十岁了，既不是画家，也不是数学家，更不是做豆腐的工人，而是一个工程师。这一点出乎所有人（包括我家里人和过去认识我的人）的意料，但是我自己一点也不感到意外。把时光推回到我小的时候，有一段时间门前是一大片鸡圈，那时候我手上的伤疤已经长好了。从我住的二楼凉台往下看，只见眼前是一大片蜂窝式的场所，因为这些鸡圈是用各种各样的材料隔出的空地。在那些材料里有三合板、洋铁皮、树枝树杈等等，原来的设想是用这些东西就可以把鸡圈在里面不让它们出来，但是不管什么时候你都能看见很多的鸡在圈间的空地上昂首阔步地走着，而且到处都能闻见鸡屎味，和不带过滤嘴的骆驼牌香烟的味道一样。除了楼前的空地上有鸡圈，楼上的阳台上也养上了鸡。有一只公鸡常常在楼下起飞，飞到我头顶四楼的阳台上去。我能够从它漫步的姿态判断它何时起飞，所以也就很少错过这些起飞的场面。通常它是在地上一蹲，然后跳到空中拼命拍动翅膀，就拔地而起了。据我的观察，它只能够瞬时克服重力，垂直升上去，不大能够自由飞翔；因为它常常扑不准阳台，又从空中扑扑啦啦地掉下来。当时我看鸡飞上阳台十分入迷，却不知道这预示着什么。过了近三十年，我到了美国圣路易城，在那个著名的不锈钢拱门下和一架垂直起落的鹞式战斗机合影时，才带着一丝淡淡的懊恼想起这件事来。这是因为这架飞机的外形和那只公鸡很像，飞起来就更像了。我的懊恼是因为觉得应该由我把这架飞机发明出来。所有这些事说明了除了攀登外，我的生命还有一个主题，就是发明。这也是我与生俱来的品性，虽然到目前为止，我还没发明过什么了不起的东西。

小时候我在挨饿，那段时间我们家门前满是鸡圈。但是你要是以为中国的大学里就是满地鸡窝就错了——那段时间并不长，而且不光是养鸡，还养了不少兔子，因为兔子也可以被杀了吃。不光是挨饿，还缺少一切东西。但是缺少的东西里并不包括钱，但是光有钱没有票证什么都买不到，除了只含水分和木棍的冰棍。钱这种东西假如买不到东西就没有什么用，擦屁股都嫌太硬，而且还犯法。连青菜都要票，这一点连最拥护社会主义的我爸爸也觉得过分了。有一天在家里听见楼下有人吆喝道：不要菜票的菠菜嘞！我姥姥就打发我去买。买回来一捆菠菜，立起来比我还高好多。只能用来喂兔子，不能喂鸡，因为会把鸡噎死。我姥姥是个来自农村的小脚老太太，她咬着手指说：从来没见过这么老的菠菜！后来她动了一阵脑筋，想从菠菜里提取纤维来纳鞋底子，但是没有成功。这说明我姥姥身上也有发明的品性。而且如果肚子里空空如也，每个人都会想入非非。

我小时候也没有手纸，我爸爸把一九五八年的宣传材料送进了卫生间，让我们用它擦屁股。那些材料里有好多是关于发明创造的，我在厕所里看这些东西，逐渐入了迷。与此同时，我哥哥姐姐在厕所门前排起了队，憋得用拳头擂门，我却一点也听不见。那些发明里有一些很一般，比如什么用木头刻珠子做滚珠轴承，用锅熬大粪做肥料等等，一点想象力都没有。但也有些很出色。比方说这一个：假设有一头猪，在一般饲养条件下每天只能长八两的话，本发明能让它长到一斤半，其法是用一斤花生油，加鸡蛋黄两个对它做肌肉注射。据说这样喂出的猪不光肥胖，肉质还十分细嫩。当时我就想到了这个发明虽好，但还不是尽善尽美。应该再打点酱油和料酒进去，使它不等挨刀子就变成一根巨大的广东香肠。说实在的，用这些发明擦了屁股，我感到痛心。当然，被用来擦屁股的不光是发明，还有别的东西。比方说，有好多油印本的诗选。一九五八年不但大家都在搞发明，而且人人都要写诗，参加赛诗会。我哥哥一九五八年上到了小学三年级，晚上饿得睡不着的时候，给我念过他作的诗：

共产主义，
来之不易。
要想早来，
大家努力。

他还告诉我说，到了共产主义，窝头上的眼就小了（窝头上的眼太大，吃了就不顶饿）。这首诗我还在油印诗选上找到了，注明了是附小三年级学生王某所作。我毫不犹豫地用我哥哥的作品当了手纸。我当时虽然只有九岁，也觉得这是歪诗。我只喜欢发明。我哥哥早就发现了我喜欢发明，他还断言我在这方面有惊人的才能。但是直到如今，我的这项才能还没得发挥。

谈过了共产主义的窝头之后，更觉得饿得受不了，于是我们俩就从家里溜出去，偷别人家地里的胡萝卜吃。嫩的胡萝卜不甜，所以一点都不好吃。从小到大，我就干过这一件坏事。而且这一件坏事我还交待过好几次。这可以说明我是多么地清白。

有关一九五八年的大发明和赛诗会，还有需要补充的地方。它不像我小时候想象的那样浪漫——比方说，当时的发明是有指标的，我们这所大学里每月必须提出三千项发明，作出三万首诗来。指标这种东西，是一切浪漫情调的死敌。假如有上级下达指标令我每周和老婆做爱三次的话，我就会把自己阉掉。假如把指标这件事去掉，大发明和赛诗会就非常好。只可惜它后来导致了大家都饿得要死。有一阵子大家又急于发明出止住饥饿的办法，我为此也想破了脑袋。

挨饿的时候我眼前是绿的，最幸福的时刻是在饭前，因为可以吃了。最不幸的时刻是在饭后，因为没有东西吃了。后来有一天（十二岁），忽然感到浑身上下不得劲，好像生了病，又好像变了另一个人。仔细想了想，才发现是因为我不饿了。吃饱了以后发明的欲望有所减退，但是我已经发明了很多东西，包括用火柴头做弹药的手枪、发射自行车条的弓弩等等。我用这些武器去行猎，不管打到了什么，就烧来吃。有一回吃了一个小刺猬，长了一身红斑狼疮似的过敏疙瘩。为此又挨了我爸爸一阵好打。

七

小时候我觉得自己出生的时辰不好，将来准会三灾六难不断。虽然这不像个孩子的想法，但是事实就是这样的。有关这一点我有好多可以补充的地方。在这部小说开始的时候，我把自己称为王二，不动声色地开始讲述，讲到一个地方，不免就要改变口吻，用第一人称来讲述。有一件事使我不得不如此。小时候我跑到学校的操场上，看到了一片紫色的天空，这件事我也可以用第三人称讲述，直到我划破了胳膊为止。这是因为第三人称含有虚拟的成分，而我手臂上至今留有一道伤疤。讲到了划破了胳臂，虚拟就结束了。

六岁时我划破了胳膊，就一面嚎哭，一面想道：真倒霉！还不知有什么灾难在等着我。现在我打桥牌时也是这样的，每次看牌之前，总要念叨一句：还不知是什么臭牌！要是在打比赛，对手就连连摇头。但是这件事不说明我不是绅士，只能说明我是个不可救药的悲观主义者。二十二岁时，我在豆腐厂里被老鲁追得到处奔逃，也有过这类的想法。和我上一个班的毡巴可以作证，当时我就老对他说：我还得倒霉，因为福无双至，祸不单行。果不其然，过了没几天，我就把毡巴揍了一顿，把他肋骨尖上的肋骨都打断了。

毡巴这家伙长得白白净净的，虽然比我高半头，但是一点力气也没有。眼睛大得像蜻蜓，溜肩膀，漏斗胸，嗓音虽然低沉，却是个娘娘腔。他的男根是童稚型，包茎。这家伙的一切我都了如指掌，是因为我们俩常一路到酒厂洗澡，我后来打了他和洗澡也有关系。我从来没有想象到会有一天要揍他一顿，这是因为他是我在厂里唯一的哥们儿，揍了他别人会怎么看我呢？但是因为流年不利，不该发生的事也发生了。

王二打毡巴的事是这样的：前一天下午，别人来接班时他对毡巴说：毡，咱们到酒厂洗澡去，你拿着肥皂。毡巴没有吭气，只是拿了肥皂跟上来。这使他想起来这家伙今天没大说话，这件事十分可疑。到了酒厂浴室的更衣室，脱完了衣服，毡巴又让他先进去。因此他进了浴池后，马上又转回来，看到毡巴把手伸到他上衣的兜里，先摸了左面的兜，又摸了右面的兜，还从里面掏出一根半截的烟来。这使他马上想到了毡巴在兜里找炭条呢。讲到了这里，我就不能把自己称做王二，这是因为当时有一种感觉，不用第一人称就不足以表述。据我所知，一万个人里顶多有一个会在六岁时把小臂完全割破，同理，一万个人也只会有一个被人疑为作了反革命淫画，遭到搜查口袋的待遇。这种万里挑一的感觉就像是中了大彩。那种感觉就像有一试管的冰水，正从头顶某个穴位灌进脑子来。

当然，搜我是领导上的布置——搜查可疑分子的衣兜，寻找画了反革命淫画的炭条——但是也轮不到毡巴来搜我的兜。当时我就很气愤，但还没有想到要揍。后来在浴池里，看着他的裸体，忽然又觉得不揍他不成。第二天他又掏我的兜，这时我已经把怎么揍他完全想好了。本来可以揍到他哑口无言，谁想手头失准，居然打出了X光照得出的伤害，这一下又落到理亏的地步了。但这不是故意的，我小时候和人打架回回要敲打对方的肋下，从来没打断过什么，假如我知道会把他肋骨打断，绝不会往那里打。

我们厂里出了那些画之后，老鲁大叫大嚷，给公安局打电话，叫他们来破案。

公安局推到派出所，派出所派个警察来看了一下，说应该由你们本单位来解决。最后公司保卫科来了一个衣服上满是油渍的老刘，脸上红扑扑的满是酒意，手持本世纪四十年代大量生产的蔡司相机，进到厕所里照了一张相，消耗了一个小孩拳头大小的闪光灯泡。那个灯泡用以前里面塞满了烂纸一样的镁箔，闪了以后，就变得白而不透明，好像白内障的眼球。但是后来要相片却没有，因为拍照时忘了放底片。让他补拍也不可能，因为那是最后一颗闪光灯泡，再也没有了，想买也买不到。这很显然是没把老鲁的事当真事办。这位老刘我也认识，照我看他是个不折不扣的坏蛋，和我不同的是他一辈子没出过事。老鲁很生气，自己来破这个案子，召集全厂的好人（党团员，积极分子）开会。我想他们的第一个步骤，就是找王二犯案的真凭实据。毡巴这家伙，也是与会者之一。

有关那些画的事，还有一些可以补充的地方。假设你是老鲁吧，生活在那个乏味的时代，每天除了一件中式棉袄和毡面毛窝没有什么可穿的，除了提着一个人造革的黑包去开会没有什么可干的，当然也会烦得要命。现在男厕所里出了这些画，使她成为注意的中心，她当然要感到振奋，想要有所作为。这些我都能够理解。我所不能理解的，只是她为什么要选我当牺牲品。现在我想，可能是因为我总穿黑皮衣服，或者是因为我想当画家。不管是因为什么吧，反正我看上去就不像是好人，这一点是毋庸置疑的了。

八

有关我不像好人，以下这件事可以证明：后来我到美国去留学时，在餐馆里打工端盘子。有几个怪里怪气的洋妞老到我桌上来吃饭，小费给得特别多。除此之外，还讲些我听不懂的话。又过了些日子，老板就不让在前台干了，让我到后面刷盘子。他还说，不关他的事，是别的客人对他说我这样子有伤风化。其实我除了脸相有点凶，好穿黑皮衣服之外，别无毛病。而穿黑皮衣是我自幼的积习，我无非是图它耐脏经磨，根本就不是要挑逗谁。但是假如我是好人的话，就不会穿黑皮衣服，不管它是多么地经脏耐磨。

我揍毡巴之前，先揪住他的领子狂吼了两三分钟“有贼”，把浴池里的人全叫了出来。当时我精赤条条，身上还有肥皂沫。毡巴又羞又气，而且挣不开，不由自主地打了我几巴掌。这件事完全在我的算计之内，因为打架这件事在任何时候都是谁先动手谁没理的。等到大家都看清他先打我了以后，我才开始揍他。当时毡巴把衣服脱了一半，上身还穿着毛衣，下半截穿着中间有口的棉毛裤，从那个口里露出他那半截童稚型的阴茎，好像猫嘴里露出来的半截鱼肠子，远没有我这样什么都不穿的利索。动手之前我先瞄了他一眼，看见了这些，然后才开始打。第一拳就打在他右眼眶上，把那只眼睛打黑了。马上我就看出一只眼黑一只眼白不好看，出于好意又往左眼上打了一拳，把毡巴打得相当好看。有关这一点有些要补充的地方：第一，毡巴白皮肤，大眼睛；第二，他是双眼皮；最后，他是凹眼窝。总之，眼睛黑了以后益增妩媚。酒厂的师傅们都给我喝彩。当时我可能有点得意忘形了，忘记了打架这件事还是谁把别人打坏了谁理亏。当时我光着屁股，打得十分兴奋，处于勃起状态，那东西直翘翘的，好像个古代的司南（司南是指南针的前身，是漆盘里一把磁石调羹，勺把总是指着正南——而我这个司南指的却是毡巴）。后来他抱怨说：打我打得好得意——都直了！当然，这是出于误会。我有好多古希腊陶画的图片，画了一些裸体的赛跑者，可以证明人在猛烈运动时都要直。而揍毡巴就是一种剧烈的运动。这是因为肾上腺素水平升高，不含性的意味，更不能说明我是虐待狂。我也受了伤，右手发了腱鞘炎，不过这件事后来我没敢提，因为它是握成拳头往人家身上撞撞出的毛病。我把他打了一顿的结果是使他背上了个做贼的恶名——虽然他掏我的兜是领导分配的任务，但这是秘密工作（under cover），领导上绝不会承认自己曾派了人去搜职工的口袋；我也得了个心毒手狠的歹徒之名。照我看，这样的结果也算公平，我们俩可以尽释前嫌了，但是一上了班他就坐在工具箱上，一点活也不干，像受了强奸一样瞪着我。我被瞪急了之后，就说：毡巴，别光想你自己有理。你替我想想，我这个人大大咧咧的，万一哪天不小心把炭条放进衣兜里带到厂里来被你搜出来，不就完了吗！我不揍你成吗？这句话把他的话勾出来了。他抱怨说，我像流氓一样揍他，下的全是毒手。这就是说，他也承认我揍他是有道理的，只是不该打得这么狠。对此我也有道理可讲：其一，假如我兜里有炭条，被他搜了出来后果就不可想象，所以是他先下了毒手；其二，假如他比较有战斗力，我也不能把他揍成这样，所以这也怪他自己。于是我们俩争论了起来。在诡辩方面和在打架方面一样，他完全不是我的对手。争到了后来，他很没出息地哭了起来。

等到毡巴好了以后，眼睛上的淤青又过了好久才消散。那段时间他眼皮上好似带着黑色的花边，仔细看时，还能看出黑色的颗粒从眼窝深陷的地方发散出来。这段时间里，我常常久久地端详着我自己的杰作。不管怎么说，那是两片好看的东西。

毡巴这孩子很好学，上班时经常问我些问题，有时是几何题，有时是些典故，我都尽所能回答他了。有一次他问我：什么叫“一个毡巴往里戳”，这可把我难倒了。我问他从哪儿看来的，他还不告诉我。后来我自己想了出来，准是《红楼梦》上看的！《红楼梦》上的鸡巴是毛字边（㲹毹——我甚怀疑是曹雪芹自造的字），他给认成毡巴了。从此我就管他叫毡巴、阿毡、小毡等等。有一天晚上我在短波上听了一支披头士的歌，第二天上班就按那个谱子唱了一天：毡毡毡毡毡毡毡。别人听见我管他叫毡巴，也就跟着叫。开头毡巴一听这名字就暴跳如雷，要和我拼命（当然这时他也明白了毡巴是什么意思），但是近不了我的身，都被我擒住手腕推开了。后来大家都管他叫毡巴，他也只好答应。从此他就再没有别的名字，就叫毡巴。谁想他就因此记恨了我，甚至参加到迫害我的阴谋里去。这说明他是个卑鄙小人。但是他不同意这个评价，并且反驳说，假如他叫我一声毡巴，我答应了，那他就承认自己是个卑鄙小人。我没和他做这试验，因为不管他是卑鄙小人也好，不是卑鄙小人也罢，反正我的麻烦已经染上身了。在这种情况下，我又何必去承认自己是毡巴呢。

我揍了毡巴一顿，把他打坏了，老鲁就打电话把警察叫来，让他们把我捉走。但是她说话时嗓门太大，样子太奇怪，反而使警方长了个心眼。他们不来捉我，先到医院去看毡巴。这一回毡巴表现出了男儿本色，告诉警察说，我们俩闹着玩，王二一下子失手把他弄伤了。他还说，我们俩是哥们儿，要是把我捉走了，他会很伤心。警察同志听完这些话，转身就回局里去，再怎么叫都不肯来了。但是这只能暂时保我平安无事，因为老鲁已经得了辞，每回开会都说：像王二这样一个流氓，打人凶手，下流货，我们为什么要包庇他？这样说来说去，豆腐的问题难以提到会议日程上来，大家都不胜其烦。另外，她毕竟是头头嘛，大家就开始恨我了。我听说厂里的领导们已经决定一有适当的机会就把我送出去，能送我劳改就劳改，能送我劳教就劳教，总之要叫我再也回不来。除此之外，所有的工人师傅也都不再同情我。以前午饭时我爬到厨房的天窗吊下饭票和饭盒，大师傅抢着给我上饭。老鲁嚷嚷说不给他饭吃，大师傅还敢回嘴：人是铁饭是钢，怎么能不让人家吃饭？现在就不成，人家不给我打饭，还说：你小子下来吧，躲得了初一躲不了十五哇！好在还有毡巴给我打饭，不然中午就只好挨饿了。这件事的真实含义是我的事犯了。生为一个坏蛋，假如一辈子不犯事的话，也可以乐享天年。假如犯了事，就如同性恋者得了艾滋病，很快就要完蛋。

大家都恨我，我不能恨大家，这种态度叫做反人类。我也不能恨老鲁，她是头头嘛。我就恨那个画了裸体女人，叫我背了黑锅的人，发誓说，只要逮着一定要揍他。但是连我都想不出他是谁来。毡巴说道，得了吧王二，你别装了。这儿就咱们两个人。这话说得我二二忽忽，几乎相信是我自己画那些画，但我又记得自己没有梦游的毛病。再说，我家离厂里远得很，游也游不到这里。这个谜过了三年，也就是说，到了一九七七年才揭开。那一年我们厂有一个叫窝头的家伙考上了美术学院。这位窝头别人说他有三点叫人弄不清：1. 他是男是女；2. 他会不会说话；3. 他长没长黑眼珠——这是因为他太爱翻白眼了。怎么也想不到小小一个豆腐厂，除了我之外，居然还有人会画画，而且没有色盲，诧异之余，竟然忘了要揍他。

九

有关毡巴，我有好多可以补充的地方。我一直很爱他，这绝不是因为我是个同性恋者。我是个毛发很重的小个子，说起话来声音嘶哑，毡巴是个文质彬彬的瘦高个，讲话带一点厚重的鼻音。我想永远和他待在一起，但是这是不可能的事。后来无论到了什么地方，我都忘不了给他寄张明信片。比方说，在罗马的圣彼得大教堂门前，我就写了这么一张明信片：

亲爱的毡：

我到了罗马。下一站是奥地利。

王二

我这么干，是因为毡巴集邮。给他写信有一个特殊的困难：我老记不起他姓什么来；现在就又忘了，指不定什么时候才能再想起来。他当然不姓詹。他掏我的口袋找炭条，绝不是为了密报给老鲁，而是另外有人指使。在这件事上，他有非常可以原谅的动机。但是他实在太可爱了，不能不打。如果一个八十公斤的壮汉这样冒犯了我，我当然也会发火，但是怒气肯定在不致动手的范围之内，这是因为后者太不可爱了，不能打。

后来我回国以后，一见到毡巴，他就尖叫着朝我扑过来，想要掐我的脖子。都是因为我的明信片，大家又知道了他是毡巴。本来他拼死拼活考医学院，就是想离开豆腐厂，不再被人叫成毡巴。但是等他当了大夫，我又给他寄了这些明信片，把他的一切努力全破坏了。现在连刚出护校的小护士都管他叫毡大夫，真把他气死了。

假如让我画出毡巴，我就把他画成个不足月胎儿的模样，寿星老一样的额头，老鲇鱼一样的眼睛，睁不开，也闭不上，脖子上还有一块像腮一样的东西。手和脚的样子像青蛙，而且蜷在一起伸不开。他的整个身子团在一起，还有一条尾巴，裹在一层透明的膜里。如果他现在不是这样，起码未出娘胎时是这样的。我一看见毡巴，就要想象他在娘胎里的模样。我喜欢他在娘胎里的模样，也喜欢他现在的模样。我爱他要直爱到死。

第二章

一

从美国回来以后，我到一个研究人工智能的研究所工作。这个所里有一半人是从文科改行过来的，学中文的，哲学的，等等。还有一半是学理科的，学数学的，学物理的，等等。这些人对人工智能的理解，除了它的缩写叫“AI”，就没有一点一致的地方。他们见了面就争论，我在一边一声不吭。如果他们来问我的意见，我就说：你们讲的都有道理，听了长学问。现在他们正在商量要把所名改掉，一伙人打算把所名改成“人类智慧研究所”，另一伙人打算把所名改成“高级智能研究所”，因为意见不一致，还没有改成。来征求我的意见，我就说：都好都好。其实我只勉强知道什么叫“AI”，一点都不知道什么叫“人类智慧”，更不知“高级智能”是什么东西。照我看来，它应该是些神奇的东西。而我早就知道，神奇的东西根本就不存在。但是这不妨碍我将来每天早上到叫智慧或者高级智能的研究所里上班，不动声色地坐在办公室里。这就叫玩深沉吧。但是一想到自己理应具有智慧，或者高级智能，心里就甚为麻烦。根本唯一能让我提起兴致的事是穿上工作服去帮资料室搬家。资料室总是不停地从一楼搬到五楼，再从五楼搬到一楼，每次都要两个星期。等忙完了又要搬家，所以就没见到它开过门。搬家时我奋勇当先，大汗淋漓，虽然每次都是白搬，但我丝毫不觉得受了愚弄。

别人朝王二猛一伸手的时候，他的右手会伸出去抓对方的手腕（不由自主），不管对方躲得有多快，这一抓万无一失。这是因为王二小时候和别人打架时太爱抓人家手腕子，而且打的架也太多了。现在王二不是小孩子了，没有人找王二打架，但是别人冷不防把手伸了过来，他还禁不住要去抓，不管是谁。他知道要是在沙特阿拉伯犯这种毛病，十之八九会被人把手砍掉，所以尽量克制，别犯这毛病。最近一次发作是三年前的事，当时王二在美国留学，没钱了到餐馆里去刷碗，有一位泰国 waitress 来拿盘子，拿了没刷好的一摞盘子。当时右手一下子就飞了出去，擒住人家的手腕子。虽然只过了十分之几秒王二就放开，告诉她这些还没弄好呢，拿别的吧，但是整个那一晚上泰国小姐都在朝王二搔首弄姿，下了班又要坐他的车回家。据一位熟识的女士告诉王二，这一拿快得根本看不到，而且好像带电，拿上了心头怦怦乱跳，半身发麻。小时候和王二一起玩的孩子各有各的毛病，有人喜欢掐别人的脖子，有的喜欢朝别人裆下踢，不知他们的毛病都好了没有。

在豆腐厂里，等到大家都觉得王二的事已经犯了时，他对自己也丧失了信心。倒是毡巴老给王二打气，说可以再想想办法。后来他又提出了具体的建议，让王二去找 × 海鹰。王二说他根本不知道有个 × 海鹰。他说，不对，这个人还到这里来过。这就更奇怪了，听名字像个女名，而磨豆浆的塔上从来没有女人来。后来毡巴一再提醒，王二才想起秋天有那么一天，是上来过一个女人，穿了一身旧军装，蹬一双胶靴，从他们叫做门的那个窟窿里爬了进来。到了冬天，他们就用棉布帘子把门堵起来。这间房子还有几个窟窿叫做窗子，上面堵了塑料布。房子中间有个高高的大水槽子，他们在里面泡豆子。除此之外，还有磨豆浆的磨、电动机等等应该有的东西。那一天王二倚着墙站着，两手夹在腋下，心里正在想事情。来了人眼睛看见了，心里却没看见。据毡巴说，王二常常犯这种毛病，两眼发直，呆若木鸡，说起话来所答非所问。比方说，他问王二，饸饹车间敲管子，你去呢还是我去？不管答谁都可以，王二却呜呜地叫唤。所以人家和王二说话，他答了些什么实在是个谜——他也不想知道谜底。她在屋里转了几圈，就走到王二身边来，伸手去按电闸。好在王二是发愣，没有睡着，一把把她拿住了。如果被她按动了电钮，结果一定很糟。这样螺旋提升机就会隆隆开动，大豆就会涌上来，倒进水槽，而毡巴正在槽底冲淤泥。那个水槽又窄又深，从里往外扒人不容易。其实王二在那里站着就是看电闸的，根本不该让 × 海鹰走近，出了这样的事他也有责任。但是这家伙只是板着脸对她说道：进了车间别乱动。然后把她放开了。与此同时，毡巴听见外面有响动，就大喊大叫：王二，你捣什么鬼？这可不是闹着玩的事啊！像王二这么个人，让人家把命托到他手上而且很放心原本就是不可能的事。她一听有麻烦，赶紧就溜了。因此王二就算见过她一面，但是人家长得什么样子都没大记住。只记得脸很一般，但是身材很好。后来他还对毡巴说过，有一种人，自以为是个 ×× 领导，到哪儿都乱按电闸。这种人就叫做“肚皮上拉口子，假充二 ×”。当然这些 × 都是指生殖器，一个 × 是女性生殖器，两个 × 是指男性生殖器。王二平日语言的风格，由此可见一斑。毡巴说，就是这个人，她是新分来的技术员，现在是团支书。他还说，像王二这种犯了错误的人就要赶紧靠拢组织才有出路。当时王二是二十二岁，正是该和共青团打交道的年龄。假如能列入共青团的帮助教育对象，就能不去劳改。最起码厂里在送王二走之前，还要等共青团宣布帮教无效。在这方面他还能帮王二一些忙，因为他在团支部里面还是个委员哪。王二想这不失为一个救命的办法，就让毡巴去替他问问。原本没抱什么希望，马上就有了回音。× 海鹰爬到塔上来告诉王二说，欢迎王二投入组织的怀抱。从现在起，王二就是一名后进青年，每礼拜一三五下午应该去找她报到。从现在起他就可以自由下地去，她保证他的生命安全。她还说，本来厂里要送王二去学习班，被她坚决挡住。她说她有把握改造王二。她这一来，使王二如释重负。第一，现在总算有了一点活命的机会。第二，打了毡巴以后，他一直很内疚。现在他知道这家伙该打。如果不是他出卖王二，× 海鹰怎么会知道王二因为受到老鲁的围困，在房顶上一个铁桶里尿尿呢。

第一次我去见 × 海鹰时，她就对我说：以后你不用再往铁桶里尿尿了。我马上就想到毡巴把我怎么尿尿的事告诉了 × 海鹰，而没有人告诉我她是怎么尿尿的。这叫我有了一种受了愚弄的感觉。事实上光知道我怎么尿尿还不足以愚弄我。但是假如她对我的一切都了如指掌，我对她一无所知，我最后还是免不了受愚弄。我这个人的毛病就在于一看到自己有受愚弄的可能性，就会觉得自己已经受了愚弄。

如果让我画出 × 海鹰，我就把她画成埃及墓葬里壁画上的模样，叉开脚，叉开手，像个绘图用的两脚规。这是因为她的相貌和古埃及的墓画人物十分相像。古埃及的人从来不画人的正面像，总是画侧面，全身，而且好像在行进。但是那些人走路时，迈哪边的腿时伸哪边的手，这种样子俗称拉顺。古埃及的人很可能就是这样走路的，所以那时候尼罗河畔到处都是拉顺的人。

二

我小的时候从家里跑出去，看到了一片紫红色的天空和种种奇怪的情景。后来有一阵子这些景象都不见了——不知它是飞上天了，还是沉到地下去了。没有了这些景象，就感到很悲伤。等到我长大了一点，像猴子一样喜欢往天上爬，像耗子一样爱打洞。是不是想要把那些不见了的情景找回来，我也说不准，只好请心理学家来分析了。秋天家里挖白菜窖，我常常把铁锹拿走，拿到学校的苗圃后面去挖自己的秘窟。但是这些秘窟后来都成了野孩子们屙野屎的地方，而我是颇有一点洁癖的，别人屙过屎的洞子我就不要了。所以我总是在掩藏洞口方面搜索枯肠，每个洞子都打不太深。而往天上爬就比较方便，因为很少有人有本事把屎屙上天。我在这方面取得了很大成功，整个校园的孩子都承认王二在爬墙上树方面举世无匹。但是不管我上天还是入地，都不能找回六岁时体验到的那种狂喜。

我小时候，我们院的一个角落里有一座小高炉，大概有七八米高吧，是个砖筒子。我想它身上原来还有些别的设备，但是后来都没了。到了我八九岁时，它就剩了写在上面的一条标语：小高炉一定要恢复。想来是某位大学生为了表示堂吉诃德式的决心而写上去的。这条标语给了我一点希望，觉得只要能钻到里面去，就能发现点什么。可惜的是有人用树墩子把炉门口堵上了。假如我能够把它挪开，就能够钻进去。遗憾的是我没有那么大的劲。试了又试，就像蚍蜉撼大树一样。而爬上七八米的高墙，也不是我力所能及。我拼了老命也只能爬到三四米高的地方，后来越爬越低，那是因为吃不饱饭，体力不肯随年龄增长。

我觉得那堵墙高不可测，仿佛永远爬不过去。这就是土高炉那个砖筒子——虽然它只围了几平方米的地方，但我觉得里面有一个神奇的世界；假如我能看见它，就能够解开胸中的一切谜。其实我不缺少攀登的技巧，只是缺少耐力，经常爬到离筒口只有一臂的距离时力尽滑落，砖头把我胸口的皮通通磨破，疼得简直要发疯。在我看来，世界上的一切痛苦都不能与之相比。但是我还是想爬过那堵墙。有一天，我哥哥看见我在做这种徒劳的努力，问我要干什么。我说想到里面看看。他先哈哈大笑了半天，然后就一脚把挡着炉门的树墩子蹬开，让我进去看。里面有个乱砖堆，砖上还有不少野屎。这说明在我之前已经有不少人进去了。虽然有确凿的证据说明在这个炉筒里什么都没有，但是我仍然相信假如不是我哥哥踢开了挡门的树桩，而是我自己爬了进去，情况就会有所不同。所以等我出了那个炉筒子，又要求他把那个树墩子挪回到原来的地方。小时候我爬高炉壁的事就是这样。

我爬炉筒时，大概是九岁到十一二岁。到了四十岁上，我发现后来我干任何事情都没有了那股百折不挠的决心；而且我后来干的任何事都不像那件那样愚不可及。爬炉筒子没有一点好处，只能带来刻骨铭心的痛苦，但我还是要爬。这大概是说明你干的事越傻，决心就会越大吧。这也说明我喜欢自己愚弄自己，却不喜欢被别人愚弄。

三

后来王二就常常到 × 海鹰的办公室去，坐在她办公桌前的椅子上。他感觉自己在那里像一只被牢牢粘住了的苍蝇。她问王二一些话，有时候他老实答复，有时候就只顾胡思乱想，忘了回答她。这样做的原因之一是王二在那里磨屁股——磨屁股的滋味大家都不陌生吧，下面一磨，上面就要失魂落魄，这是天性使然。另一个原因是王二患了痔疮，屁股底下很疼。过去狄德罗得了中耳炎，就用胡思乱想的办法止疼。当然，这个办法很过时，当时时兴的是学一段毛主席语录。但是他想到自己疼痛的部位几乎就在屁眼里，就觉得用毛主席语录止疼是一种亵渎。除此之外，他对这种疗法从根上就不大相信。当王二发愣时，既不是故作清高，也不是存心抗拒。发愣就是发愣。但是这一点对 × 海鹰很难解释清楚。王二在她办公室里，一坐就是一下午，一声也不吭，只是瞪着她的脸看。影影绰绰听她说过让他坦白自己做过的坏事，还威胁说要送他去学习班。后来见王二全无反应，又问他到底脑子里想些什么。所得到的只是喉咙一阵阵低沉的喉音。说实在的，这是思想战线的工作者们遇到的最大难题。你说破了嘴皮，对方一言不发，怎么能知道说进去没说进去？所以最好在每个人头顶上装一台大屏幕彩色电视，再把电极植入他的脑神经，把他心里想的全在顶上显示出来，这就一目了然了。× 海鹰肤色黝黑，王二瞪着她的脸时，心里想的是：像这样的脸，怎么画别人才知道我画的不是个黑人呢？假如她从王二头顶上看见了这个，一定猛扑过来大打栗凿。

× 海鹰的办公室是个小小的东厢房，地上铺着已经磨损了的方砖。坐在这间房子里，你可以看见方形的柱子，以及另一间房子的墙角，半截房檐，这说明这间房子的前身不是房子，而是长廊的一部分。在豆腐厂里，不但有长廊、花厅的遗迹，还能找到被煤球埋了一半的太湖石。作为一所会馆，这个院子真神气。王二只知道它是一所会馆，却不知是哪一省的会馆。以下是他想到的候选省：安徽，谁都知道安徽过去出盐商，盐商最有钱；山西，老西子办了好多钱庄当铺；或者是松江府，松江府出状元；甚至可能是云南省，因为云南出烟土，可以拿卖大烟的钱盖会馆——

当然，这得是鸦片战争后的事。当 × 海鹰对王二讲革命道理时，这些乌七八糟的念头在他心里一一掠过。后来王二当了大学生、研究生，直到最近当上了讲师、副教授，还是经常被按在椅子上接受帮助教育，那时脑子也是这样地翻翻滚滚。假如头顶上有彩色电视，气死的就不只是一个 × 海鹰，还有党委书记，院长，主任等等，其中包括不少名人。

后来这位海鹰不再给王二讲大道理，换了一种口吻说：你总得交代点什么，要不然我怎么给你写“帮教”材料？这种话很能往王二心里去，因为它合情合理。在那个时候，不论是奖励先进，还是帮助后进，只要是树立一个典型，就要编出一个故事。像王二这种情形，需要这么一个故事：他原来是多么的坏，坏到了打聋子骂哑巴扒绝户坟的地步。在团组织的帮助下变好了，从一只黑老鸦变成了白鸽子，从坏蛋变成了好人。王二现在打了毡巴，落入了困境，人家是在帮他——这就是说，他得帮助编这故事，首先说说王二原先是多么坏。但是他什么也想不出来。被逼无奈时，交待过小时候偷过邻居家的胡萝卜。这使她如获至宝，伏案疾书时，还大声唱道：“小——时——候——偷——过——邻——居——家——东——西！”写完了再问王二，他又一声不吭了。

四

这件事显然又是我的故事。× 海鹰当然有名有姓，但是我觉得还是隐去为好。她像所有的女人一样言而无信。说好了保证我在地面上的生命安全，但是老鲁还是要咬我。等我向她投诉时，她却说：天要下雨，娘要嫁人，我怎么管得了。她还说，你自己多加点注意。万一被迫得走投无路，就往男厕所里跑，鲁师傅未必敢追进去（这是个馊主意，厕所只有一个门，跑进去会被堵在里面，在兵法上叫做绝地）。说完了她往椅子上一倒，哈哈大笑，把抽屉乱踢一气。除此之外，她还给老鲁出主意，让她在抓我之前不要先盯住某个地方，等到扑近了身再拿主意。老鲁得了这样的指点，扑过来时目光闪烁不定，十分地难防。这件事说明 × 海鹰根本就没有站在我一方。由于老鲁经常逮我，她的身体素质越来越好，速度越来越快，原来有喘病，后来也好了。最后她终于揪住了我的领子。所幸我早有防备，那个领子是一张白纸画的，揪走了我也不心疼。

我老婆后来对我说，我最大的毛病还不是突然伸手抓人，也不是好做白日梦，而是多疑。这一点我也承认。假如我不多疑，怎么会平白无故疑到毡巴会掏我口袋，以致后来打了他一顿。但是有时我觉得自己还疑得不够，比方说，怎么就没疑到毡巴掏我口袋是 × 海鹰指使的。这件事很容易想到，毡巴虽然溜肩膀，娘娘腔，但是正如老外说的：Aman is a man，怎么也不至于和老鲁站到一边。但 × 海鹰就不一样了。她后来当了毡巴夫人，完全可以在嫁给他前七年教唆他道：摸摸王二的口袋，看看到底是不是他干的。只要不把我卖给老鲁，毡巴完全可以把我卖给别人。但是这孩子也有可爱的一面，答应了这种事后忐忑不安，被我看出来挨了一顿老拳。这样对他有好处，免得他日后想起来内疚。这样对 × 海鹰也有好处，可以提醒她少出点坏主意。只是对我没有好处。我也没疑到这个娘们会在日记里写道：王二这家伙老老实实来听训了。这件事好玩得要命！我只知道她去和老鲁说了：那些画肯定不是王二画的，毡巴可以作证。因此我很感激她。其实这一点有眼睛的人都能看出来：我困在房顶上下不来时，那些画还继续出现在厕所里。但她还是要抓我，主要是因为闲着没有事干。

我说过，老鲁揪住我的领子时，那个领子是白纸画的。我轻轻一挣就把它撕成了两段，就如断尾的壁虎一样逃走了。当时我非常得意，笑出声来。而老鲁气得要发疯，嘴角流出了白沫。但这只是事情的一面。事情的另一面是我找着了一块铜版纸，画那条领子时，心里伤心得要命，甚至还流了眼泪。这很容易理解，我想要当画家，是想要把我的画挂进世界著名画廊，而不是给自己画领子。领子画得再好又有什么用？我说这些事，是要证明自己不是个二百五，只要能用假领子骗过老鲁，得意一时就满足了。我还在忧虑自己会有什么样的前途。而老鲁也不是个只想活撕了我的人。每个人都不是只有一面。

以下事情可以证明老鲁并不是非要把我撕碎不可：前几天在电车上，有个慈眉善目的老太太叫我的名字，她就是老鲁。她还对我说，有一阵子火气特别大，压也压不住，有些事干得不对头，让我别往心里去。我对她说，我在美国把弗洛伊德全集看了一遍，这些事早就明白了。您那时是性欲受到了压抑，假如多和您丈夫做几次爱，火气就能压住。满电车的人听了这话都往这边看，她也没动手撕我，只说了一句：瞎说什么呀！

× 海鹰背地里搞了我好多鬼，但是厂里要送我上学习班的事却不是搞鬼。当时的确有这么个学习班，由警察带队，各街道各工厂都把坏孩子送去。有关这个学习班，有好多故事。其中之一是说，在一个月黑风高的夜晚，离我们不远的村里，有一只狗叫了几声就不叫了。狗主一手拿了棍子，另一手拿手电出去看，只见有几个人用绳子套住狗脖子拖着走。那人喝道：

什么人？

学习班的。

什么学习班？

流氓学习班！

于是狗主转身就逃，手电木棍全扔下不要了。还有一个故事说，学习班里什么都不学，只学看瓜。领班的警察说：把张三看起来！所有的人就一起扑过去，把张三看了。要是说看李四，就把李四看了。所谓看瓜，就是把被看者裤子扒下来，把头塞进裤裆。假如你以为人民警察不会这么无聊，讲故事的人就说，好警察局里还留着执勤呢，去的都是些吊儿郎当的警察。我想起这件事，心里就很怕。假如我去了学习班，被人看了瓜，马上自杀肯定是小题大做。要是不自杀，难道被人看了就算了吗？对我来说，唯一的出路就是不去学习班。但是我去不去学习班，却是 × 海鹰说了算。

有关我多疑的事，还有些要补充的地方。后来 × 海鹰老对我说些古怪的话，比方说：我肚皮上可没割口子！或者是：你的意思是我肚皮上割了口子？甚至是：你看好了，我肚皮上有没有口子？每回说完了，就哈哈大笑，不管眼前有没有办公桌，都要往前乱踢一阵。听了这样没头没脑的话，心里难免要狐疑一阵。但是我从来不敢接茬，只是在心里希望她不是那个意思。我实在不敢相信毡巴能把那个下流笑话告诉她。

五

等我长大以后，对我小时候的这些事感到困惑不已。我能够以百折不挠的决心去爬一堵墙，能够做出各种古怪发明，但我对自己身边的事却毫无警觉，还差点被送到了看瓜的地方去。这到底说明了我是特别聪明，还是说明我特别笨，实在是个不解之谜。

有关我受“帮教”的事，必须补充说明一句：当时是在革命时期。革命的意思就是说，有些人莫名其妙地就会成了牺牲品，正如王母娘娘从天上倒马桶，指不定会倒到谁头上；又如彩票开奖，指不定谁会中到。有关这一点，我们完全受得了。不管牺牲的人还是没有牺牲的人，都能受得了。革命时期就是这样的。在革命时期，我在公共汽车上见了老太太都不让座，恐怕她是个地主婆；而且三岁的孩子你也不敢得罪，恐怕他会上哪里告你一状。在革命时期我想象力异常丰富，老把老鲁的脑袋想成个尿壶，往里面撒尿。当然，扯到了这里，就离题太远了。除了天生一副坏蛋模样，毕竟我还犯了殴打毡巴的罪行，所以受帮教不算冤。虽然老鲁还一口咬定我画了她（这是双重的不白之冤——第一，画不是我画的而是窝头画的；第二，窝头画的也不是她。我们厂里见到那画的人都说：“老鲁长这样？美死她！”算起来只有那个毛扎扎是她），而且还有 × 海鹰在挽救我。有时候我很感激 × 海鹰，就对她说：

“谢谢支书！”

本来该叫团支书，为了拍马屁，我把团字去了。她笑笑说：

“谢什么！不给出路的政策，不是无产阶级的政策！”

这句话是人民法官宣判人犯死刑缓期两年执行时常说的。虽然听了我总是免不了冒点冷汗，怀疑她到底和谁是一头，但也不觉得有什么好抱怨的：毕竟她是个团支书，我是个后进青年，我们中间的距离，比之法官和死刑犯虽然近一点，但属同一种性质。我谈了这么多，就是要说明一点：当年在豆腐厂里的那件事，起因虽然是窝头画裸体画，后来某人在上面添了毛扎扎，再后来老鲁要咬我，再后来我又打了毡巴，但是最后的结果却是我落到 × 海鹰手里了。而她拿我寻开心的事就是这样的。

我被老鲁追得上气不接下气，或者被 × 海鹰吓得魂不附体，就去找毡巴倾诉。因为我喜欢毡巴，毡巴自然就有义务听我唠叨。毡巴听了这些话，就替我去和 × 海鹰说，让她帮我想办法，还去找过公司里他的同学，让他们帮帮王二。其实毡巴对我的事早就烦透了，但也不得不管。这是因为他知道我喜欢他。× 海鹰对我有什么话不找她，托毡巴转话也烦透了，她还讨厌毡巴讲话不得要领，车轱辘话讲来讲去。但是她也只好笑眯眯地听着，因为她知道毡巴喜欢她。× 海鹰也喜欢我，所以经常恐吓我。但是我什么都不知道，只是吓得要死。

六

在豆腐厂里受帮教，坐在 × 海鹰对面磨屁股，感到痔疮疼痛难当时，我想出好多古怪的发明来。每想好一个就禁不住微笑。× 海鹰后来说，看我笑的鬼样子，真恨不得用细铅丝把我吊起来，再在脚心下面点起两根蜡烛，让我招出为什么要笑。她总觉得我一笑就是笑她。

假如我要笑她，可笑的事还是有的。比方说，她固执地要穿那件旧军衣，在那件旧军衣下面线绨的小棉袄上，有两大块油亮的痕迹，简直可以和大漆家具的光泽相比。像这样的事可能是值得一笑的，但是我在她面前笑不出。她是团支书，我是后进青年，不是一种人。不是一种人就笑不起来。我笑的时候，总是在笑自己。就是她把我吊起来，脚下点了蜡烛，我也只会连声惨叫，什么也招不出来。因为人总会不断冒出些怪想法，自己既无法控制，也不能解释。

在饥饿时期，我没发明出止住饥饿的方法，但是别人也没发明出来。倒是有人发明了炮制大米，使米饭接近果冻的方法（简称双蒸法），饭虽然多了，但是吃下去格外利尿。跑厕所是要消耗能量的，在缺少食物时，能量十分可贵，所以这方法并不好。事实上好多人吃双蒸饭导致了浮肿，甚至加快了死亡，但没人说双蒸饭不好，因为它是一件自己骗自己的事。我弟弟现在也长大了，没有色盲，学了舞台美术，和他的哥哥们一样喜欢发明，最近告诉我说，他发明了一种行为艺术，可以让人在世界上任何地方欣赏海上生明月的佳景，其法是取清水一盆，在月亮升起时蹲到盆后去。这两种发明实际上是一类的。作为一个数学系的毕业生，我是这样理解世界的：它可以是一个零维的空间，也可以是一个无限维的空间。你能吃饱饭，就进入了一维空间。你能避免磨屁股磨出痔疮，就进入了二维空间。你能够创造和发明，就进入了三维空间，由此你就可以进入无限维的空间，从而扭转乾坤。双蒸法和我弟弟的行为艺术，就是零维和一维空间里的发明。这些东西就如骡子的鸡巴——不是那么一回事。

在 × 海鹰面前坐着磨屁股时，我又想出好几种发明来，只可惜手头没有笔记本，没记下来就忘了。现在能想起的只有其中最严肃的一个：在厕所里男小便池上方安装叶轮，利用流体的冲击来发电。每想好一个，我就微笑起来。假如此时她正好抬头看见，就会嚷起来：笑什么？笑什么？告诉我！

同样是女人，对微笑的想法就不一样，比方说我老婆，我上研究生时，她是团委秘书，开大会时坐在主席台边上，发现台下第三排最边上有一黑面虬髯男子时时面露神秘微笑，就芳心荡漾。拿出座位表一查，原来是数学系的王二——知道姓名就好办了。当时已经到了一九八四年。我们听政治报告都是对号入座，谁的位子空了就扣谁的学分。假如能找到个卖冰棍的，我就让他替我去坐着，我替他卖冰棍。怎奈天一凉，卖冰棍的也不来了，所以她不但能看到我，而且能查到我，开始一个罗曼史。

我老婆长得娇小玲珑，很可爱。她嘴里老是嚼着口香糖，一张嘴就是个大泡泡，不管见到谁，开口第一句话准是：吃糖不吃？然后就递过一把口香糖来。她告诉我说，别人笑起来都是从嘴角开始往上笑，我笑起来是从左往右笑，好像大饭店门口的转门，看起来怪诞得很。她说就是为了看我笑起来的样子才嫁给我的。对此我深表怀疑，因为我们俩干起来时，她总是噢噢叫唤，看起来也不像是假装的；所以说我们仅仅是微笑姻缘，这说法不大可信。

我知道自己有无端微笑的毛病，但是看不到笑起来是什么样子。这就好比一个人听不见自己的鼾声，看不到自己的痔疮。直到那一年我们到欧洲去玩，到了卢浮宫里才看到了。当时我们在二楼，发现有一大堆人。人群中间有个法国肥女人，扯破了嗓子叫道：“No flash！ No flash！”但是一点用也不顶，好多傻瓜机还是乱闪一通。我老婆把身上背的挎包、兜里的零钱等等都给了我，伏身于地，从别人腿中间爬了进去。过了一会，就在里面叫了起来：王二，快来！这是你呀！后来我也在断气之前挤了进去，看到了蒙娜丽莎。这娘们笑起来的样子着实有点难拿，我也不知道怎么形容才好。简而言之，在意大利公共汽车上有人对你这么笑，就是有人在扒你的腰包；在英国的社交场合有人对你这么笑，就是你裤子中间的拉锁没拉好。虽然挤脱了身上好几颗扣子，但是我觉得值。因为这解了不少不解之谜。这种微笑挂在我脸上，某些时候讨人喜欢，某些时候很得罪人，尤其是让人家觉得该微笑是针对他的时候。举例言之，你是小学教师，每月只挣三十六块钱，还得加班加点给学生讲雷锋叔叔的故事。这时你手下那些小屁孩里有人居然对你面露蒙娜丽莎式的微笑，你心里是什么滋味？所以她就一定要逼我承认自己是猪，这件事我马上就要讲到。后来我冒了我爸爸的名字，给教育局写了一封信谈这件事，说到雷锋叔叔一辈子助人为乐做好事，假如知道了因为他的缘故，一个十二岁的孩子变成了一只猪，他的在天之灵一定要为之不安；我的老师因此又挨了教育局一顿批评。这些就是微笑惹出的事。

到现在我也时有禁不住微笑的事，结果是树敌很多。在评职称的会上这么笑起来，就是笑别人没水平；在分房子的会上笑起来，就是笑大家没房住，被逼得在一起乱撕乱咬。总而言之，因为这种微笑，我成了个恨人有笑人无的家伙。为此我又想出了一种发明：把白金电极植入我的脸皮。一旦从生物电位测出我在微笑，就放出强脉冲，电得我口吐白沫，满地打滚。假如这项发明得以实现，世界上就再没有笑得招人讨厌的家伙，只是要多几位癫痫患者。

七

我上小学时，有阵子上完了六节课还不让回家，要加两节课外活动。课外活动又不让活动，让坐在那里磨屁股。好在小孩子血运旺盛，不容易得痔疮。上五年级时，我有这么一位女老师，长得又胖又高，乳房像西瓜，屁股像南瓜，眼睛瞪起来有广柑那么大，说起话来声如雷鸣。我对她很反感——这说明了为什么后来我娶了一个又瘦又小的女人当老婆，更何况放了学她不让回家，要加两节课外活动。所以她讲什么我都不听，代之以胡思乱想。忽然她把我叫了起来，先对我发了一阵牢骚，说她也想早回家，但是教育局让这么做政治思想教育，有什么办法，等等——这些话对我太 adult 了。成人这个字眼，容易叫人想到光屁股，但是我指的是政治，是性质相反的东西——然后就向我提问：雷锋叔叔说，不是人活着为了吃饭，而是吃饭为了活着。你怎么看？我答道：活不活的没什么关系，一定要吃东西。老师当即宣布，咱们班上有人看上去和别人是一样的，但是却有猪的人生观。我们班上有四十多个孩子，被宣布为猪猡的只有我一个。像这样的事本来是我生活中的最大污点，不能告诉任何人的，但是被 × 海鹰逼急了，我也把这坦白出来了。她听了连忙伏案疾书：上小学时思想落后，受到老师批评。然后她又对我说：再坦白一件事，说完了就让你回家。但我真的什么也说不出来了，只有陪她磨到天黑时。

在帮教时间里我对 × 海鹰说：支书，我想谈点活思想。她赶紧把微笑拿到脸上，说道：欢迎活思想。我就说，我想知道在这里磨屁股有没有用。她又把脸一板，让我解释自己的措辞。我开始解释，首先说到“有没有用”的问题。举例来说是这样的：小时候老师问我雷锋叔叔的问题，我做了落后的回答。其实进步的回答我也会，但是我知道不能那么答。假设我答道：Of course，人吃饭是为了活着，难道还有其他答案吗？老师就会说：你这个东西，十回上课九回迟到，背地里骂老师，揪女同学的小辫子，居然思想比雷锋还好？这真叫屎壳螂打呵欠——怎么就张开您那张臭嘴了！与其在课堂上挨这份臭骂，不如承认自己是一口猪。像这样的账，我时时算得清清楚楚。说实在的，我学坏也不是一天两天的了。讲到了这个地步，×海鹰还是不明白。她说，你的小学老师做工作的方法是有点简单粗暴。但这和现在的事有什么关系呢？其实我问她的是：我在这里坦白交待等等，到底有没有用处？假如最后还是免不了去学习班，我宁愿早点去，早去早回来嘛。换言之，我的问题是这样的：所谓帮教，是不是个 Catch 22。费了好多唇舌才说清楚，×海鹰面露神秘微笑，说道：好！你说的我知道了。还有别的吗？

我说的这些话的含义就是：在革命时期里，我随时准备承认自己是一只猪，来换取安宁。其实×海鹰对这些话的意思并不理解。她的回答也是文不对题。当时我以为这种回答就是“你放心好了”，就开始谈第二个问题：磨屁股。这问题是这样的：我长的肩宽臀窄，坐在硬板凳上，局部压强很大。我没坐过办公室，缺少这方面的锻炼，再加上十男九痔，所以痔疮犯得很厉害。先是内痔，后是外痔，进而发展到了血栓痔，有点难以忍受。假如在这里磨屁股有用，我想请几天假去开刀。去掉了后顾之忧，就能在这里磨得更久。×海鹰听了哈哈大笑，说道：有病当然要去治了。但我要是你，就不歇病假。带病坚持工作是先进事迹，对你过关有好处。我听她都说到了搜集我的先进事迹，就觉得这是一个证据，说明她真的要挽救我，劲头就鼓了起来，决心带病流血磨屁股。

过了好久，×海鹰才告诉我说，我说起痔疮时，满脸惨笑，样子可爱极了。但是当时我一点也没有觉得自己可爱。后来我摆脱了后进青年的悲惨地位，但是厂里还觉得我是个捣蛋鬼，不能留在厂子里，就派我去挖防空洞。掏完了洞又派我去民兵小分队，和一帮坏小子一道，到公园绿地去抓午夜里野合的野鸳鸯，碰到以后，咳嗽一声，说道：穿上衣服，跟我们走！就带到办公室去让他们写检查。那时候他们脸上也带着可怜巴巴的微笑，看起来真是好玩极了。但是他们自己一定不觉得好玩。一九七六年秋天又逮到了一对，男的有四十多岁，穿了一件薄薄的呢子大衣，脸色就像有晚期肝癌。女孩子挺漂亮，穿了一套蓝布制服，里面衬了件红毛衣，脸色惨白。这一对一点也不苦笑，看上去也不好玩。问他们：你们干什么了？

答：干坏事了。

再问：干了多少次？

答：主席逝世后这一段就没断过。

说完了就大抖起来，好像在过电。当时正在国丧时期，而那一对的行为，正是哀恸过度的表现。我们互相看了看，每人脸上都是一脸苦笑，就对他们说：回家去吧，以后别出来了。从那以后就觉得上边让我们干的事都挺没劲的。这件事是要说明，在革命时期，总有人在戏弄人，有人在遭人戏弄。灰白色的面孔上罩着一层冷汗，在这上面又有一层皱皱巴巴、湿淋淋的惨笑，就是献给胜利者的贡品。我说起痔疮时就是这般模样，那些公园里野鸳鸯坦白时也是这般模样。假如没有这层惨笑，就变成了赤裸裸的野蛮，也就一点都不好玩了。

我现在谈到小时候割破了手臂，谈到挨饿，谈到自己曾被帮教，脸上还要露出惨笑。这种笑和在公园里做爱的野鸳鸯被捕获时的惨笑一模一样。在公园里做爱，十次里只有一次会被人逮到。所以这也是一种彩。不管这种彩和帮教有多么大的区别，有一点是一样的，那就是笑起来的样子在没中彩的人看起来，都是同样可爱。

八

有关可爱，我还有些要补充的地方。在塔上上班时，我经常对毡巴倾诉情愫："毡巴，你真可爱！"他听了就说：我操你妈，你又要讨厌是吗？过不了多久，我就开始唱一支改了词的阿尔巴尼亚民歌：

> 你呀可爱的大毡巴，
> 打得眼青就更美丽。

不管什么歌，只要从我嘴里唱出来，就只能用凄厉二字来形容。毡巴不动声色地听着，冷不防抄起把扳子或者改锥就朝我扑来。不过你不要为我担心，我要是被他打到了，就不叫王二，他也不叫毡巴了。有一件事可以证明毡巴是爱我的——一九七八年我去考大学，发榜时毡巴天天守在传达室里。等到他拿到了我的录取通知书，就飞奔到塔上告诉我："师大数学系！你可算是要滚蛋了！！"并不是每一个人都有幸生为毡巴，并且有一个王二爱他爱到要死的，所以他也是中了一个大彩。有关可爱的事就是这样。以前我只知道毡巴可爱，等到 × 海鹰觉得我可爱之后，才知道可爱是多么大的灾难。

受帮教时我到 × 海鹰那里去，她总是笑嘻嘻地低着头，用一种奇怪的句式和我说话。比方说，我说道：支书，我来了。她就说：欢迎来，坐吧。如果我说：支书，我要坦白活思想。她就说：欢迎活思想，说吧。不管说什么，她总要先说欢迎。如果说她是在寻我的开心，她却是镇定如常，手里摆弄着一支圆珠笔。如果说她很正经，那些话又实在是七颠八倒。现在我才知道，当时她正在仔细地欣赏我的可爱之处。这件事我想一想都要发疯。

我在 × 海鹰那里受“帮教”时，又发生了一些事。那一年冬天，上级指示说要开展一个“强化社会治安运动”，各种宣判会开个没完。当然，这是要杀鸡儆猴。我就是这样的猴，所以每个会都要去。在市级的宣判会上，有些人被拉出去毙掉了。在区级的宣判会上，又有些人被押去劳改了。然后在公司一级的宣判会上，学习班的全体学员都在台上站着，开完了会，就把其中几个人送去劳教。最后还要开本厂的会。× 海鹰向我保证说，这只是批判会，批判的只是我殴打毡巴，没有别的事，不是宣判会，但我总不敢相信，而且以为就算这回不是宣判会，早晚也会变成宣判会。后来我又告诉她说，我天性悲观，没准会当场哭出来。她说你要是能哭得出就尽管哭，这表示你有悔改之意，对你大有好处。所以那天开会时，我站在前面泪如雨下。好几位中年的女师傅都受不了，陪着我哭，还拿大毛巾给我擦眼泪；余下的人对毡巴怒目而视。刚散了会，毡巴就朝我猛扑过来，说我装丫挺的。他的意思是我又用奸计暗算了他，他想要打我一顿；但是他没有打我的胆量。毡巴最可爱的样子就是双拳紧握，作势欲扑，但是不敢真的扑过来。假如你身边有个人是这样的，你也会爱上他吧。

批判会就是这样的。老鲁很不满意，说是这个会没有打掉坏人的气焰。等到步出会场时，她忽然朝我猛扑过来。这一回四下全是人，没有逃跑的地方，我被她拦腰抱住了。对这种情况我早有预定方案，登时闭住了一口逆气，朝前直不愣登地倒了下去。等到他们把我翻过来，看到我双目紧闭，牙关紧咬，连气都没了。据目击者说，我不但脸色灰白，而且颧骨上还泛着死尸的绿色。慌忙间叫厂医小钱来，把我的脉，没有把着。用听诊器听我的心脏，也没听着（我感觉她听到我右胸上去了）。取针刺我人中时，也不知是我脸皮绷得紧，还是她手抖，怎么扎也扎不进。所以赶紧抬我上三轮车，送到医院去。往上抬时，我硬得像刚从冷库里抬出来的一样。刚出了厂门，我就好了，活蹦乱跳。老鲁对我这种诡计很不满意，说道：下次王二再没了气，不送医院，直接送火葬场！

有关那个强化治安运动和那个帮助会，可以简要总结如下：那是革命时期里的一个事件。像那个时期的好多事件一样，结果是一部分人被杀掉，一部分人被关起来，一部分人遭管制——每天照常去上班，但是愁眉苦脸。像这样的事总是这样的层次分明。被管的人也许会被送去关起来，被关起来的人也许会被送去杀掉，任何事都可能发生，你要耐心等待。我的错误就在于人家还没有来杀，我就死掉了。

出了这些事后，× 海鹰告诉我说：你就要完蛋了。再闹这么几出，我也救不了你，一定会被送到学习班去。我觉得这不像是吓唬我，内心十分恐惧，说道：你——你——你可得救救我。咱们和毡巴，关系都不错。在此之前，我不但不结巴，而且说话像日本人一样的快。那一回犯了前结巴，到现在还没有好。现在我用两种办法克服结巴，一是在开口之前先在心里把预期要结巴的次数默念过去，这样虽然不结巴，却犯起了大喘气的毛病。还有一种办法是在说话以前在额头上猛击一掌，装作恍然大悟，或者打蚊子的样子，然后就不结巴了。但这种办法也不好，冬天没有蚊子，中午十二点人家问你吃饭了没有，你却要恍然大悟一下，岂不是像健忘症？最糟的是，我有时大喘气，有时健忘症，结果是现在的同事既不说我大喘气，也不说我健忘症。说我些什么，讲出来你也不信，但还是讲出来比较好：他们说我内心龌龊，城府极深，经常到领导面前打小报告，陷害忠良。但是像这样的事，我一件也没干过。这都是被 × 海鹰吓出的毛病。

而 × 海鹰对这一点非常得意，见人就说：我把王二吓成了大喘气！大家听了哈哈大笑。这种当众羞辱对我的口吃症毫无好处，只会使它越来越重。当然，我结巴也不能全怪 × 海鹰。领导上杀鸡儆猴，也起了很大的作用。看到宣判会上那些行将被押赴刑场的家伙，一个个披枷戴锁，五花大绑，还有好几个人押着，就是再会翻跟头也跑不掉。而被押去劳改的人，个个剃着大秃头，愁眉不展，抱怨爹娘为什么把他们生了出来。像这样的事，假如能避免，还是避免的好。所以我向 × 海鹰求救，声泪俱下，十分恳切。她告诉我说，我主要的毛病就是不乖，这年头不乖的人，不是服徒刑就是挨枪毙。我请教她，怎么才能显得乖。她告诉我说，第一条就是要去开会。这句话不如这样说：我要到会场上去磨屁股。

× 海鹰告诉毡巴说，王二这孩子真逗，又会画假领子，又会装死。但是我对这些话一无所知。当时我并不知道她在这样说我，知道了一定会掐死她。

九

不管你是谁，磨屁股你肯定不陌生。或者是有人把你按到了那个椅子上，单磨你的屁股，或者是一大群人一起磨，后一种情形叫做开会。总而言之，你根本不想坐在那里却不得不坐，这就叫磨屁股。我之所以是悲观主义者，和磨屁股有很大关系。以后你就会看到，我的屁股很不经磨。但是 × 海鹰叫我去开会，我不得不去。

革命时期的人总是和某种会议有关系。比方说，党员就是党的会议与会者的集合，团员就是团的会议与会者的集合，工人就是班组会和全厂大会与会者参加者的集合。过去我几乎什么会都不开，因为我既不是党员，又不是团员，我的班组就是我和毡巴两个人，开不起会来。至于全厂会，参加的人很多，少了我也看不出来，我就溜掉了，但是抱有这种态度的不是我一个人，所以最后就能看出来。有一阵子老鲁命令在开大会时把厂门锁上，但我极擅爬墙。后来她又开会时点名，缺席扣工资。我就叫毡巴在点名时替我答应一声。采取这些办法的也不止我一个人，所以开全厂会时，往往台下只有七八十人，点三百人的名字却个个有人应，少则一个人应，多则有七八个人应，全看个人的人缘好坏了。当然，老鲁也不是傻瓜。有一回点名时一伸手指住了毡巴喝道：你！那个大眼睛的瘦高个！你又是毡巴，又是王二，又是张三，又是李四；你到底叫什么？毡巴瞪着大眼睛想了好半天，答道：我也不知道自己叫什么！开会的情形就是这样的。

等到受“帮教”以后，×海鹰叫我多去开会，不但要开全厂会，而且要去开团会，坐在团员后面受受教育。假如我到了流氓学习班也得开会，现在能留在厂里，开点会还不该吗？只是她要求我在开会时不准发愣，这就有点强人所难。所以我开会时总是泡一大缸子茶（放一两茶叶末），带上好几包劣质香烟前往。那些烟里烟梗子多极了，假如不用手指仔细揉松就吸不着火；揉松吸着后就不能低头，一低头烟的内容物就会全部滑落在地，只剩一筒空纸管在你嘴上。叼上一支烟能使我保持正襟危坐的姿势，没有别的作用，因为我当时没有烟瘾，根本不往肺里吸。等到它燃近嘴唇，烟雾熏眼时，我就猛吹一口，把烟火头从烟纸里发射出去。开头是往没人的地方乱吹，后来就练习射击苍蝇，逐渐达到了百发百中的境界。这件事掌握了诀窍也不太难，只要耐心等到苍蝇飞近，等到它在空中悬停时，瞄准它两眼中间开火就是了。但是在外行人看来简直是神乎其技。一只苍蝇正在飞着，忽然火花飞溅，它就掉在地上翻翻滚滚，这景象看上去也蛮刺激。后来就有些团员往我身边坐，管我要烟，请教射击苍蝇的技巧；再后来会场上就“噗噗”声不断，烟火头飞舞，正如暗夜中的流星。终于有个笨蛋把烟头吹到了棉门帘上，差点引起火灾。最后×海鹰就不叫我去开会了，她还说我是朽木不可雕。有关这件事，我现在有如下看法：既然人饿了就要吃饭，渴了就要喝水，到了一定岁数就想性交，上了会场就要发呆，同属万般无奈；所以吃饭喝水性交和发呆，都属天赋人权的范畴。假如人犯了错误，可以用别的方法来惩办，却不能令他不发呆。如其不然，就会引起火灾。

假如让我画磨屁股，我就画一张太师椅，椅面光洁如镜，上面画一张人脸，就如倒影一样。椅子总是越磨越光，但是屁股却不是这样。我的屁股上有两片地方粗糙如砂纸，我老婆发现以后就到处去张扬：“我们家王二屁股像鲨鱼。”其实像我这种岁数的男人，谁的屁股不是这样。

十

×海鹰不让我去开会，但也不肯放我回家，叫我在她办公室里坐着。这样别人磨了多少屁股，我也磨了多少屁股，显得比较乖。除此之外，她还把门从外面锁上了。据她说，这样有两个好处：一是防止老鲁冲进来，二是我被囚禁在这里时，男厕所里出现了什么画就和我没有关系。我觉得把我关起来是为我好，也就没有异议。那间房子里除了一张办公桌，一把椅子，一个凳子，还有一道帘子，帘子后面是一张床。×海鹰家住得很远，平时她就在厂里睡觉。那间房子外面钉了纱窗，相当地严密。有一次我内急，就解下她挂帘子的绳子，抛过房梁，攀着爬出天窗跑掉了。那绳子是尼龙绳，又细又硬，把我的手心都勒坏了。× 海鹰知道我跑掉了，也没说什么，只是把挂帘子的绳子换成了细铅丝。再以后我没有往外跑过，只是坐在凳子上，用双手抱住脑袋。这样磨来磨去，我就得了痔疮。

我被锁在 × 海鹰屋里时，总爱往窗外看。看别人从窗外走过，看院子里大树光秃秃的枝条。其实窗外没有什么好看，而且我刚从窗外进来。但是被关起来这件事就意味着急于出去，正如被磨屁股就意味着急于站起来走走。这些被迫的事总是在我脑子里输入一个相反的信号。脑子里这样的信号多了，人也就变得痴痴呆呆的了。

第三章

一

冬天将尽时，我告诉 × 海鹰这样一件事：一九六六年的盛夏时节，当时“文化革命”刚闹起来。我在校园里遛弯时，看到我爸爸被一伙大学生押着游街。他大概算个反动学术权威吧。他身上穿了一件旧中山服，头上戴了一顶纸糊的高帽子——那帽子一眼就能看出是以小号字纸篓为胎糊的；手里拿着根棍子，敲着一个铁簸箕；当时游街的是一队人，他既不是走在第一个，也不是走在最后一个；时间大概是下午三点钟；天气是薄云遮日。总而言之，我见到他以后，就朝他笑了笑。回家以后他就把我狠揍了一顿，练拳击的打沙袋也没那么狠。虽然我一再解释说，我笑不是什么坏意思，但是不管什么用。当时我气得咬牙切齿，发誓要恨他一辈子。但是事后冷静想了一下，又把誓言撤销了。

从我记事以来，我爸爸就是个秃脑壳，脑袋很大。在“文化革命”里他不算倒霉，总共就被斗了一回，游了一回街，也不知怎么这么寸，就被我看见了。此后他对我就一点也不理解了。比方说，在我十五岁时，他说：这孩子这么点岁数，怎么就长络腮胡子？我在家里笑一声，他也要大发感慨：这叫什么动静？像日本鬼子打枪一样！不过我的外表是有点怪：没有到塞外吹过风，脸就像张砂纸；没干过什么重活，手就硬得像铁板一样。不过这些事就扯得太远了。我爸爸把我狠揍了一顿以后，我开头决定要恨他，后来一想：他是我爸爸，我吃他喝他，怎么能恨他？如果要恨那些大学生，人家又没有揍我，怎能恨人家。从那天以后，我没恨过任何人。后来在豆腐厂里，虽然想过要恨画了裸体画给我带来无数麻烦的家伙，但我不知道他是谁。等到知道他是窝头后，就一点也恨不起来了。

我告诉 × 海鹰说，我很爱我爸爸。理由除了他从小到大一直供养我之外，还有他从小到大每天都打我。这对我好处很大，因为我们打架时总以把对方打哭了为胜。而我从来就不会被人打哭，好像练过铁布衫金钟罩一样。据我所知，练横练功夫必须用砖头木棍往自己身上拍打。我爸爸来打我，就省了我的拍打功夫了。因为我是这样地爱他，所以老盼着他掉到土坑里去，然后由我把他救出来。这时候我还要数落他一顿。受帮教的时候，我也总盼着 × 海鹰有一天会掉进土坑，然后我好把她救出来。但是这两位走路都很小心，从来不往沟里走，辜负了我的一片好心。

帮教时，我告诉 × 海鹰我爸爸的事，她听了以后皱皱眉，没有说话，大概觉得这些事情不重要。其实这些话是很重要的。对于不能恨的人，我只能用爱来化解仇恨。我爱上她了。

有关我爱上 × 海鹰的事，必须补充如下：这种爱和爱毡巴的爱大不相同。毡巴这家伙，见了我总是气急败坏，但又对我无可奈何，这个样子无比地可爱，对我来说他简直是个快乐的源泉。而 × 海鹰对我来说就是个痛苦的源泉，我总是盼她掉进土坑。尽管如此，× 海鹰还是让我魂梦系之。人活在世界上，快乐和痛苦本就分不清。所以我只求它货真价实。

一九七四年的一月到五月，我在豆腐厂那间小办公室里和 × 海鹰扯东扯西，心里恨她恨得要死。这种恨用弗洛伊德的话来说，又叫做爱恨交集，与日俱深。后来我既不恨她，也不爱她，大家各过各的，但那是以后的事了。

我告诉 × 海鹰，从一九六七年春天开始，我长大的校园里有好多大喇叭在哇哇地叫唤，所有的人都在互相攻击，争执不休，动口不动手，挺没劲的。但是过了不久，他们就掐起来了。对于非北京出生的读者必须稍加解释：蛐蛐斗架谓之掐。始而摩翅做声，进而摩须挑衅，最后就咬作一团，他们掐了起来，从挥舞拳头开始一个文明史。起初那些大学生像原始人一样厮打，这时我的结论是世界的本质是拳头，我必须改进自己的格斗技术；后来他们就满地拣石头。到了秋季，我估计兵器水平达到了古罗马的程度：有铠甲，有刀枪，有投石器，有工事和塔楼。就在这时我作为一个工程师参加了进去，这是因为我看到有一派的兵工水平太差了。他们的铠甲就是身前身后各挂一块三合板，上面贴了一张毛主席像，上阵时就像一批王八人立了起来。至于手上的长枪更加不像话，乃是一根铁管子，头上用手锯斜锯了一道，弄得像个鹅毛笔的样子，他们管它叫“拿起笔做刀枪”，他们就这样一批批地开上前线，而对方手使锋利的长枪，瞄准他们胸前的毛主席的人中或者印堂轻轻一扎，就把他们扎死了。这真叫人看不过去，我就跑了去，教他们锻造盔甲，用校工厂里的车刀磨制矛尖。那种车刀是硬质合金做的，磨出的长矛锋利无比，不管对方穿什么甲，只要轻轻一扎，就是透心凉。不用我说，你就知道他们是些学文科的学生，否则用不着请一个中学生当工程师。但是我帮他们忙也就是两个月，因为他们的斗争入冬就进行到了火器时代，白天跑到武装部抢枪，晚上互相射击。在这个阶段他们还想请我参加，但是我知道参加了也只是个小角色，就回家去了。在我看来造枪并不难，难在造弹药上，我需要找几本化学书来看看，提高修养。再后来的事大家都知道，到了冬天快结束上面就不让他们打了，因为上面也觉得他们进化得太快，再不制止就要互掷原子弹，把北京城炸成平地。在此之前我的确想过要看点核物理方面的书，以便跟上形势。后来我又决定不看这方面的书，因为我不大喜欢物理学，觉得知道个大概就可以了，真正有趣的是数学。我对科学感兴趣的事就是这样的。

我告诉 × 海鹰这些事时，冬天将尽，外面吹的风已经带有暖意。假如以春暖花开为一年之计的话，眼看又过了一年。眼前的帮教还遥遥无止期。我觉得这一辈子就要在这间办公室里度过了。在这种时候谈起小时候的事，带有一点悲凉的意味。

除了科学，我对看人家打架也有兴趣。一九六七年夏天在我住的地方发生过好多场动矛枪的武斗。当时我想看，又怕谁会顺手扎我一枪，所以就爬到了树上。其实没有谁要扎我，别人经过时，只是问一声：小孩，那边的人在哪里？我就手搭凉棚到处看看，然后说：图书馆那边好像藏了一疙瘩。人家真打起来时，十之八九隔得挺远，看不真切。只有一次例外，就在我待的树下打了起来，还有人被捅死了。

当时打仗的人都穿着蓝色的工作服，头上戴了藤帽，还像摩托车驾驶员一样戴着风镜——这是因为投掷石灰包是一种常用战术。每人脖子上都有一条白毛巾，我不知道白毛巾有什么用处，也许是某种派头。那天没见到身挂三合板手拿“拿起笔做刀枪”的那伙人，所以大家都穿标准铠甲：刺杀护具包铁皮，手持锋利长枪。乒乒乓乓响了一阵后，就听一声怪叫，有人被扎穿了。一丈长的矛枪有四五尺扎进了身子，起码有四尺多从身后冒了出来。这说明捅枪的人使了不少劲，也说明甲太不结实。没被扎穿的人怪叫一声，逃到一箭之地以外去了。只剩下那个倒霉蛋扔下枪在地上旋转，还有我被困在树上。他就那么一圈圈地转着，嘴里“呃呃”地叫唤。大夏天的，我觉得冷起来了，心里爱莫能助地想着：瞧着吧，已经只会发元音，不会发辅音了。

后来我又咬着手指想道：《太平广记》上说，安禄山能作胡旋之舞，大概就是这样的吧。书上说，安禄山能手擎铜壶做舞，而眼前这个人手里虽然没有壶，身上插了一条长枪，仿佛有四只手，在壮观方面还是差不多。还想了些别的，但是现在都想不起来了。因为那个人仰起头来，朝着我扬起一只手。那张脸拉得那么长，眼珠子几乎瞪出了眼眶，我看见了他的全部眼白，外加拴着眼珠的那些韧带。嘴也张得极大，黄灿灿的牙，看来有一阵子没顾上刷牙了，牙缝里全是血。我觉得他的脸呈之字形，扭了三道弯——然后他又转了半圈，就倒下了。后来我和 × 海鹰说起这件事，下结论道：当时那个人除了很疼之外，肯定还觉得如梦方醒。她听了以后呆头呆脑地问：什么梦？什么醒？但是我很狡猾地躲开了这个问题，说道：这个我也不知道——听说每个人临死时都是如梦方醒。

我和 × 海鹰在小屋里对坐，没什么可说，就说起这类事情来了。什么梦啦，醒啦，倒不是故弄玄虚，而是我有感而发。因为我觉得每个人脑子里都有好多古怪的东西，而当他被一条大枪扎穿时，这些古怪的东西一定全没了。我听说农村有些迷信的妇女自觉得狐仙附了体，就满嘴“玉皇大帝”地胡说，这时取一根大针，从她上嘴唇扎进去，马上就能醒过来。一根针扎一下就能有如此妙用，何况一杆大枪从前心穿到后背？有时候我觉得自己脑子也有点不清不楚，但是不到万不得已，还不想领略这种滋味。但这已经是很久以前的事情了。

我长大以后，读弗洛伊德的书，看到这么一句话：从某种意义上讲，我们每个人都有点歇斯底里。看到这里我停下来，对着歇斯底里这个词发了好半天的愣。本来这个词来源于希腊文“子宫”，但是那种东西我从来没见过，所以无从想象。我倒想起十二岁时自己做了一台电源，可以发出各种电压的直流电、交流电；然后我就提了一大批蜻蜓，用各种电压把它们电死。随着电压与交直流的不同，那些蜻蜓垂死抽搐的方式也不同，有的越电越直，有的越电越弯，有的努力扑翅，有的一动不动，总而言之，千奇百怪。因此就想到，革命时期中大彩的人可能都是电流下的蜻蜓。

小时候我去逮蜻蜓，把逮到的蜻蜓都放到铁窗纱做的笼子里放着，然后再逐一把它们捉出来电死。没被电到的蜻蜓都对正在死去的蜻蜓漠然视之。因此我想到，可能蜻蜓要到电流从身上通过时，才知道中了头彩，如梦方醒吧。

二

我六岁时，天空是紫红色的，人们在操场上炼钢，我划破了手臂。然后我就饿得要死。然后我的老师说我是一只猪。然后我爸爸又无端地揍我。这些事情我都忍受过来，活到了十四岁。一辈子都这样忍下去不是个办法，所以我决定自寻出路。这个出路就是想入非非。爱丽丝漫游奇境时说，一切都越来越神奇了。想入非非就是寻找神奇。

有关我爸爸打我的事，还有一些要补充的地方。他戴着高帽子游街，我看到他时笑了一笑；于是我就挨了一顿打。由此容易得出一个结论：在那种场合应该苦着脸。但是这个结论是错的，因为哭丧着脸也要挨打。正确的结论是到了我该挨打的时候就会挨打，不管我是哭还是笑。既然活在世界上，不管怎样都要挨打，所以做什么都没有了意义。唯一有意义的事就是寻找神奇。

根据我的经验，每个中了某种彩的人都要去寻找神奇。比方说我爸爸吧，作为一个搞文史的教授，他的后半辈子总是中些小彩：不是学术观点遭到批判，就是差点被打成了右派。没有一次中彩后他不干点怪事的，不是痛哭流涕地说自己思想没改造好，就是觍着老脸跑到党支部交上入党申请书。后来他产生了一个奇怪的念头，觉得自己小彩不断的原因是作了孽——生了一个十几岁就长了一脸毛，面目丑陋的儿子。既然已经作了孽，就要做点好事来补过——揍我一顿。连带着我前半辈子也老是中些小彩。因为彩头的刺激，我从小就有点古怪。我从没有中过头彩，因为只有被人当胸刺穿才是头彩。我以为中头彩后就会彻底本分，悔不当初，等等。但是这不过是种猜测罢了。

我小的时候，总在做各种东西：用缝纫机的线轴和皮筋做能走的车，用自行车上的零件做火药枪，用铜皮做电石灯，这是小学低年级的作品。大一点后，就造出了更古怪的东西。比方说，我用拣来的废铜烂铁做了一架蒸汽机，只要在下面烧几张废纸，就能转十五分钟。我用洋铁皮做了一门大炮，只要小心地把一点汽油蒸汽导进炮膛，点火后就会发出一声巨响，喷出火舌，打出一个暖瓶用的软木塞。后来我又用废汽油炉子造出了汽油发动机，结构巧妙，但是它的形状很难装到任何一种车辆上，而且噪声如雷，只能把它搬到野外去试车。年龄越大，做出的东西越复杂，但我的材料永远是废铜烂铁，因为我长大的地方除了鸡窝，就是废铜烂铁，别的什么都没有。我爸爸因为我把家里弄得像个垃圾场，并且因为我经常不做学校里的家庭作业，几乎每天都打我一顿。现在假如给我时间和足够的废铜烂铁，我就能造出一架能飞的喷气式飞机——当然，飞不了多远就会掉下来。假如每个人都像我这样地发明东西，一定能创造出一个奇妙的新世界，或者像那只鸡一样飞上天去。但是家里的地方有限，还住了那么多人，容不了太多的废铜烂铁。因为这个缘故，必须要另找出路。

小时候我看到那只公鸡离地起飞时，觉得是个令人感动的场面。它用力扑动翅膀时，地面上尘土飞扬，但是令人感动的地方不在这里。作为一只鸡，它怎么会有了飞上天的主意？我觉得一只鸡只要有了飞上五楼的业绩，就算没有枉活一世。我实在佩服那只鸡。

在帮教时间里我把这些事告诉 × 海鹰。她说，你的意思是你很能耐，是不是？我听了以后觉得很不中听。照她的说法，我做这些事，就是为了在她面前表现出能耐。但是我当时还不认识你，怎么会有这种想法？我知道有一种人长头发大乳房，说话一贯不中听。所以我不该和她们一般见识。这样想很容易，但是做不到。因为女人就是女人，你只能和她们一般见识。

过了这么多年，我又从那句话里想出另一重意思来。当时我已经被她吓出了前结巴，所以除了讽刺我在她面前显示能耐之外，她还有说我实际上不能耐之意。好在当时我没有听出来，否则会出什么事，实在是不堪想象。

三

现在我弄明白了寻找神奇是怎么回事，那就是人一旦中了一道负彩，马上就会产生想中个正彩的狂想。比方说我爸爸，差点被打成右派时去递上入党申请书，希望党组织一时糊涂把他吸收进去，得个正彩。等到他受到批判，又狂想自己思想能被改造好，不但再不受批判，还能去批判别人。至于我呢，一旦挨饿、挨揍以后，就神秘兮兮地去爬炉筒子，发明各种东西；想发现个可以遁身其中的新世界，或者成为个伟大人物。我们爷俩总是中些负彩，在这方面是一样的，只不过我是少年儿童，想出的东西比他老人家更为古怪。

在帮教时间里我对 × 海鹰说到过一九六六年我见到一辆汽车翻掉的事，这件事是这样的：一九六六年冬天我十四岁，学校停了课，每天我都到城里去。那时候满街都是汽车，全都摇摇晃晃。有的车一会朝东，一会朝西，忽然就撞到小铺里去。这就是说，开车的不会扶驾驶盘。有的车开得慢悠悠的，忽然发出一阵怪叫，冒出一屁股的黑烟，朝前猛撞。这就是说开车的不会挂挡。有的车一会儿东摇西晃，一会儿朝前猛撞。这就是说，既不会扶轮，也不会挂挡。我站在长安街中间看这些车，觉得很好玩，假如有辆车朝我猛撞过来，我就像足球守门员一样向一边扑去。有一天我在南池子一带，看到一辆车如飞一般开了过去，在前面一个十字路口转了一个弯，就翻掉了。可能是摔着了油箱吧，马上就起了火。从车中部烧起，马上就烧成个大火球。轮胎啦，油漆啦，烧得黑烟滚滚，好看得很。

后来我也会开车了，怎么也想不出到底怎样开车才能把辆大卡车在平地上开翻掉。除非是轧上了马路牙子，或者有一边轮胎气不足。这就是说，开车的连打气都不会。但这是后来的事。当时我朝翻倒的车猛冲过去，但是火光灼面，靠近不得。过了不一会儿，火就熄了（这说明油箱里油不多），才发现车厢里有三个人，全烧得焦脆焦脆的，假如是烧鹌鹑，这会儿香味就该出来了。顺便说一句，烧鹌鹑我内行得很。这件事听得 × 海鹰直恶心。她还说我的思想不对头——好人被烧死了，我一点都不哀恸。凭良心说，我是想哀恸，但是哀恸不起来。哀恸这种事，实在是勉强不出来的。我只觉得这件事很有意思。革命时期对我来说，就是个负彩时代。只有看到别人中了比我大的彩心里才能高兴。

除了烧鹌鹑，我还擅长造弹弓。其实说我擅长制造弹弓是不全面的，我热爱并擅长制造一切投石机械。一九六七年秋天，我住的那个校园里打得很厉害，各派人马分头去占楼，占到以后就把居民撵走，把隔壁墙打穿，在窗口上钉上木板，在木板的缺口处架上发射砖头的大弹弓。这也是一种投石机械，和架在古罗马城墙上的弩炮，希腊城邦城头上的投石机是一种东西。我对这种东西爱得要了命，而且我敬爱的一切先哲——欧几里得、阿基米德、米开朗琪罗、达·芬奇——全造过这种东西。但是那些大学生造的弹弓实在太糟糕，甚至谈不到“造”，只不过是把板凳翻过来，在凳子腿上绑条自行车内带，发出的砖头还没手扔得远呢。这叫我实在看不过去。有一天，“拿起笔做刀枪”那帮人冲到我们家住的楼上，把居民都撵走了。这座宿舍楼不在学校的要冲地段，也不特别坚固，假如不把我考虑在内，根本没必要占领。另一方面，当时兵荒马乱的，我们家也不让我出门。他们来了以后，我不出门也可以参加战斗了。但是我们家里的人谁也没看出来，他们只是老老实实搬到中立区的小平房里，留下我看东西。所谓中立区，是一个废弃的仓库，里面住满了家成了武斗据点的人们，男男女女好几百人住在一个大房子里，门口只有一个水管子，头顶上只有一个天窗。各派的人都住在一起，还不停地吵嘴。那个房顶下面还有很浓厚的屁味、萝卜嗝味，永远也散发不出去。我没到那里去住，还留在那座宿舍楼里，后来我就很幸福了。

有关这两件事，都有要补充的地方。前一件事发生的时候，北京的天空是灰蒙蒙的，早上有晨雾，晚上有夜雾——这是烧煤的大都市在冬天的必然现象。马路面上还有冻结了的霜，就像羊肉汤凉了的时候表面上那层硬油。那时候北京那些宽阔的马路上到处是歪歪倒倒行驶着的汽车，好像一个游乐园里的碰碰车场。人行道上人很多，熙熙攘攘。忽然之间某个行人的帽子就会飞上天，在大家的头顶上像袋鼠一样跳了几下，就不见了。有人说，这是因为人太多，就有一些不争气的小贼用这种方法偷人家的帽子。但我认为不是这样，起码不全是这样。我有时候也顺手就扯下别人的帽子，把它扔上天——这纯粹是出于幽默感。后一件事发生时，我们那所校园里所有楼上的窗户全没了，只剩下一些黑窟窿。有些窟窿里偶尔露出戴着藤帽的人头来。楼顶上有桌椅板凳堆成的工事，工事中间是铁网子卷成的筒子，那些铁网是原来在排球场边上围着挡球的。据说待在网后很安全，因为砖头打不透。那片校园整个就像个大蟑螂窝。这两个时期的共同之点是好多大喇叭在声嘶力竭地嚷嚷，而且都有好多人死掉了。但是我一点都不哀恸。我喜欢的时代忽然降临了人世，这是一个奇迹。我们家都成了蟑螂窝，绝不会有人嫌弃我的废铜烂铁。再没有比这更叫人高兴的事了。至于它对别人是多么大的灾难，我一个十几岁的孩子管得着吗。

四

我小的时候想过要当发明家，仿佛创造发明之中有一种魔力，可以使人离地飞行。为了这个缘故，我先学了数学，又学了 Double E。但是现在我发现它根本就没有这种魔力。不管你发明了什么东西，你还是你自己。它的一切魔力就是使你能造出一架打死人的投石机。但是这个本事不会也罢。小的时候我不和女孩子一块玩，躲她们如躲瘟疫。但是我现在也结了婚，经常和老婆坏一坏。这说明我长大了。小时候我对生活的看法是这样的：不管何时何地，我们都在参加一种游戏，按照游戏的规则得到高分者为胜，别的目的是没有的。具体而言，这个看法常常是对的，除了臭气弥漫的时期。比方说，上学就是在老师手里得高分，上场就是在裁判手里得高分，到了美国，这个分数就是挣钱，等等。但就总体而言，我还看不出有什么对的地方，因为对我来说，这个规则老在变。假如没有一条总的规则的话，就和没有规则是一样的了。

现在我又想，为了那架投石机和少年时的狂想，损失的东西也不少。假如不是对这些事入了迷，还可以做好多别的事。假如游戏的总规则是造台复杂的机器，那我十六岁时就得分不少。但假如这规则不是这样，而是以与女人做爱次数多为胜，那我亏得可太多了。但是这个游戏的总规则是什么，根本就没人知道。有关这个总规则的想法，就是哲学。

我长大以后活到了三十五岁，就到美国去留学。有时候有钱，有时候没钱，就到餐馆里打工。一般情况下总是在厨房里刷盘子，这是因为我有一点口吃，而且不是那种“后结巴”，也不是那种“中结巴”，而是“前结巴”，一句话说不上来，目瞪口呆，说英文时尤甚。在厨房里我碰上了一位大厨，他的终身事业是买六合彩。作为一个已经学过六年数学的学生，像六合彩这样的概率题当然会算；只可惜算出来以后没办法给大厨讲明白。每到了该决定买什么数字的时候，那位大厨就变得神秘兮兮的，有时候跑到纽约伏虎寺去求香拜佛，有时候又写信给达拉斯的王公子，让他给起一卦。有时候他要求我提供一组数字，还不准是圆周率，我就跑到大街上去抄汽车牌。这种事情有一定的危险性，抄着抄着，车里就会跳出几个五大三粗的黑人，大骂着朝我猛扑过来，要我说出为什么要抄他们的牌子。在这种情况下，我才不肯停下来解释有一位中国大厨需要这些数字，而是拔腿就跑，见到路边上楼房有排水管就往上爬。幸亏这些人里没有体操队员，也没人带着枪。这种事不用我说，你就能知道是比老鲁要抓我要命。所以我老向那位大厨解释说，六合彩里面是没有诀窍的；假如有诀窍，那也不是我能知道的。但是他只用一句话就把我驳倒了：假如真的没有诀窍，我怎会相信有诀窍呢？就是因为不能驳倒这个论点，说别的就没有用处了。比方我说：假如我一抄车牌子就能抄上下期的六合彩，那我干吗不去买下期的六合彩？他答道：谁知你为什么不去买？我就要犯前结巴。照他的看法，那些中彩的一定是发现了某种诀窍，因而发了大财。当然，像这样的诀窍谁也不肯说出来。再说，说出来就不灵了。没准这种诀窍是在电话本上看来的，或者睡觉时梦到的。也没准是一年不性交，或者是买彩票之前性交。还有人说，这诀窍是吃掉老婆的月经纸（当然是烧成了灰再吃）。他还说，最后一条他已经试过了，不大灵。这倒使我大吃一惊：看他头发都白了，老婆怎么还有月经？后来一想，谁知道他吃的是谁的纸，那纸是怎么来的。这么一想后，就觉得很恶心。在一起吃饭时，凡他动过筷的菜我都不动。

直到我回了国，该大厨还来信让我上大街上拣几张废汽车票给他寄去。但是我想，今后再也不用上那家餐馆打工，用不着再拍他马屁，就没给他干这件事。但是这些都是很后来的事了。当时最严重的问题是那个大厨已经买了整整一辈子的六合彩，已经完全走火入魔，而他正是我的顶头上司。因为我不能直截了当地对他说，你是一个白痴，所以直到我回了国，也没解释明白。

我们家里的人说，小时候我除了爬炉壁，还干过不少其他傻事——比方说，爬树摔断了腿，玩弹弓打死了邻居的鸡，逃到西山躲了三天才回来等等。但是我一点都记不得。照我看，就算有这些事也没有什么。我觉得高炉里有一个奇妙的新世界，自有我的道理：假如那高炉里什么都没有的话，我怎么会有这样的想法呢？这样的想法丝毫也不能说是傻，只能说有点不成熟。那时候我才十二岁，这比活到了五十多岁还吃月经纸可强多了。后来我认识的那位大厨也知道了吃那种东西对中六合彩毫无帮助，但是他还要打肿了脸充胖子，说那东西叫做红铅，是内家炼丹的材料，吃了十全大补。我还知道有一种东西中医叫做“人中黄”，据说吃了可以健胃——那就是屎。但是我不敢提这种建议，恐怕他和我急。他后来换了一种玩法，到大西洋赌城去玩轮盘赌，一个月的工钱，一夜就能输光。照我看这样比较正常。但是他很快又五迷三道，自以为可以发明必胜的轮盘赌法，经常在炒菜时放可以咸死老水牛的盐。而我是由他推荐到前台去当 waiter 的——你知道，我喜欢穿黑皮衣服，所以有几个怪里怪气的妞儿老上我台上来吃饭，而且小费给得特多，老板就说我有伤风化，把我和他一块开掉了。其实我在这件事上十足无辜，我穿黑衣服是童年的积习，我总是爬树上房，黑衣服经脏。虽然有个丫头老问我是 S 还是 M，但是我一点也不懂这些事。

后来我到学校图书馆特殊收藏部找了几本书看了看，搞明白什么是 S，什么是 M，再碰到那个丫头时就告诉她说：我有点 S，也有点 M。我像一切生在革命时期的人一样，有一半是虐待狂，还有一半是受虐狂，全看碰见的是谁。她听了这话目瞪口呆，好像我说了什么傻话一样。乍到美国时净犯这种错误，到加油站问哪儿有打气（air），却问成了哪儿有屁股（ass）。但那一回却不是。我说的是由衷之言。

现在我活到了四十岁。算算从九岁到四十岁的发明，多得简直数不过来。最近的一项发明是一种长筒袜，里面渍有铁粉和卤化物，撕开了包装就发热，可以热四十八小时，等热完了就是一双普通的长筒袜。我以为可以一举解决怕冷和爱漂亮的问题。我把这项发明交给一家乡镇厂生产，后来就老收到投诉信，告状的说，老婆早上穿上我的袜子时，还是一个完整的东亚黄种，晚上脱下来，下半身就变成了黑人。这是因为那家厂子用过期的油墨把袜子染黑，不能说我的发明不好。我至今还保持了热爱发明的本性，但是再也不相信发明可以扭转乾坤——换言之，搞发明中不了正彩。

我长大后结了婚，然后到美国去留学。我在国内是学数学的，出去以后觉得数学没有意思，就在计算机系和 Double E（咱们叫无线电）系注册。我老婆是学党史的，出去以后觉得党史没意思，就改了 PE，咱们叫体育。除了上学，我们还得挣钱糊口。我老婆到健身房给人家带操，就此找到了她的终身事业，现在每天带十节操还嫌太少。她说除了吃饭和睡觉就想带操，站在一大群人面前跳跳蹦蹦。而我给人家编软件。到了美国我才知道，原来想要活着就要挣钱。本来挣钱是一件很枯燥的事，我偏把它想得很浪漫。

第一次从系里领来了编软件的活儿时，我想道：好！总算有了一个我施展才华的机会了！有关这一点，我有好多要补充的地方。自从长大成人，我处处不顺。开头想当画家，却是个色盲。后来当了数学系的研究生，导师给我的论文题目却是阐发马克思的《数学手稿》。虽然也挖空心思写了一百五十多页，但是我写了些什么，导师现在准想不起来了。我也想不起来了。打印稿现在找不着了，手写的底稿也找不着了。所以这篇论文写了就和没写一样，白白害死了自己好多脑细胞。简言之，我从来就没做过一件真正的工作，除非你把做豆腐也叫做工作。但是不管你把豆腐做成什么样，吃下去以后都变大粪，变不成金刚石。以上说明是解释我拿到那个活为什么激动。虽然那是个大型软件，好几个人合编，但是我想这样更好，可以显出我比别人强。越是这样想，就越是心绪纷乱，一行源码也写不出来。所以我就对我老婆说，你出门时，把我锁在屋子里。我就是这样一个变态分子，但是我老婆一点没觉察出来。

锁在房子里时，精力能够集中。所以我编的第一批软件极有诗意，李后主有词云：

> 红豆啄残鹦鹉粒。

我的软件就曲折和弹性而言，达到了此句的境界。后主又有残句云：

> 细雨流湿光。

我的软件就有这么简约，别人编十行，我只用一行。等到交活时，教授看了吃一惊：这么短！能跑（run）吗？我说你试试嘛。试完了他和我握手道：谢谢！但是到了开支时，我的钱比别人都少。原来是按行算钱，真把我气死了。等到交第二批软件时，我就吃棉花屙线屎。古诗云：

一个和尚独自归，
关门闭户掩柴扉。

我的第二批软件到了这种境界。简言之，别人编一行，我就编了二十行。等到交活时，教授根本不问能不能 run，只说：你这是捣蛋！就打回来让我改短。资本主义就是这么虚伪。等到拿了学位，我毫不犹豫就回国来。这是因为我从骨子里来说是个浪漫诗人，作画时是个颜色诗人，写程序时是个软件诗人。干瘪无味的资本主义社会哪里容得下浪漫诗人。

五

在美国时，我想干 Double E 就干 Double E，想干 Computer 就干 Computer，而且还能挣些钱，但是还是不快活，最起码没有一九六七年我在自己家里造投石机时快活。那时我们家的门窗都被打掉，墙上也打了好几个大窟窿。而我戴了个木匠的皮围裙，耳朵上架了支红蓝铅笔，正在指挥十几个大学生拆家具制造防御器械。在工程方面谁都不如我，所以大家公推我负责。这件事我爸爸知道了一定要揍我，因为拆的就是我们家的家具，虽然我已年登不惑，他也过了随心之年，并且在偏瘫之中，但是我认为他积习难改。等到上级制止了武斗，他回家来一看，只见家里的一切都荡然无存，书房里却多了一架古怪的机器：从前头看，像法国造的断头机，从后面看像台龙门刨床，有滑轨，有滑块，最前面还装了架气象站偷来的风速仪。底下还用水泥打了地基，拆都拆不走，真把他气死了。那就是我造的投石机，是世界上一切同类机器里最准确的一台。但是那上面有好多部件是我们家的家具。损失了门窗、家具我爸爸还不心疼，因为那是公家的。他的藏书也丢了不少，这些东西是他让我看着的。我告诉他，人家拿着刀枪，想借咱家的书看，我敢管吗？他觉得我说的有道理。其实蛮不是这样，我当时忙得很，把让我看着的东西全忘了。而且我还想道：这个楼是老子的了，老子怎么想就是王法。凭什么我该给你守着东西？

现在我想，批判资本主义也不能昧了良心，现代社会里哪儿都容不下太多的诗人。就如鸡多了不下蛋，诗人多了没有饭吃。这是因为真正的诗人都是捣蛋鬼。一九六七年秋天，“拿起笔做刀枪”冲到我们家里来时，我帮着把家里的东西搬到中立区以后，留下看守房子。转眼之间我就和他们合为一股，在我们家的墙上凿洞，并且亲手把每一块窗玻璃都打掉。当然，我也有我的道理，假如不把玻璃打掉，等到外面飞进来的砖头把它打碎，破片就会飞起来伤人。然后再把窗洞用桌椅堵起来，屋里马上就变得很黑。照我看这还黑得不够，还要用墨汁把里面的墙涂黑。只用了半天的时间，我们那座楼里面就黑得像地狱。当然这样干也有这样干的道理，假如有人从外面冲进来，就会觉得眼前一黑。在他的瞳孔放大到足以看清屋里的东西之前，我们可以用长矛在他身上扎十几个大洞。这些措施只是把我们住的房子改造成一个白蚁窝的第一步。到了冬天，这座楼上连一片完整的瓦都没有了。一楼每一个窗口都被焊的栅栏堵得严严实实，上面还有密密麻麻朝外的枪头，一个个比刀子还快。所有的楼道门洞都被堵得炸都炸不开，另有一些纵横交错的窟窿作为通道，原来的住户不花三天三夜绝找不到自己原来住的地方。后来要把它恢复成原样，又花了比盖这座楼的建筑费还要多的修缮费。从这一点你就能知道“拿起笔做刀枪”为什么后来要倒大霉。而这一切都是我的主意。我一个诗人就造成了这么大的灾难，假如遍地都是，那还得了吗？但是不做诗人，我又不能活。所以到底怎么办，这是问题。

六

我小的时候读过马克·吐温的《康涅迪格州的美国人在亚瑟王朝》，然后就想当个古代的人。如果我能选择，宁愿生活在古代的希腊，要不然就生活在古罗马。那时才有机会做自己想做的事情。那时候的人可以自由地发明自己的机械——我不记得阿基米德因为发明一架水车挨了他爸爸一顿打。这说明我不应该生于现代——我是今之古人。我是阿基米德，我是米开朗琪罗。我和眼前的一切都没有关系。

我在豆腐厂里受“帮教”时，还觉得自己是今之古人，但是已经有点变了味道。我还能想到假如 × 海鹰的橡皮月经带到了古罗马的投石步兵手里，一定会被视若珍宝。而我们用来刮轴瓦的三角刮刀，如果能送到古希腊，被装上矛端，该有多么好。与此同时，我却被老鲁追得到处跑，还要受 × 海鹰的帮教，一点不像个今之古人的样子。最主要的是，我不再相信会有什么奇迹。俗话说，时势造英雄。而吵吵闹闹的英雄时代已经一去不复返了。

我想起那个过去的英雄时代，总是从这两件事开始——一九六六年翻掉的汽车和一九六七年的大弹弓，好像一座大院子门口的两个石狮子，经过了它们才能走到院子里。我告诉了 × 海鹰这两件事，她丝毫也不理解它们的重要性，因为她不是今之古人。一九六七年秋天，我顺着排水管爬进了实验楼。当时“拿起笔做刀枪”全伙六七十人都蹲在里面，没水没电，没吃没喝，外面是四面楚歌，好多大喇叭在广播“敦促拿起笔做刀枪投降书”。我告诉他们说，我家住的那座楼，看上去虽然不起眼，却是个了不起的武斗据点，因为下面有好几条地沟。其中有采暖的地沟，输电的电缆沟，甚至还能钻进下水道。顺着地沟可以钻到海淀镇，买回大饼油条。所以他们就半夜突围，跑到我们楼去了。假如他们不去占宿舍楼，谁也不去占宿舍楼，因为这里没有军事目标。他们一来，所有的人就接踵而至，把所有的宿舍楼都占掉，把他们围在核心，因为他们就是军事目标。以这件事为契机，那一大片宿舍楼后来都变成蟑螂窝了。说起了这件事，我沾沾自喜，颇有成就感。而 × 海鹰却愁眉苦脸，面对我的糊涂思想，不知该如何“帮教”。

我告诉 × 海鹰这件事时，抬起头来看着她，发现在下午的阳光下她的头发是黄色的。这说明任何东西都没有固定的颜色，要说它是什么颜色，就一定要把当时的光线说明在内。她的下巴浑圆，脸上露出一种找词儿训人的表情。这种表情叫我想起小时候我那位浑身像瓜果蔬菜的老师来。那一刻我恨她入骨。我和她分明是两种动物，就如猫和狗一样，是世仇。但是她忽然朝我笑了笑，说道：接着讲。这一瞬间我又感到心里热乎乎的，有一种很肉麻的感觉，似乎是感激她拿我这样的坏蛋当了一回事。这说明像我这样的人身上也有奴隶性。

“拿起笔做刀枪”闯到我们楼里来时，头戴藤帽，浑身上下白蒙蒙的，好像一些面粉工人。除此之外，他们身上还带有生石灰的辛辣味，有些人额角有青肿，好像挨了一砖头。这说明他们路上受到了拦截。后来大家说起这一派人，都说他们坏得很，闯到和平居民家里，就把他们扫地出门，如果不像纳粹党卫军，起码就像斯大林的征粮队。其实不然，那帮人最是温文尔雅。假如在座的有女孩子，就都不说粗话。开饭时如果我没有吃，他们就不吃。女同学没有吃，男人就不吃。有一个当兵的没有吃，头头就不吃。除此之外，他们中间每个人都用卫生手纸，从来不屙野屎。所以他们不像一支武斗队伍，倒像一伙英国绅士。我对这些人十分喜欢，而且我对他们的喜欢绝不随时间而改变。但是后来这伙人在整个学校里又是最倒霉，因为到了“文化革命”后期算总账的时候，发现这个微不足道的小派别打死的人最多，毁坏东西最厉害。所以他们的头头就被抓去住监狱，而且他们全体都被送到乡下去，没有一个人留到了城里。这就意味着他们全体都要到没有电的地方生活，每日三餐都将成大问题。这说明凡是我喜欢的人都会倒霉，凡我喜欢的品质都不是好品质。

现在我想起“拿起笔做刀枪”，怎么也想不明白他们为什么要打仗。要说是为了主义，或者思想，都不大充分。如果说他们像我一样，为了寻找神奇而打仗，恐怕也不大对——打仗是我十五岁时的游戏，他们可不是十五岁。可能有一些是为了主义，有一些是为了思想，有一些想要寻找神奇，各种各样的动机都混在一起，就如一个人酒醉后呕出的东西，乱糟糟的一团。你搞不清“拿起笔做刀枪”打仗的动机，正如你不能从醉汉的呕吐物里看出他吃了些什么。

现在该说说我爬炉壁的事是怎么结束的。到十三岁那一年，我终于爬过了那个炉筒子，进到了土高炉里。那里面还是什么都没有。除了一个砖堆，砖堆边上有一领草席，草席边上还有个用过的避孕套，好像一节鱼鳔。里面盛了些胶冻似的东西。虽然当时不能准确指出那是什么，但也能猜到一些。那里面的东西叫我联想起六岁时在伤口里看到的自己的本质——一个湿被套。从那时开始，我的人生观就真正悲观起来了。从那一天开始，中了天大的负彩，我也不会产生想中正彩的狂想。

所谓湿被套的事情是这样的：早上起来时，感觉到自己内裤里有一堆凡士林似的东西，黏糊糊地和阴茎粘在一起，好像一根自行车轴粘上了黄油。然后就开始迷迷糊糊，想起梦见过女孩子的乳房和屁股。但是乳房和屁股怎么会引出这些东西还是不明白。这种状态我不喜欢。

有关湿被套和我后来的事，我都没有告诉 × 海鹰。后者是因为我没有预见未来的本领，前者是因为我觉得对女孩子说这些事不应该。后来她对我说：你真脏！现在她是毡巴的老婆，不知她嫌不嫌毡巴脏。

有关哲学，现在我是这样想的：它有好多问题，本体论的问题，认识论的问题，等等。但是对于中国人来说，只有一个问题最重要，就是世界上有没有所谓神奇的诀窍——买六合彩的诀窍，炼金丹的诀窍，离地飞行的诀窍和跑步进入人间天堂的诀窍。假如你说没有，那我怎么会相信它有呢？假如你说有，我怎么看不到呢？但是自从我爬过了那个炉筒子之后，就再也不信有什么诀窍。我和别人一样，得爱我恨的人，挣钱吃饭，成家立业，养家糊口；总而言之，除非有奇迹发生，苦多乐少，而奇迹却总是不发生。我竭尽心力，没找到一丁点神奇。这个世界上只有负彩，没有正彩。我说我是个悲观论者，就是指这种想法而言。

第四章

一

一九七四年春天我去肛肠医院看痔疮时，对世界又有过很悲观的看法。这时候童年饥饿的经历早被我忘掉了，眼前最大的痛苦是磨屁股。在我看来，既然生存的主要方式是比赛磨屁股，那么我们这些生来屁股窄的人就处于极不利的地位。假如把这里排队候诊的人看作前线下来的伤员的话，可以说在战斗中受伤的全是男的。偶尔有几个女的，全是孕妇。这就是说，假如妇女不怀孕，就不会受伤害。后来我在那里开了一刀，虽然不很疼，但是在很长时期里不方便。等到痔疮愈合，大便通畅，才想到生存的主要方式大概不是磨屁股，还是一种冥思苦想。现在你常常看到一些人，头顶掉得秃光光，眼镜像瓶子底，大概就持这种想法，只不过有人想物理，有人想哲学，有人想推背图，有人想《易经》。我也在这些人之中，唯一的区别在于我越想得多，身上的毛发越重，头顶像被爆米花的机器崩过，阴毛比某些人的头发还多，视力也是越想越好，现在能看到十米外一只苍蝇腿上的毛。与此同时，我的眼睛越想越三角，眉毛越想越擀毡，随着时光的流逝，脸上也起了皱纹，但全是竖着的，十足像个土匪。所里的同事见我这个模样就疑我敌视知识分子。但这又是很后来的事了。当时的事是我去割痔疮，×海鹰一定要和我一起去。我进了手术室，她也要跟进去，医生护士也不拦她。这件事乍看起来有点古怪，说开了也只寻常：那年头到肛门医院去开刀的人都是成双成对的，不知现在是不是这样的了。

据我所知，人们去打胎往往是成双成对。去生孩子往往也是成双成对。这种时候她们很害怕，所以要拉个男人去壮胆。男人去割痔疮也是这样，倒使我大惑不解。后来才知道，那些女人觉得那个地方太脏，很可能大夫护士不肯下手，要病人家属来开刀。这倒不是很离奇的想法。对我们这里的医生护士，绝不能做太高的估计。我也觉得人家很可能不愿动手给我开刀，但是我的手臂甚长，可以够到那个部位。只要有个护士在后面告诉我："往上！往下！往左一点！好了就是这儿！"就能给自己开刀。因为有这种把握，所以我没有请求任何人和我一起去肛门医院，这任何人里也包括×海鹰。是她自己要去的，她还说，对于"后进青年"（即我也），就是要在生活上关心，工作上帮助，思想上挽救——直到关心、帮助、挽救都没有效果的时候，才把他交给专政机关。听了这后半截的话，我浑身都起了鸡皮疙瘩，什么话也不敢说了。

除了喜欢绘画，我也喜欢看小说。我最喜欢的作家是马奎斯（Marquez）。其实也说不上喜欢他的哪部作品，我喜欢的是他创造的句式，比方说——霍乱时期的爱情，简直妙到极处。仿此我们有：革命时期的发明，革命时期的爱情，等等。我患的就是革命时期的痔疮。在革命时期我陷入了困境，不知怎么办才好。×海鹰在我的凳子上放了一个废轮胎，坐在轮胎上比坐在硬板凳上舒服多了，但我还是忧心忡忡，不可终日。和她一起去医院时，我对她恭恭敬敬，走在离她两三米的地方。但是当时合法夫妻一起上街时，距离也是这么远，所以医生护士们见了，也不感到有什么异样。我进手术室时，她在外面探头探脑，直到感觉要用到她时，才溜了进来。

说明了这一点，就能明白当年为什么护士不把×海鹰往外撵——像这样自愿帮忙的人太多了，撵也撵不过来。而我自己正朝墙躺着，等待着护士把手术刀递给我，没看见她溜了进来；事实上情况比我想象的要好，人家只是喝令我把屁股掰开，然后就是一阵毫无警告的剧痛——我就这么糊里糊涂地挨了一刀，滚下了手术台。我们俩去医院时，骑了辆平板三轮车，板上放了个棉门帘。去时是我蹬，回来时她蹬。不蹬的人坐在板上。就在回来的路上，她在前面忽然纵声大笑。因为我不知道她曾看见了我毛茸茸的屁股，并且看到了我撅起屁股准备挨宰的样子，所以一点也不知道她在笑什么，只觉得是不吉之兆。我记得那个医院里有极重的来苏水味，过道里有些黑色的水洼，看上去好像一汪汪的煤焦油。还记得她蹬三轮车时，直立在车架上。至于自己是怎么撅着屁股挨宰的，却一点也记不得了。

二

人活着总要有个主题，使你魂梦系之。比方说，我的一位同学的主题就是要推翻相对论，证明自己比爱因斯坦聪明。他总在冥想，虽然比我小八岁，但是看起来比我老多了。至于他是不是比爱因斯坦聪明，我不知道，因为我对理论物理只知些皮毛。我说过，我的主题就是悲观。这不是说我就胡吃闷睡，什么都不想了。我的前半生绞尽脑汁，总想解决一个问题：如何预见下一道负彩将在何时何地到来？

× 海鹰也有一种古怪笑容，皮笑肉不笑，好像一张老牛皮做的面具，到了在大会上讲话时，就把它拿了上来。像这样的笑容我就做不出来，所以它对我是个不解之谜。对任何人来说，一种表情代表一种情绪。我怎么也想不出皮笑肉不笑是怎么一种情绪。这对我是不解之谜。但是有一点我已经知道，那就是 × 海鹰肯定是我的一道负彩。

我被关在 × 海鹰屋里百无聊赖时，翻过她的东西。当然她离开的时候，把所有的抽屉都锁了，但是我拿个曲别针把锁都捅开了。有关这一点没有什么可辩解的：我是个下流坯。我主要是想看看这位海鹰是个什么样的人，她所说的关心、帮助、挽救，到底能不能指望。结果除了好几抽屉文件、纸张之外，还发现了一个橡皮薄膜做的老式月经带。照我的看法，可以用它改制成一个打石子的弹弓。有一本书，包着牛皮纸，皮上用红墨水写着“供批判用”，翻开以后，是本“文革”前出的《十日谈》，一百个故事的，是本好书。后来出版的《十日谈》只剩下七十二个故事，这说明中国人越来越不知道什么是好书了。我看了一会，把书放了回去。把抽屉都锁上。这样干了以后，还是想不出她可不可以信任。过了一两天，又打开抽屉，看到里面有个纸条，上书“翻我抽屉的是小狗”，我赶紧把抽屉又锁上了。

× 海鹰后来告诉我说，她觉得我的笑容也是不解之谜。为此她想摸摸我的底。我说到长了痔疮时，脸上的惨笑和在她面前无端微笑时的样子一模一样，这时候她恍然大悟：原来这种神秘的微笑本源是痔疮！所以她就想看看那个痔疮到底是什么样。为此她混到手术室里，假装要给我开痔疮。结果就看到了那东西是个紫色的大血泡。当时我一点也不知道 × 海鹰有给我开痔疮的打算，所以没有什么感想，后来想起来却是毛骨悚然，想不出这是一种什么打算。她的某些想法我始终搞不大清楚。后来我想，这可能也是出于一种好奇心，要看看男人的肛门到底是什么样。或者是闲着没事，觉得割个痔疮也挺有意思。早知如此，我就该在屁股上也贴个纸条：看我屁股的是小狗。或者拿个水笔，直接写在屁股上。我的屁眼是什么样子，我从来没见过。但是我知道它肯定不好看。总而言之，这件事给我添了很多的麻烦。后来 × 海鹰想叫我感到羞辱，就说：你的痔疮真难看！仿佛我有义务使自己的痔疮长得好看似的。听到这样的话，我还可以唾面自干。然后她又说我在手术床上汗出如浆，扳着屁股的手都打哆嗦。有关这一点，我可以辩解说，在屁股后面挨刀，自己看不见，谁不害怕？但是我不能争辩说自己没哆嗦。我这个人虽然长了张凶脸，胆子却小得很。

假如你有过这种把痔疮亮给人看的经验，就会承认它是人生诸经历里最要命的一种。以我为例，虽然我相当地生性，面嫩，有时会按捺不住跳起来打人，但只要 × 海鹰一说到我的痔疮，我就老老实实。等到 × 海鹰发现了这一点，她就用这些话做一种制服我的咒语。只要念上一遍，我马上就从混蛋小子，变成端坐微笑的蒙娜丽莎。

现在我认为，人在无端微笑时，不是百无聊赖，就是痛苦难当。我是这样的，× 海鹰也是这样。二十二岁的姑娘，每天都要穿旧军装，而且要到大会上去念红头文件，除了皮笑肉不笑，还能有什么表情！而我痔疮疼痛还要磨屁股，也只有惨笑。这些笑容都是在笑自己，不是在笑别人。

三

割完了痔疮就到了春天，有一阵子 × 海鹰对我很坏。晚饭时分让我给她打饭，拿回来后，常常只看一眼就说：就这破菜？拿出去倒到茅坑里。然后她就拿点钱出来，让我给她去买炒疙瘩。炒疙瘩是一种面团和水发黄豆炒成的东西，我们厂门口的小铺就有卖的。幸亏是一九七四年，假如是今天，还真不知到哪里去买。当时我发誓说，永远不吃炒疙瘩，一口也不吃。后来我一直没有破誓，到今天也没有吃过炒疙瘩。假如她不是个女孩子，我准要往炒疙瘩里吐吐沫。我们厂里一位机修师傅一九四四年在长辛店机车场学徒，小日本抓他去打饭，他找着没人的地方，就把精液射到饭盒里；他后来得了喘病，自己说是年轻时抗日亏了肾。我后来到美国留学时，给 × 教授编软件，文件名总叫“caonima”，caonima.1，caonima.2，等等。但是他总把第一个音节念成“考”，给我打电话说：考你妈一可以了，考你妈二还得往短里改。我就纠正他道：不是考你妈，操你妈。我们一共是四个研究生给他编程序，人人都恨他。这是因为按行算钱，他又不让编长。这种情形就叫做受压迫。毛主席教导我们说，有压迫就有反抗。所以就考你妈，就射精，就吐吐沫。

有一次在 × 海鹰办公室里，我困极了，在她床上睡了一会，从此很受她的压迫。她再也不用欢迎句式对我说话了，进去以后就让我“坐着”，然后就什么话也不对我说，只是板着脸，把脚跷到桌子上。除此之外，她对外人管我叫“王二这流氓”，我一听这话就怒火三千丈。这就好比在美国听见人家管我叫“oriential”，让我“go back to where you came from”一样。在这种情况下只好生闷气，暗想要能发明一种咒语，念起来就让他们口吐白沫，满地打滚才好呢。我受压迫的情形就是这样的。后来我总结了一下，发现每次受压迫都是因为别人气不顺，并且觉得我比他高兴。比方说 × 教授吧，他压迫我们，是因为他在做一个狗头（这件事待会再讲），发现经费不够，憋气得很，所以这么一行行地和我们抠；后来有一天我告诉他，我得了癌，没几天活头了，他就不跟我抠了。再比方说我老婆，每月总有几天她总对着我的耳朵哇哇地怪叫，仿佛是嫌我耳朵还没有聋，这是因为她痛经；后来我到了那几天就装肚子疼，找热水袋，她也不对我叫唤了。在这方面我办法很多，但是在豆腐厂里，我却没想出什么办法来。

我睡 × 海鹰的床之前，尝试过在各种地方、用各种姿势打瞌睡：比方说，把凳子移到墙边上，把脚搁在凳子面上蜷成一团，脑袋从腋下穿出来；把椅子移到桌边上，把腿架在椅背上，头朝后仰放在桌面上。这些姿势的怪诞之处是因为要避免压到痔疮，还因为桌面上有一大块玻璃板，不能睡。其实在各种姿势下我都能睡着，但是我又怕 × 海鹰回来时看到屋里有个拧成麻花的人，就此吓疯掉。小时候有一次我在家里黑着灯打瞌睡，就曾经吓得我姐姐尖叫一声，拣起扫地的笤帚劈面打来。这件事说明我的柔韧性达到了惊世骇俗的程度，要不然也不会得到体育老师的青睐，被选进了体操队。因为怕吓着她，所以在实在想睡时，我就躺在她床上了。但是她对我的好意完全不理解，回来时飞腿踢我搭在床外的脚，喝道：滚起来！谁让你睡我的床！吓得我赶紧跳起来了。从此之后她就对我很坏，下午我去她那里，一进了门就规规矩矩地坐下。但是她瞪了我一眼，冷冷地说：让你坐下再坐下。吓得我赶紧跳起来。然后她又说：坐下吧。我坐得笔直，肩膀也端得平平正正，脑子里想的也是四方形。她说：干吗呀你？像个衣服架子。于是我又松下来，开始胡思乱想。然后她又走过来踢我的脚，说道：坐好了！坐没个坐相！她就这么来回地折腾我，简直把我气坏了。

假如让我画受帮教的模样，我就把自己画成个拳头的模样。这个拳头要画成大拇指从中指与食指间伸出的模样，这种拳在某些地方是个猥亵的手势。但是对我来说没有这个意味。我小时候流行握这种拳头打人，大家都认为这种拳头打人最疼。在我旁边画上站得直挺挺的 × 海鹰。

有关我，有一些地方还没有说到。这就是我虽然有点坏，却是蔫坏，换言之，起码在表面上我尊敬上级，尊敬领导，从来不顶撞。这大概是因为过去我爸爸脾气坏，动不动就揍我。除此之外，我又十分腼腆，从小学三年级到中学毕业，从来不和女同学讲话。这些可以说明我在 × 海鹰面前为什么会逆来顺受。但是我挨了她那么多的狗屁呲，也不会一点罪恶的念头都没有。所以我常常在想象里揪她的小辫子，打她的嘴巴，剥光她的衣服，强奸她。特别是她让我去买炒疙瘩时，每回我都揪住她的辫子把她按在地上，奸得痛快淋漓。我还以为这样干虽然很不对，但是想一想总是可以的。要是连想都不让想，恐怕就会干出来了。

假如让我画出想强奸 × 海鹰的景象，我就画一个黑白两色的脸谱，在额头上画上一个太极图。在脸谱背后的任何东西你都看不到。× 海鹰一点也看不出我在想什么，我也看不出她想干什么。心里在想什么，其实一点都不重要。在世界上再没有比这更微不足道的事了。

四

一九七四年我在豆腐厂里受帮教时，× 海鹰问我她漂不漂亮，我笑而不答，就此把她得罪了。后来她逮住我在她铺上睡觉，那不过是个朝我发火的口实罢了。现在我承认，× 海鹰当年很漂亮，但是现在这么说已经于事无补。我记得这件事是这样的：我们俩在她的小屋里，聊过了各种电影，聊过了我过去有一个情人，她说我的资产阶级思想很严重，需要思想改造。后来就聊到有一种品质叫做聪明。你要知道，当时只承认有些人苦大仇深，有深厚的阶级感情；有的人很卑鄙，是资产阶级；革命领袖很伟大。除此之外，就没有其他素质了。可是我却说，聪明人是有的。比方说汉尼拔，精通兵法；毕达哥拉斯，想出了定理的证法。修拉发明了点彩画法，还有欧几里得——甭提他有多聪明了。在这个系列的末尾，我又加上了区区在下一名。当时太年轻，还不大懂谦虚。她马上问道："我呢？"这时我犯了前结巴：挺——挺——挺聪明的！这一结巴，就显得有点言不由衷。× 海鹰有点不高兴。我以为这是她活该，谁让她把我吓出了这个毛病。

后来又聊起了一种品质，叫做漂亮。革命时期不准公开说漂亮，于是男孩子们发明了一套黑话，管脸漂亮叫盘亮（靓），管身材好叫条直。像这样的术语还有好多。我讲到一位中学同学朝班上一位漂亮女同学走去，假装称赞她胸前的瓷质纪念章：你的盘很亮！那个女孩子就答道：是呀，盘亮，盘亮！我们在一边笑死了。说到这里，× 海鹰忽然冒出一句来：我呢？盘亮不亮？这时我只要答一句盘亮，就万事皆无。不幸的是，当时我犯起了极严重的前结巴，一个字也不能讲。过了这一晚，她就总对我板着脸，样子很难看。

我在十三岁时，感到自己正要变成一个湿被套，并且觉得自己已经臭不可闻。当时我每星期都要流出黏糊糊的东西。当时我虽然只有那一点岁数，但是男性器官早就发育了起来。夏天在家里洗澡，也不知怎么就被我妹妹瞄见了，她说：二哥像驴一样！因此她挨了我妈一顿打，这使我很高兴。从此到了饭桌上她总是咬牙切齿地看着我，眯缝着她那先天性的近视眼（左眼二百度，右眼五百度，合起来是二五眼），瞅着大人不在，就恶狠狠地说道：驴！其实用不着她说，我也知道自己已经很糟糕，因为晚上睡觉时它老是直撅撅的，而且一想到漂亮的女孩子，它就直得更厉害，丝毫也不管人家想不想答理你，由此还要想到旧社会地主老财强奸贫下中农。对于这件事，我早就知道要严加掩饰，以免得罪人。从隐瞒自己是个湿被套和驴的方面来说，说自己不知道谁漂亮比较有利：这样可以假装是天阉之人，推得干干净净。这是因为我知道在这件事上中彩，就肯定是头彩。我把 × 海鹰得罪了，与此多少有点关系。

五

× 海鹰问过我爱看哪些书，我说最爱看红宝书。她说别瞎扯，说真的。我说：说真的就是红宝书。这件事和受虐施虐的一对性伙伴在一起玩性游戏时出的问题相同。假如受虐的一方叫道：疼！这意思可能是不疼，很高兴，因为游戏要玩得逼真就得这样。而真的觉得疼，受不了时，要另有约定。这约定很可能是说：不疼！所以千万别按无约定时的字义来理解。× 海鹰后来说：说假的，你最爱看什么书？谁也不敢说爱看红宝书是假的，所以我就说是：李维《罗马史》、《伯罗奔尼撒战争史》、恺撒《高卢战记》等等。我爸爸是弄古典的学者，家里有的是这种书，而且我这样一个十几岁的孩子爱看这种书也不是故弄玄虚——我是在书里看怎么打仗。她怎么也不懂为什么有人会去研究古人怎么打仗。我也承认这种爱好有点怪诞。不管怎么怪诞，这里面不包含任何臭气。怪诞总比臭气要好。这件事说明我和 × 海鹰虽然同是中国人，仍然有语言方面的问题。我把她得罪了的事，与此又有点关系。

现在我要承认，我在 × 海鹰面前时，心里总是很紧张。有一句古话叫劳心者治人，劳力者治于人。到了革命时期，就是 × 海鹰治人，王二治于人。× 海鹰中正彩，王二中负彩。她能弄懂革命不革命，还能弄懂唯物辩证法，而我对这些事一窍不通。我哪能达到她的思想水平！所以她问我盘亮不亮，谁知道她想听真的还是想听假的。

× 海鹰后来和我算总账时，说我当时不但不肯承认她盘亮，而且面露诡异微笑。微笑就像痔疮，自己看不到，所以她说是有就是有。但是为什么会有这种微笑，却要我来解释。只可惜我当时没看过金庸先生的力作《天龙八部》，否则可以解释道：刚才有个星宿老怪躲在门外，朝我弹了一指“三笑逍遥散”。三笑逍遥散是金庸先生笔下最恶毒的毒药，中在身上不但会把你毒死，还能让你在死前得罪人。其实在革命时期只要能叫人发笑就够了，毒性纯属多余。假如你想让谁死得“惨不堪言”，就在毛主席的追悼大会上往他身上弹一点。只要能叫他笑一笑就够了，三笑也是浪费。但是在我得罪 × 海鹰的过程中，那一笑是结尾，不是开始。在这一笑之前，我已经笑了很多回。这个故事可以告诉你为什么在革命时期里大家总是哭丧着脸。

革命时期是一座树林子，走过时很容易迷失在里面。这时候全凭自己来找方向，就如塞利纳（Celine）这坏蛋杜撰的瑞士卫队之歌里说的：

我们生活在漫漫寒夜，
人生好似长途旅行。
仰望天空寻找方向，
天际却无引路的明星！

我很高兴在这一团混乱里没有摔掉鼻子，也没有被老鲁咬一口。有一天我从厂门口进来，老鲁又朝我猛扑过来。我对这一套实在腻透了，就站住了不跑，准备揍她一顿，并且已经瞄准了她的鼻子，准备第一拳就打在那里。但是她居然大叫了一声“徐师傅”，兜了一个大圈子绕过我，直扑我身后的徐师傅而去。像这样的朝三暮四，实在叫人没法适应。所以每个人死后都该留下一本回忆录，让别人知道他活着时是怎么想的。比方说，假如老鲁死在我之前，我就能从她的回忆录里知道她一会抓我，一会不抓我到底是为什么。让我自己猜可猜不出来。

后来老鲁再也不逮我了，却经常缠住徐师傅说个没完。从张家长李家短，一直扯到今年的天气。老鲁是个很大的废话篓子，当领导的往往是这样的。徐师傅被缠得头疼，就一步步退进男厕所。而老鲁却一步步追进男厕所去。我们厂的厕所其实不能叫厕所，应该叫做“公共茅坑”，里面一点遮拦都没有，一览无余。见到他们两位进来，原来蹲着的人连屎都顾不上屙，匆匆忙忙擦了屁股跑出来。

黑格尔说过，你一定要一步步地才能了解一个时代，一步步甚为重要。但是说到革命时期的事，了解是永远谈不上的。一步步只能使你感到下次发生的事不很突兀。我说老鲁把徐师傅撵进了男厕所，你感到突兀而且不能了解。我说老鲁原要捉我，发现我要打她就不敢捉，就近捉了徐师傅来下台，你同样不能了解。但你不会感到突兀。自从去逮徐师傅，老鲁再没有来找我的麻烦，但我的日子还是一点不好过。因为现在不是老鲁，而是 × 海鹰要送我上学习班。对我来说，学习班就是学习班，不管谁送我进去都是一样的。不管是老鲁因为我画了她的毛扎扎，还是因为 × 海鹰恨我不肯说她漂亮，反正我得到那里去。那里似乎是我命里注定的归宿。

上大学本科时，我的统计教授说，你们这些人虽考上了大学，成绩都不坏，但是学概率时十个人里只能有一个学懂——虽然我也不忍心给你们不及格。他的意思是说，很多人都不会理解有随机现象，只相信有天经地义。这一点他说得很对，但是我显然是在那前十分之一以内。而 × 海鹰却在那后十分之九之内。这是我们俩之间最本质的区别。其他如我是男的，她是女的，只要做个变性手术就能变过来。只要 × 海鹰想到我何时结巴何时不结巴，乃是个随机现象，那她就不是 × 海鹰，而是王二。而只要我想到世界上的每一件事必有原因，王二在说我盘亮之前犯了前结巴也必有原因，一定要他说出来，那我也不会承认自己是王二，而要认为我是 × 海鹰。当然，我属于这十分之一，她属于那十分之九，也纯属随机，对于随机现象不宜乱揣摩，否则会导致吃下月经纸烧成的灰。

现在我回忆当年的事，多少也能找到一点因果的蛛丝马迹：比方说，小时我见到一片紫色的天空和怪诞的景象，然后就开始想入非非；后来我饿得要死又没有东西可吃，所以就更要想入非非。想入非非的人保持了童稚的状态，所以连眼前的女孩子漂亮不漂亮也答不上来。但是谁都不知道我六岁时为什么天上是一片紫色，也不知为什么后来我饿得要死。所以我长成这个样子纯属随机。

作为一个学数学的学生，我对黑格尔的智力不大尊重。这不是出于狂妄，因为他不是，也不该是数学家学习的榜样。当你一步步回溯一件过去的事时，当然会知道下一步会发生什么。但是假如你在一步步经历一件当前的事，你就会对未来一无所知，顶多能当个事后诸葛亮，这一点在革命时期尤甚。假如黑格尔一步步活到了一九五七年，也绝不知为什么自己会被打成右派，更不知道自己将来是瘐死在北大荒了呢，还是熬了下来。我一步步从一九七三年活到了一九七四年，到 × 海鹰问我她是否盘亮那一秒钟前，还是一点也不知道自己会犯前结巴，假如我能知道，就会提前说道："你盘亮。"以便了结此事；后来我更不知道自己到底会不会进学习班，一直熬到了一九七四年年底，所有的学习班都解散了，才算如释重负。这说明一步步什么用也不顶。就算是黑格尔本人，也不能避免得罪 × 海鹰。我倒赞成塞利纳在那首诗里的概括，虽然这姓塞的是个流氓和卖国贼。

现在让我回答 × 海鹰当年的问题，我就不仅能答出"盘亮"，还能答出"条直"（身材好）等等黑话。除此之外，还要说她 charming，sexy 等等。总而言之，说什么都可以，一定要让她满意。× 海鹰身材颀长，三围标准，脸也挺甜，说过头一点也不肉麻。除此之外，我的小命还在她手里捏着呢。现在说她漂亮意味着她可以去当大公司的公关小姐，挣大钱，嫁大款。除此之外，如果到美国去，只要上男教授的课，永远不会不及格；去考驾驶执照，不管车开得多糟都能通过。有这么多好事，她听了不会不高兴。但是在革命时期里，漂亮就意味着假如生在旧社会则一定会遭到地主老财的强奸，在越南打游击被美国鬼子逮住还要遭到轮奸。根据宣传材料，阶级敌人绝不是奸了就算，每次都是先奸后杀。所以漂亮的结果是要倒大霉，谁知道她喜欢不喜欢。

在革命时期里，漂亮不漂亮还会导出很复杂的伦理问题。首先，漂亮分为实际上漂亮和伦理上漂亮两种。实际上指三围和脸，伦理上指我们承认不承认。假如对方是反革命分子，不管三围和脸如何，都不能承认她漂亮，否则就是犯错误。因此就有：

1. 假设我们是革命的一方，对方是反革命的一方，不管她实际上怎么样，我们不能承认她漂亮，否则就是堕落。

2. 假设我们是反革命的一方，对方是革命的一方，只要对方实际上漂亮，我们就予承认，以便强奸她。

其他的情况不必再讲，仅从上述讨论就可以知道，在漂亮这个论域里，革命的一方很是吃亏，所以漂亮是个反革命的论域。毛主席教导我们说：凡是敌人反对的我们就要拥护，凡是敌人拥护的我们就要反对。根据这些原理，我不敢贸然说 × 海鹰漂亮。

我把 × 海鹰得罪了之后，对她解释过这些想法。她听了说：你别瞎扯了。后来我又对她说：你到底想让我说你漂亮还是不漂亮，应该事先告诉我。我的思想改造还没有完成，这些事搞不太清。她听了怒目圆睁，说道：我真想揍你一嘴巴！一九七四年春夏之交我把 × 海鹰得罪了的事就是这样的。更准确地说，这是四月中旬的事。后来她就打发我去给她买炒疙瘩，我又想往她饭盒里吐吐沫。但是这个阶段很快就过去了。

六

到了五月初，我到 × 海鹰那里受帮教时，她让我在板凳上坐直，挺胸收腹，眼睛向前平视，双手放在膝盖中间，保持一个专注的模样。而她自己懒散地坐在椅子里，甚至躺在床上，监视着我。我的痔疮已经好了。除此之外，我还受过体操训练——靠墙根一站就是三小时，手腕绑在吊环上，脚上吊上两个哑铃，这是因为上中学时我们的体育老师看上了我的五短身材和柔韧性，叫我参加他的体操队，后来又发现我太软，老要打弯，就这样调理我。总而言之，这样的罪我受过，没有什么受不了的。除此之外，× 海鹰老在盯着我，时不常地呵斥我几句。渐渐地我觉得这种呵斥有打情骂俏的意味。因为是一对男女在一间房子里独处，所以不管她怎么凶恶，都有打情骂俏的意味。鉴于我当时后进青年的地位，这样想实在有打肿了脸充胖子的嫌疑。

后来我到美国去，看过像《九周半》之类的书，又通读了弗洛伊德的著作。前者提供了一些感性的知识，后者提供了一种理论上的说法。这些知识和我们大有关系，因为在中国人与人的距离太近，在世界其他地方，除了性爱的伙伴不会有这么近，故而各种思想无不带有性爱的痕迹。弗洛伊德说，受虐狂是这样形成的：假如人处于一种不能克服的痛苦之中，就会爱上这种痛苦，把它看成幸福。从我个人的经历来看，这种说法有一定道理。但是有关虐待狂形成的原因，他说的就不全对。除了先天的虐待狂之外，还有一种虐待狂是受虐狂招出来的。在这方面，可以举出好多例子。以下例子是从一本讲一九〇五年日俄海战的书里摘出来的，当时日本人没有宣战，就把停在旅顺口外的俄国战舰干掉了好几条。

“帝俄海军将战舰泊于外海，且又不加防护，招人袭击。我帝国海军应招前往，赢得莫大光荣。”

按照这种说法，俄国人把军舰泊于外海不加防护，就好像是撅起了屁股。日本人的鱼雷艇是一队穿黑皮衣服的应招女郎，挥舞皮鞭赶去打他们的屁股，乃是提供一种性服务。这段叙述背后，有一种被人招了出来，无可奈何的心境。还有个例子是前纳粹分子写的书里说，看到犹太人被剃了大秃瓢，胸口戴着黄三角，乖乖地走路，心里就痒痒，觉得不能不过去在那些秃头顶上敲几个大包。假如这些例子还不够，你就去问问“文化革命”里的红卫兵干吗要给“牛鬼蛇神”剃阴阳头，把他们的脸画得花花绿绿的——假如他们不是低头认罪的话，那些红卫兵心里怎会有这些妙不可言的念头？另一些例子是我们国家的一些知识分子，原本迂头迂脑，傻乎乎的，可爱极了。打了他一回，还说感觉好极了，巴不得什么时候再挨一下。领导上怎能抗拒这种诱惑呢？所以就把他们打成右派了。我看到毡巴白白净净，手无缚鸡之力，也觉得他可爱极了，不打他一下就对不起他。而我在 × 海鹰那里受帮教时，因为内心紧张，所以木木痴痴，呆呆傻傻，也就难怪她要虐待我了。这些解释其实可以概括为一句：假如某人总中负彩，他就会变成受虐狂。假如某人总中正彩，他就会变成虐待狂。其他解释纯属多余。

× 海鹰出门的时候，只要我不当班，就要把我带上。我说：原来你不是把我锁起来的吗？她说：原来锁，现在不，因为“你翻我抽屉”。就这样把我带到公司团委去。别人见了就问她：这小伙子是谁？ × 海鹰说：我们厂的一个后进青年，叫王二。听见这样的介绍，我就出了神。直到她叫我：王二，把你干的坏事说说！才回过神来。然后我就简约地介绍道：我把我们厂团支委毡巴的一条肋骨打断了。她说：讲得仔细一点！我就说：是这样子的，我扭住了毡巴的领子，第一拳打中他的右眼，第二拳打中了他左眼，以后的拳头都打在他软肋上……× 海鹰说：够了！你到外面等我吧。于是我到办公室外面去站着，叉手于胸，听见里面嘻嘻哈哈的笑。

× 海鹰去公司时，骑一辆自行车，我跑步跟在后面。为了躲老鲁，我把自行车搁在隔壁酒厂了，假如爬墙距离很近，要是从地面走就很远。我跑步时，像一切身体健壮的小个子一样，双臂紧贴身体，步伐紧凑，这样能显得高一点。跟在 × 海鹰背后时，更显得像个马弁。跑着跑着就会唱出一支歌来，是歌剧《阿伊达》中奴隶们的合唱——这是因为我觉得自己像个奴隶。我这个人的最大缺陷还不是色盲，而是音盲。从来没有任何人能听出我在唱什么。这就是说，在任何时期，任何时代，我想唱什么都自由。当然，我唱起来也是绝对的难听。但我不是文字盲，也就是说，我写出的文字别人能够看懂。这就是说，我不是在什么时候想写什么都自由。除了不自由，我还不能保证自己写出的东西一定会好看。照我看这一条最糟糕。

我在 × 海鹰面前坐得笔直笔直时，我们俩之间就逐渐无话可说了。与此同时，那间小房子里逐渐变绿了。这是因为院子里那些饱经沧桑的树逐渐长出了叶子，那些叶子往窗户里反光。那些树叫“什么榆”、“什么梅”等等，都是些很难记住的名字，一棵棵罗锅的罗锅，驼背的驼背，都像一些小老头；那些树上的肉瘤就像寿星老多肉的额头。人家说，不管什么动物，都是阉了以后活得长。所以我怀疑这些树都被阉过。院里还有一棵赤杨树，长得极疯，大概不会比我更老，已经长得一个人都抱不过来；树身开裂，流出好几道暗色的水来，这棵树肯定没有阉过。这棵树老长毛毛虫，不像那些榆啦，梅啦，什么都不长。我在那张凳子上直着脖子看树长叶子，看到入神时，常常忘了自己是谁，更忘了 × 海鹰是谁，与此同时，我倒记住了院子里每一棵树的模样。冬天下雪后，有人把雪堆在树根下。庭院深深不见天日，雪也经久不化，只是逐渐变得乌黑，向下缩去，最后变成了一层泥。到了这个时候，所有该长的叶子都长了出来，院子也变成了一片浓绿。这个院子原有的臭气都渗到树叶里，看不到了。相反倒能闻见一股叶子的清新气。这时候我影影绰绰地想到：我和树木之间可能有血缘关系——我是多么喜欢树呀！身为一棵树，遇到什么都可以泰然处之了。一九七四年春天的事就是这样的。

后来我和我老婆到英国去玩时，骑着租来的自行车走在英格兰乡间窄窄的公路上。走到一个地方，看到路边上围栏里一大片树林子。她说钻进去，我们就钻进围栏。进去以后遇到一条大狗。我狠狠地瞪了它一眼，把它瞪跑了。然后我们就钻到林子里去，这里一片浓绿，还充满了白色的雾。我老婆大叫一声：好一片林子呀！咱们坏一坏吧！于是我们就坏了起来。享受一个带有雾气、青草气息和寂静无声的性。坏完以后，又在林子里到处遛。忽然又碰上了那条狗，这会儿我再瞪它，它却不跑了，反而汪汪地叫。然后那狗背后就钻出个人来，肘弯里挎着双筒猎枪。那人使劲看了我们一眼（这时候我们俩身上除了鸡皮疙瘩一无所有），然后无声地笑了一笑，说道：穿上衣服，来喝咖啡。喝咖啡的时候那人老憋不住要笑，我老婆却镇定如常。临走时还问他吃糖不吃。那是个香蕉脸的老头子。把我们送出大门时，他偷偷对我说：你老婆真了不起。而我从始至终一言不发，保持了泰然自若的态度。等到出了他家的门，我才发现自己一直在想：要把他那条猎枪夺过来，给他当胸一枪。这种事干起来当然是很不好的，最起码可以叫做以怨报德。但只是想想就没有什么不好了。

一九七四年春天我坐在椅子上看院子里的树，一言不发。× 海鹰躺在床上看手表，到了一定的时候跳起来说：走！我就跟她走，跟在自行车背后跑步，从来不问她到哪里去。或者眼看天色向晚，她坐起来递给我个饭盒，说：“打饭。”我就出去给她打一份炒疙瘩来，虽然我也想问问她，成天吃这一种东西腻不腻，但我从来不问。等到天黑以后，她伸个懒腰说：困了。我就走出这个房子，小心地把房门带上，自己回家去了。

× 海鹰和我说话时越来越简约，而且逐渐没有了主语。比方说，叫我坐直，就说“坐直”，叫我给她打饭，就说“打饭”，叫我跟她走，就说“走”，这些话言简意赅，但是我逐渐不知道我是谁了。后来她逐渐连话都不说了，改为用手势：让我坐直往上一指，让我去打饭就指指饭盒，让我回家去就指指门，让我跟她走，什么都不用说，我自然会跟上。她指指嘴，我就开始讲自己过去遇到的事情。这样在她面前我的内心就一片空明，到了该做什么的时候自然会做。在这些简单的动作里逐渐产生了乐趣，而且经久不衰。我常常梦到 × 海鹰，把她吊在一棵歪脖树上，先亲吻，爱抚，然后剥光她的衣服，强奸她。我就这样地爱 × 海鹰，因为除此之外别无选择。

第五章

一

一九六七年我把“拿起笔做刀枪”招到家里来的事可以这样解释：我用这种方法给自己争到了一片领地。虽然这座楼在别人的围困之下，但是他们还没攻进来。虽然这楼里除了我还有别人，但是他们和我是一伙的，这个楼怎么说都有我的一份。虽然得到这座楼的方式不大合法，但是当时也没有合法的事。最主要的是在这里我想怎么干就可以怎么干，但是第一件事就是不能让人冲进来，把它从我手里抢回去。所以我干的第一件事就是把它修成铜墙铁壁。为此我已经竭尽全力，但是还是不能保住它。后来我就再也没有过属于我的领地。

我在那座楼里战斗时，精神亢奋，做每件事都有快感。那时我一天干的工作，现在一年也干不完（假设是给公家干）。假如让弗洛伊德解释，他会说因为我当时年龄太小，处于性欲的肛门时期，因为性欲无处发泄，所以斗志昂扬。我觉得这种说法不对。屁眼太小，不足以解释我当年的昂扬斗志。

我们守在那座楼里时，夜里没有太多的事，只是不能睡死了，叫人家摸了营去。所以打盹时，都是两个人一对背抵背。有个女大学生，不是姓黄，就是姓蓝，再不就是姓洪，总之是一种颜色，每回我都和她抵背。晚上睡着时是抵着的，早上醒时准是搂在一起。有时脸还贴在她乳房上。这件事也能说明我不是在肛门时期。

假如我本人也能算个例子的话，就可以证明男人的性欲从来就没有过一个肛门时期，只有过自命不凡的时期。那个时候看不起一切和自己不一样的人，包括老头、老太太、小孩子，还包括和自己最不一样的人——女孩子。虽然心里很想和她们玩玩，嘴头上又不承认。

我干的最糟糕的事，就是告诉了 × 海鹰有姓颜色的大学生这个人，还告诉她说，姓颜色的大学生梳了两条辫子，后脑勺枕起来像个棕织的垫子。后来她就老问那姓颜色的是怎么一个人，简直麻烦得要命。我早就告诉了她，姓颜色的大学生是个女的，她还是问个不休，老打听那个人在哪里，好像要搞同性恋一样。

有关那位姓颜色的女大学生，有一点需要补充的地方，那就是在我清醒的时候，也觉得她挺麻烦的。比方说，我正在五楼顶上和一伙人汗流浃背地布置滚木礌石，准备把进犯者通通砸死，忽听她在二楼叫我，就心急火燎地跑了去。你猜是叫我干啥吧——叫我吃面条。我留在这楼里，破坏了自己的房子，出卖了自己家的利益，还长了一身虱子，就是为了吃这种没油没盐盛在茶缸里的面条吗？我对她很反感，觉得她婆婆妈妈的。但这是我清醒时候的事。到了我睡着，或是自以为睡着了的时候，就和她拥抱，接吻，用双手爱抚她的乳房。干这种事时，她老掐我的胳膊，第二天胳臂上青印累累。这说明这样的事发生过。但是不管她怎么掐，我都没有醒来。除了没有醒，别的事都和醒着时一样。比方说，过道里点了一盏马灯，灯光一会儿红，一会儿黄，游移不定。地上有好多草垫子，给人一种建筑工地的印象。我一点没觉得是在我住了十几年的家里。姓颜色的大学生嘴里有一股奶油软糖的味道。她乳罩左边有四个扣子，解起来麻烦无比。在那方寸之地集中的扣子比我全身剩下的扣子还多，这说明女人简直是不能沾。我已经决定把这当一场梦，不管她怎么掐，都不肯醒来。这件事我没有告诉 × 海鹰，任凭她怎么问。我觉得把这种事告诉她不适宜。

姓颜色的大学生长得很漂亮，眉毛和头发都很黑，皮肤很白。我和她亲近时总是要勃起，而且我也知道勃起了是要干什么，但我就是不肯干。她怎么也想不到我为什么不肯——我是害怕暴露了自己是个湿被套。弄完了湿乎乎的甚是麻烦。假如她能想得到，就会提早安慰我说：这不要紧，反正大家都是湿被套，而且她不怕麻烦。后来她和我说过这样的话，但是这也是很后来的事了。当时我正忙着策划各种行动，晚上从地沟爬到校工厂里去，把各种工具偷回来，把我那座楼改造成个白蚁窝。我有一个计划，想把我们楼地下再挖两层，地上再加一层，为此已经运来了两吨钢管，还有好多水泥和钢筋。假如这个计划完成了，就可以在这里守到二十一世纪。但是这个计划没完成。我给 × 海鹰讲一九六七年的事，一讲到姓颜色的大学生就算告一段落。从此她对别的事就不再关心，只问这一件事。我自己以为我的主要问题是打了毡巴，而我打他的原因是我爱他。但是这些话 × 海鹰连听都不要听。她总和我说这一句话：交待你和“姓颜色”的问题，别的事不要讲了！

二

我说过，小的时候我到处去捉蜻蜓准备放在我的电源上电死，那时候我手里提着一个铁窗纱的笼子，手指中间还夹着一根粘竿。我可以悄悄走到一只停在枝头的蜻蜓背后，伸手去捏它的尾巴，也可以用竿头的胶去粘它的翅膀。不管你怎样捕获它，总要在慢慢伸出手的同时，与它目光相接。在一片金色的朦胧下，蜻蜓有成千上万只细碎的蓝眼睛，但是没有一只是管用的。每次我逮住一只蜻蜓，都要带着一声叹息把它放在笼子里。后来我的笼子里就有了好多红蜻蜓、蓝蜻蜓，还有一种古铜色的蜻蜓，我们叫它老仔。它们鼓动着翅膀，在被电死之前，翻翻滚滚。当然，我也可以不捉蜻蜓，让它们继续在天上飞。但是这样一来，我就无事可干。

小时候我逮到一只蜻蜓之后，把它拿在手里，逼视它的眼睛。这时候复眼表面的朦胧就消失得无影无踪，里面每只眼睛都放到了拳头那么大。在那一瞬间，蜻蜓也丧失了挣扎的勇气。小时候我心地残忍，杀气极浓，这一点叫我终身难忘。这件事说明，虽然我一生的主题是悲观绝望，但还有一种气质在主题之外。这种气质在我挥拳痛殴毡巴时，在我参加战斗时，还有在我电死蜻蜓时才会发挥出来。

除了那台电死了无数蜻蜓的电源，我还造过一台百发百中的投石机。后来我也想过，那些被我们从楼顶上打下去的人都怎样了，不过那都是好几年以后的事。经过一番计算，得出一个触目惊心的结论：假如那些人没有死，起码也负了重伤。因为投石机射出的石弹最起码也带有几千焦耳的能量，被这么多能量打中了胸口想要毫发无伤，不管穿什么盔甲都是不可能的事；更何况还要头朝下地从五层楼上摔下去。虽然为了防着这种事，楼四周都张了绳网，但是头朝下摔到网上也有可能会扭断脖子。把一切情况都算上，挨上一弹而丧命的概率最起码是百分之十五。这个结论使我很不高兴，但这也是很后来的事。当时没有人为死了人而伤心。当时是革命时期，革命时期没有人会真的死。在革命时期里杀掉了对方一个人，就如在工商社会里赚到了十几块钱一样高兴。在革命时期自己失掉了一个人，就如损失了十几块钱，有点伤心。这时候我们背上一段毛主席语录：“这种方法也要介绍到老百姓那里去，村上的人死了，开个追悼会，用这种方法寄托我们的哀思……”然后就一点也不伤心，因为伤心被这种程式消化了。这种种程式就是高级智能。因为有了这种种程式，好多东西失去了它本来的意义——连死都不真了。但多少还有些真实的东西：我入了迷地造一架完美的投石机（那东西是用来打死人的，但我当时完全没有想到它会打死人）；在睡梦中和姓颜色的女大学生拥抱接吻，导致了梦遗。这些事情虽然古怪，但是真实性就在古怪之中。我还记得姓颜色的大学生乳房像两个桃子，每天早上醒来时眼睛都又红又肿；她把我掐得也真够疼的。这就是真的东西。因为毕竟还有真的东西，所以活着还是值得的。我告诉 × 海鹰这些事，是要说明在一九六七年的秋天，姓颜色的大学生在我胸中只是很多事中的一件，但是她连听都不要听。

一九六七年秋天的清晨，你到我长大的那所大学去，可以看到我们家过去住的那座楼房呈现出一种怪模样，以前它不是这样，后来也不是这样。有一个小个子从窗口爬出去，上了没有瓦片的楼顶上从容不迫地走着，脸上蒙了一条黑纱巾。那个人就是我。我对对面楼上打来的砖头不屑一顾，就算有一块大砖头就要击中我的头，也只稍稍弓一下腰，让它擦过我的领子；就这样向最高处走去。当时没有任何事情让我害怕。我脸上蒙着姓颜色的大学生的纱巾，它带有一点甜甜的香味，还有发丝沙沙的感觉。后来我走到最高的地方，伸了个懒腰，看到四周朝雾初升，所有的楼房都裸出了水泥的骨架，露出了黑洞洞的窗口，好像刚发了一场大水。空气是黄澄澄的，好像溶化了铁锈的水。这种景象就像后来在美国看的那些劫后余生的电影一样。我发誓，再没有一种景色让我这样满意了。

姓颜色的大学生从窗口爬上楼顶时不敢睁眼睛，需要有个人在一边拉着她的手引她到该抓的地方，然后再爬下去，托她的脚到该蹬的地方。这个过程就像把一个大包裹拖上楼去时一样，那个人手里还要拿一根镐把，因为对面楼上的人看到有人以近似静止的速度顺着脚手梯往上爬，就会用大弹弓打。他们投射过来的砖头飞到这里时速度已经相当慢，可以用木棍一一击落，但是也需要眼明手快。这个人通常是我。我从来没见过比她更笨的爬楼的人，而且她还敢说我是个小叭狗。她简直又累赘，又讨厌，十分可恨。但是后来我很爱她。这说明可恨和可爱原本就分不清。

我和姓颜色的大学生爬地沟到海淀镇去买大饼，那些地沟是砖头砌成，顶上盖着水泥板。从里面用灯光照着时，那些砖头重重叠叠，仿佛要向里面压下来。那是一段不近的路。我们俩都戴了涂胶的手套，姓颜色的大学生膝盖上还套了田径队员练腿时绑的砂袋——当然，袋里的铁砂倒掉了。我告诉她说，进了地沟就要像狗一样爬，口袋里的东西都要掏出来，否则会丢掉。她就把钱拿出来，塞到乳罩里，以免爬掉了。然后我们下到地沟里，开始爬了。我嘴里叼着马灯，爬起来膝盖不着地而且很快，这种技术也不是练了一年两年。姓颜色的大学生跟在后面，看来她爬地沟还有点天分，能跟上我。爬了一段，姓颜色的大学生忽然坐在地上，说：“小叭狗！”就哈哈地笑起来了。

三

那年深秋时分，我在四楼上铺设了铁道，架起了轨道，这样我和我的投石机就能及时赶到任何危机地点。除此之外，我还在策划把投石机改为电动的，让它一分钟能发射十二颗石弹。在此之前，我已经把那座楼改造成了一颗铁蒺藜。本来这样子发展下去，谁也不能把我们从楼里撵走，就在这个时候，校园里响起了稀疏的枪声。只要有了枪炮，我做的一切都没了意义。“拿起笔做刀枪”的人开始商量如何去搞枪，我却一声也不响。也许他们能够搞到枪，但是以后的事不再有意思了。他们还说让我回家去，说我待在这里太危险；其实他们并不真想让我回家去，因为在打仗的时候谁都不希望自己的队伍里有人回家。后来我劝他们都回家去，他们不肯听，我就一个人回家去了。因为这再也不是我的游戏。凭我的力量也守不住这座楼。在我看来，一个人只能用自造的武器去作战，否则就是混账王八蛋。罗马人总是用罗马的兵器去作战，希腊人总是用希腊的兵器去作战。那时候的人在地上拣到了德国造的毛瑟手枪，肯定会把它扔进阴沟，因为他们都是英雄好汉。总而言之，钻地沟离开那座楼时，我痛苦地哭了起来，用拳头擦着眼泪。我想古代的英雄们失掉了自己的城邦时也会是这样。还没等我爬完地沟，我身上的杀气就毫无影踪了。我又变成了个悲观的人。

等到一九六七年的武斗发展到了动枪时，我离开了“拿起笔做刀枪”回家去了。有人可能会说我胆小，但我绝不承认。因为用大刀长矛投石机战斗，显然需要更多的勇气。就以我们院为例，自从动了枪，就没有打死过一个人。这一点丝毫不足为怪，因为在历史上也是刀矛杀掉的人比枪炮杀掉的多得多。原子弹造出来已经有四十多年了，除了在日本发了两回利市，还没有炸死过一个人。

我在一九六七年遇到的事情就是这样结束的。到了一九七四年冬天受帮教时，我把它一一告诉了 × 海鹰。小时候有一位老师说我是一只猪，我恨她恨到要死，每天晚上在床上时都要在脑子里把她肢解掉；而第二天早上到学校时，她居然还是好好地活着，真叫我束手无策。后来我每次见到她，都说“老师好”，而且规规矩矩地站着。过了一阵子她就不再说我是猪，而且当众宣布说她很喜欢我。我在 × 海鹰面前磨屁股并且受到逼问时，对她深为憎恶，但是憎恶没有用处，必须做点什么来化解憎恶。聊大天也是一种办法。

我憎恶 × 海鹰的旧军装，她坐在桌前时，毫无表情地摆弄着一支圆珠笔，好像在审特务一样。如果她不穿军装，对我就要好得多，我认为她是存心要羞辱我。除此之外，她还梳了两条辫子，辫梢搭在肩膀上。假如我不说话，屋子里空气沉闷，好像都压在我头上。有一只苍蝇从窗缝里飞出来，慢慢地在屋里兜圈子。我知道有一种水叫重水，比一般的水要重。还有一种空气是重空气，假如不用话去搅动，就会自动凝结。那时候我的肚子并不饿，所以我不是在零维空间里。但是我被粘在了凳子上不能动，所以我是在一维空间里面。这使我感到难以忍受，所以我把什么都往外讲。在我的梦里，× 海鹰掉到冰冷的水里，我把她捞了上来。她被困在燃烧的楼房里，我又把她救了出来。我是她在水深火热里的救星。假如没有我的话，她早就死了一百回了。但是这些尚不足以解释五月间我怎么会和她发生性关系。

四

把时光推到我在豆腐厂里当工人时，厂里男厕所的南墙原来刷得不白，隔着凝固的灰浆还能看到后面的砖头；所以那层灰浆就像吹胀的牛尿脬，刷了桐油的纸，大片的云母，或者其他在古代被认为是透明的东西。里面的砖头很碎，有红的，也有青的，粘在灰黄色的灰浆里，像一幅意义不详的镶嵌画。后来这些东西就再看不见了。因为老有人在墙上画一个肘部高扬，半坐着的裸女；又老有人在上面添上毛扎扎的器官并且添上老鲁的名字；然后又老有人用灰浆把她刷掉。这堵墙因此被越涂越白，显得越来越厚，墙里面的砖头看不到了。墙里面的一切也逐渐离我而远去。这件事在我看来有一点模糊不清的寓意：在一堵墙是半透明的时候，后面好像有另一个世界，这时候世界好像更大一点。它后来变得不透明了，世界就更狭小了。一九七四年我看到的厕所里的墙壁就是这样的。当时我不是画家，也没有学数学。我什么都没做过，也没有任何一种专门的知识。一切一切都和我割破手腕时是一样的，所以可以说我保留了六岁时的朴实和天真。我唯一能做的事就是观察世界，算出什么时候中负彩。而世界的确是在我四周合拢了。这是否说明我很快就会中头彩？

把时光往后推，我到美国去留学，住在New England，那里老是下雨，老是飘来酸酸的花香。空气里老是有一层薄薄的水汽，好像下雨天隔着汽车雨刷刷过的挡风玻璃往外看。马路老是黑黑的，反射汽车的尾灯。才下午四点钟，高楼上红色的防撞灯就都亮了，好像全世界都在一闪一闪。空气好像很稀薄，四周好像很开阔。New England好像是很稀薄的水，北京好像是很厚重的空气。白天出去上课，打工，晚上回来和老婆干事，也觉得没什么意思。这可能是因为四周都是外乡人，也可能是因为四周很开阔。我想干什么都可以，但是我什么都不想干。我总觉得这不是我待的地方，因为我的故事不在这个地方。

把时光再往前推，我是一个小孩子，站在我们家的凉台上，那时候我有四岁到五岁的样子，没有经历过后来的事情，所以我该把一切都遗忘。我的故事还没有开始，一切都是未知数。太阳照在我身上暖洋洋的，我扬起头来看着太阳，一点也不觉得晃眼，觉得晃眼是以后的事情；那时候它不过是一个金黄色的椭圆形罢了。当时我什么都不知道，但是心里也不是空空荡荡。爱，恨，厌倦，执著，等等，像一把把张开的小伞，一样都没失去，都附着在我身上。我看着太阳，我是一团蒲公英。以后这些东西就像风中的柳絮一样飘散了。回到中国以后，我想道，这是蒲公英飘散的地方。我从这里出发寻找神奇，最后也要回到这个地方。

把时光推到一九七四年春天受帮教之时，当时我一点也不知道这件事会怎样结束，只知道每天下午要去见 × 海鹰，在她那里度过三到四小时。当时我丝毫也没想到她是女人，更想不到她有性器官，可以和我性交。我没有见过她乳房是方是圆，更不敢妄加猜测。那时候她对我来说，不过是个坐办公室的面目不清的人罢了。那一天白天下了雪，落到房顶上的雪保留了下来，而落到地上的雪全化了。豆腐厂和它里面的院子变成了一张国际象棋棋盘——白方块、黑方块。我穿过这些方块前往她的办公室。先是老鲁抓我，现在又是 × 海鹰的逼问。我实在说不出自己对这样的事有多么厌倦，因为像这样的事什么时候能完哪。虽然空气里没有了臭气而且清新冷冽，吸进肺里时带来快感；呼出的气化成了缕缕白烟，但是这种厌倦之心绝不因此稍减。这种心情后来过去了。但是这件事发生过。发生过的事就不能改变。后来 × 海鹰说道："假如你怨恨的话，可以像揍毡巴一样，揍我一顿。"但是她搞错了，我揍毡巴是出于爱。而且仇恨这根神经在我身上早就死掉了。

一九六六年我就厌倦了我爸爸，但他仍然是我爸爸。一九七四年我又厌倦了 × 海鹰，但是后来我又和她发生了一段性爱关系。后来我就没有厌倦过谁，也没有厌倦过任何事。现在我们所里的领导找到我，说我们也要赶超世界先进水平，让我把在美国做过那只机械狗的细节写出来。这件事十足无趣，但是我没有拒绝。不但如此，我还买了市面上最白最厚的纸，黑色的绘图墨水，用蘸水笔写长仿宋字，每个字都是 2×3 毫米大小，而且字体像铅字一样规范。我交上去的材料上绝没有任何一点污损，所以不管我写的是什么，每一页都是艺术品。但是这样一来，我写得就非常之慢，谁也不好意思催我。而且他们在背地里议论说：没想到老王是这样一个人——在此之前，他们是叫我小王的。到底我是个怎样的人，他们并不真知道。连我自己都不真知道。过去我绝不肯把做过的事重做一遍，现在却在写好几年前做过工作的报告。这是不是说明我真的老了呢？其实我心里还和以前一样，以为写这种东西十足无用，但是又不可避免。我只有四十岁，人生的道路还相当漫长。我不能总是心怀厌倦吧。

五

我憎恶 × 海鹰时，就想起毡巴来。我，他，还有 × 海鹰，后来是一个三角。他们俩的裸体我都看见过。× 海鹰的皮肤是棕色，有光泽，身体的形状有凹有凸，有模有样。毡巴的身体是白色，毫无光泽，就像瓷器的毛坯一样，骨瘦如柴，并且带有童稚的痕迹。冬天他穿灯芯绒的衣裤，耳朵上戴了毛线的耳套，还围一个黑色的毛围巾。那围巾无比地长，他把它围上时，姿仪万方；而且他还戴毛线的无指手套。这些东西都是他自己打的。毡巴会打毛活，给我织过一件毛背心。假如他肯做变性手术，我一定会和他结婚。不管手术成功不成功，他的乳房大不大，都要和他结婚。当然，假如这样的事发生了的话，× 海鹰既得不到我，又得不到毡巴，就彻底破产了。

等到 × 海鹰和毡巴结婚以后，她还常常来找我，告诉我毡巴的事迹。他经常精赤条条地在双人床上趴着，一只脚朝天跷着。毡巴的脚穿四十五号的鞋，这个号码按美国码子是十二号。除了在后脚跟上有两块红，屁股上坐的地方有两块红印之外，其他地方一片惨白。整个看起来毡巴就是一片惨白。毡巴的屁股非常之平，不过是一个长长的状似牛脚印的东西罢了。他就这样趴在床上，看一本内科学之类的书，用小拇指挖鼻子。当时是一九八〇年，夏天非常地闷热。× 海鹰不再梳她的大辫子，改梳披肩发，这样一来头发显得非常之多。她也不穿她的旧军装，改穿裙子，这样显得身材很好。她说毡巴看起来非常之逗，她怎么看怎么想笑，连干那件事时都憋不住，因为毡巴的那玩艺勃起后太可笑了。抱住毡巴光溜溜的身体时更想笑，总觉得这件事整个就不对头。有了这些奇异的感觉，就觉得毡巴非常可爱。见了面我就想吻她，因为她是毡巴的老婆了。以前我对她没有兴趣，但是连到了毡巴就不一样了，似乎毡巴的可爱已经传到她的身上。但是她不让我吻嘴唇，只让吻脸腮。说是不能太对不起毡巴。然后我们就讲毡巴的事来取笑。这是因为我们都爱毡巴，“爱”这个字眼非常残酷。这也是因为当时我心情甚好，不那么悲观了。

我爱毡巴，是因为他有一拳就能打出乌青的洁白皮肤，一对大大的招风耳，一双大脚，而且他总要气急败坏地乱嚷嚷。他一点都不爱我，而且一说到我揍过他一顿，而且打他时勃起了，就切齿痛恨。这种切齿痛恨使我更加爱他。他爱 × 海鹰，而 × 海鹰爱我，这是因为有一天我们俩都呈 × 形，我躺在她身上。我很喜欢想起揍了毡巴一顿的事，不喜欢想起躺在 × 海鹰身上的事。因为后者是我所不喜欢的爱情。

现在该讲讲我为什么憎恶 × 海鹰了。这件事的起因是她老要谈起我的痔疮——“你的痔疮真难看！”——每次她对我说这话，都是在和我目光正面相接时。一面说一面把脸侧过去，眼睛还正视着我，脸上露出深恶痛绝的样子，这时我看出她的眼睛是黄色的，而且像猫一样瞳孔狭长。也不知她是对我深恶痛绝，还是对痔疮深恶痛绝。受了这种刺激之后，我就会不由自主地讲起姓颜色的大学生来。她很认真地听着，听完了总不忘说上一句：“真恶心！”这话也使我深受刺激。后来她又对我说，我的痔疮实际上不是那么难看，我和姓颜色的大学生的事实际上也不恶心。这两种说法截然相反，所以必有一种是假的。但是对我来说，哪一种真、哪一种假已经不重要了。重要的是，我因为前一种说法深受刺激。我对她的憎恶已经是不可改变的了。

六

一九六七年秋天，“拿起笔做刀枪”刚到我们楼里来时，外面的人老来挑衅，手拿着盾牌，小心翼翼地向楼脚靠近。大学生们看到这种景象，就唱起了悲壮的《国际歌》，拿起了长矛，想要冲出去应战——悲歌一曲，从容赴死，他们仿佛喜欢这种情调。我告诉他们说，假如对方要攻楼，来的人会很多，现在来的人很少，所以这是引蛇出洞的老战术——我在树上见得多了。我们不理他们，只管修工事。过了不几天，那座楼的外貌就变得让人不敢轻犯。后来他们在对面架了好多大弹弓，打得我们不能在窗口露头。于是我做了那架投石机，很快就把所有的大弹弓全打垮了。

“拿起笔做刀枪”闯到我们楼里那一年，学校里正在长蛾子。那种蛾子是深灰色的，翅膀上长着红色的斑点。它们在空地上飞舞时，好像一座活动的垃圾堆；晚上扑向电灯泡时，又构成了硕大无比的纱灯罩。当走进飞舞的蛾群时，你也似乎要飞起来。走出来时，满头满脸都是蛾子翅膀上掉下的粉。这是因为墙上贴了厚厚的大字报，纸层底下有利于蛾子过冬。那一年学校里野猫也特别多，这是因为有好多人家破人亡，家里的猫就出去自谋生路。这两种情形我都喜欢，我喜欢往蛾子堆里跑，这是因为我吸了蛾子翅膀上的粉也不喘，而在蛾子堆里跑过以后回家，我妹妹就要喘。她是过敏体质，我却不是。我也喜欢猫。但是我不喜欢我妹妹。

那一年秋天我随时都有可能中头彩，但我总是兴高采烈。人在兴高采烈的时候根本不怕中负彩。我还说过从十三岁起，我就是个悲观主义者。但是一九六七年的秋天例外。

现在可以说说我造的那台投石机。那东西妙得很，有风速仪测风，有拉力计测拉力，还有光学测距仪。所有能动的地方全是精密刻度。发射时起码要十个人，有人报风力，有人用天平称石弹，有人测目标方位和距离，数据汇总后，我拿个计算尺算弹道，五百米内首发命中率百分之百，经常把对面楼顶上走动的人一弹就打下来。如果打对面楼上聒噪的高音喇叭，一弹就能把喇叭中心的高音头打扁，让它发出“噗噗”的声音。假如不是后来动了火器，就凭这种武器，完全是天下无敌。谈到了火器，我和堂吉诃德意见完全一致：发明火器的家伙，必定是魔鬼之流，应当千刀万剐。既不用三角学，也不用微积分，拿个破管子瞄着别人，二拇指一动就把人打倒了，这叫他妈的什么事呀！

到现在我还能记住那架投石机的每一个细节，包括每个零件是用什么做的——用指甲掐来判断木头的质地，用鼻子来闻出木头是否很干。姓颜色的大学生是我的记录员，负责记下石弹重量、风速、距离、拉力等等。当然，还要记下打着了没有。但是我根本用不着那些记录，因为发射的每一弹都在我心里——人在十六岁时记性好着呢。但是不管怎么说，做试验记录是个好习惯。我一点没记住打着了谁，被打到的人后来怎么了。他们到底是从屋脊上滚了下去呢，还是躺在原地等着别人来救。说实在的，这些事我根本没看到，或者是视而不见。我只看到了从哪儿出来了一个目标，它走进了我的射程之内，然后就测距离，上弹，算弹道。等打中之后，我就不管它了。一般总是打它的胸甲，比较好打。有时候和人打赌，打对方头上的帽子。一弹把他头上的安全帽打下来，那人吓得在地上团团乱转。对付躲在铁网下的哨兵，我就射过去一个广口玻璃瓶，里面盛满了螺丝钉，打得那人在网子后面噢噢叫唤。后来他们穿着棉大衣上岗，可以挡住这些螺丝钉，但是一个个热得难受得很。再后来对方集中了好多大弹弓，要把我们打掉。而我们在楼板上修了铁轨，做了一台带轮子的投石机，可以推着到处跑。很难搞清我们在哪个窗口发射，所以也就打不掉，反倒被我们把他们的大弹弓全打掉了。我们的投石机装着钢板的护盾，从窗口露出去时也是很像样子（像门大炮）。不像他们的大弹弓，上面支着一个铁丝编的字纸篓子一样的防护网（像个鸡窝），挨上一下就瘪下去。后来他们对我们很佩服，就打消了进犯的念头。只是有时候有人会朝我们这边呐喊一声：对面的！酒瓶子打不开，劳驾，帮个忙。我们愉快地接受了他们的要求，一弹把瓶盖从瓶颈上打下去。我的投石机就是这样的。

我们家变成了武斗的战场，全家搬到“中立区”，那是过去的仓库，头顶上没有天花板，点着长明电灯；而且里面住了好几百人，气味不好闻。那地方就像水灾后灾民住的地方。我常常穿过战场回家去，嘴里大喊着“我是看房子的”，就没人来打我。回到我们家时，往床上一躺，睡上几个钟头，然后又去参加战斗。×海鹰听我讲了这件事，就说我是个两面派。事实上我不是两面派。我哪派都不是。这就是幸福之所在。

我活了这么大，只有一件真正属于自己的东西，就是那台投石机。连我自己都不敢相信能造出这么准确的投石机——这就是关键所在。那玩艺后来不知到哪儿去了。现在家里虽然有些电视机、电冰箱之类，结构复杂，设计巧妙，但我一件也不喜欢。假如我做架电视给自己用，一定不会做成这样子——当然，我还没疯到要造电视机给自己用，为了那点狗屁节目，还不值得动一回手。但是人活着总得做点什么事。比方说，编编软件。我在美国给×教授编的软件是一只机械狗的狗头软件。后来那只狗做好了，放在学校大厅里展览，浑身上下又是不锈钢，又是钛合金，银光闪闪。除此之外，它还能到处跑，显得挺轻盈，大家见了鼓掌，但我一点都不喜欢它。因为这不是我的狗。据说这狗肚子里还借用了空军的仪器和技术来做平衡，有一回我向×教授打听，他顾左右而言他。这我一看就明白了：我是共产党国家来的外国人，不能告诉我。这是可以理解的，但是我不高兴，就对他说：我操你妈！你以为我希罕知道！在美国就是这点好，心里不高兴，可以当面骂。你要是问我说了些什么，我就说我祷告呢。但是后来我选了他当导师，现在每逢年节都给他寄贺卡。这是避免恨他一辈子，把自己的肚皮气破的唯一方法。

“文化革命”里我也没给“拿起笔做刀枪”做过投石机，没给他们修过工事。假如我干了这些事，全都是为了我自己。× 教授也做过很多东西，不是给公司，就是给学校做，没有一件是为自己做的。所以他没有我幸福。

七

我小的时候，在锅片上划破了手臂，露出了白花花的筋膜，这给我一个自己是湿被套扎成的印象。后来我就把自己的性欲和这个印象联系起来了。我喜欢女人芬芳的气味，但是又想掩饰自己湿淋淋黏糊糊的本质。这说明对我来说，性还没有成熟。它像树上的果子一样，熟了才能吃。

我小的时候，天气经常晴朗，空气比现在好。我背着书包去上学，路上见了漂亮女人就偷偷多看她几眼。这说明我一点也不天真。我从来就没有天真过。

我在革命时期的第一个情人，就是那位姓颜色的大学生，身上有一股奶油软糖的气味。所以她又可以叫做有太妃糖气味的大学生。这一点在出汗时尤甚。我第一次看见她时，她的头发上带一点金黄色，这种颜色可以和二十年后我在法国尼斯海滩上看到的颜色相比。当时有个女人向我要一支香烟。当时金黄色的太阳正在天顶上融化，海面上也罩着一层金色。那个女人赤裸着上身，浑身上下与阳光同色。我给了她一支烟，自己也叼上一支，点火时才发现把烟叼反了。与此同时，我老婆对着我左边的耳朵喊：你痴了！对我的右耳朵喊：你呆了。她的气味又可以和后来我在美国注册学籍时所遇见的新生们相比，那些疯丫头在办公室里嘻嘻哈哈，带来了各种各样的香气，有的像巧克力，有的像刚出炉的法国牛角面包，有的带有花香，就像尚未开放的玉兰花，带一点清淡的酸味。每次看到我时，她都微微一笑，说：你这小坏蛋又来了。然后就帮我把扯掉了的扣子缝上。那时候我总是爬排水管到他们那里去，所以扯脱扣子的事在所难免。后来我把扣子用铜丝绑在衣服上，并且在衣襟里衬上一根钢条。这样做了以后，扣子就再也不会扯脱了。那时候我只有十五六岁，还是个小孩子。

在豆腐厂里 × 海鹰逼问我有关姓颜色的大学生的一切，我告诉她说：我不记得她姓什么，我更不知道她叫什么，我和她只接过吻。这种简约的交代使她如坠五里雾中。有时候她说：你和这个姓颜色的大学生一定干过不可告人的事情，所以你不敢讲！我听了以后无动于衷。有时候她又说：根本就没有这个人，是你胡编的——现在编不下去了吧？我听了还是无动于衷。作为一个讲故事的人，我是个制造悬念的大师，简直可以和已故的希区柯克相比。尽管我已经不再说什么，但是已经说过了一些。这些说出的话是不能收回了。

其实我和那个姓颜色的大学生还不止接过吻——我当然记得她姓什么叫什么，但是不知记在什么地方了，现在想不起来——整个一九六八年她都在学校里。当时“拿起笔做刀枪”已经全伙覆灭，只剩了她和我是漏网之鱼。

我们院里当时有好多红卫兵派别，“拿起笔做刀枪”是很小的一派，动武的时候也经常处于被围的状态。但是后来他们最倒霉，头头被抓起来判了徒刑，分配时，每个人都被送到了穷乡僻壤。这是因为算了总账——他们这派打死的人最多，毁坏东西也最厉害，这两件事都和我有关系。我们那座楼里打满了窟窿，原来的走道门窗全都不存在了。而且他们一面拆毁，一面加固，终于把一座二十世纪的住宅楼改成了十五世纪的城堡，甚至是东非草原上的白蚁窝。后来把它恢复原样时，花了比当初建这座楼还多三倍的钱。后来上面把他们集中起来办学习班，让他们交待谁叫这么干的，他们没把我说出来。因为说出来也没人信。我早就对他们说过，我就管帮你们打仗，别的都是你们自己的事。

当时上面派人进驻学校，把武斗队伍都解散了，把头头都抓走了，别的人关起来办学习班，追查武斗里打死人的问题。只把她一个人剩在外面，等待下乡。这大概是因为上面觉得女人不会打死人——领导上实在缺少想象力。后来她经常找我和她一起去游泳。不好意思到家里来找我，在楼下和自行车站在一起，摇着车铃。游泳时她对我说，我们就像一群小鬼，大人不在家就胡闹了一通。现在大人回家了，就把我们收拾一顿。我答应着“是呀是呀”，心里却在想:这是你们的事，别扯上我。

八

我对女人抱的期望一直不高，但是姓颜色的大学生是个例外。不知为什么，我总觉得她该像法国那位风华绝代的杜拉斯一样，写出一部《情人》来。如果不去写小说，也该干点与此类似的事，因为她和 × 海鹰不一样，是个感性天才。有些事情男人干不来，因为这不是我们的游戏。但是她和别的人一样，只是叫我失望。连她都自甘堕落，我对别人更不敢存什么希望。

那一年春天开始，我常和姓颜色的大学生到运河边上去游泳。当时那里很荒凉，到处是野草。春天水是蓝的，我和姓颜色的大学生之间话不多。她到树丛里换衣服时，让我在外面看着人。姓颜色的大学生皮肤白皙、阴毛稀疏，灰色的阴唇就像小马驹的嘴唇一样，乳房很丰满。脱掉衣服时，就像煮熟的鸡蛋剥下蛋皮，露出蛋白来。尤其是摘掉那个硬壳似的胸罩时，就更像了。在灰蒙蒙的树丛里，她是一个白色的奇迹。而且刚脱掉那些累赘的衣服时，她身上传来一股酸酸甜甜的信息。

我换衣服时，她有时盯住那个导致我被称为驴的东西看着，但也是不动声色。到了水里就不停地游起来，从河这边游到河那边，一游就是十几趟。然后爬上岸来，在河边上坐到天黑。姓颜色的大学生嘴唇变成了紫色，头发上好像抹了油，眼睛里充满了油一样的光泽。我们俩之间一点都不熟，只是互相需要。她告诉我说，如果不来游泳，就坐立不安。我想这是因为她心里很烦。她又告诉我说，我好像只有五六岁的样子，和我在一起很不好意思，但是我觉得是个好现象。年龄小一点，就可以多活几年，难道不好吗？

我和姓颜色的大学生坐在树丛里，并排挺起胸膛来。我有两片久经锻炼的胸大肌，她有一对光润细嫩的乳房，乳头朝上挺着，是粉色的。后来她拍拍我的胸口说：“算了。别比了。都挺好的。”

我和姓颜色的大学生去游泳，直到天黑以后。天黑以后远处灯火阑珊，河水就像一道亮油。她让我抱着她，我就抱着她，在黑暗里嗅她的气味，晚上她身上有一种温暖的气味。然后我就说：该回家了。然后我们就骑车回来。这个季节，晚上的风是暖的，就像夏天小河沟里的水，看上去黑糊糊而且透明，但是踏进去却感到温暖得出人意料。走到接近村子的地方，听到人声模糊。我爸爸要是知道我和一个大姑娘混在一起，非把我揍扁了不可。人家要是知道她和一个十六岁的男孩子混，也要把肚皮笑破。但是要问我爸爸为什么要揍我，或者要问他们为什么要把肚皮笑破，谁也答不上来。

姓颜色的大学生假如有杜拉斯的才能，能写出这样一部《情人》，会写道，她的情人是个小个子，肌肉坚实，脸上、身上（肩膀、胳臂、大腿）都长满了黑毛，又似胎毛，又似汗毛，又似她后来那个秃顶丈夫抹了101生发精后头顶上催出的那种茸毛。才只十六岁，男性就长得和驴一样。站在河岸上时，叉开了双腿，挺胸收腹（我不是有意这样，是在体操队被老师训练的），雄赳赳的像只小叭狗。她会提到她的情人眼睛是黑色的，但有时也会变成死灰色。她还会提到空寂无人的河岸，杂有荆棘的小树丛，到处是坚硬的土坷垃。有时候她把他拉到树丛里，让他把脸贴在自己湿漉漉的阴毛上。说明了这一点，就能说明我们不是命里注定没有好书看，而是她们不肯写，或者有人不让她们写。如果是后一种情况，那他就持我在革命时期的想法：认为这种事层次太低。

姓颜色的大学生在她的《情人》里还会说到，她的情人站在水里时，身上的茸毛都会浮起来，就像带上了静电，还像一种稀薄的蒲公英。初春的水是蓝色的，很透明。但是在这种水里并不觉得很冷。从这种水里出来，会觉得一切都是蓝色的，很透明。有时他会独自走到桥上去跳水。那个时候他还是一本正经，像个小叭狗的样子。后来她回想起这些事，一定不会为这种无性的性爱而后悔。真正后悔了的是我。

姓颜色的大学生有时候把我拉到灌木丛里，让我把手贴在她赤裸的乳房上，然后就闭上眼睛晒太阳。我把手贴在那个地方一动不动，就自以为尽到了责任，只顾自己去寻找奶油味。这种气味在腋窝和乳下尤重。我把鼻子伸到这些地方——比方说，用鼻子把乳房向上拱开，或者把鼻子伸到腋毛稀疏的地方。刚从水里出来，鼻子是凉的，这就更像只小叭狗了。在这种时候，姓颜色的大学生也觉得挺荒唐。但是后来她又想：管他呢，荒唐就荒唐。

我还能嗅到姓颜色的大学生小腹下面有一种冷飕飕的清香味，但是不好意思到那里去闻。这就像一只没睁开眼睛的小狗闻一块美味的甜点心，但是不敢去吃。对于小狗来说，整个世界充满了禁忌，不知什么时候会被大狗咬一口。对我来说，会打仗简直是小菜一碟，不学都能会。但要学会性爱，还需要很多年。

小时候我爬过了一堵高墙，进到了一个炉筒子里面，看到地上有一领草席子，还看到有做爱的痕迹。从现场的情形不难推断出那个女的必然是背抵着炉壁，艰难地跷起腿来——这不折不扣就是米开朗琪罗的著名雕像《夜》。而那个男的只能取一腿屈一腿伸的姿势，那姿势的俗称就是狗撒尿。而且那条伸着的腿还不敢伸得太厉害，否则就会碰上野屎。我觉得这样子十足悲惨——如果你不同意，起码会同意在这样一个环境下，干着又有啥意思。等到我和姓颜色的大学生试着干这件事时，心里就浮现炉筒子里的事。那时候我抱着她的肩膀（她的肩膀很厚实），脸贴着她饱满的胸膛，猛然间感到她身后是炉筒子。一股凄惨就涌上心头，失掉了控制。这在技术上就叫早泄吧。还有一件事必须提到，姓颜色的大学生是处女，也增加了难度。不管怎么说，这件事我失落得很，而且还暴露了我是个湿被套。但是姓颜色的大学生却笑了，说道：你都把我弄脏了！然后又说：我自己跟自己来。你想不想看？

一九六八年春天那个晚上，我对姓颜色的大学生十分佩服，但是这种佩服却不是始于那时，起码可以上溯到一九六七年的秋天。那时候我们俩到海淀镇去买大饼，在光天化日下掀开了马路中央的阴沟盖，从地底下钻出来。不管在什么时期，一位漂亮大姑娘以这种方式出现在人们面前，总是个很反常的现象。而且钻了这么长时间的阴沟，她还有办法出污泥而不染，因此就引起了围观。而她旁若无人地走进小饭馆，从胸罩里掏钱买大饼，然后再旁若无人地钻回阴沟里去。有时候既没有钱，又没有粮票，她就一本正经地在街头找人聊天，告诉人家我们几十个人困在大楼里，没钱吃饭。等到要到了钱，就对人家甜甜地一笑，说：谢谢你。你对我们真好。我所认识的叫化子里，就数她最体面了。

后来姓颜色的大学生让我到树丛外去给她站岗，然后就和自己来。这时候天已经黑得差不多了，在树丛外面只能看到一个模模糊糊的白色影子，但是什么都能听到，还能闻见那种浓郁的酸酸的花香气。我觉得天地为之逆转。姓颜色的大学生在树丛里躺着时，身体洁白如雪，看上去有点轮廓不清。晚上回家以前，她让我帮她把那个有四个扣子的胸罩戴上。那东西是用白布做的，上面用线轧了好多道，照我看来像个袜子底。这种东西她有好几个，都是这样子的。有的太小，戴上后好像头上戴了太小的帽子，摇摇晃晃，有的太大，戴上去皱巴巴。她的内裤像些面口袋。总而言之，这些东西十足糟糕，穿上去不能叫穿上去，该叫套了上去。脱下来不能叫脱了下来，应该说是从她身上滑了下来。假如在臭气熏天的时期，还有什么东西出污泥而不染的话，她就可以算一件了。

我躺在姓颜色的大学生身上时，觉得她像一堆新鲜的花瓣，冷飕飕的，有一种酸涩的香味。她的乳房很漂亮，身体很强壮，在地上躺久了，会把地上的柴草丝沾起来。时隔这么多年回想起来，我觉得她的身体像一种大块的 cheese，很紧凑很致密，如果用力贴紧的话，有一种附着力。因此不该轻轻地抚摸，而应当把手紧紧地附着在上面。当年我做得很对。她教给了我女人是什么。女人不是世界上唯一的奇迹，但是连这都不知道的话，那就更是白活了。

然后她从树丛里跑出来，说道：走，回家去。还抱抱我的脑袋。这时候我觉得沮丧，好像斗败了的公鸡，而且觉得自己在她面前不过是个小叭狗罢了。受这种挫折对我大有好处，因为我生性十分狂妄。后来我记住，不管什么时候，都不要忘记自己是个小叭狗和湿被套，狂妄的毛病就大见好。

后来姓颜色的大学生就下乡去锻炼，回城来，结婚，生孩子。干这些事时，就如从阴沟里钻出来，遇乱不惊。她心里始终记着这个小叭狗似的男孩子。这是女性的故事，和我没有关系，虽然写出来我能看懂。而我是一个男性，满脑子都是火力战、白刃战、冲锋、筑城这样一批概念。虽然和她亲近时也很兴奋，但是心里还是腻腻的，不能为人。就好像得了肝炎不能吃肥肉。革命时期对性欲的影响，正如肝炎对于食欲的影响一样大。

第六章

一

假设我是个失去记忆的人，以一九七四年夏天那个夜晚为起点，正在一点点寻回记忆的话，那么当时王二看到的是个肤色浅棕的女人，大约有二十三岁，浑身赤裸，躺在一张棕绷的床上。她像印第安女人一样，梳了两条大辫子，头发从正中分成两半。后来王二常到她家里去，发现她每次洗过头后，一定要用梳子仔仔细细把头发分到两边，并且要使发缝在头顶的正中间，仿佛要留下一个标记，保证从这里用快刀劈开身体的话，左右两边完全是一样重。梳头的时候总是光着身子对着一面穿衣镜，把前面的发缝和两腿中间对齐，后面的发缝和屁股中间对齐。后来王二在昏黄的灯光下凑近她，发现她的头发是深棕色的，眉毛向上呈弧形，眼睛带一点黄色，瞳孔不是圆形，而是竖的椭圆形。她乳头的颜色有点深，但是她不容他细看，就拉起床单把胸口盖上了。这个女人嘴唇丰满，颧骨挺高，手相当大，手背上静脉裸出。她就是 × 海鹰。我认为她很像是铜做的。在此之前几分钟，他们俩一个人在床头，一个人在床尾，各自脱衣服，一言不发，但是她在发出哧哧的笑声。她脱掉外衣时，身上劈劈啪啪打了一阵蓝火花，王二一触到她时，被电打了一下。然后他们俩就干了。他和她接触时毫无兴奋的感觉，还没有电打一下的感觉强烈；但是在性交时劲头很足——或者可以说是久战不疲。但是这一点已经不再有意义。

王二和 × 海鹰干那件事时，心里有一种生涩的感觉，仿佛这不是第一次，已经是第一千次或者是第一万次了。这时候床头上挂着她的内裤，是一条鲜红色的针织三角裤。这间房子里只有一个小小的北窗，开在很高的地方，窗上还装了铁条。屋里充满了潮湿、尘土和发霉的气味。有几只小小的潮虫在地上爬。地上有几只捆了草绳子的箱子，好像刚从外地运来。还点了一盏昏黄的电灯，大概是十五瓦的样子，红色的灯丝呈 W 形。

王二和 × 海鹰干那件事之前，嗅了一下她的味道。她身上有一点轻微的羊肉汤味。这也许是因为吃了太多的炒疙瘩。因为豆腐厂门口那家小饭铺是清真的，炒菜时常用羊油。但是这种味道并不难闻，因为那是一种新鲜的味道，而且非常轻微。那天晚上灯光昏暗，因为屋里只有一盏十五瓦的电灯。她的下巴略显丰满，右耳下有一颗小痣。× 海鹰总是一种傻呵呵的模样。我说的这些都有一点言辞之外的重要性。长得牛高马大，发缝在正中，梳两条大辫子，穿一套旧军装，在革命时期里就能当干部，不管她心里是怎么想的，不管她想不想当。× 海鹰说，她从小就是这样的打扮，从小就当干部。不管她到了什么地方，人家总找她当干部。像王二这样五短身材，满头乱发，穿一身黑皮衣服，就肯定当不了干部。后来王二果然从没当过干部。

假设 × 海鹰是个失去记忆的人，从一九七四年夏天那个夜晚寻回记忆的话，她会记得一个相貌丑恶，浑身是毛的小个子从她身上爬开。那一瞬间像个楔子打进记忆里，把想象和真实连在一起了。后来她常常拿着他的把把看来看去，很惊讶世界上还会有这样的东西——瘫软时像个长茄子，硬起来像捣杵。它是这样的难看，从正面看像一只没睁开的眼睛，从侧面看像只刚出生的耗子。从小到大她从来就没想到过要见到这样的东西，所以只能想象它长在了万恶的鬼子身上。从小到大她就没挨过打，也没有挨过饿，更没有被老师说成一只猪。所以她觉得这些事十分的神奇。她觉得自己刚经受了严刑拷打，遭到了强奸，忍受了一切痛苦，却没有出卖任何人。但是对面那个小个子却说：根本就没有拷打，也没有强奸。他也没想让她出卖任何人。这简直是往她头上泼冷水。

这个小个子男人脸像斧子砍出来的一样，眼睛底下的颧骨上满是黑毛，皮肤白皙。这个男人就是王二。他脱光了衣服，露出了满身的黑毛。这使 × 海鹰心里充满了惊喜之情。她告诉王二说，他的相貌使她很容易把他往坏处想，把自己往好处想。她对王二说，他强奸了她。他不爱听。她又说他蹂躏了她。他就说，假如你坚持的话，这么说也没有什么不可以。后来她又得寸进尺，说他残酷地蹂躏了她。这话他又不爱听。除此之外的其他字眼她都不爱听，比如说我们俩有奸情，未婚同居等等。他的意思无非是说，这件事如果败露了，领导上追究下来，大家都有责任。这种想法其实市侩得很。

这件事又是我的故事，而这件事会发展到这个样子，连我自己都不敢相信。难道我不是深深地憎恶她，连话都不想讲吗？难道她不曾逼问我和姓颜色的大学生之间的每件事，听完了又说“真恶心”吗？假如以前的事都是真的，那么眼前我所看到的一切就只能有一个解释：有人精心安排了这一切，并派出了 × 海鹰，其目的是要把我逼疯掉。而当我相信了这个解释的同时，我就已经疯了。我有一个正常人的理智，这就是说，我知道怎么想是发了疯。尽管如此，我还是要往这方面去想。这件事只能用我生在革命时期来解释。

在此之前，我记得她曾经想要打我，但是忘了到底是为什么。× 海鹰要打我时，我握住了她的手腕，从她腋下钻了过去，把她的手拧到了背后，并且压得她弓起腰来。这时候我看到她脖子后面的皮都红了，而且整个身体都在颤抖。等我把她放开，她又面红耳赤，笑着朝我猛扑过来。这件事实在出乎我的意料，因为我一点也没想到眼前的事是可笑的，更不知它可笑在哪里。所以后来我把她挡开了，说：歇会儿。我们俩就坐下歇了一会儿，但是我还是没想出是怎么回事，并且觉得自己已经成了一根不可雕的朽木头。与此同时，她一直在笑，但是没有笑出声。不过她那个样子说是在哭也成。

后来她就把我带到小屋里去，自己脱衣服。这个举动结束了我胸中的疑惑。我想我总算是知道我们要干什么了，而且我在这方面算是有一点经验的，就过去帮助她，但是她把我一把推开，说道：我自己来。口气还有点凶。这使我站到了一边去，犯开了二百五。脱到了只剩一条红色的小内裤，她就爬到床上，躺成一个大大的 × 形，闭上了眼睛，说道：“你来吧，坏蛋！坏蛋，你来吧！”这样颠三倒四地说着，像是回体文。而我一直是二二忽忽。有一阵子她好像是很疼，就在嗓子里哼了一声。但是马上又一扬头，做出很坚强的样子，四肢抵紧在棕绷上。总而言之，那样子怪得很。这件事发生在五月最初的几天，发生在一个被“帮教”的青年和团支书之间。我想这一点也算不得新鲜，全中国有这么多女团支书，有那么多被帮教的男青年，出上几档子这种事在所难免。作为一个学过概率论和数理统计的人，我明白得很。但是作为上述事件的当事人之一，我就一点也不明白为什么有这样的事发生。

二

一九七四年夏天那天晚上发生的事还有：× 海鹰穿了一件皱巴巴的针织背心，脱下来以后，赶紧塞到枕头底下了。王二还觉得她的皮肤有点绿，因为她老穿那件旧军衣。至于她要动手打他的事，她是这么解释的：你老跟我装傻！但是王二一点也记不得自己曾经装傻。像这样的事要一点一点才能想得起来。也许他不是装傻，而是原本就傻。在她家的床上，王二总喜欢盘腿半跪半坐，把双脚坐在屁股下，把膝盖叉开，把手放在膝盖上，这时候整个人就像一朵扎出的纸花，或者崩开了的松球——从一个底子（王二的屁股）里，放射出各种东西：他的上身，他的折叠过的腿，他的阴毛和阴茎（它们是黑黑的一窝），每一件东西都坚挺不衰。到了那个时候，麻木也好，装傻也好，全都结束了。彩中完了时就是这样的。小时候我从外面回家，见到我爸爸怒目圆睁，朝我猛扑过来，心脏免不了要停止跳动。等到挨了揍就好了，虽然免不了要麻木地哭上几声，但主要是为了讨他欢心。揍我我不哭，恐怕他太难堪。

王二胸口长了很多黑毛，紧紧地蜷在一起，好像一些小球，因此他的胸口好像生了黑锈一样。拔下一根放在手掌里，依然是一个小球，如果抓住两端扯开的话，就会变成一根弯弯曲曲的线，放开后又会缩回去。因此每根毛里都好像是有生命。夜晚王二躺在床上时，× 海鹰指指他的胸口，问道：可以吗？他在胸口拍一下，她就把头枕上去，把大辫子搭在王二的肚子上。如果她用辫梢扫那个地方，他就会勃起，勃起了就能性交。这件东西根本不似王二所有。她家里那间小屋子很闷。性交时她有快感，那时候她用手把脸遮一下，发出擤鼻子一样的声音，一会儿就过去了。

但是这件事又可能是这样子的：我伏到 × 海鹰身上时，她双目紧闭，牙关紧咬，脸上显出极为坚贞不屈的样子；四肢叉开，但是身体一次次地反张；喉咙里强忍着尖叫。那个样子几乎把我吓住了。所以我也把自己做成个 × 形，用手压住她的手腕，用脚抵住她的脚面，这样子仿佛是在弹压她。× 海鹰的身体是冷冰冰的，表面光滑，好像是抛光的金属。干完了以后我也不知为什么会是这样。

我和 × 海鹰干完了那件事，跪在床上把胸口对在一起，那样子有几分像是斗鸡。× 海鹰跪在床上，还是比我要高半头。这时候她的乳房在我们俩中间堆积起来，分不清是谁长的了。那东西有点像北京过去城门上的门钉。这些事情都属正常。但是我们俩之间怎么会出了这样的事，我还是莫名其妙。

我和 × 海鹰躺在她家那张棕绷的大床上时，我常常伸出右手，用食指和中指把她的乳头夹住。我的手背上有好多黑毛，甚至指节上也有，因此从背面看去，那只手像个爪子。× 海鹰向下看到这种情形，就绷直了身体一声不吭，脸上逐渐泛起红晕。我很想把身上的黑毛都刮掉，但这件事应该是从手上做起的——假如手上的毛没有去掉，把身上的毛去掉就没有意义。用右手刮掉左手的毛是很容易的，反过来就很困难。这是因为我的左手很笨。而两只手一只有毛，另一只没有的话，还不如让它都留着呢。其实还有别的方法可以把手上的毛去掉。比方说，我可以用一分松香，加一分石蜡降低熔点，把它融化以后，把手背上的毛黏在上面，待冷凝后，再把它揭下来——屠宰厂就用这种办法给猪头拔毛。但是我觉得没必要这样子和自己过不去。这些事说明我的本性是相当温良的。尽管如此，在钳住她的乳头时，我还是感到一种逼供的气氛。我真想把气氛变成事实，也就是说，逼问一下到底是谁派她来耍我的。但是我忍住了，没有干出来。因为一干出来我就是疯子了。

× 海鹰说我像个强盗，原因除了我长得丑，身上有毛之外，还因为我经常会怪叫起来。不管白班夜班，厂里厂外，还是走到大街上，我都会忽然间仰天长啸，因此我身上有一种啸聚山林的情调。其实这是个误会，我不是在长啸，而是在唱歌，没准在唱《阿依达》，没准在唱《卡门》，甚至唱领导上明令禁止唱的歌。但是别人当然听不出这其中的区别。× 海鹰因此而倾心于我，这倒和革命时期没有关系。古往今来的名媛贵妇都倾心于强盗。我们俩之间有极深的误会：她喜欢我像个强盗，我不喜欢像个强盗。因为强盗会被人正法掉。我这个人很惜命。

其实 × 海鹰没说我像个强盗，而是说我像个阶级敌人。但我以为这两个词的意思差不多。我初听她这样说时吓出了一头冷汗。在此之前，我以为我遇上老鲁、× 海鹰和我捣乱纯属偶然，丝毫也没想到自己已经走到了革命的反面。后来 × 海鹰又安慰我说，不要紧。你只是像阶级敌人，并不是阶级敌人。听了这样的话，心里总有点不受用。

假如我理解得不错的话，成为阶级敌人，就是中了革命时期的头彩了。这方面的例子我知道一些，比方说，我们的一个同学在一九六六年弄坏了一张毛主席像，当时就吓得满地乱滚，嗷嗷怪叫。后来他没有被枪毙掉，但也差得不很远。每一个从革命时期过来的人都会承认，中头彩是当时最具刺激的事情，无与伦比的刺激。

我十三四岁的时候，常常独自到颐和园去玩。我总是到空寂的后山上去，当时那里是一片废墟。钻进树林子就看到一对男女在那里对坐，像一对呆头鹅。过一两个小时再去看，还是那一对呆头鹅。我敢担保，在这段时间里，他们没说过一句话，也没有动过一动。我对此很不满意，就爬到山上面去，找些大石头朝他们的方向滚过去，然后就在原地潜伏下来，等他们上山来找我算账。等了好久，他们也不来。

所以我又下山去，到原来的地方去看，发现他们不在那里了。他们在不远的地方，还是在呆坐着。这种情形用北京话来说，叫做“渗着”。也许当年我就想到了，总有一个时候，这两个渗着的人会开始呆头呆脑地性交，这件事让我受不了。事隔这么多年，我还是有点纳闷：人家呆头呆脑地性交，我有什么可受不了的。也许，是那种景象可爱得叫人受不了吧。而我自己开始和 × 海鹰性交时，也是呆头呆脑。

在革命时期所有的人都在“渗着”，就像一滴水落到土上，马上就失去了形状，变成了千千万万的土粒和颗粒的间隙；或者早晚附着在煤烟上的雾。假如一滴水可以思想的话，散在土里或者飞在大气里的水分肯定不能。经过了一阵呆若木鸡的阶段后，他们就飘散了。渗着就是等待中负彩。我一生一世都在绞尽脑汁地想：怎么才能摆脱这种渗着的状态。等到我感觉和 × 海鹰之间有一点渗着的意思，就和她吹了（而且当时强化社会治安的运动也结束了）。使我意外的是她一点都没有要缠着我的意思，说吹就吹了。这件事也纯属可疑。

三

我在豆腐厂工作时，厂门口有个厕所。我对它不可磨灭的印象就是臭。四季有四季的臭法，春天是一种新生的、朝气蓬勃、辛辣的臭味，势不可当。夏天又骚又臭，非常地杀眼睛，鼻子的感觉退到第二位。秋天臭味肃杀，犹如坚冰，顺风臭出十里。冬天臭味黏稠，犹如糨糊。这些臭味是一种透明的流体，弥漫在整个工厂里。冬天我给自己招了事来时，正是臭味凝重之时；我躲避老鲁的追击时，隐隐感到了它的阻力。而等我到 × 海鹰处受帮教时，已经是臭味新生，朝气蓬勃的时期了。这时候坐在 × 海鹰的屋里往外看，可以看到臭味往天上飘，就如一勺糖倒在一杯水里。臭味在空气里，就如水里的糖浆。在刮风的日子里，这些糖浆就翻翻滚滚。因为不是每个人都能看到紫外线，我也不能保证每个人都能看到这种现象。刮上一段时间的风，风和日丽，阳光从天顶照下来，在灰色的瓦顶上罩上一层金光，这时候臭味藏在角落里。假如久不刮风，它就堆得很高，与屋脊齐。这时候透过臭气看天，天都是黄澄澄的。生活在臭气中，我渐渐把姓颜色的大学生忘掉了。不仅忘掉了姓颜色的大学生，也忘掉了我曾经受挫折。渐渐地我和大家一样，相信了臭气就是我们的命运。

我在塔上上班时，臭味在我脚下，只能隐隐嗅到它的存在。一旦下了塔置身其中，马上被熏得晕头涨脑，很快就什么也闻不到了。但是闻不到还能看到，可以看到臭味的流线在走动的人前面伸展开，在他身后形成旋涡。人在臭味里行走，看上去就像五线谱的音符。人被臭味裹住时，五官模糊，远远看去就像个湿被套。而一旦成了湿被套，就会傻乎乎的了。

有关嗅觉，还有一点要补充的地方。当你走进一团臭气时，总共只有一次机会闻到它，然后就再也闻不到了。当走出臭气时，会感到空气新鲜无比，精神为之一振。所以假如人能够闻不见初始的臭气，只感到后来的空气新鲜，一团臭气就能变成产生快乐的永动机。你只要不停地在一个大粪场里跑进跑出就能快乐。假如你自己就是满身的臭气，那就更好，无论到哪里都觉得空气新鲜。空气里没了臭气就显得稀薄，有了臭气才黏稠。

一九七四年夏天到来的时候，×海鹰带我上她家去。她家住在北京西面一个大院里，她想叫我骑车去，但是我早就不骑自行车了，上下班都是跑步来往。第二年我去参加了北京市的春节环城跑，得了第五名。所以我跟在她的自行车后面跑了十来公里，到了西郊她家里时，身上连汗都没出。那个大院门方方正正，像某种家具，门口还有当兵的把门，进去以后还有老远的路。她家住在院子尽头，是一排平房。门前有一片地，去年种了向日葵，今年什么都没有种。地里立着枯黄的葵花秆，但是脑袋都没有了，脚下长满了绿色的草。她家里也没有人，木板床上放着捆着草绳的木箱子，尘土味呛人，看来她也好久没有回去了。她开门进去后就扫地，我在一边站着，心里想：如果她叫我扫地，我就扫地。但是她没有叫我。后来她又把家具上盖着的废报纸揭开，把废纸收拾掉。我心里想道：假如她叫我来帮忙，我就帮把手。但是她没有叫我，所以我也没有帮忙。等到屋里都收拾干净了，我又想：她叫我坐下，我就坐下。但是她没有叫我坐下，自己坐在椅子里喘气。我就站在那里往屋外看，看到葵花地外面有棵杨树，树上有个喜鹊窝。猛然间她跳起来，给我一嘴巴。因为我太过失神，几乎被她打着了。后来她又打我一嘴巴，这回有了防备，被我抓住了手腕，拧到她背后。如果按照我小时候和人打架的招法，就该在她背后用下巴顶她的肩胛，她会感到疼痛异常，向前摔倒。但是我没有那么干，只是把她放开了。这时候她面色涨红，气喘吁吁。过了一会儿，她又来抓我的脸。这件事让我头疼死了。最后我终于把她的两只手都拧到了背后，心里正想着拿根绳把她捆上，然后强奸她——当时我以为自己中了头彩，真是无与伦比的刺激。

×海鹰带我到她家里去那一天，天幕是深黄色的，正午时分就比黄昏时还要昏暗。我跟在她的车轮后面跑过撒满了黄土的马路——那时候马路上总是撒满了地铁工地运土车上落下的土，那种地下挖出来的黄土纯净绵软，带有糯性。天上也在落这样的土。我以为就要起一场飞沙走石的大风，但是跑着跑着天空就晴朗了，也没有起这样的风。我穿着油污的工作服，一面跑一面唱着西洋歌剧——东一句西一句，想起哪句唱哪句。现在我想起当年的样子来，觉得自己实在是惊世骇俗。路上的行人看到我匆匆跑过，就仔细看我一眼。但是我没有把这些投来的目光放在心上。我不知道×海鹰要带我到哪里去，也不知道要带我去干什么。这一切都没有放在我心上。我连想都不想。那个时期的一切要有最高级的智慧才能理解，而我只有最低级的智慧。我不知道我很可爱。我不知道我是狠心的鬼子。我只知道有一个谜底就要揭开。而这个谜底揭开了之后，一切又都索然无味。

四

一九六七年我在树上见过一个人被长矛刺穿，当时他在地上慢慢地旋转，嘴巴无声地开合，好像要说点什么。至于他到底想说些什么，我怎么想也想不出来。等到我以为自己中了头彩才知道了。这句话就是“无路可逃”。当时我想，一个人在何时何地中头彩，是命里注定的事。在你没有中它的时候，总会觉得可以把它躲掉。等到它掉到你的头上，才知道它是躲不掉的。我在 × 海鹰家里，双手擒住 × 海鹰的手腕，一股杀气已经布满了全身，就是殴打毡巴，电死蜻蜓，蹲在投石机背后瞄准别人胸口时感到的那种杀气。它已经完全控制了我，使我勃起，头发也立了起来。在我除了去领这道头彩而无路可走时，心里无可奈何地想道：这就是命运吧。这时她忽然说道：别在这里，咱们到里屋去。这就是说，我还没有中头彩。我中的是另一种彩。这件事实在出乎我的意料。

后来我在 × 海鹰的小屋里，看见了杨树枝头红色的嫩叶在大风里摇摆，天空是黄色的，正如北京春天每次刮大风时一样。这一切都很像是真的，但我又觉得它没有必要一定是真的。宽银幕电影也能做到这个样子。

后来我还到过北大医院精神科，想让大夫看看我有没有病。那个大夫鼻孔里长着好多的毛，拿一根半截火柴剔了半天指甲后对我说：假如你想开病假条，到别的医院去试试。我们这里的假条是用不得的。我想这意思是说我没有病，但是我没有继续问。在这件事上我宁愿存有疑问，这样比较好一点。直到现在有好多事情我还是不明白，我想，这不是说明我特别聪明，就是说明我特别笨，两者必居其一。

革命时期过去以后，我上了大学，那时候孤身一人，每天早上起来在校园里跑步。每天早上都能碰上一个女孩子。她一声不响地跟在我后面，我头也不回地在前面跑。我以为用不了多少时间就能把她甩掉，但是她始终跟在我后面。后来她对我说：王二，你真棒！吃糖不吃？她就是我老婆。过了不久，她就说，咱们俩结婚吧！于是就结了婚。新婚那天晚上她一直在嚼口香糖，一声也没吭，更没有说什么“坏蛋你来吧”。后来她对我放肆无比，但也没说过这样的话。这件事更证明了我所遇到的一切纯属随机，因为我还是我，我老婆当时是团委秘书，× 海鹰是团支书，两人差不多，倘若是非随机现象，就该有再现性。怎么一个管我叫坏蛋，一个一声不吭？

后来我和我老婆到美国去留学，住在一个阁楼上。我们不理别人，别人也不理我们，就这样过了好长时间。她每天早上到人行道上练跳绳，还叫我和她一块跳。照我看来，她跳起绳来实在可怕，一分钟能跳二百五十下。那时候我还是精瘦精瘦的，身手也很矫健，但是怎么也跳不了这么多——心脏受不了。所以我很怀疑她根本就没长心脏，长了一个涡轮泵。半夜里我等她睡着了爬起来听了听，好像是有心脏。但这一点还不能定论。这只能证明她长了心脏，却不能证明她没长涡轮泵。我的第一个情人身上有股甜甜香香的奶油味道。那一回我趁她睡着了，仔细又闻了闻，什么都没闻到。

我老婆长得娇小玲珑，白白净净，但是阴毛腋毛都很盛，乌黑油亮，而且长得笔直笔直，据我所知，别人都不是这样。她还喜欢拿了口香糖到处送给别人吃。在美国我们俩开了汽车出去玩时，到了黄石公园里宿营。她又拿了糖给旁边的小伙子吃。人家连说了七八个“No，thank，you”，她还死乞白赖地要给。后来天快黑的时候，那两个小伙子搭了一个小得不得了的帐篷，都钻了进去，看样子是钻进了一个被窝里，她才大叫一声：噢！我知道了！具体她知道了什么，我也没去打听。因为我讲了什么她都不感兴趣，所以她讲什么我也没兴趣。

我老婆有种种毛病，其中最讨厌的一种就是用拳头敲我脑袋。假如是在高速公路上开车时我犯困，敲一下也属应该。但是她经常毫无必要地伸手就打过来。等你要她解释这种行为时，她就嬉皮笑脸地说：我看你发呆就手痒痒。她还有个毛病，就是随时随地都想坏一坏。走到黄石公园的大森林里，张开双臂，大叫：风景多么好呀！咱们俩坏一坏吧！走到大草原的公路上，又大叫道：好大一片麦子！咱们俩坏一坏吧！经常在高速公路边上的停车场上招得警察来敲窗户，搞得尴尬无比。事后她还觉得挺有趣。我们俩到了假期就开着汽车到处跑，到处坏。坏起来的时候，她跷起腿来夹住我的腰，嘴里嚼着口香糖，很专注地看着我，一到了性高潮就狂吹泡泡。这种景象其实蛮不坏。但是对眼前的事还是不满意。每个人活着，都该有自己的故事。我和我老婆这个故事，好像讲岔了头绪。

我说过，我老婆学的是PE。她也得学点统计学，所以来找我辅导。我就把我老师当年说过的话拿出来吓唬她。你想想吧，像我们学数学的学生十个人里才能有一个学会，像她那种学文科出身的还用学吗？她听了无动于衷，接着嚼口香糖，只说了一声：接着讲。然后我告诉她，有个现象叫random，就是它也可能是这样，也可能是那样，全没一定。她说这就对着啦。后来我发现她真是个这方面的天才。用我老师的那种排列法，我能排到前十分之一，她就能排到前百分之一。我说咱们能够存在是一种随机现象，她就说这很对。她还说下一秒钟她脑子里会出现什么念头，也是随机现象。所以她对自己以后会怎么想，会遇到什么事情等等一点都不操心。谁知这么一位天才考试时居然得了C。我觉得是我辅导得不好，心里别扭。谁知她却说：太好了，没有down掉。为此还要庆祝一下——坏一坏。我因为没辅导好很内疚，几乎坏不起来。

我现在是这样理解random——我们不知为什么就来到人世的这个地方，也不知道为什么会遇到眼前的事情，这一切纯属偶然。在我出世之前，完全可以不出世。在我遇上 × 海鹰之前，也可以不遇上 × 海鹰。与我有关的一切事，都是像掷骰子一样一把把掷出来的。这对于我来说，是十分深奥的道理，用了半生的精力才悟了出来，但是要是对我老婆说，她就简简单单地答道：这就对着啦！照她的看法，她和我结了婚，这件事纯属偶然，其实她可以和全世界的任何一个男人结婚。她就是这样一个天才。像这样的天才没有学数学，却在给人带操，实在是太可惜了。

我和我老婆的感情很好，性生活也和谐，但这不等于我对她就一点怀疑都没有了。首先，她嫁我的理由不够充分。其次，她的体质很可疑。最后，有时她的表现像天才，有时又像个白痴；谁知她是不是有意和我装傻。在这一切的背后，是我觉得一切都可疑。但是我能克制自己，不往这个方面想得太多。

第七章

一

我现在回国来了，在一家研究所里工作。我又遇上了那位姓颜色的大学生——我的第一个情人。在革命时期我们接过吻，现在她已经成了半老太太了，就在我们那条街上工作。她对我说：原来你长大了也就是这样呀——言语间有点失望，仿佛我应该是丘吉尔似的。后来她又问我有没有挣大钱的路子。我对她也有点失望，因为她憔悴而虚胖，和老鲁当年要逮我时简直是一模一样。而且她闻起来也一点都不像太妃糖，头发上有油烟味，衣服上有葱姜的味道。当然我也没有指望她像二十三岁时一样的漂亮，但是我指望她依然身材苗条，风姿绰约，这并不过分。但是我没有说出来，只告诉她找到挣钱的路子一定找她搭伙，就分手了。

我和姓颜色的大学生谈过我的欧洲见闻。夏天整个欧洲充满了一支大军，疲惫，风尘仆仆，背着背包和睡袋，阳光晒得满脸雀斑，头发都褪了色，挤满了车站和渡口，他们就是各国度假的学生。早上到艾菲尔铁塔去玩，下面睡了一大排，都裹在各种颜色的睡袋里，看上去好像发生了一场枪战，倒了一街死人。小伙子们都很健壮，大姑娘们都很漂亮，有些人口袋里还放着格瓦拉或者托洛茨基的书。真是一种了不起的资源。似乎应该有人领导他们制造投石机、铠甲，手执长矛爬上房顶，否则就是一种浪费。但这个人不是我，我已经老了，不在他们其中。混在他们中间排队买学生票进博物馆时，想到自己已经三十六岁了，有一种见不得人的感觉，虽然欧美人不大会看东方人的年龄（我们的年龄长在脸上，不在肚子上）。倒是我老婆满不在乎，到处问人吃糖不吃。然后人家就问起我是什么人。然后就是一声惊叫：Hus——band？大家一起把谴责的目光投到我脸上来，因为都觉得她只有十六七岁的样子。然后我就宣布和她立即离婚。姓颜色的大学生听了以后，皱皱眉头说，你都是这样，我更是老太太了。

把时光回溯到一九六八年春天，我和姓颜色的大学生在河边上时，当时眼前是一片无色的肃杀世界。树干都是灰秃秃的，河里流着无色的流体，天上灰蒙蒙的有很多云块，太阳在其中穿行，时明时暗，但也没有一点红，一点黄。地上的土是一些灰色的大大小小的颗粒。姓颜色的大学生搂着我躺在小树丛里。她身上湿漉漉的，我心里慌慌的。有时候阳光把我烤得很暖，有时候风又把我吹得甚凉。当时的情形就是这样。

我和姓颜色的大学生在河边上时，没想到还有将来，只想到此时此刻。当时我很想和她干，又害怕干起来自己会像个蜡人一样融化。当时我丝毫也没想到后来还会有很多事情，更没想到再过六年会遇上一个 × 海鹰；假如想得到，就不会把自己的熔点估计得那么低。经过了这种时刻，后来和 × 海鹰干时，就像一个打了二十年仗的老兵上前线，镇定如常，我估计那时候 × 海鹰的心里倒是慌慌的，因为她后来告诉我说："我好像在你手上死了一回。"这种感觉叫我很满意。我不满意的是自己没有在姓颜色的大学生那里死掉。这种死掉的感觉，就是幸福吧。

我和姓颜色的大学生在河岸上的时候，× 海鹰正在干些奇怪的事。她穿上了旧军装，背上背包，和一帮同年的女孩子在乡间的土路上长征，就在离她们不远的地方，汽车和火车滚滚开过。后来她们跑到河北白洋淀一个村子里，要和当地的农民同吃同住同劳动，但是农民都躲着她们，不和她们住在一起，把工具都藏起来，把她们种过的地刨了重种，把她们拔过的麦子重拔一遍。最后终于把她们撵跑了。这件事没让她们学到半点世故，在回来的路上照样嘻嘻哈哈地笑。我和 × 海鹰好时，她给我讲过这件事。当时她坐在那张棕绷的大床上，穿着鲜红色的三角裤，一边讲一边笑。那时候我坐在她身边，闻见她身上传来青苹果的气息。在革命时期里她是个童贞女，而且发誓要做一辈子的童贞女。所以她要时时刻刻保持天真状态。

我和姓颜色的大学生出去玩时，有时她会忽然感到恶心，就躲开我，到没人的地方去吐，回来的时候身上太妃糖的气味更重了。我说，你可能有病，应该去看看。她说没有病。后来我自以为聪明地说：你可能怀孕了。她打了我一下说：混账，我和谁怀孕？然后又诧异道：你怎么会知道这种事？从非常小的时候我就知道好多这类的事，但都是半懂不懂的。

后来她告诉我说，她呕吐，是因为想起了一些感到恶心的事，在这种情况下，她宁愿马上吐出来，也不愿把恶心存在胸间。原来她是想吐就能吐出来的。除此之外，姓颜色的大学生眉毛很黑，皮肤很白。她身上只有这两种颜色，这样她就显得更纯粹。不像 × 海鹰是棕色的，身上还有一点若隐若现的绿色。这大概是绿军装染的吧。

我从来不会感到恶心，只会感到沮丧。对同一件事情我们有全然不同的反应，这就是男人和女人的区别吧。姓颜色的大学生听了这样的解释，诧异道："男人！你是个男人？"我说真新鲜，我不是男人，难道是女人？后来我想出了这话里隐含的意思，就生了气，不理她。她又解释道：我不是说你，而是说我们大家。你也不是男人，我也不是女人。谁也不知道咱们算些什么。

我和 × 海鹰从来没有出去玩过，总是待在她家的小黑屋里。那间房子没有阳面的窗子，只有一个向北的小窗户，开得很高，窗框上还镶了铁条。她说这屋子有一种她喜欢的地下工作的气味。我能在那里闻出一种霉味来，虽然不算太难闻。除此之外，我还看见过一只潮虫，像滚动一样爬过。那盏小灯昏黄的灯光和阴森森的墙壁混为一体。我已经知道了她说的气味是什么，但是我不喜欢。

我和姓颜色的大学生好时从来没到过任何房子里，从来就是在野外，在光天化日之下，也许就是因为这个，我觉得和她的每件事都更值得珍惜。我和姓颜色的大学生接吻时，她总是用一根手指抵住我的下巴，稍一接触就把我推开；我和 × 海鹰好时，没有主动吻过她。但我和 × 海鹰性交时，勃起如坚铁，经久不衰；而和姓颜色的大学生的情形，我觉得还是不说更好一点。

我到豆腐厂工作之前，姓颜色的大学生说过让我和她一起走。因为她爱我，所以可以由她来养活我，将来我再养活她。这实际是让我和她私奔，但是在一般的私奔事件里更世故的一方该是男的；在我们这里搞颠倒了。我以为这种想法太过惊世骇俗，所以没有答应。我猜她也不是太认真的，所以后来不打招呼就走掉了。

姓颜色的大学生曾经用她那对粉雕玉琢似的丰腴乳房对着我那张多毛的小丑脸，这个景象给我们俩都留下了深刻的印象——我猜就是因为在这一刻产生的怜惜之情，她才起了养活我的念头。其实我根本不用她养活，但这一点无关紧要；实际上我也没有被她养活过，这一点也无关紧要。重要的是这样的话已经说了出来。我和她的爱情是什么样子的，就由这一句话固定了。

我和 × 海鹰经历过一模一样的事情。一九六八年秋天，姓颜色的大学生已经走了，我回到学校里去受军训，每天在队列里正步走。我们俩都一本正经地走着，所不同的是我阴沉着脸一声不吭，她却嘻嘻哈哈笑个不停。我还被叫出队来，给大家示范正步走，这件事叫我烦得要命，但我不想顶撞教官（当时不叫教官，叫做排长）。顺便说一句，我的正步走得好，完全是因为我在体操队里练过，和军训没有一丝一毫的关系。当然，教官乐意说这是因为他们训练得好也没有关系。各种步法队形都操练好了以后，就开始思想教育，斗私批修，忆苦思甜等等。无论大会小会我都是一言不发。假如教官点到我，我就说：下回再发言吧。而 × 海鹰总是要一本正经地写个发言稿来念的。后来 × 海鹰问我为什么从来不在会上发言，我想了想答道：不想发。事实上，不管在任何场合，只要在座有三个以上的人，我就尽量不说话。要是只有两个人，我就什么都敢说。这是我一生不可更改的习惯。

把时光推回到我守在自己那座楼里时，我不知道这座楼很快就要不属于我，还在妄想把它守到千年万代。姓颜色的大学生看我时带上了怜惜的表情，她告诉我说，这座楼我们最后还是要交出去的，但是我不相信。而且我还认为女人就是头发长见识短。当时我只有十五岁多一点，还不大知道什么是女人，但是有了很多偏见。

深秋时节我在楼顶上走动时，看到晨雾日深。过去每年这个时节校园里都有好多烟，这是因为工人会把杨树叶扫到一处，放火烧掉。杨树叶子着火时，味道别提有多么苦了。那一年没有扫树叶，它们就被风吹到角落里堆积起来，沾上了露水之后开始腐烂，发出一种清新的味道，非常好闻。假如这个校园里总在打仗的话，楼与楼之间很快就会长满一人深的荒草，校园里的人也会越来越少（当时校园里的人已经很少，都吓跑了），野猫却会越来越多。最后总会有一天狼也会跑到这里来追逐野兔子。在我看来，这比挤满了人，贴满了大字报要好。姓颜色的大学生知道了这些就说：王二，你真疯！

因为最后还是失掉了我据守的楼房，一九六八年我回到学校军训时，感觉自己经受了挫折，像个俘虏兵。所以当教官喊“排头兵，出列”时，我就乖乖走出来。姓颜色的大学生感到自己受了挫折时，就不停地呕吐，好像怀了孕。而 × 海鹰从来就没受过什么挫折。

再把时光推回到一九六八年春天，我和姓颜色的大学生待在河岸上时。那时候有些从云隙里透下来的光斑在田野上移动，我对她说：我们打了败仗。要是在古代，大伙就要一起去做奴隶。像你这样漂亮的姑娘会被铁链锁住，拴在大象上，走在队伍的前面。她说是吗，漂亮的脸上毫无表情。后来又说，别说这些了。这时候荒芜的河岸上一片灰蒙蒙，小树的枝头正努力发出绿芽来。T.S. 艾略特说：四月是残酷的季节。他说得对。

二

我和我老婆到意大利去玩时，坐在火车上穿过亚平宁半岛，看到那些崎岖不平的山地上种着橄榄树，那些树都老得不得了，树皮像烧焦的废塑料。我乐意相信这些树从古罗马活到了现在，虽然那些树边上就是年轻的柑橘树，还有现代化的喷灌设备在给柑橘树上水。后来我们又到庞贝古城去参观，看到城里的墙上古人留下的字迹:“选勇士张三当保民官!”“李四是胆小鬼,别选他!”等等,就觉得收到了公元前的信息。那个时候每个人都是战士,每座房子都是工事,不管什么官,都是军事首领。这片废墟永远是吵吵闹闹的,只可惜在那些废墟里什么味道也闻不到。据我所知,世界上各种东西里,就数气味最暂时了,既不可能留下废墟,也不会留下化石。假如庞贝古城里出现了公元前的气味,那些雕像和在火山灰里浇铸出的古人的模型就会一齐借尸还魂,跳起来争吵,甚至大打出手。我想象他们的气味应当是一种火辣辣的肃杀之气,就像火烧场的气味,或者生石灰的味道。一个不安定的时代就该充满这种味道,而不该像我后来供职的豆腐厂一样,像个大粪场。

走在废墟上,总是能感到一种浪漫气氛。小时候我也浪漫过。在那座楼里据守时,我在楼顶上建了一个工作间,那里有钳工的工作台、砂轮机、台钻等等搬得进来的东西(当然都是从校工厂里偷出来的),我觉得凭这些工具,还能造出更精良的器械,外面的人永远攻不进来。我们可以永远在校园里械斗,都打着毛主席的红卫兵的旗号;就像中古的骑士们一样,虽然效忠于同一个国王,却可以互相厮杀。这样光荣属于国王,有趣属于我们。除此之外,我还希望全世界的武斗队伍都来攻打我们,试试我们的防守能力。这样的想法太天真,这说明我看了太多的不该看的书。姓颜色的大学生比我大得多,知道我很天真(她说,我们的生活不是这么安排的),就怀着一种悲天悯人的心情爱上了我。等到校园里动了枪,工宣队解放军冲了进来,把武斗队伍统统解散,我就永远失去了这份天真。

我天真的时候想过,我们应该享受一个光荣的失败。就像在波斯尘土飞扬的街道和罗马街头被阳光灼热的石板上发生过的那样,姓颜色的大学生应该穿上白色的轻纱,被镀金的锁链反锁双手,走在凯旋的队伍前面,而我则手捧着金盘跟在后面,盘里盛着胜利者的战利品。在这片刻的光荣之后,她就被拉到神庙里,惨遭杀戮,作为献神的祭品,而我被钉在十字架上,到死方休。如果是这样,对刚刚发生的战争就有了交待。而一场战争既然打了起来,就该有个交待。但是事实不是这样的。事实上交战的双方,都被送到乡下教小学,或者送去做豆腐。没有人向我们交待刚才为什么要打仗,现在为什么要做豆腐。更没人来评判一下刚才谁打赢了。我做的投石机后来就消失在废料堆里,不再有人提起。我们根本就不是战士,而是小孩子手里的泥人——一忽儿被摆到桌面上排列成阵,形成一个战争场面;一忽儿又被小手一挥,缺胳膊少腿地跌回玩具箱里。但是我们成为别人手里的泥人却不是自己的责任。我还没有出世,就已经成了泥人。这种事实使我深受伤害。

假如事实未使我受到伤害,我会心甘情愿地死在酷热的阳光下,忍受被钉的剧痛,姓颜色的大学生被反缚着双手,也会心甘情愿地把血管喂给祭司手里的尖刀,然后四肢涣散,头颈松弛地被人拖开,和别的宰好的女人放在一起。比之争取胜利,忍受失败更加永恒。而真正的失败又是多么地让人魂梦系之呀。

时隔十几年，我才想明白我和姓颜色的大学生在河边上时说了些什么。我说：给我一场战斗，再给我一次失败，然后我就咽下失败的苦果。而她早已明白没有战斗，没有失败。假如负彩开到了你头上，苦果就是不吃也得吃。但她只是呕吐，什么也不和我说。

现在我想到姓颜色的大学生再见到我时的情形。她说：你长大了也就是这样呀——这应该是一声惨呼吧。我还该是什么样呢。在空旷无人的河边上，我那张小丑脸直对着她的漂亮乳房，那个景象不同凡响。我对她寄予了很大希望，她又对我寄予了很大希望。到后来我看到她形容憔悴，闻到她身上的葱姜气感到失望，她看到我意气消沉神色木然又何尝不失望。这说明她后来也像我爱她那样爱我吧。没有人因为她长得漂亮就杀她祭神，也没人因为我机巧狠毒就把我钉死。这不是因为我们不配，而是因为没人拿我们当真——而自己拿自己当真又不可能。

三

×海鹰给我讲过十六岁时听忆苦报告的情形。当时我们俩都在学校里，那两个学校隔得不远，大概上学时还见过面，但是那时我不认识她，她也不认识我。那种报告会开头时总要唱一支歌："天上布满星，月牙亮晶晶。"听见歌所有的人就赶紧哭，而我低下头去，用手捏鼻梁——一捏眼泪就会流出来，这样我和别人一样也是眼泪汪汪，教官不能说我阶级感情不深。然后我就看着报告人——一个解放军，摘下帽子，坐到桌子后面，讲了一会，他涕泪连连。但是他讲的是什么，我一点也没听见。后来×海鹰告诉我说，那是鼓楼中学的一位教导员，他的忆苦报告赫赫有名，就像在古希腊荷马讲的《伊利亚特》、《奥德赛》一样有名。后来又发现他说的全是假话，成为革命时期的一大丑闻，假如革命时期还有丑闻的话。——我们两个学校是近邻，听大报告总是在一起的，所以我在礼堂里捏鼻子的时候，她也在那个礼堂里。但是她听见的那些事，我一点都不知道。这都是因为我觉得自己是个俘虏兵，不该我打听的事我都不打听。

现在该谈谈那些忆苦报告了。说实在的，那种报告我从来听不见，我有选择性的耳聋症，听不见犯重复的话。所有的忆苦报告里都说，过去是多么地苦，穷人吃糠咽菜，现在是多么地甜，我们居然能吃到饭；所以听一个就够了。后来×海鹰告诉我，那些忆苦报告内容还有区别，我听了微感意外。比方说，那位军训教导员讲的故事是这样的：在万恶的旧社会，他和姐姐相依为命，有一年除夕（这种故事总是发生在除夕），天降大雪（这种故事发生时总是天降大雪），家里断了炊。他姐姐要出去讨饭（这种故事里总是要讨饭），他说，咱们穷人有志气，饿死也别上老财家讨饭，等等。我听到这里就对×海鹰说：底下我知道了——该姐姐被狗咬了。但是我没说对。那位姐姐在大街上见到了一个冻硬了的烤白薯，搁在地上，连忙冲过去拣起来，拿回来给他吃。但遗憾的是那东西不是个烤白薯，而是很像烤白薯的一个冻住的屎橛子。听完了这个报告后，回来后我们讨论过，但是我开会从来不发言，也不听别人的发言。所以到底讨论了什么，我一点都不知道。据说那一回的讨论题是对那个屎橛子发表意见。后来我想了半天才说道：这个故事是想要说明在万恶的旧社会穷人不仅吃糠咽菜，而且吃屎喝尿。× 海鹰说，这种想法说明我的觉悟很低，我不愿意到大会上去发言，亦不失为藏拙之道。她发言的要点是：那个屎橛子是被一个地主老财屙在那里的，而且是蓄意屙成个白薯的样子，以此来迫害贫下中农。换言之，有个老地主长了个十分恶毒的屁眼，应该把他揪出来。对于屎橛子能做如此奇妙的推理，显然是很高级的智慧，很浪漫的情调。不必实际揪出长了那个屁眼的老地主，只要揭穿了他的阴谋，革命事业已经胜利了。而认真去调查谁屙了这个屎橛子，革命事业却可能会失败——虽然是微不足道的失败，所以 × 海鹰也不肯干这种事。有了这样高级的智慧，再加上总穿旧军装，× 海鹰到哪儿都能当干部。

有关革命时期的高级智慧，我还有补充的地方：在我看来，这种东西的主要成分就是浪漫，永远要出奇制胜，花样翻新。别人说到一根屎橛子，你就要想到恶毒的屁眼和老地主。不管实际上有没有那根屎橛子，你都要跟着浪漫下去。

四

后来有一回，在 × 海鹰家里，她只穿着那条小小的鲜红色针织内裤躺在棕绷大床上。只有在做爱时她才脱下那条内裤，在那种时候她的胯间依然留有红色的痕迹。然后马上穿上。这时我伸出双手，用手指钳住她两侧的乳头。她低头看了一下，就说：这很好。然后闭上了眼睛。这时候我想道：那条鲜红的内裤，原来是童贞的象征。她在刻意地保持童贞。童贞就是一种胜利，它标志着阶级敌人还没有得逞。

我学画时，从画册上知道了圣芭芭拉是被凶残的异教徒用铁钳夹住乳头折磨至死；所以当时我就想道："噢，原来你是圣女芭芭拉，我是异教徒。现在我总算明白了我是谁啦。"后来我才知道自己不是凶残的异教徒，而是狠心的日本鬼子。这件事实在出乎我的意料。

那位教导员的忆苦报告 × 海鹰还给我讲过一些。其中有这样一段：在月黑风高之夜，该教导员的四个姑姑，加上四个表姐，以上女性都在妙龄，被"狠心的鬼子"架到一个破庙里强奸了。这是她第一次听到强奸这个字眼，除此之外，还听到过一些暗示——"糟蹋了"，"毁掉了"等等——但是第一次听到强奸这个字眼。当时她恍然大悟，心慌意乱。虽然恍然大悟，却不知悟到了些什么。她还告诉我说，假如当时有个人在她面前叫出“性交”这个字眼，她就会晕死过去。但是这个字眼的意思是什么，她也是一毫都不懂。她能听懂的就是：她本人就是那四个表姐和四个姑姑之一，被狠心的鬼子带到了破庙里；但是这个故事到这里就打住了。直到六年以后那狠心的鬼子才真正到了她身边——那个狠心的鬼子就是我。这个教导员的故事我原本早就听过，但是我听而不闻。

有关恍然大悟，我还知道这样一些例子。我在美国打工时，那位熟识的大厨炒着菜，忽然大叫一声，恍然大悟，知道了下期六合彩的号码是在电话号码本的 yellow page 上。他叫我马上去查两个号码告诉他，但是厨房里没有电话号码，所以我到前台去找。正好赶上一个洋鬼子鬼叫一声，他吃了一口大厨炒的菜，被咸得找水喝，还硬逼着 waiter 也尝尝那道菜。我们国家的领导也是在恍然大悟后发现了《第三次浪潮》。当然，阿基米德是在恍然大悟后发现了他的定律。这说明恍然大悟有两种，一种悟了以后比以前聪明，一种悟了以后比以前更傻。我这一辈子所见都是后一种情形。而我用不着恍然大悟，就知道自己被扯进了一种游戏之内，扮演着反面角色，只是不知道具体是哪一种。等到知道自己是狠心的鬼子之后，还是不免恍然大悟了一下。

有关我成了狠心的鬼子的事，还有必要加一点说明。虽然我个子矮，但不是罗圈腿，也不戴眼镜，祖籍在四川，怎么也不能说我是个日本人。但是性爱要有剧情，有角色，× 海鹰就拿我胡乱编派。其实我宁愿她拿我当异教徒，因为我本来就是异教徒。反正我不当日本人。

五

其实那个教导员的故事还没有完。他又画蛇添足，编出好多细节来：比方说，那些狠心的鬼子是一支细菌部队，强奸之后，又把他的姑姑和表姐的肚子剖开，把肠子掏出来，放在油锅里炸。这位可怜的教导员没见过做细菌实验，只见过炸油条。除此之外，他还加上了一些身临其境的描写，好像他也混迹于那些狠心的鬼子中间，参加了奸杀表姐姑姑的行动。这位大叔现在大概是五十多岁，现在大概正在什么地方纳闷，不明白那些故事是真还是假。假如是真的话，他到哪里去找那些表姐和姑姑。如果是假的话，为什么要把它们编出来。我猜他永远想不明白，因为编造这些假话的事，既不是从他始，也不是到他终。我以为这原因是这样的：在万恶的旧社会，假如你有四个姑姑和表姐被日本鬼子奸杀，就是苦大仇深，可以赢得莫大光荣；除此之外，还对革命事业做出了伟大的贡献。在这种情况下，难免会有人想贡献几个姑姑或者表姐出来，但是在此之前，必须先忘掉自己有几个姑姑和表姐——这才是最难的事。不管怎么样吧，反正 × 海鹰听了心里麻酥酥的。她告诉我说，听了那个报告，晚上总梦见疾风劲草的黑夜里，一群白绵羊挤在一起。这些白色的绵羊实际上就是她和别的一些人，在黑夜里这样白，是因为没穿衣服。再过一会，狠心的鬼子就要来到了。她们在一起挤来挤去，肩膀贴着肩膀，胸部挨着胸部。后来就醒了。照她的说法，这是个令人兴奋不已的梦。但是当时我根本没听出到底是什么在叫人兴奋。我还认为这件事假得很。

现在我对这些事倒有点明白了。假如在革命时期我们都是玩偶，那么也是些会思想的玩偶。× 海鹰被摆到队列里的时候，看到对面那些狠心的鬼子就怦然心动。但是她没有想到自己是被排布成阵，所看到的一切都是出于别人的摆布。所以她的怦然心动也是出于别人的摆布。她的一举一动，还有每一个念头都是出于别人的摆布。这就是说，她从骨头里不真。想到了这一点，我就开始阳痿了。

把时光推到一九七四年的夏天，× 海鹰家里那间小屋里总是弥漫着一种气味，我以为是交欢时男女双方的汗臭在空气里汇合发生了化学反应生成的，是一股特殊的酸味；就像在这间房子里放了一瓶敞开了盖的冰醋酸。冰醋酸可以用来黏合有机玻璃，我用有机玻璃做半导体收音机的外壳，非常好看。有人出钱买我的，我卖给他；我爸爸知道了狠狠揍了我一顿，并且把钱没收了。他的理由是我小小的年纪，不应该这样的“利欲熏心”。其实他不该打我，因为我既然小小年纪，就不可能利欲熏心。人在小时候挨了打，长大了就格外地生性。在交欢时，我的生性就随着汗水流了出来，蒸腾在空中。那间房子里虽然不太热，但是很闷。一开始，我们躺在棕绷上，所以 × 海鹰的身上总是有些模模糊糊的红印。后来换上了一领草席子，她身上又箍上了一层格子似的碎印。她自己觉得这种痕迹很好看，但我觉得简直是惨不忍睹。

那一年夏天，我常常用手指钳住 × 海鹰的乳头。她那个地方的颜色较深，好像生过孩子一样。这是因为她生来肤色深，但也是因为她不生性。每次在交欢之前，她脸色通红，对我相当凶。到了事后，她却像挨了打的狗一样，讪讪地跟在我后面。她对我凶的时候，我觉得很受用；不凶的时候很不受用。

六

我现在还是个喜欢穿黑皮衣服的小个子，脸上长满了黑毛，头发像钢丝刷子，这一切和二十年前没有什么两样。姓颜色的大学生变成了一个冬天穿中式棉袄的半老妇人，× 海鹰的身材已经臃肿，眼睛也有点睁不开的样子。从她们俩身上已经很难看出当年的模样。当年我遇到她们时，也不是最早的模样。再早的模样，她们都给我讲过。姓颜色的大学生上过一个有传统的女子中学，夏天的时候所有的学生都必须穿带背带的裙子，黑色的平底布鞋；在学校里管老师叫先生，不管老师是男的还是女的。而那些先生穿着黑色的裙子，带袢儿的平底布鞋，梳着发髻，罩着发网，带有一种失败了的气氛。躺到她怀里时闻到温馨的气味，感到白皙而坚实——和她做爱，需要一些温柔。但是我当时一点都不温柔。而 × 海鹰总是穿旧军装，“文化革命”里在老师的面前挥舞过皮带。那种皮带是牛皮做的，有个半斤多重的大铜扣，如果打到脑袋上立刻就会出血，但是她说自己没有打过，只是吓唬吓唬。她并不喜欢有人被打得头破血流，只不过喜欢那种情调罢了。躺到她身上时，感到一个棕色的伸展开了的肉体。和她做爱需要一些残忍，一些杀气。但是当时我又没有了残忍和杀气。我觉得自己是个不会种地的农民，总是赶不上节气。

× 海鹰小的时候，看过了那些革命电影，革命战士被敌人捆起来严刑拷打，就叫邻居的小男孩把她捆在树上。在她看来，我比任何人都像一个敌人。所以后来她喜欢被我钳住她的乳头。像这样的游戏虽然怪诞，毕竟是聊胜于无。她就从这里出发，寻找神奇。秘密工作，拷打，虐杀，使她魂梦系之。在我看来这不算新奇，我也做过秘密工作。一九六七年我们家住在中立区时，我在拆我们家的家具。每天下午，我都要穿过火线回家吃晚饭，那时候我高举着双手，嘴里喊着：“别打！我是看房子的！”其实我根本不是看房子的，是对面那些人的对立面，“拿起笔做刀枪”中最凶恶的一员。那时候我心里忐忑不安，假如有人识破了我，我可能会痛哭流涕，发誓以后再不给“拿起笔做刀枪”干活。而且我还会主动提出给他们也做一台投石机，来换取一个活命的机会。这是因为我做的投石机打死了他们那么多人，如果没有点立功表现，人家绝不会饶过我。假如出了这样的事，我的良心就会被撕碎，因为“拿起笔做刀枪”中不单姓颜色的大学生，每个人都很爱我。当然我也可能顽强不屈，最后被人家一矛捅死；具体怎样我也说不准，因为事先没想过。秘密工作不是我的游戏——我的游戏是做武器，我造的武器失败以后，我才会俯首就戮。所以后来我就不从地面上走，改钻地沟。× 海鹰说，我是个胆小鬼。假如是她被逮到了的话，就会厉声喝道：打吧！强奸吧！杀吧！我绝不投降！只可惜这个平庸的世界不肯给她一个受考验的机会。

在革命时期，有关吃饭没有一个完整的逻辑。有的饭叫忆苦饭，故意做得很难吃，放进很多野菜和谷糠，吃下去可以记住旧社会的苦。还有一种饭没有故意做得难吃，叫做思甜饭，吃下去可以记住新社会的甜。一吃饭就要扯到新社会和旧社会并且要故意，把我的胃口都败坏了。在革命时期有关性爱也没有一个完整的逻辑。有革命的性爱，起源于革命青春战斗友谊；有不革命的性爱，那就是受到资产阶级思想的腐蚀和阶级敌人的引诱，干出苟且的事来。假如一种饭不涉及新社会旧社会，一种性爱不涉及革命不革命，那么必定层次很低。这都是些很复杂的理论，在这方面我向来鲁钝，所以我小心翼翼地避开这些领域，长成了一个唯趣味主义者，只想干些有难度有兴趣的事，性欲食欲都很低。我克制这两个方面，是因为它们都被人败坏了。

有关革命时期，我有一些想法，很可能是错误的。在革命时期，我们认为吃饭层次低，是因为没什么可吃的，假如 beef，pork，chicken，cheese，seafood 可以随便吃，就不会这么说了。因为你可以真的吃。那时候认为穿衣服层次低，那也是因为没什么可穿的。一年就那么点布票，顾了上头，顾不了屁股。假如各种时装都有就不会这样想，因为可以真的穿。至于说性爱层次低，在这方面我有一点发言权，因为到欧洲去玩时，我一直住寄宿舍式的旅店，洗公共澡堂，有机会做抵近的观察。而且我这个人从小就被人叫做驴，不会大惊小怪。那些人的家伙实在是大，相比之下我们太小。这一点好多华裔人士也发现了，就散布一种流言道：洋鬼子直不直都那么大。这一点也是纯出于嫉妒，因为一位熟识的同性恋人士告诉我说，他们直起来更大得可怕。这说明我们认为性爱层次低，是因为没什么可干的。假如家伙很大，就不会这么说，因为可以真的干。两个糠窝头，一碗红糖稀饭，要是认真去吃，未免可笑。但说是忆苦饭和思甜饭，就大不相同了。同理，毡巴那种童稚型的家伙拿了出来，未免可笑，但要联系上革命青春战斗友谊，看上去也会显得大一点。然而我的统计学教师教导我说，确定事件之间有关系容易，确定孰因孰果难。按照他的看法，在革命时期，的确是没的吃、没的穿、家伙小，并且认为吃、穿、干都层次低；但你无法断定是因为没吃没穿家伙小造成了认为这些事层次低呢，还是因为认为这些事层次低，所以没的吃，没的穿，家伙也变小啦。但是这两组事件之间的确是有关系。我本人那个东西并不小，但假如不生在革命时期，可能还要大好多。生在革命时期，可以下下象棋，解解数学题。还可以画两笔画，但是不要被人看见。在革命时期也可以像吃忆苦饭或者思甜饭一样性交。假如不是这样性交，就没什么意思了。

七

我和 × 海鹰在她家里干那件事时，户外已是温暖的，甚至是燥热的季节，室内依然阴凉，甚至有点冷。我脱掉衣服时，指甲从皮肤上滑过时，搔起道道白痕，爆起了皮屑。我能看到每一片皮屑是如何飞散的，这说明我的皮肤是干性的。而在我面前逐渐裸露出来的身体，我却没怎么看见。对于正要干的事，我的确感到有罪，因为那是在革命时期。当时西斜的阳光正从小窗户里照进来，透过了一棵杨树，化成了一团细碎的光斑，照到 × 海鹰那里，就像我六岁时看到灯光球场上的那团飞蛾一样。从某种意义上讲，我不能干这件事，但是我又不得不干。在革命时期性交过的人都会感到这种矛盾。有一种智慧说，男女之间有爱慕之心就可以性交，但这是任何时期都有的低级智慧。还有一种智慧说，男女之间充满了仇恨才可以性交。每次我和 × 海鹰做爱，她都要说我是坏蛋，鬼子，坏分子，把我骂个狗血淋头。这是革命时期的高级智慧。我被夹在两种智慧之间，日渐憔悴。

在此之前，我一个人待着时，不只一次想到过要强奸 × 海鹰，这件事做起来有很多种途径。比方说，我可以找点氯仿或者乙醚来，把她麻醉掉，还可以给她一闷棍。甚至我可以制造一整套机关，把她陷在其中。像我这样智多谋广的人，如果是霸王硬上弓，未免就太简单了。但是到了最后，连霸王硬上弓都没有用到。这件事让我十分沮丧。事情过去之后，我又二二忽忽的。× 海鹰说，我把她强奸了。我对此有不同意见，我们俩就为这件事争论不休。她说，我说你强奸了，就是强奸了。我说，你这样强横霸道，还不知是谁强奸谁。争到了后来，发现她把一切性关系都叫做强奸，所有的男人都是强奸犯。最后的结论是：她是个自愿被强奸的女人，我是个不自愿的强奸犯。还没等到争清楚，我们就吹了。

和 × 海鹰吹了之后，我苦心孤诣地作起画来，并且时刻注意不把炭条带到厂里来。我在这件事上花的精力比干什么都多，但是后来没了结果。我哥哥也花了同样多的精力去研究思辨哲学，但是最后也没了结果。那年头不管你花多么大的精力去干任何事，最后总是没有结果，因为那是只开花不结果的年代。而 × 海鹰依旧当她的团支书，穿着她日益褪色的旧军装，到大会上去念文件，或者在她的小屋里帮教落后青年。但是事情已经有了一点改变——她已经和全厂最坏的家伙搞过，或者按她自己的理解，遭到了强奸。她已经不那么纯粹。也许这就是她要的吧。

八

一九七四年夏天，我还是常到 × 海鹰那里去受帮教，但是帮教的内容已经大不一样了。她总要坐到我腿上来，还要和我接吻，仿佛这件事等到天黑以后就会太晚了。其实那时候我已经接近阳痿，但她还是要和我搂搂抱抱。我知道这件事早晚会被人看见，被人看见以后会有什么样的结果实在叫人难以想象，但是我又觉得没什么可怕的。× 海鹰在我膝上，好像一颗沉甸甸的果实，她是一颗绿色的芒果。我觉得她沉甸甸，是因为她确实不轻，大概比我要重。我觉得她是生果子，是因为我和她不一样。

那时我想起姓颜色的大学生，嘴里就有一股血腥味，和运动过度的感觉是一样的。这是因为我们在一起经历了失败，又互相爱过——再没有比这更残酷的事了。假如我们能在一起生活，每次都会想把对方撕碎。假如不能在一起生活，又会终身互相怀念。一方爱，一方不爱，都要好一点。假如谁都不爱谁，就会心平气和地在一起享受性生活。这样是最好的了。虽然如此，我还是想念她。因为那是一次失败，失败总是让我魂梦系之。

现在我看到姓颜色的大学生时，她有时把头转过去，有时把目光在我脸上停留片刻，就算打过了招呼。这件事说明，那次失败也一笔勾销了。

×海鹰说，她初次看到我时，我骑着车子从外面破破烂烂的小胡同里进来，嘴里唱着一支不知所云的歌，头发像钢丝刷子一样朝天竖着，和这个臭气弥漫的豆腐厂甚不谐调。然后她出于好奇爬到塔上来看我，却被我一把捉住手腕撵了出来。然后我就使她怦然心动。根据一切高级智慧，她不该理睬我这样的家伙，但是她总忍不住要试试。这种事的结果可想而知。后来在她的小屋里，我们果然叫人看见了。开头是被路过的人从窗户里影影绰绰地看见，后来又被有意无意推门进来的人结结实实地看见。再后来整个厂里都议论纷纷。据我所知，她好像并不太害怕被人看见。

后来×海鹰告诉我说，她也觉得自己在一九七四年夏天坏了一坏。唯一的区别就是她觉得自己坏了一次就够了。她把这件事当作一生中的例外来处理。

再后来我们俩就吹了，她还当她的团支书，好像什么事都没发生一样。等到好像什么事都没发生的时候，我才明白了这件事的含义。在革命时期，除了不定期、不定地点的开出些负彩，再没有什么令人兴奋的事。每个活着的人都需要点令人兴奋的事，所以她就找到我头上来了。

我和×海鹰被人看见以后，公司领导找她谈了一回话。回来以后，她一本正经告诉我说，以后不用再到她办公室来，我的“帮教”结束了;那时候她的眼睛红红的，好像哭过。这使我想到她终于受到了羞辱，和在我这里受到羞辱不一样，不带任何浪漫情调。

一九六七年我曾在一棵树上看到一个人死掉，那件事里也不含任何浪漫情调。那时候“拿起笔做刀枪”最喜欢唱的歌是《光荣牺牲》，光荣牺牲也是死掉，但是带有很多浪漫情调。我以为她遭到了真正的羞辱后，就会像被一条大枪贯穿了一样，如梦方醒。但是等到和我说过了这些话后，她把脸扭向墙壁，“嘻嘻”地笑了起来。我问她为什么不用来了呢，她说“影响不好”，说完就大笑了起来。我们既然影响不好，就该受到惩罚，但是惩罚起来影响也不好。所以她所受的羞辱还是带着浪漫情调，只值得嘻嘻一笑，或者哈哈一笑。后来我真的没有再找她，这件事就这样别别扭扭地结束了。但这结果就算是合情合理吧。

×海鹰告诉我我们俩影响不好后，我简直是无动于衷。“影响不好”算个什么？连最微小的负彩都算不上。不过这也能算个开始，她就快知道什么是负彩了。就在那时我对她怦然心动。那时候我想把一切都告诉她，包括我和姓颜色的大学生那些不可告人的事。我还想马上和她做爱，因为我觉得自己已经不阳痿了。除此之外，我还乐意假装是狠心的鬼子，甚至马上去学日文。我乐意永远忘记姓颜色的大学生，终身只爱她一个人。我把这些都告诉她，她听了以后无动于衷，只顾收拾东西，准备回家去。最后临出门时，她对我说：这一切都结束了，你还不明白吗？后来她没和我说过话，直到她和毡巴结了婚，才开始理睬我。这件事告诉我，她一点也不以为影响不好是负彩。她以为影响不好就是犯错误。毛主席教导说：有了错误定要改正……改了就是好同志。对这种开彩的游戏她保持了虔敬的态度，这一点很像我认识的那位吃月经纸的大厨。他们都不认为开彩是随机的，而认为这件事还有人管着哪——好好表现就能不犯错误，吃了月经纸就能得一大笔彩金等等。当然，负彩和正彩有很大的区别。前者一期期开下去，摸彩的人越来越少，给人一种迟早要中的感觉；后者是越开摸彩的人越多，给人一种永远中不了的感觉。这道题虽然困难，最后她也解开了，对影响好不好这种事也能够一笑置之。不过这是后来的事。这是因为这种游戏总在重复。生在革命时期的人都能够解开这道题，只差个早晚。而没有生在革命时期的人就永远也解不开。

后来我还在那个豆腐厂里干了很长时间，经常见到 × 海鹰。每次我见了她就做出一个奸笑，而她总是别转过脸去不理我。后来她就想办法从豆腐厂里调走了。

现在我要承认，我对 × 海鹰所知不多。这是因为她和我干那件事时，已经不是处女了。这可能是因为小时候除了让别人把她捆到玉兰树上之外，她还玩过别的游戏，也可能是因为狠心的鬼子不止我一个。到底是怎么回事，我没有去打听。我生在革命时期，但革命时期不足以解释我的一切。不但是我，别人也是这样的吧。

第八章

一

现在我回忆我长大成人的过程，首先想起姓颜色的大学生，然后就想到我老婆，最后想起 × 海鹰。其实这是不对的。如果按顺序排列的话，事件的顺序是这样的：首先是一九五八年我出现在学校的操场上，看别人大炼钢铁；然后我上了小学，看到一只鸡飞上阳台，被老师称为一只猪；后来上了中学，过了一年后，开始了“文化革命”。我跑回家去帮人打仗，认识了姓颜色的大学生。等到仗打完了之后，姓颜色的大学生下了乡，我又回到了学校，从那里去了豆腐厂；遇到了 × 海鹰并在那里陷入了困境。我老婆是再以后的事情。这都是我自己的事，在其中包含了成败。大炼钢铁就意味着我要当画家并且画出紫红色的天空；鸡飞上了阳台就意味着我要当发明家扭转乾坤；我想和姓颜色的大学生性交，并且强奸 × 海鹰。这都是我想干的事，这些事都失败了——我没当成画家，也没有扭转乾坤，和姓颜色的大学生没有干成，和 × 海鹰仅仅是通奸，但这也是我的失败。如果按和我关系的亲密程度来排列，首先是我老婆，其次是 × 海鹰，最后是姓颜色的大学生——我连她叫什么都不知道。这些事是人间的安排，不包含任何成败。这样讲来讲去，我就像一只没头苍蝇。事实上也是差不多。

按照现在的常理来说，姓颜色的大学生和我如此熟悉，还差一点发生了性关系，分手的时候她该给我留下通信地址，以便逢年过节时互寄贺卡，但实际上不是这么回事。有几天她没来找我，再过了几天我去打听，才知道她离开了学校，不知上哪儿去了。我后来考上了大学，也没找 × 海鹰去告别，哧溜一下子就跑了。像这样的事，当时不明白其中的意义。过了这么多年再想起来，发现一切都昭然若揭。在一九六七年，姓颜色的大学生和我分手之前无话可说，正如一九七七年我和 × 海鹰之间无话可说。

二

在革命时期里，我把 × 海鹰捆在她家小屋里那张棕绷大床上，四肢张开，就如一个大字。与此同时，她闭着眼睛，就如睡着了一样，但是不停地吸着气，仿佛在做忍疼的准备。做完了这件事，我欲念全消，就在她两腿之间坐下，一声不吭地抽烟。屋子里渐渐地暗了。本来我应该打她，蹂躏她，但我只是注意到她的皮肤光滑如镜，像颐和园的铜牛，就拿一根手指在上面反复刮研。她在等我打她，蹂躏她，但是总是等不到。后来她抬起头来说：你把我放开。我就把她放开。我们俩并肩坐着。像这样的事我们干过很多回，没有一次是完全成功的。这说明我虽然长了一身的黑毛，但不是狠心的鬼子。我的心没有夜那么黑。我心里回想起和姓颜色的大学生的缠绵，等着 × 海鹰吻我，说“爱我吧”，但也总是等不到。她的心属于黑夜和狠心的鬼子。我们俩就这样错开了。这种事的结果是我也没有捆着她，她也没有吻我；就这样凑凑合合地干了，而且双方都不满意。

最近一次见到 × 海鹰时，她告诉我说，现在她觉得搂住毡巴，和他亲吻，然后脱掉内衣——就这样简简单单地干了，也没什么不可以的。而且她还说，看来生活就是这样的，用不着对它太过认真。我觉得这话的意思就是今后她再不会想念我，我也用不着再想念她。我以为她把我想象成狠心的鬼子是以一种独特的方式在爱我。后来她也一直爱着我。为此我就该是个狠心的鬼子，心就该像夜一样黑。这不过是一种游戏，没有什么可怕的。所有的人都能看出我有这种气质，这就是她爱我的原因吧；只是在革命时期我被自己的这种气质吓坏了。现在她已经不爱我了。这是最令人痛惜的事情。

三

现在我还在那个“高级智能”研究所上班。毡巴在我们附近的医院里当大夫，凑巧那个医院就是我们的合同医院。姓颜色的大学生就在我们那条街上，× 海鹰也离我们不远。我们这些人又会合了。我有点自命不凡地想道：这可能是因为我的缘故，因为他们之间并不认识。现在我每天早上还要到外面去跑步，跑到煤烟和水汽结成的灰雾里去。我仿佛已经很老了，又好像很年轻。革命时期好像是过去了，又仿佛还没开始。爱情仿佛结束了，又好像还没有到来。我仿佛中过了头彩，又好像还没到开彩的日子。这一切好像是结束了，又仿佛是刚刚开始。

黄金时代

一

我二十一岁时，正在云南插队。陈清扬当时二十六岁，就在我插队的地方当医生。我在山下十四队，她在山上十五队。有一天她从山上下来，和我讨论她不是破鞋的问题。那时我还不大认识她，只能说有一点知道。她要讨论的事是这样的：虽然所有的人都说她是一个破鞋，但她以为自己不是的。因为破鞋偷汉，而她没有偷过汉。虽然她丈夫已经住了一年监狱，但她没有偷过汉。在此之前也未偷过汉。所以她简直不明白，人们为什么要说她是破鞋。如果我要安慰她，并不困难。我可以从逻辑上证明她不是破鞋。如果陈清扬是破鞋，即陈清扬偷汉，则起码有一个某人为其所偷。如今不能指出某人，所以陈清扬偷汉不能成立。但是我偏说，陈清扬就是破鞋，而且这一点毋庸置疑。

陈清扬找我证明她不是破鞋，起因是我找她打针。这事经过如下：农忙时队长不叫我犁田，而是叫我去插秧，这样我的腰就不能经常直立。认识我的人都知道，我的腰上有旧伤，而且我身高在一米九以上。如此插了一个月，我腰痛难忍，不打封闭就不能入睡。我们队医务室那一把针头镀层剥落，而且都有倒钩，经常把我腰上的肉钩下来。后来我的腰就像中了霰弹枪，伤痕久久不褪。就在这种情况下，我想起十五队的队医陈清扬是北京医学院毕业的大夫，对针头和钩针大概还能分清，所以我去找她看病。看完病回来，不到半个小时，她就追到我屋里来，要我证明她不是破鞋。

陈清扬说，她丝毫也不藐视破鞋。据她观察，破鞋都很善良，乐于助人，而且最不乐意让人失望。因此她对破鞋还有一点钦佩。问题不在于破鞋好不好，而在于她根本不是破鞋。就如一只猫不是一只狗一样。假如一只猫被人叫成一只狗，它也会感到很不自在。现在大家都管她叫破鞋，弄得她魂不守舍，几乎连自己是谁都不知道了。

陈清扬在我的草房里时，裸臂赤腿穿一件白大褂，和她在山上那间医务室里装束一样。所不同的是披散的长发用个手绢束住，脚上也多了一双拖鞋。看了她的样子，我就开始琢磨：她那件白大褂底下是穿了点什么呢，还是什么都没穿。这一点可以说明陈清扬很漂亮，因为她觉得穿什么不穿什么无所谓。这是从小培养起来的自信心。我对她说，她确实是个破鞋。还举出一些理由来：所谓破鞋者，乃是一个指称，大家都说你是破鞋，你就是破鞋，没什么道理可讲。大家说你偷了汉，你就是偷了汉，这也没什么道理可讲。至于大家为什么要说你是破鞋，照我看是这样：大家都认为，结了婚的女人不偷汉，就该面色黝黑，乳房下垂。而你脸不黑而且白，乳房不下垂而且高耸，所以你是破鞋。假如你不想当破鞋，就要把脸弄黑，把乳房弄下垂，以后别人就不说你是破鞋。当然这样很吃亏，假如你不想吃亏，就该去偷个汉来。这样你自己也认为自己是个破鞋。别人没有义务先弄明白你是否偷汉再决定是否管你叫破鞋。你倒有义务叫别人无法叫你破鞋。陈清扬听了这话，脸色发红，怒目圆睁，几乎就要打我一耳光。这女人打人耳光出了名，好多人吃过她的耳光。但是她忽然泄了气，说：好吧，破鞋就破鞋吧。但是垂不垂黑不黑的，不是你的事。她还说，假如我在这些事上琢磨得太多，很可能会吃耳光。

倒退到二十年前，想象我和陈清扬讨论破鞋问题时的情景。那时我面色焦黄，嘴唇干裂，上面沾了碎纸和烟丝，头发乱如败棕，身穿一件破军衣，上面好多破洞都是橡皮膏粘上的，跷着二郎腿，坐在木板床上，完全是一副流氓相。你可以想象陈清扬听到这么个人说起她的乳房下垂不下垂时，手心是何等地发痒。她有点神经质，都是因为有很多精壮的男人找她看病，其实却没有病。那些人其实不是去看大夫，而是去看破鞋。只有我例外。我的后腰上好像被猪八戒筑了两耙。不管腰疼真不真，光那些窟窿也能成为看医生的理由。这些窟窿使她产生一个希望，就是也许能向我证明，她不是破鞋。有一个人承认她不是破鞋，和没人承认大不一样。可是我偏让她失望。

我是这么想的：假如我想证明她不是破鞋，就能证明她不是破鞋，那事情未免太容易了。实际上我什么都不能证明，除了那些不需证明的东西。春天里，队长说我打瞎了他家母狗的左眼，使它老是偏过头来看人，好像在跳芭蕾舞。从此后他总给我小鞋穿。我想证明我自己的清白无辜，只有以下三个途径：

1. 队长家不存在一只母狗；

2. 该母狗天生没有左眼；

3. 我是无手之人，不能持枪射击。

结果是三条一条也不成立。队长家确有一棕色母狗，该母狗的左眼确是后天打瞎，而我不但能持枪射击，而且枪法极精。在此之前不久，我还借了罗小四的气枪，用一碗绿豆做子弹，在空粮库里打下了二斤耗子。当然，这队里枪法好的人还有不少，其中包括罗小四。气枪就是他的，而且他打瞎队长的母狗时，我就在一边看着。但是我不能揭发别人，罗小四和我也不错。何况队长要是能惹得起罗小四，也不会认准了是我。所以我保持沉默。沉默就是默认。所以春天我去插秧，撅在地里像半截电线杆，秋收后我又去放牛，吃不上热饭。当然，我也不肯无所作为。有一天在山上，我正好借了罗小四的气枪，队长家的母狗正好跑到山上叫我看见，我就射出一颗子弹打瞎了它的右眼。该狗既无左眼，又无右眼，也就不能跑回去让队长看见——天知道它跑到哪儿去了。

我记得那些日子里，除了上山放牛和在家里躺着，似乎什么也没做。我觉得什么都与我无关。可是陈清扬又从山上跑下来找我。原来又有了另一种传闻，说她在和我搞破鞋。她要我给出我们清白无辜的证明。我说，要证明我们无辜，只有证明以下两点：

1. 陈清扬是处女；

2. 我是天阉之人，没有性交能力。

这两点都难以证明。所以我们不能证明自己无辜。我倒倾向证明自己不无辜。陈清扬听了这些话，先是气得脸白，然后满面通红，最后一声不吭地站起来走了。

陈清扬说，我始终是一个恶棍。她第一次要我证明她清白无辜时，我翻了一串白眼，然后开始胡说八道。第二次她要我证明我们俩无辜，我又一本正经地向她建议举行一次性交。所以她就决定，早晚要打我一个耳光。假如我知道她有这样的打算，也许后面的事情就不会发生。

二

我过二十一岁生日那天，正在河边放牛。下午我躺在草地上睡着了。我睡去时，身上盖了几片芭蕉叶子，醒来时身上已经一无所有（叶子可能被牛吃了）。亚热带旱季的阳光把我晒得浑身赤红，痛痒难当，我的小和尚直翘翘地指向天空，尺寸空前。这就是我过生日时的情形。

我醒来时觉得阳光耀眼，天蓝得吓人，身上落了一层细细的尘土，好像一层爽身粉。我一生经历的无数次勃起，都不及那一次雄浑有力，大概是因为在极荒僻的地方，四野无人。

我爬起来看牛，发现它们都卧在远处的河汊里静静地嚼草。那时节万籁无声，田野上刮着白色的风。河岸上有几对寨子里的牛在斗架，斗得眼珠通红，口角流涎。这种牛阴囊紧缩，阳具直挺。我们的牛不干这种事。任凭别人上门挑衅，我们的牛依旧安卧不动。为了防止斗架伤身，影响春耕，我们把它们都阉了。

每次阉牛我都在场。对于一般的公牛，只用刀割去即可。但是对于格外生性者，就须采取锤骟术，也就是割开阴囊，掏出睾丸，一木槌砸个稀烂。从此后受术者只知道吃草干活，别的什么都不知道，连杀都不用捆。掌锤的队长毫不怀疑这种手术施之于人类也能得到同等的效力，每回他都对我们呐喊：你们这些生牛蛋子，就欠砸上一锤才能老实！按他的逻辑，我身上这个通红通红，直不愣登，长约一尺的东西就是罪恶的化身。

当然，我对此有不同的意见。在我看来，这东西无比重要，就如我之存在本身。天色微微向晚，天上飘着懒洋洋的云彩。下半截沉在黑暗里，上半截仍浮在阳光中。那一天我二十一岁，在我一生的黄金时代，我有好多奢望。我想爱，想吃，还想在一瞬间变成天上半明半暗的云。后来我才知道，生活就是个缓慢受锤的过程，人一天天老下去，奢望也一天天消失，最后变得像挨了锤的牛一样。可是我过二十一岁生日时没有预见到这一点。我觉得自己会永远生猛下去，什么也锤不了我。

那天晚上我请陈清扬来吃鱼，所以应该在下午把鱼弄到手。到下午五点多钟我才想起到戽鱼的现场去看看。还没走进那条小河汊，两个景颇族孩子就从里面一路打出来，烂泥横飞，我身上也挨了好几块，直到我拎住他们的耳朵，他们才罢手。我喝问一声：

“鸡巴，鱼呢？”

那个年纪大点的说：“都怪鸡巴勒农！他老坐在坝上，把坝坐鸡巴倒了！”

勒农直着嗓子吼：“王二！坝打得不鸡巴牢！”

我说：“放屁！老子砍草皮打的坝，哪个鸡巴敢说不牢？”

到里面一看，不管是因为勒农坐的也好，还是因为我的坝没打好也罢，反正坝是倒了，戽出来的水又流回去，鱼全泡了汤，一整天的劳动全都白费。我当然不能承认是我的错，就痛骂勒农。勒都（就是那另一个孩子）也附和我。勒农上了火，一跳三尺高，嘴里吼道：

“王二！勒都！鸡巴！你们姐夫舅子合伙搞我！我去告诉我家爹，拿铜炮枪打你们！”

说完这小兔崽子就往河岸上蹿，想一走了之。我一把薅住他脚脖子，把他揪下来。

“你走了我们给你赶牛哇？做你娘的美梦！”

这小子哇哇叫着要咬我，被我劈开手按在地上。他口吐白沫，杂着汉话、景颇话、傣话骂我，我用正宗京片子回骂。忽然间他不骂了，往我下体看去，脸上露出无限羡慕之情。我低头一看，我的小和尚又直立起来了。只听勒农啧啧赞美道：

“哇！想日勒都家姐哟！”

我赶紧扔下他去穿裤子。

晚上我在水泵房点起汽灯，陈清扬就会忽然到来，谈起她觉得活着很没意思，还说到她在每件事上都是清白无辜。我说她竟敢觉得自己清白无辜，这本身就是最大的罪孽。照我的看法，每个人的本性都是好吃懒做，好色贪淫，假如你克勤克俭，守身如玉，这就犯了矫饰之罪，比好吃懒做好色贪淫更可恶。这些话她好像很听得进去，但是从不附和。

那天晚上我在河边上点起汽灯，陈清扬却迟迟不至，直到九点钟以后，她才到门前来喊我："王二，混蛋！你出来！"

我出去一看，她穿了一身白，打扮得格外整齐，但是表情不大轻松。她说道：你请我来吃鱼，做倾心之谈，鱼在哪里？我只好说，鱼还在河里。她说好吧，还剩下一个倾心之谈。就在这儿谈吧。我说进屋去谈，她说那也无妨，就进屋来坐着，看样子火气甚盛。

我过二十一岁生日那天，打算在晚上引诱陈清扬，因为陈清扬是我的朋友，而且胸部很丰满，腰很细，屁股浑圆。除此之外，她的脖子端正修长，脸也很漂亮。我想和她性交，而且认为她不应该不同意。假如她想借我的身体练开膛，我准让她开；所以我借她身体一用也没什么不可以。唯一的问题是她是个女人，女人家总有点小气。为此我要启发她，所以我开始阐明什么叫做"义气"。

在我看来，义气就是江湖好汉中那种伟大友谊。《水浒》中的豪杰们，杀人放火的事是家常便饭，可一听说及时雨的大名，立即倒身便拜。我也像那些草莽英雄，什么都不信，唯一不能违背的就是义气。只要你是我的朋友，哪怕你十恶不赦，为天地所不容，我也要站到你身边。那天晚上我把我的伟大友谊奉献给陈清扬，她大为感动，当即表示道：这友谊她接受了。不但如此，她还说要以更伟大的友谊回报我，哪怕我是个卑鄙小人也不背叛。我听她如此说，大为放心，就把底下的话也说了出来：我已经二十一岁了，男女间的事情还没体验过，真是不甘心。她听了以后就开始发愣，大概是没有思想准备。说了半天她毫无反应。我把手放到她肩膀上去，感觉她的肌肉绷得很紧。这娘们随时可能翻了脸给我一耳光，假定如此，就证明女人不懂什么是交情。可是她没有。忽然间她哼了一声，就笑起来。还说：我真笨！这么容易就着了你的道儿！

我说：什么道儿？你说什么？

她说：我什么也没有说。

我问她我刚才说的事儿你答应不答应，她说呸，而且满面通红。我看她有点不好意思，就采取主动，动手动脚。她搡了我几把，后来说，不在这儿，咱们到山上去。我就和她一块到山上去了。

陈清扬后来说，她始终没搞明白我那个伟大友谊是真的呢，还是临时编出来骗她。但是她又说，那些话就像咒语一样让她着迷，哪怕为此丧失一切，也不懊悔。其实伟大友谊不真也不假，就如世上一切东西一样，你信它是真，它就真下去。你疑它是假，它就是假的。我的话也半真不假。但是我随时准备兑现我的话，哪怕天崩地裂也不退却。就因为这种态度，别人都不相信我。我虽然把交朋友当成终生的事业，所交到的朋友不过陈清扬等二三人而已。那天晚上我们到山上去，走到半路她说要回家一趟，要我到后山上等她。我有点怀疑她要晾我，但是我没说出来，径直走到后山上去抽烟。等了一些时间，她来了。

陈清扬说，我第一次去找她打针时，她正在伏案打瞌睡。在云南每个人都有很多时间打瞌睡，所以总是半睡半醒。我走进去时，屋子里暗了一下，因为是草顶土坯房，大多数光从门口进来。她就在那一刻醒来，抬头问我干什么。我说腰疼，她说躺下让我看看。我就一头倒下去，扑到竹板床上，几乎把床砸塌。我的腰痛得厉害，完全不能打弯。要不是这样，我也不会来找她。

陈清扬说，我很年轻时就饿纹入嘴，眼睛下面乌黑。我的身材很高，衣服很破，而且不爱说话。她给我打过针，我就走了，好像说了一声谢了，又好像没说。等到她想起可以让我证明她不是破鞋时，已经过了半分钟。她追了出来，看见我正取近路走回十四队。我从土坡上走下去，逢沟跳沟，逢坎跃坎，顺着山势下得飞快。那时正逢旱季的上午，风从山下吹来，喊我也听不见。而且我从来也不回头。我就这样走掉了。

陈清扬说，当时她想去追我，可是觉得很难追上。而且我也不一定能够证明她不是破鞋。所以她走回医务室去。后来她又改变了主意去找我，是因为所有的人都说她是破鞋，因此所有的人都是敌人。而我可能不是敌人。她不愿错过了机会，让我也变成敌人。

那天晚上我在后山上抽烟。虽然在夜里，我能看见很远的地方。因为月光很明亮，当地的空气又很干净。我还能听见远处的狗叫声。陈清扬一出十五队我就看见了，白天未必能看这么远。虽然如此，还是和白天不一样。也许是因为到处都没人。

我也说不准夜里这片山上有人没人，因为到处是银灰色的一片。假如有人打着火把行路，那就是说，希望全世界的人都知道他在那里。假如你不打火把，就如穿上了隐身衣，知道你在那里的人能看见，不知道的人不能看见。我看见陈清扬慢慢走近，怦然心动，无师自通地想到，做那事之前应该亲热一番。

陈清扬对此的反应是冷冰冰的。她的嘴唇冷冰冰，对爱抚也毫无反应。等到我毛手毛脚给她解扣子时，她把我推开，自己把衣服一件件脱下来，叠好放在一边，自己直挺挺躺在草地上。

陈清扬的裸体美极了。我赶紧脱了衣服爬过去，她又一把把我推开，递给我一个东西说：

“会用吗？要不要我教你？”

那是一个避孕套。我正在兴头上，对她这种口气只微感不快。套上之后又爬到她身上去，心慌气躁地好一阵乱弄，也没弄对。忽然她冷冰冰地说：

“喂！你知道自己在干什么吗？”

我说当然知道。能不能劳你大驾躺过来一点？我要就着亮儿研究一下你的结构。只听啪的一声巨响，好似一声耳边雷，她给我一个大耳光。我跳起来，拿了自己的衣服，拔腿就走。

三

那天晚上我没走掉。陈清扬把我拽住，以伟大友谊的名义叫我留下来。她承认打我不对，也承认没有好好待我，但是她说我的伟大友谊是假的，还说，我把她骗出来就是想研究她的结构。我说，既然我是假的，你信我干吗。我是想研究一下她的结构，这也是在她的许可之下。假如不乐意可以早说，动手就打不够意思。后来她哈哈大笑了一阵说，她简直见不得我身上那个东西。那东西傻头傻脑，恬不知耻，见了它，她就不禁怒从心起。

我们俩吵架时，仍然是不着一丝。我的小和尚依然直挺挺，在月光下披了一身塑料，倒是闪闪发光。我听了这话不高兴，她也发现了。于是她用和解的口气说：不管怎么说，这东西丑得要命，你承不承认？

这东西好像个发怒的眼镜蛇一样立在那里，是不大好看。我说，既然你不愿意见它，那就算了。我想穿上裤子，她又说，别这样。于是我抽起烟来。等我抽完了一支烟，她抱住我。我们俩在草地上干那件事。

我过二十一岁生日以前，是一个童男子。那天晚上我引诱了陈清扬和我到山上去。那一夜开头有月光，后来月亮落下去，出来一天的星星，就像早上的露水一样多。那天晚上没有风，山上静得很。我已经和陈清扬做过爱，不再是童男子了。但是我一点也不高兴。因为我干那事时，她一声也不吭，头枕双臂，若有所思地看着我，所以从始至终就是我一个人在表演。其实我也没持续多久，马上就完了。事毕我既愤怒又沮丧。

陈清扬说，她简直不敢相信这件事是真的：我居然在她面前亮出了丑恶的男性生殖器，丝毫不感到惭愧。那玩意也不感到惭愧，直挺挺地从她两腿之间插了进来。

因为女孩子身上有这么个口子，男人就要使用她，这简直没有道理。以前她有个丈夫，天天对她做这件事。她一直不说话，等着他有一天自己感到惭愧，自己来解释为什么干了这些。可是他什么也没说，直到进了监狱。这话我也不爱听。所以我说：既然你不乐意，为什么要答应？她说她不愿被人看成小气鬼。我说你原本就是小气鬼。后来她说算了，别为这事吵架。她叫我晚上再来这里，我们再试一遍。也许她会喜欢。我什么也没说。早上起雾以后，我和她分了手，下山去放牛。

那天晚上我没去找她，倒进了医院。这事原委是这样：早上我到牛圈门前时，有一伙人等不及我，已经在开圈拉牛。大家都挑壮牛去犁田。有个本地小伙子，叫三闷儿，正在拉一条大白牛。我走过去，告诉他，这牛被毒蛇咬了，不能干活。他似乎没听见。我劈手把牛鼻绳夺了下来，他就朝我挥了一巴掌。我当胸推了他一把，推了他一个屁股蹲。然后很多人拥了上来，把我们拥在中间要打架。北京知青一伙，当地青年一伙，抄起了棍棒和皮带。吵了一会儿，又说不打架，让我和三闷儿摔跤。三闷儿摔不过我，就动了拳头。我一脚把三闷儿踢进了圈前的粪坑，让他沾了一身牛屎。三闷儿爬起来，抢了一把三齿要砍我，别人劝开了。

早上的事情就是这样。晚上我放牛回来，队长说我殴打贫下中农，要开我的斗争会。我说你想借机整人，我也不是好惹的。我还说要聚众打群架。队长说他没想整我，是三闷儿的娘闹得他没办法。那婆娘是个寡妇，泼得厉害。他说此地的规矩就是这样。后来他说，不开斗争会，改为帮助会，让我上前面去检讨一下。要是我还不肯，就让寡妇来找我。

会开得很乱。老乡们七嘴八舌，说知青太不像话，偷鸡摸狗还打人。知青们说放狗屁，谁偷东西，你们当场拿住了吗？老子们是来支援边疆建设，又不是充军的犯人，哪能容你们乱栽赃。我在前面也不检讨，只是骂。不提防三闷儿的娘从后面摸上来，抄起一条沉甸甸的拔秧凳，给了我后腰一下，正砸在我的旧伤上，登时我就背过去了。

我醒过来时，罗小四领了一伙人呐喊着要放火烧牛圈，还说要三闷儿的娘抵命。队长领了一帮人去制止，副队长叫人抬我上牛车去医院。卫生员说抬不得，腰杆断了，一抬就死尿。我说腰杆好像没断，你们快把我抬走。可是谁也不敢肯定我的腰杆是断了还是没断，所以也不敢肯定我会不会一抬就死尿。我就一直躺着。后来队长过来一问，就说：快摇电话把陈清扬叫下来，让她看看腰断了没有。过了不一会儿，陈清扬披头散发眼皮红肿地跑了来，劈头第一句话就是：你别怕。要是你瘫了，我照顾你一辈子。然后一检查，诊断和我自己的相同。于是我就坐上牛车，到总场医院去看病。

那天夜里陈清扬把我送到医院，一直等到腰部X光片子出来，看过认为没问题后才走。她说过一两天就来看我，可是一直没来。我住了一个星期，可以走动了，就奔回去找她。

我走进陈清扬的医务室时，身上背了很多东西，装得背篓里冒了尖。除了锅碗瓢盆，还有足够两人吃一个月的东西。她见我进来，淡淡地一笑，说你好了吗？带这些东西上哪儿？

我说要去清平洗温泉。她懒懒地往椅子上一仰说，这很好。温泉可以治旧伤。我说我不是真去洗温泉，而是到后面山上住几天。她说后面山上什么都没有，还是去洗温泉吧。

清平的温泉是山坳里一片泥坑，周围全是荒草坡。有一些病人在山坡上搭了窝棚，成年住在那里，其中得什么病的都有。我到那里不但治不好病，还可能染上麻风。而后面荒山里的低洼处沟谷纵横，疏林之中芳草萋萋，我在人迹绝无的地方造上一间草房，空山无人，流水落花，住在里面可以修身养性。陈清扬听了，禁不住一笑说：那地方怎么走？也许我去看看你。我告诉她路，还画了一张示意图，自己进山去了。

我走进荒山，陈清扬没有去看我。旱季里浩浩荡荡的风刮个不停，整个草房都在晃动。陈清扬坐在椅子上听着风声，回想起以往发生的事情，对一切都起了怀疑。她很难相信自己会莫名其妙地来到这极荒凉的地方，又无端地被人称做破鞋，然后就真的搞起了破鞋。这件事真叫人难以置信。陈清扬说，有时候她走出房门，往后山上看，看到山丘中有很多小路蜿蜒通到深山里去。我对她说的话言犹在耳。她知道沿着一条路走进山去，就会找到我。这是无可怀疑的事。但是越是无可怀疑的事就越值得怀疑。很可能那条路不通到任何地方，很可能王二不在山里，很可能王二根本就不存在。

过了几天，罗小四带了几个人到医院去找我。医院里没人听说过王二，更没人知道他上哪儿去了。那时节医院里肝炎流行，没染上肝炎的病人都回家去疗养，大夫也纷纷下队去送医上门。罗小四等人回到队里，发现我的东西都不见了，就去问队长可见过王二。队长说，谁是王二？从来没听说过。罗小四说前几天你还开会斗争过他，尖嘴婆打了他一板凳，差点把他打死。这样提醒了以后，队长就更想不起来我是谁了。那时节有一个北京知青慰问团要来调查知青在下面的情况，尤其是有无被捆打逼婚等情况，因此队长更不乐意想起我来。罗小四又到十五队问陈清扬可曾见过我，还闪烁其词地暗示她和我有过不正当的关系。陈清扬则表示，她对此一无所知。

等到罗小四离开，陈清扬就开始糊涂了。看来有很多人说，王二不存在。这件事叫人困惑的原因就在这里。大家都说存在的东西一定不存在，这是因为眼前的一切都是骗局。大家都说不存在的东西一定存在，比如王二，假如他不存在，这个名字是从哪里来的？陈清扬按捺不住好奇心，终于扔下一切，上山找我来了。

我被尖嘴婆打了一板凳后晕了过去，陈清扬曾经从山上跑下来看我。当时她还忍不住哭了起来，并且当众说，如果我好不了要照顾我一辈子。结果我并没有死，连瘫都没瘫。这对我是很好的事，可是陈清扬并不喜欢。这等于当众暴露了她是破鞋。假如我死，或是瘫掉，就是应该的事，可是我在医院里只住了一个星期就跑出来。对她来说，我就是那个急匆匆从山上赶下去的背影，一个记忆中的人。她并不想和我做爱，也不想和我搞破鞋，除非有重大的原因。因此她来找我就是真正的破鞋行径。

陈清扬说，她决定上山找我时，在白大褂底下什么都没穿。她就这样走过十五队后面的那片山包。那些小山上长满了草，草下是红土。上午风从山上往平坝里吹，冷得像山上的水，下午风吹回来，带着燥热和尘土。陈清扬来找我时，乘着白色的风。风从衣服下面钻进来，流过全身，好像爱抚和嘴唇。其实她不需要我，也没必要找到我。以前人家说她是破鞋，说我是她的野汉子时，她每天都来找我。那时好像有必要。自从她当众暴露了她是破鞋，我是她的野汉子后，再没人说她是破鞋，更没人在她面前提到王二（除了罗小四）。大家对这种明火执仗的破鞋行径是如此地害怕，以致连说都不敢啦。

关于北京要来人视察知青的事，当地每个人都知道，只有我不知道。这是因为我前些日子在放牛，早出晚归，而且名声不好，谁也不告诉我，后来住了院，也没人来看我。等到我出院以后，就进了深山。在我进山之前，总共就见到了两个人，一个是陈清扬，她没有告诉我这件事。另一个是我们队长，他也没说起这件事，只叫我去温泉养病。我告诉他，我没有东西（食品、炊具等等），所以不能去温泉。他说他可以借给我。我说我借了不一定还，他说不要紧。我就向他借了不少家制的腊肉和香肠。

陈清扬不告诉我这件事是因为她不关心，她不是知青。队长不告诉我这件事，是因为他以为我已经知道了。他还以为我拿了很多吃的东西走，就不会再回来。所以罗小四问他王二到哪儿去了时，他说：王二？谁叫王二？从没听说过。对于罗小四等人来说，找到我有很大的好处，我可以证明大家在此地受到很坏的待遇，经常被打晕。对于领导来说，我不存在有很大的便利，可以说明此地没有一个知青被打晕。对于我自己来说，存在不存在没有很大的关系。假如没有人来找我，我在附近种点玉米，可以永远不出来。就因为这个原因，我对自己存不存在的事不太关心。

我在小屋里也想过自己存不存在的问题。比方说，别人说我和陈清扬搞破鞋，这就是存在的证明。用罗小四的话来说，王二和陈清扬脱了裤子干。其实他也没看见。他想象的极限就是我们脱裤子。还有陈清扬说，我从山上下来，穿着黄军装，走得飞快。我自己并不知道我走路是不回头的。因为这些事我无从想象，所以是我存在的证明。

还有我的小和尚直挺挺，这件事也不是我想出来的。我始终盼着陈清扬来看我，但陈清扬始终没有来。她来的时候，我没有盼着她来。

四

我曾经以为陈清扬在我进山后会立即来看我，但是我错了。我等了很久，后来不再等了。我坐在小屋里，听着满山树叶哗哗响，终于到了物我两忘的境界。我听见浩浩荡荡的空气大潮从我头顶涌过，正是我灵魂里潮兴之时。正如深山里花开，龙竹笋剥剥地爆去笋壳，直翘翘地向上。到潮退时我也安息，但潮兴时要乘兴而舞。正巧这时陈清扬来到草屋门口，她看见我赤条条坐在竹板床上，阳具就如剥了皮的兔子，红通通亮晶晶足有一尺长，直立在那里，登时惊慌失措，叫了起来。

陈清扬到山里找我的事又可以简述如下：我进山后两个星期，她到山里找我。当时是下午两点钟，可是她像那些午夜淫奔的妇人一样，脱光了内衣，只穿一件白大褂，赤着脚走进山来。她就这样走过阳光下的草地，走进了一条干河沟，在河沟里走了很久。这些河沟很乱，可是她连一个弯都没转错。后来她又从河沟里出来，走进一个向阳的山洼，看见一间新搭的草房。假如没有一个王二告诉她这条路，她不可能在茫茫荒山里找到一间草房。可是她走进草房，看到王二就坐在床上，小和尚直挺挺，却吓得尖叫起来。

陈清扬后来说，她没法相信她所见到的每件事都是真的。真的事要有理由。当时她脱了衣服，坐在我的身边，看着我的小和尚，只见它的颜色就像烧伤的疤痕。这时我的草房在风里摇晃，好多阳光从房顶上漏下来，星星点点落在她身上。我伸手去触她的乳头，直到她脸上泛起红晕，乳房坚挺。忽然她从迷梦里醒来，羞得满脸通红。于是她紧紧地抱住我。

我和陈清扬是第二次做爱，第一次做爱的很多细节当时我大惑不解。后来我才明白，她对被称做破鞋一事，始终耿耿于怀。既然不能证明她不是破鞋，她就乐于成为真正的破鞋。就像那些被当场捉了奸的女人一样，被人叫上台去交代那些偷情的细节。等到那些人听到情不能持，丑态百出时，怪叫一声：把她捆起来！就有人冲上台去，用细麻绳把她五花大绑，她就这样站在人前，受尽羞辱。这些事一点也不讨厌。她也不怕被人剥得精赤条条，拴到一扇磨盘上，扔到水塘里淹死。或者像以前达官贵人家的妻妾一样，被强迫穿得整整齐齐，脸上贴上湿透的黄表纸，端坐着活活憋死。这些事都一点也不讨厌。她丝毫也不怕成为破鞋，这比被人叫做破鞋而不是破鞋好得多。她所讨厌的是使她成为破鞋那件事本身。

我和陈清扬做爱时，一只蜥蜴从墙缝里爬了进来，走走停停地经过房中间的地面。忽然它受到惊动，飞快地出去，消失在门口的阳光里。这时陈清扬的呻吟就像泛滥的洪水，在屋里蔓延。我为此所惊，伏下身不动。可是她说，快，混蛋。还拧我的腿。等我“快”了以后，阵阵震颤就像从地心传来。后来她说，她觉得自己罪孽深重，早晚要遭报应。

她说自己要遭报应时，一道红晕正从她的胸口褪去。那时我们的事情还没完。但她的口气是说，她只会为在此之前的事遭报应。忽然之间我从头顶到尾骨一齐收紧，开始极其猛烈地射精。这事与她无关，大概只有我会为此遭报应。

后来陈清扬告诉我，罗小四到处找我。他到医院找我时，医院说我不存在。他找队长问我时，队长也说我不存在。最后他来找陈清扬，陈清扬说，既然大家都说他不存在，大概他就是不存在吧，我也没有意见。罗小四听了这话，禁不住哭了起来。

我听了这话，觉得很奇怪。我不应该因为尖嘴婆打了我一下而存在，也不应该因为她打了我一下而不存在。事实上，我的存在乃是不争的事实。我就为这一点钻了牛角尖。为了验证这不争的事实，慰问团来的那一天，我从山上奔了下去，来到了座谈会的会场上。散会以后，队长说，你这个样子不像有病。还是回来喂猪吧。他还组织人力，要捉我和陈清扬的奸。当然，要捉我不容易，我的腿非常快。谁也休想跟踪我。但是也给我添了很多麻烦。到了这个时候我才悟到，犯不着向人证明我存在。

我在队里喂猪时，每天要挑很多水。这个活计很累，连偷懒都不可能，因为猪吃不饱会叫唤。我还要切很多猪菜，劈很多柴。喂这些猪原来要三个妇女，现在要我一个人干。我发现我不能顶三个妇女，尤其是腰疼时。这时候我真想证明我不存在。

晚上我和陈清扬在小屋里做爱。那时我对此事充满了敬业精神，对每次亲吻和爱抚都贯注了极大的热情。无论是经典的传教士式，后进式，侧进式，女上位，我都能一丝不苟地完成。陈清扬对此极为满意。我也极为满意。在这种时候，我又觉得用不着去证明自己是存在的。从这些体会里我得到一个结论，就是永远别让别人注意你。北京人说，不怕贼偷，就怕贼惦记。你千万别让人惦记上。

过了一些时候，我们队的知青全调走了。男的调到糖厂当工人，女的到农中去当老师。单把我留下来喂猪，据说是因为我还没有改造好。陈清扬说，我叫人惦记上了。这个人大概就是农场的军代表。她还说，军代表不是个好东西。原来她在医院工作，军代表要调戏她，被她打了个大嘴巴。然后她就被发到十五队当队医。十五队的水是苦的，也没有菜吃，待久了也觉得没有啥。但是当初调她来，分明有修理一下的意思。她还说，我准会被修到半死。我说过，他能把我怎么样？急了老子跑他娘。后来的事都是由此而起。

那天早上天色微明，我从山上下来，到猪场喂猪。经过井台时，看见了军代表，他正在刷牙。他把牙刷从嘴里掏出来，满嘴白沫地和我讲话，我觉得很讨厌，就一声不吭地走掉了。过了一会，他跑到猪场里，把我大骂了一顿，说你怎么敢走了。我听了这些话，一声不吭。就是他说我装哑巴，我也一声不吭。然后我又走开了。

军代表到我们队来蹲点，蹲下来就不走了。据他说，要不能从王二嘴里掏出话来，死也不甘心。这件事有两种可能的原因，一是他下来视察，遇见了我对他装聋作哑，因而大怒，不走了。二是他不是下来视察，而是听说陈清扬和我有了一腿，特地来找我的麻烦。不管他为何而来，反正我是一声也不吭，这叫他很没办法。

军代表找我谈话，要我写交代材料。他还说，我搞破鞋群众很气愤，如果我不交代，就发动群众来对付我。他还说，我的行为够上了坏分子，应该受到专政。我可以辩解说，我没搞破鞋。谁能证明我搞了破鞋？但我只是看着他。像野猪一样看他，像发傻一样看他，像公猫看母猫一样看他。把他看到没了脾气，就让我走了。

最后他也没从我嘴里套出话来。他甚至搞不清我是不是哑巴。别人说我不是哑巴，他始终不敢相信，因为他从来没听我说过一句话。他到今天想起我来，还是搞不清我是不是哑巴。想起这一点，我就万分地高兴。

五

最后我们被关了起来，写了很长时间的交待材料。起初我是这么写的：我和陈清扬有不正当的关系。这就是全部。上面说，这样写太简单。叫我重写。后来我写，我和陈清扬有不正当关系，我干了她很多回，她也乐意让我干。上面说，这样写缺少细节。后来又加上了这样的细节：我们俩第四十次非法性交。地点是我在山上偷盖的草房。那天不是阴历十五就是阴历十六，反正月亮很亮。陈清扬坐在竹床上，月光从门里照进来，照在她身上。我站在地上，她用腿圈着我的腰。我们还聊了几句，我说她的乳房不但圆，而且长得很端正，脐窝不但圆罗，而且很浅。这些都很好。她说是吗，我自己不知道。后来月光移走了，我点了一根烟，抽到一半她拿走了，接着吸了几口。她还捏过我的鼻子，因为本地有一种说法，说童男的鼻子很硬，而纵欲过度行将死去的人鼻子很软。这些时候她懒懒地躺在床上，倚着竹板墙。其他的时间她像澳大利亚考拉熊一样抱住我，往我脸上吹热气。最后月亮从门对面的窗子里照进来。这时我和她分开。但是我写这些材料，不是给军代表看。他那时早就不是军代表了，而且已经复员回家去了。他是不是代表，反正犯了我们这种错误，总是要写交待材料。

我后来和我们学校人事科长关系不错。他说当人事干部最大的好处就是可以看到别人写的交待材料。我想他说的包括了我写的交待材料。我以为我的交待材料最有文采。因为我写这些材料时住在招待所，没有别的事可干，就像专业作家一样。

我逃跑是晚上的事。那天上午，我找司务长请假，要到井坎镇买牙膏。我归司务长领导，他还有监视我的任务。他应该随时随地看住我，可是天一黑我就不见了。早上我带给他很多酸琶果，都是好的。平原上的酸琶果都不能吃，因为里面是一窝蚂蚁。只有山里的酸琶果才没蚂蚁。司务长说，他个人和我关系不坏，而且军代表不在。他可以准我去买牙膏。但是司务长又说，军代表随时会回来。要是他回来时我不在，司务长也不能包庇我。我从队里出去，爬上十五队的后山，拿个镜片晃陈清扬的后窗。过一会儿，她到山上来，说是头两天人家把她盯得特紧，跑不出来。而这几天她又来月经。她说这没关系，干吧。我说那不行。分手时她硬要给我二百块钱。起初我不要，后来还是收下了。

后来陈清扬告诉我，头两天人家没有把她盯得特紧，后来她也没有来月经。事实上，十五队的人根本就不管她。那里的人习惯于把一切不是破鞋的人说成破鞋，而对真的破鞋放任自流。她之所以不肯上山来，让我空等了好几天，是因为对此事感到厌倦。她总要等有了好心情才肯性交，不是只要性交就有好心情。当然这样做了以后，她也不无内疚之心。所以她给我二百块钱。我想既然她有二百块钱花不掉，我就替她花。所以我拿了那些钱到井坎镇上，买了一条双筒猎枪。

后来我写交待材料，双筒猎枪也是一个主题。人家怀疑我拿了它要打死谁。其实要打死人，用二百块钱的双筒猎枪和四十块钱的铜炮枪打都一样。那种枪是用来在水边打野鸭子的，在山里一点不实用，而且像死人一样沉。那天我到井坎街上时，已经是下午时分，又不是赶街的日子，所以只有一条空空落落的土路和几间空空落落的国营商店。商店里有一个售货员在打瞌睡，还有很多苍蝇在飞。货架上写着“吕过吕乎”，放着铝锅铝壶。我和那个胶东籍的售货员聊了一会天，她叫我到库房里看了看。在那儿我看见那条上海出的猎枪，就不顾它已经放了两年没卖出去的事实，把它买下了。傍晚时我拿它到小河边试放，打死了一只鹭鸶。这时军代表从场部回来，看见我手里有枪，很吃了一惊。他唠叨说，这件事很不对，不能什么人手里都有枪。应该和队里说一下，把王二的枪没收掉。我听了这话，几乎要朝他肚子上打一枪。如果打了的话，恐怕会把他打死。那样多半我也活不到现在了。

那天下午我从井坎回队的路上，涉水从田里经过，曾经在稻棵里站了一会。我看见很多蚂蟥像鱼一样游出来，叮上了我的腿。那时我光着膀子，衣服包了很多红糖馅的包子（镇上饭馆只卖这一种食品），双手提包子，背上还背了枪，很累赘。所以我也没管那些蚂蟥。到了岸上我才把它们一条条揪下来用火烧死。烧得它们一条条发软起泡。忽然间我感到很烦很累，不像二十一岁的人。我想，这样下去很快就会老了。

后来我遇上了勒都。他告诉我说，他们把那条河汊里的鱼都捉到手了。我那一份已经晒成了鱼干，在他姐姐手里。他姐姐叫我去。他姐姐和我也很熟，是个微黑俏丽的小姑娘。我说一时去不了。我把那一包包子都给了勒都，叫他给我到十五队送个信，告诉陈清扬，我用她给我的钱买了一条枪。勒都去了十五队，把这话告诉陈清扬，她听了很害怕，觉得我会把军代表打死。这种想法也不是没有道理，傍晚时我就想打军代表一枪。

傍晚时分我在河边打鹭鸶，碰上了军代表。像往常一样，我一声不吭，他喋喋不休。我很愤怒，因为已经有半个多月了，他一直对我喋喋不休，说着同样的话：我很坏，需要思想改造。对我一刻也不能放松。这样的话我听了一辈子，从来没有像那天晚上那么火。后来他又说，今天他有一个特大好消息，要向大家公布。但是他又不说是什么，只说我和我的“臭婊子”陈清扬今后的日子会很不好过。我听了这话格外恼火，想把他就地掐死，又想听他说出是什么好消息以后再下手。他却不说，一直卖着关子，只说些没要紧的话，到了队里以后才说，晚上你来听会吧，会上我会宣布的。

晚上我没去听会，在屋里收拾东西，准备逃上山去。我想一定发生了什么大事，以致军代表有了好办法来收拾我和陈清扬，至于是什么事我没想出来，那年头的事很难猜。我甚至想到可能中国已经复辟了帝制，军代表已经当上了此地的土司。他可以把我锤骟掉，再把陈清扬拉去当妃子。等我收拾好要出门，才知道没有那么严重。因为会场上喊口号，我在屋里也能听见。原来是此地将从国营农场改做军垦兵团。军代表可能要当个团长。不管怎么说，他不能把我阉掉，也不能把陈清扬拉走。我犹豫了几分钟，还是把装好的东西背上了肩，还用砍刀把屋里的一切都砍坏，并且用木炭在墙上写了：“×××（军代表名），操你妈！”然后出了门，上山去了。

我从十四队逃跑的事就是这样。这些经过我也在交待材料里写了。概括地说，是这样的：我和军代表有私仇，这私仇有两个方面：一是我在慰问团面前说出了曾经被打晕的事，叫军代表很没面子。二是争风吃醋，所以他一直修理我。当他要当团长时，我感到不堪忍受，逃到山上去了。我到现在还以为这是我逃上山的原因。但是人家说，军代表根本就没当上团长，我逃跑的理由不能成立。所以人家说，这样的交待材料不可信。可信的材料应该是，我和陈清扬有私情。俗话说，色胆包天，我们什么事都能干出来。这话也有一点道理，可是我从队里逃出来时，原本不打算找陈清扬，打算一走算了。走到山边上才想到，不管怎样，陈是我的一个朋友，该去告别。谁知陈清扬说，她要和我一起逃跑。她还说，假如这种事她不加入，那伟大友谊岂不是喂了狗。于是她匆匆忙忙收拾了一些东西跟我走了。假如没有她和她收拾的东西，我一定会病死在山上。那些东西里有很多治疟疾的药，还有大量的大号避孕套。

我和陈清扬逃上山以后，农场很惊慌了一阵。他们以为我们跑到缅甸去了。这件事传出去对谁都没好处，所以就没向上报告，只是在农场内部通缉王二和陈清扬。我们的样子很好认，还带了一条别人没有的双筒猎枪，很容易被人发现，可是一直没人找到我们。直到半年以后，我们自己回到农场来，各回各的队，又过了一个多月，才被人保组叫去写交待。也是我们流年不利，碰上了一个运动，被人揭发了出来。

六

人保组的房子在场部的路口上，是一座孤零零的土坯房。你从很远的地方就能看见，因为它粉刷得很白，还因为它在高岗上。大家到场部赶街，老远就能看见那间房子。它周围是一片剑麻地，剑麻总是暗绿色，剑麻下的土总是鲜红色。我在那里交待问题，把什么都交待了。我们上了山，先在十五队后山上种玉米，那里土不好，玉米有一半没出苗。我们就离开，昼伏夜行，找别的地方定居。最后想起山上有个废水碾，那里有很大一片丢荒了的好地。水碾里住了一个麻风寨跑出来的刘大爹。谁也不到那里去，只有陈清扬有一回想起自己是大夫，去看过一回。我们最后去了刘大爹那里，住在水碾背后的山洼里，陈清扬给刘大爹看病，我给刘大爹种地。过了一些时候，我到清平赶街，遇上了同学。他们说，军代表调走了，没人记着我们的事。我们就回来了。整个事情就是这样的。

我在人保组里呆了很长时间。有一段时间，气氛还好，人家说，问题清楚了，你准备写材料。后来忽然又严重起来，怀疑我们去了境外，勾结了敌对势力，领了任务回来。于是他们把陈清扬也叫到人保组，严加审讯。问她时，我往窗外看。天上有很多云。

人家叫我交待偷越国境的事。其实这件事上，我也不是清白无辜。我确实去过境外。我曾经打扮成老傣的模样，到对面赶过街。我在那里买了些火柴和盐。但是这没有必要说出来。没必要说的话就不说。

后来我带人保组的人到我们住过的地方去勘查。我在十五队后山上搭的小草房已经漏了顶，玉米地招来很多鸟。草房后面有很多用过的避孕套，这是我们在此住过的铁证。当地人不喜欢避孕套，说那东西阻断了阴阳交流，会使人一天天弱下去。其实当地那种避孕套，比我后来用过的任何一种都好。那是百分之百的天然橡胶。

后来我再不肯带他们去那些地方看，反正我说我没去国外，他们不信。带他们去看了，他们还是不信。没必要做的事就别做。我整天一声不吭。陈清扬也一声不吭。问案的人开头还在问，后来也懒得吭声。街子天里有好多老傣、老景颇背着新鲜的水果蔬菜走过，问案的人也越来越少。最后只剩了一个人。他也想去赶街，可是不到放我们回去的时候，让我们呆在这里无人看管，又不合规定。他就到门口去喊人，叫过路的大嫂站住。但是人家经常不肯站住，而是加快了脚步。见到这种情况，我们就笑起来。

人保组的同志终于叫住了一个大嫂。陈清扬站起来，整理好头发，把衬衣领子折起来，然后背过手去。那位大嫂就把她捆起来，先捆紧双手，再把绳子在脖子和胳膊上扣住。那大嫂抱歉地说，捆人我不会呀。人保组的同志说，可以了。然后他再把我捆起来，让我们在两张椅子上背靠背坐好，用绳子拦腰捆上一道，然后他锁上门，也去赶集。过了好半天他才回来，到办公桌里拿东西，问道：要不要上厕所？时间还早，一会回来放你们。然后又出去。

到他最后来放开我们的时候，陈清扬活动一下手指，整理好头发，把身上的灰土掸干净，我们俩回招待所去。我们每天都到人保组去，每到街子天就被捆起来，除此之外，有时还和别人一道到各队去挨斗。他们还一再威胁说，要对我们采取其他专政手段——我们受审查的事就是这样的。

后来人家又不怀疑我们去了国外，开始对她比较客气，经常叫她到医院去，给参谋长看前列腺炎。那时我们农场来了一大批军队下来的老干部，很多人有前列腺炎。经过调查，发现整个农场只有陈清扬知道人身上还有前列腺。人保组的同志说，要我们交待男女关系问题。我说，你怎知我们有男女关系问题？你看见了吗？他们说，那你就交待投机倒把问题。我又说，你怎知我有投机倒把问题？他们说，那你还是交待投敌叛变的问题。反正要交待问题，具体交待什么，你们自己去商量。要是什么都不交待，就不放你。我和陈清扬商量以后，决定交待男女关系问题。她说，做了的事就不怕交待。

于是我就像作家一样写起交待材料来。首先交待的就是逃跑上山那天晚上的事。写了好几遍，终于写出陈清扬像考拉熊。她承认她那天心情非常激动，确实像考拉熊。因为她终于有了机会，来实践她的伟大友谊。于是她腿圈住我的腰，手抓住我的肩膀，把我想象成一棵大树，几次想爬上去。

后来我又见到陈清扬，已经到了九十年代。她说她离了婚和女儿住在上海，到北京出差。到了北京就想到，王二在这里，也许能见到。结果真的在龙潭湖庙会上见到了我。我还是老样子，饿纹入嘴，眼窝下乌青，穿过了时的棉袄，蹲在地上吃不登大雅之堂的卤煮火烧。唯一和过去不同的是手上被硝酸染得焦黄。

陈清扬的样子变了不少，她穿着薄呢子大衣，花格呢裙子，高跟皮靴，戴金丝眼镜，像个公司的公关职员，她不叫我，我绝不敢认。于是我想到每个人都有自己的本质，放到合适的地方就大放光彩。我的本质是流氓土匪一类，现在做个城里的市民，学校的教员，就很不像样。

陈清扬说，她女儿已经上了大二，最近知道了我们的事，很想见我。这事的起因是这样的：她们医院想提拔她，发现她档案里还有一堆东西。领导上讨论之后，认为是“文革”时整人的材料，应予撤销。于是派人到云南外调，花了一万元差旅费，终于把它拿了出来。因为是本人写的，交还本人。她把它拿回家去放着，被女儿看见了。该女儿说，好哇，你们原来是这么造的我！

其实我和她女儿没有任何关系。她女儿产生时，我已经离开云南了。陈清扬也是这么解释的，可是那女孩说，我可以把精液放到试管里，寄到云南让陈清扬人工授精。用她原话来说就是：你们两个混蛋什么干不出来。

我们逃进山里的第一个夜晚，陈清扬兴奋得很。天明时我睡着了，她又把我叫起来，那时节大雾正从墙缝里流进来。她让我再干那件事，别戴那劳什子。她要给我生一窝小崽子，过几年就耷拉到这里。同时她揪住乳头往下拉，以示耷拉之状。我觉得耷拉不好看，就说，咱们还是想想办法，别叫它耷拉。所以我还是戴着那劳什子。以后她对这件事就失去了兴趣。

后来我再见陈清扬时，问道，怎么样，耷拉了吧？她说可不是，耷拉得一塌糊涂。你想不想看看有多耷拉。后来我看见了，并没有一塌糊涂。不过她说，早晚要一塌糊涂，没有别的出路。

我写了这篇交待材料交上去，领导上很欣赏。有个大头儿，不是团参谋长就是政委，接见了我们，说我们的态度很好。领导上相信我们没有投敌叛变。今后主要的任务就是交待男女关系问题。假如交待得好，就让我们结婚。但是我们并不想结婚。后来又说，交待得好，就让我调回内地。陈清扬也可以调上级医院。所以我在招待所写了一个多月交待材料，除了出公差，没人打搅，我用复写纸写，正本是我的，副本是她的。我们有一模一样的交待材料。

后来人保组的同志找我商量，说是要开个大的批斗会。所有在人保组受过审查的人都要参加，包括投机倒把分子、贪污犯，以及各种坏人。我们本该属于同一类，可是团领导说了，我们年轻，交待问题的态度好，所以又可以不参加。但是有人攀我们，说都受审查，他们为什么不参加。人保组也难办。所以我们必须参加。最后的决定是来做工作，动员我们参加。据说受受批斗，思想上有了震动，以后可以少犯错误。既然有这样的好处，为什么不参加？到了开会的日子，场部和附近生产队来了好几千人。我们和好多别的人站到台上去。等了好半天，听了好几篇批判稿，才轮到我们王陈二犯。原来我们的问题是思想淫乱，作风腐败，为了逃避思想改造，逃到山里去。后来在党的政策感召下，下山弃暗投明。听了这样的评价，我们心情激动，和大家一起振臂高呼：打倒王二！打倒陈清扬！斗过这一台，我们就算没事了。但是还得写交待，因为团领导要看。

在十五队后山上，陈清扬有一回很冲动，要给我生一群小崽子，我没要。后来我想，生生也不妨，再跟她说，她却不肯生了。而且她总是理解成我要干那件事。她说，要干就干，没什么关系。我想纯粹为我，这样太自私了，所以就很少干。何况开荒很累，没力气干。我所能交待的事就是在地头休息时摸她的乳房。

旱季里开荒时，到处是热风，身上没有汗，可是肌肉干疼。最热时，只能躺在树下睡觉。枕着竹筒，睡在棕皮蓑衣上。我奇怪为什么没人让我交待蓑衣的事。那是农场的劳保用品，非常贵。我带进山两件，一件是我的，一件是从别人门口顺手拿来的。一件也没拿回来。一直到我离开云南，也没人让我交还蓑衣。

我们在地头休息时，陈清扬拿斗笠盖住脸，敞开衬衣的领口，马上就睡着了。我把手伸进去，有很优美的浑圆的感觉。后来我把扣子又解开几个，看见她的皮肤是浅红色。虽然她总穿着衣服干活，可是阳光透过了薄薄的布料。至于我，总是光膀子，已经黑得像鬼一样。

陈清扬的乳房是很结实的两块，躺着的时候给人这样的感觉。但是其他地方很纤细。过了二十多年，大模样没怎么变，只是乳头变得有点大，有点黑。她说这是女儿作的孽。那孩子刚出世，像个粉红色的小猪，闭着眼一口叼住她那个地方狠命地吃，一直把她吃成个老太太，自己却长成个漂亮大姑娘，和她当年一样。

年纪大了，陈清扬变得有点敏感。我和她在饭店里重温旧情，说到这类话题，她就有恐慌之感。当年不是这样。那时候在交待材料里写到她的乳房，我还有点犹豫。她说，就这么写。我说，这样你就暴露了。她说，暴露就暴露，我不怕！她还说是自然长成这样，又不是她捣了鬼。至于别人听说了有什么想法，不是她的问题。

过了这么多年我才发现，陈清扬是我的前妻哩。交待完问题人家叫我们结婚。我觉得没什么必要了。可是领导上说，不结婚影响太坏，非叫去登记不可。上午登记结婚，下午离婚。我以为不算呢。乱秧秧的，人家忘了把发的结婚证要回去。结果陈清扬留了一张。我们拿这二十年前发的破纸头登记了一间双人房。要是没有这东西，就不许住在一间房子里。二十年前不这样。二十年前他们让我们住在一间房子里写交待材料，当时也没这个东西。

我写了我们住在后山上的事。团领导要人保组的人带话说，枝节问题不要讲太多，交待下一个案子吧。听了这话，我发了犟驴脾气：妈妈的，这是案子吗？陈清扬开导我说：这世界上有多少人，每天要干多少这种事，又有几个有资格成为案子。我说其实这都是案子，只不过领导上查不过来。她说既然如此，你就交待吧。所以我交待道：那天夜里，我们离开了后山，向作案现场进发。

七

我后来又见到陈清扬，和她在饭店里登记了房间，然后一起到房间里去，我伸手帮她脱下大衣。陈清扬说，王二变得文明了。这说明我已经变了很多。以前我不但相貌凶恶，行为也很凶恶。

我和陈清扬在饭店里又作了一回案。那里暖气烧得很暖，还装着茶色玻璃。我坐在沙发上，她坐在床上，聊了一会儿天，逐渐有了犯罪的气氛。我说，不是让我看有多耷拉吗，我看看。她就站起来，脱了外衣，里面穿着大花的衬衫。然后她又坐下去，说，还早一点。过一会服务员来送开水。他们有钥匙，连门都不敲就进来了。我问她，碰上了人家怎么说？她说，她没被碰上过。但是听说人家会把门一摔，在外面说：真他妈的讨厌！

我和陈清扬逃进山以前，有一次我在猪场煮猪食。那时我要烧火，要把猪菜切碎（所谓猪菜，是番薯藤、水葫芦一类东西），要往锅里加糠添水。我同时做着好几样事情。而军代表却在一边喋喋不休，说我是如何之坏。他还让我去告诉我的“臭婊子”陈清扬，她是如何之坏。忽然间我暴怒起来，抡起长刀，照着梁上挂的盛南瓜子的葫芦劈去，把它劈成两半。军代表吓得一步跳出房去。如果他还要继续数落我，我就要砍他脑袋了。我是那样凶恶，因为我不说话。

后来在人保组，我也不大说话，包括人家捆我的时候。所以我的手经常被捆得乌青。陈清扬经常说话。她说：大嫂，捆疼了。或者：大嫂，给我拿手绢垫一垫。我头发上系了一块手绢。她处处与人合作，苦头吃得少。我们处处都不一样。

陈清扬说，以前我不够文明。在人保组里，人家给我们松了绑。那条绳子在她的衬衣上留下了很多道痕迹。这是因为那绳子平时放在烧火的棚子里，沾上了锅灰和柴草末。她用不灵活的手把痕迹掸掉，只掸了前面，掸不了后面。等到她想叫我来掸时，我已经一步跨出门去。等到她追出门去，我已经走了很远。我走路很快，而且从来不回头看。就因为这些原因，她根本就不爱我，也说不上喜欢。

照领导定的性，我们在后山上干的事，除了她像考拉那次之外，都不算案子。像我们在开荒时干的事，只能算枝节问题。所以我们没有继续交待下去。其实还有别的事。当时热风正烈，陈清扬头枕双臂睡得很熟。我把她的衣襟完全解开了。这样她袒露出上身，好像是故意的一样。天又蓝又亮，以致阴影里都是蓝黝黝的光。忽然间我心里一动，在她红彤彤的身体上俯身下去。我都忘了自己干了些什么了。我把这事说了出来，以为陈清扬一定不记得。可是她说："记得记得！那会儿我醒了。你在我肚脐上亲了一下吧？好危险，差一点爱上你。"

陈清扬说，当时她刚好醒来，看见我那颗乱蓬蓬的头正在她肚子上，然后肚脐上轻柔地一触。那一刻她也不能自持。但是她还是假装睡着，看我还要干什么。可是我什么都没干，抬起头来往四下看看，就走开了。

我写的交待材料里说，那天夜里，我们离开后山，向作案现场进发，背上背了很多坛坛罐罐，计划是到南边山里定居。那边土地肥沃，公路两边就是一人深的草。不像十五队后山，草只有半尺高。那天夜里有月亮，我们还走了一段公路，所以到天明将起雾时，已经走了二十公里，上了南面的山。具体地说，到了章风寨南面的草地上，再走就是森林。我们在一棵大青树下露营，拣了两块干牛粪生了一堆火，在地上铺了一块塑料布。然后脱了一切衣服（衣服已经湿了），搂在一起，裹上三条毯子，滚成一个球，就睡着了。睡了一个小时就被冻醒。三床毯子都湿透了，牛粪火也灭了。树上的水滴像倾盆大雨往下掉。空气里飘着的水点有绿豆大小。那是在一月里，旱季最冷的几天。山的阴面就有这么潮。

陈清扬说，她醒时，听见我在她耳边打机关枪。上牙碰下牙，一秒钟不止一下。而且我已经有了热度。我一感冒就不容易好，必须打针。她就爬起来说，不行，这样两个人都要病。快干那事。我不肯动，说道：忍忍吧。一会儿就出太阳。后来又说：你看我干得了吗？案发前的情况就是这样的。

案发时的情形是这样：陈清扬骑在我身上，一起一落，她背后的天上是白茫茫的雾气。这时好像不那么冷了，四下里传来牛铃声。这地方的老傣不关牛，天一亮水牛就自己跑出来。那些牛身上拴着木制的铃铛，走起来发出闷闷的响声。一个庞然大物骤然出现在我们身边，耳边的刚毛上挂着水珠。那是一条白水牛，它侧过头来，用一只眼睛看我们。

白水牛的角可以做刀把，晶莹透明很好看。可是质脆容易裂。我有一把匕首，也是白牛角把，却一点不裂，很难得。刃的材料也好，可是被人保组收走了。后来没事了，找他们要，却说找不到了。还有我的猎枪，也不肯还我。人保组的老郭死乞白赖地说要买，可是只肯出五十块钱。最后连枪带刀，我一样也没要回来。

我和陈清扬在饭店里作案之前聊了好半天。最后她把衬衣也脱下来，还穿着裙子和皮靴。我走过去坐在她身边，把她的头发撩了起来。她的头发有不少白的了。

陈清扬烫了头。她说，以前她的头发好，舍不得烫。现在没关系了。她现在当了副院长，非常忙，也不能每天洗头。除此之外，眼角脖子下有不少皱纹。她说，女儿建议她去做整容手术。但是她没时间做。

后来她说，好啦，看吧。就去解乳罩。我想帮她一把，也没帮上。扣在前面，我把手伸到后面去了。她说看来你没学坏，就转过身来让我看。我仔细看了一阵，提了一点意见。不知为什么，她有点脸红，说，好啦，看也看过了。还要干什么？就要把乳罩戴上。我说，别忙，就这样吧。她说，怎么，还要研究我的结构？我说，那当然。现在不着急，再聊一会。她的脸更红了，说道：王二，你一辈子学不了好，永远是个混蛋。

我在人保组，罗小四来看我，扒窗户一看，我被捆得像粽子一样。他以为案情严重，我会被枪毙掉，把一盒烟从窗里扔进来，说道：二哥，哥们儿一点意思。然后哭了。罗小四感情丰富，很容易哭。我让他点着了烟从窗口递进来，他照办了，差点肩关节脱臼才递到我嘴上。然后他问我还有什么事要办，我说没有。我还说，你别招一大群人来看我。他也照办了。他走后，又有一帮孩子爬上窗台看，正看见我被烟熏得睁一眼闭一眼，样子非常难看。打头的一个不禁说道：耍流氓。我说，你爸你妈才耍流氓。他们不流氓能有你？那孩子抓了些泥巴扔我。等把我放开，我就去找他爸，说道：今天我在人保组，叫人像捆猪一样捆上。令郎人小志大，趁那时朝我扔泥巴。那人一听，揪住他儿子就揍。我在一边看完了才走。陈清扬听说这事，就有这种评价：王二，你是个混蛋。

其实我并非永远是混蛋。我现在有家有口，已经学了不少好。抽完了那根烟，我把她抱过来，很熟练地在她胸前爱抚一番，然后就想脱她的裙子。她说：别忙，再聊会儿，你给我也来支烟。我点了一支烟，抽着了给她。

陈清扬说，在章风山她骑在我身上一上一下，极目四野，都是灰蒙蒙的水雾。忽然间觉得非常寂寞，非常孤独。虽然我的一部分在她身体里磨擦，她还是非常寂寞，非常孤独。后来我活过来了，说道：换换，你看我的。我就翻到上面去。她说，那一回你比哪回都混蛋。

陈清扬说，那回我比哪回都混蛋，是指我忽然发现她的脚很小巧好看。因此我说，老陈，我准备当个拜脚狂。然后我把她两腿捧起来，吻她的脚心。陈清扬平躺在草地上，两手摊开，抓着草。忽然她一晃头，用头发盖住了脸，然后哼了一声。

我在交待材料里写道，那时我放开她的腿，把她脸上的头发抚开。陈清扬猛烈地挣扎，流着眼泪，但是没有动手。她脸上有两点很不健康的红晕。后来她不挣扎了，对我说，混蛋，你要把我怎么办？我说，怎么了？她又笑，说道，不怎么。接着来。所以我又捧起她的双腿。她就那么躺着不动，双手平摊，牙咬着下唇，一声不响。如果我多看她一眼，她就笑笑。我记得她脸特别白，头发特别黑，整个情况就是这样的。

陈清扬说，那一回她躺在冷雨里，忽然觉得每一个毛孔都进了冷雨。她感到悲从中来，不可断绝。忽然间一股巨大的快感劈进来。冷雾，雨水，都沁进了她的身体。那时节她很想死去。她不能忍耐，想叫出来，但是看见了我她又不想叫出来。世界上还没有一个男人能叫她肯当着他的面叫出来。她和任何人都格格不入。

陈清扬后来和我说，每回和我做爱都深受折磨。在内心深处她很想叫出来，想抱住我狂吻，但是她不乐意。她不想爱别人，任何人都不爱；尽管如此，我吻她脚心时，一股辛辣的感觉还是钻到她心里来。

我和陈清扬在章风山上做爱，有一只老水牛在一边看。后来它哞了一声跑开了，只剩我们两人。过了很长时间，天渐渐亮了。雾从天顶消散。陈清扬的身体沾了露水，闪起光来。我把她放开，站起来，看见离寨子很近，就说：走。于是离开了那个地方，再没回去过。

八

我在交待材料里说，我和陈清扬在刘大爹后山上作案无数。这是因为刘大爹的地是熟地，开起来不那么费力。生活也安定，所以温饱生淫欲。那片山上没人，刘大爹躺在床上要死了。山上非雾即雨，陈清扬腰上束着我的板带，上面挂着刀子。脚上穿高统雨靴，除此之外不着一丝。

陈清扬后来说，她一辈子只交了我一个朋友。她说，这一切都是因为我在河边的小屋里谈到伟大友谊。人活着总要做几件事情，这就是其中之一。以后她就没和任何人有过交情。同样的事做多了没意思。

我对此早有预感。所以我向她要求此事时就说：老兄，咱们敦敦伟大友谊如何？人家夫妇敦伦，我们无伦可言，只好敦友谊。她说好。怎么敦？正着敦反着敦？我说反着敦。那时正在地头上。因为是反着敦，就把两件蓑衣铺在地上，她趴在上面，像一匹马，说道：你最好快一点，刘大爹该打针了。我把这些事写进了交待材料，领导上让我交待：

1. 谁是“郭伦”；

2. 什么叫“郭郭”伟大友谊；

3. 什么叫正着郭，什么叫反着郭。

把这些都说清以后，领导上又叫我以后少掉文，是什么问题就交待什么问题。

在山上敦伟大友谊时，嘴里喷出白气。天不那么凉，可是很湿，抓过一把能拧出水来。就在蓑衣旁边，蚯蚓在爬：那片地真肥。后来玉米还没熟透，我们就把它放在捣臼里捣，这是山上老景颇的做法。做出的玉米粑粑很不坏。在冷水里放着，好多天不坏。

陈清扬趴在冷雨里，乳房摸起来像冷苹果。她浑身的皮肤绷紧，好像抛过的大理石。后来我把小和尚拔出来，把精液射到地里。她在一边看着，面带惊恐之状。我告诉她：这样地会更肥。她说：我知道。后来又说：地里会不会长出小王二来——这像个大夫说的话吗？

雨季过去后，我们化装成老傣，到清平赶街。后来的事我已经写过，我在清平遇上了同学。虽然化了装，人家还是一眼就认出我来。我的个子太高，装不矮。人家对我说：二哥，你跑哪儿去了？我说：我不会讲汉话哟！虽然尽力加上一点怪腔，还是京片子。一句就露馅了。

回到农场是她的主意。我自己既然上了山，就不准备下去。她和我上山，是为了伟大友谊。我也不能不陪她下去。其实我们随时可以逃走，但她不乐意。她说现在的生活很有趣。

陈清扬后来说，在山上她也觉得很有趣。漫山冷雾时，腰上别着刀子，足蹬高统雨靴，走到雨丝里去。但是同样的事做多了就不再有趣。所以她还想下山，忍受人世的摧残。

我和陈清扬在饭店里重温伟大友谊，说到那回从山上下来，走到岔路口上。那地方有四条岔路，各通一方。东西南北没有关系，一条通到国外，是未知之地；一条通到内地；一条通到农场；一条是我们来的路。那条路还通到户撒。那里有很多阿昌铁匠，那些人世世代代当铁匠。我虽然不是世世代代，但我也能当铁匠。我和那些人熟得很，他们都佩服我的技术。阿昌族的女人都很漂亮，身上挂了很多铜箍和银钱。陈清扬对那种打扮十分神往，她很想到山上去当个阿昌。那时雨季刚过，云从四面八方升起来。天顶上闪过一缕缕阳光。我们有各种选择，可以到各方向去。所以我在路口上站了很久。后来我回内地时，站在公路上等汽车，也有两种选择，可以等下去，也可以回农场去。当我沿着一条路走下去的时候，心里总想着另一条路上的事。这种时候我心里很乱。

陈清扬说过，我天资中等，手很巧，人特别浑。这都是有所指的。说我天资中等，我不大同意。说我特别浑，事实俱在，不容抵赖。至于说我手巧，可能是自己身上体会出来的。我的手的确很巧，不光表现在摸女人方面。手掌不大，手指特长，可以做任何精细的工作。山上那些阿昌铁匠打刀刃比我好，可是要比在刀上刻花纹，没有任何人能比得上。所以起码有二十个铁匠提出过，让我们搬过去，他打刀刃我刻花纹，我们搭一伙。假如当初搬了过去，可能现在连汉话都不会说了。

假如我搬到一位阿昌大哥那里去住，现在准在黑洞洞的铁匠铺里给户撒刀刻花纹。在他家泥泞的后院里，准有一大窝小崽子，共有四种组合形式：

1. 陈清扬和我的；

2. 阿昌大哥和阿昌大嫂的；

3. 我和阿昌大嫂的；

4. 陈清扬和阿昌大哥的。

陈清扬从山上背柴回来，撩起衣裳，露出极壮硕的乳房，不分青红皂白，就给其中一个喂奶。假如当初我退回山上去，这样的事就会发生。

陈清扬说，这样的事不会发生，因为它没有发生。实际发生的是，我们回了农场，写交待材料出斗争差。虽然随时都可以跑掉，但是没有跑。这是真实发生了的事。

陈清扬说，我天资平常，她显然没把我的文学才能考虑在内。我写的交待材料人人都爱看。刚开始写那些东西时，我有很大的抵触情绪。写着写着就入了迷。这显然是因为我写的全是发生过的事。发生过的事有无比的魅力。

我在交待材料里写下了一切细节，但是没有写以下已经发生的事情：

我和陈清扬在十五队后山上，在草房里干完后，到山涧里戏水。山上下来的水把红土剥光，露出下面的蓝黏土来。我们爬到蓝黏土上晒太阳。暖过来后，小和尚又直立起来。但是刚发泄过，不像急色鬼。于是我侧躺在她身后，枕着她的头发进入她的身体。我们在饭店里，后来也是这么重温伟大友谊。

我和陈清扬侧躺在蓝黏土上，那时天色将晚，风也有点凉。躺在一起心平气和，有时轻轻动一下。据说海豚之间有生殖性的和娱乐性的两种搞法，这就是说，海豚也有伟大友谊。我和陈清扬连在一起，好像两只海豚一样。

我和陈清扬在蓝黏土上，闭上眼睛，好像两只海豚在海里游动。天黑下来，阳光逐渐红下去。天边起了一片云，惨白惨白，翻着无数死鱼肚皮，瞪起无数死鱼眼睛。山上有一股风，无声无息地吹下去。天地间充满了悲惨的气氛。陈清扬流了很多眼泪。她说是触景生情。

我还存了当年交待材料的副本，有一回拿给一位搞英美文学的朋友看，他说很好，有维多利亚时期地下小说的韵味。至于删去的细节，他也说删得好，那些细节破坏了故事的完整性。我的朋友真有大学问。我写交待材料时很年轻，没什么学问（到现在也没有学问），不知道什么是维多利亚时期地下小说。我想的是不能教会了别人。我这份交待材料不少人要看，假如他们看了情不自禁，也去搞破鞋，那倒不伤大雅，要是学会了这个，那可不大好。

我在交待材料里还漏掉了以下事实，理由如前所述。我们犯了错误，本该被枪毙，领导上挽救我们，让我写交待材料，这是多么大的宽大！所以我下定决心，只写出我们是多么坏。

我们俩在刘大爹后山上时，陈清扬给自己做了一件筒裙，想穿了它化装成老傣，到清平去赶街。可是她穿上以后连路都走不了啦。走到清平南边遇到一条河，山上下来的水像冰一样凉，像腌雪里红一样绿。那水有齐腰深，非常急。我走过去，把她用一个肩膀扛起来，径直走过河才放下来。我的一边肩膀正好和陈清扬的腰等宽，记得那时她的脸红得厉害。我还说，我可以把你扛到清平去，再扛回来，比你扭扭捏捏地走更快。她说，去你妈的吧。

筒裙就像个布筒子，下口只有一尺宽。会穿的人在里面可以干各种事，包括在大街上撒尿，不用蹲下来。陈清扬说，这一手她永远学不会。在清平集上观摩了一阵，她得到了要扮就扮阿昌的结论。回来的路是上山，而且她的力气都耗光了。每到跨沟越坎之处，她就找个树墩子，姿仪万方地站上去，让我扛她。

回来的路上扛着她爬坡。那时旱季刚到，天上白云纵横，阳光灿烂。可是山里还时有小雨。红土的大板块就分外地滑。我走上那块烂泥板，就像初次上冰场。那时我右手扣住她的大腿，左手提着猎枪，背上还有一个背篓，走在那滑溜溜的斜面上，十分吃力。忽然间我向左边滑动，马上要滑进山沟，幸亏手里有条枪，拿枪拄在地上。那时我全身绷紧，拼了老命，总算支持住了。可这个笨蛋还来添乱，在我背上扑腾起来，让我放她下去。那一回差一点死了。

等我刚能喘过气来，就把枪带交到右手，抡起左手在她屁股上狠狠打了两巴掌。隔了薄薄一层布，倒显得格外光滑。她的屁股很圆。鸡巴，感觉非常之好的啦！她挨了那两下登时老实了。非常地乖，一声也不吭。

当然打陈清扬屁股也不是好事，但是我想别的破鞋和野汉子之间未必有这样的事。这件事离了题，所以就没写。

九

我和陈清扬在章风山上做爱时，她还很白，太阳穴上的血管清晰可见，后来在山里晒得很黑，回到农场又变得白皙。后来到了军民共建边防时期，星期天机务站出一辆大拖拉机，拉上一车有问题的人到砖窑出砖。出完了砖再拉到边防线上的生产队去，和宣传队会齐。我们这一车是历史反革命，贼，走资派，搞破鞋的，等等，敌我矛盾人民内部矛盾都有，干完了活到边境上斗争一台，以便巩固政治边防。出这种差公家管饭，武装民兵押着蹲在地上吃。吃完了我和陈清扬倚着拖拉机站着，过来一帮老婆娘，对她品头论足。结论是她真白，难怪搞破鞋。

我去找过人保组老郭，问他们叫我们出这种差是什么意思。他们说，无非是让对面的坏人知道这边厉害，不敢过来。本来不该叫我们去，可是凑不齐人数。反正我们也不是好东西，去去也没什么的。我说去去原是不妨，你叫人别揪陈清扬的头发。搞急了老子又要往山上跑。他说他不知道有这事，一定去说说。其实我早想上山，可是陈清扬说，算了，揪揪头发又怎么了。

我们出斗争差时，陈清扬穿我的一件学生制服。那衣服她穿上非常大，袖子能到掌心，领子拉起来能遮住脸腮。后来她把这衣服要走了。据说这衣服还在，大扫除擦玻璃她还穿。挨斗时她非常熟练，一听见说到我们，就从书包里掏出一双洗得干干净净用麻绳拴好的解放鞋，往脖子上一挂，等待上台了。

陈清扬说，在家里刚洗过澡，她拿我那件衣服当浴衣穿。那时她表演给女儿看，当年怎么挨斗。人是撅着的，有时还得抬脸给人家看，就和跳巴西桑巴舞一样。那孩子问道：我爸呢？陈清扬说：你爸爸坐飞机。那孩子就咯咯笑，觉得非常有趣。

我听见这话，觉得如有芒刺在背。第一，我也没坐飞机。挨斗时是两个小四川押我，他俩非常客气，总是先道歉说：王哥，多担待。然后把我撅出去。押她的是宣传队的两个小骚货，又撅胳膊又揪头发。照她说的好像人家对我比对她还不好，这么说对当年那两个小四川不公平。第二，我不是她爸爸。等斗完了我们，就该演节目了。把我们撵下台，撵上拖拉机，连夜开回场部去。每次出过斗争差，陈清扬都性欲勃发。

我们跑回农场来，受批判，出斗争差。这也是一阵阵的。有时候团长还请我们到他家坐，说起我们犯错误，他还说，这种错误他也犯过。然后就和陈清扬谈前列腺。这时我就告辞，除非他叫我修手表。有时候对我们很坏，一礼拜出两次斗争差。这时政委说，像王二陈清扬这样的人，就是要斗争，要不大家都会跑到山上去，农场还办不办？平心而论，政委说的也有道理，而且他没有前列腺炎。所以陈清扬书包里那双破鞋老不扔，随时备用。过了一段时间，不再叫我们出斗争差，有一回政委出去开会，团长到军务科说了说，就把我放回内地去了。

有关斗争差的事是这样的：当地有一种传统的娱乐活动，就是斗破鞋。到了农忙时，大家都很累。队长说，今晚上娱乐一下，斗斗破鞋。但是他们怎么娱乐的，我可没见过。他们斗破鞋时，总把没结婚的人都撵走。再说，那些破鞋面黑如锅底，奶袋低垂，我不爱看。

后来来了一大批军队干部，接管了农场，就下令不准斗破鞋。理由是不讲政策。但是到了军民共建时期，又下令说可以斗破鞋。团里下了命令，叫我们到宣传队报到，准备参加斗争。马上我就要逃进山去，可是陈清扬不肯跟我走。她还说，她无疑是当地斗过的破鞋里最漂亮的一个。斗她的时候，周围好几个队的人都去看，这让她觉得无比自豪。

团里叫我们随宣传队活动，是这么交待的：我们俩是人民内部矛盾，这就是说，罪恶不彰，要注意政策。但是又说，假如群众愤怒了，要求狠狠斗我们，那就要灵活掌握。结果群众见了我们就愤怒。宣传队长是团长的人，他和我们私交也不坏，跑到招待所来和我们商量：能不能请陈大夫受点委屈？陈清扬说，没有关系。下回她就把破鞋挂在了脖子上。但是大家还是不满意。他只好让陈清扬再受点委屈。最后他说，大家都是明白人，我也不多说。您二位多担待吧。

我和陈清扬出斗争差的时候，开头总是呆在芭蕉树后面。那里是后台。等到快轮到我们时，她站起来，把头上的发卡取下来衔在嘴里，再一个个别好，翻起领口，拉下袖子，背过双手，等待受捆了。

陈清扬说，他们用竹批绳、棕绳来捆她，总把她的手捆肿。所以她从家里带来了晾衣服的棉绳。别人也抱怨说，女人不好捆。浑身圆滚滚，一点不吃绳子。与此同时，一双大手从背后擒住她的手腕，另一双手把她紧紧捆起来，捆成五花大绑。

后来人家把她押出去，后面有人揪住她的头发，使她不能往两边看，也不能低下头，所以她只能微微侧过头去，看汽灯青白色的灯光。有时她正过头来，看见一些陌生的脸，她就朝那人笑笑。这时她想，这真是个陌生的世界！这里发生了什么，她一点不了解。

陈清扬所了解的是，现在她是破鞋。绳子捆在她身上，好像一件紧身衣。这时她浑身的曲线毕露。她看到在场的男人裤裆里都凸起来。她知道是因为她，但为什么这样，她一点不理解。

陈清扬说，出斗争差时，人家总要揪着她头发让她往四下看。为此她把头发梳成两缕，分别用皮筋系住，这样人家一只手捉住她的手腕，另一只手揪她的头发就特别方便。她就这样被人驾驶着看到了一切，一切都流进她心里。但是她什么都不理解。但是她很愉快，人家要她做的事她都做到了，剩下的事与她无关。她就这样在台上扮演了破鞋。

等到斗完了我们，就该演文艺节目了。我们当然没资格看，就被撵上拖拉机，拉回场部去。开拖拉机的师傅早就着急回家睡觉，早就把机器发动起来。所以连陈清扬的绑绳也来不及松开。我把她抱上拖拉机，然后车上颠得很，天又黑，还是解不开。到了场部以后，索性我把她扛回招待所，在电灯下慢慢解。这时候陈清扬面有酡颜，说道：敦伟大友谊好吧？我都有点等不及了！

陈清扬说，那一刻她觉得自己像个礼品盒，正在打开包装。于是她心花怒放。她终于解脱了一切烦恼，用不着再去想自己为什么是破鞋，到底什么是破鞋，以及其他费解的东西：我们为什么到这个地方来，来干什么等等。现在她把自己交到了我手里。

在农场里，每回出完了斗争差，陈清扬必要求敦伟大友谊。那时总是在桌子上。我写交待材料也在那张桌子上，高度十分合适。她在那张桌上像考拉那样，快感如潮，经常禁不住喊出来。那时黑着灯，看不见她的模样。我们的后窗总是开着的，窗后是一个很陡的坡。但是总有人来探头探脑。那些脑袋露在窗台上好像树枝上的寒鸦。我那张桌子上老放着一些山梨，硬得人牙咬不动，只有猪能吃。有时她拿一个从我肩上扔出去，百发百中，中弹的从陡坡上滚下去。这种事我不那么受用，最后射出的精液都冷冰冰。不瞒你说，我怕打死人。像这样的事倒可以写进交待材料，可是我怕人家看出我在受审查期间继续犯错误，给我罪加一等。

十

后来我们在饭店里重温伟大友谊，谈到各种事情。谈到了当年的各种可能性，谈到了我写的交待材料，还谈到了我的小和尚。那东西一听别人谈到它，就激昂起来，蠢动个不停。因此我总结道，那时人家要把我们锤掉，但是没有锤动。我到今天还强硬如初。为了伟大友谊，我还能光着屁股上街跑三圈。我这个人，一向不大知道要脸。不管怎么说，那是我的黄金时代。虽然我被人当成流氓。我认识那里好多人，包括赶马帮的流浪汉，山上的老景颇等等。提起会修表的王二，大家都知道。我和他们在火边喝那种两毛钱一斤的酒，能喝很多。我在他们那里大受欢迎。

除了这些人，猪场里的猪也喜欢我，因为我喂猪时，猪食里的糠比平时多三倍。然后就和司务长吵架，我说，我们猪总得吃饱吧。我身上带有很多伟大友谊，要送给一切人。因为他们都不要，所以都发泄在陈清扬身上了。

我和陈清扬在饭店里敦伟大友谊，是娱乐性的。中间退出来一次，只见小和尚上血迹斑斑。她说，年纪大了，里面有点薄，你别那么使劲。她还说，在南方呆久了，到了北方手就裂。而蛤蜊油的质量下降，抹在手上一点用都不管。说完了这些话，她拿出一小瓶甘油来，抹在小和尚上面。然后正着敦，说话方便。我就像一根待解的木料，躺在她分开的双腿中间。

陈清扬脸上有很多浅浅的皱纹，在灯光下好像一条条金线。我吻她的嘴，她没反对。这就是说，她的嘴唇很柔软，而且分开了。以前她不让我吻她嘴唇，让我吻她下巴和脖子交界的地方。她说，这样刺激性欲。然后继续谈到过去的事。

陈清扬说，那也是她的黄金时代。虽然被人称做破鞋，但是她清白无辜。她到现在还是无辜的。听了这话，我笑起来。但是她说，我们干的事算不上罪孽。我们有伟大友谊，一起逃亡，一起出斗争差，过了二十年又见面，她当然要分开两腿让我趴进来。所以就算是罪孽，她也不知罪在何处。更主要的是，她对这罪恶一无所知。

然后她又一次呼吸急促起来。她的脸变到赤红，两腿把我用力夹紧，身体在我下面绷紧，压抑的叫声一次又一次穿过牙关。过了很久才松弛下来。这时她说很不坏。

很不坏之后，她还说这不是罪孽。因为她像苏格拉底，对一切都一无所知。虽然活了四十多岁，眼前还是奇妙的新世界。她不知道为什么人家要把她发到云南那个荒凉的地方，也不知为什么又放她回来。不知道为什么要说她是破鞋，把她押上台去斗争，也不知道为什么又说她不是破鞋，把写好的材料又抽出来。这些事有过各种解释，但没有一种她能听懂。她是如此无知，所以她无罪。一切法律书上都是这么写的。

陈清扬说，人活在世上，就是为了忍受摧残，一直到死。想明了这一点，一切都能泰然处之。要说明她怎会有这种见识，一切都要回溯到那一回我从医院回来，从她那里经过进了山。我叫她去看我，她一直在犹豫。等到她下定了决心，穿过中午的热风，来到我的草房前面，那一瞬间，她心里有很多美丽的想象。等到她进了那间草房，看见我的小和尚直挺挺，像一件丑恶的刑具。那时她惊叫起来，放弃了一切希望。

陈清扬说，在此之前二十多年前一个冬日，她走到院子里去。那时节她穿着棉衣，艰难地爬过院门的门槛。忽然一粒砂粒钻进了她的眼睛。这是那么地疼，冷风又是那样地割脸，眼泪不停地流。她觉得难以忍受，立刻大哭起来，企图在一张小床上哭醒。这是与生俱来的积习，根深蒂固。放声大哭从一个梦境进入另一个梦境，这是每个人都有的奢望。

陈清扬说，她去找我时，树林里飞舞着金蝇。风从所有的方向吹来，穿过衣襟，爬到身上。我呆的那个地方可算是空山无人。炎热的阳光好像细碎的云母片，从天顶落下来。在一件薄薄的白大褂下，她已经脱得精光。那时她心里也有很多奢望。不管怎么说，那也是她的黄金时代，虽然那时她被人叫做破鞋。

陈清扬说，她到山里找我时，爬过光秃秃的山冈。风从衣服下面吹进来，吹过她的性敏感带，那时她感到的性欲，就如风一样捉摸不定。它放散开，就如山野上的风。她想到了我们的伟大友谊，想起我从山上急匆匆地走下去。她还记得我长了一头乱蓬蓬的头发，论证她是破鞋时，目光笔直地看着她。她感到需要我，我们可以合并，成为雄雌一体。就如幼小时她爬出门槛，感到了外面的风。天是那么蓝，阳光是那么亮，天上还有鸽子在飞。鸽哨的声音叫人终身难忘。此时她想和我交谈，正如那时节她渴望和外面的世界合为一体，溶化到天地中去。假如世界上只有她一个人，那实在是太寂寞了。

陈清扬说，她到我的小草房里去时，想到了一切东西，就是没想到小和尚。那东西太丑，简直不配出现在梦幻里。当时陈清扬也想大哭一场，但是哭不出来，好像被人捏住了喉咙。这就是所谓的真实。真实就是无法醒来。那一瞬间她终于明白了在世界上有些什么，下一瞬间她就下定了决心，走上前来，接受摧残，心里快乐异常。

陈清扬还说，那一瞬间，她又想起了在门槛上痛哭的时刻。那时她哭了又哭，总是哭不醒。而痛苦也没有一点减小的意思。她哭了很久，总是不死心。她一直不死心，直到二十年后面对小和尚。这已经不是她第一次面对小和尚。但是以前她不相信世界上还有这种东西。

陈清扬说，她面对这丑恶的东西，想到了伟大友谊。大学里有个女同学，长得丑恶如鬼（或者说，长得也是这个模样），却非要和她睡一张床。不但如此，到夜深人静的时候，还要吻她的嘴，摸她的乳房。说实在的，她没有这方面的嗜好。但是为了交情，她忍住了。如今这个东西张牙舞爪，所要求的不过是同一种东西。就让它如愿以偿，也算是交友之道。所以她走上前来，把它的丑恶深深埋葬，心里快乐异常。

陈清扬说，到那时她还相信自己是无辜的。甚至直到她和我逃进深山里去，几乎每天都敦伟大友谊。她说这丝毫也不能说明她有多么坏，因为她不知道我和我的小和尚为什么要这样。她这样做是为了伟大友谊，伟大友谊是一种诺言。守信肯定不是罪孽。她许诺过要帮助我，而且是在一切方面。但是我在深山里在她屁股上打了两下，彻底玷污了她的清白。

十一

我写了很长时间交待材料，领导上总说，交待得不彻底，还要继续交待。所以我以为，我的下半辈子要在交待中度过。最后陈清扬写了一篇交待材料，没给我看，就交到了人保组。此后就再没让我们写材料。不但如此，也不叫我们出斗争差。不但如此，陈清扬对我也冷淡起来。我没情没绪地过了一段时间，自己回了内地。她到底写了什么，我怎么也猜不出来。

从云南回来时我损失了一切东西：我的枪，我的刀，我的工具。只多了一样东西，就是档案袋鼓了起来。那里面有我自己写的材料，从此不管我到什么地方，人家都能知道我是流氓。所得的好处是比别人早回城，但是早回来没什么好，还得到京郊插队。

我到云南时，带了很全的工具，桌拿子、小台钳都有。除了钳工家具，还有一套修表工具。住在刘大爹后山上时，我用它给人看手表。虽然空山寂寂，有些马帮却从那里过。有人让我鉴定走私表，我说值多少就值多少。当然不是白干。所以我在山上很活得过。要是不下来，现在也是万元户。

至于那把双筒猎枪，也是一宝。原来当地卡宾枪老套筒都不希罕，就是没见过那玩意。筒子那么粗，又是两个管，我拿了它很能唬人。要不人家早把我们抢了。我，特别是刘老爹，人家不会抢，恐怕要把陈清扬抢走。至于我的刀，老拴在一条牛皮大带上。牛皮大带又老拴在陈清扬腰上。睡觉做爱都不摘下来。她觉得带刀很气派。所以这把刀可以说已经属于陈清扬。枪和刀我已说过，被人保组要走了。我的工具下山时就没带下来，就放在山上，准备不顺利时再往山上跑。回来时行色匆匆，没顾上去拿，因此我成了彻底的穷光蛋。

我对陈清扬说，我怎么也想不出来在最后一篇交待里她写了什么。她说，现在不能告诉我。要告诉我这件事，只能等到了分手的时候。第二天她要回上海，她叫我送她上车站。

陈清扬在各个方面都和我不同。天亮以后，洗了个冷水澡（没有热水了），她穿戴起来。从内衣到外衣，她都是一个香喷喷的 lady。而我从内衣到外衣都是一个地道的土流氓。无怪人家把她的交待材料抽了出来，不肯抽出我的。这就是说，她那破裂的处女膜长了起来。而我呢，根本就没长过那个东西。除此之外，我还犯了教唆之罪，我们在一起犯了很多错误，既然她不知罪，只好都算在我账上。

我们结了账，走到街上去。这时我想，她那篇交待材料一定淫秽万分。看交待材料的人都心硬如铁，水平无比之高，能叫人家看了受不住，那还好得了？陈清扬说，那篇材料里什么也没写，只有她真实的罪孽。

陈清扬说她真实的罪孽，是指在清平山上。那时她被架在我的肩上，穿着紧裹住双腿的筒裙，头发低垂下去，直到我的腰际。天上白云匆匆，深山里只有我们两个人。我刚在她屁股上打了两下，打得非常之重，火烧火燎的感觉正在飘散。打过之后我就不管别的事，继续往山上攀登。

陈清扬说，那一刻她感到浑身无力，就瘫软下来，挂在我肩上。那一刻她觉得如春藤绕树，小鸟依人。她再也不想理会别的事，而且在那一瞬间把一切都遗忘。在那一瞬间她爱上了我，而且这件事永远不能改变。

在车站上陈清扬说，这篇材料交上去，团长拿起来就看。看完了面红耳赤，就像你的小和尚。后来见过她这篇交待材料的人，一个个都面红耳赤，好像小和尚。后来人保组的人找了她好几回，让她拿回去重写，但是她说，这是真实情况，一个字都不能改。人家只好把这个东西放进了我们的档案袋。

陈清扬说，承认了这个，就等于承认了一切罪孽。在人保组里，人家把各种交待材料拿给她看，就是想让她明白，谁也不这么写交待。但是她偏要这么写。她说，她之所以要把这事最后写出来，是因为它比她干过的一切事都坏。以前她承认过分开双腿，现在又加上，她做这些事是因为她喜欢。做过这事和喜欢这事大不一样。前者该当出斗争差，后者就该五马分尸千刀万剐。但是谁也没权力把我们五马分尸，所以只好把我们放了。

陈清扬告诉我这件事以后，火车就开走了。以后我再也没见过她。

白银时代

一

大学二年级时有一节热力学课，老师在讲台上说道："将来的世界是银子的。"我坐在第一排，左手支在桌面上托着下巴，眼睛看着窗外。那一天天色灰暗，空气里布满了水气。窗外的山坡上，有一棵很粗的白皮松，树下铺满了枯黄的松针，在干裂的松塔之间，有两只松鼠在嬉戏、做爱。松鼠背上有金色的条纹。教室里很黑，山坡则笼罩在青白色的光里。松鼠跳跳蹦蹦，忽然又凝神不动。天好像是要下雨，但始终没有下来。教室里点着三盏荧光灯，有一盏总是一明一灭。透过这一明一暗的快门，看到的是过去发生的事情。

老师说，世界是银子的。然后是一片意味深长的沉默。这句话没头没尾，所以是一个谜。我把左手从腮下拿下来，平摊在桌子上。这只手非常大，有人叫它厄瓜多尔香蕉——当然，它不是一根，而是一排厄瓜多尔香蕉。这个谜好像是为我而出的，但我很不想进入这个谜底。在我身后，黑板像被水洗过，一片漆黑地印在墙上。老师从讲台上走下来。这位老师皮肤白皙，个子不高，留了一个娃娃头，穿着一件墨绿色的绸衫。那一天不热，但异常的闷，这间教室因此像一间地下室。老师向我走来时，我的脸上也感到一阵逐渐逼近的热力。据说，沙漠上的响尾蛇夜里用脸来看东西——这种爬虫天黑以后眼睛什么都看不见，但它的脸却可以感受到红外线，假如有只耗子在冰冷的沙地上出现，它马上就能发现。我把头从窗口转回来，面对着走近来的老师。她身上墨绿的绸衫印着众多的热带水果，就如钞票上的水印隐约可见。据她说，这件衣服看上去感觉很凉快，我的感觉却是相反。绸衫质地紧密，就像一座不透风的黑牢，被关在里面一定是很热的；所以，从里面伸出来的裸露手臂带有一股渴望之意……老师在一片静止的沉默里等待着我的答案。

天气冷时，老师穿一件黑色的皮衣，在校园里走来走去，在黑衣下面露出洁白的腿——这双腿特别吸引别人的注意。有人说，在皮衣下面她什么都没有穿，这是个下流的猜想。据我所知不是这样：虽然没穿别的东西，但内裤是穿了的。老师说，她喜欢用光腿去趟冰冷的皮衣。一年四季她都穿皮凉鞋，只是在最冷那几天才穿一双短短的皮靴，但从来就不穿袜子。这样她就既省衣服、又省鞋，还省了袜子。我就完全不是这样：我是个骇人听闻的庞然大物，既费衣服又费鞋，更费袜子——我的体重很大，袜子的后跟很快就破了。学校里功课很多，都没什么意思。热力学也没有意思，但我没有缺过课。下课以后，老师回到宿舍里，坐在床上，脱下脚上的靴子，看脚后跟上那块踩出来的红印，此时她只是个皮肤白皙、小腿健壮的小个子女郎。上课时我坐在她面前，穿着压皱的衣服，眼睛睁得很大，但总像刚睡醒的样子；在庞大的脸上，长着两道向下倾斜的八字眉。我的故事开始时，天气还不冷。这门课叫做“热力学二零一”，九月份开始。但还有“热力学二零二”，二月份开始；“热力学二零三”，六月份开始。不管叫二零几，都是同一个课。一年四季都能在课堂上遇到老师。

我猛然想到：假如不是在那节热力学课上，假如我不回答那个问题，又当如何……我总是穿着压皱的土色灯芯绒外衣出现在教室的第一排——但出现只是为了去发愣。假如有条侏罗纪的蛇颈龙爬行到了现代，大概也是这样子。对它来说，现代太吵、太干燥，又吃不到爱吃的蕨类植物，所以会蔫掉。人们会为这个珍稀动物修一个四季恒温的恐龙馆，像个篮球队用的训练馆，或是闲置不用的车间，但也没有什么用处。它还是要蔫掉。从后面看它，会看到一条死气沉沉的灰色尾巴搁在地下。尾巴上肉很多，喜欢吃猪尾巴的人看了，会感到垂涎欲滴的。从前面去看，那条著名的脖子拍在地下，像条冬眠中的蛇，在脖子的顶端，小小的三角脑袋上，眼睛紧闭着——或者说，眼睛罩上了灰色的薄膜。大家都觉得蛇颈龙的脖子该是支着的，但你拿它又有何办法，总不能用吊车把它吊起来吧。用绳子套住它的脖子往上吊，它就要被勒死了。

我就是那条蛇颈龙，摊倒在水泥地上，就如一瓣被拍过的蒜。透过灰色的薄膜，眼前的一切就如在雾里一般。忽然，在空荡荡的房子里响起了脚步声，就如有人在地上倒了一筐乒乓球。有个穿黑色皮衣的女人从我面前走过，灰色的薄膜升起了半边。随着雾气散去，我也从地下升起，摇摇晃晃，直达顶棚——这一瞬间的感觉，好像变成了一个氢气球。这样我和她的距离远了。于是我低下头来，这一瞬的感觉又好似乘飞机在俯冲——目标是老师的脖子。有位俄国诗人写过：上古的恐龙就是这样咀嚼偶尔落在嘴边的紫罗兰。这位诗人的名字叫做马雅可夫斯基。这朵紫罗兰就是老师。假如蛇颈龙爬行到了现代，它也需要受点教育，课程里可能会有热力学……不管怎么说吧，我不喜欢把自己架在蛇颈龙的脖子上，我有恐高症。老师转过身来，睁大了惊恐的双眼，然后笑了起来。蛇颈龙假如眼睛很大的话，其实是不难看的——但这个故事就不再是师生恋，而是人龙恋……上司知道我要这样修改这个故事，肯定要把我拍扁了才算。其实，在上大学时，我确有几分恐龙的模样：我经常把脸拍在课桌面上，一只手臂从课桌前沿垂下去，就如蛇颈龙的脖子。但你拿我也没有办法：绕到侧面一看，我的眼睛是睁着的。既然我醒着，就不用把我叫醒了——我一直在老师的阴影里生活，并且总是要回答那句谜语：世界是银子的。

二

现在是 2020 年。早上，我驶入公司的停车场时，雾气正浓。清晨雾气稀薄，随着上午的临近，逐渐达到对面不见人的程度——现在正是对面不见人的时刻。停车场上的柏油地湿得好像刚被水洗过，又黑又亮。停车场上到处是参天巨树，叶子黑得像深秋的腐叶，树皮往下淌着水。在浓雾之中，树好像患了病。我停在自己的车位上，把手搭在腮下，就这样不动了。从大学时代开始，我就经常这个模样，有人叫我扬子鳄，有人叫我守宫——总之都是些爬虫。我自己还要补充一句，我像冬天的爬虫，不像夏天的爬虫。大夫说我有抑郁症。他还说，假如我的病治不好，就活不到毕业。他动员我住院，以便用电打我的脑袋，但我坚决不答应。他给我开了不少药，我拿回去喂我养的那只绿毛乌龟。乌龟吃了那些药，变得焦躁起来，在鱼缸里焦急地爬来爬去，听到音乐就人立起来跳迪斯科，一夜之间毛就变了色，变成了一只红毛乌龟——这些药真是厉害。我没吃那些药也活到了大学毕业。但这个诊断是正确的：我是有抑郁症。抑郁症暂时不会让我死去，它使我招人讨厌，在停车场上也是这样。

在黑色的停车场正面，是一片连绵不绝的玻璃楼房。现在没有下雨，但停车场上却是一片雨景。车窗外面站了一个人，穿着橡胶雨衣，雨衣又黑又亮，像鲸鱼的皮——这是保安人员。我把车窗摇了下来，问道：你有什么问题？他愣了一下，脸上泛起了笑容，说道：这话应该是我问你才对。这话的意思是说，停车场不是发愣的地方。我无可奈何地耸耸肩，从车上下来，到办公室里去——假如我不走的话，他就会在我面前站下去，站下去的意思也就是说：停车场不是发愣的地方。保安人员像英国绅士一样体面，脸上挂着意味深长的微笑。相比之下，我们倒像是些土匪。我狠狠地把车门摔上，背对着他时，偷偷放了个恶毒的臭屁——我猜他是闻到味了，然后他会在例行报告里说，我在停车场上的行为不端正——随他去好了。走进办公室，我在桌后坐下，坐了没一会儿，对面又站了一个人，这个人还是我的顶头上司。她站在这里的意思是说：办公室也不是发愣的地方。到处都不是发愣的地方。我把手从腮下拿出来，放在桌子上，伸直了脖子，正视着我的上司——早上我来上班时的情形就是这样。

我一直在写作公司里写着一篇名为《师生恋》的小说。这篇小说我已经写了十几遍了，现在还要写新的版本，因为公司付了我薪水，而且不是每个人都有机会和老师恋爱的，所以这部小说总是有读者，我也总是要写下去。

在黑色的皮衣下，老师是个杰出的性感动物。在椅子上坐久了，她起身时大腿的后面会留下红色的皮衣印迹——好像挨了打，触目惊心。那件衣服并不暖和，我不知道她为什么要穿这件皮衣。在夏季，老师总在不停地拽那件绸衫——她好像懒得熨衣服，那衣服皱了起来，显得小了。好在她还没懒得拽。拽来拽去，衣服也就够大了。这故事发生的时节，有时是严冬，有时是酷暑。在严冬，玻璃窗上满是霜窗花，教室的水泥地下满是鞋跟带进来的雪块。有些整块地陈列着，有些已经融化成了泥水——其实，我并不喜欢冷。在酷暑时节，从敞开的门到窗口，流动着干热的风。除了老师授课声，还能听到几声脆响。那是构成门框、窗框或者桌椅的木料正在裂开。而这一次则是在潮湿的初秋季节。从本性来说，我讨厌潮湿。但我别无选择——因为这是我唯一能选择的东西。在潮湿的秋季，老师说：未来的世界是银子的……这是一道谜语。我写着的小说和眼前发生的一切，全靠这道谜语联系着。

在班上，我总对着桌上那台单色电脑发愣。办公室里既没有黑板，也没有讲台，上司总是到处巡视着，所以只有这一样可以对之发愣的东西。有时，我双手捧着脸对它发愣，头头在室里时，就会来问上一句：喂！怎么了你？我把一只手拿下来，用一个手指到键盘上敲字，屏幕上慢慢悠悠开始出现一些字。再过一会儿她又来司：你干什么呢？我就把另一只手放下来，用两根手指在键盘上敲字，屏幕上还是在出字，但丝毫也不见快些。假如她再敢来问，我就把两只手全放回下巴底下去，屏幕上还是在出字，好像见了鬼。这台电脑经我改造过。原本它就是老爷货，比我快不了好多，改了以后比我还要慢得多。我住手后五分钟它还要出字，一个接一个地在屏幕上闪现，每个都有核桃大小，显得很多——实际上不多。头头再看到我时，就摇摇头，叹口气，不管我了。所有的字都出完了，屏幕变得乌黑，表面也泛起了白色的反光。它变成了一面镜子，映着我眉毛稀疏，有点虚胖的脸……头头的脸也在这张脸上方出现。她的脸也变得臃肿起来。这个屏幕不是平的，它是一个曲面，像面团里的发酵粉，使人虚胖。她说道：你到底在干些什么……她紧追不舍，终于追进了这个虚胖的世界里。人不该发愣，除非他想招人眼目。但让我不发愣又不可能。

我的故事另有一种开始。老师说，未来世界是银子的。这位老师的头发编成了高高的发髻，穿着白色的长袍。在她身后没有黑板，是一片粉红色的天幕。虽然时间尚早，但从石柱间吹来的风已经带有干燥的热意。我盘膝坐在大理石地板上，开始打瞌睡，涂蜡的木板和铁笔从膝上跌落……转瞬之间我又清醒过来，把木板和铁笔抓在手里——但是已经晚了，错过了偷偷打瞌睡又不引起注意的时机。在黑色的眼晕下，老师的眼睛睁大了，雪白的鼻梁周围出现了冷酷的傲慢之色。她打了个榧子，两个高大的黑奴就朝我扑来，把我从教室里拖了出去。如你所知，拖我这么个大个子并不容易，他们尽量把我举高，还是不能使我的肚子离开地面——实际上，我自己缩成了一团，吊在他们的手臂上，像小孩子坐滑梯那样，把腿水平地向前伸去。就是这样，脚还是会落在地下。这时我就缩着腿向前跑动，就如京剧的小丑在表演武大郎——这很有几分滑稽。别的学生看了就笑起来。这些学生像我一样，头顶剃得秃光光，只在后脑上有撮头发和一条小辫子，只有一块遮羞布绕在腰上——他们把我拖到高墙背后，四肢摊开，绑在四个铁环上。此后我就呈 × 形站着，面对着一片沙漠和几只骆驼。

有一片阴影遮着我，随着中午的临近，这块阴影会越来越小，直至不存在，滚烫的阳光会照在我身上。沙漠里的风会把砂粒灌进我的口鼻。我的老师会从这里经过，也许她会带来一瓢水给我解渴，但她多半不会这么仁慈。她会带来一罐蜜糖，刷在我身上。此后蚂蚁会从墙缝里爬出来，云集在我身上——但这都是以后的事了。现在有只骆驼向我走来，把它的嘴伸向我的遮羞布。我想骆驼也缺盐分，它对这条满是汗渍的遮羞布会有兴趣——还有一种可能，就是它是只母骆驼……它把遮羞布吃掉了，继续饶有兴致地盯着我，于是我赤身裸体地面对着一只母骆驼。字典上说，骆驼是论峰的。所以该写：“我赤身裸体地面对着一峰母骆驼。”我压低了嗓子对它说：去，去！找公骆驼玩去……这个故事发生在埃及托勒密王朝时期。我的老师是个希腊裔的贵人——她甚至可以是克利奥佩屈拉本人。如你所知，克利奥佩屈拉红颜薄命，被一条毒蛇咬死了。写这样一个故事，不能说是不尊重老师。

三

办公室里鸦雀无声，就像在学校里的习题课上。如你所知，学校里有些重大课程设有习题课，把学生圈在教室里做习题——对我来说，这门课叫做“四大力学”，一种不伦不类的大杂烩。老师还没有资格讲这样的重大课程，但她总到习题课上来，坐在门口充当牢头禁子的角色——坐在那里摇头晃脑地打瞌睡。我也来到习题课上，把温热的大手贴在脸上，目不转睛地看着她，发现她摇晃得很有韵律。不时有同学走到她面前交作业，这时她就醒来，微笑着说道：做完了？谢谢你。总得等多数人把习题做完，这节课才能结束。所以她要谢谢每个交作业的人，但我总不在其中。每门课我都不交作业，习题分总是零蛋……老师在习题课上，扮演的正是办公室里头头的角色。

现在头头不在班上，但我手下的职员还要来找我的麻烦。很不幸的是，现在我自己也当了本室的头头，虽然在公司里我还是别人的手下。据说头头该教手下人如何写作，实际上远不是这样。没人能教别人写作，我也不能教别人写作——但我不能拒绝审阅别人的稿子。他们把稿件送到我办公桌上，然后离去。过上半小时，或者一个小时，我把那篇稿子拿起来，把第一页的第一行看上一遍，再把最后一页最后一行看上一遍，就在阅稿笺上签上我的名字。有些人在送稿来时，会带着一定程度的激动，让我特别注意某一页的某一段，这件事我会记住的，虽然他（或者她）说话时，我像一个死人，神情呆滞目光涣散，但我还是在听着。过半小时或一小时之后，我除了看第一行和最后的一行，还会翻到那一页，仔细地看看那一段。看完了以后，有时我把稿子放在桌面上，伸手抓起一支红铅笔，把那一段圈起来，再打上一个大大的红叉——如你所知，我把这段稿子枪毙了。在枪毙稿子时，我看的并不是稿纸，而是盯住了写稿人目不转睛地看着，这个被枪毙的人脸色涨红，眼睛变得水汪汪的，按捺着心中的激动低下头去。假如此人是女的，并且梳着辫子，顺着发缝可以看见头皮上也是通红的——这是枪毙的情形。被毙掉以后，说话的腔调都会改变，还会不停地拉着抽屉。很显然，每个人都渴望被枪毙，但我也不能谁都毙。不枪毙时，我默默地把稿件收拢，用皮筋扎起来，取过阅稿笺来签字，从始至终头都不抬。而那个写稿人却恶狠狠地站了起来，把桌椅碰得叮当响，从我身边走过时，假作无心地用高跟鞋的后跟在我脚上狠命地一踩，走了出去。不管怎么狠命，结果都是一样。我不会叫疼的，哪怕整个脚趾甲都被踩掉——有抑郁症的人总是这样的。

当初我写《师生恋》时，曾兴奋不已——写作的意义就在于此。现在它让我厌烦。我宁愿口干舌燥、满嘴砂粒，从石头墙上被放下来，被人扔到木头水槽里。这可不是个好的洗澡盆：在水槽周围，好多骆驼正要喝水。我落到了它们中间，水花四溅，这使它们暂时后退，然后又拥上来，把头从我头侧、胯下伸下去，为了喝点水。在四堵方木垒成的墙中间，积满了混浊、发烫的水。但我别无选择，只能把这种带着羊尿气味的水喝下去——这水池的里侧涂着柏油，这使水的味道更臭。在远处的石阶上，老师扬着脸，雪白的下巴尖削，不动声色地看着我——她的眼睛是紫色的。她把手从袍袖里伸了出来，做了一个坚决的手势，黑奴们又把我拖了出来，带回教室，按在蒲团上，继续那节被瞌睡打断了的热力学课——虽然这样的故事准会被枪毙，但我坚信，克利奥佩屈拉曾给一个东方人讲过热力学，并且一定要他相信，未来的世界是银子做的。

我坐在办公室的门口，这是头头的位置。如你所知，没人喜欢这个位置……对面的墙是一面窗子，这扇窗通向天顶，把对面的高楼装了进来，还装进来蒙蒙的雾气。天光从对面楼顶上透了下来，透过楼中间的狭缝，照在雾气上。有这样的房子：它的房顶分作两半，一半比另一半高，在正中留下了一道天窗。天光从这里透人，照着蒙蒙的雾气——这是一间浴室。老师没把我拴在外面，而是拴在了浴室里光滑的大理石墙上。我叉开双腿站着——这样站着是很累的。站久了大腿又酸又疼。所以，我时常向前倒去，挂在拴住的双臂上，整个身体像鼓足的风帆，肩头像要脱臼一样疼痛。等到疼得受不了，我再站起来。不管怎么说吧，这总是种变化。老师坐在对面墙下的浴池里，坐在变幻不定的光线中。她时常从水里伸出脚来，踢从墙上兽头嘴里注入池中的温水。每当她朝我看来时，我就站直了，把身体紧贴着墙壁，抬头看着天顶，雾气从那里冒了出去，被风吹走。她从水里爬了出来，朝我走来，此时我紧紧闭上眼睛……后来，有只小手捏住我的下巴，来回扳动着说：到底在想什么呢？我也一声不吭。在她看来，我永远是写在墙上的一个符号"×"。× 是性的符号。我就是这个符号，在痛苦中拼命地伸展开来……但假如能有一个新故事，哪怕是在其中充当一个符号，我也该满意。

四

将近中午时，我去见我的头头，呈上那些被我枪毙过的手稿。打印纸上那些红色的笔迹证明我没有辜负公司给我的薪水——这可是个很大的尸堆！那些笔道就如红色的细流在尸堆上流着。我手下的那些男职员们反剪着双手俯卧在地下，扭着脖子，就如宰好的鸡；女职员倒在他们身上。我室最美丽的花朵仰卧在别人身上，小脸上甚是安详——她虽然身轻如燕，但上身的曲线像她的叙事才能一样出色。我一枪正打在她左乳房下面，鲜血从藏青色的上装里流了出来。我室还有另一花朵，身材壮硕，仿佛是在奔逃之中被我放倒了，在尸丛中作奔跑之势，两条健壮的长腿从裙子里伸了出来。她们在我的火力下很性感地倒地，可惜你看不到。我枪毙他们的理由是故事不真实——没有生活依据。上司翻开这些稿子，拣我打了叉子的地方看了起来。我木然地看着窗外射进来的阳光——它照在光滑的地板上，又反射到天花板上，再从天花板上反射下来时，就变成一片弥散的白光——头头合上这些稿子，朝我无声地笑了笑，把它放到案端。然后朝我伸出手来说：你的呢？我呈上几页打印纸。在这些新故事里，我是克利奥佩屈拉的男宠或者一条蛇颈龙——后者的长度是五十六公尺，重量是二百吨。假如它爬进了这间办公室，就要把脖子从窗口伸出去，或者盘三到四个圈，用这种曲折委婉的姿势和头头聊天。我期望头头看到这些故事后勃然大怒，拔出把手枪，把我的脑袋轰掉，我的抑郁症就彻底好了。

我们这里和埃及沙漠不同。我们不仅是写在墙上的符号，还写着各种大逆不道的故事。这些故事送到了头头的案端，等着被红笔叉掉。红笔涂出一个"×"，如你所知，× 是性的符号……头头看了我的稿子以后笑了笑，把它们收到抽屉里。这位头头和我年龄相仿，依旧艳丽动人，描着细细的眉毛，嘴唇涂得十分性感。她把手指伸在玻璃板上，手指细长而且惨白，叫人想起了爬在桑叶上的蚕——她长着希腊式的鼻子，绰号就叫克利奥佩屈拉，简称“克”。“克”又一次伸出手来说：还有呢？我再次呈上几页打印纸，这是第十一稿《师生恋》。她草草一看，说道：时间改在秋天啦……就把它放在案端那叠稿子的顶端，连一个叉子都没打。虽然看不到自己的脸，但我知道，我的脸变成了灰色。“克”把手放在玻璃板上，脸上容光焕发，说道：你的书市场反应很好，十几年来畅销不衰——用不着费大力气改写。我的脸色肯定已经变成了猪肝色。“克”最懂得怎么羞辱我，就这么草草一翻，就看出这一稿的最大改变：故事的时间改在了秋季。她还说用不着费大力气改写……其实这书稿从我手里交出去以后，还要经过数十道删改，最后出版时，时间又会改回夏季，和第一版一模一样了。这些话严重地伤害了我。她自己也是小说家，所以才会这么坏……

我默默地站了起来，要回去工作。“克”也知道这个玩笑开得不好，压低了声音说道：你的稿子我会好好看的。她偷偷脱下高跟鞋，把脚伸了出来，想让我踩一脚。但我没踩她。我从上面跳过去了。

我在抑郁中回到自己位子上。现在无事可做，只能写我的小说：老师的脸非常白，眉毛却又宽又黑。但教室里气氛压抑……她把问题又说了一遍，世界是银子的，我很不情愿地应声答道：你说的是热寂之后。这根本不是热力学问题，而是一道谜语：在热寂之后整个宇宙会同此凉热，就如一个银元宝。众所周知，银子是热导最好的物质，在一块银子上，绝不会有一块地方比另一块更热。至于会不会有人因为这么多银子发财，我并不确切知道。这样我就揭开了谜底。

我又把头转向窗口，那里拦了一道铁栅栏，栅栏上爬了一些常春藤，但有人把藤子截断了，所以常春藤正在枯萎下去。在山坡上，那对松鼠已经不在了。只剩了这面窗子，和上面枯萎的常春藤，这些藤子使我想到了一个暗房，这里横空搭着一些绳子，有些竹夹夹住的胶卷正在上面晾干。这里光线暗淡，空气潮湿，与一座暗房相仿。

老师听到了谜底，惊奇地挑起眉毛来。她摇了摇头，回身朝讲台走去。我现在写到的事情，是有生活依据的。“生活”是天籁，必须凝神静听。老师身高大约是一米五五，被紧紧地箍在发皱的绸衫里。她要踮起脚尖才能在黑板上写字。有时头发披散到脸上，她两手都是粉笔末，就用气去吹头发：两眼朝上看，三面露白，噘起了小嘴，那样子真古怪——但这件事情我已经写了很多遍了。在潮湿的教室里，日光灯一明一灭……

每次我写出这个谜底，都感到沮丧无比。因为不管我乐意不乐意，我都得回到最初的故事，揭开这个谜底。这就像自渎一样，你可以想象出各种千奇百怪的开端，最后总是一种结局：两手黏糊糊……我讨厌这个谜底。我讨厌热寂。

既然已经揭穿了谜底，这个故事可以顺利地进行下去。

现在可以说说在我老师卧室里发生的事情了："走进那房间的大门，迎着门放了一张软塌塌的床，它把整个房子都占满了，把几个小书架挤到了墙边上。进了门之后，床边紧紧挤着膝盖。到了这里，除了转身坐下之外，仿佛也没什么可做的事情，而且如果我们不转身坐下，就关不上门。等把门关上，我们面对一堵有门的墙，墙皮上有细小的裂纹，凸起的地方积有细小的灰尘，我们待在这面高墙的下面。我发现自己在老师沉甸甸手臂的拥抱之中。她抓住我的T恤衫，想把它从我头上拽下来。这件事颇不容易，你可以想象一个小个子女士在角落里搬动电冰箱，这就是当时的情形。后来她说：他妈的！你把皮带解开了呀。皮带束住了短裤，短裤又束住了T恤衫，无怪她拽不掉这件衣服，只能把我拽离地面。此时我像个待绞的死刑犯，那件衣服像个罩子蒙在我头上，什么都看不见，手臂又被袖筒吊到了半空中。我胡乱摸索着解开皮带。老师拽掉了衣服，对我说道：我可得好好看看你——你有点怪。这时我正高举着双手，一副缴枪投降的模样。这世界上有不少人曾经缴枪投降，但很少会有我这么壮观的投降模样。我的手臂很长，坐在床上还能摸到门框……"

五

假如你在街上看到我，准会以为我是个打篮球的，绝不会想到我在写作公司的小说室里上班。我身高两米一十多。但我从来就没上过球场，连想都没敢想过——我太笨了，又容易受伤——这样就白花了很多买衣服和买鞋的钱。我穿的衣服和鞋都是很贵的。每次我上公共厕所，都会有个无聊的小男孩站到我身边，拉开拉锁假装撒尿，其实是想看看我长了一条怎样的货色。我很谦虚地让他先尿，结果他尿不出来。于是，我就抓住他的脖子，把他从厕所里扔出去。我的这个东西很少有人看到，和身坯相比，货色很一般。在成熟甚至是狰狞的外貌之下，我长了一个儿童的身体：很少有体毛，身体的隐秘部位也没有色素沉积——我觉得这是当学生当的，像这样一个身体正逐步地暴露在老师面前，使我羞愧无比——我坐在办公室里写小说，写的就是这些。上大学时我和老师恋爱，这是一个故事。这个故事正逐步暴露在读者面前，使我羞愧无比。看着这些熟悉的字句，我的脸热辣辣的。

我从旧故事里删掉了这样一些细节：刚一关上卧室的门，老师就用双手勾住我的脖子，努力爬了上来，把小脸贴在了我的额头上，用两只眼睛分别瞪住我的眼睛，厉声喝道：傻呵呵的，想什么呢你！我没想到她会这样问我，简直吓坏了，期期艾艾地说道：没想什么。老师说：混账！什么叫没想什么？她把我推倒在床垫上，伸手来拽我的衣服……此时我倒不害怕了。我把这些事删掉，原因是：人人都能想到这些。人人都能想到的事就像是编出来的。我总在编故事，但不希望人们看出它是编出来的。

“在老师的卧室里，我想解开她胸前的扣子，但没有成功。失败的原因是我手指太粗，拿不住细小的东西；还有一个原因是空气太潮，衣料的摩擦系数因此大增。她自己解决了这个问题，从绸衫下面钻了出来，然后把它挂在门背后。门背后有个轻木料做成的架子，是个可以活动的平行四边形，上面有凸起的木钉，她把它作挂衣钩来用，但我认为这东西是一种绘图的仪器。老师留了个娃娃头，她的身材并不像我想象的那么纤细，而是小巧而又结实……”我的故事只有一种开始，每次都是从热力学的教室开始，然后来到了老师的宿舍。然后解老师胸前的扣子，怎么也解不开——这么多年了，我总该有些长进才好。我想让这个故事在别的时间、地点开始，但总是不能成功。

最近我回学校去过，老师当年住的宿舍楼还在，孤零零地立在一片黄土地上。这片地上满是碎砖乱瓦，还有数不尽的碎玻璃片在闪光。原来这里还有好几座筒子楼，现在都拆了——如果不拆，那些楼就会自己倒掉，因为它们已经太老了。那座楼也变成了一个绿色的立方体：人家把它架在脚手架里，用塑料编织物把它罩住，这样它就变得没门没窗，全无面目，只剩下正面一个小口子，这个口子被木栅栏封住，上面挂了个牌子，上书：电影外景地。听人家说，里面的一切都保留着原状，连走廊里的破柜子都放在原地。什么时候要拍电影，揭开编织袋就能拍，只是原来住在楼里的耗子和蟑螂都没有了——大概都饿死了。要用人工饲养的来充数——电影制片厂有个部门，既养耗子又养蟑螂。假如现在到那里去，电工在铺电线，周围的黄土地上停着发电车、吊车；小工正七手八脚地拆卸脚手架——这说明新版本的师生恋就要开拍了。这座楼的样子就是这样。这个电影据说是根据我的小说改编。我有十几年没见过老师。她现在是什么样子了，我不知道。

人在公司里只有两件事可做：枪毙别人的稿子或者写出自己的稿子供别人枪毙。别人的稿子我已经枪毙完了，现在只能写自己的稿子。在黑色的屏幕上，我垂头丧气地写道：“……她从书架上拿了一盒烟和一个烟灰缸回来。这个烟灰缸上立了一只可以活动的金属仙鹤。等到她取出一支烟时，我就把那只仙鹤扳倒，那下面果然是一只打火机。为老师点烟可以满足我的恋母情结。后来，她把那支烟倒转过来，放到我嘴里。当时我不会吸烟，也吸了起来，很快就把过滤嘴咬了下来，然后那支烟的后半部就在我嘴里解体了，烟丝和烟纸满嘴都是；它的前半截，连同燃烧着的烟头，摊到了我赤裸的胸口上。老师把烟的残骸收拾到烟灰缸里，哈哈地笑起来了，然后她和我并肩躺下。她躺在床上，显得这张床很大；我躺在床上，显得这张床很小；这张床大又不大，小又不小，变成了一样古怪的东西。她钻到我的腋下，拍拍我的胸口说：来，抱一抱。我侧过身来抱住老师——这是此生第一次。在此之前，我谁都没抱过。自己不喜欢，别人也不让我抱。就是不会说话的孩子，见我伸出桅杆似的胳臂去抱他，也会受到惊吓，嚎啕痛哭……后来，我问老师，被我抱住时害不害怕。她看看垂在肩上的胳臂——这样东西像大象的鼻子——摇摇头上的短发，说道：不。我不怕你。我怕你干什么？”是啊是啊。我虽然面目可憎，但并不可怕。我不过是个学生罢了。

六

今天上午，我室全体同仁——四男二女——都被毙掉了。如今世界上共有三种处决人的方法：电椅、瓦斯、行刑队。我喜欢最后一种方法，最好是用老式的滑膛枪来毙。行刑队穿着英国禁卫军的红色军服，第一排卧倒，第二排跪倒，第三排站立，枪声一响，浓烟弥漫。大粒的平头铅子弹带着火辣辣的疼痛，像飞翔的屎克螂迎面而来，挨着的人纷纷倒地，如果能挨上一下，那该是多么惬意啊——但我没有挨上。我要被钉死在十字架上。我这么大的个子，枪毙太糟蹋了。

随着下午来临，天色变得阴暗起来。夜幕就如一层清凉的露水，降临在埃及的沙漠里。此时我被从墙上解了下来，在林立的长矛中，走向沙漠中央的行刑地，走向十字架。克利奥佩屈拉坐在金色的轿子里，端庄而且傲慢。夜幕中的十字架远看时和高大的仙人掌相仿……无数的乌鸦在附近盘旋着。我侧着头看那些乌鸦，担心它们不等我断气就会把我的眼睛啄出来。克利奥佩屈拉把手放在我肩头——那些春蚕似的手指给被晒得红肿的皮肤上带来了一道道的剧痛——柔声说道：你放心。我不让它们吃你。我不相信她的话，抬头看着暮色中那两块交叉着的木头，从牙缝里吸着气说道：没关系，让它们吃吧。对不相信的事情说不在意：这就是我保全体面的方法。到底乌鸦会不会吃我，等被钉上去就知道了。克利奥佩屈拉惊奇地挑起了眉毛，先吸了一口气，然后才说：原来你会说话！

将近下班时，公司总编室正式通知我说，埃及沙漠里的故事脱离了生活，不准再写了。打电话的人还抱怨我道：瞎写了些什么——你也是个老同志了，怎么一点分寸都不懂呢。居然挨上了总编的枪子儿，我真是喜出望外。总编说话带着囔囔的鼻音，他的话就像一只飞翔的屎克螂。他还说：新版《师生恋》的进度要加快，下个月出集子要收。我没说什么，但我知道我会加快的。至于恐龙的故事，人家没提。看来“克”没把它报上去，但我的要求也不能太高。接到这个电话，我松了一口气——我终于被枪毙了——我决定发一会呆。假如有人来找我的岔子，我就说：我都被枪毙了，还不准发呆吗？提到自己被枪毙，就如人前显贵。请不要以为，我在公司里待了十几年就没资格挨枪毙了。我一发呆，全室的人都发起呆来，双手捧头面对单色电脑；李清照生前，大概就是这样面对一面镜子。宋代的镜子质量不高，里面的人影面部臃肿，颜色灰暗——人走进这样的镜子，就是为了在里面发愣。今天，我们都是李清照。这种结果可算是皆大欢喜。忽听屋角哗啦一声响，有人拉开椅子朝我走来。原来还有一个人不是李清照……

我有一位女同事，不分季节，总穿棕色的长袖套装。她肤色较深，头上梳着一条大辫子，长着有雀斑的圆鼻子和一双大眼睛，像一个卡通里的啮齿动物。现在她朝我走来了。她长得相当好看，但这不是我注意的事。我总是注意到她长得人高马大，体重比一般人为重，又穿着高跟鞋。我从来不枪毙她的稿子，她也从来不踩我——大家相敬如宾。实际上，本室有四男三女，我总把她数漏掉。但她从我身边走过时，我还是要把脚伸出来：踩不踩是她的权利，我总得给她这种机会。怀着这样的心情，我把脚放在可以踩到的地方，但心里忐忑不安。假设有一只猪，出于某种古怪的动机蹲在公路边上，把尾巴伸在路面上让过往的汽车去轧，那么听到汽车响时，必然要怀着同样忐忑不安的心情想到自己的尾巴，并且安慰自己说：司机会看到它，他不会轧我的……谁知"咯"地一声，我被她踩了一脚，疼痛直接印到了脑子里，与之俱来的，还有失落感——我从旁走过时，"克"都伸出脚来，但我从来不踩；像我这样的身胚踩上一脚，她就要去打石膏啦……这就是说，人家让你踩，你也可以不踩嘛。我禁不住哼了一声。因为这声呻吟，棕色的女同事停了下来，先问踩疼了没有，然后就说：晚上她要和我谈一件事。身为头头，不能拒绝和属下谈话，不管是白天还是晚上。虽然要到晚上谈，但我现在已经开始头疼了。

"在老师的卧室里，我抱着她，感到一阵冲动，就把她紧紧地搂住，想要侵犯她的身体；这个身体像一片白色的朦胧，朦胧中生机勃发……她狠狠地推了我一把，说道：讨厌！你放开！我放开了她，仰面朝天躺着，把手朝上伸着——一伸就伸到了窗台下的暖气片上。这个暖气片冬天时冷时热，冷的时候温度宜人，热的时候能把馒头烤焦，冬天老师就在上面烤馒头；中午放上，晚上回来时，顶上烤得焦黄，与同和居的烤馒头很相像——同和居是家饭馆，冬天生了一些煤球炉子，上面放着铜制的水壶，还有用筷子穿成串的白面馒头。其实，那家饭店里有暖气，但他们故意要烧煤球炉子——有一回我的手腕被暖气烤出了一串大泡，老师给我涂了些绿药膏，还说了我一顿，但这是冬天的事。夏天发生的事是，我这样躺着，沉入了静默，想着自己很讨厌；而老师爬到我身上来，和我做爱。我伸直了身体，把它伸向老师。但在内心深处还有一点不快——老师说了我。我的记恨心很重。"

我知道自己内心不快时是什么样子：那张长长的大脸上满是铅灰色的愁容。如果能避免不快，我尽量避免，所以这段细节我也不想写到。但是今天下午没有这个限制：我已经开始不快了……

"她拍拍我的脸说：怎么，生气了？我慢慢地答道：生气干什么？我是太重了，一百一十五公斤。她说：和你太重没有关系——一会儿和你说。但是一会儿以后，她也没和我说什么。后来发现，不管做不做爱，她都喜欢跨在我身上，还喜欢拿支圆珠笔在我胸口乱写：写的是繁体字，而且是竖着写，经常把我胸前写得像北京公共汽车的站牌。她还说，我的身体是个躺着很舒服的地方，当然，这是指我的肚子。肚子里盛着些柔软的脏器：大肠、小肠，所以就很柔软，而且冬暖夏凉，像个水床。胸部则不同，它有很多坚硬的肋骨，硌人。里面盛着两片很大的肺，一吸一呼发出噪声。我的胸腔里还有颗很大的心，咚咚地跳着，很吵人。这地方爱出汗，也不冬暖夏凉——说实在的，我也不希望老师睡在这个地方。胸口趴上个人，一会儿还不要紧，久了就会透不过气来。如你所知，从小到大，我是公认的天才人物。躺在老师身下时，我觉得自己总能想出办法，让老师不要把我当成一枚鸡蛋来孵着。但我什么办法都没想出来。不但如此，我连动都不能动。只要我稍动一下，她就说：别动……别动。舒服。”我和老师的故事发生了一遍又一遍，每回都是这样的——我只好在她的重压之下睡着了。要是在“棕色的”女同事身下我就睡不着。她太沉了。

七

随着夜幕降临，下班的时刻来临了——这原本是惊心动魄的时刻。在一片寂静中，“克”一脚踹开了我们的门。她已经化好了妆，换上了夜礼服，把黑色的风衣搭在手臂上，朝我大喝一声道：走，陪我去吃晚饭——看到我愁容满面地趴在办公桌上，她又补了一句：不准说胃疼！似乎我只能跟她到俱乐部里去，坐在餐桌前，手里拿着一把叉子，扎着盘子里的冷芦笋。与此同时，她盘问我，为什么我的稿子里会有克利奥佩屈拉——这故事的生活依据是什么。有个打缠头的印度侍者不时地来添上些又冷又酸的葡萄酒，好像嫌我胃壁还没有出血。等到这顿饭吃完，芦笋都变成酱了。我的胃病就是这样落下的。但你不要以为，因为她是头头我就愿意受这种折磨。真正的原因是：她是个有魅力的女人。

其实，晚饭我自会安排。我会把我室那朵最美丽的花绑架到小铺里去吃饸饹饸面。就像我怕冷芦笋，她也怕这种面，说这种面条像蛔虫。那家小铺里还卖另一种东西，就是卤煮火烧——但她宁死都不吃肥肉和下水。我吃面时，她侧坐在白木板凳上，抽着绿色的摩尔烟，尽量不往我这边看。但她必须回答我的逼问：在她稿子里那些被我用红笔勾掉的段落中，为什么会有个身高两米一零的男恶棍——这个高度的生活依据何在，是不是全世界的男人都身高两米一零。整个小饭铺弥漫着下水味、泔水味儿，还有民工身上的馊味。她抱怨说，回家马上就要洗头，要不然头发带有抹布味——但你不要以为我是头头她就愿意受这种折磨。真正的原因是：我是个身长两米多的男人。

不管身长多少，魅力如何，人的忍耐终归是有限。等到胃疼难忍，摩尔烟抽完，我们已经忍无可忍，挑起眉毛来厉声问道：你到底要干什么？让我陪你上床吗？听到这句问话，我们马上变得容光焕发，说我没这个意思，还温和地劝告说：不要把工作关系庸俗化……其实谁也不想让谁陪着上床，因为谁都不想把工作关系庸俗化——我们不过是寻点乐子罢了。但是，假如没有工作关系，“克”肯定要和我上床，我肯定要和那朵美丽的花上床。工作关系是正常性关系的阻断剂，使它好像是种不正常的性关系。

今天晚上我没有跟“克”去吃饭，我只是把头往棕色的女同事那边一扭，说道：我不能去——晚上有事情。“克”看看我，再看看“棕色的”，终于无话可说，把门一摔，就离去了。然后，我继续趴着，把下巴支在桌面上，看着别人从我面前走过。最美丽的花朵最先走过，她穿着黑色的皮衣，大腿上带着坐出的红色压痕，触目惊心——我已经说过我不走，有事情，这就是说，他们可以先走了。这句话就如一道释放令。他们就这样不受惩罚地逃掉了。

“棕色的”要找我谈话，我猜她不是要谈工资，就是要谈房子。如你所知，我们是作家，是文化工作者，谈这种低俗事情总是有点羞涩，要避开别人。这种事总要等她先开口，她不开口我就只能等着。与此同时，我的同事带着欢声笑语，已经到了停车场上。我觉得自己是个倒霉蛋，但又无可奈何……

晚上，公司的停车场上满是夜雾，伸出手去，好像可以把雾拿到手里——那种黏稠的冷冰冰的雾。这种雾叫人怀念埃及沙漠……天黑以后，埃及沙漠也迅速地冷了下来，从远处的海面上，吹来了带腥味的风。在一片黑暗里，你只能把自己交付给风。有时候，风带来的是海洋的气味，有时带来的是干燥得令人窒息的烟尘，有时则带来可怕的尸臭。在我们的停车场上，风有时带来浓郁的花香，有时带来垃圾的味道。最可怕的是，总有人在一边烧火煮沥青，用来修理被轧坏的车道。沥青熬好之后，他们把火堆熄掉——用的是自己的尿。这股味没法闻。我最讨厌从那边来的风……

我读大学时，学校建在一片荒园里。这里的一切亭榭都已倒塌，一切池沼都已干涸，只余下一片草木茂盛的小山，被道路纵横切割，从天上看来，像个乌龟壳——假如一条太古爬来的蛇颈龙爬到了我们学校，看到的就是这些。它朝着小山俯下头来，想找点吃的东西，发现树叶上满是尘土，吃起来要呛嗓子眼。于是它只好饿着肚子掉头离去。天黑以后，这里亮着疏疏落落的路灯。有个男人穿着雨衣，兜里揣着手电筒，在这里无奈地转来转去，吓唬过往的女学生——他是个露阴癖。老师的样子也像个女学生，从这里走过时，也被他吓唬过……看到手电光照着的那个东西，她也愣了一愣，然后抬头看看那张黑影里的脸，说道：真讨厌哪，你！这是冬天发生的事，老师穿着黑色的皮衣，挎着一个蜡染布的包。她总在快速的移动中，一分钟能走一百步——她在我心中的地位无可替代。这也是真实发生的事，但我不能把它写进小说里，因为它脱离了生活——除非这篇小说不叫做《师生恋》，叫做《一个露阴癖的自白》——假如我是那个露阴癖，这就是我的生活。别人也就不能说我脱离生活了。

八

冬天里，有一次老师来上课，带着她的蜡染布包。包里有样东西直翘翘地露了出来，那是根法国式的棍面包。上课之前她把这根面包从包里拿了出来，放在讲台上。我们的校园很大，是露阴癖出没的场所，老师遇到过，女同学也遇到过。被吓的女同学总是痛哭失声，一副不依不饶的样子。假如那个吓人的家伙被逮住了，那倒好办：她一哭，我们就揍他。把他揍到血肉模糊，她就不忍心再哭了。问题在于谁都没逮住——所以她们总是对着老师不依不饶。老师是我们的班主任，有责任安慰受惊吓的人。在讲课之前，她准备安慰一下那些被惊吓的人，没开口之前先笑弯了腰：原来昨天晚上她又碰上那个露阴癖了。那家伙撩起了雨衣的下摆，用手电照着他的大鸡巴。老师也拿出一个袖珍手电筒，照亮了这根棍面包……结果是那个露阴癖受到了惊吓，惨叫一声逃跑了。讲完了这件事，老师就接着讲她的热力学课。但听课的人却魂不守舍，总在看那根棍面包。那东西有多半截翘在讲台的外面，带着金黄色的光泽。下课后她扬长而去，把面包落在了那里。同学们离开教室时，都小心地绕开它锋端所指。我最后一个离开教室，走以前还端详了它一阵，觉得它的样子很刺激，尤其是那个圆头……然后，这根面包就被遗弃在讲台上，在那里一点点地干掉。我把这件事写进了我的小说，但总是被“克”枪毙掉，并用红笔批道：脱离生活。在红色的叉子底下，她用绿笔在“棍面包”底下画了一道，批道：我知道了。她知道了什么呢？为什么要写到这个露阴癖和这根棍面包，连我自己都不知道。

晚上，办公室里一片棕色。“棕色的”穿着棕色的套装。头顶米黄色的玻璃灯罩发出暗淡的灯光，融在潮湿的空气里，周围是黑色的办公家具。墙上是木制的护墙板。现在也不知是几点了。我伸手到抽屉里取出一盒烟来——我有很多年不抽烟了，这盒烟在抽屉里放了很多年，所以它就发了霉，抽起来又苦又涩，但这正是我需要的。办公室里灯光昏暗，像一座热带的水塘——水生植物的茎叶在水里腐烂、溶化，水也因此变得昏暗——化学上把这种水叫做胶体溶液——我现在正泡在胶体溶液里。我正想要打个盹，她忽然开口了。“棕色的”首先提出要看看我的脚丫子，看看它被踩得怎样了。这是从未有过的事：以前他们都是只管踩，不管它怎样的。先是解开重重鞋带，然后这只脚就裸露出来：上面筋络纵横，大脚趾有大号香皂那么大。它穿五十八号鞋，这种鞋必须到鞋厂去定做，每回至少要买两打，否则鞋厂不肯做。总而言之，这只脚还是值得一看的，它和旧时小脚女人的脚恰恰是两个极端。我要是长了一对三寸金莲就走不了路，站在松软的地面上，我还会自己钻到土里去。小脚女人长这双大脚也走不了路，它会左右相绊——但是“棕色的”无心细看，也无心听我解说。她哭起来了。好好的她为什么要哭？就是要长工资，也犯不着哭啊。我觉得自己穿上了一件新衬衣，浆硬的领子磨着脖子，又穿上了挤脚的皮鞋。不要觉得我什么谜都猜得出来。有些谜我猜不出来，还有些谜我根本不想猜。但现在是在公司里。我要回答一切问题，还要猜一切谜。

穿过夜雾，走上停车场，然后就可以回家了。上了一天班，没人不想回家，虽然在回家的路上可能会遭劫——不久之前，有一回下班以后，我和“棕色的”走在停车场上，拣有路灯的地方走着，但还是遇上了一大伙强盗。他们都穿着黑皮衣服，手里拿着锋利的刀子，一下子把我围住。停车场上常有人劫道，但很少见他们成群结队地来。这种劫道的方式颇有古风，但没有经济效益——用不着这么多人。我被劫过多少次，这次最热闹，这使我很兴奋，想凑凑热闹。不等他们开口说话，我就把双手高高举了起来，用雷鸣般的低音说道：请不要伤害我，我投降！脱了衣服才能看见，我的胸部像个木桶，里面盛了强有力的肺。那些小个子劫匪都禁不住要捂耳朵；然后就七嘴八舌地说：吵死了——耳朵里嗡嗡的——大叔，你是唱男低音的吧。原来这是一帮女孩，不知为什么不肯学好，学起打劫来了。其中有个用刀尖指住我的小命根，厉声说道：大叔，脱裤子！我们要你的内裤。周围的香水味呛得我连气都透不过来。真新鲜，还有劫这东西的……这回这个故事非常真实。它根本就是真事。被人拿刀子逼住，这无疑是种生活。我苦笑着环顾四周，说道：小姐们，你们搞错了，我的内裤对你们毫无用处——你们谁也穿不上的。除非两个人穿一条内裤——我看你们也没穷到这个份上。你们应该去劫那位大婶的内裤。结果是刀尖扎了我一下，戳我的女孩说道：少废话，快点脱，迟了让你断子绝孙——好像我很怕断子绝孙似的。别的女孩则七嘴八舌地劝我：我们和别人打了赌，要劫一条男人内裤。劫了小号的裤衩，别人会赖的，你的内裤别人没的说——快脱吧，我们不会伤害你的。这个说法使我很感动：我的内裤别人没的说——我居然还有这种用处。我环顾四周，看到闪亮的皮衣上那些尖尖的小脸，还有细粒的粉刺疙瘩。她们都很激动，我也很激动，马上就要说出：姑娘们，转过身去，我马上就脱给你们……我还想知道她们赌了什么。但就在此时，她们认出了我，说道：你就是写《师生恋》的那个家伙！书写得越来越臭——你也长得是真寒碜。寒碜就寒碜，还说什么真寒碜。我觉得头里面有点疼了。头疼是动怒的前兆。你可不要提我写的书，除非你想惹我动怒。

停车场上，所有的路灯从树叶的后面透射出来，混在浓雾里，夜色温柔。不管是在停车场上，还是在沙漠里，都是一天最美好的时光。在停车场上，我被一群坏女孩围住，在沙漠里，我被绑在十字架上，背靠着涂了沥青的方木头，面对着一小撮飘忽不定的篝火。在半干的畜粪堆上，火焰闪动了一阵就熄灭了，剩下一股白烟，还有闪烁不定的炭火。天上看不到一颗星，沙漠里的风变得凛冽起来。那股烟常常飘到我的脸上来，像一把盐一样，让我直流眼泪。因为没有办法把眼泪擦干，就像是在哭。其实我没有哭，我只有一只眼在流泪，因为只熏着了一只。一般人哭起来都是双眼流泪，除非他是个独眼龙。

此时我扭过头去，看着老师——她就站在我身边，是茫茫黑夜里的一个灰色影子。她把手放在我赤裸的腿上，用尖尖的手指掐我的皮肤，说道：你一定要记住，将来的世界是银子的……这是沙漠里的事。在停车场上，我大腿里侧刺痛难当，刀尖已经深深扎进了肉里——与此同时，我头里有个地方刺疼了起来。这个拿刀子的小丫头真是坏死了。另有一个小丫头比较好，她拿了一支笔塞到我手里，说：老师，等会儿在裤衩上签个字吧。我们是大学中文系的学生，你的小说是我们的范本。我常给一些笨蛋签字，但都是签在扉页上，在裤衩上签字还是头一回。但这件事更让我头疼。我叹了口气说：好吧，这可是你们让我脱的。就把裤子脱了下来。那些女孩低头一看，吓得尖叫一声，掩面逃走；原因是我的性器官因为受到惊吓，已经勃起了，在路灯的光下留下长长的黑色影子——样子十分吓人。出了这种事，我禁不住哈哈大笑——假如我不大笑，大概还不会把她们吓跑：那声音好像有一队咆哮的老狗熊迎面扑来。在停车场的路灯下，提着裤子，挺着个大鸡巴，四周是正在逃散的小姐们，是有点不像样子。但非我之罪，谁让她们来劫我呢。

小姐们逃散之后，一把塑料壳的壁纸刀落在了地上，刀尖朝下，在地下轻轻地弹跳着。我俯身把它捡了起来，摸它的刀片——这东西快得要死，足以使我断子绝孙。我把它收到口袋里，回头去看“棕色的”。这女人站在远处，眯着眼睛朝我这边看着。她像蝙蝠一样瞎，每次下班晚了，都得有人领她走过停车场，否则她就要磕磕碰碰，把脸摔破。上班时别人在她耳畔说笑话，她总是毫无反应。所以她又是个聋子，最起码在办公室里是这样。她大概什么都没看到、没听到。这样最好。我收敛起顽劣的心情，束好裤子，带她走出停车场——一路上什么都没有说。但我注意到，停车场上夜色温柔……当天夜里在睡梦中，我被吊在十字架上，面对着阴燃着的骆驼粪。整个沙漠像一个隐藏在黑夜里的独眼鬼怪。老师在我耳畔低语着，说了些什么我却一句也没记住。她把手伸进我胯下的遮羞布里，那只手就如刀锋，带来了残酷的刺激。就是这种残酷的刺激使我回到了白银时代。

九

我在办公室里，坐在“棕色的”对面。她还没有开口，但我已经感到很糟糕了。

可能她要找我谈的事既不是房子，也不是工资，而是些别的……我既不想和她谈房子，也不想谈工资——我不管房也不管工资，我只管受抱怨。但我更不想谈别的。别的事情对我更坏。

那天遇劫后，回家洗澡时，我看到胯间有个壁纸刀扎的伤口。它已经结了痂，就像个黑色的线头，对我这样的巨人来说，这样的伤口可以说是微不足道，我还是在上面贴了创可贴。但它刺疼不已，好像里面有一根针。我把那把刀找了出来，仔细地看了半天，刀片完好无损，没有理由认为伤口里有什么东西，只好让它疼下去了。也许因为疼痛的刺激，那东西就从头到脚直撅撅的，和在停车场上遇劫时一样。细说起来它还不止是直，从前往后算，大约在三分之一的长度上有点弯曲——往上翘着，像把尼泊尔人用的匕首。用这种刀子捅人，应该往肚子上捅，刀尖自然会往上挑，给人以重伤。总而言之，这种向上弯的样子实在恶毒。假如夜里"棕色的"看见了它，我就会有点麻烦。因为我有责任让她见不到它。这个东西原来又小又老实，还不算太难看，被人用刀子扎了一下，就变得又大又不老实，而且丑极了。这就是说，落下后遗症了。

在我的另一个故事里也有这样一幕：在沙漠里，克利奥佩屈拉把我的缠腰布解开，里面包裹的东西挺立起来，就如沙漠里怒放的仙人掌花。呼啸的风搅动砂砾——在锐利的砂砾中间，它显得十分浑圆，带有模糊不清的光泽，在风里摇摆不定。老师带着笑意对我说：怎么会是这样的？对此我无法解释。我低下头去，看到脚下的麻袋片里包裹的东西：一个铜锤和若干扁头钉子。老师拾起一根钉子，拿到我的面前：钉头像屎克螂一样大，四棱钉体上还带有锻打的痕迹：这就是公元前的工艺水平，比现代的洋钉粗笨，但也有钉得结实的好处。老师就要把我钉死在十字架上，在此之前，她先要亲吻我，左手举着那根钉子，右手把那根直撅撅的东西拨开，踮起脚尖来……我抬起头来，环视四周——灰蒙蒙的沙漠里，立着不少十字架。昨天的同学都被钉在上面。人在十字架上会从白变棕、从棕变黑，最后干缩成一团，变得像一只风干的青蛙、一片烧过的纸片——变成一种熔化后又凝固的坚硬胶状物，然后在风砂中解体。我又去看老师，她已经拿起了铜锤，准备把钉子敲进我的掌心。这是变成风干青蛙的必要步骤。老师安慰我说：并不很疼。我很有幽默感地说道：那你怎么不来试试？她大笑了起来，此时我才发现，老师的声音十分浑厚。顺便说一句，我仔细考虑过怎样处死我自己：等到钉穿了双手和双足之后，让老师用一根锋利的木桩洞穿我的心脏。这样她显得比较仁慈——虽然这样的仁慈显得很古怪。在埃及妖后和行将死在十字架上的东方奴隶之间已经说了很多话，这是很罕见的事件……最后，她又一次说道：记住，将来的世界是银子的……此时，我已是鲜血淋漓，在剧痛中颤抖着。只有最残酷的痛苦才能使我离开埃及的沙漠，回到这白银世界里来。

假如这个故事有寓意的话，它应该是：在剧痛之中死在沙漠里，也比迷失在白银世界里好得多。这个寓意很恶毒。公司领导把它枪毙掉是对的。领导不笨，“克”不笨，我也不笨。我们总是枪毙一切有趣的东西。这是因为越是有趣的东西，就越是包含着恶毒的寓意。

我们的办公室在一楼，有人说，一楼的房子接地气，接地气的意思是说，这间房子格外潮湿，晚上尤甚。潮气渗透了我的衣服，腐蚀着我的筋骨。潮湿的颜色是棕色的。我的老师也是棕色的，她紧挨着我坐着，把棕色的头发盖在我肩上，告诉我说，未来的世界是银子的。这就是说，这世界早晚要沦为一片冷冰冰的、稀薄的银色混沌，你把一片黄铜含在嘴里，或者把一片锡放在嘴里反复咀嚼，会尝到金属辛辣的味道——这就是混沌的味道。这个前景可不美妙。但是老师的声音毫无悲怆之意——她声调温柔，甚至带有诱惑之意。她把一片棕色的温暖揉进了我的怀里。在这个故事里，老师的身体颀长，嘴唇和乳头都呈紫色。在一阵妙不可言的亢奋之中，我进入了一片温暖的潮湿。在这个故事里，我和老师坐在一棵大树的树根上，脚下是热带雨林里四通八达的棕色水系。只有潜入水中，才发现这种棕色透明的水是一片朦胧。有些黄里透绿的大青蛙伸直了腿，一动不动地漂在水里，就像大海里漂着的水母。波光流影在它身上浮动着。你怎么也分不清它是死了，还是活着的。这就是这种动物的谋生之道——无论蛇也好，鳄鱼也罢，都不想吃只死青蛙，会吃坏肚子的……正如在沙漠里有绿洲，埃及也会有热带的雨林和四通八达的水系，老师也会有温柔，温柔就是躺在一片棕色的阴影里，躺在盘根错节的树根上。

但是一阵电话铃像针一样扎进了我的脑子。这使我想起有个小子每礼拜三都要在停车场上劫我。我有责任马上出去被他打劫——他等得不耐烦，会拿垒球棒砸我的吉普车。我怀着忐忑的心情等着，不等拿起耳机，我就知道这个电话肯定是场灾祸。我的吉普完蛋了。吉普的零件很难找，因为车子早就停产了。要是去买辆轿车，我又坐不进去。谁让我长这么大个子——我天生是个倒霉蛋……“棕色的”还是光哭不说话。看来这个谜我是必须猜了。

我有种种不祥的预感，其中最不祥的一种就是：她要声讨我这根直立的大鸡巴。我没什么可说的，只能代它道歉，因为人家不想看见你，你却被人家看到了。我还要进一步保证说，下次它一定不这样——这样她应该满意了吧。其实下回它会怎样，我也不知道。这女人有怕黑的毛病，下班后得有人陪她走过黑暗的停车场，走到灯火通明的地方。这件事我责无旁贷：一方面，她总是像哑巴一样一声不吭，没人乐意陪她走路；另一方面，我是本室的头头，没人干的事我都要干。以后我还要陪她走过停车场，不知什么时候，又会遇上一群坏女孩劫我的内裤——到那时，它又要直立如故，然后“棕色的”又要来声讨我这根直直的大鸡巴。这就是说，仅仅道歉是不行的。还要让她见到这样东西时，能够不失声痛哭……我准备用老师的话来安慰“棕色的”：“他直他的，我们走我们的路。”这话应该改成我直我的，你走你的路——我怀疑“棕色的”看到了我那个东西，现在正要不依不饶。假如我是露阴癖，此时就该来揍我。但我不是露阴癖。人家用刀子对着我，我才脱裤子的。这一点一定要说清楚。也许我该为那三分之一处弯曲向她道歉，但也要说清楚：人家拿刀子对着它，它才往上弯的……

十

公司的保安员用内线电话通知我说：该下班了。他知道有人在等着劫我。所以他是在通知我，赶紧出去给劫匪送钱；不然劫匪会砸我的车了。车在学院的停车场上被砸，他有责任，要扣他的工资。我不怕劫匪砸我的车，因为保险公司会赔我。但我怕保安被扣工资——他会记恨我，以后给我离楼最远的车位。车场大得很，从最远的地方走到楼门口有五里路。盛夏时节，走完这段路就快要中暑了。这一系列的事告诉我们的是：文明社会一环扣一环，和谐地运转着，错一环则动全身。现在有一环出了毛病——出在了“棕色的”身上。她突然开口说话了，对我说道：老大哥，我要写小说啊……

全公司的人都知道“棕色的”是个缺心眼的人，所以她说出的话不值得重视——下列事件可以证明她的智力水平：本公司有项规定，所有的人每隔两年就要下乡去体验生活——如你所知，生活这个词对写作为生的人来说，有特殊的意义。体验生活，就是在没有自来水、没有煤气、没有电的荒僻地方住上半年。根据某种文艺理论，这会对写作大有好处。虽有这项规定，但很少有人真去体验生活——我被轮上了六次，一次也没去。一被轮上我就得病：喘病、糖尿病，最近的一次是皮肤瘙痒症。除我之外，别人也不肯去，并且都能及时地生病。只有她，一被轮上就去了。去了才两个星期，就丢盔卸甲地跑了回来。她在乡下走夜路，被四条壮汉按住轮奸了两遍。回来以后，先在医院里住了一星期，然后才来上班。这个女人一贯是沉默寡言的，有一阵子变得喋喋不休，总在说自己被轮奸时的感受：什么第一遍还好受，第二遍有点难忍了云云。后来有关部门给了她一次警告，叫她不要用自己不幸的狭隘经验给大好形势抹黑，她才恢复了常态——又变得一声不吭。才老实了半年，又撒起了癔症。此人是个真正的笨蛋。说起来我也有点惭愧：人家既然笨，我就该更关心她才对嘛。

透过我的头疼，我看到在一片棕色阴影之中，“棕色的”被关在一个竹笼子里了。这笼子非常小，她在里面蜷成了一团，手脚都被竹篾条拴在笼栅上。菲律宾的某些原始部落搬迁时，就是这样对待他们最宝贵的财产：一只猪。最大快人心的是，人家把她的嘴也拴住了。这样她就不能讲出大逆不道的语言。不管别人怎样看待她，在我眼睛里，她是个女人。她还是我的下属呢。我走向前去，打开竹笼，解开那些竹篾条。“棕色的”透了一口气，马上说道：老大哥，我要写小说！如你所知，我们在写作公司做事，每天都要写小说。她居然还要写小说。这个要求真是太过古怪……但罪不在我。

我想要劝“棕色的”别动傻念头，但想不出话来。把烟抽完之后，我就开始撕纸。先把一本公用信纸撕碎，又把一扎活页纸毁掉了：一部分变成了雪花状，另一部分做成了纸飞机，飞得办公室里到处都是。顺便说一句，做纸飞机的诀窍在于掌握重心：重心靠前，飞不了多远就会一头扎下来；重心靠后则会朝上仰头，然后屁股朝下地往下掉——用航模的术语来说，它会失速，然后进入螺旋。最后，我终于叠出了最好的纸飞机，重心既不靠前，也不靠后，不差毫厘地就在中央，掷在空中慢慢地滑翔着，一如钉在天上一样，半个钟头都不落地。看到这种绝技，不容“棕色的”不佩服。她擦干了泪水，也要纸来叠飞机。这样我们把办公桌上的全部纸张都变成了这种东西——很不幸的是，这些纸里有一部小说稿子，所以第二天又要满地拣纸飞机，拆开后往一块对，贴贴补补送上去。但这已经是第二天的事了。

不知不觉地到了午夜，此时我想起了自己是头头，就站起身来，说道：走吧，我送你回家。这是必须的：“棕色的”乘地铁上下班，现在末班车早就开过了。奇怪的是：我的吉普车没被砸坏。门房里的人朝我伸出两个指头，这就是说，他替我垫了二十块钱，送给那个劫道的小玩闹。我朝他点了点头，意思是说，这笔钱我会还他的。保安可不是傻瓜蛋，他不会去逮停车场上的小玩闹——逮倒是能逮到个把，但他们又会抽冷子把车场的车通通砸掉，到那时就不好了。以前发生过这种事：几十辆车的窗玻璃都被砸掉。这就是因为保安打了一个劫匪，这个保安被炒了鱿鱼，然后他就沦为停车场上的劫匪，名声虽不好听，但收入更多。那几十辆车的碎玻璃散在地下，叫我想起了小时的事：那时候人们用暖水瓶打开水。暖水瓶胆用镀银的玻璃制成，碎在地下银光闪闪。来往的人怕玻璃扎脚，用鞋底把它们踩碎。结果是更加银光闪闪。最后有人想到要把碎玻璃扫掉时，已经扫不掉了——银光渗进了地里……在车上“棕色的”又一次开始哭哭啼啼，我感到有点烦躁，想要吼她几句——但我又想到自己是个头头，要对她负责任。所以，我叹了一口气，尽量温存地说道：如果能不写，还是别写吧。听到我这样说，她收了泪，点点头。这就使我存有一丝侥幸之心：也许，“棕色的”不是真想这样，那就太好了。

送过了“棕色的”，我回家。天上下着雨，雨点落在地下，冒着蓝色的火花。有人说，这也是污染所致；上面对此则另有说法。我虽不是化学家，却有鼻子，可以从雨里嗅出一股臭鸡蛋味。但不管怎么说罢，这种雨确实美丽，落在路面上，就如一塘风信子花。我闭灯行驶——开了灯就会糟踏这种好景致。偶尔有人从我身边超过，就打开车窗探出头来，对我大吼大叫，可想而知，是在问我是不是活腻了，想早点死。天上在打闪，闪电是紫色的，但听不到雷声。也许我该再编一个老师的故事来解闷，但又编不出来：我脑袋里面有个地方一直在隐隐作痛——这一天从早上八时开始，到凌晨三点才结束，实在是太长了。

十一

我们生活在白银时代，我在写作公司的小说室里做事。有一位穿棕色衣服的女同事对我说：她要写小说。这就是前因。猜一猜后果是什么？后果是：我失眠了。失眠就是睡不着觉，而且觉得永远也睡不着。身体躺在床上，意识却在黑暗的街道上漫游，在寂静中飞快地掠过一扇扇静止的窗户，就如一只在夜里飞舞的蝙蝠。这好像是在做梦，但睡着以后才能做梦，而且睡过以后就应该不困。醒来之后，我的感觉却是更困了。

我自己的小说写到了这里："后来，老师躺在我怀里，把丝一样的短发对着我。这些头发里带着香波的气味。有一段时间，她一声都不吭，我以为她已经睡着了。我探出头去，从背后打量她的身体，从脑后到脚跟一片洁白，腿伸得笔直。她穿着一条浅绿色的棉织内裤。后来，我缩回头来，把鼻子埋在她的头发里。又过了一会儿，她对我说（轻轻地，但用下命令的口吻）：晚上陪我吃饭。"我在鼻子里哼了一声来答应，她就爬起身来，从上到下地端详我，然后抓住我内裤的两边，把它一把扯了下来，暴露出那个家伙。那东西虽然很激动，但没多大。见了它的模样，老师不胜诧异地说道：怎么会是这样！我感到羞愧无比，但也满足了我的恋母情结。其实，她比我大不了几岁，但老师这个称呼就有这样的魔力。

起床以后，我先套上一件弹力护身，再穿上衣服，就迷迷糊糊来上班。路上是否撞死了人，撞死了几个，都一概不知。停车场上雾气稀薄……今天早上不穿护身简直就不敢出门：那东西直翘翘的，像个棍面包。但在我的小说里，我却长了个小鸡鸡。这似乎有点不真实——脱离了生活。但这是十几年前的事——在这十几年里，我会长大。一切都这么合情合理，这该算本真正的小说了吧？

"我在老师的床上醒来时，房间里只剩了窗口还是灰白色。那窗子上挂了一面竹帘子。我身上盖了一条被单，但这块布遮不住我的脚，它伸到床外，在窗口的光线下陈列着。这间房子里满是女性的气味，和夹竹桃的气味相似。夜晚将临。老师躺在我身后，用柔软的身体摩娑着我。"——以前这个情景经常在我梦里出现。它使我感到亲切、安静，但感觉不到性。因为我未曾长大成人。现在我长了一脸的粉刺疙瘩，而且长出了腋毛和阴毛，喉结也开始长大。我的声音变得浑厚。更重要的是，那个往上翘的东西总是强项不伏……书上说，这种情况叫青春期。青春期的少年经常失眠。我有点怀疑：三十三岁开始青春期，是不是太晚一点了？

早上我到了办公室，马上埋头劈里啪啦地打字，偶尔抬起头来看看这间屋子，发现所有的人都在劈里啪啦地打字，他们全都满脸倦容，睡眼惺忪，好像一夜没睡——也不知是真没睡还是假没睡。但我知道，我自己一定是这个样子。我是什么样子，他们就是什么样子，所以我不需要带镜子——有的人还在摇头晃脑，好像脑壳有二十斤重。有人用一只手托在下巴上，另一只手用一个指头打字：学我学得还蛮像呢。只有“棕色的”例外，她什么都不做，只管瞪大了眼睛看着我，眼皮红通通的，大概一夜没睡。此人的特异之处，就是能够对身边的游戏气氛一无所知。我叹了口气，又去写自己的小说了……

“晚上，老师叫我陪她去吃饭，坐在空无一人的餐馆里，我又开始心不在焉。记得有那么一秒钟，我对面前的胡桃木餐桌感兴趣，掂了它一把，发现它太重，是种合成材料，所以不是真胡桃木的。还记得在饭快吃完时，我把服务员叫来，让她到隔壁快餐店去买一打汉堡包，我在五分钟内把它们都吃了下去。这没什么稀罕的，像我这样冥思苦想，需要大量的能量。最后付账时，老师发现没带钱包。我付了账，第二天她把钱还我，我就收下了。当时觉得很自然，现在觉得有些不妥之处。”假如我知道老师在哪里，就会去找她，请她吃顿饭，或者把那顿饭钱还给她。但我不知道她在哪里。老师早就离开学校了。这就是说，我失去了老师的线索。这实在是桩罪过。

“我和老师吃完了晚饭，回到学校里去。像往常一样，我跟在她的身后。假如灯光从身后射来，就在地上留下一幅马戏团的剪影：驯兽女郎和她的大狗熊。马路这边的行人抬起头来看我一眼，急匆匆地走过；在马路对面却常有人站下来，死盯盯地看着我——在中国，身高两米一十的人不是经常能见到的。路上老师站住了几次，她一站住，我也就站住。后来我猛然领悟到，她希望我过去和她并肩走，我就走了过去——人情世故可不是我的长项。当时已近午夜，我和老师走在校园里。她一把抓住我肋下的肉，使劲捻着。我继续一声不吭地走着——既然老师要掐我，那就让她掐吧。后来她放开我，哈哈地笑起来了。我问她为什么要笑，她说：手抽筋了。我问她要紧不要紧，她笑得更加厉害，弯下腰去……忽然，她直起身来，朝我大喝一声：你搂着我呀！后来，我就抱着她的肩头，让她抱住我的腰际。感觉还算可以——但未必可以叫做我搂她，就这样走到校园深处，坐在一条长椅上。我把她抱了起来，让她搂着我的脖子。常能看到一些男人在长椅上抱起女伴，但抱着的未必都是他的老师。后来，她叹了一口气，说道：你放手吧。我早就想这样做，因为我感到两臂酸痛。此后，老师就落在了我的腿上。在此之前，我是把她平端着的——我觉得把她举得与肩平高显得尊重，但尊重久了，难免要抽筋。”

写完了这一段之后，我把手从键盘上抬了起来，给了自己一个双风贯耳，险些打聋了——我就这么写着，从来不看过去的旧稿，但新稿和旧稿顶多差个把标点符号。像这么写作真该打两个耳刮子——但我打这一下还不是为了自己因循守旧。我的头疼犯了，打一下里面疼得轻一点……

十二

今天早上我醒来之前，又一次闯进了埃及沙漠，被钉在十字架上，就如一只被钉在墙上的蝙蝠。实际上，蝙蝠比我舒服。它经常悬挂在自己的翅膀上，我的胳臂可不是翅膀，而且我习惯于用腿来走路。这样横拉在空中，一时半会儿的还可以，时间长了就受不住。我就如一把倒置的提琴被放置在空中，琴身是肋骨支撑着的胸膛——胸壁被拉得薄到可以透过光来。至于琴颈，就是那个直挺挺的东西。别的部分都不见了。我就这样高悬在离地很远的地方，无法呼吸，就要慢慢地憋死了。此时有人在下面喊我：她是克利奥佩屈拉，裹在白色的长袍里，问我感觉如何。我猛烈地咽口吐沫，润润喉咙，叫她把我放下去，或者爬上来割断我的喉咙。我想这两样事里总会有一样她乐意做的。谁知她断然答道：我不。你经常调戏我。这回我看清楚了：她不是克利奥佩屈拉，而是“克”。我说：我怎么会……你是我的上司，我尊敬还尊敬不过来呢。她说道：不要狡辩了，你经常写些乱七八糟的故事给我看——你什么意思吧。事已至此，辩亦无益。我承认道：好吧，我调戏了你——放我下来。她说：没这么便宜。你不光是调戏，你还不爱我——你还有什么可说的？我无话可说。沉默了一会儿，我忽然咆哮了起来……就这样醒过来了。我失掉了在梦里和“克”辩白清楚的机会：别以为光你在受调戏，我管着七个人，他们天天调戏我……你倒说说看，他们是不是都爱我？！这个情景写在纸上，不像真正的小说。它是一段游戏文章。我整天闷在办公室里，做做游戏，也不算是罪过。这总比很直露地互相倾诉好得多。

昨天晚上，“棕色的”对我说，她要写真正的小说，这就是说，没有人要她写，是她自己要写的——正如亚里士多德说过的，假话有上千种理由，真话则无缘无故——她还扯上了亚里士多德，好像我听不懂人话似的。我还知道假话比较含蓄，真话比较直露。而这句话则是我听到过的最直露的一句话。如你所知，男女之间有时会讲些很直露的话，那是在卧室里、在床上说的。我实在不知道在什么人之间才会说：“我要写真正的小说！”

我的小说就如我在写的这样。虽然它写了很多遍，但我不知道它哪一点够不上“真正的”。但“棕色的”所说的那些话就如碘酒倒到我的脑子里，引起了棕色的剧痛。上班以后，我开始一本正经地写着，这肯定有助于小说变成“真正的”。

我觉得这一段落肯定是真正的小说：“那天晚上，我一直抱着老师，直到天明，嗅着她身上的女性气味——我觉得她是一种成熟的力量。至于我，我觉得自己是个小孩子。这种想法不能说没有道理，如你所知，现在我刚刚开始青春期，嘴角上正长粉刺疙瘩，当时就是更小的孩子。晚上校园里起了雾，这种白雾带有辛辣的气息。我们这样拥抱着，不知所措……忽然间，老师对我说道：干脆，你娶了我吧——我听了害起怕来。结婚，这意味着两股成年的力量之间经常举行的交媾，远非我力所能及；但老师让我娶她，我还能不娶吗……但我没法干脆。好在她马上说道：别怕，我吓你呢。既然是吓我，我就不害怕了。”

有关成年力量间的交媾，我是这么想出来的：我现在是室里的头，上面的会也要参加，坐在会场的后排，手里拿着小本本，煞有介事地记着。公司的领导说得兴起时，难免信口雌黄：我们是做文化工作的，要会工作，也要会生活！今天晚上回家，成了家的都要过夫妻生活……活跃一下气氛，对写作也有好处。如你所知，我没成家。回到室里高高兴兴地向下传达。那些成了家的人面露尴尬之色。到了晚上九点半，那些成年的力量洗过了淋浴，脱下睡衣，露出臃肿的身体，开始过夫妻生活。我就在这时打电话过去：老张吗？今天公司交代的事别忘了啊。话筒里传来气急败坏的声音：知道！正做着——我操你妈……说着就挂掉了。我坐在家里，兴高采烈地在考勤表上打个勾，以便第二天汇报，成年力量的交媾就是这样的。我和老师间的交媾不是成年力量间的那种。它到底该是怎样的，我还没想出来——我太困了。

我忽然想到：在以前的十稿里，都没有写过老师让我娶她——大概是以前写漏了。现在把它补进去大概是不成的："克"或者别的上司会把它挑出来，用红笔一圈，批上一句"脱离生活"。什么是生活，什么不是生活，我说了不算：这就是说，我不知道什么叫做生活。我摇摇头，把老师要我娶她那句话抹去了。

有关夫妻生活，还有些细节需要补充：听到我传达的会议精神，我们室的人忧心忡忡地回家去。在晚上的餐桌上面露暧昧的微笑，鬼鬼祟祟地说：亲爱的，今天公司交待了要过生活……听了这句话，平日最温柔体贴的妻子马上也会变脸，抄起熨斗就往你头上砸。第二天早上，看到血染的绷带，我就知道这种生活已经过完了。当然也有没缠绷带来的，对这种人我就要问一问。比方说，问那朵最美丽的花。她皱着眉头，苦着脸坐在那里，对我的问题（是否过了生活）不理不睬，必须要追问几遍才肯回答：没过！我满脸堆笑地继续：能不能问一句，为什么没过？她恶狠狠地答道：他不行！我兴高采烈地在考勤表上注明，她没过夫妻生活，原因是丈夫不行。每当上面有这种精神，我都很高兴。罗马诗人维吉尔有诗云：下雨天待在家里，看别人在街上奔走，是很惬意的。所以，老师要我娶了她，我当然不答应。万一学校里布置了要过夫妻生活，我就惬意不起来，而且我也肯定是"不行"。

我继续写道："我对老师百依百顺，因为她总能让我称心如意。当然，有时她也要吓吓我。我在长椅上冥思苦想时，她对我耳朵喊道：会想死的，你！我抬头看看她的脸，小声说道：我不会。她说：为什么你不会？我说：因为你不会让我死。她愣了一下，在我腿上直起身来说：臭小子，你说得对。然后，她把绸衫后的乳房放在我脸上，我用鼻子在上面蹭起来。校园里的水银灯颜色惨白，使路上偶尔走过的人看起来像些孤魂野鬼，但在绸衫后面，老师的乳房异常温柔——你要知道，在学校里我被视作尼斯湖怪兽，非常孤立。假如没有她肯让我亲近，我可真要死掉了。”

因为这部小说写了这么多次，这回我想用三言两语说说我和老师的性爱经历：“那时候老师趴在床上，仔细端详我的那个东西。颠过来倒过去看够了以后，她说道：年复一年，咱们怎么一点都不长呢。后来，她又在我身上嗅来嗅去，从胯下嗅到腋下，嗅出这样一个结论：咱们还是没有男人味儿。我一声不吭，但心里恨得要死。看完和嗅完之后，老师跨到我身上来。此时我把头侧过去，看自己的左边的腋窝——这个腋窝大得不得了，到处凹凸不平，而且不长毛，像一个用久了的铝水勺。然后又看右面的腋窝。直到老师来拍我的脸，问我：你怎么了？我才答道：没怎么。然后继续去看腋窝。铝制的东西在水里泡久了，就会变得昏暗，表面还会有些细小的黑斑。我的腋窝也是这样的。躺在这两个腋窝中间，好像太阳穴上扣上了两个铝制水勺——我就这样躺着不动了。”

“从老师的角度来看我，就会看到一张大脸，高鼻梁、高颧骨，眉棱骨也很高，一天到晚没有任何表情——我知道自己长得什么样子。老师送我到医院去看过病，因为我总是不笑，好像得了面部肌肉麻痹症。经过检查，大夫发现我没有这种毛病，只是说了一句：这孩子可真够丑的。这使老师兴高采烈，经常冷不防朝我大喝上一声：真够丑的！做爱时我躺着不动，就像从空中看一条泛滥的河流，到处是河水的白光；她的身体就横跨在这条河上。我的那个东西当时虽小，但足够硬邦，而且是直撅撅的；最后还能像成年人一样射精。到了这种时候，她就舔舔舌头，俯下身来告诉我说：热辣辣的。因为我还能热这一下，所以她还是满意的……”这些段落和以前写的完全不同，大概都会被打回来重写，到那时再改回原样吧。我知道怎么写通得过，怎么写通不过。但我不大知道什么叫做生活。

对于性爱经历，有必要在此补充几句：如你所知，这种事以前是不让写的。假如我写了，上面就要枪毙有关段落，还要批上一句：脱离生活。现在不仅让写，而且每部有关爱情的小说都得有一些，只是不准太过分。这就是说，不过分的性爱描写已经成了生活本身。自从发生了这种变化，我小说里的这些段落就越来越简约。那些成了家的人说：夫妻生活也有变得越来越简约之势。最早他们把这件事叫做静脉注射，后来改为肌肉注射，现在已经改称皮下注射了。这就是说，越扎越浅了。最后肯定连注射都不是，瞎摸两把就算了。我的小说写到最后，肯定连热都不热。

十三

“毕业以后，我还常去看老师。”写到这个地方全书就接近结束了。“我开了一辆黑色的吉普车，天黑以后溜进校园去找她，此时她准在林荫道上游荡，身上穿着我的T恤衫——衫子的下摆长过了她的膝盖，所以她就不用穿别的东西了。但她不肯马上跟我走，让我陪她在校园里遛遛。遇到了熟人，她简单地介绍道：我的学生来接我了。别人抬头看看我，说道：好大的个子！她拍拍我的肚子说：可不是嘛，个子就是大。有些贫嘴的家伙说：学生搞老师，色胆包天嘛！她也拍拍我的肚子说：可不是嘛，胆子就是大……咱们把他扭送校卫队吧。但是她说的不是事实，我胆小如鼠，她一吓我，我就想尿尿。有时她也说句实话：这孩子不爱说话，却是个天才噢。假如有人觉得她穿的衣服古怪，她就解释说：他的T恤衫，穿着很凉快，袖子又可以当蒲扇。有人问，天才床上怎么样（实际情况是，着实不怎么样），她就皱起眉头来，喝道：讨厌！不准问这个问题！然后就拖着我走开，说道：咱们不理他们——老师总是在维护我。”我的稿子总是这么写的，写过很多次了。按说它该是百分之百的真实。其实这事并未发生过。所有我写的事情都未真正发生过。

也许我该从真正发生过的事情写起——我忽然想到，从老师的角度来看我，是个有趣的想法。老师留着乌黑的短发，长着滑腻的身体。我们学校的公共浴池是用校工厂废弃的车间改建的，原来的窗子用砖砌上了半截，挡住了外来的视线，红砖中间的墙缝里结着灰浆的疙瘩。顺着墙根有一溜排水沟，里面满是湿漉漉的头发。墙边还有一排粗壮的水管连接着喷头，但多数喷头已经不见了，只剩下弯曲的水龙头，像旧时铁道上用来给机车上水的水鹤。在没有天花板的屋顶下挂了几个水银灯泡，长明不灭。水管里流着隔壁一家工厂的循环水，也是长流不息。这家浴室无人看守，门前的牌子上写着：周一三五女，二四六男，周日检修。这个规定有个漏洞，就是在夜里零点左右会出现男女混杂的情形。一般来说，没有人会在凌晨一点去洗澡，但我就是个例外。我不喜欢让别人看见我的身体，所以专找没人时去洗澡。有一回我站在粗壮的水柱下时，才发现在角落里有个雪白的身体……这件事发生在我上大一时，老师还没教过我们课——从她的角度看来，我罩在一层透明的水膜里，一动不动，表情呆滞，就如被冻在冰柱里一样。她朝我笑了笑，说道：真讨厌哪，你。然后就离去了。这就是一切故事的起因。

从老师的角度来看我，会看到有一根水柱冻结在我头顶上，我的头发像头盔一样扣在脑袋上。一层水壳结在我的身上，在我身体的凸出部位，则有一些水柱分离出来，那是我的耳朵、眉棱骨的外侧、鼻子、下巴。从下巴往下，直到腰际再没有什么凸起的地方了。有一股水柱从小命根上流下来，好像我在尿尿。那东西和一条即将成蛹的蚕有些相似。现在我不怕承认：我虽然人高马大、智力超群，却是个小孩子。直到不久之前，我洗澡和游泳都要避人。虽然我现在能把停车场上的小姐吓跑，但不能抹煞以前的事。老师说过我讨厌之后，就扬长而去，挺着饱满的乳房，迈开坚实的小腿，穿着一条淡绿色的内裤，趿拉着一双塑料凉鞋。她把绿色绸衫搭在手臂上没穿，大概是觉得在我面前无须遮挡。此时在浴室里，无数的水柱奔流着。我站在水柱里，很不开心。小孩子不会愤怒，只会不开心。这就是这个故事的起因。这件事情是真实的，但我没有写。

很多年来，我一直在老师的阴影下生活。这位老师的样子如前所述，她曾经拿根棍面包去吓唬露阴癖，还在浴室里碰见过我——但我们之间什么都没发生过。但我一直在写她：这是不是真正的小说，我有点搞不清楚了。也许，我还可以写点别的。比方说，写写我自己。我的故事是这样的：

大学毕业以后，他们让我到国家专利局工作：众所周知，爱因斯坦就是在专利局想出了相对论，但我在那儿什么都没想出来。后来他们把我送到了国家实验室、各个研究所，最后让我在大学里教书。所有天才物理学家待过的地方我都待过，在哪儿都没想出什么东西来——事实证明，我虽然什么题目都会做，却不是个天才的物理学家；教书我也不行，上了讲台净发愣。最后，他们就不管我了，让我自己去谋生。我干过各种事：在饭店门口拉汽车门，在高级宾馆当侍者，……最古怪的工作是在一个叫做丰都城的游乐宫里干的：装成恶鬼去吓唬人。不管干什么，都没有混出自己的房子，要租农民房住，或者住集体宿舍。我睡觉打呼噜，住集体宿舍时，刚一睡着，他们就往我嘴里挤牙膏，虽然夜里两点时刷牙为时尚早。最后我只好到公司来工作。公司一听我在外面到处受人欺负——这是我心地纯洁的标志——马上录取了我。同事都很佩服我的阅历，惊叹道：你居然能在外面找到事情做！但这并不是因为我明白事理，达练人情——我要真有这些本事就不进公司。我能找到这些工作只是因为我个子大罢了。

当年我在丰都城里掌铡刀，别人把来玩的小姐按到铡刀下，我就一刀铡下去——铡刀片子当然是假的——还不止是假的，它根本就不存在，只是道低能激光。有的小姐就在这时被吓晕过去了，个别的甚至到了需要赶紧更换内裤的程度。另外一些则只是尖叫了一声，爬起来活动一下脖子，伸手到我身上摸一把。我赶紧跳开，说道：别摸——沾一手——全是青灰。不管是被吓晕的还是尖叫的，都很喜欢铡刀这个把戏。到下一个场景，又是我挥舞着钢叉，把她们赶进油锅：那是一锅冒泡的糖浆。看上去吓人，实际只有三十度——泡泡都是空气。这个糖浆浴是很舒服的：我就是这么动员她们往下跳，但没有人听。小姐们此时已经有了经验，不那么害怕，东躲西藏，上蹿下跳，既躲我手上的钢叉，又躲我腰间那根直挺挺的大阴茎。但也有些泼辣的小姐伸手就来拔这个东西，此时我只好跳进油锅去躲避——那是泡沫塑料做的，拔掉了假的，真的就露出来了。既然我跳了油锅，就不再是丰都城里的恶鬼，而是受罪的鬼魂。所以老板要扣我的工资，理由是：我请你，是让你把别人赶下油锅，不是让你下油锅的……作为雇员，我总是尽心尽责，只是时常忘了人家请我来做什么。作为男人，我是个童男子……这就是一切事实。结论是：我自己没什么可写的。

十四

现在到了交稿的时间，同事们依次走到我面前。我说：放下吧，我马上看。谢谢你。与此同时，我头也不抬，双脚收在椅子下面——我既不肯枪毙他，也不让他踩我的脚。这就是说，我心情很坏。他放下稿子，悄悄地走出门去，就像在死人头前放上鲜花一样。我是这样理解此事：权当我的葬礼提前举行了。最后一个人走到我面前时，我也是如此说。她久久地不肯放下稿子，我也久久地不肯抬头看她。后来，她还是把稿子放下了。但她不肯走出去，和别人一样到屋顶花园去散步，而是走到桌子后面，蹲了下来，双手把我的一只脚搬了出来，放在地面上，然后站起身来，在上面狠命地一踩。这个人就是“棕色的”。我慢慢地抬起头来看着她，发现她的眼睛好像犯了结膜炎一样。我这一夜在失眠，她这一夜在痛哭。虽然她现在正单足立在我的足趾上，但我不觉得脚上比头里更疼——虽然足趾疼使头疼减轻了很多。这种行径和撒娇的坏孩子相仿，但我没有责备她。她见我无动于衷，就俯下身来，对着我的耳朵说：看见你的那东西了——难看死了！她想要羞辱我。但我还是无动于衷，耸了耸肩膀说：难看就难看吧。你别看它不就得了……

在我的小说里，我遇到了一个谜语：世界是银子的。我答出了谜底：你说的是热寂之后。现在我又遇到了一个谜语：“棕色的”女同事要写真正的小说。我应该答出谜底：你要写的是……我要是知道谜底就好了。也许你不像我，遇到任何谜语都要知道谜底。但你也不像我，从小就是天才儿童。希腊神话里说，白银时代的人蒙神的恩宠，终生不会衰老，也不会为生计所困。他们没有痛苦，没有忧虑，一直到死，相貌和心境都像儿童。死掉以后，他们的幽灵还会在尘世上游荡。我想他们一定用不着回答这样的问题：什么是真正的小说。如你所知，我一直像个白银时代的人。但自从在停车场上受到了惊吓，我长出一根大鸡巴来了。有了这种丑得要死的东西，我开始不像个白银时代的人了……

中午时分，所有的人都到楼顶花园透风去了，“棕色的”没去。抓住这没人的机会，她正好对我“诉求”一番——我不知这个词是什么意思，但我觉得这词很逗。她在我面前哀哀地哭着，说道：老大哥，我要写小说啊……大颗大颗的泪珠在她脸上滚着，滚到下巴上，那里就如一颗正在溶化的冰柱，不停地往下滴水。我迷迷糊糊地瞪着她，在身上搜索了一阵，找到了一张纸餐巾（也不知是从哪里抄来的），递给了她。她拿纸在脸上抹着，很快那张纸餐巾就变成了一些碎纸球。穿着长裤在草地上走，裤脚会沾上牛蒡，她的脸就和裤脚相仿。我叹了口气，打开抽屉，取出一条新毛巾来，对她说：不要哭了。就给她擦脸。擦过以后，毛巾上既有眼泪，又有鼻涕，恐怕是不能要了。“棕色的”不停地打着嗝，满脸通红，额头上满是青筋。我略感不快地想到：以后我抽屉里要常备一条新毛巾，这笔开销又不能报销——转而想到：我要对别人负责，就不能这么小气。然后，我对“棕色的”说：好了，不哭——回去工作吧。她带着哭腔说：老大哥，我做不下去——再扯下去又要哭起来。我赶紧喝住她：做不下事就歇一会儿。她说坐着心烦。我说，心烦的时候，可以打打毛衣，做做习题。她愣了一会说：没有毛衣针。我说：等会儿我给你买——这又是一笔不能报销的开支。我打开写字台边的柜子，从里面拿出一本旧习题集，递给她，叫她千万别在书上写字——这倒不是我小气，这种书现在很难买到了。

过去，我做习题时，总是肃然端坐，把案端的台灯点亮，把习题书放在桌子的左上方，仔细削一打铅笔，把木屑、铅屑都撮在桌子的右上角，再用橡皮胶条缠好每一支笔（不管什么牌子的铅笔，对我来说总是太细），发上一会儿呆，就开始解题了。起初，我写出的字有蚊子大小，后来是蚂蚁大小，然后是跳蚤大小，再以后，我自己都看不到了。所有的问题都沉入了微观世界。我把笔放下，用手支住下巴，沉入冥思苦想之中。“棕色的”情况和我不同，她把身体倚在办公桌上，脖子挺得笔直，眼睛朝下愤怒地斜视着习题纸，三面露白，脸色通红，右手用力按着纸张，左手死命地捏着一支铅笔（她是左撇子），在纸上狠命地戳着——从旁看去，这很像个女凶手在杀人——很快，她就粉碎了一些铅笔，划碎了一些纸张，把办公桌面完全写坏。与此同时，她还大声念着演算的过程，什么阿尔法、贝它，声震屋宇。胆小一点的人根本就不敢在屋里待着。不管怎么说吧，我把她治住了。现在习题对我不起什么作用，我把这世界所有值得一做的习题都做完了。但我是物理系毕业的，数理底子好。“棕色的”则是学文科的——现有的习题够她做一辈子了。

大学时期，我在宿舍里，硬把身体挤入桌子和床之间狭窄的空间坐下，面对着一块小小桌面和厚厚的一堆习题集发着呆。我手里拿着一支铅笔，但很少往纸上写，只是把它一截截地捏碎。不知不觉中，老师就会到来。她好像刚从浴室回来，甩着湿淋淋的头发，递给我一张抄着题目的卡片，说道：试试这个——你准不会。我慢慢地把它接过来，但没有看。这世界上没有我不会解的数学题——这是命里注定的事情。还有一件事似乎也是命里注定：我会死于抑郁症。不知不觉之中，老师就爬到了对面的双层床顶上，把双脚垂在我的面前。她用脚尖不停地踢我的额头，催促道：愣什么？快点做题！我终于叹了一口气，把卡片翻了过来，用笔在背面写上答案，然后把它插到老师的趾缝里——她再把卡片拿了起来，研究我写的字，而我却研究起那双脚来：它像婴儿的脚一样朝内翻着。我的嗅觉顺着她两腿中间升了上去，一直升入了皮制的短裙，在那里嗅到了一股夹竹桃的气息。因为这种气味，我拥有了老师洁白娇小的身体，这个身体紧紧地裹在皮革里……她从床上跳了下来，蹲在我的面前，抱住我的脑袋说：傻大个儿，你是个天才——别发愣了！我忽然觉得，我和老师之间什么都发生过——我没有虚构什么。

我面对着窗子，看到玻璃外面长了几株绿萝。这种植物总是种在花盆里，绕着包棕的柱子生长，我还不知道它可以长在墙脚的地下，把藤蔓爬在玻璃上。走近一点看得更清楚：绿萝的蔓条上长有吸盘，就如章鱼的触足一样，这些吸盘吸住玻璃，藤蔓在玻璃上生长，吸盘也像蜗牛一样移动着，留下一道黏液的痕迹，看起来有点恶心。然后它就张开自己的叶子。这些叶子有葵叶大小，又绿又肥，把办公室罩进绿荫里。科学技术在突飞猛进，有人把蜗牛的基因植到绿萝里，造出这种新品种——这不是我这种坐在办公室里臭编的人所能知道的事。我知道的是，坐在这些绿萝下，就如坐在藤萝架下。这种藤萝架可以蔓延数千里，人也可以终生走不出藤萝架，这样就会一生都住在一道绿色的走廊里，这未尝不是一种幸福。这不是不能实现的事：只要把人的基因植到蚂蚁里，他（或者她）觉得自己是人，其实只是蚂蚁；此后就可以在一个盆景里得到这种幸福，世界也会因此变得越来越新奇。……我回头看看“棕色的”，在绿荫的遮蔽下，显得更棕了。她吭吭哧哧地和一些三角恒等式纠缠不休。这是初中二年级的功课，她已经有三十五岁了。我不禁哑然失笑：以前我以为自己只有些文学才能，现在才发现，作践起人来，我也是一把好手。我真不知道自己有多聪明——而且我现在还是迷迷糊糊的。我就这么迷迷糊糊地回家去睡觉——再不睡实在也撑不住了。

十五

天终于晴了。在雾蒙蒙的天气里，我早就忘了晴天是什么样子，现在算是想起来了。晴天就是火辣辣的阳光——现在是下午五点钟，但还像正午一样。我从吉普车里远远地跳出去，小心翼翼地躲开金属车壳，以免被烫着，然后在粘脚的柏油地上走着。远远地闻见一股酒糟味，哪怕是黑更半夜什么都看不见，闻见这股味也知道到家了。这股馊臭的味道居然有提神的功效。闻了它，我又不困了。

我宿舍的停车场门口支着一顶太阳伞，伞下的躺椅上躺着一个姑娘，戴着墨镜，留着马尾辫，穿着鲜艳的比基尼，把晒黑了的小脚翘在茶几上。我把停车费和无限的羡慕之情递给她，换来了薄薄的一张薄纸片——这是收据，理论上可以到公司去报销。但是报销的手续实在让人厌烦。走过小桥时，下面水面上漂着密密麻麻的薄纸片，我把手上的这一张也扔了下去。这条河里的水是乳白色的，散发着酒糟和淘米水的味道。这股水流经一个造酒厂，或者酱油厂，总之是某个很臭的小工厂；然后穿过黑洞洞的城门洞——我们的宿舍在山上，是座城寨式的仿古院子——门洞里一股刺眼睛的骚味，说明有人在这里尿尿。修这种城门洞就是要让人在里面尿尿。门洞正对着一家韩国烧烤店，在阳光下白得耀眼。在烧烤店的背后，整个山坡上满是山毛榉、槭树，还有小小的水泥房子。所有的树叶都沾满了黑色的粉末，而且是黏糊糊的——叶子上好像有油。山毛榉就是香山的红叶树，但我从没见它红过；到了秋天，这山上一片茄子的颜色。这地方还经常停电。为了这一切——这种宿舍、工资，每天要长衣长裤地去上班，到底合算不合算，还是个问题。

我现在穿的远不是长衣长裤。刚才在停车场上付费时，我从那姑娘的太阳镜反光里，看清了我自己的模样。我穿着的东西计有：一条一拉得领带，一条很长的针织内裤，里面鼓鼓囊囊的，从内裤两端还露出了宽阔的腹股沟，和黑毵毵的毛——还有一双烤脚的皮鞋，长衣长裤用皮带捆成一捆背在了背上；手里还提着一个塑料冰盒子。那个女人给我收据时，嘴角露出了一丝笑意，可见别人下班时不都是这种穿着。她的嘴角松弛，脖子上的皮也松弛了，不很年轻了。但这不妨碍我对她的羡慕之情。看守停车场和我现在做的事相比，自然是优越无比。

我的房子在院子的最深处，要走过很长的盘山道才能走到。这是幢水泥平房，从前面走进门厅，就会看到另一座门，通向后院。这两道门一模一样，连门边的窗户也是一模一样。早上起来，我急匆匆地去上班，但时常发现走进了后院。后院里长满了核桃树，核桃年复一年落在地下，青色的果壳裂开，铺在地下，终于把地面染得漆黑。至于核桃坚果，我把它扫到角落里，堆成了一堆。这座院子的后墙镶在山体上，由大块的城砖砌成，这些砖头已经风化了，变成了坚硬的海绵。但若说这堵墙是古代遗留下来的，又不大像。我的结论是：这是一件令人厌恶的假古董——墙上满是黑色的苔藓。在树荫的遮蔽下，我的后院漆黑一团。不管怎么说吧，这总是我自己的家。每当我感到烦闷，想想总算有了自己的家，感觉就会好多了。

不知你见没见过看停车场的房子——那种建筑方头方脑，磨砖对缝。有扇窗子对着停车场的入口，窗扇是横拉的，窗下放着一张双屉桌，桌子后面是最好的发愣场所；门窗都涂着棕色的油漆，假如门边不挂牌子，就很容易被误认为收费厕所。这房子孤零零的，和灯塔相似。

日暮时分，我走到门外，在落日的余辉下伸几个懒腰，把护窗板挂在窗户上，回到屋里来，在黑暗中把门插上，走进里间屋——这间房子却异常明亮。灿烂的阳光透过高处的通气窗，把整个顶棚照亮。如你所知，这屋里有张巨大的床。我的老师穿着短短的皮衣，躺在床上。她的手臂朝上举着，和头部构成一个 W 形，左手紧握成拳，右手拿着小皮包，脖子上系着一条纱巾——老师面带微笑。她的双脚穿着靴子，伸到床外。实际上，她是熟睡中的白雪公主。我在她身边坐下，床瘪了下去，老师也就朝我倾斜过来。我伸手给她脱去靴子，轻轻地躺了下来，拉过被子把自己盖住，睁大眼睛看着天花板——它正在一点点地暗下去。第二天早上，我又会给老师穿上靴子，到外面上班……老师会沉睡千年，这种过程也要持续千年。我们之间什么都没发生过——虽然那东西一直是直翘翘的。这件事没法写进小说里，因为它脱离了生活。按现在的标准，生活是皮下注射。但这不是真正的生活。什么是真正的生活呢？我又记不得了。这个故事我写了十一遍，我能记住其中的每一句话。但它是真是假，我却记不得了！

我在家里，脱掉内裤，解开腰上的重重包裹。旧时的小脚女人在密室里，一定也是怀着同样的欣快感，解开自己的裹脚布。那东西获得了解放，弹向空中。我现在有双重麻烦：一是睡不着觉，二是老直着。我还觉得自己在发烧，但到医务室一量体温，总是三十六度五——那东西立在空中，真是丑死了。在学校里，我是天才学生，在公司里我是天才人物。你知道什么是天才的诀窍吗？那就是永远只做一件事。假如要做的事很多，那就排出次序，依次来干。刚才在公司，这个次序是：1. 写完我的小说；2. 告诉“棕色的”什么是真正的小说。现在的次序是：1. 自渎；2. 写完小说；3. 告诉“棕色的”什么是真正的小说。在此之前，我先去找一样东西。这次序又变成了：1. 找到那样东西；2. 自渎……这样一个男人，赤身裸体，在家里翻箱倒柜，这样子真是古怪透了……但我还是去找了，并把它从床底下拖了出来。把那个破纸箱翻到底，就找到了最初的一稿。打印纸都变成了深黄色，而且是又糟又脆，后来的稿子就不是这样：这说明最早的一稿是木浆纸，后来的则是合成纸。这一稿上还附有鉴定材料：很多专家肯定了它的价值，所以它才能通过。现在一个新故事也得经过这样的手续才能出版、搬上银幕——社会对一个故事就是这么慎重。每页打印纸上都有红墨水批的字：属实。以下是签字和年月日。在稿上签字的是我的老师。为了出版这本书，公司把稿子交她审阅，她都批了属实。其实是不属实。不管属实不属实，这些红色的笔迹就让我亢奋。假设小说的女主人公是克利奥佩屈拉，就没人来签字，小说也就出不来。更不好的是：手稿上没有了这些红色笔迹，就不能使我亢奋。

如你所知，我们所写的一切都必须有“生活”作为依据。我所依据的“生活”就是老师的签字——这些签字使她走进了我的故事。不要以为这是很容易的事：谁愿意被人没滋没味地一遍遍写着呢。老师为我作出了重大的牺牲。后来我到处去找老师，再也找不到——她大概是躲起来了。但是这些签字说明她确实是爱我的——就是这些签字里包含的好意支持着这个故事，使我可以一遍遍地写着，一连写了十一次。

十六

他们现在说，我这部小说有生活。他们还说，现在缺少写学生生活的小说。我说过，生活这个词有很古怪的用法：在公司内部，我们有组织生活、集体生活。在公司以外，我们有家庭生活、夫妻生活。除此之外，你还可以去体验生活。实际上，生活就是你不乐意它发生但却发生了的事……和真实不真实没有关系。我初写这部小说时，他们总说我的小说没有生活，这不说明别的，只说明当时这篇小说在生活之外，还说明我很想写这篇小说；现在却说有了生活，这不说明别的，只说明它完全纳入了生活的轨道，还说明我现在不想写这篇小说了。

老师的生活是住在筒子楼里，每天晚上到习题课上打瞌睡，在校园里碰上一个露阴癖；而和一个大个子学生恋爱却不在她的生活之中。她在我的初稿上签字，说我写到的事情都是她的生活，原因恰恰是：我写到的不是她的生活——这件事起初是这样的。结果事情发展下去走了味儿：我一遍遍地写着，她一遍遍地签字，这部小说也变成了她的生活。所以她离开了学校，一走了之。

早上我去上班之前，要花大量的时间梳妆，把脸刮干净，在脸上敷上冷霜，描眉画目。这是很必要的，我的脸色白里透青，看上去带点鬼气，眉毛又太稀。然后在腋下喷上香水，来掩饰最近才有的体味。我的形体顾问建议我穿带垫子的内衣，因为我肌肉不够发达。他还建议我用带垫子的护身，但现在用不着了，那东西已经长得很大。然后我出门，在上班的路上还要去趟花店，给“棕色的”买一束红色的玫瑰花。在花店里，有个穿黑皮短裙的女孩子对我挤眉弄眼，我没理她。后来她又跟我走了一路，一直追到停车场，在我身后说些带挑逗意味的疯话……最后，她终于拦住我的车门，说道：大叔，别假正经了——你到底是不是只鸭？我闷声喝道：滚蛋！把她撵走了。这种女孩子从小就不学好，功课都是零分，中学毕业就开始工作；和我们不是一路人。然后我坐在方向盘后面唉声叹气，想着“棕色的”从来就没有注意过我。要是她肯注意我，和我闲聊几句，起码能省下几道数学题。她解题的速度太快，现有的数学题不够用了。

有关“棕色的”女同事要写真正的小说，我现在有如下结论：撇开写得好坏不论，小说无所谓真伪。如你所知，小说里准许虚构，所以没有什么真正的小说。但它可以分成你真正要写的小说和你不想写的小说。还有另外一种区分更有意义：有时候你真正在写小说，但更多的时候你是在过着某种生活。这也和做爱相仿：假如一个男人和一个女人双方都想做，那他们就是真正在做爱。假如他们都不想，别人却要求他们做，那就不是做爱，而是在过夫妻生活。我们坐在办公室里，不是在写小说，而是在过写作生活。她在这种生活中过腻了，就出去体验生活——这应该说是个错误。体验到的生活和你在过的生活其实是毫无区别的。

我知道，“棕色的”要做的事是：真正地写小说。要做这件事，就必须从所谓的生活里逃开。想要真正地写，就必须到生活之外。但我不敢告诉她这个结论。我胆子很小，不敢犯错误。

现在“棕色的”每天提前到班上来，坐在办公桌后面，一面打毛衣，一面做习题。她看起来像个狡猾无比的蜘蛛精，一面操作着几十根毛衣针，一面看着习题集——这本习题集拿在一位同事的手里。她嘴里咬着一支牙签，把它咬得粉碎，再吐出来，大喝一声：“翻篇儿！”很快就把一本习题集翻完，她才开始口授答案。可怖的是，没有一道做错的。我把同事都动员起来，有的出去找习题，有的给她翻篇儿。我到班上以后，把这束玫瑰花献给她，她只闻了一下，就丢进了字纸篓，然后哇哇地叫了起来：老大哥，这些题没有意思！我要写小说！她一小时能做完一本习题集，但想不出真正的小说怎么写，让我告诉她。按理说，我该揍她个嘴巴，但我只叹了一口气，安慰她道：不要急，不要急，我们来想办法。然后坐到自己的位子上了。

在“棕色的”写作生活中，她在写着一个比《师生恋》更无聊的故事。她和我们的不同之处在于，她不会瞎编一些故事来发泄愤怒。因此她就去体验生活，然后被人轮奸了。这说明她很笨，不会生活。既然生活是这样的索然无味，就要有办法把它熬过去。这件事可不那么容易……起码比解习题要难多了。

“棕色的”告诉我说：那件事发生以后，她坐在泥地上，忽然就怕得要命。也不知为什么，她想到这些人可能会杀她灭口……她想得很对，强奸妇女是死罪，那些乡下小伙子肯定不想被她指认出来。虽然当时很黑，但她说，看到了那些人在背后打手势。这是件令人诧异的事：我知道，她原来像蝙蝠一样的瞎，在黑地里什么都看不见。但我平时像个太监，被刀尖点着的时候，也变得像一门大炮；所以这件事是可信的。有一个家伙问她：你认不出我们吧？她顺嘴答道：认不出来。你们八个我一个都认不出来。那些人听了以后，马上就走，把她放过去了。这个回答很聪明：明明是四个人，她说是八个。换了我，也想不出这么好的脱身之策。但她因此变得神经兮兮的，让我猜猜她为什么会这么怕死。如你所知，我最擅长猜谜，但这个谜我没猜出来。这谜底是：我这么怕死，说明我是活着的。这真是所罗门式的答案！现在恐怕不能再说她是傻瓜了。实际上，她去体验生活确实是有收获的。首先，她发现了自己不想死，这就是说，她是活着的。既然她是活着的，就有自己的意愿。既然有自己的意愿，就该知道什么是真正在写小说。但她宁愿做个吃掉大量习题的母蝗虫，也不肯往这个方向上想。我也不愿点破这一点：自己在家里闷头就写，不要告诉任何人。这样就是真正在写小说。我不敢犯错误，而且就是犯了错误，也不会让你知道。

我注意到“棕色的”总在咬牙签，把齿缝咬得很宽。应该叫她不咬牙签，改吃苹果——照她这个疯狂的样子，一天准能吃掉两麻袋苹果，屙出来的屎全是苹果酱……我现在是在公司里，除了“生活”无事可做。所以，我只能重返大学二年级的热力学教室，打算在那里重新爱上老师。

* 本篇最初发表于1997年第2期《花城》。

我的阴阳两界

第一章

一

再过一百年，人们会这样描述现在的北京城：那是一大片灰雾笼罩下的楼房，冬天里，灰雾好像冻结在天上。每天早上，人们骑着铁条轮子的自行车去上班。将来的北京人，也许对这样的车子嗤之以鼻，也可能对此不胜仰慕，具体怎样谁也说不准。将来这样的车子可能都进了博物馆，但也可能还在使用，具体会怎样谁也说不准。将来的人也许会这样看我们：他们每天早上在车座上磨屁股，穿过漫天的尘雾，到了一座楼房面前，把那个洋铁皮做的破烂玩意锁起来，然后跑上楼去，扫扫地，打一壶开水，泡一壶茶，然后就坐下来看小报，打呵欠，聊大天，打瞌睡，直到天黑。但是我不包括在这些人之内。每天早上我不用骑车上班，因为我住在班上。我也不用往楼上跑，因为我住在地下室，上班也在地下室，而且我从来不扫地。我也不打开水，从来是喝凉水。每天早上我从床上起来，坐到工作台前，就算上了班。这时候我往往放两个响屁，标志着我也开始工作了。我待的地方一天到晚总是只有一个人，所以放响屁也不怕别人听见。

我住的地方是医院的地下室。这里的大多数房间是堆放杂物的，门上上着锁，并且都贴一张纸，写着：骨科，妇产科、内科一、内科二，等等。我搬进来以后，找了一支黑腊笔，在每张纸上都添了“的破烂”，使那些纸上写的是骨科的破烂、妇产科的破烂，等等。这样门上的招牌就和里面的内容一致了。但是没有人为此感谢我，反而说，小神经的毛病又犯了。他们对我说，我不该在门上写破烂二字。破烂二字不能写上墙。假如我要写，可以写储物室，写成骨科储物室、妇产科储物室。但是我说，你们玩去吧。他们听了这话，转身就逃了出去。地下室对他们来说，可不是个好地方。

除了这些堆破烂的房子，就是我住的房子了，门上写着仪修组王工程师的字样。我的左边隔壁是破烂，右面隔壁也是破烂。但是除了破烂，这里还有一些别的东西。走廊上，每隔不远就有一个龛，龛里放着标本缸。缸里泡了一些七零八碎的死人。其中一个就在我的对门，和我同一性别，但是既没有脑袋，也没有四肢。我闲下来就去看他，照我看，他死掉时，大概还没有我大。他的腰板挺得板直，一副昂首阔步的样子，只可惜他既没了首，也迈不开步了。人家在他肚子上开了一扇门，在内脏上拴了好多麻线，每根麻线上拴了一个标签，写着大肠小肠之类的字样。假如这位仁兄活过来，一低头就能看见，自己的哪一部分叫什么。除此之外，他还会发现人家把他的阴茎切掉了，但是把阴囊和睾丸都留着，所以那些东西泡在缸里，就像半头蒜的样子。不知道他会不会觉得好看。还有一些龛放着一些玻璃柜，放的是骨头架子。那些东西自己不能够站立，所以柜底下安着一根木杆子，杆顶上有个铁夹子，夹在项骨上。把死人弄成这个样子，可是一种艺术。一般的人，你就是给他最好的死尸，他也做不出好的标本。因为这个原因，我住的地方就像一个艺术馆。我对这个住处很是满意。

我住的地方就是这样。我就是门上写的那位王工程师。小神经也是我。他们叫我小神经，是因为我有点二百五。过了一百年，也许人们不知道什么叫二百五。这句话的意思是说，因为我只待了二百五十天就从娘胎里爬了出来，所以行为怪诞。其实我在娘胎里待足了三百天，但是因为我行为怪诞，大家就说我只待了二百五十天。这种因果倒置是因为我们有幽默感。其实我行为怪诞，是因为我有阳痿病。因为我有阳痿病，所以和前妻离了婚。我现在四十多岁，还在独身，而且离群索居，沉默寡言。

我不得不离群索居，沉默寡言，因为无论我到了哪里，总有人在我背后交头接耳，说我是个阳痿病人。这就使我很不好意思见人，虽然我已经阳痿了十年，对此已不再感到羞愧，但是我还是不乐意人家这样说我。我不愿他们把我看成了太监一类的东西，虽然实际上我的确和太监差不多。这件事的教训是不要找本单位的人结婚，除非你能确信自己没有阳痿病。我前妻原来是本院的护士，现在调走了。但是在调走以前，她已经把我不行这件事传得满城风雨。现在除了躲在地下室，我也采取了积极措施，到康复科去看病。康复科的马大夫和我关系很好，别人看病要钱(公费医疗不报销康复科)，他不管我要钱。

马大夫治我的阳痿病，开头是用内科疗法，给我开了很多药，并且让我多吃巧克力。他说巧克力壮阳。但是巧克力吃多了食欲全无，我还长了口疮。后来又换了外科疗法，住了一段时间院，躺在床上打牵引。这就是说，在那玩意儿上挂上十公斤铅锤，往外拉。牵引了两周，那玩意儿拉到了一尺多长（后来不牵引，慢慢又缩回去了），但是似乎比以前还软了。他又建议我动手术，移一节肋骨进去。我觉得这样不好，因为肋骨移进去，就会永远硬挺挺，这样很不雅。他对我的病真是尽心尽力，认为我的病老不好，是对他医术的挑战。最后他建议我做变性手术，当不了男人当个女人好了。但是我坚决不答应，因为我身高一米八五，体重九十公斤，头大如斗，手大脚大，当了女人也不好看。最后他说我不肯合作，就再不给我看病了。但是我们俩关系还是很好，他经常跑到我的工作室来和我聊天。这家伙有六十岁了，养得又白又胖，因为不正经，在头头脑脑面前很没人缘，和一些小大夫小护士倒蛮亲热的。就是他有一天跑到我这里来，说要给我介绍女朋友。我觉得他脑子有问题：头几天还要叫我做变性手术，现在又要给我介绍女人，一点逻辑都没有。我就这样和他说了。正说时，有个女孩子从外边闯了进来，说道：马老师，您出去，我自己和他说！然后她就自己介绍说：我是妇科的，我姓孙。其实我在食堂里见过她，就是不知道她是妇科的，也不知道她姓孙。

小孙那一天来找我，起头情形就是这样的。马大夫走了以后，她一五一十地对我说：她马上就需要个男朋友，必须是人高马大，膀阔腰圆，能带得出去的那一种，来帮她解眼前的燃眉之急。这是因为她的前男朋友要结婚，今天晚上就要举行婚礼，她已经收到了邀请，想和一个大个子男人一块去。我想了想，说道：要是这样的话，我能帮上忙。别的事情我就帮不上忙了。这个姓孙的小鼻子小眼，娇小玲珑，一副小孩样，其实已经二十七岁了。到了晚上，我就和她一块去了。婚宴上全是些青年男女，大概都是她的同学，新娘子也是她的同学。我发现，医学院大概只招南方人，所以那一屋子男女全是小个子南方人，白面书生，个个戴着眼镜。我在其中像个巨人。认识我的人都说，我的脸相极凶，还说我吃相难看。我在席上喝了一瓶啤酒，就打了一个大嗝，声震屋宇。然后我讲了一个下流笑话，弄得四座皆惊。其实我没想去捣乱，只是在地下室里待了很多年，很少有人请我来参加聚会，心里很高兴。但是已经把新郎吓坏了，把小孙叫到一边说了好半天。然后我们就提前退席了。回来的路上小孙说，王工，你把他们都镇了！你帮了我的大忙，我不会让你白帮的。我一定也帮你一个忙。

二

后来小孙对我说，作为我给她出气的报答，她要把我的病治好。据她自己说，她读过 Masters 和 Johnson 的书，治我的病十拿九稳。我也看过那些书，所以我想这孩子真是个怪人。她梳了个齐耳短发，长得白白净净，还是蛮漂亮的。不管怎么说，也能嫁得出去，干吗要来给我治阳痿？女孩子只要嫁得出去，就不必理睬不想嫁的男人。我对她说，你没搞错吧？那都是夫妇双修的办法。她说知道，所以我要和你结婚。先结婚，后治病。

我和小孙要结婚的起因就是这样。开头我想，这个孩子还要给我治病，我看她自己就该找人治一下，是不是精神病。后来想到她起初找我那一回的情况，我怀疑她吃了别人的亏。既然她都要嫁我了，问一问也没什么。我就问道：你大概不是处女吧？她说当然不是。你要不要看看？我说看什么？她说我可以对她做个妇科检查。我对此是一没有经验，二没有兴趣，而且也没有必要。只有混充处女的，没有混充非处女的。所以我就说：结婚可是你自己要干的，将来可别埋怨我。她说绝不会。她说这些话时，一点也不脸红。

再过一百年，人们可以在现在留下的相片里想象我：我和大家一样，目光呆滞，脸色灰暗，模样儿傻得厉害。现在你到美术馆去看看十六世纪的肖像画，就会发现上面的人头戴假发，长一张大屁股脸，个个都是傻模样。过去的人穿燕尾服，瘦腿裤，显得头大身子小，所以很难看。但这样的装束在当时，一定是了不起地好穿着。以此类推，现在的人不论穿什么，将来也会傻得厉害。基于这种心理，我根本不打扮，经常不理发，不刮脸。当然，小孙是女孩子，不能和我一样。她经常打扮得干净漂亮，因为留着齐耳短发，下面的头发茬每天都要推一推。因为这些原因，我们俩在一起不够般配。但是我们俩经常一道去逛大街，表示我们在恋爱。这是计划的一部分，首先做出了恋爱的姿态，将来请求结婚就不至于显得突兀。

将来的人谈到我们结婚前的到处奔走，一定会感到奇怪。我根本就没有逛大街的欲望，我常年待在地下室里，很少走动，所以腿上的肌肉都退化了，白天走了路，晚上就腿疼。天寒地冻，不能去公园。我们总是在商业区里逛，但也没有要买的东西，更没有买东西的钱。过去我一个人在城里逛，老是低着头，看看地上有没有掉的钱，这是我几十年的积习。现在我也和小孙在北京城里闲逛，我倒是不低头，但是对一切都视而不见。倒是小孙时常有所见，走着走着就会忽然捏我一把，说道：看见了没有，刚才那个人盯着我看。听了这话，我就会猛然转过头去，大声说道：哪一个？她把我拉回来说，别这样，你要把别人吓死了。走到街上，我有时也会注意到她忽然把小嘴一扁，小脸一扬，脸上似笑非笑的模样。要不然就是忽然抓住我的胳臂，把全身挂在我身上。这大概是因为又有人看她了。但是到底是些什么人在看她，我一个也看不见。

星期天小孙把我带到王府井一家理发馆门前，让我往橱窗里看。我看了好半天，才认出橱窗里有一张相片是她。那是一幅黑白上色的相片，再过一百年，人们就会根据相片上的水彩，断言拍照时彩色摄影尚未发明。相片上的小孙涂了个红脸蛋，和她本人一点也不像。那相片就像现在看到的玛丽莲·梦露，或者猫王的相片那种五官不清，色彩斑斓的样子，露出五十年代那种村气土气；但是再过一百年，人家看到一个女孩子站在橱窗里自己的相片前流连忘返，也会露出会心的微笑。我对她说，快走吧，待会人家会出来说：小姐，是不是想把相片要回去？她就勃然大怒道：你说什么呀你！

小孙说，她在大街上走时，经常迎上这样的目光：先是盯上了脸，然后一路向下搜索，在胸部久久地停留。然后久久端详她细长的腿。她对自己的腿很是骄傲。这种景象我从没看见过。我想人家也许是在看她那条石磨蓝的牛仔裤，那条裤子值我一个月的工资。她对这种说法十分愤怒，说我在蓄意贬低她。其实我没有这样的意思。我早就注意到她的头发细密茂盛，柔软光滑，就像一只长毛猫的毛一样，每次从外面回去，走到医院门口时，她都要把手伸给我，让我拉着它。那只手非常小，柔若无骨，又凉又滑。我们拉着手从门口进去，她还要去问传达室的老头：有我的信没有？然后和每一个见到的人打招呼。我和小孙谈恋爱的情形就是这样的。

我和小孙每天下了班就到王府井喝咖啡。后来我对咖啡上了瘾，每天必须喝五大杯，否则就呵欠连天，而咖啡太贵了，比外国烟还贵。据马大夫说，我这叫做咖啡因依赖。他又要给我治这种病，但是我拒绝了。我怕他用咖啡掺上大粪给我喝，据说他就是这样给人戒烟。我只是向他打听外界对我和小孙恋爱的反应。他告诉我说，情况不容乐观，人家说，小孙是面子下不来。这句话的意思是说，她借用我在她前男友结婚那一天去给她撑过场面之后，如果现在就不理我，则显得太冷酷，太薄情。因此她必须和我假恋爱一段，然后再把我甩掉。这就是说，一个女孩子，应该表现得温柔多情，尽管她其实不是那么温柔多情，也要假装成这样。这也就是说，小孙借用我去参加婚宴的事现在已经是尽人皆知了。这件事起初只有三个人知道：一个是我，一个是小孙，还有一个就是马大夫。我们每个人都有把这件事泄露给别人的嫌疑。马大夫主动告诉我说：这件事我可没对任何人说过，也不知别人怎么就知道了。

假如马大夫没有把这件事告诉别人，小孙也不告诉别人（这事对她名声有损），剩下只有我最可疑。但是我成天待在地下室，从来不和外人接触。最后的结论就是我们谁也没告诉别人，这事就自己传出去了。由此得到一个推论，我们医院里现在安装了一台可怕的仪器，可以窃听全院每一个角落。这台仪器由一个长舌妇操作，她听到了我们在地下室里的谈话，然后就告诉了医院里每一个人。但是这件事非常地不可能，因为他们安这仪器时，必定要找我。我是全院唯一的电气工程师。连我都不知道医院里有这台仪器，那就必定是没有。

根据医院里现在的传闻，小孙是个极好面子的姑娘。她不乐意在前男朋友结婚那一天显得孤独无伴，所以借用了我。这是很正确的。根据同上传闻，她的小算盘又极精，找一个阳痿的男人来撑场面，将来不会有任何损失；有损失的是我，因为我被女人耍了。但是实际情况不是这样，实际情况是小孙正在献身于科学，准备在我身上探索一条治疗阳痿的新路。我和她是医生与病人的关系。当然这一点是秘密的。在开始治疗前，她必须嫁给我，然后治疗才合法，治好以后，才好写报告，拿出去发表。为此必须叫大家相信我们在恋爱。小孙说，我们俩必须在人前再亲密一点。她建议我们中午时到门厅里去接吻，但是我觉得过于肉麻。于是她建议我们从外面回到医院里时，显得再亲热一点。这就是说，在经过大门时，她要骑在我脖子上。我问了她的体重，体检时什么也不穿是四十三公斤，现在着了冬装，顶多也就是四十八公斤，这不算重；更何况她说，把你治好了以后，骑我的时候还多着哪；所以我实在没有理由不答应她。

三

在小孙骑我脖子之前，发生过很多事。首先是小孙说，她要扮演我未婚妻的角色，就要处处管着我。自从我成了小神经以后，已经习惯了别人对我耳提面命。在这些人里，女人尤多，多一个小孙也没什么。比方说，我去领工资，会计一定要再三关照我说：你数数，这是一百三十元。其实没有什么好数的，总共是一张一百元的大票，三张十元小票，完全可以一目了然；更何况数也数不多。因此我拿了钱总是看都不看就往兜里一揣。但是那个二十三岁的小会计一定从柜台后面赶出来，把我兜里的钱掏出来，当着我的面数一遍，然后再塞到我口袋里去。我到食堂里去买饭票，管理员大妈也会把饭票对我一五一十地交待：这种红的是菜票，那种绿的是饭票，千万别搞混了。其实我只是阳痿而已，并不色盲，更不是低智人。但是因为我阳痿，就不能阻止别人像关心低智人一样关心我。

人家总要把男人的大脑袋和小脑袋联系起来看，小脑袋不行的大脑袋一定不行——这成了一种成见了。我也无心去纠正这种成见，因为既然是成见，就无法纠正。我只管我行我素，待在地下室里不出来。这样省了好多的事：因为大家都觉得我是个傻子，所以什么开会、学习等等都不叫我去了；这样省了我和大家一起磨屁股。后世的人，对我们要开那么多的会一定惊诧不已，因为到了那时候，只有总经理、部长、总统才需开那么多的会。所以那时的人一定会以为我们都是些很重要的人物。其实我们不过是些电工、技师等等，开会讨论过马路要走人行横道而已。而且要开这样的会，必须有一条坚硬的鸡巴，软的不行。过去我除了领工资和买饭票，从来不到楼上去，现在发现连领工资都不必去，因为工资是小孙领去了。饭票也不必去买，因为饭票是小孙代我买了。别人还说，现在好了，王二的事都可以交待给小孙，省了多少麻烦。说完了总要哈哈大笑一通。

小孙和我谈恋爱，结果是我们俩都变成了一种气体，叫做什么一氧化二氮，或者说，叫做笑气，人家一见到我们在一起就要笑。但是我们既然是气体，当然就没有自觉性。我和小孙一道出门去，走过楼道时，小孙一定要叫我站住，给我掖好围脖。其实我根本就不需要围脖，因为我长得相当肥胖，一点也不怕冷。但是小孙一定要这样做，她说这是在大庭广众下和我亲热的唯一机会。掖围脖的时候，过路的护士就会站下来，说道："小两口出门去呀？"等等。小孙伶牙俐齿地答道：到王府井买点东西，等等。说完了我们一同向前走去。走不了几步，一阵大笑就会在脑后炸开。这时我们转过身去，就会看到那些护士聚成一堆，个个脸色涨红。很显然，她们是在嘲笑我们。我就想转回去，把她们教训一顿。但是小孙把我拉住，叫我沉住气。她说这种情况会改变的。然后她就挽住我的手臂，把全身都挂在我身上。因为我壮得像个狗熊，而她长得娇小玲珑，所以这么挂着还算好看。假如双方的身坯换过来，那就像蚂蚁举着一片饼干渣，一点也不好看了。但是尽管她使了很大的力气往我身上贴，别人也不相信她真的要和我谈恋爱，更不要说真心嫁给我了。

再过一百年，人们会这样形容我们的医院：这是一座四四方方的院子，四周围着栅栏。院子里全是一些古旧的灰砖房，有一些是两层的，有一些是三层的。他们想象起这些房子，就像现在我们想象地下的墓葬一样。那时候的房子大概都是一百层的大厦，底下五十层放汽车，上面五十层住人。在这些墓葬里，有一些人穿着白大褂来来去去，还有人穿着淡蓝色的睡衣睡裤来来去去。在这些灰砖楼之间，有几片草坪，几棵半死的树作为装点。但是我既不穿白大褂，也不穿蓝睡衣，穿一件粗蓝布茄克衫，在这座古墓里显得很扎眼。但是我根本就很少到上面去，所以也就很少叫人看见。

小孙那天骑着我脖子走进医院时，是星期天下午五点多种，门诊下了班，天气又很冷，所以到处都看不见很多人。我驮着她，两个人连在一起有两米五十左右，只能小心翼翼从拱门正中通过。两米五十的庞然大物从医院的正门走进去，可算是惊世骇俗之举。这个举动总算是引起了注意，第二天妇科主任就去找小孙谈话，叫她注意影响。但是这个举动也是非常费力的。假如你到过草原，见过人家骑骆驼，就会理解了。骑马骑驴都可以飞身而上，但是骑骆驼时这样干就绝对不可以，因为骆驼太高了。你必须使骆驼跪下来，然后才能骑上去。但是骆驼一般是很不乐意跪下来的，赶骆驼的人要拿个装铁尖的小棍子，围着骆驼转上半天，敲敲前腿，敲敲后腿，磨上一两个小时的嘴皮子，骆驼才肯跪下去。那天下午，我就是那只骆驼，小孙就是赶骆驼的人，但是她手里没有赶骆驼的棍。她只是一遍又一遍地说：你快蹲下来呀！

我在蹲下之前，先把医院门前的街道打量了很多遍。那条街不算宽，扫得干干净净。星期天下午，没有很多行人。然后我又把小孙的脸打量了很多遍：那是一张白白净净的娃娃脸，留着刘海，嘴巴很大。那时我想的是：记住了，就是这娘们要在大庭广众下骑我的脖子，叫我名声扫地。最后我就打量她的下半身：就是这东西要骑上我的脖子。洗得干干净净的牛仔裤，又白又亮的护士鞋。最后我毅然决然地蹲了下来。她一把就揭下了我头上的帽子（那是一顶剪绒皮底的帽子，和二号的钢种锅一样大），然后哈哈笑了起来，说道：王二，你小时候头上几个旋？我知道自己是三个旋，因为一旋拧，二旋愣，三旋打架不要命。但是她说：你现在只剩一个旋了。她妈的，我怎么会不知道自己几个旋？我爸爸不到四十就秃了头，根据遗传，我现在本该一个旋都没有。

后来我就看见两条细细的小腿搭上了我的肩膀。在我站起身之前，那双小手还在我脸上摸了老半天。这倒不是在调情，而是在找可以抓的地方。最后她抱住了我的下巴，说一声起。我就站了起来，脖子后面热烘烘，想起了一句歇后语：大姑娘骑瘦驴，严丝合缝。虽然我不是瘦驴，但是体会到了严丝合缝的感觉。这感觉非常的不好。尤其是她在我脖子上上下磨擦了几下后说：王二，这感觉非常古怪！好像是我把你生了出来！这时我往左一看，看到一条裹在洗白了的粗布里的大腿，往右一看，也是一条这样的大腿。这是我一生未曾见过的景象。这两条腿一齐夹紧，夹得我眼冒金星，我的感觉就更坏了。这时我想起了小时候看过的《天方夜谭》其中水手辛巴达的故事，那位辛巴达也被海老人骑过；但是海老人是个男人，所以辛巴达也没有被人如此严丝合缝地骑过。有史以来，有这种经历的，我是第一人。我就这样走进大门去，影影绰绰地发现有好多人在楼上的窗口看热闹。

小孙初次骑我脖子的事就是这样的。有关这件事，还可以补充如下：开头我是不乐意让她骑的，但是她把我说服了。她说，就她个人而言，对我的脖子是很尊重的——我比她早毕业好几年，所以这是老学长的脖子；我比她大了十五六岁，所以这又是一位大叔的脖子。无论从哪方面说，骑这个脖子都是大不敬。但是为了事业，非骑不可。虽然这些说法相当牵强附会，但是我也无法批驳。而正式骑上去了之后，她就毫无崇敬之心。走过大门时，她把身体挺直，去够门顶上的灯泡。走过楼门时，她又蜷成一团，把我的脑袋整个包住。从大门口，到地下室门口，她总共在我头上盘踞了十分钟，在这十分钟里，她还给我讲了一个故事。其实这个故事我早就知道，典出纪晓岚《阅微草堂笔记》（假如你在那书里查不到这件事，你不要和我计较，我是小神经）。这故事说，某阁老家盖房子。按照中国的传统，盖房子时对梁柱之类都很崇敬，柱上要贴“擎天金柱”，梁上要贴“架海银梁”等等的红纸，安柱架梁时还要放鞭炮。当然了，这是生殖器崇拜的遗风，除了梁柱，祖宗还崇拜大炮、高塔以及一切又粗又长的东西。该阁老家放过了鞭炮，正要吊梁，发现一个丫环正骑在梁上。按照中国的传统，有一个东西是最肮脏、最不洁的；那东西却紧紧贴在了圣洁的架海银梁上。大家看了无比愤怒，有喊打的，有破口大骂的。但是那丫环却拍拍那东西答道：你们瞎嚷嚷什么？帝王将相，皆出于此也！

这个故事我讲起来是这样的，小孙讲起来就不是这样。首先，她把出处记错了，说是《聊斋》；其次，她也不记得骑的是什么，只记得是骑个很神圣的东西。结尾倒是记住了：帝王将相，皆出于此也。讲完了以后，她还问我有何感想。我只谈了一点感受：你给我下去！从大门骑到这里，还没骑够哇！

除此之外还有一点感想，就是她的裤子很干净，是用有香味的洗衣粉洗的，另带一点漂白粉的味道，这些气味很好闻，但是我没有说出来，我只是说这故事她完全讲错了。但是我丝毫也没有贬低她的意思，因为很少有女孩子会去看纪晓岚的书，所以就是看得不仔细也属难能可贵。谁知她根本就没看过纪晓岚的书，这个故事是她从老师那里听来的。原来她们在大学四年级分到了妇科实习，眼看后半辈子就要专门看这个东西，所以大家情绪沮丧。带实习的老师就讲了这个故事来鼓舞士气。这故事的寓意就是要让她们记住，眼前这个东西其实是很伟大的：帝王将相，皆从此出也！

小孙给我讲这个故事，也是想鼓舞我的士气。她还说，她有一个完整的计划，给我治阳痿只是其中的一环。这个计划包括将来写一篇医学论文，一本书（纪实文学类的），《我治好了阳痿的丈夫》，以及心理学、社会学方面的研究报告。干完了这件事，她就可以一举成名。要做这样的研究，和我结婚是必不可少的，否则就会受到社会方面的指责。考虑到这个研究惊世骇俗的性质，现在必须好好演出恋爱一幕，免得叫人看出漏洞来。这孩子是四川人，四川人就是有一点疯，而且她看侦探小说看多了，处处透着诡异的模样。她还怕我不乐意，答应将来把全部稿费都给我。为了这一切都能顺利实现，我也要付出些努力，其中就包括让她骑我的脖子，并且不要忘了，抵住我后脑的那个东西，帝王将相，皆从此出也。

四

小孙骑过了我的脖子以后，我觉得丢尽了面子，更不肯上楼去了。这更合了她的意思，每顿饭都是她给我打来，可以向食堂里的人表示，我们的关系又进了一步。这就使她需要一架小计算器，以便每天晚上和我清账：早餐的油饼是多少钱，中午的肉片又是多少钱。这些都要从我的饭票账上支出。后来我从会计科送来修理的仪器里找到了一台，是精工牌的，上面带有一架打纸条的打印机，不但能算账，还可以打印收据，花了五分钟修好了给她用。在找到那台计算器之前，一切都要从她的小脑袋瓜子里算出来。这时她躺在我房里的空床上，搜索枯肠，挖空心思，再加上搔首弄姿，看上去真叫人于心不忍。我自己也是医学院毕业的，所以真不能相信医学院能把人教得不识数。我们俩不但都是医学院毕业，而且是同一所医学院毕业，唯一的区别就是我学医疗仪器，她学临床医学，但是这一点区别就使她时时问我十二减九等于几。但是她算账的模样还是蛮好看的，从她拖在地下的两条腿来看，你该相信她是仰卧在床上，但是从她的上半身来看，你又该相信她是俯卧在床上。

假如是我在做这个姿势，下半生就要卧床不起了。那时候正是下午五点钟左右，一抹残阳从窗口照进来，正照在那块空床板上。她穿着一件牛仔上衣，脖子后面镶了一块三角形的皮革，一头柔软的短发都被她搔乱了。算到心力交瘁时，她就专心地去闻那只圆珠笔。这些表现一点也不像个人，倒像一只猫咪。这叫我觉得让她来给我治阳痿，实在不好意思。假如是个胖大女人，再长一点胡子，那就好意思了。

这个小家伙每天还要给我讲一课，对着“帝王将相”的图谱，给我上女性的生理解剖学。有件事已经讲了不下十次了，就是一到了我能在帝王将相里站住了脚，我们俩必须立即离婚。就其本心来说，她一点也不想嫁给我，到时候一定要离婚，绝对不准赖的。我当然同意了，但是有另一个问题要提出来的，就是假如治疗没有效果，我老也进不到帝王将相里面去，那该如何是好。她说那是绝对不会有的事。人家 Masters 和 Johnson 做了那么多例实验，应该是很有把握。实在治不了，也只好离婚算了。反正双方都没有损失。为了避免将来离婚时闹纠纷，现在就该把账算清。凡是共同开支，一律用二去除，精确到小数点后一位，然后再四舍五入。

就我的本心来说，也一点不想娶她当老婆。我一点也不想娶任何人当老婆，但是很想把阳痿病看好，省得大家拿我当个怪物。所以我们俩在这方面一拍即合。为此就需要在某个时间，某个地点，取得性交的许可。我们俩正为此做出努力。下个礼拜天，我们又出去转了一天，晚上她又是骑着我的脖子回来的，这一回引来了更多的人来看。

这一回我觉得她的裤子凉飕飕的，气息芬芳，不是洗衣粉的气味，也不是香水的气味，很可能来自帝王将相。那个东西，我虽然结过婚，却没有见过，现在每天看图谱，渐渐感到十分亲切。经过了一段时间训练，她认为可以了，我们就打报告请求结婚。谁知道居然出了意外，人家不批准。

后来我觉得这整个事情像一个谜。不知道为什么，小孙想和我结婚，也不知为什么，我会同意和她结婚。从表面上看，她是想给我治阳痿，做一项医学试验，其实这样的理由根本就不可信。从表面上看，我是想让她给我治好这种病，以便从此做个正常的男人，但是这个理由也一点不可信。其实我并不渴望从此做个正常的男人，小孙也不渴望做成这个医学试验。这件事从始至终都可疑得很。唯一可能的解释就是我觉得她是自己人，她也觉得我是自己人。用她自己的话来说，我们俩有缘分。

第二章

一

二十年前，有一个冬天的早上，我骑车去找一个人。当时北京的上空飘着一层混了煤烟的脏雾，好像一口黏痰；我的自行车咔咔作响，好像一只铁皮玩具鸭子；我穿了一件油腻腻的棉袄，头上戴了一顶旧毡帽。当时的情形就是这样的。

北京城的中心是紫禁城，绕着紫禁城有一些街道名和紫禁城有些关系，比方说，太仆寺街，光禄寺街，内务府街等等。有条胡同叫饽饽房，大概那里过去是专给皇宫大内蒸饽饽的；有条胡同叫奶子府，过去大概住了一些为大内服务的奶妈。那些胡同里的房子都不怎么样。七三年到七四年，我经常到那一带去，对那一带的情形知之甚详。当时那一带的胡同里都铺了柏油，但是胡同还是那么窄。有些破房子拆掉了，但是没有好好翻盖。新盖的房子都是用烧得很次的红砖砌的，背面甚至是空心的煤渣砖。没有翻盖的房子都是又矮又破的四合院，和过去完全一样。和过去不一样的还有每条胡同里都多了一间灰渣砖砌的小房子，那就是公共厕所。过去这种房子也有，但是不那么多，这是因为院里的茅房都被填死了，大家都得上公共厕所。自从有了这种小房子，每一条街都臭得厉害。冬天里我骑一辆自行车，从那些胡同里经过，路两边都结了薄冰。我看到那些房子上都喷上了青灰，好像死了爹又死了娘的模样。过去北京城里，只有煤铺墙上才喷青灰。但是尼克松来北京时，到处都喷了青灰，像煤铺一样。大概觉得这样比较美。我小的时候就没看出煤铺怎么美。我是清晨路过那些胡同的。北京城里当时有一层薄雾，所以没有风。天气很冷，但是并没有冷到冻鼻子的程度。那时候除了上早班的人，都还没起来。在胡同口碰见一位少妇，正在倒尿盆。她的头发还能看出一点理发馆的模样，身上裹了一件缎子的（或者是线绨的，这两种东西我分不清楚）的丝绵小棉袄，下面穿一件粉红的棉毛裤，脚下踩着两个毛窝（就是那种毡面松紧口的棉鞋），睡眼惺忪，手提一个搪瓷痰桶迎面走来。棉袄和痰桶都是崭新的，这些迹象表明，她结婚还不到一个礼拜。当时我正盯着她领口看，因为她的脖子和胸口像雪一样白。我记得她是很漂亮的，但是现在想不起她的模样。就我当时的年龄来说，记性本不该这么坏。这是因为她走到了下水道口上，就把痰桶一倒。不仅是哗啦一声，里面还滚出两截屎来。

所以我就没记住她的模样，只记住了屎的模样，那屎橛子无比之粗，无比之壮。那东西就冻在了铁箅子上，大概要冻一冬天。在那上面还要冻上剩面条、剩米饭，好像一块奇形怪状的萨其马。这件事情好像马路上冻结的一口粘痰，冻进了我的脑子里，大概要到我死后，才会释放吧。

时隔二十年，我又想起了那天早上的事。那天我到奶子府去，是要找李先生。不知道现在李先生上哪里去了。现在他大概不会是过去那个模样。但是假如你在七三年看到他，就会说他是个狗头猫脸的玩意儿。狗头是指他的脸形，像个哈叭狗的模样，猫脸是指他的眼睛有点黄，瞳孔也有点窄长，他的头当时就歇了一半顶，现在大概全歇光了。此人身材不高，但是身上还算有肉。有一点鸡胸，又有一点驼背。我不但认识他的脸，还认识他的屁股，这是因为我那一天早上把他叫起来后，他只好当着我的面穿裤子。他的内裤太破了，就背朝着我。但是后面更破，和没有是一样的。那时我坐下来，一面欣赏他的屁股，一面找到了他的烟叶子，给自己卷一支烟。当时我看见他的屁股，就像个风干的苹果，皱皱巴巴的，还有无数小的黑痣、息肉等等，我想任何狗急跳墙的同性恋者见了都不会动情。李先生背着脸说：给我也卷一根。这个笨蛋，穷到了抽烟叶的地步，却不会卷烟。于是他只好用烟斗来抽，那味道就像狗屁一样。抽到嘴里像狗屁，别人闻着也像狗屁。

有关烟叶子也有很多学问，现在眼看要失传。这种东西二两一包，外观像简装洗衣粉。有一种是白纸上印红字，那是晒烟，抽起来还可以，假如是特级，就是关东烟，比香烟还好。还有一种是绿字，那是烤烟，抽起来就像狗屁。但是狗屁也分级，二级以下烟叶里有草棍、席篾、秫秸秆，不是纯狗屁。李先生的烟叶子是五级的，抽到一半，烟头里掉出一个黑球来，经仔细辨认，是个烧糊了的死苍蝇。为此我还恶心了好半天。

我还能想起不少有关李先生的事情。李先生出门时骑一辆自行车，那辆车可不是一般的自行车，而是一辆匈牙利的倒轮闸。这种车非常少见，甚至比日本鬼子留下的老富士还少见，因为它是五二年匈牙利在北京开博览会时送来的样品。自从到了李先生手里，他就再没有修理过，任凭车上的零件一样样脱落下来。据说有一次车座不见了，李先生就在座管上骑了一段时间，其状就如在受桩刑：疼得龇牙咧嘴、手舞足蹈。后来他痔疮大发，才不得不买了一个旧车座。李先生上车的样子也是十分奇特，他总是推着车向前奔跑，在奔跑中弯下腰，把脚蹬子转到一个特定的角度，然后踏着脚蹬骑上自行车。那种奔跑中矮身转脚蹬的身法，酷似狗撒尿。

李先生和我一样，专干些不能干的事。我干的事是想写小说，经常往刊物投稿，但是总是被退回来，并且不是退给我本人，而是退到党委办公室，附有一封公函，建议对投稿人加强思想教育。但是很少有人真来教育我，因为我是小神经。李先生干的事倒不是写有维多利亚时期风格的小说，而是要研究西夏文。这件事并没有思想意识方面的问题，但他本职工作是个俄文翻译，一研究起西夏文就看不进俄文了。而且他在研究西夏文时，你就是在他眼前放鞭炮他也听不见，这个样子完全不能上班。因此他早早退了职，靠偶尔翻些稿子为生。谁知后来碰见了“文化革命”，取消了稿费，差一点就把他饿死了。李先生因此气急败坏，说过好多大逆不道的话。我听见了这样的话，就这样安慰他：其实这件事也是蛮公平的——为什么只许老天不下雨，饿死非洲的游牧民，就不许中国搞“文化革命”，饿死你这搞翻译的游牧民？何况从现在的情形来看，你到底饿得死饿不死还不一定。但是他还是要继续说些反动话：要是天不下雨，饿死我认了。现在的事是，我又没招了谁惹了谁，有人非要逼我跳火坑。李先生的情形就是这样，我到今天还记得。人活在世界上就像一海绵，生活在海底。海底还飘荡着各种各样的事件，遇上了就被吸附到海绵里，因此我会记得各种事情。

二

那一年我正在山西插队。现在我长得人高马大，相貌凶恶，过去就不是这样。小时候我长得文静瘦弱，还爱和女同学跳猴皮筋。所以我到山西插队时，我妈就睡不着觉。她以为我连窝头都不会蒸，一定要饿死，假如没饿死，也会被人欺负死。但是只过了一年，我就长了一嘴络腮胡子，活像一个老土匪，而且满嘴都是操你妈。这说明环境可以改变一个人，只要一年就能变得连他的亲妈都认不出来。在乡下时我很少吃窝头，倒常常吃鸡。老乡们说，母鸡见了我就两腿发软，晕倒在地，连被提走了都不叫一声。这当然是过甚其辞。当时我虽然极具男性魅力，却未必能迷倒雌性鸟类。

那一年冬天我原准备在乡下过冬，但是当地正好刮着很厉害的白毛风，烧炕的柴又不够。我们五六个人挤在一个被窝里，身上盖上了所有的大衣。第二天早上起来，发现所有的大衣都从被顶上滚下来，掉到了尿尿的脸盆里，冻成了铁板一块。我们中间没有一个人有勇气不穿大衣就到外面去生火，就在屋里点火把那盆尿煮开，把大衣拿下来。那气味实在是可怕，把我的两只眼都熏坏了。出了这件事以后，大家都不好意思了，谁见了谁都是羞答答，因为六个堂堂的男子汉煮了一锅尿，实在是丢人。这说明我们虽然长得像土匪，脸还是很嫩。约定了谁敢把此事传出去就宰了谁后，我们就各奔东西。我跑回北京来，住在原来住过的地方。那地方原来是一所大学，里面有很多人。当时叫做“留守处”，里面只住了很少几个人。很大的院子里到处是荒草，人们都下干校了。李先生原来也住在这个地方，后来才搬走了。这地方原来每个人都认识李先生。

现在应该说说那天我去找李先生的原委。我从山西跑回来，住在留守处，那院里当时只有大崔一家住。这位大崔原来也是我们的邻居。除此之外，他还是我爸爸的同事，李先生的老同学，长得人高马大，笑口常开，一团和气。大家去下干校，家里还有些东西，是得找个大家都放心的人看着。大崔实在是最合适的人选。他老婆也是我们院的人，所以一起留下来。刚回来我去找他借房子，管他叫崔叔叔，管他老婆叫阿姨。借到了以后就改了口，管他叫大崔，管他老婆叫大嫂。当然这房子不能白住，我也得帮人家干点事，跑跑腿。所以大崔要找李先生，用不着自己去，告诉我一声就得。当时我非常年轻，也没有阳痿病。

我从小就认识李先生。李先生从我小时候就在搞西夏文，而且我们两家过去是邻居，也记不清我第一次见到西夏文时是几岁。所以我后来见到西夏文，也不觉得有什么古怪。那种东西看上去很像汉字，笔画多得叫人头晕，很像是疯子写的，据说除了李先生，世界上没人能够读懂。因为只有李先生能读懂西夏文，所以他有大学问。但是他依然穷困潦倒，这是因为只有他能读懂西夏文，所以他的学问就得不到承认。假如别人能先读懂了西夏文，或许他的学问就有人承认，但是那又不是他的学问了。除此之外，还因为当时在“文化革命”中，北京城八百年的城墙被人拆掉了都没人说个不字，还有谁关心西夏文。除了西夏文，我还记得隔壁李先生那间房子老是烟雾弥漫，李先生的脸色老是那么黄，好像得了黄疸病；李先生对我很凶。后来我才知道，过去李先生最烦有人不打招呼就到他那里串门。但是后来我专到他那里去串门，因为他反正没胆子把我吃了。所谓串门，就是没有事，跑到别人家里去坐着。但是那一天我去找李先生可不是没事，而是要告诉他，有人请他翻译些文件。没有稿酬，只有千字三毛钱的烟茶钱。李先生听了很高兴，马上就跑去了。在大天白日下骑着他那辆古怪车子，身穿着一件再生毛料的古怪衣服（那种料子和麻袋片是一样的），闯到那个原来是大学、当时叫留守处，而且人人认识他的地方去，并不是李先生的一贯作风。这是因为那个院子里现在没有几个人。人多时，李先生总是天黑后才去的。这说明李先生虽然穷困潦倒，依然很面嫩。

我和李先生熟，除了过去在一个院里住过几年邻居，还因为不住邻居后，他还是老找我给他修收音机。李先生有一台里加牌的收音机，那收音机有小柜那么大，非常气派。这说明李先生并不是一贯穷困潦倒，还有过能买起收音机的时候。这家伙晚上睡不着觉，想听听俄语台，但是听不清，就鼓捣他的收音机，胡乱修改线路。直到那收音机惨叫几声再也不响了，他才安心睡觉。李先生会那一点三脚猫的无线电，正好能把响的收音机修到不响。我去给他修收音机时，先要把他自己加上的放大全拆掉。同时还告诫他说，别只想着加放大，这不解决问题。还要想到有干扰：国家留着你的收音机，可不是让你听那些乌七八糟的东西。李先生说，是，是，我不听那些乌七八糟的东西，我只听外语。但是国家不相信李先生只听外语，还以为他要听乌七八糟的东西，所以还是要给他干扰掉。李先生又不相信收音机听不清是因为有干扰，老以为是灵敏度不够，就老往里面加放大。他的手还没有我的脚灵巧，一加就把收音机加死了。然后他就找我来修。这件事循环往复，周而复始。直到邻居揭发李先生偷听敌台，居委会把他的收音机拿走了方才告结束。我去找他那回，他刚刚失去了收音机。李先生见了我就说这件事，同时愁眉苦脸。我就安慰他说：这也好，省得再找我修。我这样安慰过以后，他好像更伤心了。这件事证明了一个道理：萨特先生说得很对，他人是你的地狱。我是李先生的地狱。李先生也是我的地狱：被他捅过的收音机就像个马蜂窝，焊过的线头就像些包锡纸的巧克力球。修完了他那个鬼东西，感觉就像吃了忆苦饭，不但肠胃难受，而且拉不出屎。

李先生走了以后，我在他那间小房子里还待了好久，把他那一罐狗屁烟倒到了桌面上，把里面的死苍蝇、扫帚苗都挑了出来，然后又装了回去。我看了半天李先生的西夏文抄本，挨个数那些字的笔画。后来我从上面撕了一条纸，卷了一根烟，就替他锁上门，回家来了。时隔二十年，我还清清楚楚地记得，我干了哪些事。但是我再也想不起来自己为什么要干那些事。大概这就叫手贱。

三

奶子府六号院里有一棵大槐树，盛夏时节，树上会掉下来数不清的槐蚕，弄得地上好像长满了会爬的草。那些草还会往家里爬。我对那儿的印象很好，因为那里一向邻近大内，街道上都立着禁止鸣笛的牌子，傍晚时分院里静极了。傍晚时分往往是阴天，云彩的颜色有点黄。黑暗凝集在古旧的窗棂上，附着在暗色的树皮上。在院里看天空，就像在水塘的水底，隔着厚厚的透明的水看水面。那院里还有一个个子高高的姑娘，傍晚时分穿一件床单布的大裤衩，赤着脚走来走去。我的视线久久地附着在她身上。朦胧中她是白蒙蒙的一团。久而久之，我的目光就和她的肌肤混为一体了。那是一种冷飕飕的感觉，好像早上的水气一样。这种感觉真好，可惜过去了。

我们医院旁边有个农贸市场，我常到那儿去买水果。后来那儿的人都认识我了。有人想和我拉近乎，就说，老师傅，你有五十了吧。我听了大怒，强忍着没发作。另一个说，老师傅，你的孩子都上小学了吧？气得我几乎动手打他。照他们看来，人要是活到了五十，又有了上小学的孩子，就算有成就。像我这样没到五十，还没结婚就阳痿的就是 nothing 了。虽然他们是想要拍我马屁，我也不高兴。从那天以后，我再也不去那儿买桃了。从这件事你就可以想象当年别人对李先生的态度和李先生对别人的态度。当年李先生虽然没有阳痿，但也没老婆。除此之外，他还没工作。大家当然以为他是矮人一等的家伙。平心而论，奶子府六号的街坊对李先生挺好的，又给他介绍工作，又给他介绍老婆。虽然那些工作不过是临时在副食店卖卖咸鱼，那些老婆都是残疾人，但是别人怎能知道李先生读通了西夏文，并且自视甚高呢。大家都觉得给他找个瘸子就是帮了他的大忙了。就是揭发他偷听敌台，也是怕他给街坊上招事，并无恶意。但是李先生对奶子府六号和街坊都深恶痛绝，老想搬出去。大崔找他翻译东西，他就借机搬到我们院，住进了我屋里。这件事当然有冠冕堂皇的理由（要翻的是一些内部文件，带来带去的不好，等等），那间房子又是大崔借给我的；他能借给我，当然也能借给别人，但我仍然很不高兴。这件事证明我一无所有，连睡觉的地方都是借来的。

我现在依然一无所有，连睡觉的地方也不是我自己的。除此之外，又多了一个阳痿。现在马大夫要用心理疗法来给我治阳痿。所谓心理疗法，就是他反反复复对我说：兄弟，你想开点吧。人活在世界上，就是这一点享受哇。这话不错，但是不是我想不开，是他想不开。不知他听见了没有。

现在该讲讲我们院的情况。我们院是一片房子，除了一些老房子，都是不加掩饰的四方体，甭提有多难看。将来的人看到了这些房子，一定以为我们长着方鼻子，方眼睛。当时院里没人，长满了荒草。还有很多野猫，到了春天就嗷嗷叫。我和李先生，大嫂和大崔住在大门口一排平房里，就算看住了大门，可是别人从后面进来，把楼房的门窗都拆走了。我对那里的印象原来也很好，李先生来了才坏起来。李先生白天翻译文件，晚上也不睡觉，接着搞西夏文。我对此很不满，就坐在桌子对面，对西夏文发表自己的意见。我认为谁使用这种有这么多笔画的文字，就一定是笨蛋。这些笨蛋死了好几百年之后，还有人想把这种文字读出来，一定也是笨蛋。李先生听了一声不吭。然后我又喝李先生的茶。李先生不知从哪里搞来了一些茶砖，都发了霉，喝过以后嗓子疼。我又告诉他，这茶的味道像墨水，真叫难喝。他听了以后还是一声不吭。后来我问他：你说你已经把西夏文读通了，还看这玩意干吗。他说，不看这玩意，还有什么可看的吗？

和李先生同屋时，他告诉我说，他读通的不止是西夏文，还有契丹文、女真文。总之，他读通了一切看上去像是汉字又没人认识的古文字。这些文字有好多苏联人、法国人和中国人想读都没读懂。他认为这件事证明了他比大家都聪明，我认为这件事证明了他有毛病。对于这一点我还给出了证明如下：李先生干出了一件大家都干不出的事，这一点没有问题。这证明了他和大家不一样，这一点也没有问题。但是这种不一样是聪明还是有毛病，还没有定论。既然如此，就应该少数服从多数。大家说你聪明，你就是聪明，大家觉得你有毛病，你就是有毛病。很显然，认为他有毛病的人将是大多数。李先生听了为之语塞。后来他就不和我说什么了。

现在别人也都以为我有毛病，所以很浅显的道理，都要告诉我。但是我也不觉得讨厌，因为我可以举一反三。比方说，马大夫以为我直不起来，是不知道人生在世就是这么一点享受，好比每年冬天只能买三十斤好的冬储大白菜。他和老婆干事的心境与排队买大白菜时的心境相同。其实我知道一年冬天只有三十斤大白菜，但是我还是直不起来。因为我不是兔子，不那么爱吃大白菜。

李先生住到我房子里以后，大崔就经常来了。他和李先生聊聊天，聊来聊去，总是当年在学校里的那点事，以致我到现在还能记得那些事：他们的学校叫做哈尔滨外专，四八年就成立了。五十年代初期是专门培养高级外语人才的，授课的全是专家，还雇了些老白俄来擦地板。在学校里不准讲中国话，讲一句做二十个俯卧撑。除此之外，还不准吃中国饭，只准吃红菜汤，刚来的吃不习惯，肠胃作起怪来，放起屁来抑扬顿挫，每个屁都在一分钟以上。可惜他们也就美了那么一阵子。后来中苏交恶，这帮家伙全坐了冷板凳。其实李先生还会德文、法文、英文等等，但是咱们当时和那些国家也交恶。李先生说，假如加把油的话，他还能学会柬埔寨文，但是这种文字里有美国炸弹的味道，学会了也不是好饭碗。看起来他们两个老同学很是亲热，其实不是的。李先生背地里告诉我说，大崔真讨厌，尽耽误他的时间。大崔也说过，李先生真讨厌。有一阵子我不明白大崔在搞什么鬼：既然不喜欢李先生，还把他招来干吗？后来才想明白了，这不关大崔的事。招李先生来的，另有其人。现在我很少到我们院去，因为它不再是“我的院”了。现在那里有好多的人，总数在两万六千以上。而在二十年前，偌大的院子里只住了我们四个人，简直就像一座鬼城。我记得那片荒草离离的院子，草棵下面的石子儿和碎玻璃。马路上有好多风吹下来的枯枝，所有房子的门窗都用木条钉死了。住在附近的人有时溜进来发点洋财，倒也不敢偷什么东西。见到哪个厕所没钉死，就进去把三合板都拆走。我常常一个人在院子里漫步，看着风吹来的沙子和碎石若有所思。后来我就在闲逛中碰上了李先生给大崔戴绿帽子。总的来说，这件事很难看。就和在草地上看见两条蛇绕在一起一样。在这种情况下我总是把两条蛇都打死。

四

我现在经常想起李先生，想起我们俩一起逛破烂市，买几毛钱一公斤的废纸边，五分钱一大把的锈笔尖。北京过去有好多破烂市，全称叫做废旧物资门市部，现在没有了。我到那种地方去买便宜电子管和废电容，李先生到那种地方去买散打的过期墨水。墨水这种东西也会腐败，坏了以后比大粪臭好几倍。和李先生住过一个屋以后，北京最脏的公共厕所我也进得去了。

那一年李先生在我们院住了三个月，后来他又回奶子府去住了。其实他是被撵出去的，而且是我和大崔合力才把他撵走。这件事的详情不是我不肯讲，是我现在怎么也想不起来了。也可能推了他，也可能搡了他，甚至打了他，这些都记不得。只记得当时很有正义感。我这一辈子只有那一回有正义感，以后再也找不到那种感觉了。记得雨果说过，凡不可挽回的东西，都不属于人，属于上帝。所以正义感也不属于我，属于上帝。后来街道上把李先生的收音机还给他，等收音机坏了，他还来找我修。混到了那步田地，李先生不大要脸面。

雨果先生还说过：凡人分内所没有的东西都属于上帝。所以像我这样的阳痿病人想娶小孙这样的漂亮姑娘为妻就是冒犯了上帝。上帝他老人家够狠的，把我们管得这么紧。

我和前妻离婚时，听到了一种议论：阳痿根本就是一种思想病。换言之，上面的思想端正了，下面也会端正。人家还说，我一定是面对自己的老婆时想入非非，所以才阳痿。这话不是一点道理都没有的，当年面对我前妻的大裤衩时，我是有过一点古怪想法。如前所述，我自以为有写小说的才能，这种自信不是空穴来风。我的想象力极为丰富，以致我怎么也不敢相信自己的脑袋只有五号钢种锅那么大。在我该对我前妻行周公大礼时，脑子里忽然浮现出二十年前那个冬日骑车去找李先生时所见的情形：那个新婚少妇手提痰桶向我走来，把屎倒在铁箅子上，那个少妇的模样不知为什么，活脱脱就是我前妻。这件事对我 penis 的物理性质大概是有一定的影响，但是要说那就是我阳痿的主因还难定论，因为当时我还在害胃疼。我在山西吃过好几年的土豆和连皮碾的谷子面，那些都是标准的健康食品。但是要是纯吃它们就很伤胃了。结婚那天，我虽然出席了好几个婚宴，但是什么都没吃到，所以到了晚上胃就疼得翻江倒海。在这种情况下，就该和我前妻取个商量。但是她早早地脱了大半衣服上了床，闭着眼睛直挺挺地躺着，脸色潮红，一句话都不肯讲。看到这种情形，我只好关了灯，在她身边躺下睡了。然后的事情我已经说过，她哭起来了。从此后，我的生活就进入了软的时期。

后来我想起当年的事，觉得我前妻不会因为性欲没得到满足就哭了起来。她只是觉得在新婚之夜被弄破处女膜，是她分内当有的东西。只要是分内该有的东西还没拿到，就会引起一种急不可耐的情绪。至于弄破了疼不疼，她就不管了。

李先生有一套二十卷本的汤恩比的历史哲学，我叫他教我英文，他就拿那书来教我，教得我七颠八倒，认识好几万单词，却一点语法都不会。我怀疑他对我破了他的好事怀恨在心，用这个法子来害我。汤先生说：人类的历史分作阴阳两个时期，阴时期的人类散居在世界各地，过着吃了就睡，睡足了再吃，浑浑噩噩地生活。后来人类又到一些河谷平原聚群居住，有了文明，一切烦恼就由此而起。与此相似，我的生活也有硬软两个时期，浑如阴阳两界。软了以后，回想起过去是如此的硬，简直不敢相信我也会有软的时候。

我性情冷漠，不善与人交往，一辈子不认识几个人。也许就因为这个原因，我很怀念那位搞西夏文的李先生。现在他也许还活着，也许死掉了，这都无关紧要。紧要的是我现在终于知道了他为什么撇开了好好的工作不要，去搞西夏文。这还是因为我已经软掉了。假如还在硬着的话，就只能想自己是多么的硬，想不到这类事情。在山西时听过一种地方戏，它发出一种极凄厉的，酷似挨刀断气的声音。听时阴囊兜紧，全部神经都在极大的痛苦中。可是大家都走十几里山路去听它。还有我那位前妻，用不着多么达练人情就能看出，将来她准是个母夜叉。可我过去为之颠三倒四。这种感觉就叫做硬。硬的时候我们急着去要自己分内的那点东西，丝毫不想它是不是自己想要的。等到有了一点自己想要的东西，不管它是署了自己名字的小说，还是西夏文，就已经活到了另一界了。

第三章

一

我和小孙恋爱了一阵，就向领导上交了请求结婚的报告。从那时开始，大家就不再善意地对待我们。首先是登记结婚的证明老也开不来，总是说：这件事你是不是再考虑一下？我们再讨论讨论。实在逼急了，就说：介绍信找不到了，公章找不到了。其次就是开始听到各种闲话。其实应该说，人们开始不再善意地对待小孙。这件事完全是她在办。我说“我们”，不过是表示自己没有完全置身事外。虽然我待在地下室里不出来，但我已经在请求结婚的报告上签了名，并且认真听取了小孙的各种抱怨，就算尽到了责任，别的事我就帮不了忙了。我可以不参加政治学习，不去开会，不去看上级组织的乏味电影，可以尽情胡说八道；这些好处当然是有代价的。这个代价就是我说话别人可以不理会。因此我被叫做小神经。

人家规劝小孙说，你千万不要和王二结婚，他这个人有点说不清。办公室的老太太还对别人说，他们俩的事拖一百年也不怕，反正不会造成人工流产。别人都说，不知我们结婚是要干什么。并且老有人把她叫到僻静处说：孙大夫，你真的要嫁他？你可真把自己看得一钱不值了。小孙说，她感到非常的不好意思，只好摆出一副瘦驴屙硬屎的架式说：我就是爱他嘛。但是晚上却对我说：我爱你个狗屁！除此之外，几乎每个人都要给她介绍对象，包括刚刚从护校毕业的不满二十岁的小护士。因为热心的人太多了，显得她简直像个花痴。假如不马上给她找个男人的话，她就要去和公牛睡觉，生下一个米诺牛来。对于这件事，她没有精神准备，感到惊慌失措。原先她以为结婚像在学校打报告申请实验动物一样轻松，写个报告交上去，然后拎着兔子耳朵到试验室，既可以把细菌打到它耳朵里，也可以把它炖了吃。现在我这九十公斤的公兔子就坐在对面，人家却不给她，可把她气坏了。

小孙告诉我这些事时，都是在晚上。我的小屋里黑洞洞的，所有的灯都没有开，只靠一台示波器的绿光照亮。我不喜欢光亮。她在屋里走来走去，双手插在上衣口袋里。走了几趟以后，忽然对准我的耳朵大叫一声：都怪你！！！我耸耸肩说：阳痿还没治好呢，你别先把我耳朵治聋了。你怪我什么？她想了想说：算了，谁也不怪。不过这件事实在是真他妈的。而且她对我也起了疑心（这都是因为别人说我复杂），老是问：王二，你这人可靠吗？你能肯定自己没有偷过东西，或者趴过女厕所窗户吗？

关于结婚的事，有一点开头我不明白。虽然我有阳痿病，但我还是个男人，起码户口本上是这样写的。群众怎样议论是另一回事，领导上决定问题，总要有个说头吧。这个谜后来马大夫给揭开了。他说他是康复科的主任，可以参加院务会，会上听见大家说，我有二十年工龄，十年院龄，加上中级职称；小孙又是本院的人。我们俩一结了婚，就是本院的双职工夫妇。其结果是婚后必须分给我们房子，这不是太便宜我们了？房子必须分给真正要结婚的人，而真正要结婚的人就是不管给不给房子都会结婚。他对我说这些话时，显出一副自己人的样子。但是我也不是傻瓜，一听就知道是上面有人叫他来传话。别看平日称兄道弟，但他不是自己人。所以我对马大夫说话用上了对领导说话的口吻：既然我们是为房子结婚，就别分我们房子了。他说，那是不可能的事。够了条件怎能不分哪。于是我就说，那就分我们房子吧。他又说，这也不成。你们想要房子就有房子，岂不是太便宜你了。想要房子的不能让他得房子，没想要的倒会得房子，这才符合辩证法。假如批了你们结婚，领导上会落入违反了辩证法的困境。唯一的办法就是不批准。我对马大夫说，其实我们真的不想要房子。您可以把我们俩都绑起来上电刑。假如我们在严刑拷打下说了是要房子，就别批准我们结婚。他说你又来了。到精神科去看看吧。说完就走了。

有关分房子的事，我还有一点补充。我们医院只要分一套房子，全院都要搬家。这是因为院长分到了一间四室一厅搬进去，剩下三室的给科主任。科主任搬进去，两间一套让给主治医师；余类推，一直推到看门的老大爷。因此很多人的箱笼捆上以后就不打开了，一心一意等待搬家和再搬家，十冬腊月宁可穿着毛衣硬抗，也不开箱子找大衣；所以我们医院结了婚的少妇比没结婚的姑娘显得漂亮，冬天在室外只穿一件毛衣，一个个是那么苗条可爱。但是现在小神经和小孙要从主治医师的层次插进去，打乱搬家的路线，就激起了公愤。

那天下了班之后小孙到我这里来，眼睛都哭红了。原来领导也找她谈了，让她端正态度。她说道：为房子结婚，我是这样的人吗？王二，我不想和你结婚了。但是我还是要给你治阳痿病。我对小孙的想法一点也不理解。为房子结婚不是挺光明正大的吗？总比为性交结婚好听多了。但是我没有说这话，只是说，那就算了。你也别给我治什么病了。回去睡你的觉吧。她说，不行，听你的说法，我倒像个卑鄙小人了。我要陪你坐会儿。我说，你爱坐就坐吧。这时候我想起我表哥说过的话：人活在世界上，假如你想要什么，就没有什么。这就叫辩证法。所以假如你真想要什么的话，就别去想它。他说，他当年考不上大学，就是因为太想考上大学了。假如早懂了辩证法，就不会遇到这种不幸。我在大学里虽然学过辩证法，回回都是补考才及格的。而且那些任课教师总是这样讲：让你及格，我是昧了良心的。

二

晚上我一个人待着时，总喜欢头戴立体声耳机。这样我虽然一个人待在角落里，却与外面的世界取上了联系，可以听见各种声音，人家却听不见我；好像我从地下室往外看，看到了各种各样的人的脚，他们却看不见我一样。现在屋里有一个人，再也不能这样干了。为此我宁愿终身阳痿下去，也不愿有个人在我眼前转。这是因为她在我面前走动的样子，就像养貂场到了喂食的时间，铁笼子里那些貂一样。从人的角度来看，貂除了打盹的时候，都是神经病发作。假如人的行为像一条貂，那就更像神经病了。所幸她也有走累了的时候，那时候她也要坐下来歇歇腿。

那天晚上我和小孙并排坐在一张床上，头上戴着立体声耳机。我开始反省我们俩之间的事，我知道，我们之间的关系就要完了，以后她也不会来看我，不会给我打饭，也不会趴在对面的木板床上算账了。这让我感到伤心，我真的很想要她，想把她留在我身边。这也许是因为，我以为她是一个自己人吧。现在自己人是越来越少了。由于有了这样的想法，就违背了辩证法。

当年李先生说，自从创世之初，世界上就有两种人存在，一种是“我们”，还有一种是“他们”。现在世界上仍然有这两种人，将来还是要有这两种人。这真是至理名言。这两种人活在同一个世界上，就是为了互相带来灾难。过去我老觉得小孙是“我们”，现在我才发现，她最起码不是个坚定的“我们”，甚至将来变成“他们”也不一定。但是我不想说惹她生气的话，就闭上眼睛听广播。广播里正在劝女孩子们不要戴无纺布衬里的尼龙乳罩，因为无纺布的衬里会渗到她们乳房的导管里去，将来生了孩子没有奶。以前我不知道女孩子的乳房是像锅炉一样的设备，里面有很多管子，并且容易堵塞。于是我问小孙：你戴什么样的乳罩？她回答说：尼龙的，无纺布衬里，将来没有奶。这不要紧，反正牛奶很便宜。原来她和我一样，正在听广播，并且听着一个台。后来我又有口无心地问道：你穿什么样的裤衩？她又说道：尼龙绸的。想看看吗？我说不了。后来她猛地跳了起来，一把从我耳朵上摘掉了耳机，对我大叫道：王二，你的毛病我找到了。你是淫物狂！这叫我很不高兴。不把事情问明白了就大呼小叫，简直是讨厌！

有关裤衩的事是这样的：以前我结过一次婚，新婚之夜，我一看见我前妻那条皱皱巴巴的大裤衩，就不行了。这件事本不是没有挽回的余地，但是我前妻却大哭起来。引得丈母娘、大姨子都跑来了，问我：你什么意思吧。我妹妹可是个黄花闺女。叫她们这么一吵，我当然是越来越不行。最后终于离了婚。离婚之前我前妻还在医院哭闹了好几场，让大家都知道我不行，搞得我灰头土脸。但是对此我很能理解。她必须让大家都知道是我不行，而不是她有什么不好。小孙听了大笑说：我不穿大裤衩。咱们来试试吧。我苦笑一下说：还是别试为好。这件事现在对我已经很严重了。

晚上我翻书时，耳朵上老架着耳机。耳机里有很多人说话，多数是女的。这些声音很不一样。有的声音很干脆，很紧凑。顺着那声音看去，可以看到一张小巧、湿润的嘴，紧凑高耸的胸膛和平坦的肚子。因为是和这些紧凑的东西共振，所以声音也紧凑。再往下看，就看到一条黑色尼龙绸的内裤。这也是一件紧凑的东西。但是顺着某些故作甜蜜的声音看去，就看到了肥大的鼻甲，身上的零件也松膪膪。再往下看，就是一条床单布的大裤衩，这东西也松膪膪。共振起来也就松松垮垮。除了这些区别，还有一些主观上的东西。有些广播员尽力让声音紧凑，所以说话有一点艰涩。另一些人讲话松松垮垮，一张嘴就是一大串，全是傻话。声音里传来的性有两种，一种讨人喜欢，还有一种叫人讨厌。以前我不懂这一点，所以结了一次婚。结果是使我只能欣赏广播里的性了。

三

后来我再想起小孙决定不和我结婚的事，也能够理解了。因为自从她和我表演了恋爱以后，软和硬这两个字就不再是物理名词，而归她专有了。工会分柿子，别人就这样对她说：小孙，来一点吧。软的。或者说，这个你准不喜欢，太硬。其实我们都决定要吹了，但是小孙还是老往我这里跑。别人也看不出我们要吹，还是说那些没咸淡的话。我告诉她说，讲这些话的都是些工友，是很朴实的人，别和人家当真，但她还是耿耿于怀。终于有一天，她在食堂里拿豆腐泼了大师傅一脸，然后哭着跑到地下室来，说道：快跟我走，什么也别问。待会我叫你揍谁，你就揍谁。我跟着她跑上去，到了食堂里，见到一大群人。保卫科的人全来了，这也吓不倒谁。我可以直取目标，扭住他的领子。不管付多大的代价，都要把他的脸打烂。问题就在于找不到目标。过了一会，院长书记都来了，叫我们到办公室去解决问题。原来肇事的大师傅觉得在哪里都不能保证安全，已经跑到党委办公室去了。听说他事后对别人说：我真是晕了头啦，怎么就忘了地下室还有一个小神经！

那天的事“我们”大获全胜，给“他们”以沉重打击。大师傅被泼了一脸油汤，还要写检查。其实他不过说了一句：孙大夫，来一点豆腐吧，软的。这些话并不过分，不过是拾别人的牙慧，没有一点自己的发明。但是小孙已经火透了，就如一只骆驼，驮了好几百公斤，最后因为再加一根草的分量倒下了。

这样处理领导上并非情愿，但是该大师傅很怕我，主动提出要写检查（后来他说，我要是被小神经打了，那还不是白打）。所以院长决定说我们几句：你们两个同志也真是的。都受过高等教育，是知识分子嘛，怎么也干这种哗众取宠的事情？他这些屁话还没说完，我的目光就如两道冷电在他脸上扫了一下，把他后半截的话扫回去了。书记来打圆场说：其实你们俩要结婚的事并不是没商量的，你们不要做不理智的事情。我就叫起来：谁说我们要结婚？他们听了都说，不结婚就对了。其实我们不是不准你们结婚，一套房子也能给得起。我们只不过是希望你们多考虑。小孙马上又叫道：谁说我们不要结婚？院长就说：今天就谈到这里，你们回去冷静一下吧。

出来以后我问小孙：咱们不是说好了不结婚的吗？何不借此机会当众宣布一下？她说，咱们俩是说好了，但是没必要告诉他们。他妈的，结婚是咱俩的事，别人管得着吗？回到地下室里，想起没吃午饭，豆腐也泼了，赶紧在电炉上下挂面。吃完了，坐在光板床上晒太阳。吵了这么一架之后，吃饱了再一晒，就困了。小孙说，王二，你的胸围怎么这么大？我告诉她说是拉拉力器拉的。她说以后她也要拉健身器了。然后她打个呵欠说，太困了。我枕着它睡一觉，你没意见吧。说完她就枕着我的胸口睡着了。

那天下午小孙枕着我胸口睡觉的事是这样结束的：她一觉睡到了快天黑，双手还圈住了我的腰，使我一动也不能动。我只剩了一只左手能动，就用左手掏出烟来吸。还有一件事使我感觉不便：她的头发又轻又软，经常跑到我嘴里来，我又要不停地把它吹开。所幸后来她终于醒了，爬起来伸了个懒腰说，真舒服呀！好多天没睡好觉了。做了好多的梦，全和工地有关系。每个梦里都有打桩机。醒来才知道，是你的心在跳。你这里太好了。我要搬下来住。我听了没言声，因为她不是个自己人。我不欢迎她来住。过了一秒钟她又说，我干吗不搬下来住呢？这就去搬！

后来她真去把铺盖搬下来了，这件事连我都觉得像发疯。但是她说自己一点也没有疯，不过是想气气“他们”。于是她占领了对面的木板床，还带来了无数的毛巾，半干的小衣服，挂得满天都是。现在我在屋里走动，就要在三角裤底下经过了，这肯定要给我带来晦气。但是我一声也没吭。她要怎么干就怎么干吧，谈了小半年的恋爱，也该有这点交情。我不能像“他们”那样小气。

晚上睡觉前，我们又聊了一会儿天，谈到今天和大师傅打架。她说，从早上起就开始窝火了。早上她到病房时，看见有几个护士在交头接耳，传递某东西。她就走过去问：发什么好东西哪，不给我？那些护士一起笑得打跌道：东西倒是好东西，但和你没关系，你用不着。假如世界上没有王二其人，她马上就能想到，这是已婚的护士们在分发避孕工具。那样她就会红着脸走开，或者说一句：臭美什么？恶心死了。但是世界上有我这个人，所以老有人在她背后窃窃私语，她就气昏了头，劈手就抢（这孩子手快极了，她说她在大学里打过垒球，是接球手），结果抢到手一大把避孕套。那些护士就说：抢什么？告诉你了，你用不着。小孙一瞪眼说：你怎么知道我用不着？再给我一把，要大号的！

睡觉以前小孙说了一声：王二，往这边看。我抬头一看，发现她只穿了胸罩和裤衩站在地下，皮肤很白，胳臂腿很细，胸罩和裤衩都是黑色尼龙绸的。等我看完了以后，她就钻进了被窝，就着台灯看一本书。但是我还不能睡。我还要拉一百下拉力器，做一百个俯卧撑。这是因为我已经很胖了，如果不锻炼，很可能会死于高血压和心脏病。小孙说我练得不对，这样只会越练越肥。但是我没理她。在这些事情上，我有我的一定之规。她就这样在我房间里住下了。

四

第二天一早我就起来拉拉力器，把弹簧撞得当当响。小孙在床上迷迷糊糊地说：你别这么抽风好不好，让别人也睡个懒觉。但是我不理她。谁让你到我这里来住的？于是她就揉起眼睛来，那架势活像是猫洗脸；然后坐起来，在被窝里穿上衬衣，又伸出腿来，穿上袜子，就光着腿下地，拿了脸盆去打水。出了门又鬼叫一声被吓了回来，大概是看到了门口那个标本缸，觉得陌生吧。就这么折腾了一早上，我始终没有理她。后来她对我说：王二，你好像不高兴了。我说我总是这样的。她又说，不结婚的事你别往心里去。我是说着玩的。我始终是意志坚定地要嫁给你。我就说，我可真的有阳痿病。她又说，有关治阳痿的那些话你也别往心里去。我闹着玩儿哪。我说，那我就不知道你要嫁我干什么了。她说：我知道你好多事，要不要我一一讲出来？我把拉力器扔下说：不用了。咱们一块去吃早饭吧。这时我再不以为小孙是小娃娃，以为她是个自己人了。

我十七岁时参加过北京市的数学竞赛，在复赛里得了八十来分。这件事本来是有点好处的，可以保送上什么大学数学系，但是后来我什么也没落着。小孙知道这件事。我告诉她，少提这件事。我现在对数学没有兴趣，而且连数都快不识了。我现在干的事是翻译 *Story of O*，已经译到第三遍了。有些地方拿不准，就托人找老外问。有一次问到一个法国 lady 头上，她向我赌咒说，从来也没听说过这本书。没听说过就没听说过吧，赌咒干吗？虽然如此，我还是字斟句酌地译着。我干这件事，是因为我相信作者有极大的才气，还因为这本书不可能出版。假如一本书有可能出版，那么“他们”也会去译，并且会争到打破头，因为有稿费。但是假如一本书既没有稿费，也不可能出版，我们不译谁译？小孙看了我的译稿，说道：王二，你要是去干翻译，准是一把好笔。但是你干吗要翻这种书？连我这妇科大夫看了都要脸红，人家能给你出吗？我说，我根本就不想出。她说，不想出译它干吗？我没接她的茬，因为这不是我们的逻辑。再说下去就是灾难。但我也不能说，你在给我带来灾难。这样说她就会给我带来更大的灾难。

好多年前，我也说过这样的言论。那是在李先生的小屋里，抽着李先生的狗屁烟，喝着李先生的狗尿茶（那是用过期发霉的茶砖泡的），我在给李先生修他的狗屎收音机，一边修一边数落他。他听了不好意思，就埋头去看西夏文了。就在这时候我说，李先生，你看这玩意干吗？能当饭吃吗？他听了没理我。再问时就说，不能当饭吃。我又问：那你搞它干吗？有人请你搞它吗？他再没吭声，就和没听见一样。对无聊的问题是否充耳不闻，这是“我们”和“他们”的分水岭。我听了小孙的话一声不吭，去拉了二十下拉力器，然后坐下来继续翻书。自从她搬进来以后，我的胸部越来越像两块门板了。小孙看着我拉拉力器，伸出一只手指抹抹鼻子，然后问：我说了什么错话了吗？我答道：没有。她听了要哭了：王二，你有什么话说哇。这么闷着干吗？我就说：一本书，你看看它写得好不好，译得好不好就得了。害臊干什么。听了这话，她开始为自己的卑鄙言论惭愧了，就说：刚才那句话算我没讲好不好？拜托了

小孙住到我房里半个多月了，我对她秋毫无犯。虽然如此，我对她的行止也略有所知。她像只猫一样，喜欢钻被窝。一进了被窝就要把乳罩摘下来，挂在床头上，于是它就挂在那里晃晃荡荡，活像一副大号太阳镜，这使我很受刺激。她对我解释说，这东西就像缰绳一样。然后就把被子拉到下巴上看书，灯光把她的侧影照亮，我看了也很受刺激。她睡着了灯也不关，而我是有一点亮也睡不着——以前并不是这样的，所以经常半夜里起来去关灯。夜里经过她的床头，听见她轻轻的鼻息，也很受刺激。对此我很不满，和她说过一次。她回答道：你也抽烟哪，我也没有抱怨你，不是吗？一边说，一边瞪着眼睛看我，看了这个样子，我也很受刺激。我要是说，这是我的房子，那就是卑鄙的言论。所以我只好拉了一条线，把她的开关装到了我这边。要是看到她睡了不关灯，我就给她关上。此后半夜里经常听见她自言自语地说：这王二真讨厌，这不是逼着我犯错误吗！然后她就下了床，到我这边开灯来了。感到了她赤裸胸膛上传来的热气，我也很受刺激，只好紧闭着眼睛。现在我不但阳痿，还多了个失眠的毛病。我经常打呵欠，说晚上睡不好。我一打呵欠，她也跟着打呵欠，并且说：你以为我就睡得好吗？这件事证明了一点，在我和小孙之间，性的感觉等价于咖啡因，它的作用就是让人睡不着觉。

我和小孙之间，有好多话还没说。我翻译 *Story of O*，不是因为它能让妇科大夫

脸红，而是因为它是好的。这世界上好的东西岂止是不多，简直是没有。所以不管它是什么，我都情愿为之牺牲性命。我不知这话她是不是爱听。但是我知道还有一句话她肯定爱听，就是我觉得她也是好的。但是我没办法告诉她。人家不问我，我就讲不出话。所以我是小神经。

第四章

一

春天来到时，我把 *Story of O* 又译了一遍，仔细校对了一遍，觉得译得很好，看不出任何败笔，就把它收了起来。干完了这件事，暂时又找不到别的事可干，就和小孙出去玩。在城里逛了一天，又在小饭馆里吃了晚饭，回来时天完全黑了。走进地下室的走廊里，她忽然窸窸窣窣地脱起衣服来，在一片黑暗中，我看到一个白色的模模糊糊的影子，然后又闻到了越来越浓烈的香水味。夜里四外的楼上都开着灯，所以眼前的走廊里有很多的白方块，就像是白漆涂成。小孙走到那些方块里去，马上就变得浑身闪闪发光，而对面的标本柜上就会出现一个白色的影子。她就这样从一个个方块里走过去，在标本柜上留下了一个又一个影子。与此同时，门口的地下留下了蝉蜕似的影子。那些衣服扔在地下杂乱无章，好像是肢解了的人形。我把那些衣服捡起来，小心翼翼地跟在她后面，避开窗口照进来的灯光。仿佛我一贯是这样做的似的。

在每一块灯光里，小孙都回过头来朝我笑笑。那些人造月光照得她浑身惨白。这种感觉好想在做梦一样。有时候她像是要伸个懒腰一样，把手向上伸起来，但又不完全是伸懒腰，因为她把身体弯向一侧，笑得很开心。我觉得这不像真的，所以不打算把它当真。但是我也感到一种冲动，要把鼻子伸入捧着的衣服里。那些衣服散发着香味，尚有余温。这种冲动就像狗想闻东西一样。

走到房间里以后，小孙就径直钻进了被窝，一会儿就睡着了。我把她的衣服放在床头，回到自己床上，好久都没睡着。第二天早上起来以后，她不提起这件事，好像这件事只是她一时冲动，或者昨天晚上她在梦游一样。我也不便提起这件事。全当它没有发生。我想女人都有一种冲动，要把自己脱光。

中午小孙告诉我说，她们科主任找她谈话，问她为什么要到我房间里住。小孙就反问一句道，你们为什么不准我们结婚？那老太太就期期艾艾答不上来。于是小孙提高了嗓子高叫起来：既然我们俩结婚是有其名，无其实，纯粹是为了骗房子；现在住到一起，又无名，又无实，又不要房子，你管这个干吗。这一嚷嚷闹得全科都能听到。那老太太着了慌，委委屈屈地说：孙大夫，我求求你，不要这样，我这个科主任也不是我自己乐意当的。那口气好像是自己受了强奸一样。干完了这件事，小孙觉得兴高采烈，得到了很大的满足，跑下来告诉我说，她又打了个大胜仗，并且要和我接吻以示庆祝。这孩子嘴里有薄荷味，大概是常嚼口香糖。她还把舌头伸到我嘴里来了。吻完以后，她打了个榧子道：French kiss！就扬长而去，回去上班了。但是我整个下午都不得安生，想着她裹在白色牛仔裤里的屁股，细长的两条腿和白色的护士鞋。除了屁股圆和腿长，她还有不少好处，包括给我打饭，和在熄灯以后陪我聊天，没的聊时就说和我阳痿有关的事。我们在一起，经常玩两种游戏，一种是情人的游戏，一种是医生和病人的游戏。到了前一种玩不下去时，就玩后一种。

晚上我和小孙聊天时，她从被窝里钻出来，盘腿坐在被子上。这时候她背倚着被灯光照亮的墙。我看她十分清楚，那一头齐耳短发，宽宽的肩膀，细细的腰，锁骨下的一颗黑痣，小巧精致的乳房。乳头像两颗嫩樱桃一样。我也坐起来，点上一根烟，她眼睛里就燃起了两颗火星。我们俩近在咫尺，但是仿佛隔了一个世纪，有了这种感觉，什么话都可以说了。她问我，她长得好看吗？我说：很好看。她就说：真的呀。

我和小孙谈这些事时，她的床在窗口射入的灯光中，我的床在阴影里，我们住的地方就像阴阳两界。这叫我想起了我自己的生活，它也有阴阳两界。在硬的时期我生活在灯光中，软了以后生活在阴影里。在这一点上，我很像过去的李先生。只是我不知道李先生是不是也阳痿过。

二

当年我问李先生，西夏文有什么用，他只是一声也不吭。后来他告诉我说，他根本不想它有什么用，也不想读懂了以后怎么发表成果。他之所以要读这个东西，只是因为没有人能够读懂西夏文。假如他能读懂西夏文，他就会很快乐。读不懂最后死了也就算了。后来他的晚景很悲惨，因为他终于把西夏文读通了，到处找地方发表，人家却不理他。因为他不是在组织的人，是个社会闲散人员。还因为当时对西夏文已经有了五六种读法，都读得通。李先生说，他的读法最优越，但是没人理他。后来他就把自己保留多年的西夏文拓片、抄本等等都烧掉了，到处去找工作，终于当上了一个中学教员。再以后就得了老年痴呆症。我算了算，李先生那会也有五十六七，到了该得这种病的年龄了。最后一次我见到他，他已经不认识我了。

在我的硬时期，总有一个女人是我的意淫对象。有一年冬天我的意淫对象就是大嫂，她当时是个大个子中年女人，两条大辫子，在那个时期，她那个年龄的女人留辫子，可有卖俏的嫌疑。大嫂的脸也很长，下巴稍有点翘。当时我觉得下巴翘一点好，比较俏皮。脸白白净净的，有点浅麻子。一天到晚老在笑，好像缺心眼的样子。作为意淫的对象，她的屁股太大，腰也比较粗，这都是美中不足的地方。但是她老是笑嘻嘻的，弥补了体形的不足。我想象她做爱时也是这样笑嘻嘻，这会让我激动不已。

小孙说我简直是个下流胚。她希望我永远阳痿下去。但是说了这些话之后，她又承认这样说不对。她说她是医生，我是病人，医生不该说病人是个下流胚。现在我们又玩起了那种医生和病人的游戏。她问我那个大嫂是谁，我告诉她说，是我们院大崔的太太。她又问，什么院，什么大崔。这个话说起来就长了。我从小住在一所大学里，因为我的父母都是该大学的教师。大崔和大嫂是比我父母小十几岁的另一对教师，是我们的老邻居。而且大崔和大嫂都认识李先生，他们是老同学。这件事的背景就是这样。

我给小孙讲过：那一年冬天我去找李先生，其实就是奉了大嫂之命。大嫂和我说起这件事前，她正蹲在水管前面洗带鱼。而和我说这事时，她站了起来，身上穿了一件红色的套头毛衣，里面衬了一件蓝格子的浅色衬衣。我看到她脖子上有了几道皱纹，下巴也有一点两层的意思，但是大嫂还是蛮好看的。她对我说，让我去找李先生，让他来一下，有件事情可以照顾到他。我听着这些话，眼睛却在她胸口上看。在毛衣底下，她乳房的样子还是蛮好看，只是略微有点下垂了。就在这时候，她用洗鱼的手在我脸上抹了一把，说道：看什么看！快干你的事去。她这种满不在乎的口吻很使我 turn on。

小孙对我说，她也是很不在乎的。这种口吻很难说是医生对病人的口吻。这种口吻使我很紧张。好在她马上换了一种口吻说，好啦，讲你的大嫂吧。那天她叫你去找李先生，到底是为了什么？

其实那件事没有什么重要性。大嫂让我告诉李先生，有一批材料要翻译。没有稿费，但是有一点烟茶费，每千字三毛钱。这就是说，你翻译了一千个字，可以抽一支好香烟，或者喝一杯好茶。就是不抽好烟，这笔钱也是太少了。但是李先生答应了干这个活儿。不但如此，他还以取稿子方便为名，搬到了我们院，住到了我的房间里。这件事我已经讲过了。现在我怀疑，每千字三毛钱，就是对李先生也太少了。当年李先生接下这个活，动机根本就不纯。

比这还糟糕的是，大嫂和李先生开始在我眼皮底下幽会起来。见了面就接吻，手还不老实，李先生那对前蹄老从大嫂的毛衣底下伸进去。我一看见这种景象，就咳嗽不止。大嫂听见了，就说：小王，你好不好回避一下？我们俩玩哪。当时我真是恨得牙根痒痒。大嫂孩子都老大的了，还这么不自觉，老要玩。而且李先生又老又难看，和他有什么好玩？要玩可以和我玩嘛。除了这些讨厌之处，李先生还得了不睡觉的毛病，白天和大嫂鬼混，翻译稿子，夜里还不忘看他的西夏文，二十四小时连轴转。像他那么大岁数的人怎么会有这么大的鬼精神？

有关大嫂的情形，还有不少可以补充的地方。据说她一贯搞破鞋，年轻时就因为和苏联专家有不正当的关系，被开除了团籍。结了婚以后，还是乱七八糟。大崔也管不了她，只能要求她对丈夫好，对孩子好，在饭菜里别下耗子药。李先生在院里时，大崔气得要命，要打她。她也是满不在乎：要打你就打，只别打脸，打哪儿都成。可以用擀面杖，不准用火钩子——动铁为凶！

大嫂对我说，她爱上李先生了，甘愿为他牺牲性命。我以为大崔要和她离婚了，但是大崔没提这个事。他告诉我说，大嫂经常会爱上谁，甘愿牺牲性命也有好几回了，但是她到现在还活着哪。

只要我肯耐心等待，没准大嫂也会爱上我，甘愿为我牺牲性命。但是我最缺的就是耐性。我绝对不会像李先生那样搞了二十多年西夏文，最后变成一个白痴。我搞什么事都是要么不干，要么立竿见影。

三

我和小孙聊天，经常聊到一半，她就说：今天聊到这里吧。再晚睡明早上查房起不来了。然后就钻进被子睡着了。当个住院医师实在辛苦，有时候白班，有时候夜班，睡觉的时间老是不够。小孙的眼窝常常发青，她问过我是不是该涂眼影。我说你想涂就涂好了，我没什么意见。她说岂有此理，涂眼影就是涂给你看，你居然没了意见！看到别人忙忙叨叨，我经常感到惭愧，因为我老觉得可干的事情太少。翻完了*Story of O*，就再也找不到像这样的书了。但是我也不能像“他们”一样，去干没意思的事情。我们的人在这种时候，往往是去证明一个定理，或者发明一个体系。比方说，费尔马和爱因斯坦干的事就是这样。但是去证明一个定理往往会掉进陷阱里——有些定理可能没有证，遇上了一辈子都会陷在里面。而发明一个体系则谈何容易。想来想去，只有写小说比较有把握。但是自打认识了小孙，我就一个字也没写过。我写的小说，她每一页都要看，这就破坏了我的写作情绪。想想吧，昨天刚写出来的东西，今天就成了谈资，那是多么叫人厌烦。剩下只有一件事可干，那就是睡觉。

后来我又想把李先生和大嫂的事讲给小孙听，但是她不肯听，说道：我知道，大嫂爱上了李先生，这就结了吧？讲点别的吧。其实那个故事还长得很。用大嫂的话来说，一次爱情就像吃一个巧克力壳的冰棍。开头是巧克力，后来是奶油冰激凌。最后嘴里剩下一个干木棍。我所讲的李先生，连巧克力壳都没化呢。但是小孙不肯听。她说与其听你这些胡说八道，不如到外面去看死人。说完她真的从床上爬了起来，拿了手电，到走廊上去了。

我想给小孙讲的事，包括夜里李先生和大嫂在一块坐着念俄文诗，叽叽嘎嘎，听得人好不心烦。那时候我躺在灯影里，大棉被也挡不住那些卷舌音。这时候我只好想象自己是土耳其苏丹，带了队伍征讨俄罗斯草原。逮住了讲这种话的人，就让他们脑袋瓜子朝上，屁眼朝下，坐在削尖的木棍上。还有他们俩唱一个俄文歌，叫做嘎嘎林。一边嘎嘎，一边亲嘴，就像斗鸡一样；听了叫人头大如斗。后来他们听我咳得那么厉害，也有点不好意思，到外面去找地方了。但是那已经是开了春后的事。在此之前，他们一直是在我面前表演。开了春以后，我们院子里就开始闹猫，天一傍了黑，它们就开始哀号。我总怀疑里面也有李先生和大嫂的一份。据说母猫的那玩意儿里长了倒刺，公猫插进去，就像插进了蝎子窝一样，疼得拼命嚷嚷。不知李先生和大嫂是不是这样。

我想给小孙讲的事还包括，那一年春天特别暖，晚上外面刮着黑色温暖的风，那种风就像一条深不可测的暖水河，叫人见到它就想脱光了衣服跳下去。用不着别人告诉我我就知道，这条河就是未实现的性欲。现在我心里就流着一条这样的暖水河。我要干的事不过是把这件事说一说。

小孙刚出去时，我很上火。因为我想让她听我讲话，但是她却跑了，把我扔在突然到来的寂寞里。我在地下室里住了十年，原本最能忍受寂寞，现在却受不了啦。

寂寞是我的选择，正如在地下室里离群索居是我的选择一样。在我看来，寂寞就是可以做一切事的自由，这是因为你做什么都没人知道，或者知道了也不理会。所以我能够翻译 *Story of O*，李先生能够读西夏文。自从我割断了对女人的单恋，寂寞就真正归我所有。寂寞纯黑如夜，甜蜜如糖，醇如酒。

但是现在我却受不了寂寞了，因为它不再是过去那个样子，既不黑，也不甜了，而是惨烈如白昼。

我坐在床上发了一会愣，忽然想起小孙出去半天了，我该去看看她。一推门看见门口堆了一堆衣服，原来现在她身上什么都没穿。我赶紧回去拿了件大衣，顺着灯光赶了去，看见她正趴在标本柜上，高举手电，正往死人眼窝里看哪。我叫道：你疯了，要冻死呀！她却头也不回地说：你别管我。

后来我把她裹在大衣里，抱回屋里去，一直抱到了我床上。在黑暗里摸到了大衣前襟上是湿的，又赶紧去拿手巾给她擦脸，还用那种眼泪鼻涕一块擦的手法。然后我又给她揉揉脚。她带着哭声说：别的地方也得揉揉。于是我就往上揉去。从膝盖往上开始有鸡皮疙瘩，她浑身都冷透了。我赶紧哄她几句：算了，我不讲那些无聊故事了。

她说：和故事无关。你得爱我！

我说：我爱我爱。这时正好揉到腰上，她趁势就钻了过来抱住我。我拿大衣把她包上，放在腿上，好像个大包裹。我和小孙恋爱就是这样的。

四

我和小孙之间带有性意味的接触是这样开始的：我的手从大衣前襟里伸进去，把她那两个小小的冷冰冰的乳房摸了一遍；与此同时，她的手也从衣襟里伸出来，揪住了我的耳朵，定好了位，来和我接吻。这两件事干好了，我又把大衣裹好，把她裹成个铺盖卷，放在膝盖上，又拿被子给她搭上腿。她在这个铺盖卷里宣布说，她现在很幸福，可以听我讲李先生和大嫂的事了。她还说，刚才不幸福，那件事就不能听，因为它属于幸福的范畴。我告诉她说，李先生现在是个大傻子，一天到晚只会摇头。大嫂是个老太太，头发掉了多一半。她说她不管这个。反正我最后也要变成老年痴呆，她也要变成老太太，这些都没什么，这些都能受得住。受不住的事是现在想要幸福却不能幸福。原来她的幸福就是被摸上一遍，再打成个铺盖卷，我既有手，又有打铺盖卷的材料，就可以给她幸福。这件事听了让人放心。我接着给她讲有关李先生的事，一讲到猫儿叫春，她就喵喵地叫唤。但是一点不像猫儿叫春，倒和一般的猫叫很像。小孙的行为通常就像一只猫，这里就包括了喜欢钻被窝，喜欢被包裹起来。但是猫就不会长雪白的小屁股和圆嘟嘟的乳房。

后来我又给她讲李先生的故事。我们院子有一片待拆的危楼，我常到那里去转转，看看有什么可拆的，结果就碰上了他们两个给大崔戴绿帽子。但是不是当面撞见，是在对面一座门窗都没了的破楼里。李先生他们待的也是一座破楼，也没有门和窗子，他们所在的地方比我待的地方矮半层。我看到的时候，大嫂的衣服都躺在地下了，摆得倒像个人似的。她只穿了皱巴巴的针织背心和床单布的大裤衩，跪在地下铺报纸。李先生的样子更难看，他脱得精赤条条，正在摆弄自己的那玩意。那玩意更难看，半直不直的样子，完全看不得。

但是小孙却说，这也没什么看不得，人家相爱嘛，什么东西都能拿出来摆布。像这类的话，她早就听说了。前些日子她申请结婚时，有一些护士大姐吓唬她，什么话都说出来了。比方说，女孩子结婚时都要过一关，就像猪要挨杀一样。要是快刀子热水，死了也就完了。就怕碰上了钝刀子，软刀子，想死都死不了，那才叫难受哪。还有人说，遇上丈夫不成，就得拿手给他弄，后来就像摆布了死人，洗八遍手也去不了那股恶心劲。小孙说，那些话一点也吓不倒她，因为她是大夫，死人都敢摆布。她又说，让我摆布一下你好吧？也许能把你的阳痿治好呢。我说：算了，不好意思。她说有什么不好意思的？我都让你摆布了。这时候我闭上眼睛，小孙那双小手就出现在眼前。指甲老是剪得那么短，并且洗得老是那么白。这双手拿东西有个特别的样子，比方说，转个旋钮，从来不去抓，而是用侧握的姿势。拿个东西也是很用力，很仔细的样子。把自己交到这样的手里，大可以放心。所以我想了半天终于下定了决心，说道：好吧。待会儿可别埋怨我。她说，绝不会的。咱是这样的人吗？

我想，假如女人都像小孙那样好说话，世界上就不会有阳痿的人了。但是我前妻就不是这样，她心情激动，满脸通红，上了新床就躺倒了像个死人。全身绷得甚紧，以致我把自己想象成一支打井队，要在地层上钻眼。但是我做这种对比，丝毫没有挖苦前妻的意思。不管怎么说，是我阳痿嘛。小孙说，你别紧张，就当咱们俩在一块吃个桃。这是因为咱们好嘛。她还帮我脱衣服。然后我平躺下，她一只手握住了我的把把说：王二，家伙很大呀。我告诉她说，这是马大夫用铅锤拉的，原来没这么大。等到她伸手兜了我几下，那东西就膨胀起来。于是她又说：你这就叫阳痿呀！我说平常我是阳痿的，今天也不知怎么了。她说，你说这话就叫没良心了。什么叫“也不知怎么了”？这是因为我呀！

干这事时，小孙骑在我身上。也不知是为什么，开头很艰难。她一面从牙缝里吸凉气，一面说：刚才哭过，影响了情绪，里面很干。我觉得也是很干，就说，要不算了吧。她说：哪能算了。你不懂，老实躺着吧。于是我就闭上了双眼，一动也不动。后来就湿了，也进去了。从这时开始，我就不算是个阳痿病人。她向前俯下身子，我伸出手来抚摸她。我摸她的脸，那张白白净净的小脸就出现在我眼前。我甚至看到了她脸上有几粒雀斑，是我以前没看见的。像我这样的人，一点也不怕变成瞎子。睁着眼能看见的，闭上眼我都能看见。

后来我又把手放到她肩上，大拇指和食指触到了她的脖子。她脑后那些乌黑的发根就进入我脑海里了。我最爱雪白皮肤上那些乌青的发根了。今后我可以尽情地亲近那些乌青的发根，这是一个很美好的前景。我的手还可以伸到这个小小的身体的任何地方，但是我不想那么做，我就想停留在现在这个地方。

后来她把身体俯得更低了，这时我能感到她呼出的热气。等到事情完了，她在我身边躺下时说道：咱们俩同时达到了性高潮，这很重要。我问为什么重要？她说这样我也不必为你服务，你也不必为我服务，性生活谐调，好呗。我想，要是能搂着她睡一觉，那就更谐调了。谁知她是那样的不老实，睡了没有五分钟，就撩开被子坐起来，说道：你等我一会儿，就从我身上跨过去跑掉了。

五

那天晚上，我和小孙做完爱，她跑到自己床上去了。过了一会儿，她拿了一面小镜子回来，坐在我身上，拿了手电，往自己胯下照。然后她又转过身来，跨住了我的上半身，用手电照着说：你看。我抬头一看，看见她的帝王将相和图谱上画的有点不同，是一副血肉模糊的惨状。我吃了一惊，说道：怎么了？她从我身上下来，钻进被窝说：你干的好事呗。

后来小孙把头贴在我胸口上，我都快睡着了，猛然想起她说过自己不是处女，禁不住说出了口：不对呀。她马上就扬起头来说：什么不对什么不对。口气相当凶。我说我想起一本小说。她又问什么小说什么小说。我说，法国中尉的女人，那里面有个莎拉，干过你这种事。她就说，你真混。我想这样说是揭了她的疮疤，就不说了。正要睡着，她又把我推醒，说道：告诉你，以前我干过一回，谁知他干得这么不彻底。我说噢。然后我又问：你告诉我这个干吗？她说：我告诉你这个，免得你太臭美！

但是那天晚上我们到此还没有睡。她又跳起来说，等我一会。然后她又往腿上套裤子。我问她要干什么，她说上楼去，找人看看。我说这么厉害？我陪你去。她愣了一会儿，然后说道：那太好了！你也不能一点良心都没有，是吧？

后来我陪她到了妇科病房，把值班大夫叫了起来。但是我没敢到放着妇科椅子的房间里去，待在外面，听见她在里面说：王二那个家伙，一只手都握不住！真是疼死我了！等到出来以后，我问她：既然如此之疼，你怎么不告诉我呀？她又说，没那么疼，骗她们呢。这我就不懂了，好好的骗人家干吗。她说：笨蛋，申请结婚，要房子呀。有房子不要，便宜他们吗？

果然到了第二天中午，马大夫就来找我传话说，让我们到楼上去拿介绍信，领导上批准我们结婚了。他又对我谈了一阵辩证法，但是我没听。我知道领导上的打算：因为涉及了房子，所以要控制已婚人数，原则上不批准结婚。但是假如不批准就要引起非法的性交，那就批准，因为两害相衡取其轻。马大夫还说，想调小孙去康复科搞科研，治疗阳痿。因为她居然能把我的顽症治好，显然是很有办法。后来小孙真的调过去了。科研工作比门诊、病房都轻松多了。她到康复科去给阳痿病人的妻子办学习班，讲 Masters 和 lohnson 那套方法，只不过是用中国式的术语——什么握、捏、捺、按、抹、勾、挑、弹八法，听上去就非常难懂了。

后来我和小孙结了婚，住在两间一套的房子里。开头每天都干，后来每三天干一次，现在是每礼拜干一次，因为我毕竟是四十三岁了。小孙扬眉吐气，走到院子里都趾高气扬。因为她自以为无比性感，连阳痿病人见了她都不阳痿了。

从此以后，寂寞再不归我所有。这有好处，也有不好处。走进了寂寞里，你就变成了黑夜里的巨灵神，想干啥就干啥，效率非常之高。你可以夜以继日地干任何事，不怕别人打断，直到事情干成。但是寂寞中也有让人不能忍受的时刻，那就是想说话时没有人听。

现在我不再拥有寂寞了。我的事非常之多。我既然不阳痿，也就没有理由神经。没有了这两项毛病，就得上楼去开会。除此之外，我又成了中年业务骨干，什么仪器都得修了。除此之外，还得念念英文，准备到美国去接仪器。院长对我说，咱们医院懂电子的人太少了，你的病好了，就得多干点。还听说他对别人说：这套房子给得不亏！除此之外，我现在已经混迹于“他们”之中了，说话做事都得特别小心。除此之外，回家还要应付小孙。除了背熟她身上的全部性敏感带，还要背熟她感情上的敏感带，才能讨到她的欢心。我和小孙结婚的事就是这样的。现在我们还住在一套房子里，有时还干那件事，但是已经谈到过离婚的事。我们医院不批准我们离婚，并且说：早就识破了我们想再骗一套房子的狼子野心。所以我们还在一起住。但是小孙说：她不能白给我做饭，我得给她洗裤衩。

我现在和小孙做爱时，岂止是温存，简直是恭敬得很。我还告诉她说，我觉得她是好的，这世界上好的东西不多，我情愿为之牺牲性命。她说她很爱听这句话。但是她又说，我休想因为这句话逃掉洗裤衩的家务劳动。她还说：吾爱王二，吾更爱有人洗裤衩。这话是从柏拉图的名言“我爱苏格拉底，我更爱真理”变化而来，但就是柏拉图，也绝不肯给苏格拉底洗裤衩。

小孙告诉我说，她是个女权主义者。所以用不着我告诉她，她就知道自己是好的。当时她到地下室去找我，就是向我证明这个。她所以要和我离婚，倒不是不喜欢我，而是要和我分清楚一点。这个小家伙现在又给我上课，不过不是讲纪晓岚，而是讲薄伽丘，“从前有个教士告诉一个木匠说，他骑的母马，晚上就会变成女人和他睡觉……”一听就叫人脑仁疼。这是《十日谈》里那个装马尾巴的故事，不过又被她讲了个七颠八倒。

现在你买一本《十日谈》，里面就没有那个故事了。这肯定是因为这个故事比其他故事编得都好。小孙说，这个故事说明了“你们男人一个好东西都没有”，因为我们想的是让她们白天变成马去干活，晚上又变成女人陪我们睡觉。我就是这样倒霉，前半辈子阳痿，后半辈子又娶了女权主义者为妻。但是我没有再次阳痿的打算。我认命了。

* 本篇最初发表于 1994 年第 3 期《青年作家》。

附　　录 >>>>>

后　　记

罗素先生在他的《西方的智慧》一书里曾经引述了这样一句话：一本大书就是一个灾难！我同意这句话，但我认为，书不管大小，都可以成为灾难，并且主要是作者和编辑的灾难。

本书的三部小说被收到同一个集子里，除了主人公都叫王二之外，还有一个原因，那就是它们有着共同的主题。我相信读者阅读之后会得出这样的结论，这个主题就是我们的生活；同时也会认为，还没有人这样写过我们的生活。本世纪初，有一位印象派画家画了一批伦敦的风景画，在伦敦展出，引起了很大轰动——他画的天空全是红的。观众当然以为是画家存心要标新立异，然而当他们步出画廊，抬头看天时，发现因为是污染的缘故，伦敦的天空的确是砖红色的。天空应当是蓝色的，但实际上是红色的；正如我们的生活不应该是我写的这样，但实际上，它正是我写的这个样子。

本书中《黄金时代》曾在台湾《联合报》连载，《革命时期的爱情》和《我的阴阳两界》也在国内刊物上发表过。我曾经就这些作品请教过一些朋友的意见。除了肯定的意见之外，还有一种反对的意见是这样的：这些小说虽然好看，但是缺少了一个积极的主题，不能激励人们向上，等等。作者虽是谦虚的人，却不能接受这些意见。积极向上虽然是为人的准则，也不该时时刻刻挂在嘴上。我以为自己的本分就是把小说写得尽量好看，而不应在作品里夹杂某些刻意说教。我的写作态度是写一些作品给读小说的人看，而不是去教诲不良的青年。

我知道，有很多理智健全、能够辨别善恶的人需要读小说，本书就是为他们而写。至于浑浑噩噩、善恶不明的人需要读点什么，我还没有考虑过。不管怎么说，我认为咱们国家里前一类读者够多了，可以有一种正经文学了；若说我们国家的全体成年人均处于天真未凿、善恶莫辨的状态，需要无时无刻的说教，这是我绝不敢相信的。自我懂事以来，领导者对我国人民的生活水平总是评价过高，对我国人民的智力、道德水平总是评价过低，我认为这是一种偏差。当然，假如这是出于策略的考虑，那就不是我所能知道的了。

有关这本书，还有最后一点要说：本世纪初，那个把伦敦的天空画成了红色的人，后来就被称为“伦敦天空的发明者”。我这样写了我们的生活，假如有人说，我就是这种生活的发明者，这是我绝不能承认的。众所周知，这种发明权属于更伟大的人物、更伟大的力量。

本书得以面世，多亏了不屈不挠的意志和积极的生活态度。必须说明，这些优秀品质并非作者所有。鉴于出版这本书比写出这本书要困难得多，所以假如本书有些可取之处，应当归功于所有帮助出版和发行它的朋友们。

作　者

1994年6月

本篇后记是作者为《黄金时代》、《革命时期的爱情》和《我的阴阳两界》三部小说的合集而作。

——编者注

我写《黄金时代》

我写《黄金时代》，写了很长时间。现在这篇小说已经写完，从此属于读者。作为作者，长期在做的事有了结果，当然如释重负。至于小说是好是坏，有赖于读者的评判。

《黄金时代》记述了一件过去的事。我竭力去做的是把它述说完全，使读者可以了解一切。除此之外，没有很深的寓意。在我看来，最困难的就是让处在与我完全不同的文化背景之下的朋友可以了解我说的事。假如我已做到了这一点，那就是最大的成功。

如果说到寓意，我以为在一篇小说中，一切都在你所叙述的事件之中。假如叙事部分被理解了，一切都被理解了。所以我的寓意，就是《黄金时代》所说到的事件。只要这些事被理解无误，读者乐意得到什么结论都可以。

这篇小说中有大量的性爱描写，这是无须掩饰的事。性是《黄金时代》的主题之一。对于我们成年人来说，性爱是已发生或即将发生的事。我认为对此既不须渲染，也无须掩饰，因为它本是生活的一部分。假如要说明过去的事，没有它，绝不会完全。

在坦荡善良的人之间，性和其他事一样，都可以讨论；其中的痛苦、快乐，也可以得到共鸣。但是在另一些场合，不但性，简直任何事都不可以说。我在写作时，总把读者认作善良坦荡的朋友，这是写小说的原始假设之一。除此之外，不可能有其他的写作态度。当然，假如我的作品遭到恶评，那只好像夫子所云“爱人不亲，返其仁”了。

李有为先生在审评意见中指出，这篇小说可以看作某种意义下的伤痕文学。像小说中发生的事，是我们这一代人的经历，已经成为自我的一部分。对于个人来说，生命中已发生的事总是值得珍视的。我喜欢不断回溯自我，解析已发生的事。所以，虽然伤痕文学是个普遍接受的专有名词，但是我不太喜欢这个名词。因为对于过去的时代和已发生的事，我抱中性的态度。现在固然可以做种种价值评判，但是最主要的是正确和完全的叙述。

像一切成年人一样，我也关心道德问题。小说里写了很多性，就产生了这篇小说是否道德的问题。我以为，一个社会里，道德既非圣人之言，也非少数圣徒的判断，乃是成年人的公断。某件事是否道德，只有当人们完全了解之后，才有道德方面的结论。当然有一些朋友认为，不道德的事情是不须了解的，只要略知其名，就可以下结论。假如完全了解，自己也要沦为不道德。我对后一类朋友永远抱有敬畏之心。过去很爱看萧伯纳的书，我以为《芭芭拉少校》是萧翁最精彩的剧本。他说：所谓明辨是非，本是难倒一切科学家哲学家的事，但是对有些人来说，却是与生俱来的本领。这些朋友就不必受思索的苦恼了。这真叫人抱怨造物不公！

有关在小说里写性，我也有过一些顾虑。米兰·昆德拉喜欢用一个词：“媚俗”。这是作家的一块心病，因为你会考虑到各种各样的人有何想法。我很怕别人说我蓄意渲染，以示大胆不同流俗等等。当然，也怕另一些人说我是大流氓。但是如果考虑到一切人的看法，写作就成了一件叫人害臊的事了。在这种情况下，还不如听了毛姆的话，到公共厕所去分发手纸。这是他对一切痛苦中的作家的建议。

王小波自书简介

王小波，1952 年生，北京人。在北京西郊大学区长大。1969 年到云南插队，后来在山东转插，做过民办教师。1974 年以后在北京街道当工人。1978 年上大学，1982 中国人民大学理学学士，1986 年美国匹兹堡大学文科硕士。1988 年回国，曾在北京大学、人民大学工作。现为自由撰稿人。

作品：

《立新街甲一号与昆仑奴》，短篇小说，《收获》，1993・3
《夜行记》，短篇小说，《四川文学》，1991・5
《黄金时代》，第十三届台湾《联合报》中篇小说奖
《王二风流史》，小说集，香港繁荣出版社，1992
《我的阴阳两界》，中篇小说，《青年作家》，1993
《革命时期的爱情》，《花城》，1994・3
《未来世界》，第十六届台湾《联合报》中篇小说奖
《黄金时代》，小说集，华夏出版社，1994